U0840442

宫本武藏

[日] 小山胜清 著
冯莹莹 杨田 范楠楠 译

天地出版社 | TIANDI PRESS

代 序

“人与剑”至“剑与禅”的人生体悟

如果，你喜爱米开朗琪罗，你不会只想欣赏他三十七岁时所画的《创世记》；如果，你喜爱歌德，你不会只想读他二十五岁时所写的《少年维特之烦恼》。一个人历经少年、壮年、老年，生命的开阖拥有不同层次，对于我们喜爱的人，我们不会只想知道他生命的片段。

日本十七世纪的“剑圣”宫本武藏，由一名野武士变成打倒六十六位高手的剑客，更在严流岛之战打败势均力敌的佐佐木小次郎，达到剑术的高峰！而他在严流岛之战以后，生命又将何去何从？他与阿通无可言喻的深刻情感，究竟如何发展？他终于可以以剑摄禅，达到圆明的境界吗？认识一个人不能仅止于他的前半生，因为生命是无从切割的。吉川英治成功地描绘宫本武藏的前半生，却让喜爱此传奇人物的读者有故事未竟的苦恼。而小山胜清让宫本武藏再度“复活”，提供我们认识宫本武藏后半生的机会，看其坚毅、刻苦的精神如何贯注于“人与剑”，再至“剑与禅”的生命体悟中。小山胜清提供我们的不只是文学上的享受，更是心灵的洗涤。

别具一格的武侠世界

在华人世界，读武侠小说不会错过金庸与古龙的作品；在日本，读武侠小说更不会错过吉川英治与小山胜清讲述的宫本武藏传奇。日本作家小山胜清呈现出有别于中国武侠世界的描述，将武者的武、武士道精神与小说结构三者绵密结合，再现日本“剑圣”宫本武藏凛然不屈的一生。

中国武侠小说宗师金庸的作品呈现的是为“正义”目标奋斗的侠义世界，以及见义勇为的大丈夫典范；而日本的武士风格却着重于自我武道的修持，继之向外寻得侍奉主君的机会，如宫本武藏潜心修行剑道，创设二刀流，而后发展忠主之基业。对于忠心侍主，日本武士不惜牺牲性命作为回报，即使那主君是暴君，也不问情理地追随。只为尽忠报答主君，如此的风格正足以展现当时武士道的精神——坚毅、刻苦、忠诚、实事求是，和读者熟稔的中国武侠世界是有所分别的，成为别具一格、内修外展的武士风貌。小山胜清根据历史事实，重塑一个新生的宫本武藏，挖掘贯穿数百年的大和武士道精神之余，更呈现深层的日本民族文化。

它不仅是小说、历史，也是深层的文化

为什么人们喜欢读小说，尤其是历史小说？因为，我们对过往历史有探知的欲望，对于小说家赋予主角的生命有想象性，因而开展了阅读的过程。而这部作品正符合人们爱读历史小说的条件。

阅读这部作品，我们会发现最能接续吉川英治故事理念与写作技巧者，就属小山胜清。他满足万千读者的好奇心，探知了宫本武藏未来的发展。小山胜清将宫本武藏的个性、风格、思想配合丰臣至德川幕府的时代变化而推进，他更发挥小说家的想象力，将宫本武藏在君臣、父子、朋友、爱人与一般浪人间的情感与冲突做交织，刻画细腻感人。小山胜清塑造的宫本武藏具备坚毅奋斗的精神，符合日本民族文化中不断强调“努力、加油”的特性。因此，从这部作品中，读者不仅能了解日本历史的演变，更可体悟小说的趣味与日本民族文化的特色。

编者

2019 年 1 月于北京

目录

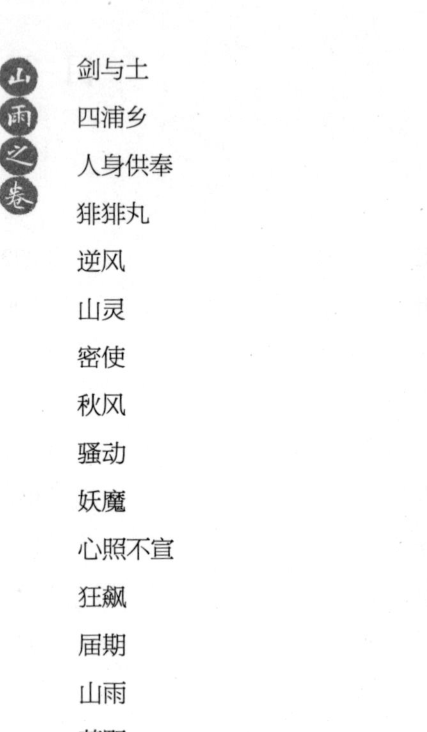

山雨之卷

江户之卷

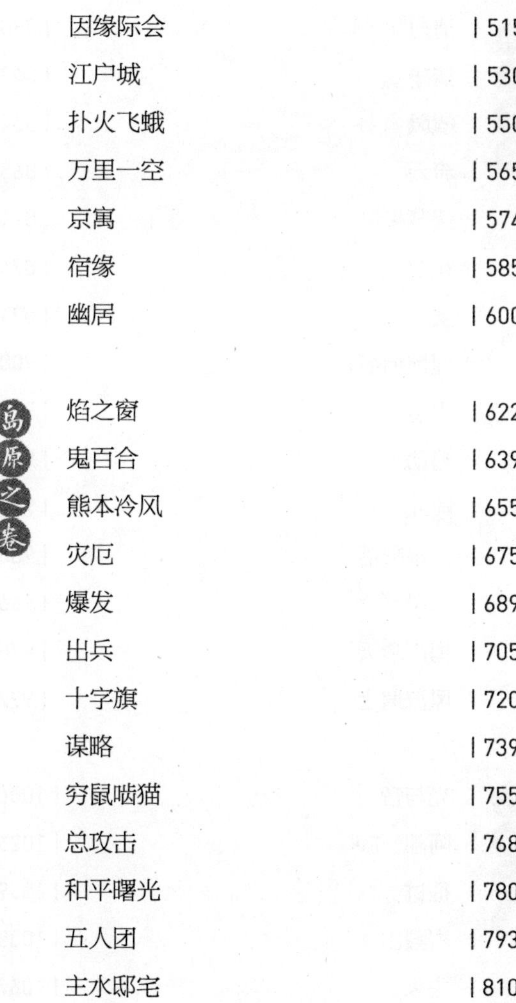

波浪之卷

展翅

一

据小仓城主细川家的传说，庆长十七年四月十三日，宫本武藏与佐佐木小次郎的决斗场面，当天的情形是这样的：

武藏的小船一早从下关出发，但出现在船岛[①]的港湾时，已是比约定的辰初（上午八时）迟了两个小时的巳正（上午十时）了。

船岛只是蕞尔的不毛孤屿，沿海滩有一片百余坪的大草原，就是这天预定的比武场地。上首布幔中坐着细川家的长老长冈佐渡以下，官方的公证人。布幔两边，有几个亲兵压着阵脚。

小船进了岬嘴，破浪前进。

武藏兀坐在船上，凝神注视着布幔附近。船愈近，幔中官人的神色也随之紧张，目光咄咄逼人。其间，隐藏着一片剑光。武藏正用眼在搜索着小次郎。

岩派剑士佐佐木小次郎，现在是小仓城主细川忠兴侯的座上客，被誉为九州的麒麟。他的剑术与宫本武藏相伯仲，同是日本全国响当当的人物。

人们往往由武藏而联想小次郎，同样，提起小次郎之名而令人联想武藏。这两个从少年时代即以剑士闻名，有着相似经历的剑客，可说是命里注定的两个克星。

这两个同是没有门阀背景、不属于任何诸侯门下的流浪武士，即所

① 船岛：现在的严流岛。

谓“浪人”。除了单凭自己的实力和手上的宝刀向名门剑豪挑战，去打垮他们以博取英名之外，别无飞黄腾达之路。宫本武藏自与京都的名师吉冈兄弟比武以来，所会过的著名剑客有五十余人，从未落败。另外，佐佐木小次郎也曾威慑各国剑豪，最后打垮了将军家的教师小野次郎右卫门，大小场面也从未失手。

这两个在世路上向同一方向迈进的青年剑士，一半也因为世人对他们两人的论评所引起的是是非非，无形中各抱着略似私怨的敌忾心。

小船离海滩只剩下二十来码[①]了。

“啊，糟了！”

船老大一声呼喊，接着船底响起与破砾厮擦的“吱吱”声。与此同时，从对面的布幔中跳出一条壮汉。武藏定睛细看：那汉子穿着猩猩血一般的红色无袖外褂，下着熟皮色崭新袴子，脚上是深蓝色布袜子裹在草鞋当中。头上漆一样的黑发垂肩，长刀拦腰横抱。好一个轩昂的年轻好汉，直向海边疾奔而来。

“啊，佐佐木教师！”船老大慌忙提醒着叫道。

“哦，是小次郎，我知道！”

武藏蓦地站起。他的装束是纯白的罗绫夹衫，腰系京都有名的西阵缎角带，一条用纸捻搓成的细带，连两袖转背上缚成交叉的十字。大小两刀都没有佩带，只在腰带前插把短刀，左手上倒提着四尺二寸的木刀，这还是今天早上在下关的船埠上捡来一根用旧了的橹，由他亲手削成的。这把木刀现仍保存在肥后熊本的金峰山麓松尾村的云岩寺中，绝不是普通人能使得动的家伙。

“老大，谁耐烦呀，掉转头来……”

武藏撩起夹衫，“啪”地跳进了水中。

① 码：英美制长度单位，1码等于3英尺，合0.9144米。

二

水深没胫。

武藏在早潮的急流中踏水前进，一边从腰带间抽下布巾，打前额到脑后绕上一匝：这是据细川藩士的记录《二天记》上的记载。

这一举动说明了虽那么勇猛的武藏，当时多少也显得紧张的样子。小次郎从布幔中飞奔前来的刹那，武藏便窥破了小次郎的用意："哦，小次郎是打算赶到水边迎击的呀！"

他在心中盘算——倘若如此，地利上是绝对归于小次郎了。针对小次郎的这一如意算盘，他才贸然跳入水中。但走不了几步，便心中暗暗叫道："好险！"他悔恨自己为争小利而失去心的平静之愚不可及。也许这正是小次郎的诡计，故意疾驰而来，以便乘虚而入。

太阳隐在云层中，武藏是背着太阳的。

"忙什么！"

武藏五尺九寸的高大躯体，踏着日影，一步步，慢慢地向前跨去。

距岸二十步许，小次郎已站在水边，挽着三尺二寸长的宝刀"长光"。他高声喊道："喂，武藏——"

水已浸及脚踝骨了。

"啊——小次郎吗？"

四道目光相遇，像散着火花，但意外的是，谁也没有蕴着憎恨的色彩。奇怪的是，几年来怀着决斗的心互相追求的两条好汉，今天一旦相见，彼此间毋宁互相赞叹着似的默然相对。

武藏今年二十八岁，小次郎二十六岁，两人高矮相同。武藏的脸冷冰冰的，像蜡一样苍白，小次郎则微泛桃红，显得美艳。

假如处在不同条件、另一环境之下，这两个青年人也许不会决斗，彼此尊重对方的技艺，甚至成为很好的朋友。

不，今日这一天倘能延后半年，也许永远没有决斗的一天吧。到那时，小次郎会正式接受细川家的命官，而武藏最近也有出仕某家的成议。一旦各有其主，便不容许轻易拿性命来厮拼了。

可是，现已势成骑虎。转眼之间，两人的眼中都闪动着憎恶与反感的凶焰。这正是久久郁积着的斗志的溃决。现在已不再仅仅进行技艺上的较量，而在追求着对方的血、在追摄着对方的灵魂，两人眼中燃起残杀的火光。所不同的则是小次郎的凶光外露，其热如火；武藏则深秘胸府，其冷如冰。

“武藏！”

“……”

“哼……武藏！”

小次郎满含着轻蔑的语调，傲然叫道。

三

“武藏，为什么不遵守约定的时间，这难道是一个兵法家所应该的吗？好不要脸……”

占着绝对有利地势的小次郎，乘势毒骂。

小次郎不仅在剑术上称雄，在舌辩上也不输人。他那滔滔的雄辩足以压倒听者，播弄着听者，而且能赢得听众的信任与尊敬。而他的毒詈，则力能穿透对方肺腑，有着不战而慑服对方的魔力。

“哈哈哈……这就是你的撒手锏吧！你道我不知道吗？武藏！在一乘寺下的松林中，在三十三间堂前，可怜名门吉冈一族，就是遭了你的这一手暗算而销声匿迹的呀！可是，不要丢人了，你那一手要用在我的身上！武藏，你道——你那类似儿戏的策术，能让岩派的剑士轻易上当吗！”

小次郎哈哈地笑着。但突然，他紧握住左手拖着的长刀刀柄。是时，刚从云中钻出的太阳，闪耀的阳光射进他的眼中。站在眼前的武藏，在小次郎眼中骤然长大了一倍，像要猛扑过来似的。小次郎反射地叫道：“来吧！”

武藏默然，静静地把橹做的木刀举上眉心。

“来呀！”

小次郎蓦地长刀出鞘，但用力过猛，左手上的刀鞘竟脱手而飞，跳到海中，逐浪而逝。

武藏见此，不觉莞尔而笑。他无意中找到反击的借口。武藏虽一声不响忍受着小次郎的毒言恶詈，心中是不会愉快的。

“小次郎！”

“什，什么？”

“决斗上，你已输了！”

“什，什么……”

“胜利的决斗，绝不会抛去刀鞘，命运早已注定了！”

“你，你这家伙，发什么呓语……”小次郎对这意外的反击，气得脸色铁青，全身震颤。他早已忘却在水边迎头痛击的最初计划，“啪”的一声，一双脚已经跨入水中。

武藏为制先机，举木刀，咄咄而进。

这凶猛的气概震慑了小次郎，他不觉连连后退。三步，四步，五步……刹那间，武藏高大的身躯蹴水而出。小次郎弯腰举刀，望着刚冒上来的武藏眉心，一刀斩下。同时，武藏的木刀也向小次郎的脑门迎头劈下。

“咔嗒……”钝重的一声。武藏缚头的布巾飘落地上。小次郎摇晃向后倒退两三步，仰面朝天，“啪嚓”倒下去了。

四

这确是，说时迟那时快，闪电的一击。小次郎愤激之余，稍一大意跨前一步，武藏乘虚电击，决定了这场输赢。

过去好多次重要的决斗，武藏常以一击致对方于死命。今天，武藏也一样地在等着这一击毙敌的良机。

决斗的胜败关键，间不容发。小次郎那兜头一刀，刀尖也曾挑开了武藏头上所裹布巾的结子，布巾飘然落地：也可说名下无虚士了。

从这一点，我们不难窥知武藏之所以特地拿旧橹削成四尺二寸的木刀的用意了。换句话说，三尺二寸的“长光”和四尺二寸的木刀，在长短上决定了胜负的契机。

决斗于焉结束。小次郎倒下去了。在众目睽睽之下，谁都不会怀疑，长冈佐渡以下，担任公证人的官人们，呐喊一声，迎上前去。但到了半路，佐渡拦住了众人，叫道：“等着！”

奇怪的是，武藏仍摆着决斗的架势，举着木刀，对着躺在地上的小次郎全神贯注，一步一步逼近。

“难道说，小次郎只是偶然跌倒的吗？”

这一疑念，使在场的官人们顿时又紧张起来。

可是仔细看，小次郎的脑袋确被击破，涌吐出来的鲜血染红了他的头脸。唯一没有断气的证据，只是眼仍瞪着，胸膛仍在不断地起伏，但胜负之数，可谓了如指掌了。

“这又何必……”佐渡心中踌躇，正想喊，“胜负已分，武藏住手！”

佐渡正待开口，刹那间，小次郎猛然抬头而起，他的长光剑直向武藏横扫过去。武藏双脚一抬，乘着腾空而起的反拨之势，手中的木刀一击而下。小次郎的长刀，只把武藏的袍脚撕断三寸有余，但武藏的木刀陷入了小次郎的胸膛。

小次郎仍仰身倒下，口鼻间血如泉涌。但死的形象旋即弥漫在他的脸上。暂时间，武藏仍拟刀而立。过不多久，他才俯身而下，先用手掌去探小次郎的口鼻，再则凑近前去听他的呼吸。当然，早已断气了。

武藏倏地站起，朝那些全身的血液像冰冻住了似的、脸色苍白地排在沙滩上的官人们一拱手，立即回身向来时的海中踏水而下。佐渡茫然望着他的背影。

在决斗这一刻间，潮水已转变了方向，朝下关那边回漩而去。船头已掉向港外，武藏轻轻一跃而上。船老大全身发抖，战战兢兢地说：

“老，老，老爷，恭，恭，恭，恭喜您。”

“哦，快！”

武藏还是铁青着脸，没有一丝笑意。在他，非待安全抵达下关的船埠上，还不能视为完全的胜利。

波澜

一

细川忠兴侯（字三斋）从丹后的宫津调放丰前，做了食禄三十九万石的领主，坐镇小仓，是庆长五年之间的事。当时的小仓还是没有一条整齐街道的寒村。但自庆长七年忠义的筑城工事发动以后，就有了急剧的发展。庆长十三年，已拥有城楼一百四十八座，以五层的天主阁为中心，东西十八町，南北十二町，已是全城七千烟灶的堂堂大城了。

忠兴妃玉子，当关原大战之前，在大阪的玉造楼为石田的队伍所包围，自杀而死，就是著名的格拉西亚夫人。忠兴本身虽不是天主教徒，至少是天主教的保护者。夫人亡故，迄今未曾续弦。世子忠利，自幼为德川人质，现仕将军秀忠[①]，住在江户。

忠兴如其父幽斋，以精于茶道著称。外表上似很随便，但到底是历经沙场的健将，外柔内刚，见事颇有主见。不知缘何，他颇不满于江户的长子忠利，时常出些难题使之发窘，脾气好像相当执拗。

“来人呀，已经过了巳刻，还没有人来报信吗？”

今天，忠兴已焦躁地不知问过多少次了。当然，他关心着今天早上辰时一刻举行的佐佐木小次郎与宫本武藏的决斗。不仅忠兴一人着急，

① 秀忠：德川家康之子，德川幕府第二代将军。

在座的家臣们，谁都等着胜负的消息。

小次郎南下九州时，乘机延聘为本藩兵法顾问的，原是忠兴自己的主意。就时间论，虽仅不到一年，但小次郎人望出众，所有府中的年轻一辈都拜在小次郎的门下，而年长一辈的藩士和高级官员对他的剑术和人品一齐推崇，誉为天下无双。忠兴是自豪的，视小次郎为得意家臣，稍有闲暇便特召进府，以听他多彩的兵法理论为乐。

这时，武藏突向小次郎提出决斗的要求，但他既已接受细川家的延聘，便非征得主公的允许不可。于是曾拜在武藏之父无二斋门下，现任细川家长老的长冈佐渡，受了武藏的嘱托，特向忠兴请示。

忠兴当场便批准了这件生死搏斗的比武，固然是因为坚信小次郎可操必胜之券，同时也因为平时已从小次郎口中听到武藏的行藏，知道他为江户的忠利所支持。他之所以立即首肯，这也许是更重要的另一因素。

但决斗的日期愈接近，忠兴却愈感不安了。从各方面传来的消息，他知道武藏未必如小次郎口中所说的仅是一个微不足道的乡下兵法家而已。

“佐佐木教师，不能大意呀！”

不安的情绪，慢慢地弥漫于门人之间了。他们并且有了协议——万一事出无奈，唯有以多取胜，一齐去围攻武藏。忠兴为了维护大藩的体面，一切务求公正而深为戒备，但内心却暗中计算着：“假如武藏敢于诡诈而采取卑劣的手段，那么……”

二

佐渡从船岛回航，一径上城来谒见忠兴。决斗的大概情形早有飞船前来报告了。在座的家臣们戚然无声，一齐注视着这位唯一偏袒武藏的佐渡历阶而前。

忠兴是满脸的愤懑，也不等佐渡落座便开口了。

“佐渡！决斗的情形已经知道了。武藏比约定的时间迟了一个时辰，是真的吗？”

口气是够严厉的。

“这点……”

只回了这么一句，佐渡显得很窘的样子。事实上，从昨天开始，佐渡一直都在焦急中煎熬着。决斗交涉中，他于四月十四日把武藏从歇足的船行老板小林太郎左卫门家接到自己的府邸来住。决斗定于十三日辰时一刻，场所在船岛。小次郎预定那天乘坐特别装置的忠兴的坐船直往武场，真是难得的殊恩了。为使武藏不要显得太寒酸，佐渡也准备那一天用自己的坐船送武藏前去的。佐渡是细川家的长老，家臣的领班，年仅三十五岁，食禄二万三千石，性情刚毅，深谋远虑，连忠兴都让他三分。

而武藏却于那天黄昏后悄然离开了他的府邸，找遍全市，也杳无踪影。

这一变故早已传入细川府中，盛传着“武藏因怕小次郎而逃走”的谣言。

最后佐渡偶尔想起下关的船行，当即派人去一问。果然不出所料，武藏悠闲地待在船家，并给他捎来了一封信：

辱承厚爱，知明公翌晨拟以坐艇送武藏前往武场，隆情铭感无已。然小次郎与武藏既势不两立，今小次郎若以君侯坐船前往，而武藏擅用明公船艇，俨如敌对，殊多不便，期期以为未可。明晨自此扁舟径发，及时践约。幸祈鉴亮，并致谢忱不一。

看了这封回信，佐渡不仅放下心事，且对武藏的挚情深为感动。如前所述，今天在决斗的现场，佐渡竟比小次郎更为着急，且曾两次派船敦促。

一个时辰之后，好不容易见他乘潮而来，武藏却又把连场地都平好的武场撇开不用，在沙滩上草草结束了输赢，不让人有开口的余裕，回头昂然而去。

这在佐渡，恰像眼看几乎已到手的树鸟飞走了的猎师一般，怅惘地望着武藏的背影。但旋即，他顿有所悟，不觉点头叫道："哦，原来如此！"

佐渡好不容易领悟了武藏的战略，把不愉快的情绪一扫而光了。但现在要向盛怒下的忠兴说明武藏战法的正确而赢得他的谅解，却不是一件容易的事情。

"佐渡，怎么样？"

"这点，殿下……"

佐渡被逼，只得向前躬身回道。

三

忠兴认为假如武藏稍有违反兵法家的作为，就让小次郎的门人去围攻武藏也不为过，可谓名正言顺的了。而其他的家臣，也大半这样想。

于是，他们把第一疑点故意放在决斗的时间上——佐渡当然也明白个中的关键。

"关于这点，殿下，武藏延误时间这点，我是比任何人都愤慨的，看情形，我甚至愿意代天诛戮。但现在想起来，却也难怪——不，武藏的做法是合乎兵法之理的堂堂的举动。"

"什么？堂堂的举动……不错，与吉冈一门决斗时，听说武藏也曾故意耽误了时间。但世间的评论，说是乘敌之虚为堂堂的兵法家所应有，赞美的人有的是。可是佐渡，这次的约会不同，不是双方口头上的决定，而是小仓三十九万石的城主，我这忠兴从中做主的呀！所以严于戒备，为的就是双方的公正。而现在，虽说是乘敌之虚的兵法上的战策，但胆敢违反原先的约定，不仅对小次郎，简直是对本藩的放肆哪！哎，是吗——佐渡！"

忠兴毫不放松地追问。

"一如尊谕……"

佐渡躬身说道："这次殿下的用心真可谓公正无私，足以诉诸神明。但那些血气方刚的门人，竟隐身岛外，准备万一业师战败，归途中在海上截击……"

"什么，居然有这等事……"

"当然，这也许是无稽的谣传，但在武藏，却莫可等闲。一个兵法家，对此谣言事先慎重考虑，也是势所必然。所以武藏的迟到，是故意的……"

"等着，佐渡！挨着时辰，又怎能对付伏兵呢？"

"这是，殿下！今天潮落恰在巳正，过了这个时辰，湖水便绕过船岛横腰向下关流去。那一带又是出名的急流，小次郎一倒，武藏立即乘潮向下关顺流而退。间不容发，真是闪电流星一般的进退，不让人有丝毫可乘之隙。"

"哦——"

忠兴不觉沉吟。宿将出身的忠兴，经此提示，便知武藏这一进退的火候，与自己在战场上的兵法是相吻合的。于是，一天的阴霾便归乌有了。

"原来如此——武藏真是一个了不起的人物哪！"

忠兴不禁深为赞许。

"佐渡！不要难为武藏，你要好好安排！"

"谢殿下！"

佐渡倏地回身，转向家臣们严肃地高声道："各位想已听见，万一对武藏无理取闹，则有损武道声誉，亦即本藩之耻，万勿轻举妄动，致干不便。佐渡特向各位再三申明！"

九鼎一言，众人一齐躬身称是。

四

佐渡却并不因此便认为本藩舆论业已平息，对武藏的反感和误会已经冰释。但主公忠兴的心情能够转变，是比什么都重要的。最初阴霾四布的这一次大决斗，似乎将功德圆满了。佐渡心中得意，且引以自傲。

真的，自己府中的家臣与不相干的流浪兵法家决斗，竟能如此公平严正地处理的诸侯，哪里再能找出第二个人来呢？——不愧是名将足利以来的将门之子，忠兴的声望因此提高，长冈佐渡的存在也将随之而显了。

只是有点不放心的，是武藏的去向。那天就那么走了，终不成就此一去不回，也不来辞行？佐渡多少有点不安。

“今天一定会昂然再进小仓城，到我家来辞行的。”

佐渡如此坚信，派出心腹守候在街头巷尾要冲，以备万一。黄昏时分，他多少带着期待的心情回来，仅收到了武藏的一纸来信：

此次能与小次郎如期完成决斗，非常愉快。此皆忠兴殿下，尤赖明公策划方克臻此，至深感铭。特此驰函。敬申谢忱。

信中的大意如此。佐渡的预期落了空：“唉，不见得吧？”他皱着眉头自语。

但武藏的所作所为，非至事过境迁，是不容预测的，即如前天的悄然离府，不辞而去，当时有人推测他是怕了小次郎而乘机逃走，事实上却是武藏替忠兴与佐渡的君臣感情着想。但事后细想，一半也为了决斗当日行动自由的一种借口，佐渡钦佩武藏的深谋远虑，好像连自己也在他的运筹中而感到心焦。不，不仅如此，连见他的面都微有惴惴不安之感。

信中仅仅表达谢意，并未提起是否再来小仓。佐渡对武藏视同胞弟，但自武藏孩时在他的父亲无二斋家分手以后，就是这次小仓聚首了。而现在，他却自告奋勇，居于保护人的立场。

“唉！这家伙不是轻易能够了解的。”

佐渡苦笑着，在自问自答。

“伯伯！”

纸门外有人轻声叫道。

“哟，阿悠，进来！”

佐渡的脸，霎时开朗。一个少女推门进来，坐在佐渡面前，鲜艳如花，发香轻匀，年在十五六岁之间。

“伯伯，够累了吧？”

“哦，今天有点累。”

“不过，总算放了心。伯伯，说给我听听决斗的情形……”

“好的好的……不，等等，你去请伯母他们都来，我想大家都等着要听的呢。”

“哎——”

少女柔顺地站了起来。

佐渡微笑着，深深地望着她的背影。

五

这里那里，一堆堆围在火边的年轻人。残月朦胧，照着壮烈的场面。有愤恚的，有忧戚的，眼中闪着异样的光彩，紧绷着嘴。远处的怒潮和近滩的涛声，宛如挽歌的哀调。

“等我的消息，不要挪动……”

佐渡临去的嘱咐，佐佐木小次郎的遗体被抬进布幔，直到夜晚。这期间，门人都赶来了。其中也有原埋伏在岛外，却被武藏赢了先机给丢下来的青年。

他们从那些留在岛上戒备的、曾是公证人官员的口中，听到决斗的情形，觉得泄气。同时对业师那样的功夫竟不堪武藏的一击，又不禁心中骇然。可是，他们的意志并未消沉。他们深信武藏延误决斗时辰，是背离武士道的违规举动。深知忠兴心意的他们，在等待着主公“围剿武藏”的命令而迟迟不来，简直有一刻千秋之感。

他们已经无话可谈，默默地，只是时时有人像偶尔记起来似的，钻进布幔到亡师灵前上香。

好不容易听到摇橹的声音，一只小船慢慢靠近。

“来了，使节来了！”

众人一齐跑向海边。不久船靠了岸，主公的近臣有吉内膳带着护卫下来了。

“殿下面谕，佐佐木的门人和亲故听真！”

内膳向众人环视一匝，继续说：“佐佐木小次郎的遗体准予就地葬在船岛，葬礼定明日巳时举行，葬殓金一封，着亲属具领。”

“哎，葬在这个岛上？”

四边响起吃惊和不满的声浪，内膳毫无表情，冷冰冰地接着说：“再者，这次决斗，双方毫无可议。因此，不准因私怨对武藏轻举妄动。凡本藩所属门人，一俟葬礼结束，着即回城，各归原职。非本藩所属的门人故旧，礼毕遣散，尔后与本藩无涉。以上，凛遵无违！”

内膳传达完命令，径直向布幔中进去了。最初把小次郎推荐给忠兴的，听说就是这位内膳。他也许在布幔中，正对着已是隔世之人的小次郎而感慨无涯吧！

大家都茫然木立着。世间的事，常为生者祝福——年轻的他们，还是想不通这个道理。但主公的命令，是绝对的。

夫复何言——他们之中，多半都抱着这样的心理。突然，一个人开了口，呻吟着说：“不错，对有名的兵法家暗下毒手是非法的，可是，堂而皇之约期决斗，该不是轻举妄动吧？我来向武藏提出决斗！

“什么！尊兄，你？”

“哦——凭本领来决斗，不见得就轻易落败。”

说话的，是小次郎的得意门生寺尾新太郎。

六

寺尾新太郎是本藩食禄千五百石的寺尾军兵卫长子，年方二十三岁，豪爽俊逸，有一双充满热情的眼睛。自幼学剑于新阴派门下，十八岁时已有本藩屈指可数的能手之誉，自进佐佐木之门，技艺更有进境。

假如小次郎不是故意阿谀的话，新太郎早已领悟燕子翻身的绝技，不久可得岩派秘传，可谓已近高人地位的剑客了。

可是，新太郎不是好高骛远的浮薄青年，只是他听了小次郎决斗的经过，认为小次郎的失手是由于心的动摇，若论真凭实学，小次郎可有六分胜算。他自信靠自己的实力，也能打个平手。

“寺尾，真的吗？”

“当然，生死已置之度外！”

同门中多半替他担心，但在势头上，谁也没有开口。不，新太郎的这一决心，让他们非常激动，大家奋然而起，视武藏为蔑如了。

可是，这次的决斗假如公然向主公提出，谁都知道没有获准的希望。于是，决定非到决斗当天，大家不可对外宣扬，决斗的战书，也从船岛立即直接送交武藏。

对有吉内膳，当然也是严守秘密的。

被推定去送战书的，是山东四郎太和加贺山势助二人。二人乘小船偷偷地直达下关，时间不算很晚，但海边的船头行，小林太郎左卫门的店门早已落锁，里面也是静悄悄的。

“喂喂，请开门，我们是小仓来送信的。”

里面的人大概还没睡，听见有人叫门，随即打开矮门，账房迎了出来说：“是哪一位……请进来坐。”

虽然来客两人都是十七八岁的年轻小伙子，但知道是细川家的家臣后，账房还是很客气地把他们请进店堂。

“我们是岩派剑士佐佐木小次郎的门人，请你把这封信转交给宫本武藏先生。”四郎太说着递过书信。

“哎，是佐佐木小次郎的……”

账房愕然。

“回信由我们带去，请你把这个意思转达武藏先生。”势助插口说。

账房拿了书信匆匆进去，旋即地板吱吱作响，走出来一位披发白衣、高个子的汉子。

“我就是武藏——”是嘶哑而低沉的声音。

“寺尾新太郎先生的信，已经拜读过了。决斗的地点在船岛，时间十五日巳时，悉遵台命。回信另再送呈，烦先转告。”

“是。”

“就这样——”

两人不敢再说，慌忙走了。

“势助，寺尾哥有没有见过武藏？”

“哦——没有。”

两人身上发毛，对望着说。

七

小次郎的葬礼，按着规定的时间，于十四日在船岛举行。把小次郎葬在这里，倒不是不近人情的，把死于非命的人就地埋葬，使他的灵魂能得到永远的安宁，倒是日本民族传统的习俗。

葬礼不够盛大，要是与他生前的豪华显达生活对照，真太冷落了。君侯没有派代表致祭，有地位的大人物也很少参加。这倒是世态之常——权威是现实的：巴结活人，趋奉未来。对死者、逝者流泪的，大多是无权无势的平民。

来送葬的，由寺尾新太郎领头，差不多都是年轻的门人，也有十几个别藩来受业的浪人。小次郎的故旧只有三人——寄养弟子明智勇马（二十一岁），用人鸭甚内（三十五岁）和一个名叫铃姑的年轻女性。明智勇马是小次郎的养子，明智光秀的房族。鸭甚内和铃姑是寄住小次郎家的，时间相前后，而且这两个人都身家来历不明；尤其是铃姑，像是女佣，也像是小次郎的情妇，是谜一样的女人。

葬礼在萧条的气氛中完成，一代剑豪佐佐木小次郎已经作古，只剩下一抔黄土。送葬的人们逐渐离去。坚毅沉着，默默追悼恩师的寺尾新太郎也去了。抱着小次郎的遗发坐上最后一只小船的，是勇马和甚内及铃姑三人。

“啊，今后，我怎么打发日子呢……”

望着渐渐远去的小岛上随着白浪起伏的小次郎的墓碑，铃姑黯然自语。

“真的，假如没有这回变故，铃小姐不是马上就是佐佐木夫人了吗？”甚内摇摆着古怪的脑袋。

“是我没有这个福气。唉，我恨透了，恨透了武藏！甚内哥，明天新太郎的决斗，你看怎么样？”

“当然，没有第二句话，是武藏的胜利。”

“唉，没有第二句话？”

“那还用说，什么高人哪、秘传哪，只是老爷给戴的高帽子；碰到武藏，怕不是同娃儿一般。”

“唉！多可怜……甚内哥，明天的决斗倒不如取消了。”

“不，这样很好，多杀一人，多一个冤鬼缠着武藏也好。我也总有一天会被他杀死的。杀死也好，跟一群冤魂去咒死武藏。”

“唉，甚内哥——”

“嘻嘻嘻，咒死他……”

“甚内伯，铃姑姑，我今天就动身，访求名师练了本领，去同武藏决斗。”这时，交叉着两腕默坐在船头上的明智勇马突然抬头说道。

八

小次郎的丧事虽了，小仓城却仍在乱糟糟的兴奋情绪中。这也难怪，两位名闻全国的剑士，在藩侯的主持下真刀真枪决斗，确是空前的壮举。近藩的武士和浪人是当然的了；连那些好奇的商人和农民，也向小仓如潮涌来。但这群观众，不要说进入武场，连接近武场都不可能。可是多半仍不死心，住在旅馆里不肯动身。寺尾新太郎向武藏挑战虽然无人知道，但小次郎的门人将乘武藏进城辞行时围攻武藏的谣言，却是甚嚣尘上。即或不然，急欲一睹名震寰宇的武藏风采，也是人之常情。

本城人是绝对偏袒小次郎的，至今仍替小次郎惋惜，对他寄以无限的同情。但期望武藏在小仓出现的心理，则人同此心，也与外地人一样焦躁着。

可是，丧葬当天武藏没有出现，第二天还是不见他的影子……这样一来，外地的来客和本城的住民，都一齐愤慨起来，像被武藏骗了似的。尤其是同情小次郎的本地人，便趁这机会向武藏下总攻击了，他们的武器只是一张嘴巴，但凭空制造的谣言有时竟也具有杀人的威力。

“你看，武藏到底是个软骨虫，怕了弟子兵，终于逃跑了。他打赢佐佐木教师，也只是靠暗下毒手罢了。”

从这样的谩骂开始，各色各样的恶言毒咒便像煞有其事一般盛传开来了。

那天夜里，城内武士街的小次郎邸宅中会集了寺尾新太郎以下全体门徒。他们昨天空等了一天，始终没有得到武藏的回信。今天，新太郎亦曾专程前往船岛，当然也没有碰到武藏，很失望地回来。新太郎不是虚张声势，倒是正式向武藏要求决斗的；心中虽甚愤恚，可也别无良策。大家猜测着说：“据说决斗后当天武藏便致函佐渡公道谢。从这点推测，他是不愿与我们门人作对，早离开下关了。”

他们一直守到深夜，才离开小次郎的私邸。明智勇马早于昨天飘然首途，登上旅程。现在留下来的，只有甚内与铃姑二人了。

“武藏贼，竟溜走了！”

甚内牙痒痒地说：“铃小姐，俺们也慢慢地动身吧！怕什么，像武藏这样的胚子，无论跑到哪里也不会失落，我们死盯着就是。”

“好吧。这样一来，武藏在我是杀夫之仇人呀！可是，甚内哥！你准备用什么方法去打倒武藏呢？”

“我仍旧用的是借刀杀人。”

“哎，‘仍旧’是什么意思？”

“哈哈哈……是呀，我还不曾对铃小姐说过。不，连小次郎老爷都被我瞒住了。俺原是被武藏杀死的有马喜兵卫的家臣哪；多年来我侍候小次郎老爷，也是想借老爷的力手刃武藏呀！”

“伊啊，你你……我也自谓够韧够狠的了，但你，你也……”

铃姑不觉毛骨悚然，把她那对细长深陷的两眼睁得大大的。

旋踵

一

一早，城内便盛传着武藏惧怕寺尾新太郎而从下关遁走的消息；大概是门人中的什么人，以为事情已告一段落，放宽了心，宣扬出去的吧。

“啊哈……懦夫！”

“软骨虫……哈哈哈。”

哄笑声到处爆发。他们的期待落了空，但心的重荷也轻松了。外来的旅客，各自打点回家。城厢里恢复往常的悠闲。

就在这时，武藏突然出现了。

还是那件白绫夹衫，腰挂黑鞘的大小双刀，赤脚草鞋，身高五尺九寸；肌肉结实，黑发垂肩；长脸盘，耸颧骨，脸上略泛青光，肤色润泽如玉；丹凤眼，细长如画。与众不同的是两眼中放着一层黄光。据传说，武藏小时曾无缘无故挨了父亲无二斋一顿好揍，说是“眼神可恶”！

武藏的两眼具有天生的威力，像会摄人魂魄似的，有如从深渊中发射出来的一股光芒，令人不寒而栗。

而今天的武藏，从他那巍峨的全身中，像发散出与他的眼神一样的光棱。他没有摆着架势，只是随随便便、静静地、慢慢地走着。但望见他的，谁都会打心中惊叫一声："啊，武藏！"随后把话倒吞下去，噤口结舌地躲开了。

商人和武士，很少有人认识或见过武藏的，但都直觉地知道"这就是武藏"，惴惴地望着他渐渐远去。他们一看便知道，惧怕小次郎的门人而遁走只是天大的谎言——这才是谁都不曾见过的了不起的好汉。

武藏带着小林家派来替他肩着行李的小厮，从大路上一直进城，正走向城内松丸馆住宅，去拜访长冈佐渡。

小次郎的门人中最初见到他的，就是前次替新太郎送信到下关小林家的两个青年。他们两人，一溜烟跑到小次郎的住宅。

"铃小姐，寺尾哥在吗？"

"寺尾先生不在这里。你看，今天只有我和甚内两个人……怎么了，你们两位？"

"不得了啦，武藏来了！"

"什么，武藏？"

鸭甚内不觉挺直了身体……

"一会儿，快到这边来了。"

"走呀！"

匆匆忙忙跳了出来，他们在空壕边的柳树下佯佯地与武藏擦肩而过，再回转身来望他远去。

"看见了吗，铃小姐？"

"啊……好高大的汉子！小次郎先生也够高的了，但与武藏比起来，简直只是一个常人，这样才够劲哪，也值得我拿性命去拼上一拼。可是，像甚内哥那样借别人的力量，我才不干呢！我要用这双手，亲自下手穿透他的胸脯哪！"

"哈哈……"

铃姑娇艳地笑说。

二

“伯父，我给你拿茶来了。”

“……哦，蛮好。”

佐渡津津有味地啜着悠姬亲自给他煮的茶。好一会儿，他默默地、悠闲地坐着。

那天以来，佐渡尽量避免去想武藏是否再来小仓。他知道想也没用，徒增懊恼罢了。对他那样的怪人，只有听其自然。

可是，他的内心还是期待着的。明知道是捉摸不定的、谜一样的怪汉，但佐渡对武藏仍抱着亲人般的依依之情。

加之，忠兴也每天问道：“武藏还没来吗？”

而今天，已是决斗后的第一天了：心想武藏不会再来，心中非常不快，连上衙去谒见君侯都鼓不起劲来。这才燕居书斋，要侄女悠姬替自己煮茶解闷。他闭目养神了一会儿，突向悠姬叫道：“公主！”

“哎哟，不要这样叫啊。”

悠姬娇羞地回道。

“哈，哈，哈……不，有时会想着这样叫的。去年上京谒见的时候，也像今天一样，你煮的茶，我与兴秋殿下相对品茗。就在当场决定，把你作为亲侄女儿，接了来家。”

“可不是嘛！当时我还舍不得离开京城，但想起爸爸坚定的决心和深厚的慈爱……可是到了这里，能做伯父的侄女儿，现在我真替自己庆幸哪！伯父，请你永远，永远，叫我阿悠……”

“哦，不错，阿悠是我的侄女，是已死的嫂子的纪念，是姓长冈的我家女儿。我想让你的那份天才尽量发挥，同时也是我奉献给失意的兴秋殿下的情谊……”佐渡兴奋地、真挚地说道。

现在，府中和家中的上下人等，都以为悠姬是佐渡的亲侄女，称她悠小姐；但事实上，她是主公忠兴侯的次子兴秋的独生女儿。兴秋是细川一族中唯一忠于丰臣的人，在细川家当然是一个叛徒。关原战后，被父亲忠兴驱逐出门，绝了父子之情，以浪人之身隐居京师。

他今年三十七岁，长佐渡两岁。佐渡的夫人是兴秋之妹，郎舅之间是肝胆相照的莫逆之交。兴秋做了浪人之后，佐渡每次上京谒见，必定去叩访他的隐居之处，一年四季，还偷偷地派人送钱接济用度。

三

去年九月，佐渡代表忠兴上江户将军府谒见的时候，顺路去叩访兴秋。两个知心的朋友，彼此不提时事，只是叫阿悠煮茶品茗，闲话故旧。这时，兴秋突然一本正经地说："佐渡，你能不能把阿悠接去？"

"什么，主公？这又为何……"

"身如漂萍，前途的命运不言而喻。做父亲的，实在不忍这孩子也跟着自己惨淡一生。"

兴秋的慈父之心，深深地使佐渡感动。妻子前年悼亡，现在只剩下兴秋父女二人相依为命。他是爱女心切，才能下得了这样哀痛的决心。

"阿悠，到佐渡家去吧！"

兴秋又朝阿悠说。阿悠一瞬目不转睛，呆呆地望着父亲。这以后，三人又商量了好久，阿悠终于点头，答应到佐渡家去了。这不仅是为了自己，也为了给父亲自由，让他能无挂牵地朝着信念迈进。

佐渡也答应了。这是因为他不仅为兴秋的慈父之心所打动，也为了悠姬得天独厚的才气。不论书法、绘画，她都使业师光悦为之惊叹不已。佐渡爱惜她的才气，很想在险恶的世路以外，让她发挥天赋之才。

佐渡此后到了江户，一个月后，归途再访兴秋，把悠姬带回小仓。当然，对于悠姬的身世是严守秘密的，对忠兴也只说是前年亡故的嫁在乌丸家的胞姐遗孤，给蒙混过去了。

他礼聘本藩的学者、文人，负责悠姬的教育。

她的美貌和才能，很快便在府中传开，成为青年们憧憬的对象。寺尾新太郎就是其中之一。

可是，佐渡对悠姬却寄以无穷的奢望：把她教养成才色兼备的女性，遣嫁大国为王侯之妃。

这时，佐渡把对武藏的牵挂也丢开了，笑嘻嘻地望着悠姬。端坐在幽暗的书斋中，望着佐渡，笑容可掬的悠姬俨如一朵含苞待放的鲜花。

突然，悠姬打破了静默。她说：“伯父，宫本先生不知怎样了？”

佐渡像从美丽的梦境给惊醒过来似的，皱着眉头。

“武藏吗……早已不知动身到哪里去了吧。”

“哎？不，我不这样想。他一定会来拜候伯父的。”

“哦，是吗，为什么？”

佐渡对悠姬的话是从来不愿轻易忽略，一定会加以考虑的。

就在这时，门外有人叫道：“老爷，宫本先生求见。”

四

“什么，武藏……快请！”

“是！”

佐渡掩不住脸上的喜悦之色。他笑嘻嘻地说：“阿悠，被你说中了。可是，你怎么知道呢？”

“我，是我向武藏先生祈求的，心愿……不是吗，伯父想同武藏先生见面，我也想听听京城里的消息。”

“哦，心愿……”

“哎，是的。我一直相信自己的愿望会实现的，他会到这里来的。”

佐渡为这少女心情的纯真感到喜悦，也为悠姬的心思邃密而吃惊。也许是她的心愿真的感动了武藏吧，他想。好在悠姬只是个十六岁的小女孩，假如已是十八九岁的姑娘，他也许不会让她与武藏见面了。

旋即，武藏被领到茶室，深深地低头致敬。

“武藏，来得好。今天吧，明天吧，一直盼望着……武藏，近前来坐！”

“是……那个时候都承相爷的玉成……”武藏申谢着说，“原想就那么离开，也许反是应了知恩感恩的道理；但突然又改变了主意，专程来拜谒了。迟误之罪，请您包涵。”

“不，原是一直惦念着的，但来得恰好，不早不迟。你大概也听到了，比武刚结束时，小次郎的门下很有些风风雨雨的传说，那也不过是一时的冲动，本藩该不会有轻举妄动之辈吧！屡次进退得时，钦佩之至。阿悠，给武藏也来盏香茗，慢慢地听听当日比武的感想吧。”

“哎——”悠姬静静地点上茶炉，送上一盏到武藏面前。

武藏呷了一口，端容说道：“今天晋谒是向相爷道谢，但另有一件事想请示尊裁。”

“哦，另有一件事？”

“是的，一位自称佐佐木高足的藩士向武藏提出比武的通知。”

“同你比武？”

“自称寺尾新太郎的一位武士。”

“什么，寺尾！”

“哎——”

悠姬也不觉低声惊叫。

寺尾新太郎是佐渡一直眷顾着的，在他的家中能自由进出，而且被寄予很大希望的青年武士。佐渡呻吟着，不觉冲口而出：“这个蠢材！”

五

武藏递上新太郎的来信，说：“收到了这么一封信，想来这位必定是贵藩世袭的家臣，原想置之不复，就此离开的。但回头仔细考虑，就此一走了之，武藏蒙上懦夫的讥讽倒无所谓，深怕因此误了那一位的一生，因此左右为难，来请示相爷的裁夺。”

佐渡的眼中闪过感激的眼光。

“武藏，难为你想得周到。不错，那个人确是本藩世世代代的家臣，主公以下，连我佐渡都另眼看待的一个青年。刀剑上虽不是你的敌手，可也不差，是佐佐木门下出类拔萃的人才，不知怎的想入非非，竟会向你挑战？是啊，这一失足不给他矫正，不仅是他本人，也是本藩的不幸。总之，向主公陈明，善为处理吧。”

佐渡领武藏到了客厅，说：“武藏，不要拘束，随意休息一下。阿悠，对这位先生不必隐瞒，慢慢地请教京里的消息也不要紧。”

这样说着，佐渡便匆匆走了。

随即有人送上来茶点糖果。而且不仅悠姬，连佐渡的夫人也出来陪着武藏。全藩都偏袒着小次郎，只有这一家人是支持武藏的。正因为这样，显得格外亲热，武藏那一身异样的装束，在这一家人是不以为怪的。

当然，武藏也放宽心来接受这一家的温情。他对各种问题：寺尾新太郎的事，与小次郎比武的经过，近日京里将军府和大阪丰臣家的动静，细细地解说了一遍。

不久，夫人离席，只剩下悠姬一人时，她的眼中闪耀着光彩说：“武藏先生，我在京里曾同先生见过面的。”

“在京里？”

“去年五月间，在光悦先生的茶会席上。”

“噢——那么是我跟泽庵和尚去的二十一日茶会。”

“是的，江月和尚、信海和尚、松花堂的昭乘先生、茶屋的四郎六郎先生，也都出席的。”

“可是，为什么你会在京？”

“我是兴秋的女儿。”

“什么？兴秋殿下的女儿！”

武藏张大眼睛，惊叫着说。

“……那时，我跟光悦先生学画和书法。”

“画和书法……”武藏也喜欢画的。他做梦也没有想到从师学画，只是把旅途中所得山水花鸟的印象，随便画在手头的纸上。

“武藏先生，那时你离开后，大家都在谈论着你。”悠姬目光炯炯地说。

六

“哦——谈论着我……”

武藏微笑着说。

悠姬却一本正经地继续说道：“武藏是没法教导的汉子，难亲近的汉子，独自阔步的汉子……”

“哼——”武藏脸上的微笑没有了。

“……是决斗的恶鬼，是剑术的毛虫，不知爱，不知情，冰一般冷酷的人……”

“你也这样想吗？”

“是的，这样不是太好了吗？战斗，一生在战斗中的好汉——常胜不败的好汉——那样的一个人，绝不屈服于任何人，是孤独的，冷冰冰的好汉。我喜欢这样的人。武藏先生，你以后也会比武吧？而且绝不会输的。”

武藏眨着两眼。这样天仙般美丽而又天真的少女，竟会说出这样的话来，是他做梦也想不到的。而她的话，包含着不可思议的热情，其中透出高洁的芬芳。

过去，武藏曾几次受过女性的倾心相爱，但他把那些爱情一概谢绝了。是因她们的爱不能鼓舞他的勇气，反使他的心情沉重，失去斗志。女人，只是祈求爱人的平安无事，把他们拖向庸碌的生活圈子里去。——根据自己的经验，武藏是这样想着的。

而悠姬的热情，却与她们的完全不同。武藏觉得悠姬说的话，给了他异样的激昂。但他立即把情绪抑制下去。

（只是个十六岁的女孩，少女的梦，梦中的幻想……）

武藏的心中这样嘲笑着。于是他笑着说：“公主，我也许有一天会被打败的。不，也许，也许与小次郎决斗的那种场面，今后再也没有了。”

“可是，江户不是还有柳生一家吗？”

“不错……”

“武藏先生，请你去决斗，而且赢了回来！”

“可是，战斗不仅单指比武。在我，人世就是一个战场，我想战赢他们。”

“我也要战斗的，但我还没有战斗的力量。武藏先生，你能帮助我吗？”

“得看时候，也许……”

武藏不知不觉这样问答；他似乎又被拖进少女的梦中去了。风云际会的细川侯一族中，唯一的反动者兴秋的女儿，表面上德川和丰臣两家在目前虽相安无事，但战祸的端兆已弥漫于京阪一带，在这位少女艳丽的脸庞上，武藏像隐隐地见到前途的阴霾。

七

寺尾新太郎被召唤到主公忠兴面前，受到重重的申斥。佐渡却从旁安慰着说：“新太郎，你不肯偷袭而向武藏堂堂挑战，其志可嘉。但你要晓得，连师傅小次郎都不堪一击，你们怎是武藏的对手！现在你该懂得主公的心意了吧？”

待新太郎垂头丧气悄然离去之后，忠兴便说：“我要见武藏，立刻宣他上来！”

佐渡劝告他说：“不，殿下！这样做对小次郎会显得太过薄情，给别人也不好看。往后再等机会……”

话虽不错，但佐渡不肯把武藏引见给忠兴是另有理由的——是怕武藏那一身奇装异服和怪相会引起忠兴的反感，留下不良的印象。

幸好忠兴接受了佐渡的意见。

辞别主公后，佐渡在另一室里召见寺尾新太郎等五个青年：山东、和田、宫肋、野田，都是佐佐木的高足，而且都是肩负细川家重任的峥峥青年。

新太郎受了主公的申斥，对武藏的决斗虽断了念头，但心里并不服气。佐渡看穿了这一点，便对青年们说：“现在我给你们引见武藏，随我来吧。”

他偕同五个青年，径回自己的府邸。

武藏仍端坐在客厅中。

“武藏，把年轻人带来了。寺尾、山东、和田、宫肋、野田——都是小次郎的高足。有什么兵法上的话，说点给他们见识见识吧。”

“真难得，幸会幸会，我就是武藏。”

武藏虽尽量温柔地环视了青年们一周，但武藏的这一瞥像箭一般把青年们火一样燃烧着的敌对心一瞬之间消于无形了。

只有新太郎一人，仍支撑着不为所屈。

“我就是向先生请求比武的寺尾新太郎，可是主公不答应，不许我如愿以偿。”新太郎挺着胸，昂然说。

“唉，那真可惜。”

武藏把视线投注在新太郎的脸上，突然说道：“不过，难得你有此愿望，就在这里比画比画吧。”

佐渡和青年们，都不觉愕然相视。

八

新太郎的脸，像是霎时苍白了。

对武藏言决斗，无异乎“死”的宣示。

“寺尾先生，来吧！”

武藏把腰刀连鞘伸出，虽依然端坐不动，但一股杀气，如箭般逼向新太郎。

“恕罪！”新太郎一跃而起，拔出大刀，拟在眉心正面。

佐渡以及其他所有在座的人们都凝神屏息，张大了两眼，哪里还有开口的份儿？

武藏两手紧握着腰刀，静静地站起身来。要进击就趁现在，新太郎心想。但就在这一瞬间，武藏的腰刀轻轻地向前滑了过来，新太郎的刀尖上像被一股潜力给压住了。当然这只是一种感觉，武藏仍同他隔着四五尺，没有挪动半步。

新太郎用全身的力气想把刀向上举，但手上如有千钧之重，刀尖只是往下沉。他的两眼已睁得通红，额上的冷汗直往下淌。

武藏的腰刀突然一震，新太郎觉得手上一轻，刀尖向上微跷，他抓住了这一瞬良机，举刀过顶，用尽全身力量朝武藏头顶砍下。

“铿锵”一声……新太郎倒向武藏脚边，大刀脱手而飞，在空中画了一个圈子，插在地板上。武藏用刀鞘的尖端，轻轻地压住新太郎的肩头。

“寺尾先生，恁地？”

“啊，先，先生……”

新太郎悲痛地叫道。

“好！”

武藏从他肩上轻轻地抬起腰刀。

“各位，大家一齐来吧！”

说着，他倏地跳下院子。

青年们面面相觑，但势成骑虎，已是欲罢不能了。

“一齐上前！”

佐渡也跟着喊道。

“好吧！”

不知道谁这样叫了一声，四人一齐跑到了院子里。

“来吧！拔刀！”

“……”

四个人默默地拔刀出鞘。在他们面前，武藏两脚分开，腰刀出鞘拿在右手上，短刀提在左手，潇洒地站开门户。

“呀呀，双刀流！”

佐渡张大了眼睛，一直想见识而没有机会见到的武藏的双刀流。武藏运用双刀的动机，一说是从他的父亲无二斋的十字术中变化而来，一说是从双手击鼓的手法中化出。武藏的双刀这时已相当出名了，但他实际上却很少使用。与小次郎比武前，佐渡也曾提起双刀流的事，但武藏却红着脸说：“不，这刀法还不曾完成，还得研究磨炼，还得下功夫，将来也许自成流派。”

九

不晓得什么时候，悠姬也出来坐在佐渡旁边了。她的脸色苍白，张大的两眼像冻住了似的，贯注在武藏身上。

四条白刃围成半圆，逼住了武藏的双刀。这四个青年，虽够不上名人，但都是相当有成就的剑士，一旦受挫的斗志重燃，则形成必死的反击。当然，白刃出鞘，落败就是死亡。

半圆在缓缓地移动。从枝叶间漏出的夕照映在白刃上闪耀着白色的火焰，但武藏却把大小两刀倒提在手上，刀锋朝着地面，轻轻地、悄悄地站在当地。武藏两睑半闭，眼睛细眯，那稍带黄色的目光像鬼火般射着异彩。

“嘶——”随着一声怪异的吼叫，武藏前滑四五步，小刀平伸，刹地举起大刀。

“和田君！”

武藏向正面的和田平作叫道。他的声音并不高，但有着足以贯穿对方胸膛一般的潜力。

“啊——”

和田的大刀脱手，身躯也随之缓缓地软瘫在地上了。这一瞬间，他感觉好像武藏的大刀砍进了自己的脑门。是的，假如武藏就此再进半步，挥刀向下，和田的脑门无疑地已被砍作两半了。

“山东……”

武藏耸身向右，左手的小刀前伸，大刀向回拉至肋下。

“啊——”

山东弥七随声扑倒，双膝落地，左肋下好像挨了一击。

就在这时，宫肋也许找到了机会，怒吼一声，从横里挥刀疾进，朝着武藏砍下。但“嚓”的一声，宫肋的大刀被武藏交叉的双刀夹住了。他仰面朝天倒了下来。

而在下一瞬间，武藏却迅即转向野田，双刀交成“八”字，疾身而进。

“输，输了！”

野田以全力向后跃退，双手据地。武藏静静地双刀入鞘。

“各位，这该交代清楚了吧？”

说着，他又转向佐渡施了一礼：“请包涵放肆。”

佐渡和悠姬的脸上都恢复了血色。

“武藏，双刀的绝艺，佩服之至。各位，武藏若没分寸，你们早没命了，不要辜负他的一片热情才好。”

他又回头朝着悠姬说：“阿悠，武术的精妙，你也吃惊了吧？”

说着，他莞尔而起。

十

那天晚上，在佐渡的府邸里，以武藏为主客，新太郎等也相聚一起，开了一个小小的酒宴。佐渡的夫人和悠姬也都出来殷勤招待，虽然朴实，但宾主尽欢，极为愉快。

青年们对于武藏的剑术、人品，已是五体投地。师傅小次郎虽强，是人所不及的天才，但武藏则是超人。天才是人的顶点，是有界限的，但超人则是超越那顶点和界限的存在。青年们对武藏的感想如此。失了师傅固然悲痛，但得超人剑士的知遇，却使他们沸腾起感激的心情。

他们像少年一般，目光闪闪地，提出许多兵法上的疑问向武藏请益。武藏也不厌其烦地，一件一件给以满意的回答。

“先生，我们满以为先生与佐佐木先生决斗时会使用双刀的，为什么只用单刀——而且是木刀呢？”

不知谁提出了这样的问语。

“这是……双刀是以寡敌众的利器，但有时则以双手一刀才能发挥威力，与佐佐木先生的场合便是。佐佐木氏是把长刀之利活用到顶点的名手。运用长刀，他是天下无双的高人。要出奇制胜绝非双刀所能济事，唯一的方法，就是夺彼长刀之利——意即使用比他更长、更重的武器。所以我才利用废橹，削成四尺二寸的木刀。我用这个长家伙，使佐佐木燕子翻身的绝技也无从着力。武藏的胜算，在那个时候便已稳操在手了。”

一座肃然，听者莫不深为惊服。

暮春的夜晚，在昂奋、愉悦的欢聚中渐渐深沉。所谓“酒逢知己千杯少”，大家都在欢乐的气氛中陶然而醉了。

首途

一

因佐渡的斡旋，武藏与寺尾新太郎等五人缔结了师徒之盟。当天深夜，待妇女们退去之后，在净室内另外设席，酾酒神前，结为师徒。

其时，武藏对青年们悄然说道：“我们虽结了师徒之约，但不晓得要等到什么时候，才能给你们亲自指点。但让我们的心紧结在一起吧！有一件事特别托付给各位，就是佐渡先生的事——佐渡先生当然是细川家的柱石，希望各位能为佐渡先生的股肱，同为主公出力。还有，是悠姬公主的事……”

说着，他满含深意地望着佐渡。

佐渡领首接口说：“哦，让我对你们推心置腹说明吧！这绝对不能让外人知道，阿悠虽是我家夫人的侄女，但不是我的血亲，是主公忠兴殿下的二公子兴秋殿下的独女。”

青年们因事出意外，愕然惊顾。

武藏接着说：“反抗德川的兴秋殿下的公主，能把她迎养在自己府邸中，佐渡相爷的果敢，实在是弥足珍贵。纵观大局，德川、丰臣两家的纠葛是无法澄清的。换句话说，总有一天，会有祸患降临于悠姬公主甚或相爷的身上。武藏嘱咐各位的，就是万一发生不测之时，请各位能为相爷的左右手，同来守护悠姬公主的安全。”

“是，我们竭力而为，死而无悔……”青年们激动地答道。

“听了你们的诺言，我也放心了，像武藏刚才说的，在这种惊涛骇浪中抚养阿悠成人，真非容易。万一这一消息外泄，传到将军家去，连我都不能置身事外。但我有心报答兴秋殿下的知遇，发展阿悠的才能，那孩子确是不可多得的才女，是不能让她埋没的。”

佐渡和武藏又谈了些悠姬的才能及为人。之后，佐渡突然变换了话题问：“武藏，今后做何打算？”

“相爷，我想趁这机会到九州各地巡回一番。九州是自古以来的武勇之地，一定有隐姓埋名的兵法家。我想去向他们请益剑术，磨砺自己。再则，踏遍山川大泽，锻炼身心……”

“哦，那也很好。”

“可是另有一件未了之事，须得先访一趟筑前的黑田家。”

“黑田家？”

“是很早以前曾提起的仕宦的事，昨天也有信使专程来到下关。”

“哎，仕宦？”

“现在想起来只是无稽的梦想，那时倒认真地想进宦途、迎妻室，过一个安定的生活的。哈哈哈……”

武藏不觉寂寞地笑了。

二

武藏是沉默寡言的人，尤其是自说身世，真是绝无仅有的事。今夜却说顺了口，滔滔不绝地一泻千里：是因为战胜小次郎得偿夙愿而心情轻松？也许是因佐渡一家温情的鼓舞？

“你想，我也是人子，也有女孩儿家倾心我这到处为家的人。”

武藏接着说：“她是我童年的同伴。但我是一个兵法修业的人，过的是流浪的生活，是在生死搏斗的世界中过活的人，怎能谈得上儿女私情？后来那个女孩子也登上流浪的旅程，去年秋天，我们在备后鞆津的旅馆里偶尔重逢，她已病得奄奄一息了。我觉得她可怜，当时便想迎娶为妻……”

“哎，武藏，你居然也有那样的软心肠。”佐渡很感兴趣地插口说。

“是的，当时真是这样想的。而且下决心与小次郎的比武倘或侥幸不死，就前往早有成议的黑田家出仕，好好地定居下来。”

“啊，武藏，这倒是正路，让黑田家把你夺去虽然可惜，但本藩目前又不能立即用你，黑田家却也不错。武藏，这是一件好事情，待你出仕后，媒人由我佐渡来做吧，立即把那女孩迎娶过来。”

武藏摇头说：“相爷，开头我不是说过的吗，那只是无稽之梦。我这次到黑田家，就是为的辞去前议的仕宦一事。”

“哦，那又为的什么呢？”

“以前，我以为打赢了小次郎，我的修业可谓告一段落了。但现在看来，比武就像山峰一样，过了一山，前面又有一山，在那山脚下是刹不住自己的脚步的。”

“这样，那个女孩子真太可怜了。”

“这是没办法的事。我是以剑为生的人，我所走的是险恶的战斗之路，只容一人踽踽独行的小道，是要离开亲人的冷冰冰的一条羊肠小道。”

“原来如此……”

佐渡静静地点头。青年们不觉肃然起敬，注视着兵法家严厉的脸。

这些话，悠姬在隔室中都听见了。她不是有意来偷听他们的谈话，是到隔室剪灯檠的灯芯，偶尔驻足听到的。

“我也要走这样的路！”

悠姬心想。连绵的山脉闪过她的眼帘。

三

翌晨，武藏布衣革靴，把仅少的行李结成包袱斜系背上，完全以一个武艺修业的远行武士的打扮，辞出了佐渡的府邸。

这是一个新的出发！

自从打垮了命中注定的克星佐佐木小次郎之后，武藏有了新的转机。昨天为止的修业，唯在追求强敌以一决雌雄，为此而身心不懈斗志盎然。但时至今日，似渐见斗志消沉。不，非斗志消沉，是他再也找不到像小次郎那样足以鼓舞斗志的强敌了。

于是，在他的心中涌起优裕与自信。假如武藏也如其他普通的兵法家，也许会像他前夜对佐渡说的，出仕为官，过起平静的家庭生活。

但天生的斗志与对宝剑的热爱，注定了他的命运，让他向另一战斗的天地中迈进。

他那战斗——他自称为“修业”的——对象，也许就是他自己的心灵？也许是整个宇宙，整个社会？也许是神，是佛？也许是权势？

他的前途，当然是波澜起伏、困难重重的。而最可怜的是在备后鞆津养病，一心期待着武藏佳音的，名叫阿通的薄命女郎。但今日的武藏，再也没有余裕顾到那些了。

佐渡一家，送武藏到大门口。

“武藏，你当然自能检点，树敌太多，路上千万小心。”

“是，武藏自会留意。”

“寒暑不一，路上保重。”

“相爷也自珍重……”

“武藏先生，回来时请你务必再光临……”悠姬也依依不舍地说。

“谢谢你，后会有期……”

武藏跨出大门，寺尾新太郎等五弟子已等在门外，是来送师傅到郊外的。武藏阔步向前，他的异装再度散发出隐隐的杀气，威严四布，行人侧目。

可是他的脸上却比昨天开朗光彩得多了。佐渡府邸中的一天一夜，于武藏而言是与小次郎比武一样有着重大意义的。佐渡一家人对他血亲一般的爱，温暖了武藏孤独的心田，于他是一生所未有的经历。

而最使武藏惊异的，则是悠姬的出现。

悠姬在武藏幽暗冰冻的心田一角，燃起了一盏小小的灯火。那绝不是世俗所谓的爱情之火，但那是微微温暖着心灵的光。武藏虽不自觉，但也无端地感到快乐，而在那快乐之中，隐现着未知的世界。

到了城外，与门徒寺尾新太郎等分手后，武藏便独行踽踽，沿着海岸前进。

这时，行装打扮的鸭甚内和铃姑两人，不知从何处猝然出现，喁喁私语着，若隐若现，跟踪在武藏的后面。

四

“真奇怪！”铃姑望着武藏的背影，悄然自语。

“什么事奇怪，铃小姐？”

“我是说我们的遭遇。小次郎倘能再坚强些，打赢了武藏，我就是武术教头的夫人，你便是总管，大家都可以平平安安地过日子了……不过，我可不是舍不得，尽发牢骚。我真想在那冷酷汉的胸口上，给挖穿一个大窟窿！甚内哥，我听到武藏的传说……女人是修业的大敌，绝不留恋……”

“真是的。我的主人有马喜兵卫被武藏击毙，是十七年前，当时那厮还只是十三岁的猴崽子，却害得我家破人散。好不容易到京里攀上吉冈家的总管，那小鬼也跟踪而来，又弄得我投奔无门。从那时起，我便认定武藏是我的不世之仇了。他真是没有泪，没有血，人类的公敌呀……可是，铃小姐，到长崎跟洋人去学短铳，倒是个了不得的主意哪！”

“哼，这也是没办法呀！叫我这连短刀都没有拿过的女人，除此还有什么办法呢？”

铃姑原是结城中纳言秀康城下街的一妓女，那年与小次郎偶然邂逅结下孽缘，自京都、大阪、江户，一直服侍着小次郎，做了他的阴影里的女人。做小次郎的正式太太，铃姑是做梦也不曾想到的。所以小次郎接受细川家的邀请时，铃姑也断了念头，以为缘分已尽。但想不到小次郎竟专程接她前往，并答应她看机会扶为正室。

“甚内哥。”铃姑一瞥甚内说，“你的主意，不是也了不起的吗？”

“你在说高田又兵卫？”

“是呀，年纪虽轻，却是枪法的名手。”

“可不是嘛！同小次郎先生能打个平手哪！从那时到现在还不到两个月，一定仍在九州的什么地方，待我找到他，说服他去对付武藏……哈哈哈。”甚内高兴地笑着说。

高田又兵卫是伊贺的浪人，自少随宝藏院掌院胤荣习枪，胤荣死后，与现在的掌院胤舜同被推崇为当代使枪的双绝。当年二十五岁，从四国到九州，与小次郎交手后，就此南下。

这确是难惹的好汉，武藏怕也不易对付，难怪甚内发出快意的笑声。而且甚内的口袋中，除了这一着棋，还有着许多张王牌哩！

“铃小姐，纵使高田落败，长崎还有霞石太卫门，肥前深堀有雷电十五郎，矢部有筑紫朱门，肥后的相长，则有丸目藏人佐彻斋。尤其是彻斋，是上泉伊势太守的四大天王之一，一般传说，他的剑技胜过同门的柳生但马。铃小姐，你假如不快些练成短铳的名家，怕会坐失良机，不能手刃武藏了。”

甚内不觉又兴高采烈地放声大笑。

分道扬镳

一

庆长五年，筑前五十二万石的领主黑田长政所坐镇的福冈城，明治年间与当年中日海运要港的博多港合并，就是今日的福冈市区。

武藏进了福冈城，首先去拜会的，是早先替他向黑田侯拉拢的该藩重臣平贺赖母的府邸。一直跟踪武藏而来的甚内和铃姑两人，看实了武藏的落脚地，便掉头向博多港方向走去。他们也曾听到武藏有出任黑田侯的消息。

“甚内哥，不晓得确不确实，听说武藏要出任……”

“这——个，以武藏过去的作风，大有可疑。”

“我也这样想，第一，武藏压根儿不是块做官的料子。”

“可不是嘛，那副妖怪一般的模样，要用他的人也得考虑考虑……”

两个人不知不觉到了码头。博多港本来是日本与大唐的交通要地，曾经盛极一时。镰仓时代[①]元世祖忽必烈东征日本，也以博多一带为目标，沿海商民逃避一空，顿成废墟。乃至丰臣秀吉讨伐岛津南下九州时见此情况，深为惋惜，乃接受岛井宗室、神屋宗湛等献策，重整博多湾，渐复旧观。

这时已近黄昏，港湾中帆影点点，码头上却很少人迹。两人在湾港中搜索了半晌，甚内突然叫道：“啊，在那里，在那里！”

“不错，有菱形十字的标志，不会错的。”

“喂……吕宋船！”

甚内向一艘拖驳高声呼喊。

“喂……”

---

① 镰仓时代：元至元十八年。——译者注

对方有了答应，一个彪形大汉走出船头。

甚内望了望四面，悄悄地在胸前画了十字。

船上的大汉点头，坐上舢板，向岸边划来。

那大汉上岸后，铃姑对他低声说："我是替小仓的长仓幸太夫先生送信给菱屋的十兵卫先生的，请你带我上船去。"

大汉向他们两人上上下下打量了半天，才点点头说："那么，请上船吧。"

铃姑回头望着甚内说："甚内哥再见，到长崎再会……请你珍重。"

"铃姑也珍重。"鸭甚内眨着眼，看着铃姑跳上舢板，被送到吕宋船上去了。海面上映着晚霞，是一片红流。

二

平贺赖母告诉武藏，本藩权要内定以三千石延揽武藏，主公黑田长政也有了委派武藏担任兵法总教习的心意。

"多谢关注。"

武藏只是淡淡地道谢，并没有表明自己的本意。

这仕宦一节，也非武藏所求，是对方所提出的。而所谓内定，实在只是"内定"而已，最后的定夺，还有待武藏与长政侯见面之后。

虽说早有成议，但双方见面后如不协调，还是不算数的。所以当时决心出仕时，武藏便曾对居中斡旋的平贺赖母表示："一切待谒见黑田公后再从长计议……"

而决意仕宦的今日，且看长政侯的态度，回绝的措辞自有不同。武藏是绝对不肯与人言质而失去行动自由的。

不数日，长政侯有了正式召见的意旨。那天早上，赖母特为武藏定做了一套礼服。

"这倒不必。"

他一口回绝，仍穿着随身的白绫夹衫，头发也未整理，只是用五指向后一梳，随随便便跟着赖母上城。

哪里有这个打扮上殿谒见的？长政侯是战国时代出色的名将，而且是出名的急躁性子。今天的谒见顺利与否——赖母对此开始感到不安了。

这是正式召见的排场，长政侯与世子忠之居中，家老以下的家臣两边侍坐；其中不乏天下知名的豪杰之士。他们正襟危坐，在等着瞻仰这位一剑击毙小次郎而享誉全国的剑客。

不久，平贺赖母在大厅外俯身禀道："作洲浪人宫本武藏应召求见。"

长政侯目光如炬，沉声道："准予晋见，着即上殿。"

这时长政年方四十有六，适当盛年，目光炯炯，俨然是驰骋战场的名将风度。

赖母回头叫道："宫本氏请进。"

内侍打开殿门，百余道眼光一齐向门口扫射。在众目贯注中，武藏悠然出现，直视正面的长政，前进三四步……站在赖母旁边，俯身禀道："在下宫本武藏，承君侯宠召，不胜荣幸。"

他那气概，没有一分的空隙。长政侯无言，默默地只用如电的目光凝视着武藏。家臣们为武藏那身奇异的服装、不敌的气概、修伟的身躯所震慑，肃然凝神注目，悄然无声。

三

"武藏，近前。"

长政侯好不容易开了口。

"恕罪。"

武藏挺身，前进，直至长政侯前，端容就座。

"武藏，听说你身经五十余次决斗未尝失手，可是真的？"

长政侯的语气犀利，一开头便隐含着责备的口气。

"是，仰君侯鸿福。"

武藏的语调还是一样的低沉。

“在京都与吉冈家决斗时，一乘寺击毙少年又七郎，不是太过残忍了吗？”

“年纪虽小，也是敌方的一员大将，若谓过错，罪在调遣又七郎的吉冈一族。”

“哦，在船岛与小次郎比武时延误了约定时刻，又做何解释？”

“若谓因此而精神动摇，我不得不为小次郎惋惜。”

“小次郎已是一剑而倒，再加上第二剑，岂非超越比武的限度？”

“小次郎，不愧为天下第一流的剑士，身虽倒地，斗志未埋，那时武藏如稍有大意，早在他的长刀下饮恨终身了。兵法家的比画，是以生命为孤注的，非至最后一瞬，胜负仍未可卜，是不许有一丝一毫姑息的。”

这时的武藏，也像他所说的话一样，毫不姑息，脸凝秋霜，有咄咄逼人的剑气。

“哦，好武藏。”

长政侯不觉自语，再给武藏锐利的一瞥，回头吩咐近侍说：“拿酒杯！”

内侍献上金盆，上置朱红描花的金漆大杯和酒注。长政侯亲自斟了一大杯清酒，一口饮尽，把酒杯递给武藏说：“武藏干杯。”

武藏双手捧杯，也一饮而尽。

长政侯显得很满意，转为和颜悦色地问：“武藏，今后意将何往？”

“萍踪浪迹，随兴所之，打算在九州各地周游一趟。”

“哦，博多湾、太宰府、箱崎，本藩领内名胜极多，慢慢地消遣吧！”

“多谢君侯。”

“那么前途珍重。”

“祝君侯安康。”

武藏深深一礼，静静地站了起来，也与来时一样，视两座无人，目不旁顾地翩然自去。

四

武藏去后，平贺赖母慌忙上前："殿下，武藏任命一节？"

长政侯装聋作哑地说："什么，武藏，你不曾听见吗？"

"是。"

"你还不明白吗？哈哈……命官一节，早已作罢了。"

"是。"

"我不喜欢这样的人。他那态度、面相、眼神……没有一件讨人喜欢的。各位以为如何？"长政侯环视着家臣说道。

母里太兵卫上前进言："殿下，太兵卫与主公同感。也许这是近今年轻兵法家的通病，装模作样，自视不凡，令人莫测高深。"

母里是黑田家的豪者，屡建战功的得力之臣。

"其他各位，有何意见？"

"是的，总而言之，像他那个样子，是难做大藩家臣的。我们原是听说功夫了得，才向主公推荐，可是今日一会，真是闻名不如见面……"

家老中的一人如此回答。环顾在座，大多数——尤其是权要大臣，差不多观感皆同，没有一个对武藏表示好感的。

"忠之，你以为如何？"

长政侯回顾世子忠之问道。忠之久居江户，最近才返回不久。他亮着眼睛回道："是一位不可多得的新时代兵法家。"

长政侯也不觉亮着双眼。

"哦，新时代的兵法家！也许是的。诚然是不可多得，是万人选一的兵法家，我也这样认定。他早已见到我无任用之意，随机应变，无懈可击，确是敏捷练达之士。"

"父亲，在我看来，武藏本人原无仕宦之意……"

"什么？武藏本人……"

"是的，看他那一身打扮、目中无人的气概，虽然语卑词谦，但他的心目中却自视与父亲处在对等的地位……"

“哦，不错。那么今天的这一回合，是为父的落败了？”

“不，假如父亲的语气流露出任命之意，那便是被武藏占了先机。父亲的应付也恰到好处，且能制敌先机，可谓棋逢对手。今日之会，我以为是平分秋色，真是难得的盛事。”

“是吗？哈哈哈哈哈……”长政侯不觉豪爽地放声大笑。

话分两头，武藏从宫中下来。回到平贺的府邸，便忙着整理行装，准备上路了。

平贺赖母垂头丧气地到了家门，见到武藏：“哎，武藏，足下的出处，主公的心意，教赖母如坠五里雾中……”

说着，赖母不禁摇头叹息。

五

武藏的仕宦没了下文，使黑田侯府下的青年们大感失望。青年们虽从前辈口中听到些批评武藏比武作风的风言冷语，但他们对这位名闻天下的年轻剑客仍抱着新奇的憧憬和仰慕之情。这一点，他们与出身佐佐木小次郎门下的小仓城细川侯府下的青年是不可同日而语的，虽说后来细川藩下的青年也在见识武藏的实力之后倾心相爱、俯首听命。

他们偶尔相聚，便提出此事来。

“是重臣们没用。”

“主公垂询时，他们推荐在前，据说竟没有一个人称赞武藏的。”

“殿下与世子都对武藏的实力十分赞赏，否则怎会当庭赐酒……假如重臣们能助一臂之力便好……”

“唉，后藤又兵卫辞退在前，现在又坐失武藏。”

“说来说去，是武藏的来头太大了。”

青年相聚，就以武藏为话题而骂重臣的无能。后藤又兵卫虽也是黑田家的家臣，并是一位位侪王侯的大人物，前年声言不满主公长政的作风，戈矛枪炮全副武装，堂而皇之退出福冈城。他原是倾向丰臣的；他的专横和不满主公长政的论调，也许只是投奔大阪城的一个借口。

“可是各位，像武藏那样的兵法家，也许再无第二次相见的机会，我们趁早赶了去一睹风采，听听他的论谈，诸位以为如何？”

“是极，是极，但不知是否仍在平贺府邸？”

“不，昨夜听说转到同族的武田家去了。”

“那么，我们赶快前去吧。”

这些青年是城内练武馆里的首脑人物。

但说这话时，武藏已辞别武田家，沿着博多湾的沙滩，正向名岛那边缓步而去。这一带海边，正是白沙如雪，翠松似盖，风光明媚，令人心旷神怡。洗刷沙滩的浪花，受着玄海的巨浪推动，劲强有力，间以松籁涛声，又令人欢欣鼓舞。

武藏身在其中，想起自己长长的流浪，想起宇宙的辽广，感慨万千，顿生“羡天地之无穷，渺沧海之一粟”的感怀。

“要使自己更伟大、更旷达，凭着这把宝刀，踏破天涯海角……”

他抚着宝刀“伯耆安纲”，踏着如雪的沙滩，昂首阔步而前。

这时，突然从松风浪语间传来一阵年轻的呼声：“先生！”

“宫本先生！”

六

武藏愕然回头，停下脚步。

一群年轻武士，向他飞奔前来。

“先生，真对不起，无端耽误了你。”

“我们都是黑田藩士。”

“无论如何想见先生一面，当面请你指点。”

他们仰望着武藏说。他们的真情打动了武藏的铁石心肠。他亮着眼，脸上浮上微笑。

“那真难得……我们谈谈吧，就在这里。”

武藏点头，邀青年们进了绿草如茵的松林之间，在草地上团团地坐下来。

“先生，兵法的精神到底是怎么一回事呢？”一个高高的青年先开了口。

“唉，这一层我都未曾领会到，我只能够根据自己过去所踏的路，奉告各位‘克敌制胜’一语。制胜之道，克敌之法——我以为就是兵法的根本。至于如何斩荆披棘，到达那个境界，就得看人人的缘法了。”

“这是什么意思？”

“譬如说，我们为了制胜，便非苦修磨炼不可。为了修炼，便非得屏除欲念，决意爱情，忍受困苦，超越生死不可。何况我们凭一把剑来斩荆披棘，所开拓的是未知的新世界，是未知的人生，而且是深不可测、永无穷极的。”

“先生，对于人生，你也曾有过苦恼吗？”一个红脸的青年问。

“当然有，而且是连续的苦恼。我为了克服那些苦恼，才不断地奋战。”

“结果怎样呢？”

“我在不断地向前迈进，但不知是否制服，苦恼仍在我的脑中蠢蠢欲动。”

“有没有爱过女人呢？”

“有的，但我把爱情一刀斩除了。”

“先生，听说决斗时您夺取了不少人命，关于这一点呢？”另一个青年问道。

“人命是可贵的，我深深地感到罪恶。可是兵法之道是严酷的，同那些罪恶感也非宣战不可。”

“兵法，究极的目的又是什么呢？”

“我从来除了克敌制胜之外没有想到别的，但每经一战，似乎打开了人生的另一扇门扉。这些门扉，也许无止境地延续下去，但假如让我的梦有实现的一天，我会发现宇宙的至理，到达自由无碍的境地，创造绝无苦恼的人类世界。我想拿这种境界，作为自己兵法修业的终极目的。”

“先生。”最年长的青年，苍白着脸问道，“先生以为杀戮决斗的那一边，才有天国吗？”

“也许是的，你是？”

武藏向那个青年投以锐利的目光。

七

“我以为只有爱才会领我们进天国，那是唯一的一条路。”那青年满溢热情地说。

“你是天主教徒吗？”

“我不是教徒。但我以为他们所说的是真理，颇为动心。”

武藏瞑目颔首，但立即张开眼睛说：“我也在京里听过神父讲道。他们所说的爱和佛教的慈悲，我以为都没有错。也许有那么一天，我会去追求上帝的爱，或者去求我佛的慈悲。但目前不成，我的人生是把一切托付于剑的，挡在我的面前的，都是我战斗的对手：上帝也罢，佛陀也罢，但无论爱与慈悲……我是被诅咒的人，但这也是没有办法的，那不逞的反抗，正盘踞在我心灵深处。”

青年们以惊叹、赞美的目光凝视着武藏。在他们的眼中，武藏已不是一个兵法家、剑客，简直是一个苦行的头陀。

对一切事理都轻下判断而谆谆告诫的前辈；一心立功沙场的豪杰；安于妥协与屈从而自诩贤明的老臣；为环境所左右而奄无生气的中年人；不问上帝、佛老，不问任何政权，俯伏在既成权威之下而一无疑义的诸侯国君；这些人们与武藏之间，有着多大的差距啊！武藏，他面对着人生而一丝不苟。在他的面前，没有妥协，不容许有丝毫的含糊。没有感伤，也没有陶醉。

他是多么坚强的一个人呀！但青年们，因而领悟了武藏的苦恼，他的孤寂。

“先生！”其中一人像突然惊醒似的叫道。他的手中擎着酒瓶。

“先生，请你与我们同干一杯。”

“谢谢你们的厚意。”

武藏从另一个青年手中接过杯子，注上满满一杯。

青年们轮流把盏，互相干杯。

“先生巡回九州，敬祝健康……”

“我们也誓必奋战到底——磨炼剑术……”

青年们口口声声迸发出激昂感动的言辞。武藏苍白的脸上染起一片兴奋的红潮。

“谢谢各位。与佐佐木小次郎决斗之前，我没有与各位青年见面的机会，周围的人们都对我敬而远之，说武藏是冷酷的、可怖的人，而我也没有与青年谈心的余裕。我本来没有师承，也没有弟子。现在我才知道，唯有青年们蓬勃的心灵、茁壮的灵魂，才是我的朋友。我祝福各位永远年轻，永不衰老……”

武藏说着说着，无端想起小仓的青年们和坚强的悠姬，也想起卧病在鞆津的阿通。

松风飒飒，呼啸在树梢。

刀与枪

一

话分两头，鸭甚内在博多湾与铃姑分手之后，找到几个曾在佐佐木门下的藩士，透露了自己的心意，分头去打听高田又兵卫的行踪。结果，知道又兵卫正逗留在肥前锅岛侯领下的小城。他获知武藏出仕黑田的事已成过去，便兴高采烈地比武藏先一脚离开福冈，西下肥前了。

甚内曾亲眼看见又兵卫与小次郎的比武，虽不是真刀真枪，而且胜负未分，双方各无伤损，但对又兵卫枪法的矫捷、气势之烈，小次郎都为之咂舌，叹为“天下无双”。

因此，在甚内想来，以又兵卫的实力去对付武藏的剑术，是绰绰有余的。再加上又兵卫出身的宝藏院，曾于数年前吃了武藏一次大亏，被击毙一个门徒。当时又兵卫虽已离院，但这一事该不会不知道的。

“嘻嘻嘻，凭我三寸不烂之舌去说动又兵卫的斗志，煽动他用真刀真枪去向武藏决斗……”

甚内一路走一路想，越想越得意，不时发出会心的微笑。但他唯一担心的，是决斗时的镇定，又兵卫怕会不及武藏练达。

又兵卫有着兵法家独特的激昂气概，容易激动，是说一不二的刚直青年。他没有小次郎那样的深谋远虑，也没有武藏那么冷静沉着。

“且不管这些，有我甚内爷爷亮着眼睛跟在后面，再也不会像小次郎那次一样大意了。”

甚内摸着自己的下巴，翻来覆去地推想，自问自答地安慰着自己。

多年来跟踪着武藏，甚内自以为对武藏决斗时的做法已十分清楚。船岛比武时，他并不是没有想到武藏会出奇制胜，但对小次郎的实力太过相信，在计谋上也以为小次郎未必不及武藏，所以默不作声，没有给小次郎提醒，以致铸成大错。

那天夜里，甚内在二日市歇脚，第二天从筑紫越肥前的基山加快脚步，当天夜里赶到了锅岛侯三十五万七千石的城下佐贺。落店后，知道高田又兵卫住在小城的藩士松限玄道家中，指导着他家青年武士的枪法。

第二天早上，甚内换了衣服，置办礼品，到了小城。

小城距佐贺有三里，是锅岛胜茂的次子肥前太守元茂的封邑。一条白皑皑的大道，横贯筑紫平原，蜿蜒地直通西北。远远地望见背枕的连山，笼罩在五月的炎阳下。

二

距小城的城下约半里许，甚内听见背后有马蹄“嗒嗒”的声音。他本来是个胡赖汉，加上蹄声距离尚远，便仍悠然向前，不以为意。想不到马的速度竟出乎意料的迅速，逼至身后来了。

“啊啊！”

甚内慌忙避开。同时，三四个骑马的武士箭射般掠过他的身边，如飞过去。

刚在这时，领先的武士头上所戴麦秆笠被风刮了下来，滚在路边。疾驰中的马上武士，当然没有工夫回头去捡。而在这同一瞬间，另有一骑疾如流星般掠过甚内脚边，马上的骑士微倾上身，用左手把它撩上。

“呀呀！”

甚内的眼睛一亮。就在那一俯仰间，一眼瞥见，马上骑士的侧面非常面熟。

“啊，对了！是高田又兵卫。”

甚内不由自主地急急赶上去，大声地呼喊：“高田先生！高田先生！”

可是，马背上的人正在迎风而驰，当然无法听见。人与马，瞬间隐没在滚滚的尘土之中。

甚内缓下脚步，心中盘算着说：“真了不起，好骑术！确是骑术中的大坪流派。哦，这个年轻小伙子，功夫竟出人意外地了得！”

甚内自己虽无一技之长，但对于武艺上各门各派的识别却有相当成就，一见便知道高田又兵卫的马上功夫是大坪流派，真也不易。

人家只知道高田又兵卫是有名的枪手，殊不知他对大坪流的骑术实已到达高人的地步。这次在小城，这件事不晓得怎么被人知道的，终于担当起城主元茂的骑术教练，刚才就是陪着元茂做远程驰骋回来——落帽的武士就是元茂。

踌躇满志的甚内，进小城后并未落店，就径直到了松隈玄道家。

“请老哥通报高田又兵卫，说是前佐佐木小次郎家总管鸭甚内特来拜谒。”

他向门口一说，便被领进客厅，又兵卫也就出来了。他的年龄才二十五岁，眉目秀丽，肌肉坚实，是一个爽朗明快的青年。

“呀，甚内哥！”

“高田先生，恕我疏阔。”

“唉，想不到佐佐木先生竟遭此不幸……”

两人相对而视，感慨无涯地默然了半晌。

“可也真难得，承你远道枉顾。”

“是呀，到博多知道您驻马小城，便急急地赶了来。”

“哦，真是难得。我也急着想知道与武藏决斗的详细情形。那样的一位高人，竟在武藏一击之下失手，真令人不敢相信。甚内哥，不必客气。这里的主人玄道先生很有义气，在城里名气高，人缘极好，不急的话，就在这里耽搁下来如何？倘或有意，可请玄道先生斡旋，弄个一官半职，未尝不可。”

又兵卫对鸭甚内寄以极大的同情和厚意，竭诚相邀着说。

三

武藏与小次郎决斗场面的解说，甚内的陈述是极为精彩的；当然掺杂着若干虚构的事，加酱加油数说着武藏比武的诡诈，借以煽起又兵卫对武藏的敌忾之心。

他是一眼便看出来的，又兵卫对小次郎寄予同情，对武藏满怀着敌意。既然如此，现在就得让他理解武藏的战术，万一误认武藏为懦夫，以为他的获胜是单靠卑劣的手段侥幸而得，难免使他重蹈小次郎的覆辙。

但甚内以异常的热情所陈述的那些一言一语，隐藏着坚忍强烈的压力，飘漾着奇异的魔力，使又兵卫为之感动，嗾使了他的斗意。

最后，甚内抬头加重语意说：“您可明白了吧？佐佐木先生之所以落败的原因……武藏的做法，是自始至终不逸出理路的，他从提出决斗向小次郎挑战的那一刹那，便开始进入战斗，绝密地立下计划，把握一切胜利的条件，而于对阵的一瞬间，收到全盘的成果。”

“原是，但以佐佐木小次郎那样的人物，竟也没有注意及此，真是可惜。”又兵卫惋惜地说。

“可是，高田先生，事前看破武藏的计划，真是谈何容易！若以常人的头脑，可谓绝不可能。譬如说，那时武藏会带木刀出场，当时又有谁能预料得到呢？”

“哦——”

“那么，怎样才能对抗武藏呢？唯一的方法，是让武藏不能有一刻策划作战的犹豫！”

“不错，但不给他犹豫的时间，不是等于突袭了吗？”

“正是。”

“那不是比武，而是暗杀了。”

“不，不同的，是与武藏站在同一的理路上，提出决斗同时，立即开始战斗。用这唯一的方法，制敌先机。”

“但是，不过……”

“高田先生！”

甚内抢先用深沉的声调说道：“不要把决斗看得太容易了。武藏是赌着生死来决斗的。一旦落败，就此断送了一生。所以，他是抱着必胜的决心的，武藏的超人头脑便缘此而产生，包括行动之前虚虚实实的部署。这样的决斗才是真正的决斗，是贯注全身全灵、死而无悔的大丈夫的胜负。我以为武藏的想法是正确的。”

“那当然。”

原已红润的又兵卫脸上，更染上一层兴奋的绯色。

“高田先生，听说武藏先探筑前、筑后的名胜古迹，经由佐贺城下前往长崎。这样说来四五天内该会到佐贺了。”

“当然，绝不能让武藏安然过去！”

“战斗是早已开始了。高田先生，早定作战的方针吧！”

又兵卫早已成了甚内的囊中之物了。

四

武藏在佐贺城内露脸，正如甚内的预料，是第五天的午后。他在落店打尖之前，先在城里兜了一圈。

佐贺本是龙造寺家的领地。锅岛直茂继为领主，是天正十二年；现领主胜茂是锅岛家第二代的领主。居城称“龟甲城”，面积二十四万坪，是一个堂堂的大城。

锅岛家虽有不少能征惯战、驰驱沙场为主公出力的豪杰之士，但在兵法家方面，却很少有堪与武藏匹敌的第一流剑客。

“哦，好一条大汉！”

一路上他好几次碰到擦肩而过的武士，这样顺口赞叹着。到了大手门前，武藏偶然发现一个浪人跟踪着自己——是三十五岁上下、相貌古怪、眼神诡诈的中年人。

“呀，煞是作怪。”

难怪武藏起疑，那正是视武藏为不世之仇的甚内，三天前便在街头巷口张罗着等待武藏的出现了。

“什么人呢？真怪……”

武藏拼命地思索，但怎么也回忆不起来。

武藏打垮有马喜兵卫是十七年之前的事。甚内当时名甚太郎，那以后两三年来，甚内虽盯着武藏不放，但从来不曾正面出现过。但在武藏，他的面孔该不是全然陌生的，这便引起武藏的疑心。

“好，待我抓住了他来问个清楚……”

到了街角转弯处。武藏佯为转弯，倏地旋踵回头。两人刚好迎面相对，武藏正待伸手去抓对方的领子时，不期甚内更快，深深地向他一揖："请问先生，是不是宫本武藏先生？"

武藏被取了先机，显得尴尬，可是脑筋一闪，却给他想起来了。他佯装不理会的样子，坦然回道："不错，我是武藏。"

"为了见先生一面，小的三天前就在此专候了。"

"那又为了什么？"

"小的是枪术家高田又兵卫的总管……"

"什么，高田又兵卫？可是宝藏院流的枪手，伊贺的又兵卫？"

"正是。敝东又兵卫现正寄居在此小城街上。"

"那么，又兵卫先生等待武藏，又有何贵干？"

"详情都在这一封信中，敬请台览。"

甚内抬头望着武藏，递上书信。

五

武藏拆开信封：

为兵法修业敬请教益，明二十八日巳刻（上午十时）在佐贺至小城途中专候……

书中大意如此，笔法至为遒劲。

虽无一面之缘，但武藏早就知道又兵卫的……高田又兵卫吉次，字宗伯，世传是宝藏院始祖觉禅坊胤荣的嫡传弟子。但事实上，胤荣的直系中村市右卫门，才是又兵卫的直接师傅。

中村市右卫门是纪州家的家臣，胤舜继胤荣衣钵，号称宝藏院流，市右卫门便自立门户称中村流，是枪法中的名人。又兵卫跟他学枪法，少年时便崭露头角，到了二十岁，一般的人都说，实力已凌驾其师右卫门了。

他曾到宝藏院登门拜访，当代院主胤舜以下，同门中竟无出其右者。于是他登上当时兵法所必经的武艺修业的旅程。

武藏本来早有与又兵卫见面较量的意思，现收到这封战书，可谓正合其意。他便掉向甚内说：“知道了。请转达贵东，明天辰刻（八时）由这里动身直走小城，请他在路上一待。武藏绝不食言。”

“是是，小的就此告辞。”

武藏望着嘻嘻笑着离去的甚内，心中感到无名的憎厌。

“怪东西，正是甚太郎，该不会错吧？”

武藏边想边走。这个人身上发散出来的妖氛，像死缠着自己似的。

那天晚上，他住在旅店中，翌晨辰刻照约定的时间离开宿店。像武藏那样精明仔细的人，对又兵卫的选择路上为比武场地，而且不预定地点一事，当然经过一番的考虑；但武藏对此却未做恶意的解释。

“又兵卫到底与众不同，不晓得会怎样出现。”

武藏的心中，毋宁抱着期待而满怀兴趣。

武技的较量，原是出生入死的输赢，但武藏却以之为乐。他觉得神经紧张得有如拉紧的琴弦一般，而从那紧张中传过来音乐一样悦耳的节奏，该是生命跃动的旋律吧？而另一旋律，则由大地深处涌起；也许是地球运行的律动吧？这两种旋律，不久便融化为一。武藏踏着这合一的旋律，昂然阔步着。当他陶醉于这一旋律中时，不会感到丝毫不安，也不会有一点恐怖。不，他会涌上足以踩平大地一样的力量。

“喂，又兵卫！”

武藏在心中暗暗地祈求，希望这个好敌手是一个坚强的劲敌。

六

天地万象，与武藏践踏大地的跫音节符相合，一切在武藏的掌握中，一切俯伏在武藏的脚下，他凛然朝着必胜的前途迈进。

武藏的这一心境，是累积几十次的生死搏斗而自然获得的三昧境。这时候，假如有人向他挑战，真可谓无妄之厄了。

小城渐近，已不到小半里路了。

这时，远远地从身后响起“嗒嗒”的蹄声。

蹄声渐渐逼近，但武藏仍阔步而前，绝不回头。

“哦，是又兵卫……”

武藏自语着，一边数着马蹄的一起一落——突然，他煞住有力的脚步。

武藏微笑着。他把马蹄的旋律完全控制在自己的脚下，他不必回头，但背后飞驰着的马，明明白白地浮上他的眼底。

马蹄已迫近他的背后。

“嗒嗒嗒……”卷起尘土，刮起旋风，以惊天动地之势奔驰而来。

可是，武藏仍兀然不稍返顾。霎时，一阵沙尘把武藏吞噬了。

“武藏，看枪！”

马上一声大吼，枪尖随着声音从马背腾空而起，宛如闪电，像是从武藏脊背直贯前胸似的。但间不容发，武藏跳出半步，枪尖只是掠过武藏的肋下。同一瞬间，武藏手中的大刀一闪，跟着是“咔”的一声轻微的振动。

“输了！”

留下一声沉痛的绝叫，马上的骑士宛如离弦之矢，掠身绝尘而去。

武藏停步不前，用手背揩着额上一颗颗如珠的汗渍。他缓缓地把视线移向地面上，从枪头上齐根被削下来的枪尖插在沙土之中。武藏俯身捡了起来，拂拭去尘土，看了半晌说：“哦，正是十字枪！”

枪尖成十字形，是很别致的。宝藏院流的枪原是一条鞭的笔管枪，是又兵卫看见扫帚脱头后，偶有感触，因而别出心裁发明了十字形的枪尖。但又兵卫很少用它，练习时都是用的笔管枪，所以很少有人知道又兵卫是十字枪的创始人。

但武藏却知道这件事，不，是昨夜把有关又兵卫的传说下功夫细做检讨时，偶然记起来的。假如武藏大意，不知道枪尖的奥秘，也许会因那横伸而出的枪尖招致意外的挫败。

“哦，好一个又兵卫！”

武藏望着消逝于滚滚沙尘之中的马上武士，赞叹地说道。

七

甚内帮着又兵卫出的主意就是出奇制胜，从疾驰而奔的马背上用十字枪给武藏以闪电式的突击。使枪的名人，用他别出心裁的十字枪，利用得意的马上功夫，出其不意地突袭——还有什么比这更好的良策呢?

“好一个又兵卫！”

武藏的这一赞叹，亦即指此而言。

又兵卫的一枪是锐不可当的，堪称天下无双的枪法。而他疾击的刹那，夺去了武藏的心胆，使他额上的汗涔涔而下。但这迅雷不及掩耳的奇袭，竟也无法击倒武藏。真是个可怕的剑客，人们无法测知他底蕴的实力。

站在树荫下偷窥着成败的甚内，目击武藏的绝技，也不觉为之咂舌，惊呆了。甚内垂头丧气地回到松隈玄道家。到了又兵卫房中，只见他把没了头的枪杆横在地上，悄然交叉着两腕。

“高田先生，辛苦了……”

甚内觉得很不好意思。又兵卫铁青着脸，倏地抬起头来：“甚内哥，我是完全失掉自信了。不只是为了落败才说这样的话，宝藏院流撒手锏的一击，不知道武藏是怎么躲过去的，至今还想不通；这是使我最痛心的一件事。”

“哦。”

甚内无话可答。

“加之枪尖被削，真是丢人透顶了，只能自愧技艺未精，致有此辱……”

又兵卫说着说着，不禁悄然落泪……

“高田先生，嘻嘻嘻……”

甚内好不容易鼓起勇气，放出他那厚颜无耻的本色，突然嘻嘻地放声而笑。

“为了这一点点，为什么这样灰心呢？武藏也不过持一技之长罢了。兵法的道路是辽远的，你的年纪还轻，再加上几年工夫，何愁武藏不……”

正说到这里，女仆推门进来，送上一封信和一个白布小包。

“是武藏送来的！”

又兵卫亮着眼说。白布里包着的东西便是被削下的枪尖，他一看就知道了。信封上署着宫本武藏的名字。他急忙拆开信封：

马上十字枪，武藏私仪久焉，心领不宣。阁下枪法天下无俦，如假以岁月，自必出神入化，远凌古人。武藏谨刮目以俟，延跂为劳也。

字体如舞龙蛇，笔锋浑然有力。

又兵卫读信之后，不觉浑身而颤，热血沸腾，奋然而起。

“甚内哥，我决定明天就离开这里。过去贪图一日之逸，深为惭愧。”

“赞成，可是到哪里去呢？”

“离开九州到本州去。”

“那么从此分手了。我还得南下长崎，有熟人在那里等着哪！高田先生，预祝你成功，打倒武藏。”

“当然以武藏为目标，必定拼命努力！”

又兵卫的眼中，燃起自信的火焰。

据古书上记载，武藏与又兵卫的比武前后数次，这只是第一回合而已。

南蛮船

一

“铃小姐——手再伸出些。”

迈德勒斯船长边用流利的日语说着话，边轻轻地握住了铃姑的双腕。铃姑的手上，紧紧地拿着一把短铳。

所谓“短铳”就是今日的手枪。不过当时的短铳只是把火药蕊的后膛缩短了些而已。虽说西洋的出品比较轻巧，但哪里比得上今日的勃朗宁那么玲珑呢？

“凝神屏息，睁开眼睛……”

铃姑听着号令，瞄准着缚在帆柱上的木板靶子。粗壮的船员们围在两人身边，嘻嘻地笑着。

“好，放枪！”

铃姑扣动扳机。

“轰隆——”一声奇大的爆响，震动着港湾，凝成“隆隆”的回声。子弹贯穿了靶子上的红心。

“好呀！”

船员们拍着手，齐声喝彩。迈德勒斯也咧着嘴笑了。

“铃小姐，进步得很快。今天就此结束，到船舱里喝茶去吧。”

迈德勒斯把手轻轻地搭在铃姑肩上，拥着她走下船舱。船员们有的吹着口哨，有的踩着甲板，歆羡地闪着贪婪的目光。

这里是长崎内港，西班牙商船赤鹫号的船上。赤鹫号进港已逾两月，货物装卸后仍停泊港内，没有启碇出港的样子。

虽号称商船，但船舱里满装了武器弹药，船员的人数可也不在少数。船长迈德勒斯，年三十四五岁，红发、鹰鼻、碧眼、浓髯，不愧为赤鹫号的船主。看他腰上所佩的长剑，不是军人，便是海盗的头目吧！

从甲板上走下狭仄的船梯，进了船长室之后，迈德勒斯先让铃姑坐下。船舱虽小，装饰却很豪华。正向壁上，悬着西班牙女王伊丽莎白的肖像画，到处挂着各种武器和猛兽的爪牙。柜架上摆满了饰品，有金银的杯子、景泰蓝的盘碗、珍贵的中国陶器。

迈德勒斯敲响桌上的小钟。随即，一个穿着蓝滚边的丝绸上衣、天鹅绒裤子的少年推门进来。虽然是南蛮打扮，但相貌却是日本人。

"船长，有什么吩咐？"

"煮两杯咖啡。"迈德勒斯衔着烟斗，喷出一口烟雾。

"铃小姐，你所说的杀人鬼，名叫武藏的武士，还不曾出现吗？"

"是的，过不了多久一定会来的，到时自有人会通风报信的。"铃姑娇艳地笑着回道。

二

铃姑今天的打扮是西班牙式的洋装，显得很合身，衬托得更为美丽。胸前挂着银制的十字架——俨然是一个天主教徒了。

铃姑是经小仓细川家的藩士，也是天主教徒的长仓幸太夫的斡旋，再附函致博多的船主、同是教友的菱屋十兵卫而搭上吕宋号的。细川忠兴因夫人格拉西亚是虔诚的教徒，因这点因缘而维护天主教，常与传教士亲近，接受西洋的学问和技术，作为政治上的资鉴，小仓城著名的希腊式建筑物天主阁，就是由传教士设计的。当时细川藩的藩士因此而皈依天主教的，颇不乏人。

铃姑从博多到了长崎，因十兵卫的介绍寄居在传教士埃尔纳多神父家中。而且借口"加天诛于天主教之敌，杀人鬼宫本武藏"来说服神父，请他介绍来赤鹫号船长迈德勒斯教自己学射击，将近一个月了。

"铃小姐，你以前说的，武藏到长崎会给你通风报信的人，也是武士吗？"迈德勒斯意味深长地问道。

"是的，当然也是武士。"

"是不是有本领的武士？"

“虽比不上武藏，但有许多本领高强的武士帮着他。”

“在长崎也是吗？”

迈德勒斯双目发光，交叉着手腕沉思着。

“铃小姐，那个人若来了，请你立即介绍给我。”

“那当然。”

“那么今天请先回去，请你转告埃尔纳多神父，说我今夜造访。”

迈德勒斯牵着铃姑的手，走上甲板，命令水手放小船送她到南蛮码头去了。之后，他叫部下送来望远镜，向港湾东边对准了焦点。

那里泊着另一艘南蛮船，是荷兰的商船。

“喂，大副！”

他用西班牙语向站在一边的大副霍塞叫道。

“你看白龙号……”

大副霍塞接过迈德勒斯的望远镜，看了一会儿说：“哦，日本武士……唷，有十四五个在船上，是怎么一回事呀？”

“马上会让你知道是什么事了。哈哈……这倒有趣。”迈德勒斯耸肩叫道。

三

这个被环抱在翠绿色丛山之中的南国城镇，重山宛如屏风，港湾深不可测，海水像溶着靛青一般。天然的良港长崎扼着九州的咽喉，前面展开着一片平原。

那时的长崎市民多半是天主教徒。海边、山腰和城内，到处耸立着教堂的尖塔。塔尖上的十字架，在南国的熏风中闪耀着。

铃姑所寄居的埃尔纳多神父的天主堂，建筑在码头附近的海边，占地半亩。教堂之外有三间住宅。

夕阳映得海面通红，远远近近荡漾着教堂的钟声。此刻是晚祷的时间，市民们陆续走进天主堂，跪在圣坛上的玛利亚圣像前。妇女们头上罩着白布。在她们之中，铃姑也恭恭敬敬地双手合掌，跪在当地。

先是埃尔纳多神父的祷告，然后是教友的唱和，最后是神父的讲道。晚祷告毕，信徒们静静地离去了。也有妇女请神父替自己的婴儿祝福的。

“铃姑！”埃尔纳多神父叫道。

铃姑答应着走上前去。

已经没有人了。夕阳西沉，幽暗的圣坛上摇晃着蜡烛。埃尔纳多神父温柔地微笑着，以虔敬的神情，把手放在铃姑头上。

“主哟，请你降福给这个迷途的羔羊！”

埃尔纳多神父先用日语这样说着，再用铃姑听不懂的西班牙语替她祷告。

祷告之后，相偕进入餐室。那里摆着没有装饰的柜架和餐桌，铃姑点燃了烛台上的洋蜡。日本佣妇——一个年老的妇人，送上来汤和面包。

在餐桌上，神父温柔地望了铃姑一眼，铃姑受不住良心的苛责，不觉红了脸。她为自己的身世编了一套美丽的谎言，对武藏的事也随口而出，欺骗着这位善良的神父。

可是埃尔纳多神父却对铃姑的话深信不疑，从那天以来，便爱如自己的女儿了。

这过分的善意，即使铃姑那样的女人也觉得过意不去，感到内疚。

“神父，您老离开本国有几年了？”

“这个……离国二十多年了，在日本就已经十年。在本国，我有一个同铃小姐年纪相仿的侄女，跟你很像。”

“啊，侄女——”

铃姑张大了眼睛说道。她像了解了埃尔纳多神父爱己逾恒的那种心情。

四

自幼父母双亡，在孤儿群中长大，但气高性刚，在人间的荒涛中奋斗过来的铃姑，是很少眷念已死的父母的。而今，因自己与他在本国的侄女相像而垂爱逾恒，埃尔纳多神父的满含着慈爱的眼光，想不到竟煽起铃姑的乡愁，对他燃起视如慈父般的温暖。

铃姑的信教，当然只是为了一时的权便，绝不会对上帝有理解、有信心的。她更不会了解埃尔纳多神父，为了传播主的爱，离家别国远到数千里外的日本，忍受着不自由的生活的那种心情。

“可怜的老头儿！”

铃姑的心里，像见到不幸的父亲一般，反觉得神父太可怜了。

那天夜里，以赤鹫号船长为首，来了四五个西班牙人。他们在天主堂里集会，像有什么重要会议似的，把铃姑打发出去。待他们叫铃姑进去时，已是更深夜沉了。

“铃小姐，你那位同道的武士，不晓得什么时候能到？”

船长又提起白天的问题。

“这个，虽不能确定，明天应该能来了。”

铃姑所说的同道，是指鸭甚内；但船长为什么对甚内如此关心，就非铃姑所能了解的了。看情形绝不是单为了武藏的问题。

“似乎有什么不寻常的大事将要发生了？”

铃姑望见埃尔纳多神父和列席的来客们脸上都含着沉痛的神色，慢慢地起了疑心。五位来客：是较埃尔纳多年轻的另一位神父，两个年约四十岁的中年商人，赤鹫号船长和另一青年。

他们叫铃姑替他们烫酒，直喝到拂晓才兴辞而去。

客人走了之后，埃尔纳多神父凝视着铃姑说：“铃小姐，我们更艰苦的试练时期，终于到了。我们将被逐出日本。”

“唉唉，神父！谁呀？”

“日本政府。不，背叛教皇、传播邪道的新教徒们。还有，英国和荷兰。”

“不过，假如被日本驱逐出境，神父不是就可以回国与家人团聚了吗？”

“啊啊，故乡……可是我是献身于主的。而且这里有许多信徒，我们是非得留在日本，勇敢地迎战不可的！”

埃尔纳多神父说着，随即踏着坚定的脚步，走进了礼拜堂。

五

哥伦布发现新大陆之后，西欧各国向全世界瞪大了贪婪的目光。那不仅是为了发现新天地而跃跃欲试的探险家，为淘金致富而冒险犯难的贸易商，连天主教也与之呼应、奋然而起，要把全人类概括于一“神”之下。当然，在这三者的幕后，潜伏着各国的权力为之做后盾。

这三者打成一片，形成三位一体开始向远东进军，是在十五世纪的末叶。最初出现于日本的是日本天文十一年葡萄牙的一艘商船。天文年间，正是上杉谦信与武田信玄争霸的日本战国时代。继而天文十八年，圣法兰西斯可·撒比哀尔在鹿儿岛登陆，沿途托钵，传播着主的福音。

同时，以此为契机，南蛮贸易也随之揭幕，而天主教就从九州而近畿，为各地大名所接纳，得织田信长之庇护，很快昌盛起来。

传教士最初访问长崎，是在永禄末年。借他们的引导，葡萄牙商船于元龟元年进入长崎港。自此，贸易与宗教互为表里，长崎竟成南蛮各国的门户，有了迅速的发展，全城几尽成教徒。天正八年终成教会领域，为日本的小罗马了。

后来丰臣秀吉虽敷令禁教，从教会手中没收土地入官，但天主教的势力并未因此稍减。直至庆长十七年——铃姑寄居埃尔纳多神父的天主堂中的时候，大多数市民还是皈依天主的。

但那个时候，风暴已在酝酿着了。不仅德川幕府决心禁止天主教，而且西欧各国的宗教风云也强烈地反应到长崎的港湾来了。

马丁·路德推动的宗教改革使君临罗马的教皇的权威产生动摇，于是改宗皈依新教的大英帝国与荷兰和崇奉旧教的西班牙与葡萄牙形成尖锐的对立。

而且这种对立不仅局限于宗教，最终发展而成国与国的对立。英、荷两国为争夺制海权和通商权，对一直称霸海上的西班牙和葡萄牙，果敢采取了攻势。

这一风云遂使这回环于碧海青天之下的海岸线，教堂的钟声响彻云霄的国际港湾，卷入世纪的风暴圈中去了。

第二天，铃姑去船上练靶回来，甚内于午饭后突然到天主堂来找她了。

“铃小姐，啊啊！”

一见面，甚内惊讶于铃姑的奇异打扮，不觉惊叫了起来。

“喔喔喔，你看我这一身打扮怎么样？”

“哦，与南蛮人一模一样。”

“可是怎么了？武藏与高田先生的比武……”

“又兵卫不是武藏的敌手……哈哈哈。”甚内苦笑着说。

六

甚内与铃姑是站在教堂的门口说话的。听到高田又兵卫胜不了武藏，铃姑并不惋惜，她坚信自己总有手刃武藏的一天。

“哦，到底不成。又兵卫性命如何？”

“不，只是被斩下枪尖，没有毫发损伤，败得很干脆。不过这样一来，高田先生也发愤继续修炼，前途必定大有可观。”

甚内对此也处之泰然；在他看来，高田又兵卫只不过是他手中的王牌之一罢了。

“那么他本人呢？”

“武藏吗？那家伙从小城绕道唐津，到长崎还有两三天吧！可是铃小姐，你的短铳练得怎么样了？”

“神父给我介绍了西班牙船赤鹭号的船长，我天天上船去练打靶，两丈远近的死靶，准有把握了。”

"啊，那真了不起！"

"嗨嗨嗨，虽算不得什么，像武藏那样的家伙，站在我的枪前可不是同草人一般，一枪了账……不过太容易了，真不过瘾哪！"

"不错，现在有武藏这样一个目标，给我们鼓起勇气来倒也提得起劲，武藏一死，便会泄了劲似的。"

甚内说着，突然瞪眼问道："不过，铃小姐……你终不至于也爱上武藏吧？"

"哎，什么！"

铃姑红了脸，但立即瞪着甚内说："甚内哥，你这是什么话，也太欺负人了。武藏是我的仇人，是杀死小次郎的人啊！"

"哈哈哈……是我不应该，说溜了口，该死该死。铃小姐，在博多同你分手之后，觉得太寂寞了，脑子里常常浮现你的影子。"

铃姑听了甚内的话，忍不住大笑了起来。

"不要笑嘛。"甚内很不高兴地张大了眼睛道。

"铃小姐，我是为了一心打倒武藏，不仅不讨老婆，心中就不会想到女人。今后还是一样的，旅途中想起你来，绝没有一点邪念。"

"对不起，甚内哥。"铃姑一本正经地道歉着说。

"不，倒用不着道歉。"甚内原已丑怪的脸变得更为丑怪，恨恨地说。

"闲话不提了吧。甚内哥，请你替我向神父道谢；我给他们说，我们是生死与共的同道哪！"

"好吧。"铃姑领着甚内进了教堂。

七

甚内在埃尔纳多神父面前，照着铃姑的教导，把武藏说成残酷的杀人鬼、人类的公敌。

"……像刚才所说，小仓城主细川忠兴殿下是天主教的保护者，而被武藏杀死的铃小姐的丈夫佐佐木小次郎，是皈依天主教的一个虔诚的信徒。据我打听的结果，武藏是奉了京都所司代[①]板仓胜重的密令，为杀尽天主教徒武士而南下九州的。他这次到长崎来，当然也是这个目的……”

埃尔纳多对他的话，也像听了铃姑所说的一样，毫不怀疑。他叹息着说：“我是主的仆人。无论日本政府对天主教怎样迫害残杀，主都是不容许我亲自拿起武器报复的。可是，在我的本国，为了保护圣地，也曾组织十字军，与异教徒作过战的。你们两位没受洗礼，还不是教徒。希望你们能做天主教的守护者，与那个什么武藏奋战到底。唉，没有办法……真是无可奈何的事。”

见了神父之后，铃姑又带甚内赶向赤鹫号。路上，铃姑告诉甚内说：“甚内哥，迈德勒斯船长急着要同你见面，我觉得情形有点古怪。”

“怎样古怪呢？”

“好像有什么神秘的事要同你商量的样子。”

“哦——”

“你看，前面这一艘就是赤鹫号。那边看得见的是白龙号，是荷兰商船。船长对那艘白龙号好像很不放心，让部下时刻用望远镜监视着。而且最近好像从江户来的武士，老在码头一带转来转去。看样子，这个港口好像有什么事情要发生。甚内哥，当心不要卷入旋涡。”

“不错，赤鹫号是西班牙船。西班牙与荷兰不睦。在小仓便听说过。弄不好，这里也许会来一场大风暴。这倒有趣，讨伐武藏，也可以利用南蛮人。哈哈……”

甚内亮着眼睛，豪爽地笑着，但突然——“嘘！”他把手指竖在唇间，压低声音说：“铃小姐，咱们让人跟踪了。”

“啊啊，那个人常在这里看见的。”

“不，真是密探。”

---

① 京都所司代：首都警备司令。

“真的吗？”

“据说幕府已经下定决心禁止天主教了。据说，京里捣毁了天主教的教堂，江户也在发动整那些天主教徒的‘旗本’[①]了。搅得不好，被当作教徒，也许是无妄之灾了。可是刚才我给神父编的谎言，说武藏是奉命专到长崎来残杀天主教武士的话，也许会弄假成真呢！哼，真是越来越有趣啊，嘻嘻嘻……”甚内压低了声音笑着。

八

在西班牙赤鹫号的甲板上——甚内滔滔不绝地把对埃尔纳多神父说过的话又复诵了一遍。

船长迈德勒斯频频点头，同他搭讪着说：“不错，一点不错，这样说起来，那个叫武藏的武士，真是我们的敌人了。好的，我们帮你们打倒他。短铳也奉赠给铃小姐。不过，鸭甚内先生，请你也加入我们的工作。”

“是什么样的工作呢？”

“对荷兰船白龙号宣战。”

“为什么同他们作战呢？”

“为主，而且为了无数信主的日本人。”

“为什么你们自己不同他们作战呢？”

“当然，我们也作战，但有很多日本武士参加白龙号那边啊！而且，明后天有另外一艘荷兰船要进港口。”

这虽是甚内意料之中的事，但船长竟信了铃姑的话，把自己当作有本领的武士，倒是真够滑稽的。

“好吧，我会同长崎的朋友来协助你们。”

---

① 旗本：将军家直属武士。

甚内慨然答应下来。船长显得很高兴：

“谢谢你，谢谢你，将来当然重重地酬谢各位。那么我们去客厅详细地谈谈吧！另有几个人，我想给你介绍一下。那么，铃小姐，甚内先生，请吧！”

迈德勒斯仍然殷勤地牵着铃姑的手走下扶梯。

船舱是宽达丈余见方的小厅，地面铺着厚厚的地毯，屋内有桃花心木的椅子、桌子，壁上悬挂着南洋各地的珍奇武器、乐器、动物的牙。

那里已经坐着几个先来的客人，穿着整整齐齐的日本礼服，从颈圈向两肩垂挂着白绫的布条子，胸前挂着十字架：是天主教武士的正规打扮。

铃姑好像熟识他们，微笑着向他们注目为礼。

“我是佐佐木小次郎的及门徒子鸭甚内。”

鸭甚内挺胸昂然地通报姓名之后，接着——

“我是高山右近的家臣古河与一。”

“有马晴信的家臣石田右门。”

“小西行长的遗臣西野种秋。”

“我是天草的浪人木山源之进。”

“前德川家康旗本水野次郎。”

一个接着一个，各通报了姓名。

今天甚内是主宾，他在大桌子正面与铃姑并肩就座。桌的左右两侧，一边列坐着天主教徒武士，另一边则是船长迈德勒斯及大副霍塞和士官们。大宴会于是开始了。

黑人侍从陆续送上盛在银盘中的菜肴，玻璃杯中注满了血红的洋酒。广见世面的甚内对这个场面也颇为惊讶，尤其对所用的刀叉感到困惑。

酒过数巡，船上的士官便渐渐露出船员的本色，嗓门变大了，举止也粗狂了。有的摇摇晃晃站了起来，高声放歌；有的拍着桌子，谈笑风生。

这时，随着朗朗的笑声，走进七八个艺伎。

宴会到高潮了。有人弹着竖琴，士官们便纷纷起立，揽腰拥着艺伎，和着琴声跳起舞步来。

大副霍塞早就醉眼蒙胧地瞪着铃姑，这时突然站起来转到铃姑背后。

“铃小姐，请你跳舞！”

手随声至，他轻轻地抱起了铃姑。甚内见了显得很不高兴，而对面的船长迈德勒斯，那鹰隼般的双眼霎时闪出凶光。他流露了本性，倏地站了起来，抓住霍塞的手腕，把他拉开了。

“大副，退开！像你，也配与日本贵妃跳舞？”

“什么？”

霍塞凛然把手搁在腰间的剑把上。这两人平日不睦，早就等着这么一天了。

“哼，来吧！你这小子。”

“你这老不死的！”两人刹那间，各自拔剑在手。

教徒武士

一

船长迈德勒斯，年近四十岁，目光炯炯锐如鹰隼，八字胡尖端如针，有着磐石般的躯干。他原是西班牙无敌舰队的将官，也曾侍卫宫廷，是西班牙有名的剑士。

对方大副霍塞，三十二三岁，自小搭乘商船，是正正式式的船员出身。据说也曾参加海盗船，从南洋至中国沿海，独霸海上，是一个性烈如火的犷野汉子。

而且这两人都曾参加西班牙突击队，去征服菲律宾、印度的殖民地，挥剑斩戮土人迭建奇功的勇士。这样两个人，平时既已不睦，现在又为了争夺铃姑，当然无法相安，终有决裂的一天。

“迈德勒斯！”

“霍塞！”

其他士官们，各为自己的朋友呐喊助威。当时西班牙船员的好勇斗狠，并不亚于日本那些以决斗为命的武士。

刺、斩、劈、闪，两把锋利的长剑，倏而缠在一起，倏而分开。两个执剑的人前后左右，轻盈地在地面上滑着脚步。旁观的人看得目眩神迷，无从辨其高下。

甚内用一只手回护着铃姑，目不转睛地注视着这场决斗，慢慢地产生了兴趣。铃姑最初有些胆怯，耸着两肩，但她的眼中不久也闪起快意的光彩来了。

“有趣得很。”甚内不觉自语着说。

“是呀，又是一种剑术。”站在他旁边的有马的家臣，石田右门轻声地搭腔。

“霍塞，加油！”

“迈德勒斯，最后五分钟！”

士官们狂热地叫喧着。

可是不久，实力的悬殊终于显露出来了。霍塞的脸色渐渐地变成铁青，一颗颗大汗珠沿着两颊淌下来，胸脯急速地起伏着。迈德勒斯却神色不变，甚至脸浮微笑，咄咄逼人。

但穷鼠反啮，这时被迫退到壁角的霍塞，突然目透凶光，向前进身，连人带剑骤施舍身的一刺。

“呀！”

围观的人不觉同声惊叫了起来。霍塞的长剑，像是贯穿了迈德勒斯的胸脯。但间不容发，“铿锵”一声，散开一阵火花。同时，霍塞的长剑脱手落地，肩胛上冒出一片血潮，随即摇晃着倒向壁角。

两三个士官跑过去，抱住了霍塞。

"扶他出去，没有伤到要害……"

迈德勒斯兜着下巴，转身朝着铃姑用滑稽的姿态深深地鞠了一躬。铃姑报以微笑。跟着是一阵热烈的掌声。

"为胜利者迈德勒斯祝福！"一个士官举杯叫道。

"西班牙王万岁！"迈德勒斯也举起酒杯道。

"干杯！"

大家一齐欢呼干杯，正在这时，门静静地被打开，门口突然出现了两个人。

"哟，索路德主教。"迈德勒斯叫道。

"十兵卫！"甚内也随口轻叫道。

二

船长迈德勒斯迎上前去，紧紧握住了索路德主教的手。

"主教，什么时候到的？"

"刚才，是搭十兵卫先生的吕宋号来的。"

"哟，那真劳烦你了，十兵卫先生。可是，主教，情况怎么样？"

"商领亨特力克·蒲尔瓦搭荷兰船金星号，明天该可以进港了吧！他带有国王莫里兹的亲笔函件。"索路德主教目光炯炯地答道。

"哦，不出我们所料。"迈德勒斯昂然说。

索路德继续说道："那封信是给骏府的家康的。信中的大意是，西班牙的传教士表面上以传教为幌子，事实上另有目的，是借着天主教的宗教改革，煽动日本国民的分裂、斗争，卷起内乱；而荷兰则不然，只是以贸易为目的，不牵涉一切宗教……约略如此。"

"哦，这也不出乎我们的预料。"

"是啊，可是前信拜托你的事如何？"

"准备就绪了。共有日本教徒武士约五十名，加上有名的剑客数十人，是这位鸭甚内先生拉拢的。"

迈德勒斯把甚内给主教介绍了之后说："不过敌人似乎也警觉到我们的计划，集中了几十名浪人武士，还有一个叫宫本武藏的传奇剑客。"

"那么，代官[①]村山等安方面呢？"

"他还是中立的。似乎已经接到家康的密谕，要他压制我们的传教士。但长崎的信徒力量还相当雄厚，就是代官也不敢断然处置。当然我们却不能大意。主教不在的时候，京都的天主堂被毁，神父也被放逐了。听说江户、骏府两地，已对教徒下手了。"

"哼，都是荷兰人的阴谋，假如国王的信再被他送到家康手上，不仅我们教会，西班牙所有的势力显然会从日本被一扫而光。那么袭击的步骤呢？"

"是这样的。第一策，我们的船到港口外等金星号到时，把它击沉。但这样一来，可能对荷兰引起全面战争。"

"那当然！"

"第二策，等它进港口后，由日本武士装作海贼去袭击，夺取书信。不过找寻书信却有困难。"

"不错。"

"第三策，等商领蒲尔瓦带着函件上岸之后，看机会袭击。"

"哦，我以为第三策最妥。"

"是的，卑职也以此为上策。"迈德勒斯环顾着一座说。

三

甚内与铃姑从船上下来，已是黄昏时分了。那时长崎港湾的海岸线比现在曲折，有好多地方仍是崖壁，连石墙都未筑成。南蛮船的游艇停

① 代官：地方官。

泊在后来的荷兰会馆的出岛附近，用石墙围住了岩壁。街道也以这一带最为整齐，荷兰、西班牙、葡萄牙和中国的商馆都建在这一带街上，来往的行人最多。

“铃小姐，今晚的场面真够骇人。”

“喔喔喔……船长和大副，两个人似乎都入了老娘掌中……”

“不错，但对这两人你的心中如何作想？”

“傻话！不过，我替大副难受。”

“靠不住，你这个人本来就喜欢男人；是汉子，一见就爱。”

“嗨嗨嗨……也许如此，我觉得男人总是比女子好打交道。无论多么丑的男人，也总有可爱的地方，容易亲近。甚内哥也是的。”

“嘻嘻嘻……真的吗，铃小姐？”

“你的脸确实古怪。可是，你的心底闪着智慧和强有力的光，是很美丽的。”

“假如这是你的真心话，全世界能发现我甚内的美的，怕只有铃小姐一个人了。说老实话，不说别人，连我自己都憎厌自己的这副尊容哪！”

“不要气馁。”

“哦，嗨嗨嗨……”

“可恶的只有武藏！我想起武藏，便热血沸腾，只想一刀把他刺死才称心意。”

“武藏也是好俊的一个汉子。”

“就因为这样，更撩人肝火。”

“不过，明天武藏也该到了。有铃小姐的短铳和天主教徒武士，这次武藏也难逃厄运吧！还有西班牙第一流的剑手迈德勒斯，一定要说服他同武藏敌对，那才好看啦。”

“可是甚内哥，你给他们拉拢的剑客怎么样，那是真的有吗？”

“当然，当然。在本城新桥设坛授徒的霞又太卫门，是与小次郎有八拜之交的豪士，我未来见你以前便同他说好了。还有住在郊外深堀的雷电十五郎，他的儿子源太郎是天主教徒，也已经说妥了。”

“甚内哥，你真是名不虚传。”

铃姑当面称赞，仰头瞥了甚内一眼。甚内咧开嘴巴，得意非凡。

“鸭甚内先生！”

这时，后面有人叫道。回头一看，正是到赤鹫号去时途中所遇的两个怪武士，微笑着追了上来。

“奇怪？连我的名字都晓得，这两人到底是什么来路呢？”甚内感到意外惊讶。

四

“鸭甚内先生，记不起来了吗？我们曾在佐佐木先生大阪的公馆里……哎，是三年前了。”

“啊，是的，岸孙六先生！”

“哈哈哈……是的，我是孙六。真想不到会在这里碰到你。说老实话，起初也心存疑惑，不敢相认。”

佐佐木小次郎来小仓之前，曾寄寓大阪。当时小次郎的家中常有各国的浪人进出，岸孙六就是其中之一，自称大和的浪人。小次郎看他可疑，一天借故将他击倒，终于查出他的身份。据他的自白，原来孙六是以忍术[①]著称的伊贺派之一，是京都所司代板仓胜重的爪牙，专责侦察浪人动静的密探。

才智出众的小次郎，笑着不再深究，反而利用他来侦知胜重动态。他后来突然失踪，不知所之。那时，甚内已经打进小次郎家中，是同他见过好几面的。

孙六哀悼了几句小次郎之后，斜眼望了望铃姑。

“可是鸭甚内先生，你是几时做了天主教徒的？”

---

①忍术：日本武术之一种，修习内功，练气隐身，并以轻功见长的武艺。——译者注

甚内连连摇手说："哪里，哪里，我怎肯入教！这位太太是小次郎的夫人，我们两人为了报武藏之仇，才化装为教徒的。"

"这次是……"

"是武藏快到这长崎来了。"

"什么？武藏……"

"是的，受了西班牙人的爪牙、吕宋号的菱屋十兵卫请托，来杀荷兰特使蒲尔瓦。"

"鸭甚内先生，这是真的吗？"

"为什么骗你？我们化装成天主教徒去接近西班牙船，原是为了得一把铳去杀武藏，无意之间却得知了这回事。"

"哦，承你见告，这倒是一件大事。上头（指德川家康）年前听英国人亚当说，葡萄牙和伊斯帕尼亚有利用传教士占领日本的阴谋。因此起疑，今年三月毁了京都的天主教堂，整肃了江户、骏府两地的教徒。但北有伊达侯，九州有大村、有马、黑田、细川、锅岛。中部则有福岛、浅野等诸侯，都是袒护天主教的。要使他们谅解，还得搜集确凿的证据。而最近的消息，荷兰王给上头送来亲笔信。我的任务，就是从旁暗中保护特使。以西班牙船赤鹫号为中心，天主教徒武士正在策动要袭击特使，是早已知道了。再加上武藏出头，这就棘手了。这，这却怎么是好呢？"

岸孙六交叉着两腕，急急地说。

甚内却拍着胸膛道："岸先生，山人自有妙计，今晚到尊寓拜候详谈。"

"那求之不得，敝寓在川口肥前屋。那么，晚上专候。"

孙六别后，甚内轻声说道："这是天赐良机。武藏！看你孤立无援，四面楚歌，又将奈何！"他自鸣得意地窃笑着说。

五

那天晚上，甚内依约到川口町的旅店肥前屋访问孙六，经密谈之后，由孙六陪同前往桶屋町，访问专对南蛮贸易的一商家，锦屋全兵卫。店面不大，里进却极深奥，穿过两面仓库的小巷，到了一座独立的大院。孙六把甚内带进其中一间大厅。

“哦，这是荷兰一边的浪人吧。”

甚内环顾一座，心中暗想。两三个南蛮人周围，团团坐着四五十个浪人，都是面目狰狞的大汉。他们一齐朝进来的两人瞪着眼睛。

“我来向各位介绍。这位是全国闻名的剑豪佐佐木小次郎先生的高足，鸭甚内先生。”

孙六对大家这样一说，武士们便同声欢呼着向甚内表示厚意了。小次郎在九州的声望是够大的，虽败于武藏而死，仍威名未衰。

“斯毕克司先生！鸭甚内先生是我的老朋友，从今天起加入我们这边，请你多多关照。”

孙六又把甚内介绍给了荷兰商馆长绰克司·斯毕克司。

“啊，是你的亲友。鸭甚内先生，多多关照，将来重重酬谢。”

绰克司笑容满面地说。过去所见的西班牙人，都是些军人出身的船员或传教士，令人望而生畏，而绰克司却是纯粹的商人，态度和善可亲。

“甚内先生，久违了。”

这时，一位年三十二三岁、目光锐利、身躯高大的壮汉趋前叫道。

“啊，真是意外，筑紫荣门先生！”甚内惊喜地叫道。

筑紫是在筑后的矢部乡设有武术道场的一刀流剑客，去年甚内曾随小次郎访问过他的道场。两人虽不曾比武，但小次郎却推他为九州屈指可数的高人。现在居然碰到他，在甚内可谓意外的收获。

通名报姓之后，甚内便奋其雄辩之舌，把武藏专程来长崎暗杀荷兰特使的事说了一遍，激起浪人打倒西班牙覆灭天主教的仇恨之火。对于击溃武藏一节，他说：“事关机密，一切策划请交给鄙人与岸孙六先生一手办理。”

这一建议，马上得到全体在座武士的同意。

离开那里之后，甚内的工作并非就此结束；他注意着左右前后，悄悄地去叩新桥后街上菱屋十兵卫的住宅。十兵卫不是平常的船夫，他是船主，同时也是货主，是专做南蛮贸易的商人，所以他的住宅是很堂皇的大邸宅。而在那里，聚集着为主的荣誉、为西班牙而作战的天主教武士。

但在这里，在这十兵卫住宅中的武士们，却非常文静，说话的语调也显得很低沉，笑声几不可闻。他们的眼中一样燃烧着热情，而在眼睛深处闪烁若铜铁般冷峭坚强的神光。

这其中，也有在赤鹫号上见过的古河、石田、西野、木山、水野等人。他们把甚内介绍给其他同志，说他是与残杀天主教教徒的武藏为敌，支持天主教的武士。

“鸭甚内先生。刚才说到一半，请恕我先说下去……”

高山右近的遗臣古河与一，向甚内道过歉之后，环顾着一座说道：“各位，荷兰人的阴谋约略如上。现奉索路德主教的指令，向各位转达下面各条款——

一、我们的团体定名为日本天主教武士团。

二、我们为守护天主教而战。

三、我们目前的任务是击破荷兰人的阴谋。

四、我们对教皇和西班牙国王誓死忠诚。”

古河说到这里，再向一座环视一匝。

六

那里是三四间房间，拉开隔栅的推门并作一室的大房间。一面临海，正面悬着玛利亚画像，银制的烛台上燃着蜡烛。

甚内在这里所见到的，与刚才所见的，是完全不同的两个世界。在锦屋里集会的那些浪人们，是秉承神国日本的传统，豪放爽快、放声大笑的活泼武士。

“各位明白了吗？”

在座的人各在胸前画了十字，誓死服从。甚内不觉凛然，全身发毛。

古河的亡主高山右近，是与有马、大村、小西等同是热烈的天主教大名[①]，为信仰牺牲了生命与地位的殉教者。会集在这里的天主教武士多半是他们的遗臣。织田信长是支持天主教的，丰臣秀吉当政之后开始弹压教徒，放逐了功臣高山右近，在长崎磔死二十六名神父和信徒。德川家康内心虽不喜欢天主教，但为求贸易之利，不取高压手段，及至荷兰人出现，便流露出本性来了。岛原之乱虽是二十六年以后的事，但这时在长崎，天主教徒早已武装起来，以暴力抵抗家康的高压政策了。

黑夜风暴

一

一阵海风从脚下卷上来，武藏把蓬松的乱发向后一掠。

“噢——”

他长啸一声，停住了脚步；晴空下的长崎港湾，在他的脚下展开。

这里是火见岭的顶巅。从博多到长崎共有六条通路，其中四条都是翻山越岭的羊肠小道。武藏走的是从唐津至大村，经由谏早之路。今天早上，他从矢上的驿站出发，越过火见岭进入长崎。

环山中的港湾深湛碧蓝的海水上，静静地点缀着色彩鲜明的唐船、南蛮船，还有御朱印船，小帆船在它们之间穿梭似的来去。

在这醒目的景色中，武藏看见一艘南蛮船正在进港。

“怎么还用小船拖着？”武藏无意间自语着说。

“是南蛮船吧？”

① 大名：诸侯。

站在一旁的盲法师接口问道。那是今天在路上偶然相遇，与武藏结伴同行的琵琶法师，他穿着褪了色的黑衣，背着琵琶，胸前挂着偌大一个布袋。盲法师已有四十岁开外的年纪，瞎了两眼，但感觉灵敏得惊人，靠着一根手杖，在弯弯曲曲的山路上独行自如。武藏从后面正想越身而过时，他突然说："这位武士，咱们一起走吧。"

就这样，两人一路上结了伴。盲法师很博识，尤其关于长崎；武藏一路听到了许许多多长崎古今的掌故和情形。

"是的，有五六十艘小帆船，拖曳着三桅的南蛮船。"

"湾里风力不强，南蛮船的船身大，是没法自身驶动的。"

"怪不得。"

"武师爷，到了这里，等于已到长崎，休息一会儿再去吧。"

"啊，好的。"

两个人在路边的岩石上坐下来，从那里可以望见山下的市街。武藏凝视着山下：沿着海岸展开着一条如带的平地，房屋直伸建在山冈上，而山冈则由许多山谷划分开来。这复杂的地势，深印入武藏的脑中。对于武藏，地上的一切莫非战场，每到一处，他的脑中就会不自觉地研究地势。

"武师爷！"

默默地把瞎了的两眼朝着港湾端坐着的琵琶法师，突然开口说："我来弹一曲琵琶给你听吧。"

"哦，好吧。"

法师从背上取下琵琶，调了弦线。"乒乒乒"弹奏起来。口中吟着"坛浦会战"的歌曲。想不到他的声音竟那么圆润动人，弹奏的手法也极为神妙。

二

武藏凝神闭目倾听着：他那节奏、音调、手法，虽稍带"夷曲"的情调，但确是"平家琵琶"的正宗。安德天皇落水的悲歌，简直扣人的肺腑。

突然，法师的歌声戛然而止，停住拨子，倾耳凝神而听。

“法师，怎么了？”

“怪！”

法师把琵琶从膝上移下，竖在地上，仍旧倾耳谛听着。

“奇怪！”

“怎么了，法师？”

“有危难迫近。”

“对谁？”

“对你……不，也许对我。”

“怎么知道的？”

“从琵琶的音调中。”

“怎样知道的？”

“那可说不出来了。”

“不错，法师能从琵琶的音调中，武士能从剑影中……好，看我的。”

武藏半开玩笑地，边说着，边摘下腰间的大刀，连鞘竖在地上。

“我的敌人……”

他低声自语着，微闭双目。佐佐木小次郎、吉冈兄弟、有马喜兵卫等以往生死搏斗过来的剑士，在他的眼底时隐时现，而最后浮上的一个面孔，好久好久不曾消灭。那是丑怪的脸，有着蜘蛛丝网一样纠缠不清的、令人恶心的目光。那是在佐贺城内，自称高田又兵卫的用人，给他送信来的汉子。

当时他虽佯作不识，但那人确是十多年前视自己为主人之仇人而死缠着他的鸭甚太郎。假如有人想加害于我，除非是他——武藏这样下了断语。

“法师，知道了；危难一定是向我而来的。”

“也许是的，剑气已逼近了。”

“法师，我们就此分开吧。”

“那也好。”

“那么，前途再见。”

武藏霍地站起来，看了周遭一眼，离开小路踏进山中。山不深，山势也不峻。武藏踏着枯枝，向山脚一步步走下去。

法师仍兀坐着，静静听着渐渐远去的武藏的脚步声。

“哦，是一位了不得的武士。杀了不少人，一定是有名的剑客。”

直至武藏的跫音完全消逝以后，法师才自语着背上琵琶，捡起拐杖，“嚓嚓嚓”地向前而去。走了不到半里，从路旁的树阴背后转出来四五个浪人，倏地跳到法师面前。待他们看清是个瞎子时，像泄了气似的。其中一人却说：“武藏贼，真慢！照理这时候应该来了。”

三

武藏到长崎的年月，文献上虽无明白的记载，但武藏晚年出仕肥后的细川家之前，年轻时曾周游九州各地，却是研究武藏的专家们所一致确认的。而且参诸为武藏所击毙的、矢部的剑客筑紫荣门的传记，据一般传说都谓死于此时，则武藏之来长崎，也该是这个时候，是不会错的。

而这时，以筑紫荣门为首的荷兰一边的浪士团，除守护今天进港的荷兰船之外，另选了五六个顶尖的剑客，由荣门亲自率领，埋伏在火见岭上守候着武藏。这是甚内的指使；甚内自己当然也参加在这一行列之中。

但是这一群人却上了武藏的当，空跑了一趟。武藏不信神秘主义，他独特的座右铭是对一切事物“百无禁忌”。今天仍有不少人迷信这个，禁忌那个的，何况当时；但武藏确是个彻底的理性主义者。

但琵琶法师第六感的提示点醒了武藏的灵台；而他的明智，很快地便抓住了甚内的影子。

“看情形是让他溜走了。”

甚内一觉知道自己上当，已是日暮时分；派到前途去探听的人回来之后，方才恍然知道又被武藏得了先机。那个人确实探听到武藏到了山顶之后，才与法师分手的事实。

“武藏贼，一定绕山间小路进城的。可是，怎么会知道的呢？真是像鬼一般的家伙。”

离开火见岭，与荣门等分手之后，甚内边诅咒着，边走下石蹬的山脚。

“这样一来，最重要的是打听武藏的落脚地……有了，去找岸孙六，这才是他的拿手本领！”

夜是静的，两边民房的板门缝中漏出来的灯光朦胧地映在石板路上。不久，他到了一株楠木的阴影下。

这时，甚内不觉背脊上被浇上冷水似的，全身颤抖。于是，他不自觉地回头看去。

“呀！”

这一瞬间，甚内的脚像被钉在地面上。距他不到十步远的路上，挺立着长身乱发的武藏。他那诡异的两道目光，像两柄利刃，直贯甚内的胸膛。越山而下的武藏，早已绕道等在山脚，一直盯在甚内的背后，想抓住甚内的真相。

这一意外的出现，使甚内毛骨悚然，惊怖欲死，简直吓得他魂飞魄散了。

“啊啊——”

一瞬间，甚内像小孩似的大声惊叫着，失魂落魄地拼命前奔。他好不容易到了路上已有行人的街头。

“嘘……”

他吁了一口气，回归意识。但当他回头一望——

“啊，糟了！”

甚内不觉又矮了半截。离他不到五步远处，武藏仍跟在他的背后，悠闲地走着。

四

甚内恐怖得又想提脚前奔，但拼命地忍住了。在大庭广众中飞奔，也真太难看了。而且在这人来人往的大街上，武藏难不成敢下毒手？甚内心中踌躇，一面催快脚步，找到了一个横巷，便不顾一切闪身没入黑暗之中。真个是茫茫乎如丧家之犬，急急乎如漏网之鱼，他连头都不敢反顾，向前疾奔，左弯右转，只是拣暗地里窜去。那么聪明自欺的甚内，竟被死神追逼得无路投奔。

他已经跑过了三四座桥梁，没命地前奔，跑得流汗浃背，气喘如牛。

甚内跑得筋疲力尽，刹住脚步，向后偷偷地掉头一看，吓得他拔腿又跑。武藏如影随形，还是同样的距离，像拉着一根无形的绳子，紧跟在他的后面。

眼前又到了树下。长崎后来虽以石桥多而著称，但当时多是木板桥。只是眼前的这座桥却是石桥，是葡萄牙人所筑的眼镜桥。正跨上桥墩，甚内仰头一望，不觉惊喜而叫道："这下可好了！"

他与迎面而来的三个天主教徒武士险些撞个满怀，赶紧刹住脚步。

"啊，怎么了？鸭甚内先生。"

站在前头的，是高山右近的遗臣古河与一。

"哦，武，武藏！武藏赶来了！"

"什么？武藏！"三个武士不自觉地紧张起来，望着前面。

"是那个吗？"

"不错。"

武藏像疾风般飞奔而来。

"杀！吉野，仓田……"

古河与一居中，两人从左右包抄着拔出腰间大刀。

但对着武藏，他们的动作太慢了，还不曾立定脚跟，武藏那六尺昂藏的身躯已如闪电一般扑向三人。

“哎呀！”

首当其冲的是居中的古河，一声悲鸣，扑地倒了；从右肩斜劈胸臆，血花四溅。一转手，武藏的长刀直奔右边的吉野，从脑门直下，像剖竹子一般分为两半。剩下的仓田，好不容易弯腰举刀，但攫住他这由静而动的一瞬之虚，武藏的血刃轻轻地挑他的右腕。趁着仓田脚步一晃，从左肩一刀劈下。

“啊啊，不成！”

不让甚内有喘息的余裕，他回头拔腿再奔。

“什么人？报上名来！”

武藏这才开口，沉声一吼。甚内哪里还敢搭腔？只是没命地奔跑。武藏不舍，随后追去。

也不知道过了多久，到了一个坡脚时，甚内不知为何，突然停步，回头叫道：“武藏！”

甚内虽跑得上气不接下气，但他的声音却沉着得像发自另一人的口中一般。

“武藏，忘了吗？俺是有马喜兵卫的家臣，吉冈武场的总管，最后曾是佐佐木小次郎的僚属，鸭甚太郎，今改名甚内爷爷的便是。”

五

“噢，是甚太郎。可是，吉冈的总管，小次郎的僚属，倒是初闻！”

知道是甚太郎，武藏反而很有兴趣地望着甚内的脸。但这只是一瞬之间，武藏的眼中立即又燃起那奇异的光芒，看向甚内背后。那里站着十多个浪人打扮的武士，甚内就是因为见了这一群人，才敢停步回头的。

这时，一个壮年的武士挺身向前。

“武藏，来得正好，今宵依正义之名取你性命。”

“报上名来！”

“筑后，矢部土著筑紫荣门的便是。”

“筑紫荣门，闻名久矣。甚太郎，不，甚内，看我取他！”

武藏昂然，他的身躯就像一座岩石似的，兀然不动。荣门的白刃出鞘。同时，围在他的身后的一群人，也一齐拔刀而前。

“退后，让我一人对付他！”荣门制止说。

“什么，你一个人……荣门，不碍事吗？”

“当然！”

“甚内，你以为如何？吉冈的总管，小次郎的僚属，你应该有数！”

“哦哦……”

甚内低沉地应着，睁大了两眼。

“武，武藏，住嘴！”荣门勃然怒吼。

“荣门，好不知进退，何必玩命！”

“你，你这……”荣门放低马步，两腕兀自发抖。

“算了，荣门。”

武藏倏地旋踵，大踏步地走了。

“哎呀！……你，你这无赖！”

荣门高声道嚷道：“等着，武藏！”

他提着大刀向武藏追去。在五六步外他举刀过顶，刚到武藏背后便劈了下去。这真是鲁莽的进攻，正跌入了武藏的陷阱。在这间不容发之时，武藏蓦地停步，只见他轻轻地扭动腰身，跟着是手上的刀光一闪。

荣门仍是提刀的姿态，摇晃了两三步，扑地倒了。从他的小腹，汩汩地涌出鲜血。

“蠢材，叫你不必枉自送命……”

武藏从怀中拿出纸来拭净刀上的血迹，静静地将刀纳入鞘中。

甚内和围观的武士们被武藏这利落的刀法惊呆了，铁青着脸站在原地。

武藏慢慢把目光转向甚内道："甚内，再去找些强大的兵法家来，譬如佐佐木小次郎，或者高田又兵卫那样的……"

六

那天夜里，长崎城内一片血腥气。不单是武藏，西班牙一边的天主教武士团与荷兰浪人团的激战，到处上演着。

甚内直至深夜才回到桶屋町的客栈中来。铃姑也偷偷地离开埃尔纳多神父家，住在甚内的邻室。

"甚内哥，大事如何？"

铃姑浮着讥刺的微笑，迎着甚内问道。

"嘻嘻嘻，全盘失败。"甚内苦笑着说。

"哈哈哈，手刃武藏的，舍我其谁？"

"哼，真了不得的自信。可是，铃小姐，我的手中还留着好几张王牌哪！"

"那么，武藏呢？"

"这一点请你放心，我一直跟到他的落脚地，看他进了街尾小岛村一个名叫正觉寺的一向宗的寺里。可是，真不简单，武藏的眼睛真快，简直是个恶魔。"

甚内说着，颓然躺在床上。

七

第二天早上，街上像节日一般热闹。今天是新进口的荷兰船卸货的日子，泊在港湾正中的荷兰船金星号的四边，一早便被许多小船围满，小船装满大大小小的货，往来于南蛮码头之间。码头上挤着许多商人和看热闹的人群，也有装扮入时、涂脂抹粉的妓女，等候着船上下来的船员。

在那些人群中，间杂着怪样的武士，目光如电，不时望着港口的金星号。当然，那些正是天主教武士和荷兰一边的浪人。京都所司代板仓胜重的密探岸孙六，今天是商人打扮，也挤在人群中。甚内和铃姑却始终没有出现。

但过了午时，武藏却到了。仍是那身白绫夹袍子，腰插大小刀，脚下草鞋，昂然出现。看惯南蛮人奇装异服的长崎人，对武藏这一身打扮也不禁愕然，赶快让出路来。天主教武士和荷兰浪人也一眼而知这人便是武藏，隐隐腾着杀气。但大白天，在这众目睽睽之下，谁也不敢动手。岸孙六也只是投以锐利的一瞥。

武藏对这码头风情感到新奇，东张西望了一阵，旋即掉转脚尖，朝街上走去。到了唐人店前，过去买了唐墨和毛笔。从唐人店出来时，他脸上浮着愉快的笑容。

满天云雾

一

武藏直至入夜之后才踅回正觉寺。那是孤零零搭在荒野中的一间茅屋，事实上只是一间草庵；但在当时的长崎，却是独一无二的佛门坛场。

住持道智和尚是六十岁开外的老僧，与武藏在京都认识而成知交。“一向宗”本来可以娶妻成室，但道智一直独身，只与一个哑巴用人一同过活。

“游兴这样好，等着你吃饭哪！”

道智和尚亲自端出酒菜，款待武藏。当时的长崎市民，差不多全信了天主，这寺里的檀越，真是只有屈指可数的几个。可是道智和尚还是坚强地守着这唯一的佛门坛场。

海风拂过草丛，从窗户流泻进来。饭后，武藏拿出白天所买的唐墨和毛笔。

“和尚，你看这锭墨怎么样？”

“唷，这是唐墨，好俊的东西。不过你去买墨倒真是难得的。”

“我想绘画玩儿……”

“绘画？那更奇了。”

“只不过是外行人涂鸦画几笔，打发时间罢了。”

“原是呀，只不过是外行人涂鸦画几笔，打发时间罢了。”

“不，现在不成。我只在好像会有什么时候用到它，经过唐人店时顺便去买了一支。”

“哦，这样，那也好。对佛家，我也希望你这样——总有一天会产生信心，这样想便好。”

“哦，这个……当然我没有怀疑神佛的存在，但委身神佛，在我这一生怕是难做到了。我是被诅咒的，有时且与神佛为敌。”

“与神佛为敌？那倒有趣。”

道智和尚微笑着，他对任何事都是逆来顺受的。

“听说——”

道智和尚换了话题。

“昨天晚上，城里有好多人被杀。”

“和尚，说老实话，我也杀了四人。是到这里时，半路上，为了自卫，没奈何哪……”

“噢。也好也好，那也好！你走的原是这条路……”

“和尚，也许还得多杀几个哪。”

“杀吧。我倒也想看看你的手段。”

在南蛮码头闲步时，武藏感到层层的剑气裹住了自己的四面，如虹斗志便随之涌上来。

可是，奇怪的是到了唐人店前看见笔墨时，偶尔想起绘画。而且同时，小仓悠姬的模样儿如影般浮上眼帘。

二

道智和尚又换了话题。

“武爷，记得曾有一位妇人苦苦地恋慕着你。”

他指的是阿通。道智和尚原是西本愿寺的知客僧。当时的武士中稍有头脑的，为了修身潜性，经常与各宗派的高僧交往，或研茶道，或谈禅理，也是那时候的一种风尚。在京都时，武藏也同很多僧侣为友，道智正是其中一人，所以知道阿通对武藏的哀恋。

瞑目沉默了一会儿，武藏的脸上闪过一瞬的苦恼。

“她在备后鞆津养病。我们两人终须走各自不同的两条路，现在不提也罢。”

“是的，是的，那也无可奈何。”

“和尚！”武藏突然端容叫道。

“我在这里，怕会给你带来麻烦。一个视我为深仇大敌的人，与这里的武士结伙要取我的性命，似乎非取我命不可，而且竟是意外的势盛……不，一股难以预料的杀气，正充塞着这个城市。我想就此告辞了。”

“哈哈哈，这点不必顾虑。”

道智和尚若无其事地坦然说：“武爷，袭击的目标不只在你哪！小庵曾两次被暴徒突击、纵火……”

“你说的暴徒是——”

“城里天主教的喽啰啊！别处是佛教徒捣毁天主教堂，这里却正相反。他们视这里是耶稣的圣地，而我们则是秽蔑圣地的异教徒，哈哈，哈哈哈……”

“原来如此。”

“异国的火焰正逼近这里而来，像武爷你，正是异国剑尖所指的目标。唉，等着看吧，很快便分晓了。”

道智和尚正激昂地说着，外面有了脚步的声音。

“道智师！”

"是座头[1]吗？稀客早回来了，快请进来相见！"

门开处，进来一人。

"啊，琵琶法师！"武藏不觉低声叫道。

"嗨嗨嗨，真的回来了。武爷，昨天请恕唐突，想不到您与道智师竟是旧识……"

是在火见岭上分手的那位敏感的琵琶法师，边说着，便向武藏叩头行礼。

"昨天多承见告，幸好托庇无事，便到和尚这里来了。法师与和尚亲近，竟也出乎我的意料。"

"武爷，你刚出去，他便来了。我再给你们介绍一下吧，我们这里称琵琶法师为座头，这一位是庄头田原森都，原是天主教的魁首，现在一变而成天主教翻筋斗的始祖，好有趣的人物。"道智和尚笑嘻嘻地说。

三

据说：正觉寺原来名叫三寿庵，是天主教的寺院。骤听时也许觉得这庵名有点不伦不类，但天主教传入日本已有六十三年历史，拥有信徒八十万人，已经相当日本化了，所以有了这样的寺名。

三寿庵的院主，是长崎天主教大亨，座头田原森都。

庆长十二年五月初五，三寿庵里突然来了一个老僧。那个时期，佛教与天主教之间的论战盛行。当时，老僧与森都两人，辩论了三天两晚。到了第三天深夜，正在激辩之中，森都突然一声怪叫，"啪"地翻身倒地，打起滚来。好半天才挣扎着起来，他说："是我错了！天主教是邪教，佛教才是正宗。从今天起，我决心皈依佛门。"

就这样转宗佛教，做了佛门弟子。

① 座头：盲音乐师的尊称，相当于我国春秋时代的"太师"；又法师首座亦尊称"座头"。——译者注

当时的老僧，就是今日的道智和尚。次日，森都把三寿庵让给了道智，飘然离开长崎，登上茫茫的旅程。这就是道智说的，天主教翻筋斗的始祖。据说后来有许多天主教徒都陆续改入了佛门。

天主教的寺院三寿庵从此改名正觉寺，成了“一向宗”的坛场。这以后，城里天主教暴徒曾几次前来骚扰，并纵火两次。

道智和尚出身九州的名门，肥前的领主龙造寺一族，后为有马家养子，曾随加藤清正出征朝鲜，屡建军功。俗名有马伊贺守道知，出家后改名道智，入京都西本愿寺为僧，也是一个峥嵘人物。座头森都过了几年的放浪生活，因家康当面嘱咐，接受了劝喻天主教徒的任命。这次他再度出现在正觉寺，谈话间提起武藏。

“啊，那人我也碰到的。”

“他到我这里之前像杀了人，而且昨夜好多处在厮杀，死了不少人。”

“事出有因，必定有什么大事在酝酿着，待我进城打听了来。”

刚才他就是从城里回来的。

森都卸下背上琵琶，放在一旁。

“道智师，这下清楚了。真是一大骚动。荷兰国王呈书家康公，以这呈递书简使节为中心，荷兰一边的浪人团和西班牙一边的天主教武士团势成对立，还有一个叫鸭甚内的诡秘人物，率领城内武坛的剑士参与其间，而且一致以这位武藏先生为敌对目标。”

“唉唉，对，武爷！”道智和尚骇然叫道。

“那个叫甚内的对我仇恨甚深，这些想必是他的策划。但倒也有趣得紧，像和尚刚才说的，异国的剑锋，武藏等着见识见识。”武藏若无其事地坦然说道。

四

那天深夜，黑漆一般的昏暗里，黑头巾、黑装束的十六个武士，远远地围住正觉寺，踏着如麻乱草逼近前来。

他们进了篱笆，紧靠着前后门包围过来。

虽说是寺院，只是仅有一椽的小庵，早已灯火全熄、暗无人声了。

这时，站在前门的一人，突然高声叫道："宫本武藏滚出来！"

随着这一声喊，一众人大刀出鞘、严阵以待。庵中寂然，没有回答。

"宫本武藏！道智和尚！座头森都！快滚出来……"

"何人呼唤？所为何事？"

回答的声音竟逼近门后，一众愕然后退一步，举起手中的大刀。

同时门户洞开，人随声出。等在门边的两把白刃，从左右一齐劈落。"铿锵"一声，黑暗中散开一阵火光。

"啊呀！"

"唉唉！"

随着两声惨叫，从左右扑上来的两人，同时仰面倒地。在这两人之间，远行装束的武藏，手提双刀，静静地站在当地。

"什么人？报上名来！"

声音低沉，但锋利如剑，震人胸膈。

"我们是天主教武士团，以主之名，来诛汝天主教之敌、杀人鬼武藏！"

他们围成半圆，向武藏逼近。

"什么，天主教武士团？西班牙人的爪牙！"

"非也，我们不是西班牙人的爪牙，是主的使徒。"

"主的使徒？为什么要来送死？"

"这贼徒，居然亵渎上帝！兄弟们，一齐上！"

一个人从正面举刀扑来。武藏用小刀轻轻一挑，右手长刀迎头而下，砍进了对方的肩膀。

"脓包，还是叫你的上帝前来吧！"

武藏口中毒骂，感到前所未有的兴奋。这次作战的对手，是世界上的强国西班牙。既然帮着西班牙人，虽是上帝，仍是敌人。

道智和尚手中擎着烛台从门口出来。他的背后站着森都。

“唉，可怜，可怜……不要再同这人作对了。对这一位，你们再来个百把人，还是枉然。阿弥陀佛，阿弥陀佛……”道智眨着眼，举起左手。

“各位听我一言！趁此觉醒，皈依正法。我森都给各位开路。”森都也大声喊道。

“说什么呓语！大，大，大家一齐上！”

剩下的十数人，疯狂地扑向武藏。

五

他们望着唯一的目标——武藏，团团转动着。同时，黑暗中闪过一道白光向武藏袭击，可惜功夫悬殊太甚了。在武藏的眼中，他们的一举手、一投足都看得清清楚楚，是太舒缓了。他用左手格、挑，右手斩、劈，前后左右进退自如，瞬间把那些狂热的天主武士劈倒在篱笆之外。

甚内躲在荒草丛中，一直凝神望着这场恶斗。武藏的眼光像萤火一样冷峭，甚内的两眼也同样燃着火焰。

甚内最初的战略，因着武藏的明智而粉碎了。他操纵着这如水与油永远不能融合的两派武士。

“先除武藏！”

甚内向荷兰一边的密探岸孙六这样献策，而把呈递荷兰王国书的商领亨特力克·蒲尔瓦的登陆日子给延迟下来了。

同时他又向天主教武士团做同样的游说，使他们把主力集中于扑灭武藏。另外，他又掌握了在长崎设坛授徒的剑客——新桥的霞右太卫门、深堀的雷电十五郎及其子源太郎。不过，要这水火相克的两派同时去袭击武藏，却无两全其美的方法。

于是他便运用狠毒如蛇的才智，煽动天主教武士团去打了头阵。可怜这些时代的牺牲者，不上半刻便被武藏追杀殆尽了。与西班牙作战——最初他是这样想的；但愈杀，武藏的头脑愈清醒，终于透彻如镜、一尘不染了。他的脑海中，映出来曾在京都见过、近日已渐模糊的地球仪，而竟如此鲜明。在那地球仪的一角，从西班牙的地图上发射出如电的杀气，直传到武藏的剑上。而在它的背后，武藏觉得潜在着异国之神。武藏的剑尖，像直对着异国的“上帝”似的。像武藏这样，以探究剑术为人生无上妙谛的人，决战本身就是神，就是得以穷彻上帝真相的变相的修道。

这时，突然刮起一阵野风，呼啸于荒原蔓草之间。

“武藏！可以罢手了……”

道智和尚擎着被风吹熄烛火的烛台，从他的身后高声喊着。这时，武藏矮身一纵，一左一右，又劈倒了两个武士。

“放！”

不知什么人，这样叫了一声。

与这一声同时，一阵烟火的气味冲进武藏的鼻子。距他二十多步的树下，站在人高的荒草丛中，铃姑正用短铳瞄准着武藏。

六

拿着短铳的铃姑背后，迈德勒斯船长半弯着腰，瞪着武藏。武藏像一座石碑似的，兀立不动。

“机不可失！”铃姑的热血沸腾了。

“我这一弹，贯穿武藏的心脏！”类似陶醉的欣悦，一刹那间闪过铃姑的脑际。

铃姑用全力扣下扳机。“轰”的一声，短铳喷吐出一缕红光。武藏应声扑地。但随即蹶然跃起，舞动手中双刀，飘然落在铃姑面前。

两人的距离咫尺之近，武藏敏锐的耳中好像明明白白听见铃姑起伏的心脏跳动。

“啊——呀！”

铃姑被吓得呆呆地钉在地上。但她很快地回复意识，强自镇定。渐渐地，她的眼中燃起仇恨的烈焰。

“武藏，杀夫之仇！我是佐佐木小次郎之妻铃姑呀！”

“什么！小次郎的……”

“好吧，你杀，杀死我吧！”

铃姑走近一步，武藏后退……

同时，一缕白光自旁闪出，直取武藏的腰眼。

“噢——呀！”

武藏用小刀回手一撩，眼见一条黑影蓦地后跃。

“你这异客，可是西班牙人？”

“然也，为正义助铃小姐一臂之力。我乃西班牙第一流剑士，迈德勒斯的便是。看剑！”

“这倒有趣。”

武藏小刀护前，大刀紧身，凝神而视。迈德勒斯用的是西洋剑术的架势，右脚踏前，左脚后引，俯倾着上身。他左手平肩向后伸出，右手上的白刃闪闪发光；他的右腕微侧，剑尖直指着武藏的心脏。

步步逼近过来的迈德勒斯，像闪电般向前刺来。武藏用小刀轻挑长剑，乘机一跃，大刀也跟着迎头砍下。

迈德勒斯疾如流星般向后跃退，随即霎时反击。武藏旁跃避过。迈德勒斯紧接着又是一剑。这次武藏轻轻后跃。迈德勒斯的剑，游蛇般紧追不舍。武藏虚晃一刀。迈德勒斯乘势大吼一声，望着武藏左右两刀交叉而成八字的胸前，一剑刺进。

说时迟那时快，武藏的大刀从斜刺里横扫而过。

“啊呀！”

迈德勒斯一声惨呼，长剑脱手落地。而在他那前俯的上身，恰在颈处，武藏的大刀不偏不倚地砍下了人头。

追踪

一

这时，正觉寺后燃起一片红光，是甚内放的火。这是正觉寺第三次遭火了。

武藏草草拭净双刃上的血迹纳入鞘中，不顾铃姑疯狂的哀号，急急赶去。

在这劲风之下，风趁火势，火助风威，一刹那便火舌缭绕，裹住了整个草庵。这是甚内的信号。岸孙六所率领的荷兰武士团，正在山冈后埋伏待机，约定了一见烽火便向正觉寺推进。道智和尚把如来佛像抱在胸前，座头森都背着琵琶，武藏仍是那一身远行的装束，背着“轰隆噼啪”正在燃烧的火焰，静静地站着。三人一样沉着，在他们的脸上，找不到丝毫慌张和恐惧的影子。森都本来是大友家臣田原绍忍的一族，原名武原深藏，也是个出名的武士。

“怎么样，先到那里去暂时安身吧？”道智和尚回头望着燃烧中的火焰说。

“不，和尚，大队人马快要攻来了，待他们会齐，一起歼灭了再走吧。现在我们一走，他们倒以为我们逃走，助长敌人的气焰，以后的麻烦就多了。”武藏已预感到第二批敌人来袭，阻止着说。

“是极，是极，在这里让武爷决了胜负再走不迟。”森都接口说。随即，他耸耳倾听着四面的动静。道智和森都当然知道武藏不属于西班牙或荷兰的任何一方。但他们却也感到今夜的事绝非仅仅一场误会，事情并不那么简单。两人除了袖手旁观之外，别无良策。

地面上传来杂沓的脚步声。

不久，火光中出现了无数的人影，他们手中的白刃宛如浪头般冲着三人而来。先头的四五人，已经迫近得只有三五步了。

“武藏听着，我乃筑紫荣门的门下，棚桥一虎的便是。”

其中一人，叫唤着报了姓名。

“噢！”

武藏应声拔出大刀。背着火舌兀立着不动的武藏，威武雄姿宛然如不动明王，火焰的呼啸就像他的怒吼似的。为他这气概所慑服，对方的人群不觉摇晃着倒退了几步。

一步，两步，三步。武藏挺身向前。武士团连连地又向后退。武藏一刀劈死荣门于当地的手段，早已深种在他们的心中。现在他们所恃的，只是以多取胜、相信团结的力量罢了。

武藏提刀在手，双眼怒睁，一瞬不转地瞪着众人。他们又倒退了四五步。从武藏全身散发出来的腾腾杀气，像一把铁锤，粉碎了他们的团结。这班人所恃的只是人多，比不上天主教武士有着狂热的殉道精神。这样一来，便斗志全消了。

“和尚，走吧！”

武藏把大刀“啪”的一声纳入鞘中。

“哦，走吧，座头……”

武藏朝着狭仄的小路，静静地迈步向前。道智和尚和森都随在他的后面。浪士团向西散开，已静悄悄地不见一个人影了。但在十多步外，经过一个草丛边时，武藏以迅雷不及掩耳的手法，拔刀向丛草深处一劈。

“哎呀！”

一声惨号，一条人影连窜带滚落荒而逃——那正是躲着未去的岸孙六。

紧裹在火焰中的正觉寺，“轰”的一声塌倒下来，激起一阵的火星。

二

余烬染红了半空。走了不到半里，是一片松林。从那里下坡，便是城内街道。这时，街面和港湾都深深地沉浸在睡眠之中。

武藏打头，三人在夜风吹拂中静静地前行。

突然，一团黑影拦在武藏的前面。

“等着，武藏！到这长崎来，你那目中无人的举动神人共愤，绝不宽贷。好好地拔刀相见！”

“报上名来！”

“死在你手中的佐佐木小次郎的血盟好友，霞右太卫门。”

“深堀的兵法家，雷电十五郎。”

“雷电源太郎。”

这三人中，最后一人还是尖锐的童音。背后围着十四五个黑影，该是他们的门下吧。

“郑重声明，同行的两位出家人，与武藏毫无关涉，切莫错伤！”

“当然，敌对的只是足下一人。”

“好，那么……”

武藏稍一挫步，紧闭着嘴巴。他的手没有触及刀柄，也不曾挺身耸肩，更没有运气作势的模样。但一触即发的剑气，已凛然弥漫于夜色之中。

霞、雷电两人，都是屈指可数的第一流剑客。源太郎虽仅是十九岁的少年，但早是有长崎小天狗之誉的能手。三人形成半圆，咄咄逼近前来。他们是想用那压人的气魄，击破武藏的架势。但武藏的身躯有如铜墙铁壁，是无懈可击的。面对这三人，虽以武藏之强，竟也找不到一丝漏洞。

双方瞪目相对，各不相识。但以一对三，假如其中一人决心牺牲，有利的还是人多的一边。

“哎……啊！”

霞右太卫门蓦地舍身向前，运用全身劲力向铁壁猛扑过去。那是鲁莽的一击，右太卫门的大刀凌空而下，但被武藏的长刀拦腰格开了。

这一刹那，雷电十五郎的钢刀乘虚而进，“呼呼”地迎风砍向武藏的顶门。但也被武藏的大刀给挡去了。

源太郎借此沉身一跃，拦腰砍过去。刚格开十五郎凌空而下的钢刀，间不容发中挑开源太郎的兵刃，就势回过刀来向源太郎砍去。

这是武藏得意的一击，是必死之剑。

奇怪的是这一剑竟“铿锵”一声，被招架住了。

“呀！”

武藏颠了一下手中大刀，他张大了两眼。右太卫门以为机不可失，从他的身后一刀砍下。武藏轻轻一闪，便躲开了。他张大了那对奇光闪耀的眼，瞪着源太郎。

源太郎早已如被毒蛇瞪住的青蛙一般，呆呆地钉在原地。但你看，他的手上！竟传了武藏的衣钵，右手上紧握着大刀，左手提着小刀。

三

这时被武藏一刀挡开，向前踉跄的雷电十五郎，刹住了步，回头从斜刺里向武藏进迫。霞右太卫门也掉转头来与源太郎并肩而立。武藏还是兀立不动，但无懈可击。

而这时，四边起了一阵骚动。

“捕快来了！”

“是奉行所的捕快！”

十五郎和右太卫门愕然，跃后二三步，向山下望去。来的正是捕快，手擎奉行所长柄提灯的一队人马，正朝山坡上跑来。

当时的奉行是长谷川左兵卫藤广。代官司行政，专门管理异国的贸易。奉行掌治安，兼握兵符。所以代官得由地方上的士绅充任，奉行却是上头简派的大吏，权力远在代官之上。

左兵卫的内心虽是反天主教的，但当时全面镇压天主教的命令还不曾正式颁布，而长崎又是天主教徒的黄金城，对天主教的直接压迫，更需要考虑了。他们取缔的对象，毋宁是主家没落、已无俸禄的那些不良浪人。就德川幕府而论，天主教是对外问题，浪人才是内政之癌。浪人就是今日所谓的无业游民，而且是带刀的危险人物；幕府的治安对象，是置取缔浪人在镇压天主教之先的。

像武藏那样著名的兵法家，或在城内设坛授徒的剑客，虽在黑名单之外，但霞右太卫门、雷电十五郎的武坛里经常进出的，多半是从各国流浪而集的浪人，很多素行不端的武士，早在奉行所的监视之中。而私斗更是有违禁令。

“退！”右太卫门首先嚷着向坡上溜走。

“武藏，今天的胜负暂时记着！源太郎走吧！”

十五郎慌忙追上右太卫门，跑了。门人也跟着急急忙忙地四散逃奔，没入黑暗之中。

但源太郎却手提着双刀，踏着架势动弹不得。武藏仍紧握着大刀站在原地。武藏并无杀死源太郎的意思。这时武藏双刀流尚未完成，自然尚未自号“二天”、公然地自称双刀流。但在自己之外尚有人使用双刀，他却连做梦也没有想到。

而眼前这个无名少年，却用双刀挡开了武藏的剑。这使武藏既惊且奇，不觉忘了自己，死瞪着少年。

捕快渐渐逼近了。

武藏突然惊觉，随即和颜悦色地问道：“你叫源太郎吗？”

但在这一瞬间，源太郎如突然恢复了自由的小鸟，倏地跳开，掉头向草丛中飞奔去了。

“等着！等着！”

武藏急急地向源太郎身后追去。

四

跑不上二三十步，见一条黑影从草丛中窜出，看见武藏，急忙忙正拟逃走。武藏边跑着，边举起手上大刀斜劈过去。

“呜——呀！”

一声低沉的惨呼。武藏却不顾这些，望着前面一箭之遥、驼着背飞奔前去的源太郎疾追而去。这时一阵阵风刮起正觉寺的余烬，两个分开杂草没命疾走的人在它那摇曳不定的火光中影影绰绰。

最初是没路的荒野，越过山冈，横渡溪谷，到了一条山径时，正觉寺已远远地落在脚下了。

在追逐中，两人都已把大刀纳入鞘中，“呼呼”地喘着粗气，脚步也慢下来了。

武藏当然没有杀源太郎的企图，只是想知道源太郎使用双刀的详情。但从武藏的大刀上、眼神中，全身涌出来的那股热焰似的气魄，结成一缕杀气，把少年的魂魄给吓得摇摇欲坠。

可怖！他只是没命地飞奔。

“源太郎！”

源太郎的脚步迟缓下来，武藏才发声呼喊。但那少年未摆脱恐惧心理，听到呼喊，心里一震，又没命地拔腿狂奔。

武藏更不放松，默默地随后追逐。到了上坡路，源太郎的速度渐渐减低了。

“源太郎！”

武藏一喊，源太郎又喘着气没命地疾驰，像被死神紧追着似的。

这样紧一步慢一步，跑上山坡到了山崖的顶巅时，源太郎已是筋疲力尽，全身软瘫，蹲在地上了。东方已发白，晨风随着阳光荡漾。

“源太郎，为，为什么尽逃？”

调了一下气息，武藏微笑着走近前去。

源太郎绝望地、喘息着叫道：“你杀吧！”随即闭上双眼。

“不，源太郎！我不是为要杀你才追来的。”

“……”

“有一件事，非得向你问个清楚不可。”

源太郎这才睁开眼睛仰头望着武藏。

“当我向你砍下那一刀时，你曾拔出小刀很巧妙地挡开了。”

源太郎的眼睛微微地闪动。

“源太郎，不要气馁，站起来！”

源太郎颤着肩头仍在喘气，但经武藏这厉声一叱，宛如着魔似的，霍然而起。

“可是源太郎，那时假如我再紧接着砍下第二刀，你又如何抵挡呢？”

源太郎的眼睛霎时发出亮光。

“源太郎，接接看！”

武藏大喝一声，拔出大刀。刀锋在晨曦中闪闪发光。

五

现在源太郎已知道武藏没有杀意，恐怖心理不复存在；而武藏那真挚的态度、兵法家一丝不苟的精神，宛如电击似的使他兴奋。

这一代的剑豪正在试练自己——这样了悟时，他的青年热血沸腾了。

源太郎默默地拔出双刀，立定门户，以刚才用左剑挡住武藏大刀的姿势。武藏把大刀拟在眉心，他的双目如电，射在源太郎脸上。虽说只是比画，但用的是真刀真枪，武藏手下还是毫不假借的。

“源太郎看刀！”

刀光一闪，武藏的大刀腾空高举，望着源太郎脑门砍下。“啪”，一阵火花四散。武藏的刀，被交叉成十字的源太郎的双刀给挡住了，被夹在双刀之间。

“唷，好俊！”

武藏仍那么立着不动。

“源太郎，这以后怎么解拆？”

咬咬牙关，源太郎的脸色铁青，呼吸急促，额角上的汗涔涔而下。他所接住的武藏的大刀，竟如千钧之重压下来。

“源太郎！”

“先，先生，不成了！”

源太郎好不容易挣出这么一句。

“好，到此为止。”

武藏轻轻地抽回大刀。源太郎踉跄后退，也收了双刀。

“源太郎，坐下来休息一会儿。”

“是。”

武藏揩了汗，深深地吸了一口早晨的清气。他待源太郎的呼吸匀了，才一本正经地问道：“源太郎，你知不知道我使用双刀？”

“是的，听说过。”源太郎柔顺地回道。

“刚才你使的双刀是怎样来的？别人教的？还是自己发明的？”

“是外祖父木岛藤左卫门教的。”

“木岛藤左卫门？”

“前年亡故了，是深堀的乡士。听说外祖父年轻时，一位肥后相良的兵法家，叫丸目藏人佐的巡回到了深堀，曾在那里设坛授徒，住了一段时期。外祖父就是那时拜的师，双刀也是跟那一位兵法家学的。”

“什么？丸目藏人佐！”

丸目藏人佐——上泉伊势守门下的八剑士：柳生但马守宗严[①]、疋田文五郎、神后伊豆守、那河弥左卫门、穴泽净贤、奥山孙次郎、小笠原玄信斋等八人之中，他与柳生、疋田、穴泽同列为四天王之一。

只是因他一直蛰居九州僻地，而且退为小藩之臣，后半世都隐居在球磨人吉，成了传奇人物。武藏当然久闻其名，那次访石舟斋于柳生庄中，也曾从石舟斋口中听到过他的经历和逸事。

六

可是丸目藏人佐曾发明双刀艺倒是初闻，更引起武藏的兴趣，但藏人佐是前一代的人物。

“他是闻名全国的高人，听说与前年作古的石舟斋同庚，不晓得是

① 柳生但马守宗严：号石舟斋，现将军家武术指南但马守宗矩之父。

否在世？”

武藏自语着说。源太郎却接口回道："这长崎城内，有代理相良藩作异国贸易的商馆。据近日到商馆里来的藩士说，丸目先生今年已七十三岁，自号入道彻斋[1]，整日搬弄泥土，专心耕地的开拓。”

“啊，那么仍在世！”

“是的，老来更见矍铄……”

“啊啊。”

武藏满含喜悦地说："源太郎，你从外祖父处学得的双刀手法，共有几多架势呢？”

“先生，那还够不上称什么架势，只是告诉我乱战中使用双刀之利，教了我一两手罢了。而用在实战上，今天还是第一遭，不知不觉间拔出左刀来的。”

“哦。”

“不过祖父曾说，丸目先生本人已得双刀秘法，不知宫本武藏的双刀如何？”

“啊，该是这样的吧。”

武藏迎着刚从对面山峰涌着上来的太阳站着，双眸炯炯。对面那座山，从长崎城里，是隔着后面的港湾高耸着的。

“那好像是岛原的温泉岳吧？”

“是的，这里是田上岭。这条路叫茂木街道，脚下看得见的，是茂木滩头，到岛原、天草去的渡船，便从那里出发哪！”

回头下望是天主教的圣地，南蛮船的港湾长崎在晨曦中灿烂多姿地尽入眼帘。

“源太郎，让你吃了苦，不要记挂吧！我想去茂木，再转肥后。”武藏傲然说。

---

① 入道彻斋：入道，有“居士”之意。

“是不是去会丸目先生？”

“哦，打算先去熊本，无论如何一访丸目先生……”

“先生！”源太郎肃然端容，双膝落地叫道，“请先生答应收我列入门墙。”

“收入门墙？”

武藏向源太郎投以锐利的一瞥，但旋即和颜悦色地点头说：“可以，我原想将来在京阪一带定居下来的，到时候再招你前来。有缘的话，你来找我也好。我与你父本无私怨，幸好双方均未受伤，由你为我致意吧。”

“是，谢谢师傅。我一定来找师傅，家父也会为我高兴的。”

源太郎激动地在胸前画了十字。

七

“哟，你是天主教徒吗？”

武藏惊讶地望着源太郎。

“师傅，不可以吗？”

“不不，没有什么不可以。信仰是自由的，佛祖也好，上帝也好，随你自己的意思皈依便成。我是这样想的。”

“师傅是信佛……”

“我吗？我与佛祖和上帝都没有缘。”

“鸭甚内先生曾说师傅是为了扑灭天主教徒才到长崎来的。”

“哈，哈，哈……甚内又宣传，说我是为扑灭反对天主教的荷兰浪士团而来长崎的哪！”

“哎，有这等事……”

“源太郎，甚内说的不错，我杀天主教徒，杀佛教徒，也杀荷兰浪士团。对西班牙人、葡萄牙人、英国人、荷兰人，谁也不饶。我也许是以全人类为敌的。爱人和徒儿，也许同样地视我为敌。源太郎，我是这样一个人，你还敢拜我为师吗？”

“师傅，我永远是你的徒弟。”

源太郎说着，不觉悲戚地啜泣起来。

武藏的话，是锐利的、严酷的，像冰一样冷峭。他那魁梧的身躯高耸着，像覆盖着白雪的山峰一般。而在这位纯真的天主教徒的少年眼中，不知为何，他是这世界上最最悲哀的、最最不幸的一个人，而竟又是那么可亲、可爱的人。

“哈，哈，哈……”武藏爽朗地大笑着说，“源太郎，不必难过。我还是爱徒儿的。今后对天主教徒也许会一天严厉一天，好好地当心过日子吧。”

武藏轻轻地抚着源太郎的肩膀。

“那么，后会有期！”

他掉转身躯，背着长崎，朝着茂木滩头那边，横过山腰，大踏步地走了。不悲别离——像武藏自己说的，他是不再回头的。

这时，甚内正躺在异人馆的一室中接受外科手术。在草丛中挨了武藏轻轻的一刀，他的右腕被齐根砍断了。铃姑站在手术台旁，给甚内壮着胆。

而在另一处的异人馆中，岸孙六也正在接受异人的治疗。武藏的一刀，打斜砍去了他的右眼。

那天下午，教堂里的钟声低沉地响着，盛装的神父和穿着丧服的异人，被一群白头巾的教徒围绕着，随在几具棺木之后，徐徐地前进。棺中装的，是武藏刀下送了残生的迈德勒斯船长和天主教武士的遗骸。

这样，甚内对武藏的一切计划，全盘惨败了。另一件使长崎市民惊讶不已的，则是刚进港口的荷兰商船金星号突然扬帆出港了。

荷兰国王的特使蒲尔瓦，知道在长崎陆上危机四伏，只得启碇而去。据官文书上记载，蒲尔瓦谒见德川家康面呈国书，是距此数月之后那一年的八月某日。

道智和尚和座头森都，当天便回到正觉寺整理残烬，准备重建草庵去了。

女儿心

一

已是梅雨期了。武藏想趁未雨之前赶到天草，当天搭上茂木到岛原小宾的渡船。

武藏离开小仓近五十天了，但长冈佐渡的府邸中，没有一天断过武藏的话题。长崎的风波虽未传到小仓，但福冈城下与黑田侯的那点关节，小城道上与高田又兵卫的比画，早已传遍小仓城下了。

对武藏的一切，佐渡和夫人及家臣厮养，没有一个人不乐得像己事一样痛快。尤以悠姬，不论怎样的细梢末节，都会使她充着眼睛、胸前悸动不已。

她是才气纵横，品性高洁，而且感情丰富，有着绘画与文学天才的十六岁小女孩。武藏是这位少女梦中的英雄。

古代的诗人在神话或传奇中创造各色各样的英雄人物。悠姬也把武藏塑成梦中的英雄——不知畏惧的汉子，不屈服于任何事物的大丈夫，永远掌握胜利的男子汉。悠姬更希望武藏是个一生不谈恋爱的男人。

“我也绝不恋爱！”

在梦中，悠姬曾对武藏旦旦而誓。

一天早晨，府邸门口来了一位远客。

出来应门的是一位年轻武士，见了来客，呆在当地。那是一位远行打扮的妇人，年二十三四岁，虽然憔悴，但掩不住那高贵的风度——肤色如玉，目如点漆，是一位光彩夺目的美女子。

“请问小姐是哪一位……”青年武士毕恭毕敬地问道。

“我是宫本武藏的近亲，名叫阿通，专诚求见相爷，敬烦通报。”

“好，请稍待片刻。”

青年武士慌忙入内向佐渡传达。佐渡正打点主殿，呷着茶与悠姬聊着。

“什么，武藏的近亲，阿通……哦，是了。”佐渡会意。

悠姬的眼睛一亮，但到底没有开口。爱慕着武藏，卧病在备后鞆津的女子——这是武藏亲口说的，悠姬并没有忘记。而现在来访的就是那个女子，悠姬也立即觉到了。只是阿通这名字，在京里的时候早已听过，却是以后才记起来的。

佐渡虽未明言，但在武藏未提阿通之前，也早已知道她的名字了。不，早已同她会过几面的。当时的著名武人，不仅懂茶道、喜参禅，而且乐于亲近各种技艺。歌舞伎在那时还是仅流行于民间的新兴艺术，但自古流传下来的能乐及琵琶、鼓、笛等乐器，无一不为他们所欢迎。他们对于那些各流各派的本家，抱着崇高的尊敬心理。

佐渡初闻阿通的名字，是在京都某一茶会席上，从当时清源派横笛三名人之一的千草种彦口中听到的。

二

种彦是已过花甲的矮短老头。

“真是罕见的美人，是在我之上的吹笛名家，有机会无论如何给各位介绍相见……”

他提起阿通的名字，接着便述说她的身世：“已是六七年前的事了。我应因幡侯的邀约，归途因事绕道作州的宫本村。所谓事情，是我学笛时的一位名叫直木近江的师兄，后来离京到了作州，供职在吉野郡竹山城主新免伊贺守家。听说三十年来，直木一直隐居在宫本村中，所以有心顺路去一访故旧。”

宫本村是从姬路经美作，从美作进因州的作州道上的一个山村。种彦虽满怀着高兴去寻访故旧，但近江已于七年前作古，妻儿相继去世，只留下一个十五岁的女儿，跟着老仆夫妇艰苦度日。

听了种彦的来意，那女孩儿便坚持留着种彦住了一夜。那天夜里，她拿出父亲的名笛吹奏起来。虽说是自幼跟在父亲近江身边亲手调教出来的，但她那音调的美妙、拍节的准确，尤其是神韵的传情和深刻，简直使人不能相信出于十五岁的少女之口，使种彦翘舌不下。

假如能让她继续进修，种彦认为她必能臻于上乘、自成家派。

“早些打点上京，我收你做徒儿，寄住我家，一定把你造就而成有名的笛师。”

这样口头上约定之后，他便回京去了。

转瞬又是几年，关原之战新免家归附了。石田一边以致惨遭灭门之祸，而种彦也在离乱中把这个女孩子给遗忘了，但关原战后第二年春，她却突来叩访种彦了。那时她已十八岁，是米塑玉雕一样的美人了。那就是种彦所推赏的阿通。

佐渡听完了种彦长长的一段诉说，不禁想了起来。作州宫本村，正是自己的恩师吉冈无二斋的家乡。佐渡是无二斋受将军家的招聘留在京里时的门人，虽到宫本村去过几次，但记不起当地有这么一位名叫直木近江的著名笛师，但对幼时名叫弁之助的师弟——就是今日的武藏，却记得很清楚。

那以后他与这位师弟便不曾再见，直至去年弁之助突然在京里出现，名字也改为宫本武藏，向父祖三代兵法名家称著的吉冈一门挑战，接连毁了清十郎、传七郎、又七郎三人。

那次佐渡仍没有与师弟把晤的机缘，而武藏的威名则已震惊京洛，被称为恐怖的剑士、雷击的兵法家。

听说是与武藏同村的笛师女儿，佐渡当时颇有感触。后来在各家的集会席上，佐渡曾好几次亲聆阿通吹笛，而且得知阿通热恋着武藏的传闻。

三

最近武藏又亲口说起阿通仍未心死，寄住在备后的鞆津养病。佐渡对她深表同情。而武藏却视热恋着他的阿通为武艺修业的绊脚石，无情地舍之而去，南下九州去了。而现在，她竟跟踪而来。

“那位妇人远道而来，先让她盥洗了，领她前来。”

他吩咐应门的青年武士说。

“你也暂先回避吧。”

回头又打发悠姬下去。

不一会儿，洗净风尘、重整脂粉的阿通，被领了进来。

她俯伏在佐渡之前。

“啊，阿通，好久不见。抬起头来，近前来坐。”

阿通抬头说：“相爷容光如旧，阿通深为庆幸。”

“不，我是老了。”

“相爷一点没有变，阿通才老了哪！”

“哪里，你还是同以前一样年轻貌美。”佐渡望着阿通说。虽是衣着入时，化妆也很巧妙，但不仅掩不住病后的憔悴，而且一眼而知她的心中蕴藏着苦闷和寂寥的心情。

“哟，相爷真会取笑。”

“哈哈哈，真是的。可是，咱们最后是在哪里见的面？”

“是在乌丸老爷的府上，那时相爷的好友兴秋殿下也在场的。”

“哦，是了。两年以前的事了。”

他们都沉浸在回忆中，谈了一会儿京里的旧事。佐渡当然知道阿通为什么来访自己，她唯一想探问的，就是武藏的事。但佐渡故意不提，他以为提起来反多为难，不知从何说起。

“阿通，我现在要上殿谒见君侯去了。你在我这里安心住下去，慢慢地休养。今夜倒要听你阔别已久的笛声啦。”

谈话告一段落，佐渡乘机站了起来。

他吩咐侍女带阿通到厅旁的一室去。那里配置着镜台等化妆用具，炉中生着熊熊的炭火，还有铁罐等全套的茶具。

侍女把床褥铺陈整理出来，说：“请躺着休息一会儿吧……有事请你随时招呼。”

侍女恭恭敬敬地行了礼，退到邻室去了。

阿通对佐渡的殷勤、周到、挚诚的情意，不禁感极而悲，眼中热辣辣的。她在鞆津养病时，是寄居在下关的船行老板小林太郎左卫门的别墅中的，所以武藏战胜佐佐木小次郎的详情，很快便得到消息。同时，回绝了黑田家的仕宦又踏上修业的征途，也传到她的耳中了。

“武藏的心情真是令人无法捉摸的。”

阿通虽未痊愈，还是挣扎着起来，拖着病后羸弱的身体，到小仓找寻决斗时曾充当武藏监护人的旧知佐渡家中来了。而在这儿——武藏也曾耽过几夜的厅旁一室住下了。

四

下午，从下关小林太郎左卫门的船行里送来装着阿通的替换衣服和手边用具的行李。

阿通是从鞆津搭小林船行的船先到下关，在太郎左卫门的店中过了一夜，第二天才上佐渡的府邸的。她的人缘极佳，到处受人欢迎、款待。奇怪的是，为什么唯有武藏竟会对她如此薄情。

得佐渡的温情，阿通恢复了旅途的劳顿，晚饭后换了衣服，打扮起来要侍女带去拜候夫人。

“请这边来，大家等着与小姐厮见哪。”

侍女领她进了客厅。佐渡换上家常便服，正在等着。

“怎么样，精力恢复了吗？”

“是的，多承相爷厚意……”

“家里的人都想同你相见，能不能吹笛？会不会影响你的身体？”

“不碍事的，今夜我会吹得大家都不愿听了才止，请各位品赏……”

“哦，那才有趣。”

两人都明朗地笑着说。

不久，夫人由侍女扶着出来了，阿通慌忙退到下首，恭恭敬敬行了一个见面礼。夫人说的话，也是满溢着温情的。接着，悠姬也来了，她的目光冷峭。

佐渡开口说："阿悠，你该已耳闻了吧，这位是千草种彦的高足——青出于蓝的吹笛名家、享誉京师的直木阿通小姐。"

"是的，早已闻名了。"悠姬的眼中闪过好奇的光彩。

"阿通，这是我的侄女儿阿悠，其实这只是避人耳目，实在是那位你也认识的细川兴秋老爷的小姐。"

"哎，兴秋殿下的……"

"唷，你知道家父……"

两人这才相对而视：阿通原是充满着厚意的；阿悠也不再是初见面时那种冷峭的目光了。

"那么，泽庵师也知道的吧？"

"是的。认识很久了。"

"还有光悦先生……"

"那更承错爱的了。"

悠姬与阿通二人，谈起京里的事都觉得津津有味。佐渡和夫人蛮高兴地望着年龄虽悬殊，但同样有着不寻常身世的两个少女。待她们的谈话告一段落，佐渡方才笑着说："阿通，给我们吹一曲如何？"

"是，我去拿笛……"

她到房间里取出装在古金兰袋中的横笛。笛上刻有"吟龙"二字，是他的父亲珍惜的古笛。笛是东方民族最爱好的乐器，长一尺四寸，七孔，能将感情随着一呼一呼倾诉而出，在任何乐器中，其敏感殆无伦比的了。

阿通半闭着眼，把嘴唇凑在笛上：它那幽幽流泻的音律——旋高旋低，不绝如缕。一会儿低沉，如深渊之潜蛟。一会儿高昂，如天马之行空。闻者为之屏息。连园中的古木、地下的青苔，也倾耳于她的笛声似的，悄然、肃然、万籁俱寂。

"笛声在向武藏倾诉，在找寻着武藏！"

悠姬的心底，这样细语着。不仅悠姬这样想，那虽是一阕古曲，但在佐渡与夫人的耳中听来，也有了同样的感触。

五

可是，到底不愧为名家，她的笛声不久便控制住了悠姬的心，引她进入无我之境，早已不复有武藏的影子，只是如醉如痴，使她逗留在艺术的三昧之中了。

阿通连奏了三曲。她的眼中漾着神秘的光彩，容光焕发，两颊上泛起红潮。待第三曲，千草种彦所作的《白云之歌》吹奏成阕时，佐渡却说："呀，真了不起，令人百听不厌。但你今夜太辛苦了，早点休息吧。"

"不，我倒一点不觉疲倦。"

虽这么说，阿通的呼吸已显得气喘吁吁了。

夫人和悠姬对于阿通的绝技，当然也不惜感叹赞扬之辞的。但这一晚上，终于谁也不曾提起武藏的名字。

翌晨，佐渡上殿去了之后，悠姬坐在走廊上沉思了一会儿，像下了决心似的，站起来走向厅旁阿通的房里。

"通小姐？"

"啊，悠小姐，请进来。"

阿通打开门，邀请悠姬进去。

"相爷上殿去了吗？"

"是的，刚才不久。"

"我也不曾去送……"

"哪里话……昨夜谢谢你，真好，你真是吹笛的天才。"

"哎，这有什么了不得的，倒是悠小姐的书法、绘画、文学，没有一件不精，相爷着实引以为豪，而且年纪又轻，将来怕不成为紫式部或清少纳言那么古今闻名的才女。"

"谢谢你，通小姐！我真有那样的野心哪！"

悠姬接着向阿通投以锐利的一瞥，说道："通小姐，你是不是找武藏先生来的？”

阿通轰然涨红了脸。

“悠小姐，有什么好瞒你的，正是这个意思。”

她的声音低得只能让自己听见似的。最初低垂着头，但，随即毅然抬起头来，张大两眼，胸前急剧地起伏着。

“武藏先生，是你的爱人？”

“是的，我们同在一村长大，是青梅竹马的朋友。关原一战，主家新免全族灭亡，武藏先生离乡之夕，两心相誓，待他在兵法上功成名就之日，自必缔结良缘……自后我也立誓以笛立身，不久上京求师。

“这几年来，我们相见，必以未来的欢晤为约；别时则心心相印。武藏先生是专心精进于兵法的修业的。我们最后是在备后鞆津的寓途分手。那时我病倒了，武藏先生把我寄托在熟人小林太郎左卫门先生的别墅里，他自己则为应佐佐木小次郎先生的比武之约，就此离我而去。”

阿通对妹妹一样年轻的悠姬，鼓起勇气追述往事。

六

“那时武藏先生曾同你约定，不是说打赢小次郎之后一心仕宦，同时与通小姐结婚的吗？而竟……”

阿通禁不住簌簌地落下泪来。

“我知道的，通小姐！”

悠姬也忍不住含泪说道：“可是通小姐，你为什么不伸展自己横笛的天才呢？丢开一切，一心为了艺术……”

“啊，悠小姐！”阿通吃惊地仰望着这位天真的少女。

“你可不是视恋爱比艺术更重……”

“悠小姐，没有办法的事。我何曾没有这样想，好几次鞭挞着自己，可是，可是……”

“唉，何必如此呢？”悠姬叹息着说。

“将来，将来你也……”

“不，我是一生不恋爱的，已经发过誓……”

“唉唉！”

阿通不觉破涕为笑。

“对武藏先生……”

“什么？对武藏先生……”阿通愕然反问。

悠姬脸上一红，但立即大胆地转口说道：“通小姐，你不是想知道武藏先生的事吗？我来告诉你吧。”

“那该多好，悠小姐。”阿通满怀高兴地说。

悠姬把小次郎比武前后的武藏动态，直至叩访佐渡的府邸止，详细地说了一遍。最后她说到武藏与阿通的关节。

“武藏先生也曾把对你的誓约向我们说起过，但他说那只是痴人说梦。他说赢了小次郎只是跨过一座险恶的山峰，前面仍耸立着修业的另一峰巅。出仕为官和娶妻成家，都是不可想象的事。”

“唉唉！”

“那时叔父曾说，通小姐太可怜了。武藏先生却回道，那是没办法的事，我是以剑为生的人，我所走的是险恶的战斗之路，只容一人独行踽踽的小道，是要离开亲人的冷冰冰的羊肠小道。”

“唉，每次，每次，都这样说着把婚事给延搁下来的。”

阿通被鼓动勇气，好不容易自语似的说。

悠姬却毫不容情地继续说道：“武藏先生就是这么一个人，一生不能结婚，也不能恋爱的一个人。所以我也立誓一生不谈恋爱了。”

“你也？”

“我喜欢武藏先生，我希望他永远战斗下去，成为日本第一的兵法家。而我也不输他，决心成个伟大的女性。”

“啊啊，悠小姐！”

“通小姐，你也把对武藏先生的恋爱断了念的好，你不是有着吹笛的至高天才吗……一心一意向这条路上走去如何？也与武藏先生向剑道前进一般。他一定说，你是他修业上的障碍哪！”

阿通忍不住放声哭了。

七

阿通终于旧病复发，又躺下了。

那么山盟海誓了的，武藏的心境却又突然转变——这虽是已够悲哀的事，但尚非全在预期之外。武藏那永无止境的上进心，一直把阿通的婚事给延搁下来了。这次假如依旧如此，阿通暗地里下了决心，再等待时机。

最难忍受的，是悠姬那不像一个十六岁的小姑娘的、毫不容情的批判。

“为什么不能一心一意专向艺术进展？”

这句话是够刺激的。阿通自己也曾在恋爱和艺术的夹缝中挣扎过来，尝过太多的辛酸了。

“武藏是一生不谈恋爱，不会结婚的男人。不，非得是那么一个男人不可。”

这虽是悠姬对武藏的期望和理想，事实上阿通是比谁都清楚的，武藏确是这样一个男人。可是阿通却把这深埋于心底，紧闭住眼睛，不愿目视这样的武藏。而悠姬则坚强地说：“你的恋慕，在武藏先生是很大的负担，是修业上的障碍，对武藏先生你还是断了念头的好些。”

唉，这也是阿通时常想到，而且为了放弃恋爱，也曾三番两次下过必死的努力的。可是，可是，遑论断念，毋宁更煽起炽烈的情焰。而且为爱情奉献了整个身心，而今一缕如丝的微弱生命，如不投向武藏，又何以滋润以维此残生呢？

悠姬只是说明了真相。但那是冷冰冰的，毫无假借的宣告。知道武藏的人，多半了解武藏是对女人无情的汉子，是严厉冷酷的铁汉，但没有人对阿通率直地这样表白。他们谁都对这纯真而美丽、为爱情献身而又慊然于怀的阿通，寄以满腔的同情。

而悠姬却把这些话大刀阔斧地、毫无隐讳地宣告了。是什么力量让她敢于这样做呢？

“悠小姐也是爱着武藏先生的，也许武藏先生也……”

阿通随即直觉地感到了。而这，对她正是致命的一击。

阿通是被这一击而溃，再也无力挣扎了。因为思念武藏，支持她从鞆津艰难来到此地的生命的残余力量，霎时崩溃了。虽在小姑娘的面前，阿通却毫无顾虑地哭倒了。

“悠小姐，你太那个了……太那个了，阿通没有武藏先生，是活不下去的！”

她失神地叫起来。她一阵呛咳，涌出一口鲜血。

悠姬惊惶地叫来侍女，她自己也哭着跑回房中去了。她像偷看了出乎意料的人生的深渊。

“爱情竟一至于此！”

她惊骇，她惶惑，但她仍不屈服。

“可是，我说的都是事实，这样对通小姐来说才是幸福的。武藏先生到底是不能恋爱的，我也一生不谈恋爱！武藏先生以剑，我以画……”

悠姬边哭着，边心中毅然坚强地自语着。

八

那天晚上，佐渡向悠姬问道：“阿悠，你有没有向通小姐说起武藏的事？”

“是的，通小姐那么急着要知道的样子，伯父又不提起……说了不可以的吗？”悠姬反问着说。

“不，没有不可以，到头来还是非说不成的。啊，真可怜！”

“我真替她可惜哪，有那么高的天分，通小姐为什么不一心一意向笛艺精进呢？任你无论如何苦追，武藏先生是绝不会回头的……”

佐渡微笑着说：“你的话固然不错，但斩不断的是男女情爱，你叫她有何办法？”

“看通小姐的情形，确是如此。”

“你要怜悯她。”

“是的。可是伯父，我是一生不恋爱，也不结婚的。你说好吗？”

“哈哈哈……哦，也好，也好。”佐渡边笑着，模模糊糊地回道。

悠姬退回自己的房间，先是取出绘画师傅光悦所绘的画册，临册学习笔姿，但突然心血来潮似的，放下画笔，从书柜中取出《源氏物语》，一直读到更深夜沉。

第二天，寺尾新太郎等——与武藏有师徒之约的五个青年来访。他们被称为“武藏五人团”，深得佐渡的信任，视如左右手。照着武藏的嘱咐，充任悠姬的护卫。

他们都一样仰慕着悠姬，但没有一个人敢怀着男女的私情。在不知何时来袭的暴风之前，守护着这位品格高尚而美丽的少女，这一使命被他们视为无上的荣幸，足以净化他们的心灵。

他们到府邸时，必定叩访悠姬。这在悠姬，也是引以为乐的。

他们自己人之间，称悠姬为公主，而这一称呼是更能贴合于他们的使命的。

“公主，那天夜里宫本先生所说的妇人，听说到府邸来了。”新太郎首先开口说。

“是呀，通小姐是京里的横笛名人。可是多病多灾……真是可怜。”

他们的谈话，从武藏与阿通之间的关系，发展而成恋爱论。他们已是青年，当然了解武藏的心境，对阿通深表同情，口气上是赞美恋爱的。

悠姬向他们一瞥，静静地说：“各位的意见与伯父一样，以为我还是小孩子，会不懂这种心情的；真是气人！所以昨晚我又把《源氏物语》重读了一遍。”

窗外的绿叶映着强烈的夏日。房中充满着一片翠绿。

九

“各位有没有读过《源氏物语》？”

青年们红了脸，摇头不语。要知熟读《孟子》《论语》等汉籍，但置日本古文学于不顾，是镰仓时代以来一般武士阶级的风尚。

“《源氏物语》是平安朝时代的著名文学作品，是女作家紫式部的著作。”

悠姬热情洋溢地说：“那时，朝廷里有一位名叫光源氏的王爷。《源氏物语》中所描写的，就是那位王爷从少到老与很多女人的恋爱故事。光源氏人既标致，而且是个多才多艺，肯在女人身上下功夫的权贵人物。他向一个一个喜欢的女孩子求爱，而那些女孩子竟毫不迟疑地向源氏奉献爱情。那些恋爱的对象，几乎全是有才能、有教养的美女子，让各位看见也必定喜欢的……”

悠姬像向五人挑战似的，又给了他们一瞥。

“那本书上所描写的，就像我这样的小姑娘读了，也会感受到爱情的喜悦、悲哀、寂寞和烦闷。为了那些女儿们朝朝暮暮绽开如火的爱情之花，而打动心扉。

“但隔了很久很久的昨夜，我又把那本书细读一遍，感到无限的憎恶。以权位与美貌为武器，一个一个独占女性的源氏固然可憎，但最令人悲愤的，是那些女性的态度，除了恋慕男人之外什么都不想。她们唯有针对源氏的爱情生活钩心斗角，竭智尽虑。你想，她们的一生岂不是仅系献媚权贵的爱情的奴隶，恋爱的牺牲品而已吗？各位难道说女人只是为了满足男人的爱欲而存在的吗？难道女性就不能同男性一样，得以经国济世、建功立业，或者创造艺术了吗？我要拼命努力，绝不输给男人，让自己成个了不得的画家。各位会不会反对？”

“不，公主！赞成之至。”

接着，青年们更是口口声声地叫道：“不仅是绘画，也请精进文学。”

“政治上也请尽量发展！”

“所以各位，我虽同情通小姐，但站在女人的立场来说，却不能赞同她的恋爱。假如女人的恋爱是那么无我的境界，我是不谈恋爱的。不，我曾立誓一生不恋爱的。各位知道我的心意吧？”

青年们耸肩叫道，他们像是受了很大的感动。有着高深的教养与才能，而且一生不言恋爱的美丽的少女——这才是永远的处女塑像。他们的心中燃起了圣火一般的赤焰。

而且为了维护这位公主，抛头颅，洒热血，与来袭的风暴作战。这在他们是无上的快乐，是男儿值得自豪的一件事。

“你们来吧，我们誓死守护这位公主！”

他们像是对着那未来的敌人，胸中涌起沸腾的热血，在心底怒吼着说。

南行

一

不久进入梅雨期，对病人是最不适宜的季节，但经长冈一家细心的看护和治疗，阿通渐有起色，心也安定下来，时见笑脸。也有离开床褥，整容化妆的时候了。

“悠小姐呢？”

一天，阿通向侍女问。悠姬从那天以后，就没有到这厅旁的房间里来过。

“小姐整天闭在房中描画儿，跟相爷都难得见上一面……”

“噢……将来一定会成为著名的画家。”

阿通微笑着说。她也曾丢开一切，有过专心于精进笛艺的一个时期。她已不再怀恨悠姬了。阿通不会长远地怀恨别人，是对人只做善意解释的女人。

"悠小姐只是把真的事照直告诉我罢了。她是品德高尚的一位公主，才会这样……"

阿通这样想。而对悠姬在梦寐中怀念着武藏，尚不自知已投入情网的少女之心，寄以无限的同情。

但阿通仍放不下武藏，她知道自己害的是不治之症，已是来日无多了。

"即使武藏先生现在要迎娶，也太迟了，倒不如断了痴心……"

她好几次这样想，但相反地，恋慕武藏的情焰较前更为炽热。

"只要断气前见他一面……武藏先生虽丢开了我，他那只是为了修业，心底里还是同我一样，燃着爱情的火焰。"

另一个阿通的心声，在这样呼吁着。

梅雨停了。日光突然转强。是夏天了。庭院的老树上，知了在聒噪。阿通离开病床，细心化了妆后，到了佐渡面前。

"啊，容光焕发了。"佐渡打量着阿通，微微地笑着。

"是，多承您的厚意……相爷的恩典，夫人的深爱，阿通有生之日，至死不忘。"

"不，休提了！能给你这样的丽人帮忙，真是高兴极了。当作自己的家里一样，耐着心性在我家住下去便好。"

"相爷！"阿通仰视着佐渡说。

"明天，我想向相爷告辞……"

"什么，告辞？那太冒险了。"

"可是，无论如何请您……"

"到哪里去呢？"

"……"

"唉，倒是安心地在这里等着的好。听说武藏离开长崎南下了，但总得回京的，不久一定回来。”

“不，相爷！且不说回京，武藏先生是不肯重游旧地的，我知道他的脾气……”阿通低头垂泪说。

二

又过了几天……

太阳虽未升起，邸宅区的街道已经打扫得干干净净，晨风袅袅地吹着。天空一碧如洗。

阿通穿着佐渡夫人替她打点的行装——白底染菖蒲花样的外衣，织锦角带，崭新的靴筒。左手上提着竹笠和拐杖，放在绣金袋中的名笛“吟龙”像短剑似的插在腰间，站在门口，虽是瘦削得弱不胜衣，却美艳惊人。在她背后站着的，也是行装打扮的另一少女——寺尾新太郎的妹妹阿松。

佐渡后来虽也曾劝阻过阿通，但对阿通的偏拗却也已无能为力。但让这位病弱的女性独自上路，他总觉得放心不下。

给她找一位路伴便好，但男人既不方便，雇人也不放心，他想在府下的女孩中物色人选时，新太郎的妹妹阿松却自告奋勇担任了这个重任。阿松是从哥哥的口中听到一切而对阿通寄予了深切的同情的。

阿松今年十九岁，也像哥哥一样坚强，而且是一位心地温良的少女。刀法上不输给男人，体格也结实得堪称女中丈夫。

今天早晨，是她们动身的日子。佐渡以下，他的夫人、侍女、悠姬，都送了出来。

悠姬的脸微带苍白，是木然的表情。其他的人，稳住了哀伤，装着笑容。

“相爷，各位……”

阿通悲从中来，只叫了两声便说不下去了。佐渡故意爽朗地笑了。

“哈哈哈……阿通，我们等着听你的佳音。这次碰到，切莫放松，拿绳子络着他回小仓来。”

“嘿嘿嘿，真是的，放大了胆子……”

夫人也笑着给她鼓励。可是，阿通笑不起来，也许她的眼泪已竭，只是张大着澄澈的两眼，盯住每人的脸。

许是她在想，这是今生最后的一面了。

她与悠姬两眼相接，好不容易微微笑着说："悠小姐，祝你幸福……"

“通姐也是的……”

悠姬回眸瞅着阿通，轻声地说："哎哟！"

悠姬轻哼了一声，晃荡着险些倒下去。不知道这聪明的少女，是受了怎样的冲击。

“哎，悠小姐！”阿通叫道。

“啊，阿悠！”佐渡从后面抱住了她，然后掉头说，“阿通，前途珍重。”

“那么，相爷！阿通告辞了。”

她用衣袖掩脸，轻步出了大门。阿松向大家行了目礼之后，用青年人结实的步伐紧随在她的后面。

三

武藏是在天草的富冈遇上梅雨的。富冈是位于天草下岛西北端上向海面凸出的一个很小的半岛尖上的小城。

富冈是天草的大门，与长崎、茂木遥遥相对，自古交通发达。庆长八年，领主加藤清正因故将天草归还幕府，交换丰前鹤崎为领地以来，天草便为唐津领主崇泽所兼领，在富冈筑城置治，正是这时的事。

城落成于天和、宽永年间，占有陆系岛之一部。武藏去时是庆长十七年，当时还只是一个不完整的山城。

街道望着巴湾，向沙滩上展开。港湾里渔船和客船往来不断，当时已是天草的首府，号称天草第一的港都，非常繁荣。

武藏住在一个叫“福屋”的旅馆中。他那魁梧的躯干、奇异的风采，立即引起当地人的注目，传扬开来了。崇泽家派驻富冈的守备高畑忠兵卫极爱武艺，而且早知武藏的名望，知道了福屋里的这位住客便是武藏，派人来专程邀请他到了公廨。

这里没有足与这位驰誉国内的大兵法家匹敌的人才。忠兵卫只是聆听了武藏的理论，他竭诚招待着武藏。他说：“务必请你搬来这里多耽搁几天。”

但武藏却婉辞了，仍住在福屋中。这个旅馆，武藏非常中意，有点舍不得离开。

武藏住的楼上房间，正对着巴湾。环绕着烟雨笼罩下的港湾，是白砂青松织成弧形的崖岸。海的对面，耸峙着岛泉的温泉岳。浮在雨中的点点帆影，也是别具风情似的。

雨停后，武藏朝着与巴湾相反的沙滩信步走去。那里横亘着完全不同的海，是一望无际的大洋，不见一个岛影。拍岸的波澜汹涌，一直接连着中国海的洋面。

过去武藏不论旅行何处，到处遭遇敌人，或为敌人所追踪，没有瞬息不感到剑气；但在这里，他丝毫没有那种感觉。与他相对的，只有大自然，只有海，只有山。船和人，也只是大自然中的一景物而已。

武藏找到纸店，买回宣纸，磨起长崎所购的唐墨，描绘眼下展开着的巴湾风景。他所画的不是写生，是崖下泊着一艘孤舟——而船就是人，就是武藏自己。在这大自然中悄然浮在水面。但那不是偶然的存在。这是自然与人生融化为一的姿态——武藏花去了好几天的时间，所欲描绘的就是这些。

四

武藏展着画纸所想描绘的，是海边所泊的杳无人影的一叶扁舟。

“哦，真难！”

他终于叹息着放下画笔，但他并没有灰心的样子，眼中闪耀着快乐的光。他的心中隐约地浮上悠姬的影子。他的探究人生，所借的只是一把剑：透过剑去看人，去看社会，去看世界。但奇怪的是眼底浮上悠姬的脸，便会涌上另一种探求的途径，那就是绘画的冲动。

现在接触到富冈这美丽的大自然，假如不曾浮上悠姬的脸，他也许只知抚剑以求对策吧。借剑以求得的是真，借画以求得的是美。剑所追求的是永无止境的战场，笔所追求的是调和的境界。今日武藏之所以搁笔，是因他无论如何努力，竟得不到所追求的调和。船是船，波是波，山是山，是各自孤立的。不，这些景物之间是彼此独立的，互相睥睨的。

“喔喔喔，不成。我画的船倒像一把短刀，我仍抓不住船的真相哪。”武藏苦笑着自语。

可是武藏仍很高兴。平时那么沉默寡言而没风趣的他，现在却微笑着同女侍们聊天。是女侍们的亲切、坦白、率真，才能使武藏这样随便的。

女侍们会毫无顾忌地跑进武藏的房间，用轻松的语调，同他闲聊或口吟民谣。

“老爷，太太呢？”

“我只有一人。”

“那么，讨个富屯的女人做太太吧，嗨嗨嗨……”

“那也好，哈哈哈……”

也有时这样开着玩笑。

他也常想起阿通——

“阿通，今生无缘，假如死后有知，必也……”

这样满怀热情地自语。

五

天草是天主教的海岛。这里本来号称天草五家，为天草、大矢野、志岐、上津浦、栖本五氏所分治，都是天主教的支持者。秀吉时代，这五家为宇土城主小西行长借熊本加藤清正的援兵所灭，据为自己的领地。而小西，也是热心的天主教徒。

缘此，天草早已来了天主教的神父，在各地建立教堂，设置学林，更有专为少年而设的学园，是与长崎、岛原并称的日本天主教发源地。

天正年间，从葡萄牙输入活字印刷机，装置在“天草学林”中，遂使天草成为天主教文化在日本传播的重要基地。

但天草的天主教，只有这一段是黄金时代。小西行长灭亡后，为反对天主教的加藤清正所领。继而又在唐津崇泽家统治下渐趋衰败，教堂也仅剩下志岐、上津浦两所了。这一年，庆长十七年三月，德川幕府首先毁灭京都的天主教堂，继而决心禁教，已有密令到达寺泽家。但天主教在富冈表面上虽呈败象，势力还相当强大，守备高畑忠兵卫哪敢轻易下手？

武藏寄寓的福屋主人夫妻两人，都是热心的天主教徒。其子次郎，天天从富冈沿海走十六町，到志岐的少年学园上学，接受南蛮的教育。

那天武藏如厕，在走廊上见次郎看罗马字拼音的课本，名为《伊曾保物语》。次郎说，那是把南蛮语翻译成日语，再用罗马字拼音而成的。次郎给武藏读了其中几篇，大概都是有关鸟兽等动物的寓言。武藏听了非常高兴，觉得长期以来不怀好感的南蛮国，也同样流着人类温暖的血，是一个可爱的国土。

《伊曾保物语》就是今日的《伊索寓言》。童话是母亲的歌，人类都是从这一个母亲生下来的。所以童话能温暖人的心，能把全人类融为一片。

武藏想起故乡。幼时死别了的母亲的歌声，又在耳中复活了似的。

梅雨期快要过去了。

宿雨未净，武藏却离开富冈的旅邸，沿着海岸线南下。路在耸立的断崖之上，脚下是拍岸波涛。举目前望，是渺茫无际的天草滩头。

从富冈至都京吕一里十一町，据说是平家败将所聚的村落。从此前行三十町，为下津探江；是从建武年间一直闻名的天草唯一温泉地。到青松白沙的白鹤湾头的高滨，计程二里九町。

武藏翻过山路，当晚宿在崎津。

崎津是西海岸第一良港，到天草滩捕鱼的渔船荟萃于此，入夜笙歌处处，神女如云。

从崎津动身，经一町田、早浦、久玉，到牛深已是第二天傍晚了。这里是天草的最南端，港外环峙着无数小岛，水深路险，是天草的南方门户。同时这里也是一个渔港，对岸——长崎、萨摩、肥后的渔船群集于此，是一个极富南国情调的港口。

武藏从牛深搭船，泛舟于一平如镜的不知火海而北行，于第二天在下岛北端的本渡舍舟登陆。

本渡是天草五家中最强大的天草伊豆守的城下，前年为小西行长所灭。

天草伊豆守是虔诚的天主教徒。著名的“天草学林”，就是得他庇护设在本渡的。城陷时一度迁至岛原，但小西行长对天主教的忠诚不下伊豆守，时局安定后学林再迁回本渡，置备活字印刷机，除《伊曾保物语》之外，又出版了数十种罗马字拼音的课本。

小西于关原之战依附大阪而灭亡后，本渡乃改隶于寺泽家的富冈守备麾下，置郡代[①]治理。于是毁学林，逐教师，布教的中心便转移到富冈邻村的志岐去了。

在此，武藏又为郡代某氏所发现，被招待到公廨中去。他们的谈话，自然转到兵法上去了。

“近日的天草虽找不到出色的兵法家，但过去也曾出过这方面的豪杰之士。前本渡城主天草伊豆守的客将，有一位名木山弹正的将军，当小西袭击五家之际，仅以五百之众，突击志岐城外集结着的加藤清正的大军，连捷两阵，几使当时以武勇著称的加藤军为之侧目而濒临崩

① 郡代：德川幕府直辖地的官名。

溃……”郡代某氏似乎非常健谈，对武藏侃侃而言。

六

小西行长是丰臣秀吉功臣中的佼佼者。天正十五年三月，征服岛津，平定九州后，秀吉以肥后五十四万石授佐佐成政。及成政失职赐死，乃以加藤清正及小西行长继成政之后，平分肥后。清正居隈本[①]，小西居宇土，而天草五家则准其各据旧领，归行长节制。

天正十七年，小西重建宇土城，下令天草五家分担赋役。五家则谓：“吾人曾得太阁殿下（指丰臣秀吉）准予各安旧领之命令，所谓归小西节制者，乃专指军旅用兵而言，今为修复私城而征派人夫，碍难受命。”

于是，他们断然拒绝了小西的命令。小西一怒之下，遂诉诸秀吉。小西善言辞，竟说服秀吉首肯，准其便宜行事。

同年秋，小西遂以三千兵攻天草派之长老志岐麟仙所驻志岐城。然麟仙殊非庸碌，乘小西军在富冈登陆之夜，出奇兵突击，覆之。

小西大惊，求助清正，且亲率六千五百众，与清正所率援军千五百会师，合围志岐城。据守本渡城之天草伊豆守种元，获得军报，即援兵五百，由客将木山弹正统率，急驰援麟仙。

此时清正将攻城军事交予小西，他自己则率军据木坂，专迎弹正。天正十七年十一月某日拂晓，勇将弹正身先士卒，向清正的阵地猛扑过来。与天下的名将加藤对垒，他以为虽死尤荣，所以拼着性命冲去，把加藤军的头二两阵冲得四分五裂，一直向中军进迫。但清正不愧为一代名将，虽眼见节节败退，仍颜色不变，端坐中军冷眼观战。

弹正是早已望见他了。

---

① 隈本：即今之熊本。

“唷唷，前面坐的想是中军大将，咱乃木山弹正是也，请将军一战！”

他边喊着，舞动长枪，咄咄进逼。

“啊啊，木山弹正来得正好，看我枪法！”

清正蓦地站起，卷起他那单镰式的银枪，弹正的射击，势锐力猛，虽曾使清正穷于应付。但在枪法上，清正当时是号称天下无敌的名将，不知怎样给他抓住虚隙的：“弹正，看枪！”

大喝一声，他那乘势而进的一枪，穿过铁甲，刺进了弹正的胸板。

“木山弹正已死，军众们快快回头！”

他不顾大叫倒地的弹正，随即传达命令，挥军反击。于是大势逆转，乘胜攻下了志岐。不久，本渡城也相继陷落，其余三家便举旗投降了。威震天草的五氏，就此灭亡。

“这个故事怎么样？宫本先生。”

“好极，好极。”

“还有，上泉伊势守四天王之一的丸目藏人佐，也曾在这本渡城住过一段时期，寄寓在天草伊豆守处进修兵法的。”

郡代又提起另一话题。

七

“什么？丸目藏人佐先生，听说是人吉相良的藩士……”

武藏感到意外。

“不错，丸目一族，世代是相良的家臣，而相良家与天草之间却另有一段因缘。我喜欢根究旧事，是听地方上故老说的……”

郡代乘兴，抵掌而谈，展开另一场历史上的成败故事。

天文年间——距庆长十七年的今日，已是七八十年以前，正是武田信玄与上杉谦信战于川中岛的时候。那时候的九州，正是肥后的龙造寺、丰后的大友、萨摩的岛津三家势成鼎立的时代；各怀着进窥中原，制霸九州的大志。而问题却在肥后的向背：谁能取得肥后五十余万石的沃野，便能称霸九州，掌握住了进军中原的实力与机会。于是这三家便都虎视眈眈，相机而动以谋肥后了。

当时的肥后，菊池和阿苏两家均已失势，分歧而为五十余家所割据的局面。但虽是弱点毕露，其间却有两位崭露头角的名将，使上叙三家的野心不能得逞。那就是阿苏家的旧臣、御船城主甲斐宗运，及镰仓时代以来的名门、人吉城主相阳义阳。

这二人曾歃血为盟，互为唇齿，由宗运警备大友及龙造寺两家，义阳则专对岛津，阻其北上，使其不能越雷池一步。义阳的领地原在球磨人吉，但当时则兼领八代、苇北、下益三城。声势浩大，天草五家也托庇麾下，为之誓死效忠。

“如此这般，本渡城主天草伊豆守居于相良的幕下。就为了这点因由，藏人佐才守寓于本渡城的吧。他在这里住了两年有余，进修兵法，后来投奔在京都洛东一带充任兵法指南的新阴流始祖上泉伊势守，上京去了。据老辈的传说，大概如此。”

郡代所说的，使武藏很感兴趣。十七岁离家，十九岁上京——武藏比拟着自己的少年时代。他于十六岁那一年，刀劈但马的豪强兵法家，十七岁投军石田一边的新免家，出征关原，虽打了败仗，但颇著武勇。战后回宫本村时与阿通相爱，是他十九岁那年的春天。

“我正想绕道熊本前往人吉，拜访丸目先生请教兵法。现在先到了先生旧游之地，也是缘分。”

“那么，丸目先生仍旧在世……”

“今年已经七十三岁了，听说更见矍铄。”

武藏因此急着要赶路了。他在本渡港口，搭上开往熊本坪井川口下游百贯石的便船。

已是盛夏时节了。在烈日下，海水如靛，绿满岛屿。而那么多的大小岛屿星罗棋布，各尽其姿，煞是奇观。

熊本

一

阿通与阿松两人，到了距熊本仅有三里的木叶，歇脚在一个寺院中。“通小姐，今天可以赶到熊本了。”

“哎，不晓得能不能与武藏先生相见。”

“通小姐，不要灰心。在熊本碰不到，到萨摩……不论天南地北，我总得陪你前往。”

“谢谢你，松小姐。”

“可是，现在倒不必急着赶路，听说只有不到三里的路程了。”

“是吗？慢慢地走吧。咳嗽起来，又累你担心哪。”

烈日当空，但绿田上吹拂的风是凉爽的。一路上赶在武藏后面的阿通，心中焦急万分。血在沸腾，胸在高鸣。

“只要见一面，就此断气吧。”

她已下了这样的决心。离开小仓时，虽也只希望见他一面，但心中却想：“武藏先生的心上，也燃着同样的爱情之火！”

于是她私心冀望着这次重逢，武藏想该不再无情薄义地离开自己而去。而且她明知道自己已是来日无多，但对今后的生活，却也有如淡淡的梦一般，浮上眼前。

但现在，她连那样的希望和绮梦都放弃了。不，阿通的生命，已衰颓得再也没有足以支撑那样的希望和绮梦的力气了。

又是山坡了。

“啊，这里是田原坡，过了这个岭顶，前面便是平坦的大路了。通小姐，我牵你一手吧。”

“不，我自己会走。”

三个结伴而行的奇形怪相的武士看了两人一眼，越肩而过。不晓得是浪人呢，还是当地的恶霸。

斜坡尽处，到了岭上。

“小姐，休息一会儿吧。”

路边上有人叫着。是穿着玄青麻布直裰的盲琵琶法师，坐在路旁的石头上，笑嘻嘻地向她们说。

“啊啊，琵琶法师。”

阿通仅见一眼，便对他起了好感。

“真是的，通小姐，坐一会儿再走吧。”

阿松也立住了。两人与法师并排坐下。山风刮得枝头簌簌作响。

“两位是到哪里去的？”

“到熊本去的。”阿松答道。

“像是远方来的。”

“是的。法师是上哪儿去的？”

“我是行旅的琵琶法师。今天在熊本歇脚，明天到哪里就不知道了。请你听一曲琵琶怎样？”法师突然这样说。

“那太好了。无论如何请给我们弹一曲。”

这次是阿通回答的。

二

“那请听吧。”

法师从背上解下琵琶。这时从岭头那边过来一个十三四岁的少年，跑过来向法师叫道：“师傅！”

“啊，与市，怎么样？”

“一点不错，刀鞘上的图案是镶金的萤火虫，确是家父所佩，二尺八寸备前兼光的宝刀。一定是大川平藏一党！”

“那么，你决定跟踪下去吗？”

“是的，只是师傅……那批东西像正在计划着什么恶计，商量着劫什么人，说是带到京町的武坛里去。这样看来，那个京町的武坛，一定是他们的住处了。”

“哦，京町正是熊本的进口。可是，等着拦劫什么人……哼，果然不出我所料。”

法师这样自语着。他旋即掉转向阿通两人说：“啊，对不起你们啦。这个孩子名叫与市，是替我引路的，瞎子单独出远门不方便，从长崎带了来的。”

“唷，从长崎……”

阿通张大了眼睛。

“那么两位小姐也是……”

“不，不是的，但我们寻访的那个人，约一个月前，也在长崎……”

“哎，请等等，大约一个月前，正是长崎有过大动乱的时候。”

阿通颤声问道：“啊啊，动乱？是不是有一位叫宫本武藏的先生……”

“唷唷！”法师惊叫起来。

“你要找寻的，就是宫本先生吗？”

“是的，听说那位武藏先生从长崎南下，我们是从小仓赶了来的。”

“哦哦，我也是为找先生到熊本去的，听说梅雨期中正在天草，这时候一定已到熊本了。”

“那么早到一刻也好，我们边走边谈吧。”

阿通正想站起来，法师却止住她说：“等等，刚才说的琵琶还没有弹哪。”

“可是——”

“无论如何请听完琵琶再走，不可心焦，前面有无赖的武士在等着你们两位哪。”

“无赖的武士？啊，刚才从后面赶过我们先去的三个人。”阿松说道。

“是，是，我在这里听见那些家伙的脚步声觉得很奇怪，才留住了你们的，与市为了另外的事，跟着武士后面去打听了来的……所以，心静下来，先请听听我的琵琶吧。”

法师——长崎的座头田原森都，铿锵铿锵弹着琵琶，奏起拿手的《坛浦》之曲来了。

三

历史上的哀艳故事，交织而成逝者的哀歌。睥睨群侯，权倾朝野的平氏一门，到头来免不了葬身西海而饮恨终天，永远流传而成民族的挽歌。

座头田原森都奏着琵琶，扬声高歌的，正是平氏末代将军平通盛阵亡之后，其夫人小宰相是当时京里首屈一指的绝代美人，偕同乳娘落海亡命，在阿波的鸣门，主仆两人携手赴水殉义的一节。

一阕已了。娥眉紧锁、盈盈欲涕的阿通，至此才长吁叹道："哎，太好了。哪，松小姐！"

"是啊，太悲哀了，真动人！"

"哈哈哈，只是借此消磨时间罢了。"

"啊呀，姐姐，你那不是笛吗？"与市望着阿通的胸前说。

"是的，是笛。"

"那么，现在请姐姐也吹一曲。"

"啊，有笛吗……那太好了，务求一曲。"森都也很兴奋地央求道。

"好吧，作为恭聆琵琶的答礼。"

"通小姐，不要勉强。"

"哎，不要紧的。"

阿通取出横笛，凑在唇边。高低抑扬——慢慢地流泻出如怨如慕、如泣如诉的悲风，是阿通自谱的新曲。曲名《思夫恋》。寄托着命薄似纸，情深似海的一缕幽怨。

"唷，真了不得！"一曲既终，森都眨着不透光的两眼，感叹地说。

"真好，咱只想哭。"与市也瘪着喉咙说。

“那么，法师，我们慢慢地走吧。”阿通又想站起来。

“请等等。”

森都边说着，边把琵琶竖在地上，静静地倾耳谛听了一会儿，这才说道：“好了，走吧。”

他站起身来，仍背上琵琶。与市接来森都伸出的杖头。阿通、阿松随后，四人鱼贯向山冈下走去。

“我叫田原森都，与武藏先生是在长崎认识的。”森都这才通报了姓名。

“我是阿通，千草种彦的一门。”

“噢，怪不得。”

“同行的是小仓细川的藩士，寺尾军兵卫先生的爱女阿松小姐，刀上功夫不亚于男子汉的名家。”

“那真难得。”

他们边谈着边一路下去。

四

森都边走着，边说起少年与市的身世。与市的父亲，是长崎奉行的部下，名叫大森伊卫门的微秩武士。去年底被五六个浪人袭击，大小佩刀和公文等随身物件被洗劫一空，饮恨而死。

据奉行所的调查，这批浪人，为首的名大川平藏，也是颇有名气的剑客。

当时伊卫门正受命搜查近一二年来发生在肥前各地的，诱拐妇女的犯人。被劫夺的文件，就是有关这一案件的伊卫门的备忘录。所以大川平藏一党与诱拐妇女一案有关，是不难想象的。

前面已经说过，最初与日本开始贸易的，是葡萄牙商船。他们从日本输出的商品中，有奴隶一项，葡萄牙商人从日本买得奴隶，转卖给南洋各地的殖民地，获取暴利。丰臣秀吉对此提出严重抗议，签订有严禁的条约，但那只是官样文章，事实上一直到这时，仍有甘冒法网、做人身买卖的不法之徒。

这次的诱拐妇女实与此事有关，被诱拐的妇人都被秘密送上葡萄牙船去了。与过去的人身买卖不同的只是这次仅限于容貌端整的女人，说明了奴隶的用途不仅限于劳动力而已。

长崎奉行当然倾全力逮捕大川平藏一党归案，但从此他们却在长崎销声匿迹，再也不见踪影了。假如已经潜离长崎遁迹他藩，便非长崎奉行力之所及，所以伊卫门的独子与市，为报父仇而去仰赖以前相识的田原森都，请其协助。

森都现正暗中监视着天主教的动态，故对诱拐妇女案件产生了很大的兴趣，依他独特的敏感，断定大川一党不是逃往肥后便在萨摩。而武藏刚好也往肥后去了。他携带与市同行，是想得武藏一臂之力，助这少年得遂报杀父之仇的。

缘此，刚才似属大川平藏一党的三人武士，着眼于阿通与阿松二人时，他早有警觉了。

可是，他们翻过田原坡，过了植木，到京町高原的夹道，这三人幸好始终没有出现。而且日脚还高。

“啊唷唷，快到一里木的山袱冢了。”

曾在这一带往返多次的森都，心中像放下了一块石头，但自己为什么被他们追袭，却无法想通。阿通和阿松，更在五里雾中。

而当他们刚到山袱冢前时，刚才的三人却从横路上突然一跃而出，拦在四人面前。

“滚开，座头！”

方脸的一个推开了森都，正想伸手去抓庇护着阿通的阿松。

“无赖，滚开！”

阿松一声叱吼，声如裂帛，使人不相信竟是出于少女之口。同时，她的右手已擎着光闪闪的一口腰刀了。

“呀呀，你这妞儿！”

好险，方脸的向后一跃，手按着刀把。

五

红脸汉为意料不到的那阿松的锐利剑气所慑，边嚷着张开两手，边向阿通逼近。阿通倏地抽出怀中的匕首。阿松的小腰刀，霎时间迅如电光般飞上红脸汉的头顶。

“啊呀！”红脸汉虽向后跃退，但小腰刀的刃尖早已划开左颊，血花四溅。

“呜——呜！”他也勃然大怒，拔出大刀。

“你，你，你这个蹄子！”

狮子鼻也不住地向后倒退，大刀出鞘了。

“我们是不会有仇人的，假如是拦路劫财，收起兵刃，施舍给你。”阿松不愧是全藩的第一女丈夫，这样说着，一面回护着阿通退到一里木的界碑前，立定架势。座头森都，茫然站定界碑后，却不见与市的踪迹，不晓得他跑到哪里去了。

森都嘻嘻地笑着接口说：“是极，是极！还是收起兵器双膝落地吧……大丈夫男子汉死在女孩儿刀上，到阎王殿上也没法交代的呀。”

“你，你，你敢多嘴！”

“虽然可惜，可也没法。”

“好了，干脆一刀了断！”

三个人的刀尖一齐向阿松进逼。

阿松当然是志在必死的，紧了紧手中的小腰刀待机而动，但对方的无赖也相当老练，不肯轻易出手。

双方坚持之下，阿松的呼吸渐渐困难，额上渗出来一颗颗的汗珠。

“哈哈哈，怎么样？娘儿们还是不要玩刀舞剑了吧。放心，咱们不是以杀人为正业的，乖乖地收起刀来，跟着咱们走，有的是好日子哪。”

“哈哈……不错，不错。”

好不容易占了上风的三人，一面轻薄地讥笑，故意引诱阿松动手，想乘机击飞她的腰刀，生擒活捉过来。

阿松虽明知道他们的用意，但见狮子鼻脚步移动，有机可乘，仍禁不住挥刀而下。她那凌厉的刀尖，哪容对方击飞腰刀，狮子鼻好不容易用刀根只能勉强挡了过去。但阿松也失去撤身后退的余裕，方盘脸和红脸汉以为良机莫失，双双绕过阿松身后，包抄过来！

这时，一个武士脚步沉重地跑过来，霎时从后面对着狮子鼻的横面一拳挥去。

“呀呀……”

狮子鼻踉跄倒退。

“什么人？”

“谁来多管，绝不饶恕！”

他们口口声声地干嚷起来。

“下流胚子，胆敢调戏妇女！快快给我滚去！我乃木村又藏是也。”

“唉唉！”

三人面面相觑，倏地掉转身来，如飞似的跑了。

六

加腾清正的家臣木村又藏，武士出身的森都当然知之已稔，阿松和阿通、少年与市也是闻名已久的了。秀吉第二次用兵朝鲜，在清正军中武功出众，与同藩的饭田觉兵卫、加藤清正卫，黑田家的后藤又兵卫等，都是以勇猛善战著称的名将。

又藏本来只是个权充卫士的微秩武士，为清正所赏识，渐渐地崭露头角、飞黄腾达，终于跻身将领。后来因他与封邑的人民不睦，为清正所黜，斥逐于主家，蛰居长门国长府附近的海边，隐身于渔。去年——庆长十六年六月二十四日，清正仙逝。噩报传来，原是冀望主公谅解，有召回的一天的，如今知已无望，深为悲叹。但逝者已矣，他只得依礼服丧一年，今当周年之际，想在六月冥祭赶到坟前一拜，以申主仆之情，从长府兼程前来。在一里木闻与市呼救，他才急急忙忙赶着前来。

当年的又藏已四十三岁，勇猛中微露着憔悴清瘦，大概是既悲主公之死，又是一年服丧期未除吧。

“姑娘们好险呀！”

又藏向飞奔而逃的三人望了一回，掉头对着阿通和阿松悠然说道。

“啊啊，深恩大义，着实欲谢无词……”

“说哪里话，这一点点小事。倒是姑娘好个刀法，虽说是无赖，但以弱女子对付三个武士而毫不见怯，功夫着实了得。”

“不不，说来汗颜，业艺未精，险些儿受那厮们欺负。”

阿松仍气吁吁地，低头说道。

“木村先生！”

森都从界碑后面转了出来，亲热地叫道。

“啊啊，可不是座头森都嘛！”

“久违了，是专程来拜墓的吧？”

到处流浪的森都，早就认识又藏，这次从京里回来，又在他的隐居之处过了一夜。

“不错，但以被黜之身，悄然避人耳目。”

“足下遭遇，森都无限同情。刚才在田原坡上，仍用我的预感，知道有一位了不得的武士随后而来，专派与市回头迎候，想不到竟是阁下。”

“啊，仍是那琵琶卦吧？”

“哈哈，这是瞎子的一得哪。”

“那么，这两位是？”

“这位是千草种彦门下笛的名家通小姐；那一位姑娘是小仓细川藩，寺尾家的千金。”

“噢噢，都是有来历的小姐，让我陪着你们同到城下吧。”

又藏把草编的凉帽深深地拉了下来。

七

阿通终于踏上熊本的土地。

熊本当然是肥后五十四万石加藤家的首府，但历史非常悠久。远在奈良朝时代，已是肥后平原的统治中心。据乡土史家的考证，城内出水町一带，就是昔日国府的原址。

尔后随着时代的转变，制度虽有所变动，统治者虽有更易，但始终处于肥后首府的地位。可是使熊本突飞猛进、迅速发展的，还得首推加藤清正之力。

清正于天正十六年，以三千石的小藩而领有肥后之半。他被封为二十五万石的诸侯时，年仅二十有七。

“什么，虎之助（加藤清正乳名）做了肥后的领主？哈哈哈……那是一个乳臭未干的小子，治得了肥后吗？！”

当时各国的诸侯莫不交口讥笑。但信心坚强的加藤清正，到了肥后，进据百年以前鹿子寂心所筑的隈本城，威镇各地的不逞之徒，堂堂皇皇不负厥职。

关原战后，小西行长没落以来，剩下的一半也归了清正，登上肥后国主的宝座。于是重筑新城，整顿城厢，改隈为熊本，发展而成为名实相符的、九州屈指可数的大都。

去年，庆长十六年三月，当京都二条城内危机一触即发之际，清正居间斡旋，使幼君秀赖①与家康会见，化干戈为玉帛，促使家康保证了秀赖的身份。但归途船中病发，他于同年六月二十四日之夜死于熊本城内，享年仅五十岁。

现在由年仅十岁的忠广袭爵，而由藤堂和泉守高虎受幕府之命监理国政。但家臣中不乏能征惯战，效忠清正的旧臣。加藤家的基石，也与

① 秀赖：丰臣秀吉之子。

雄大无比的熊本城一样安稳，不因清正之死而有丝毫的动摇。

阿通等从京町来到出町。

“哟，就在这里！”与市突然叫道。

“唏——你说大川平藏的武坛吗？不要东张西望！”

森都的感觉是极灵敏的。

“是的，右首转角那座房子，门口挂着兵法指南大川平藏的牌子。”

“好好，晓得地址就够了。忙什么，顾自走路！”

不久，木村又藏停步说：“那么各位，我就此告别，还得去本妙寺参拜亡君之墓……”

他约了后期，下坡去了。

过京町到了新堀御门，瞻仰熊本城楼的雄姿。在法华坡下的竹林内，森都也告别了。

“通小姐，我们的歇脚地还不曾决定，随后一定跟你联络。”

“是，法师。一路上多劳烦你了。我们的住处，刚才说过的，高丽门边庄田与右卫门先生的住宅。问打小鼓的庄田，谁都知道的。”

“是，是，我记得的。那么通小姐，多多保重……”

日脚尚高，天守阁的彩瓦在日光下烁耀。

岩户观音

一

阿通和阿松到熊本那天，武藏正在距熊本不远的池龟庄[①]岩户村的云岩寺中做客。他原是预定从百贯石直超熊本的，在路上听到上山进香

① 池龟庄：今之松尾材。

的老夫妇说起云岩寺，临时决定绕道去参拜一番。云岩寺以岩户观音著称。以熊本言，在金峰的里侧；从岛崎去，须得翻过金峰山麓的高岗，地富河内川溪谷（龟石川）的上游。

这是从熊本去的捷径，但武藏却绕道河内村，沿溪谷登上山路。郁郁苍苍的绿叶荫下，一碧清流从奇岩怪石耸立的山间潺潺而下。

在渺茫的天草滩头，在和平的不知火海，武藏沉浸在南国温煦的情调中，醺醺然一步一步登上这个溪谷，渐渐地又恢复到原来那磨炼而成的犀利白刃了。

上山一里许，有一座高耸的岩山。岩山边上所筑的一栋屋宇，便是云岩寺。岩上的半腰上，像张着巨口一般的那个洞窟，便是岩户观音。

武藏到方丈处去叫门，一个老僧答应着出来。

“我是武艺修行的，今来贵寺随喜，务请和尚方便。”

老僧瞪了武藏一眼，说：“你从哪里来的？”

“沿着溪谷来的。”

“哦。”

“和尚从哪里来此？”

“哦，和尚也沿溪谷来的。”

老僧回答了之后，张大嘴巴爽朗地大笑。

“好，不必客气，随喜住宿，悉听尊便。”

古来叩访禅僧的行脚和尚，据说开口第一句问的，就是“你从哪里来的”一语。而且听了对方的回答，便知道他的道行深浅，

老僧对于武藏的回答好像很满意。倘若回答“从河内来的”，也许便不及格，被拒于寺门之外吧。为探求真理而穷源究委的修行人，是必须沿着溪谷溯流而来的。

就这样，武藏便在寺中住下来了。

云岩寺是镰仓时代，一个中国东渡的僧人永兴所开的基业。但岩户观音的由来更早，是在奈良朝的时候。

二

据《肥后国记》记载——是中国的佛像和信徒大量东来的奈良朝时代吧，一艘外国的海船，遇飓风漂来河内的海边。樯倾楫摧，触礁覆没。全船的乘客无一幸免。但奇怪的是，船上一尊观音菩萨的石像竟在狂涛怒浪中，坐在板片上漂流到了岸上。

村人惊此奇迹，乃恭迎那尊观音到了河内川上的福地，安置在那半山腰的洞窟中。自此，岩户观音之名大噪，受到四方膜拜。

又数百年，至真和十年，元僧永兴来日，拟在岩户观音附近平地建寺，但其处适临深渊，无法奠基。

一夜，永兴和尚梦渊中贝精来告："我乃本渊之主，潜修于兹甚久，今知上人有择此地建寺之意，愿献此地，自遁西方杉谷安身。谨留龙鳞一片，贝壳一枚为信。"

翌晨贝渊水已涸，渊底果有龙鳞及贝壳，一如梦中所云。云岩寺于是得以落成。

武藏就住在这个云岩寺中。住持寒池和尚，已是年逾七十的老僧。这里没有懂法的僧众，他只同一个也快到七十岁的老伙夫和十二三岁的小和尚过着悠闲的生活。有和尚来挂单，便发些难题使之发窘取乐。

他常同武藏闲聊，但没有问过姓名，也不晓得武藏是何许人。武藏也从来没有上大殿去参拜过如来。在岩户观音前也是一样，武藏只是为洞窟中那一片肃静的氛围所陶醉。而且那不仅是洞窟本身所有的氛围，还是千百年来千千万万参拜观音的善男信女的一片虔诚，凝结在黑暗之中，形成了冗长的历史细流。

一天，武藏坐在洞窟前的岩石上，偶然想起曾每天来此参拜岩户观音的才女桧垣。桧垣与紫式部或清少纳言等，同是平安朝时代诞生在肥后的不栉进士，擅长诗歌，且是舞蹈名家，曾在当时九州府的太宰府中供奉，后来上京与当代显贵交往，有才色双绝之誉。拜倒在她的裙下的高官显宦虽多，其中她仅倾心于太宰府中的旧知清原元辅一人。元辅是清少纳言的父亲，也是当时蜚声歌坛的诗人。

三

桧垣与清原元辅相识，是在元辅青年时代，充任太宰府下僚的时候。两人因诗词事相倾慕；他们的爱情是高洁清白的。其时元辅早有妻室，姻缘既已无望，相思也更深了。元辅任满回京，桧垣也随之入京。

这样，两人结为文字之交，让火一般的情热深秘心中，送走了长长的年月。桧垣的文名愈高，同时却把青春给埋没了，对于家乡的怀念也愈深。

深秘在胸中的爱情，无论怎样等待是终究不能开花结果的，桧垣失望之余悄然离京，返回故乡限本，在白川畔——今日的连台寺境内结庵而居。美人迟暮，神韵如昔，而她的诗歌意志练达，成为限本人士憧憬的偶像。

这样又送走了长长的月日。某一年，元辅却突然来访桧垣，是就任肥后的国司专程绕道而来的。其时元辅年已七十有九，桧垣也是干瘪的老媪了。

可是，爱的火焰一旦燃起并不因时间悠久而熄灭，尤其是立誓一生非此人不嫁的桧垣体内仍流着处女圣洁的热血。这两个年逾古稀的老人之间，爱情的纯洁就同水与月一般凄丽。

当时国司的任期只有三年，三年的岁月像梦一样消逝了。元辅回京时，虽曾几次劝说桧垣随同上京，但她毅然拒绝了。这位孤独一生的女性，想在京都人的心目中留下青年时代的美貌，倒不能说她是徒然的虚荣。与元辅分袂时，她曾赋诗赠别，其中有句：

妾心澄似白川水，寄语君子莫相忘。

自此她每天参拜岩户观音，直至如朝露消逝般静静地含笑而死。

武藏从寺里的伙头处听到这段哀绝的故事。现在他坐在洞窟前的巨石上，一面哀悼桧垣的身世，同时眼前浮上阿通的影子。

一生之间爱慕着一个男人，为了他保持处女的圣洁悄然而逝的，桧垣的悲恋。这段哀痛的故事，不禁使武藏联想起留在鞆津的阿通。

“阿通不晓得怎样突然离开小仓南下，是不是只是一时的冲动？”

武藏感到了微微的不安。

四

静静的夏夜。

据说是加藤清正征朝鲜时从那里运来的木材所建的高丽门附近，一个小巷深处，传过来一阵阵的鼓声，间杂着缥缈的笛音。

这里是有名的鼓手庄田与右卫门的住宅，里面正在演奏着观世流二世，世阿弥正清所作的谣曲——《桧垣》的能乐。

列座的乐师，都是加藤清正在世时，特从京都招聘而来的观世一门的俊秀。只有笛手却打破前例，换了女性，由清原流三名人的领袖千草种彦嫡传的直木阿通担任着。笛本来是独立的声乐，但在猿乐或能乐中，却与鼓占着等量的重要地位。阿通的笛，在能乐中是属于观世流的。为了这点缘分，到了熊本，阿通便投奔了鼓手庄田与右卫门家。这时清正公的追悼能乐正迫在眉睫，而充任笛手的中西伊卫门突以急病缺席，正在进退维谷之际，对于阿通的来访，真是天上掉下的救星。

阿通虽然病体初愈，加上路途劳顿，而能乐又习惯上不让女性参加，但经与右卫门的邀请，却慨然答应下来。武藏不知留连何处，不知道是否已来熊本，未知一息仅存尚能有缘见面否……索性把自己的心声，借一管横笛搬上最后的舞台吧！阿通这样想着。而所演出的能乐，又是阿通素所爱好的《桧桓》。

练习和预演已继续五天了。

阿松每天在街头巡回。座头森都也曾来访，说是武藏始终没有出现。

“通小姐不要灰心！松小姐在帮衬，除非武藏先生逃离这个世界，我们一定会把他找出来的。”

“谢谢你，法师爷。可是算了，今生今世是再也……”

“你，你这是从哪里说起?！不要灰心，老远到了这里，要坚强起来呀！”

“是的。”

阿通含泪低头。她的心像是更脆弱无力了。悲哀的绝望，像在浸蚀着她的心。但对所演的能乐，她贯注着全神，借所吹奏的笛声，把自己融化在《桧垣》之中。

能乐——歌谣中的桧垣，已是老朽憔悴的老妇，正在憧憬着年轻时代与元辅之间的悲恋。

“唉，女人的一生，而竟如此浅短！”

阿通想起快乐的初恋之日，追着与武藏把手欢笑、信誓旦旦，充满着光明璀璨的希望的往日，再回首今日病体支离的模样。同在这个熊本，桧桓曾与元辅重逢，而且悄然生别。自己与武藏，又将如何呢?

五

座头森都同与市寄寓在细工町一丁目的一家小旅馆中，天天拣那些高门大户挨家弹奏琵琶，等待着武藏的出现。同时他又多方打听着大川平藏的身世。

结果，证实了他确是在长崎杀害与市之父大森伊卫门的下手人。而夺取伊卫门爱刀据为己有的，则是那个结实红脸的大石要。

同时，他们犹知大川平藏攀上加藤家的监视，现驻于在城的，藤堂和泉守高虎，而由他的斡旋，行将出仕加藤家。

但森都所想知道的，另有重要的一面。那便是他们与葡萄牙奴隶船的关系，是否诱拐妇女的犯人。虽然大川手下的武士，曾有过企图抢劫阿通和阿松的事，但仅凭这个还是不能明了他们与葡萄牙人的关系的。

森都是极力反对天主教的。他自己曾是虔诚的教徒，所以深知天主教本身也许只是一派宗教，但与西欧各国侵略东方的魔手相表里，是非常可怕的。他很想揭穿葡萄牙商人的奴隶买卖，借以唤醒那些误认天主教国是神国的日本教徒的迷梦。

现在如让大川出仕加藤家，不仅难以探悉真相，与市的杀父之仇也更难报了。

一天，森都离开熊本，循着大津街道东上。加藤清正手植的夹道杉树，长得很高了。一里木稍上去一点，有间茶店。森都便在那间茶店前坐了下来，弹起琵琶，招引正在田里作业的村人和小孩，围成一堆。

一曲既罢，森都正在饮茶憩息时，村人们也悄悄地打开话匣来了。

“政坊姐还没有回家吗？”

“是呀，说是去熊本看祇园祭的，就此一去不返，已是三天了……到处找遍了，仍无消息。”

“哦，这就奇了。这条街上，半年来一连丢失了五个女子，也许是被南非船购买人口的人给骗走了。”

“嘻嘻，真是怕人。”

“倒是赶快去报案才是。”

“早已报过案了。但官爷却说，一定跟男人私奔了，不肯受理。”

“唉，那该怎么办呢？！”

森都听了这些话，便即回城，仍向京町一带挨家打听。第二天，他在一家店前，听到有关大川武馆的消息。

“这一带，没有比那武馆卖酒更多的了，真了不得。”

“你看他家，进进出出的人太多了。而且不分日夜，半夜三更轿子进门是常事。”

“可不是嘛！昨夜隔墙听见院子里有妇女的喊声，看样子不单是练武的坛场哪。”

森都听见这些话，窃窃心喜。是夜开始，他便扮作按摩的瞎子，整夜监视着大川武馆。

又是几天过去了。六月二十日——这一天是追悼加藤清正的能乐公演的日子，在盐屋町转角的空地上，搭起临时的舞台。

六

加藤清正不仅在战场上以猛将著称，同时是练达的事业家，是土木工程的天才，也是特出的政治家。所以在他领内的居民，不仅能使之男有分女有归，且不忘领民的娱乐，给予生活上的滋润。自藤崎八幡以下，所有领内的神社，每逢节日，祭礼必定丰厚，其余的节目也务使盛大，鼓舞全境居民，不分士农工商打成一片，以尽一日之欢。

能乐是在清正坐镇熊本之前便已传入，分为本座和新座两班，清正来了之后，更从京里招聘来著名的伶人，给以三千石的职秩。今当清正逝世一周年，定于六月二十四日的忌日，举办官民合作的追悼能乐。演出的节目，有本座的《通盛》、新座的《樱川》和加藤家经常聘雇的观世一门的《桧垣》。

本座和新座的节目之后，到了观世一门的《桧垣》上座时，观众已挤得人山人海了。《桧垣》所演的故事是发生在当地的旧事，加上著名的笛手又是美丽的女性，观众便格外激动了。

能乐完场已是日暮，阿通从舞台下来，且不回后台，掀开幕幔溜了出去。观众仍然未曾散尽。

“呀，吹笛的女演员。”

“是通小姐，真漂亮哟。”。

人群中发出谈论的低语，让出一条路来。她还是同舞台上一样的装束，手中拿着横笛。细长的脸上，分外苍白憔悴，像水仙一般清高。眼神停滞，满含着热泪。

“武藏先生，请宽恕我吧。我不再妨碍你的修业了。我是……我是罪孽深重的女人。我去皈依佛祖。参拜岩户的观世音菩萨……”

阿通低声地自语着，踉跄地卷进人潮之中。想人牛角尖中了的阿通，已经丧失常态了。

阿松在后台久等阿通下来，去向鼓手的庄田与右卫门询问。

“唉，真的，不见了通小姐，怎么了？”

与右卫门这才着了慌，到舞台去找不到，便派人回高丽门家中去问，也说没有回来过。于是，大家闹成一团。

七

空中悬着半月。

木村又藏从本妙寺走下来，到了上京町的坡道和岛崎的路口，看见一个女子俯伏在地上，吃了一惊。他躬身一看：“呀，好面熟的女子！”

又藏把她轻轻地抱了起来。

“通小姐，通小姐！”

他边嚷边摇，阿通才悠悠回过气来，静静地睁开眼睛。

“通小姐，我是木村又藏哪。坚强些！”

“唉，木村先生。”

阿通喘息着开了口，但旋即眼前一阵黑，又晕了过去。又藏踌躇了一下，抱着阿通，急急地向本妙寺踅回。

又藏去了不久，从京城那儿过来了两乘轿子，由五六个武士扛着，噌噌噌赶着前去。打劫阿通的三个浪人也杂在其中，另一个戴着面具的武士，大家称之为“先生”的，大概就是大川平藏吧。

他们东张西望，低声地谈着，向岛崎的路上去了。若隐若现，偷偷地跟从在这一群人后面的，是座头森都和与市。森都今天不带琵琶，让与市牵着杖头。

“师傅，走得这样快，不要紧吗？”

“放心，这是少年时走过的熟路啊。这里不是本妙寺的前面吗？”

“好像是的，高处看得见寺院的瓦背。”

“轿子是不是朝金峰山那方向去的？”

“哦，那么是从岛崎经岩户观音，到河内去的吧。”

两个人边说着，边跟在轿子后面。感觉灵敏的森都，坦然随着与市赶去。这四五天来，他扮作按摩的瞎子，偕同与市监视着大川武馆。他断定被诱拐了去的村姑，一定被软禁在这个武馆，目的当然是卖给葡萄牙人做奴隶的，总得把女郎们送出去的。森都看出了这个中因由，想抓住大川的罪证，把他送到奉行所去。

森都于是耐着心性，监视着武馆，竟有出乎意料的发现。他发现清正一族，又是加藤家高级决策人的加藤美作与玉目丹后两人，常在夜深人静后悄然而来。

“哦——这里竟是伏魔殿，所策划的，怕不仅止于贩卖奴隶而已吧。”

今天日暮时分，森都正在兴致勃勃时，两乘轿子抬过了大门。过不了多久，两乘轿子在一群武士守护下抬了出来。森都便不放松，一直跟下来了。

八

武藏在梦中听见阿通呼救的声音。

蒙眬中，他耸耳细听。

“不要让她逃走！”

“等着，等着！”

接着，是男人沉浊的声音。

武藏翻身起来，一把抓起大刀钩，套上廊下的草鞋，慌忙蹿出山门。一个人影从陡坡上滚下来，与武藏撞个满怀。

“救命呀——”

是十八九岁小姑娘的声音。

“怎么了？”

不让他有查问的瞬间，五六个武士从坡上滚下来。武藏把女孩子匿在身后。

“呀呀。”

武士们像碰到墙壁一般，紧急刹步，仰头瞪着武藏。武藏默不作声，眼神淡淡的，从澄清的眼底发散出那特有的黄光直射武士们的胸前。覆面的武士向前一步，开口叫道：“什么人？”

“……”

“把女子交出来！”

“说明缘由！”

“看样子是过路的武人，不必多管闲事，追问什么缘由，太多事了……”

“那不成，这个姑娘已向我求助。”

“这里是加藤家的领地，咱们乃奉藩令行事，不是你们毫不相干的浪人强出头的地方，放明白些，早早退去！”

“奉藩令？”

“是呀，奉的本藩藩令。”

“口说无凭！”

武藏正在疑惑，森都和与市两人，不晓得什么时候到武藏的背后来了。

“武藏先生！”

“啊，可是森都？”

“是的，别有缘由，跟在您的后面来了。”

浪人听见武藏的名字，狼狈地面面相觑。覆面的武士，却兀立不动。

森都从武藏的肩下伸出头来，向覆面的武士叫道：“喂喂，您这个人好不要脸，自己拐诱女子，却假借藩令，好大的胆子，把同胞卖到异国来满足一己的私欲，长期以来的畜生行为，也应该结算了。”

“什，什么？！”

“大川平藏！该遭报应了吧！”

"各位，拔刀！"

覆面的武士"嚓"地拔出大刀，其余的也各自大刀出鞘了。

这时，与市跳向前去，高声喊道："咱乃大森伊卫门的独子与市，杀父之仇不共戴天，好好地授命吧！"

九

少年与市的喊声，使覆面的武士为之愕然一震。虽则森都的叫骂激得他怒拔大刀，但对方既是武藏，他知道绝无便宜可占。

这个汉子——大川平藏，既在豪俊聚会的熊本城下设馆授徒，手上的功夫了得，更是诡计多端，在恶智上也自出人头地。在这情势之下，他把大刀重新入鞘，倏地揭下面具，是一个年三十四五岁、脸色白皙的美男子。

"呀呀，大森伊卫门之子与市听着，某乃大川平藏，确曾手刃乃父伊卫门，在你是杀父之仇。我虽有心让你报仇雪恨，无奈有官在身，须取得藩主的许可。你可循正路向官厅申请，我大川平藏绝不皱眉。"

大川说过之后，掉向武藏笑着说道："这位就是宫本先生吗？刚才冒犯，但不知者不罪，伏乞原宥。对于那位小姑娘，另有难言之衷，真是一言难尽。既是宫本先生出面，悉听吩咐，一切拜托了。容平藏回城之后，禀明上司，致使迎请先生进城，让某等得以恭聆高论，于愿足矣。那么就此告辞……"

大川蓦地回身，率部下扬长而去。对此，与市同森都也无话可谈。武藏虽不乐意，但又找不出理由去赶尽杀绝。

森都无奈，高声叫道："大川先生！轿子共有两乘，另一个女子也该留下来交给宫本先生吧。"

"好吧！"

大川立即答应，吩咐正待起身的另一乘轿子放下，从轿中拖出女子，替她解开手上所缚的绳索和嘴巴上的扎布。然后带着那一班武士朝山路上走去。

武藏领着两个女子和森都、与市，循原路回到寺中。和尚也已起来，在起火生炉子了。他看见森都，瞪了一眼说：“座头，从哪儿来的？”

“我吗？我从这一个山头那边的一座山头的，再过去的一座山头的，又前面的一座山头的……”

“善哉！善哉！哈哈哈……”

和尚不禁朗声大笑，但旋即一本正经朝着武藏说：“客人，今早的事真够痛快，但以后的麻烦可多着呢。”

“那是求之不得哪。”

武藏坦然微笑。这时，森都却尖声嚷了起来：“啊，险些忘了。武藏先生你的好人儿到熊本来了。”

“什么？”

“那位通小姐，吹笛的名家。”

武藏倒抽了一口冷气。

十

“我们是在田原坡碰到的，由小仓藩士寺尾家的松小姐陪同着……”

森都把路上偶逢木村又藏而获救的话，诉说了一遍。

“现住在高丽门附近鼓手庄田与右卫门家，也该有十来天了。”

武藏静听着。

他突然问道：“身体怎么样了？”

“外表上也看不出来，只是好像很疲倦的样子，只靠着一鼓作气支撑着精神哪。与市，你看怎样？”

“是的，真像天仙般美丽，但瘦削得会被风吹倒似的，煞是可怜。”

“真劳烦你们了。”

武藏自语似的说。他的眼中浮上病棱棱的阿通，既然由新太郎的妹妹陪同前来。阿通会去叩访长冈佐渡的府邸，是不难想象而知的。

他的思潮起伏，心中又浮上悠姬的影子。对佐渡，对悠姬，都曾说过大话的……但事已至此，索性抛了宝剑，丢下兵法，与阿通同回宫本村去耕种度日，过那下半世的生涯……

武藏正在心烦意乱、踌躇不决之际，和尚边喝着茶，边咧嘴笑道：

“客人好幸福，令人羡煞。”

“惭愧！”

武藏红了脸。

和尚正经地接着说：“可是客人，你的来处非同寻常，摆在你的眼前的尽是劲敌，不让你有一刻安宁。罪恶太深了，太深了！”

“和尚，我决心丢开宝剑。”

“你说去与女人结合吗？哈哈哈，怕不会那么容易吧，白刃已在熊本等着你了。送这两位女子回去是你的事，还得帮这个少年报杀父之仇。”

森都也轻声地插口说：“武藏先生，想你该已推察，我一直追踪先生到了这里，原想请先生助一臂之力，让与市得报大仇。而送这个姑娘平安回到父母身边，也非仗先生大力不成。”

“知道了。但我现在只想先同阿通见上一面。”

“当然，一切留待见面之后……”

和尚再插口说：“但能否如愿以偿呢？剑光会不会阻止你的心愿？”

“我也这样想。”森都接口说。

武藏叹息着说：“没奈何，挡我者，唯有挥剑闯关……”

“是极，是极。业障太深了，太深了！”

这时，森都从所救的两个女人口中，获知前后的情形，竟同自己的预料不差分毫。只是大川的势力在加藤家竟是出乎意料地强大。

暗流

一

“相爷，大事不好了！”

一天，大川平藏晋谒加藤美作，悄声说道。

“什么事呀？”

美作皱眉问。他是清正的堂弟，年方四十五六岁，容貌魁梧，现任南关城代，清正死后领导君僚，掌握着熊本城内的政权。幕府所派的监理官藤堂和泉守，对他的信任极厚。

“相爷，卑职奉命翻山解送那批货物，在岩户观音附近，其中一人挣开绑绳逃出轿子。一个女孩儿原不足惧，但出现了一个难搞的人物。”

“是谁？”

“武藏，此前斩了佐佐木小次郎的宫本武藏。那个从轿子里逃出来的女人，向路过的武藏求救……”

“哦，后来呢？”

“不仅此也，又跳出一个以我为杀父之仇的少年和一个古怪的瞎眼和尚，而且那个和尚竟知道我在长崎的一切案情。”

“难道说竟也知道我们与葡萄牙人之间的关系？”

“是的，他知道轿中那批货的来龙去脉。”

“也知道同我的关系？”

“不，那可不知道了。知道这个的全日本只有我一人。”

“为什么不当场斩杀？”

“相爷，对方是威震全国的武藏，五六个人绝非对手。事情闹大了，我怕反而不美，给武藏面子，把女子交给他了。”

“那也是，杀他不了，倒不如这样的好。”

大川于是叠着指头说：“可是，却也不能让他活着，不仅对我，于相爷也是有所不便。让他追究下去，便什么都知道了。”

“不错。”

“相爷，这得仰仗大力。”

“……”

“要仰仗相爷的大力。”

“等一等，本藩知道武藏的人不在少数，支使藩士万一失手，反为不妙。”

“这个自然，只有利用浪人，但这里也有非相爷金口支使不动的人物。”

“那又是谁呢？”

“木村又藏！”

“什么？”

沉着不露声色的美作，也不觉愕然睁大了两眼。

“为参拜先君墓坟，偷偷地入境，他现住在本妙寺内。要斩武藏，除他之外没有第二人了。当然，只要他肯助一臂之力。”

“……”

美作交叉着两腕，不置可否。

二

大川平藏的推测并没有错，座头森都虽知道大川诱拐妇女卖给葡萄牙人博取巨利，但没有警觉到内幕底细。

知道这个的，只有大川和加藤美作及同伙数人。及至长庆十九年十一月冬的战事勃发，森都才恍然而悟。

加藤美作早是石田一旁反德川的急先锋。加藤清正对于时势的认识非常正确，知道维护丰臣家不是反抗德川，而是志期两家言归于好，他的苦心孤诣是世所周知的。美作却抹杀了清正的意志，与大阪城内的激进分子气脉相通，暗地里准备打倒德川的军备。

而其手段之一，就是默认大川与葡萄牙商人的奴隶买卖，乘便从葡萄牙输入枪械弹药。美作把这些武器一部分据为己用，一部分送往大阪，以待时机成熟。

所以奴隶买卖尚在其次，一旦阴谋暴露，不仅不利于美作一党，也是关乎加藤家存亡的一大事件。虽然武藏未必尽悉底细，但以斩除为是。

“使木村又藏斩除武藏……”

不错，大川的这一提案，为今之计确为上策。万一失手，又藏仍保被黜未准归藩，只是一个浪人的身份，与加藤家的颜面无涉。

但长于阴谋、深于思虑的美作，经过再三考虑之后，对大川郑重声明说：“好吧，立即去召又藏前来。可是平藏，又藏只能从旁协助，正面对武藏挑战的，还是以你们为主。”

“当然，待我们无能为力时，再请木村氏出手。”

大川好像放心了。

“那么，下去等着。”

美作打发大川平藏走了之后，先召同党的玉目丹商量了半晌，派家臣本间去本妙寺召见木村又藏。

又藏正坐在阿通床边。阿通因高烧和疲劳仍未苏醒，正昏沉沉地躺着。

她发着呓语，时时叫着“武藏”和“悠姬”的名字。

就在这时，小和尚把信送进来了。

“加藤美作！啊，他怎么会知道的呢？”

又藏皱着眉，但戚旧之情油然而起。他拆开信封：

知足下寄居本妙寺，毋任怀念。见函希随书使来此一次，以申积愫。

只是这样寥寥数语罢了。

三

木村又藏因未能归藩，以被黜之身，帽檐深垂、隐藏着面脸，感慨万分地随着美作的信使跨进熊本的城厢。美作虽蓄意反叛，但他不是恶人，在藩内有怪僻之誉，颇受藩下爱戴。又藏仕官当时既受其惠，被清正斥逐时也曾为之庇护，且安慰说："容再设法使主公消除误会及早归藩，千万自爱以待时机。"

清正的世子忠广只是十龄的幼童，则同宗一族且领袖群僚的美作，在又藏的心目中，是视同主公同样地位的。

他对美作先叙阔别之情，继而哀悼先君清正之死。之后，美作却突然改容说道："又藏，有一件任务，请你务必答应！宫本武藏现在岩户观音，今天便将来此熊本城内，要你去斩讫报来。"

又藏愕然，反问道："相爷，为什么要武藏纳命？"

"是有万不得已的理由的。武藏获悉本人乃至有关加藤家的生死存亡的本藩机密。哪，又藏！德川家现虽掌握着天下大权，但在大阪城内，太阁殿下（指丰臣秀吉）的哲嗣秀赖公依然健在。加藤家既是上有幼君，处境之难可想而知……"

美作苦笑着说。又藏点头。除非是德川直属的诸侯，除外都曾受过丰臣的恩典，今日的处境莫不尴尬。本藩内的舆论，也分歧而成两派，有偏袒德川，也有维护丰臣的。但这一件事倘若引起德川的疑心，覆国倾家乃势所必然。不知道美作倾向哪一方面，据又藏的推察，所谓机密，盖不外乎此。

又藏是忠贞不二之士，为了主家，他会不问是非，赴汤蹈火在所不惜的。但这次的回答却使他颇为踌躇。

又藏没有见过武藏，但阿通追踪着武藏来了熊本，则薄有所闻。阿通仍在昏迷中，但武藏如在岩户观音，则两人的会晤就在目前了。而他却非去杀那武藏不可。他的心中起了一大疙瘩。

"怎么样？又藏！"

"是……"

"千万勿却。"

美作的眼中闪着必死的神光。

"是，相爷！武藏是名闻全国的兵法家，又藏能否制胜毫无把握，自当全力以赴。"

"唉，难为你了。"

美作的愁眉展开了。他以帮手的名誉唤进大川平藏，介绍给了又藏；又藏立即记起京町的武馆，但这场合不是评论人品的时候。

"那么请木村先生惠临小弟武馆，一切待到了那里再从长计议。"

"承情。那么相爷，暂先告辞。"

又藏虽随大川离室，但将到大门口时，一个侍童赶了来说："木村先生，相爷请你暂先留下，有话商量，让大川先生先去武馆等着。"

四

两人密商了许久。

"怎样，又藏？你懂得我的意思了吗？"

加藤美作重复着说。

"是，都明白了……相爷的远见，至为钦佩。"

又藏垂头答道。

"那么，前途珍重。"

"是，仅遵钧谕。"

又藏辞出美作的官邸，路上幸好未遇熟人。出了城门，仍拉低帽檐。到了竹林前，后面有人呼唤。

"木村先生！前面走的可是木村先生？"

叫的，是女人的声音。好耳熟的语音，回头一看，阿松从后面追来了。

"是松小姐吧。"

"是的，我是阿松，前次多承援救，得以不死。"

"不不，不必客气。你是不是正在找寻通小姐？"

"是啊，昨天黄昏，从能乐的舞台出来，从此不见……"

“这倒不必担心，今天无论如何要打听你们住处来通知的。”

“是不是通小姐的行踪？”

“不错，昨晚想去买点东西，刚出本妙寺，见通小姐倒卧路上。我抱她到了寺内，得上人的许可，把她寄在寺旁的化城庵里。”

“身体可好？”

阿松既喜又忧，急急追问。

“虽给她吃了药，热仍未退，只是昏昏沉睡。松小姐，赶快到化城庵去。我有点事，不能立即回去，但你们的事，上人已有所闻，见面后便知端的。早些设法使通小姐清醒要紧。武藏先生住在金峰山背后，岩户山云岩寺中，今天也许会去熊本。座头森都和带路的少年，似乎都在一起。”

“啊，武藏先生？”

阿松兴高采烈地向又藏告别，急急赶回高丽门，把详情告诉与右卫门，假如森都来了，要他取得联系，就此赶往本妙寺去了。

阿松得又藏的指点，先去求见本妙寺住持日遥上人。日遥来自朝鲜，通称高丽上人。加藤清正出兵朝鲜时，日遥是战火中迷失父母的孤儿，得清正援救带回日本、施以教育，后来剃度为僧，做了本妙寺第二代的住持。这时日遥虽年未四十岁，但已具大智慧，身示宗教之无国境、无种别，而以慈悲为怀。

上人见了阿松，随即叫小和尚带她前往化城庵。而且说：“已由木村先生得悉详情了，快去看看她吧。”

五

一个年轻尼姑正用冷面巾抹着阿通的前额。

“通小姐。”

阿松向尼姑目礼之后，低声叫道。她的眼中簌簌落泪。阿通仍昏昏地睡着，嘴角时起痉挛，两颊消瘦，但仍美艳动人。两眼紧闭，睫毛如画；面色似玉，罩着两朵红晕；嘴唇绯红，像燃烧着的火焰。

“多谢你了。现在你请便吧，我是来服侍她的。”

阿松拭了泪，向尼姑申谢。尼姑把药饵等细细地吩咐了一番。

“你的饭我会给你送来的，不要客气。”

说着便走了。庵的左近，大概是另有尼寺的吧。

阿松时时绞面盆中的冷水去镇阿通的前额，也拿冷水润她的嘴唇。又藏曾说，武藏今天能到这里来了。好不容易见到武藏，这样人事不省怎么成呢！

“通小姐须得把心事向武藏先生倾诉，那冷冰冰的武藏先生……”

阿松心里焦急，想让阿通早些清醒过来。

阿通时时叫着武藏的名字，有时也叫悠姬。阿松不知道阿通在小仓与悠姬之间的微妙关系，听见她叫悠姬的名字，觉得讶异。

过不多久，日遥上人偕同一个老尼来庵。他给阿松介绍说：“这位是供奉清正公太夫人圣林院君的妙舜师。”

“我叫阿松。”阿松肃然回道。

“真难为你啦。我住在本寺三树院里，现在来给病人增添些气力，让她早日痊愈。”妙舜尼笑着说。

“那么就请……”

日遥上人自语着，取出念珠，两目注视阿通，宣诵起佛号来了。妙舜尼也随声附和。他们的声音虽低，但有一股力量，足以威压四座。静静地听着、听着，阿松的心底像涌上来一股力气。她竟忘了看顾病人，自己也双掌合十，默诵起佛号来了。她偶尔回头，不觉喜极而叫：“啊，通小姐！”

她见阿通睁着两眼，很奇怪地张望着。

阿松靠近阿通的脸说：“通小姐，清醒了吗？”

“松小姐，怎么了？这里是什么地方？”阿通开口了。

上人和妙舜尼停了佛号，仍合十端坐着。

六

“通小姐，这里是本妙寺。你昨天从能乐舞台出来倒卧地上，巧遇木村先生路过，救你来此……”

阿松把以后的经过大概说了一遍。

“你看，那里坐着的是本妙寺住持日遥上人和妙舜尼师，在替你宣佛号做功德呢。”

阿通合掌说：“多谢大师慈悲，我因追慕古人桧垣之后前往岩户观音，想不到给各位带来偌大麻烦。”

“不不，你倒卧在本寺左近，而由木村先生救你来寺，是好大的缘分，安心静养便好。”上人柔声说。

“还有可喜的，通小姐！”阿松高兴地说，“武藏先生就住在那岩户观音的寺院里，听说今天便偕同森都法师和与市到这里来了。”

“啊，武藏先生！”

阿通眼露神采，两颊红晕。但这只是一瞬之间，随即仍转为苍白。阿通无力地自语着说：“已经太迟了。我以罪孽深重之身，再也不能与武藏先生……”

“这是从哪里说起呀，通小姐！”

阿松把两眼睁得大大的，说。

“你有什么罪孽呢！你不是洁白地爱着武藏先生一个人吗？说起罪孽，武藏先生才是呢！他借口进修剑术，让你吃苦，把你丢弃了。”

“不是的，不是的！”

“通小姐，你要坚强些，不要灰心。你时刻不忘的那人儿，快来眼前了呀。”

“……”

“通小姐，你说自己到底有什么罪孽呢？”

阿松兴奋地追问着说。

“我也不知道自己究竟犯了什么罪过，只知罪孽很重。”

“爱慕男人也是罪孽吗？”

“我，我不知道……只知道罪孽太重，太重了。上人和尼师，请你们两位救救我吧！”

阿松尖叫着用两袖掩住脸，虽然没有出声，两肩不住地抽颤着。阿通也泪如泉涌。

“松小姐！松小姐！请你宽恕……”

“两位小姐请听。”

这时，上人静静地开口说：“据我看来，通小姐是堂堂正正的；恋爱和技艺，以至平日的作为，都没有错。松小姐的话也是对的。堂堂正正活下去的确信！堂堂正正向着活下去的路上猛进之心！这是多么崇高呀！有了这种确信和猛进之心，人类才不致沦于畜生道，而向明天的希望迈进。依此而论，通小姐当然没有罪过，毋宁说是人世间不可多得的崇高人物。但进一层想，人是一生下来便有罪孽，谁都荷负着目所不见的罪孽出世，忍受着轮回的苦难的。不能与热恋的那人团聚，是缘此罪孽；灼肤一般的恋慕之苦，便是那罪孽的火焰。人与人之间的憎恨，人类与人类的流血战斗，都是那罪孽所为。通小姐一旦觉悟，是发现了这一罪孽哪！”

“上人，请你救救我们！”

两人哭着，同时叫道。

七

那天夜里武藏睡得很甜，早晨悠然醒来，太阳已爬得老高了。

与阿通生活在一起——武藏昨夜的决心并无动摇。托词逃去的大川平藏，正张着战阵候着自己，是意料中事。在他，是为了逃避罪戾；但在武藏，是为了与阿通团聚而战。直至今日，武藏所进而迎战的，都为了兵法上的修业。无穷尽的修业之路——那是摒绝世俗、人情、爱欲的冷峻无情的世界。武藏一直向蹂躏世俗、摒除人情、舍弃爱欲这条路走过来。

为此，倒下了几多剑豪，而使阿通为悲恋而饮泣。唯有悠姬，却反而憧憬着武藏的这一姿态。昨天为止，他是崇高的、冷峭的、澄澈的修业者的心胆，但自今而后，他将回到原来的世俗里，委身于爱欲之中。

“悠姬公主，别了！”他的心中不禁这样低喊。

“来吧，肥后五十四万石，加藤家的精锐，你们一齐来吧！”

武藏的热血沸腾，卷起如虹的斗志。

“森都，你也去吗？”

武藏装束已毕，回顾森都和与市说。

“当然去。”

“你也是他们憎恨的目标，是很危险的呀。”

“我相信武藏先生的宝剑哪。”

“与市，你有没有杀过人？”

“没有。”

“那么乖乖地看着，大川让我来斩杀吧。”

“是。”

森都边笑着边接口说：“武藏先生，与市说心里发毛……待目睹大川被杀死之后，就不想再做武士，说是要跟我做弟子了。”

“哦，那就很好，不要学武藏的样。”武藏低声说。

“客人，去了？金峰山中有猛虎会吃人，尊驾如何通过？”

“和尚，实不相瞒，那猛虎就是咱的化身。”武藏傲然答道。

“哈哈哈，这倒有眼不识泰山，虽然住了这些天……阿弥陀佛，阿弥陀佛……可是座头，你呢？”

“我吗？和尚，我就是那猛虎背上的跳蚤。”

“什么，跳蚤？你这个人尽贪便宜！哈哈……”

他们不顾和尚的朗笑，出了山门。武藏在前，接着是与市和森都，后面跟着被大川一党所拐诱、经武藏营救脱险的两个村姑。

围剿

一

那时从熊本去岩户观音，除由高桥往返之外，有从松尾的本村上山，越金峰山的两条大道和经岛崎前往的间道。大川率领着党徒，探知武藏将从金峰山的大路下来，便在熊本市梢——现在的二本木一带埋伏着。

这里是左依坪井川，右带白川，两边夹河的单道，却没有人家。日脚尚高，躲在草丛中的约有二十人——大川的门人和临时拼凑的浪人，都是手上功夫了得的剑法家。他们分作两批，采取前后夹攻的战略。

街上，栉立如篦的屋背后面，雄峙着熊本城的天主阁。

“哦。真雄伟！”

武藏领头，缓缓地走着，时时发出感喟的叹声。

道旁耸立着一株高大的�木，树下有一尊地藏王的石像。到了石像前，武藏与森都同时刹住脚步。

“武藏先生，事有可疑。”

森都倾耳静听了一会儿，低声说。

“正是。森都，你们不要走动，等着！”

话声未毕，武藏早已腾身而起，疾如劲风地冲进左边的草丛。武藏大刀出鞘，只见白光一晃——

“啊呀！”

白茅下一声惨叫！霎时，那后面拥出七八名大汉。武藏的大刀间不容发地刺进眼前覆面汉的肩膀。回手一刀，拦腰斩杀右边鬓发披肩的另一人。这两人便仰面倒地了。

“啊呀呀！”

“退！退！”

余下的大汉，发出恐怖的喊声，跳上大路，争先跑了。这一批是躲在草中，预备让武藏过去之后，从后夹击的一队，现在却反而着了武藏的道儿。

而且这样一闹，潜伏在前途的中锋——大川平藏率领的一队，也在路上露形了。最后的援兵，木村又藏，也在十丈外，把脸深深地藏在帽檐下，两袖高卷，是修业武士的打扮，站在路中。

武藏缓缓地退到大路上，拭净刀上血迹，纳入鞘中。

“武藏先生，得手了！”

“哦，不出所料，得了先机。与市，你约离我十步，从后跟来。不怕吧？”

“有，有，有点怕。”

“不要抖！姑娘紧靠森都身后，跟着来吧！”

武藏仰首凝望前途。大川的徒党共十七人，一律黑巾裹头，两袖紧束，大刀早已出鞘，在大路中心摆成马蹄形，分作三道阵形。

“武藏先生，不出你所料，风起了。是西风……”

“好，走吧！不要怕，趁着风势，跟着来吧！”

武藏朝那迎头的刀墙剑壁，悠然前进。

二

武藏的心中，昨夜以来便涌出腾腾的杀气，像热雾一样蒸腾。他像负伤的猛兽，奋不顾身地迈进。

第一股杀气，鼓动武藏向白刃之中突进。但临胜负之前，他那冷静和细心却并未丧失。他，早已算定早上的东北风，过午会转为西南，所以在这条路，选定这个时刻。他算定西南的劲风，将会卷起一阵沙尘。

现在，武藏正以轻快的心情，迎风一步步逼近敌人。原来烦重的心境，已是一碧澄清。一切邪念都消逝了。青天碧落，他的心目中只有一剑，而天地间的一切，都雌伏在他的剑下。敌人的动向，敌人的意图，都明明白白映在武藏的心目中。他已胜券在握了。

武藏已逼近敌前三十步了。在他背后，接着的是如影随形的森都他们。大川平藏正站在马蹄形第一阵的中心。

“武藏！”他叫道。武藏无言，默默地前进。

“武藏，知我秘密者死！那个瞎子，那个叫与市的娃儿，一齐纳命！”

武藏仍未停步，挺着胸、垂着手。他眼睛半眯，但闪耀着异光。

大川正想再叫一次，但他蓦地里，向后跃退了。武藏腾身而起，紧跟着是电光一闪。

“啊！”

“呜——”

左右二人仰面倒地。上身微俯，手提双刀的武藏，兀立在两人之间。马蹄形立即溃散了。

“一齐向前！”

大川自己也“嗒嗒嗒”连连后退，但仍怒目高嚷。武藏哪里肯放弃这个空隙，蹿身而进，从背后又劈死了一个。

第一阵线是整个崩溃了。

“第二阵上前！”

大川不愧名手，虽在劣势中仍不乱阵脚，窥伺着虎视眈眈的武藏，高声呼喊。第二阵的人马闻令向前，刀尖齐指，剑气如虹。武藏不动，右上段，左中段，摆着架势，伺机而动。

这时，大概是预定的计划，从第三阵中蹿出六七个人，打横着想钻向武藏身后。

“哦，来了！”

武藏心忖。身后拖着无力的尾巴，是武藏唯一的弱点。对方去攻这个弱点是理所必然的。但这已在武藏的计算之中，虽是弱点，正可以利用为诱敌之饵，成为陷敌之阱。

三

窥伺着武藏背后的弱点，悄悄地偷着前来的敌人，共有五六名；其中有拦劫阿通的那三人。大川在前，向左展开而成半圆，剑光耀目，尽是魁梧的大汉。

在这一情势之下，哪一边先动，先出手的便是落败。双方都像石敢当一样，瞪眼望着对方，沉着气来比狠。武藏按剑不动，额上的汗珠沿着两颊淌下。

他的两脚像被钉在当地一般，正是让人偷袭背后绝好的机会。敌人的揣测固然不错，但他们哪里知道这正是武藏所盼望着的良机。

武藏看出他们的这一意图时，不禁暗喜："来了，来得好！"

首先是曾拦劫阿通的那三人，见武藏不动，便突、突、突……踏着道旁杂草蹿过他的身边。在这间不容发之际，只见武藏那庞大的身躯一晃，向横一跃。

"啊呀！"

他那身手的快捷，使人眼花缭乱。正面的敌人，一眨眼间不见了面前的目标，不觉骇然惊呼起来。

与这同时，茫然站着的森都脚下，也是一声惨叫。三人中的方脸汉，从背后斜肩被一刀劈开，扑了一个空。差不多同一时，红脸汉也倒下来了。

"啊呀呀！"

正要向后跃退的狮子鼻的脑门，喷出一阵血光。这三个动作差不多发生于同时，只是一刹那间的事。

"一齐上去！"

大川嘶声一喊，从武藏背后一拥上前，阵势已溃不成形了。武藏用左手小刀，格开打头的青年武士的大刀，迎头一劈斩下，把他劈为两爿。

这时，簌簌卷起一阵旋风。

"来来来，大家动手！"

是森都的号令，随之而起的，是"啪嗒啪嗒"一阵古怪的声音。森都、与市、村姑的手中，各拿着带叶的树枝，拼命在地面上拍击。连日响晴的天气，矮桥道上风沙滚滚，直向正面的敌人迎面卷去。

“来得好，森都。”

武藏已有了绰绰余裕。这样说着，他向狼突豕窜的敌人中腾身而入，上砍，横劈，左挑，右刺，顷刻间砍翻了三四个人。敌人已经崩溃，在沙尘中夺路逃命。

“跟着来！”

武藏朝森都他们一喊，紧追敌后。呻吟、惨叫和混乱的脚步声响成一片。

在这噪乱声中，传过来大川悲痛的绝叫：“木村先生，快快动手！”

“噢——”

前途的尘沙中有人呼应着。

四

“木村先生，错了。那是自己人！”

大川连连叫道。

“啊——唉！”

一声怒吼，接着是痛苦的惨叫。

突然，旋风霎时而止。木村又藏在尘沙已静的大路上，倒提着大刀，像石碑一般屹立当路。他的脚下，横躺着三具死尸。正是夺路而逃的大川徒党，骇然却步。

大川平藏颤声问道：“木村先生，这是怎么了？”

“大川，为什么逃？去与武藏作战！”

“木村先生，武藏太强了！请你……”

“蠢货！回头，去战！”

声音虽然嘶哑，语气是斩钉截铁的。他用眼瞪着大川。武藏正踏着大步，昂然逼近。

一个人想溜过又藏身边夺路而逃。

“懦夫！”

又藏的大刀一亮，血光随起，那人扑地倒了。

“唷唷，木村先生……”

大川的脸白了。

“不必多说，逃走的，杀无赦！”

“给他骗了！”

大川这才恍然而悟。

读者当还记得又藏答应去杀武藏，将要辞出美作府邸时，在大门口被唤回去单独留下的事。而后密谈许久，美作郑重地吩咐又藏，假如大川及其党羽侥幸逃得武藏的刀口，不要让一人漏网，斩草除根。

美作与大阪城暗通消息，曾在熊本城上高竖打倒德川的反旗，确是一世之雄。虽不幸事败被杀，但他的思虑见识，绝非寻常。他虽曾一时接纳大川之计答应去杀武藏，但回头一想，立即警觉，知道以武藏为敌是极大的冒险，倒不如把尽悉秘密的大川杀以灭口，方为万全之策。

武藏是名噪全国的武士，纵使暗杀成功，后果堪虑。另外，美作虽曾向藤堂和泉守推荐大川，不日出仕加藤家，但他原是无赖的恶徒，藩下对他的无情也不见好，纵然杀却，不会有人出头替他说话。如或不然，死人是不会说话的，索性正式给他加上贩卖奴隶的罪名。

又藏对此当然是赞成的。虽非畏惧，但他不愿与武藏斗狠。他希望让那可怜的阿通与武藏团圆。又藏陪着大川们同往，但临时抽脚守在路口，拦截他们的逃生之路，虽是诡计多端的大川，却也始料所不及的。

他咬牙切齿痛恨，也鼓起两眼瞪着又藏。这时武藏已赶到，从身后向他呼喊了。

五

武藏带着森都他们，到了这一团人背后，相距不及两丈之处。他出人意料地朗声叫道：“大川平藏听着！遭你毒手饮恨而亡的大森伊卫门之子与市，和助他成全孝心的田原森都在此。武藏以正义之名，代与市讨此不共戴天之仇！你的重重罪恶暂可勿提，为此孝子一念，快快授首！”

大川蓦地回身。手下的武士也各举刀向着武藏。这班人原是战国的无赖浪人，到了穷途绝路知无可逃，各把生死置之度外了。他们的头目大川平藏，更是一反刚才的乞怜相，苍白的脸色转为红润，眼中燃起斗狠的凶焰。

“不错，伊卫门确是被我大川平藏手刃。阻我者死，伊卫门乃自作自受，有何复仇可言！今既由宫本武藏出面，本人姑准所请。武藏，放招！”

大川跨步向前，手下的七八名大汉也迅速向左右展开，随着大川向前。

同时，木村又藏高声叫道：“啊啊，等着，等着！双方听着！为亲复仇，殊堪嘉许！木村又藏自愿暂充公证，万一有卑怯逃避等情，本人当场枭首，绝不宽贷。话尽于此，双方上前！”

“又藏，杀了武藏便轮到你了。早早洗颈以待！”

大川恶狠狠地说着，毫不畏怯地跨前五六步，向武藏逼去。武藏原是倒提双刀，饶有兴趣地谛听着大川的说辞的，直至对方逼近，方才凝神提气，静静地拿刀向前。舍身而前的大川，距离武藏约有十步，为武藏双刀所发散出来的怪力所慑，不觉停步不前了。

但这一瞬间，武藏反而迎身而上。沙，沙，沙……速度之快，势同奇袭，出人意表。大川和手下，一齐仰身连连后退，武藏的长刀和短剑，向着他们的头顶闪动。

大川腾身后跃，好不容易保持了架势。

“看剑！”

大川自暴自弃地望着迅近雷电紧追不舍的武藏，迎头砍下。可是扑了一个空。同时火光四射，大川的大刀脱手而飞。

“糟了！”

他冒死跃退。武藏的双刀随后追到。在这千钧一发之际，大川的手下从左右夹击，想挡住来势。但一样地也扑了空。武藏乘势，左劈右砍，耸身而上，冒着血雨紧追大川。

这时，一个长身汉绕过武藏的背后——在武坛里他是新进分子，据说功夫却在大川之上，是一个怪剑客。他偷偷地挨近，霎时举刀而上。

六

木村又藏正在贯注全神看着武藏运用双刀绝技，看得入神之际，不禁脱口叫道："危险！"

与这一声同时，长身武士的大刀已从背后向武藏盖头而下。武藏不会背后长着眼睛，就地利、就剑势，似乎万无幸免之理。

"呀呀，武藏先生！"

与市也同时惊叫。

"簌"的一声，大刀已凌空飞上武藏的右肩。

可是，可是，在这千钧一发的刹那间，武藏的身躯一沉，右肩微闪，手上的大刀电疾回旋，而这三招是同时施展的。长身汉的豪刀劈了空，武藏的回手一刀却不偏不倚向对手拦腰砍进。

"呜——呜！"

在血花四溅中，那人双膝着地，颓然而倒。白日西斜，长身武士的影子闪过武藏的身形倒地。这一瞬间的动作，长身武士自己、旁观的又藏和与市，谁也搞不清楚。

但在这一瞬间，大川从倒在地上的手下手中捡起大刀，如疯如狂，发出怪样的"呼呼"声，迎面扑上。

武藏用左刀挑开了大川的刀尖，蓦地挺立，右手的大刀同时迎头盖下。大川的脑门霎时绽开，鲜血迸腾，俯身扑地。

"与市！仔细看清杀父之仇已报了！"

武藏边嚷着，又向死尸上再补上一刀。残敌虽然仍作困兽之斗，但已不足道。

“好手法！”

又藏不禁高嚷。初次见到的双刀绝技，一击一震，剑无虚发，左右两刀运用之妙，呼应之巧，如阴阳相合，虚实互乘，真可谓浑元运物，自然之至。而最使又藏心折的，是武藏的进退自如，灵滑迅捷无以复加，且心神犀锐，气势强旺，简直威慑旁观的又藏。

又藏感叹之余，被煽起如火的斗志，胸中的热血沸腾。他是久历沙场的兵法家，正是追求强豪以试身手的修业时期。他追忆年轻时随主公加藤清正驰驱于战场时的功名心，手刃强敌时的激昂情绪，真想同武藏一比身手。

武藏回手追杀残敌，只剩下两人想从又藏身边夺路逃命。

“你想逃！”

又藏一声大喝，挥刃而斩。敌人全部肃清了，地上只留下死尸、鲜血和伤者。

路人绕着他们远远地围成一个圈子。武藏的白衣上满溅着血花，猩红斑斑。他把双刀纳入鞘中，拟向又藏道谢，直趋而前。

“木村先生！”

又藏经他一叫，不觉心神为之一震。

七

不待武藏开口，他接口说道：“武藏先生，真好俊的功夫！又藏有心请教，务乞俯允！”

又藏提刀在手，凛然而立。

“噢，比画！”

武藏凝视着又藏应道。瞬间，四只眼中都爆出火花，当然谁都没有恶意。那是探究剑术的兵法家之眼，但毫无假借，毫不姑息，闪耀着生死搏斗之光。武藏也一样地奋然而起。在小城道上与高田又兵卫那一瞬的胜负以后，他不曾有过这样的机会。

“那么，请恕无礼。”

武藏一拱手后退两三步，已入鞘的双刀再度出鞘，在下首踏定架势。

又藏拟刀正眼[①]——他那把肥前名匠忠吉手铸的宝刀，发着耀目的剑光。他拟刀前跨。武藏的架势坚如铁壁，又藏有摧坚破铁的气概。

“哦，名不虚传。”

武藏暗暗喝彩。自小次郎以下所有对垒过的好汉中，谁也没有这样的气魄，逼得他退后半步。又藏找到武藏的破绽——在门面上。得此良机，他正拟举刀砍进。

但间不容发，武藏的架势一变，转为大刀“上段”（取敌上身之架势），小刀正眼被制先机，又藏愕然后跃。

“嗒嗒……”武藏保持着原有的架势，向又藏逼进。又藏连连后退，五步、六步、七步……他蓦地刹步，矮身坐下马步。他又找到了武藏的破绽，是在喉间。

又藏正想朝着武藏咽喉一刀刺去，但尚未出手，已被武藏制了先机。武藏横跨一步，改为“中段八字”架势。

“哎——呀！”

又藏腾地而起，随着裂帛般一声大吼，大刀迎头盖下。

“啪”的一声，火花四散。又藏的大刀，被武藏交成十字的双刀给夹住了。又藏向回拔刀，但武藏的双刀像涂着胶漆似的，粘住了他的大刀，怎么也拉不回来，却又不能放松，一松手便吃武藏的回击。他现在只有向下按，把全身的力都集中在两腕上。

武藏也是倾其全力的。夹住对方的白刃，不能发生任何作用，这一刀法的极致乃在下一变化须得随手反拨敌刃，同时迎头回击。可是又藏这一击有千钧之力，能够夹持已不容易，再也不能采取下一行动了。

---

① 拟刀正眼：日本剑术中以取敌之双睛为目的架势。——译者注

三把刀粘在一起，使刀的两人，前后左右团团转动。双方的额上，都沁出一颗颗的汗珠，渐渐地呼吸急迫起来了。能按下双刀是又藏占胜！能反拨白刃是武藏占胜！二者必占其一，没有中间路线，两人中非死一人不能结束。

八

这一天，饭田觉兵卫悠然跨着骏马，带着二三随从在城中巡视。觉兵卫是与又藏齐名的，同为加藤家自负的豪杰。这两个人虽是称兄道弟的好友，论秩禄觉兵卫却远在又藏之上，已是加藤家的重臣了。

到了唐人街的街尾，他见一个奉行所的下级武士，上气不接下气，喘息着跑着前来。

“喂！住步！何事慌张？”

觉兵卫把他喝住了。

“啊啊，饭田爷！不，不，不得了啦，二本木的堤边已成一片血海……”

“什么，血海？”

“是的，一边是在京町设武坛的大川平藏一伙二十人，对方是名叫宫本武藏的一个浪人。而那武藏却真的了得，当场劈死了四五个……”

“什么？武藏与大川，快跟着前去！”

觉兵卫不待说完，双脚一夹，催马绝尘而去。

他与武藏早年在京都一度相识，武藏是他心仪的剑客。对大川虽不友善，但作为兵法家，也薄有交情。

他驰出郊外，到了二本木的堤边时，刚好刮起一阵旋风。在风尘滚滚中首先看到的，是茫然呆立着的森都和他脚下的累累横尸。他心想，大概战斗已经结束了。但顿时，他瞥见了钉在地上、姿态不动的两人。

“退开！退开！”

觉兵卫分开远远围观的路人，在离开两人不到丈余的地方，戛然刹住马蹄。

“哦，确是武藏！呀？”

觉兵卫讶异地心想：“唉唉，那不是又藏吗，这又为何？”

觉兵卫深为诧异，但他的眼中却闪着兴味的光彩。又藏的剑，是转战沙场，在战乱中磨炼而成的兵法。而武藏，则是兵法修炼的专门剑客。觉兵卫对此两人涌起兴趣，是理所当然的。

觉兵卫悄然看了半晌，突然变了脸色叫道：“啊啊！”

他跳下马背，急急赶到两人面前，高声叫道：“两位快请罢手！”

两人都没有回答。三把刀仍缠在一起。但胜负的决定，似已迫近眉睫了。

觉兵卫大声喝道：“宫本武藏！木村又藏！饭田觉兵卫在此，请各抽刀！”

“啊！”

武藏把十字交叉的大刀回手一抽，拿上头顶。与这同时，又藏的大刀腾空而起，但“啪”的一声，被武藏的左手压住了刀背。

“输了！”又藏低喊。

武藏退后一步，迅即收起大小两刀入鞘，朝着觉兵卫拱手叫道：“饭田先生，久违了。狼藉贵地，深为抱歉。”

又藏也惶恐地，亲热地嚷道：“觉兵卫！前几天为拜主公坟墓而来，请恕唐突。”

“好说，好说。倒让我见了好场面，真好眼福。哈，哈……”

觉兵卫很高兴，望着两人朗声而笑。

九

不久，奉行所的公人也赶到了。武藏与森都等，随着觉兵卫被带到新町的奉行所衙署。又藏是逐斥之身，因觉兵卫的斡旋，早躲开了。

武藏在奉行所里都照直说了。错处原在大川平藏一边，且加藤美作早有授意，便把奴隶买卖的事隐去不提，仅以武藏助与市为亲复仇杀死大川平藏来结案。奉行所并褒扬与市的孝心，当场发下奖金。村姑则悄悄地着家属认领。

森都虽感不足，但做与市的监护人争了很大面子，且击破大川的阴谋，对加藤家的事也只得不了了之。加藤是当时九州唯一反天主教的大名，森都是一直寄予好感的。

结案时已近黄昏，武藏换了衣服，偕同森都、与市，跟着觉兵卫跨出奉行所的大门。

“武藏，理应即刻登殿禀告幼君，引见足下的。但为时已晚，请先到敝宅暂宿一宵。”

觉兵卫虽诚意相邀，但武藏却一心都在阿通身上，便辞谢说：“饭田先生，层层厚意，武藏铭之肺腑。奈武藏急欲探访鼓手庄田与右卫门家，违命之处，务请见恕。”

“哎，与右卫门？”

觉兵卫初时一愣，随即会心地笑了。他知道笛的名家阿通寄寓在与右卫门家，再参以京都所听的传闻，便了然于怀了。

这时，拉下帽檐深深地遮着脸的又藏，从横巷中悄然而前，望着觉兵卫低声叫道：“觉兵卫，适才多承包涵。”

“噢，你还在这里等着？”

“是啊，一方面是不知奉行所如何处理，放心不下。再则急需带领武藏先生到一去处。”

“又藏，罢了。有人等着武藏，在庄田与右卫门家。哈，哈，哈……”

“不，那个等着的人已不在庄田家，到本妙寺去了。”

“唉唉！”

武藏停步。

“武藏先生，说来话长，且先走路要紧。”

“唉，一切都是意外……”

武藏悄然自语，心中涌起不吉的预感。

“哦哦，虽是可惜，就此分手了。武藏，有什么事只管找我，不必客气。”

“是，多谢隆谊。”

“又藏！”

觉兵卫掉头注视着旧日的战友。

“不能归藩，不胜惆怅。可是主公仙逝，目前恐难如愿以偿。”

“觉兵卫，夫复何言。今日与武藏先生之会，作为今生最后的纪念，回长门后我已决定归农了。”

“又藏！”

“遥祝幼君成长……”

“再会了。”

觉兵卫倏地回头，悄然而去。

转进

一

本妙寺客堂的幽暗灯影下，日遥上人与妙舜尼师静静地坐下。

“上人，妙舜师，这位就是宫本武藏先生。下首坐的，是长崎的座头田原森都法师。再下首的，是为亲复仇的与市。”

又藏给他们一一做了介绍。

“大概都已听说过了。”

上人和妙舜尼对于武藏的异样打扮不以为怪，望着大家微笑，眼中闪着慈悲的光。

“承和尚慈悲，收留阿通，惭愧之至。”

武藏低头申谢，仰头望着上人。据又藏所告，阿通的病情相当严重，不知道仍健在否。他的心中颇为不安。

“不，这也是缘分，不必客气。”

“看样子意外的硬朗。”

武藏释然，眼中闪着喜悦的神采。他急欲与阿通见面，但不好意思开口。

不晓得上人知也不知武藏的心事，上人慢条斯理地说：“武藏先生，请恕老僧无礼，你对通小姐到底做何打算？”

武藏不觉红了脸说：“是的，我俩是自幼相处，誓为婚嫁的同伴。但兵法修业中不容许成家立业，遂致各自西东。”

“那么现在呢？”

“遵守昔日盟约，准备偕回故乡宫本村择日缔结姻缘。”

“那么，兵法修业想已完成？”

“上人，兵法的进修是没有止境的，我预备放弃了。”

“那太可惜了。”

“上人！”武藏高声抗辩着说，“兵法修业是我任意选择的一条路，放弃也是我的自由。”

“不错……可是武藏先生，你与通小姐结婚，为什么非得放弃修业不可呢？”

武藏踌躇了一下，终于断然说道：“上人！兵法修行的道路是险恶的，绝非阿通所能忍受得了的。”

“用强韧的爱情力量也不行吗？”

“是的，当初我也曾相信爱情的力量。但后来我警觉到我所走的进修之道，竟是只容一人独行的小路。”

上人的眼光一闪，紧接着问道：“哦，武藏先生！你会攀上很高的山顶。”

武藏低头回道：“从那个山顶上下来了，与阿通结伴同行……”

武藏的心中突然涌上一阵激动，高声嚷道：“上人！请你让我去见阿通！去见阿通！”

二

上人闭目颔首，说道：“不错，好不容易到了这里，不见一面怎能安心？妙舜师，请领武藏先生前去。”

“可是，这时候……”

“无碍，两个人的事，总得由他们两人来决定，不问结果如何。”

“是。那么武藏先生！请吧。”

静寂的树荫下，漏出窗下的灯火。妙舜尼带着武藏，步履轻悄地来到化城庵。

“请在这里暂待一会儿。”

老尼把武藏留在门外，径自入庵。假如这是敌人的居处，对于室内的动静、细语，他会了如指掌的。但现在的武藏，感慨无涯地，胸中满溢着悲痛的心情，一心只在沉思着将用什么言语，来向阿通谦谢往日的薄情。

“武藏先生，请进。”

不久，大门内传来妙舜尼的声音。武藏无端地觉得全身一震。

阿通静静地坐在摇晃的灯影下，宛如在微风中漾着的一朵鲜花。两人相对无言，四只眼睛相触、相抚，结在一起。

“松小姐！”

妙舜尼以目示意，离开了。阿松会意，也离座而去。

“通妹！”武藏的声音嘶哑。

“不睡在床上，不碍事吗？”

“不要紧……”

“瘦了哪。”

“……”

“可是，还是一样标致。反而显得年轻了……同在村里的时候一样。”

阿通的脸上染上一阵红晕，眼中闪着小女孩一般的光彩，但很快地被泪水润湿了。她喘息着说：“我，已经不行了……”

武藏挨近说："哪，哪里会不行了呢！病，会医好的。"

"不行了！"

"哪里会有这种事，回村里去慢慢地疗养不就行了吗？"

"不行了，武藏哥。"

"通妹，请你宽恕我，是我不好。让你吃苦的，是我。你因此得病，病得这样……我真后悔，对不起你。我再不出门了，我们守在一起，不再分开……通妹，放出勇气来！病会医好的，一定会好！不要灰心！"

阿通脸上的血色霎时消退，苍白得像蜡一般，摇摇晃晃快要倒下。

"通妹！"

武藏赶紧把她抱住了。

可是，阿通却打起精神，想从武藏的胸前挣扎出来。

"武藏哥，放手！"

"通妹！"

"请你放开！啊，武藏哥……我，我早已嫁到别处去了。"眼泪夺眶而出，顺着阿通的两颊淌着、淌着……

三

"什么？！"

武藏愕然，不觉放开双手。阿通仍旧端坐，泪如泉涌。

"通妹，刚才，你说什么？"

"武藏哥，太迟了呀！"

"什么太迟了？"

"与你相逢……"

"哪，哪里有这种事！现在也不会迟！"

"不，太迟了。"

"通妹！"

武藏这才感到异样，紧追着问道："这是怎么一回事呀？"

阿通抬起泪眼，一瞬不转地望着武藏。

“武藏哥！我，我嫁到别处去了。”

“哪，哪会有……”

“做了菩萨的新娘了。”

“什么，菩萨？！”

他的眼神耀闪如电，随即爆发而成一丛火焰。

他呻吟着说：“原来是……上了和尚的当。”

“武藏哥！”

“这是和尚的惯技，乘着人心上的弱点，因果哪、罪孽哪，诱人逃避人世的现象，说得天花乱坠，借着我佛慈悲……”

“武藏哥，不是的！是我仰求佛爷的慈悲的！”

“不，不会的！”

武藏猛然摇头。他怒容满面，眼中发着凶光。

“通妹不是那样脆弱的女人！”

“不，是我偶尔觉悟：做了痴情的俘虏！像谣曲中的桧垣一样薄命之身！不是前世的罪业，又是什么呢？”

“傻瓜！那不是我武藏的罪业吗？与你何关！我就是为此前来赎罪的哪，你没有追随桧垣之理！”

“武藏哥，那已太迟了。”

“不迟，不迟！我们还年轻，有着充沛的活力。通妹，请你相信武藏的爱！请相信我的力量！请你让我来赎罪！让我们坚强地爱，筑成快乐的生活！”

阿通悲切地，但坚决地反复着说：“不行了，武藏哥！在我还没有警觉到自己的丑恶之前，靠着你的爱的力量，无论多大的幸福都能如愿以偿。但现在，你已没有力量为我赎罪了。”

“没有了！真的？”

阿通断然答道：“眼所不见的罪业，前世的罪孽！男女相悦热恋的快乐，只是烧毁人的业火罢了！我的罪业深重，除非仰求我佛的慈悲，别无得救的路了。”

“原来如此，我知道了……”

武藏望着阿通，心中吟唔着。

“武藏哥！你可理会得？”

“哦，惭愧！关于你这一件事，我被佛打败了。可是，可是，我自己还是不败的，无论怎样苦恼、悲叹，纵使遭受地狱的苦刑，也断不假手神佛！参神、诵经、念佛——我绝不会坠入和尚的这些陷阱的！通妹，别了！”

武藏的脸色苍白如纸，站了起来。

“武藏哥！”

阿通放声而哭，倒在地上。

四

妙舜尼和阿松，听见武藏的声音渐高、渐粗，心中焦急，又踅回庵前。但又不敢进去，只是伫立在门外干着急。她们无意间听见两人的争论，阿松很想替阿通说句公道话，向武藏理论，心中更是忐忑不安。

武藏固然痛悔前非，回到通小姐的身边来了，但通小姐未皈依佛法以前的痛苦、那销魂蚀骨的恋爱之苦，武藏未必知道。所以硬拿自己迟误的爱情去逼迫人家，以为就此万事皆消，阿松以为武藏的这一想法太过自私了，很想痛责他一番。

但看见武藏那凶神恶煞的样子，阿松哪里还敢开口？战战兢兢地眼看他走远了，她方才溜进庵去。妙舜尼怯怯地探身进去。

武藏不看她们两人一眼，冲进黑暗，到了方丈前挺身而立。

“和尚！”

他大声吼道。声音那么沉着，而且尖锐。

“啊，武藏先生，圆满解决了吗？”

“什么圆满？你这装聋作哑的秃头！”

“唉唉，这是，这是……”

“首先该入地狱的，就是你们和尚！”

“唉唉！”

“木村先生，就此告辞了。”

武藏掉向又藏说。

“武藏先生，足下遭遇，深为惋惜。”

“哈，哈，哈，不必过虑。森都，与市，就此别了！”

武藏说着，回身走了。

“武藏先生！”

森都和与市急忙追了出来。

“请等等！哪哪，与市，快些……”

森都让与市牵着杖头，冲进黑暗中去追赶武藏。上人和又藏也走出门外，在如水静夜中，听见三人的足音，踏着石磴渐渐远去。

“上人，真罪过；像武藏那样的人物，也会迷失本性。”又藏打破静寂说。

上人却摇头答道：“不，不见得迷失本性。在我们这样根底浅薄的和尚眼中，也许是个顽冥不灵的莽汉，是杀人魔鬼。但他也许会攀上人世的顶峰，敢向菩萨比法的哪。真了不得。”

“上人，我知道了，他是个非常人物。”

“不错，他才是真正的罗汉。怎么样，又藏先生，咱们去看看通小姐吧？”

庵里，妙舜尼和阿松正在宣诵佛号，鼓励着阿通。望见上人与又藏进来，阿通便哭诉着说：“上人，上人，请你救武藏。他说不输给菩萨，要对菩萨恨战哩。”

上人点头说：“是吧，像我们和尚所认识的道行浅薄的菩萨，真会败给武藏呢。到那时，通小姐也许仍被武藏夺了回去也难说呢。”

“唉唉。”

阿通困惑地、惴惴地仰头望着上人。

“所以，我们不要输给武藏，也得赶紧修行哪。”

五

“武藏先生！请等一等——”

森都紧握着杖头，被与市牵着，边叫边走，从后面追着来了。武藏一声不响，在星空下踏步前去。

“先生，请慢走一步。”

与市也帮着呼喊。

“哈哈哈，啊哈哈……”

过了井芹川的土桥，武藏立住了，突然大笑起来。

“唉唉……”

森都跑得上气不接下气，好不容易追了上来。

“森都，真好笑呀！哈哈哈……”

刚才向日遥上人咆哮，武藏自己都觉得太稚气了，忍不住大笑起来。

森都的反应极快，紧接着说：“武藏先生，有什么好笑的！那个时候，上人都吓得变了脸色哪。”

“哈哈，不仅日遥可恨，连泽淹和尚、信海和尚，还有你那朋友，长崎的道智……”

“不错。”

“嘴巴上说是自由哪、觉悟哪、回向哪，却把人缚在因果的一端，套在轮回的轮齿上。那些家伙是永不前进的，只是一泓死水。像日遥说的，念佛就是无间，禅即天魔。就连那日遥，未尝不是本末颠倒……”

“正是，正是。”

“森都，你也不要让法轮打输了，那才丢人哪。”

“唉唉，言重了。可是武藏先生，通小姐呢？”

“哦，我把阿通交托给了佛陀。森都，记住了！病人最好还是交给佛陀，尤其是日莲卖的‘妙法膏’，当场见效。哈，哈……”

“是是，我会记住。”

“森都，你们现在做何打算？”

“武藏先生呢？”

“我不用问，照预定计划去相良城下，探访丸目藏人佐。”

“那我也放心了。真不愧天下第一的兵法家，提得起，放得下。我带着与市到天草，调查天主教的事。然后绕道长崎，再上京去。”

“森都！”

武藏用平时那沉着结实的语调，接口说：“有一件事拜托你。我在长崎碰到的鸭甚内和那个叫铃姑的女人，同那密探岸孙六，甚内和孙六已被我砍伤，但他们都是跟踪着我的仇人，请你顺便替我注意打听。我自己倒无所谓，是怕他们另要花样。”

“知道了。除非叫我去入天主，除此之外，德川的密探也好，明探也好，你武藏先生的事是义不容辞的。”

“与市！也得同你分别了，去做琵琶法师吗？”

“是的，仗先生的大力得报大仇。武士太可怕了，随侍师傅……”

“很好，很好。琵琶的修行也与兵法无异，好好地干吧！”

“是。”

与市仰视着武藏。空中，是满天星斗。

六

武藏穿城而过时，天还不曾抹黑。他不顾路人指指点点诧异着他那身奇异的打扮和庞大的身躯，如入无人之境，大踏步穿过城厢。

过川尻口，两边已无人家，路上也不见行人了。在肥后平原——那绿油油的稻田和菜圃当中，伸展着一条大路，是萨摩街道的一端。笔直的大路蜿蜒在星空之下。夜风吹拂着武藏沁汗的两颊。

他无端涌上来一阵喜悦，心中浮起笑意。鲜甜的香匀令人心醉。他的胸襟宽敞，步武结实。这几天来一直呼啸在武藏心中的爱欲之事，结局是武藏险遭惨败。阿通心境的变化，在她可以说是一大跃进；但在武藏，那正是晴天的霹雳，致命的一击。

但在最后一瞬间，武藏躲过了那雷霆一击，奋然而起。倘非敢于以神为敌的不逞的斗志，怎能臻此呢?

而且，他给了日遥上人迎头一喝，乘势而退。多么利落的转进！这正是武藏的真面目。对阿通的爱情并非就此毁灭，只是把它深锁心中，加上烙印。他不再踌躇，不再后悔，不再迷惑，迎着灿烂的明天，一步步踏向胜利的大道。生命在跃动，明天在向他招手。

那天晚上，武藏整整走了一夜。第二天傍午，到了八代。

那时，八代城在麦岛。城代是加藤家的重臣，片冈清左卫门。以松江、德渊为中心，民房栉峙篦连，煞是繁华。据肥后国志的记载，当时八代海的内港一直伸展到此，船舶的进出至为频繁。

战国时代，相良氏坐镇麓城，威震八代、苇北、下益城而直达天草。天正九年，猛将相良义阳因岛津的压迫与盟友甲斐宗运战，死于乡原。自此全境转入岛津家的势力圈中，直至丰臣秀吉征伐岛津，城代一直驻在麓城。

日脚尚高。武藏在八代也不停留，直走到球磨川边。从那里，仰头可望重嶂叠翠、奇峰耸峙的高山，俯视则见滚滚长流清可见底。

武藏憧憬着那群山的深处，长流的泉源像是去叩访人类的故乡，令人感到无限的亲切。

剑圣藏人佐

一

假如宫本武藏不知道丸目藏人佐依然健在，假如不是在长崎亲眼看见雷电源太郎所使传自藏人佐的双刀法，他是绝不会不远千里南下球磨的吧。

九州自古号称武勇之地，不论哪一个时代，莫不名将辈出、勇士如云。而其时以纯粹兵法家、剑客驰誉日本全国者，除了武藏，也唯有丸目藏人佐彻斋居士一人罢了。

而这位藏人佐，竟屈居为小藩相良的家臣，真是浅水潜龙，令人诧异。但你如知道藏人佐幼年时代相良家的势力，便知事非偶然了。

当时的相良家，正是一代名将义阳的时代，威震八代、苇北、下益城而至天草，与虎视眈眈垂涎肥后的萨摩藩岛津义久战，真是百战百胜，从来没有吃过败仗。

在肥后，与义阳并肩的，唯有御船城主甲斐宗运一人，是九州屈指可数的雄藩。缘此，当时的相良家臣中是不乏猛将豪杰的。

在这相良家称雄的时代，藏人佐出生于八代，是与三右卫门的长子。他少年时代便喜剑术，弟兄三人整天玩枪耍棒、剑不离手。他十六岁时初上战场，参加击退萨摩入侵的大畑之战。

翌年十七岁，他寄寓天草本渡城主天草伊豆守家，进修兵法二年有余，为仰慕当时号称天下第一的兵法家上泉伊势守，离开天草。

那时，伊势守在京都设立武坛，广收门徒。藏人佐拜在门下，不数年而业艺大进。当时同门习艺的，有柳生新左卫门（但马守）、疋田文五郎、穴泽净贤、羽饲意心斋、矶端伴藏等人，可谓集天下英豪于一堂，后来都成了第一流的剑客。而藏人佐是俨然以第一人自居的。

一天，武坛里来了一个倔强的剑客，傲然叫道：“我乃南部盛冈人氏大泷市郎右卫门，无论如何要向伊势守先生请教几手。”

而那天伊势守刚巧一早出门，带着门徒看花去了。武坛中只留下藏人佐一人。

二

传报的人把这话一说，那个大泷市郎右卫门竟恶狠狠地嚷道：“哈哈，想该是听见我的名字怕了，躲着不敢出来！”

说着，不肯离去。上泉伊势守是当时被推崇为近代剑法始祖的人物，无名剑士假使能够与他交上一手，已是无上的光荣，纵使落败亦是登龙有术了。所以若非权威人物的介绍，要与伊势守交手，真是谈何容易！

大泷之所以故意口出污言，赖着不肯离去，其目的即在于此。传报的青年被他缠得无法应付，只得把这件事告诉留守的丸目藏人佐。藏人佐经过几年的苦练，虽然满有自信，但在八个高徒中他是最后进门的，每次有人来武坛比画，伊势守没有一次让他露过脸。这在他是引为遗憾的，大有脾肉复生之叹。就在这时，大泷出现了。

藏人佐心想——幸好师傅和师兄们都不在家，了不得只是个乡下兵法家，让他进来，揍他一顿也好。

“什么，胆敢侮辱师傅！真是不知天高地厚，等我丸目来让他知道厉害。”

“丸目先生，不要紧吗？武坛里的规矩，师傅没有在家是不许同别派比武的，会不会挨骂？”

“放心，不要紧。只要你不说，师傅怎会知道？带他进来吧。”

这时，藏人佐还不到二十岁，正是少年气盛时，加之他原是一个不多思虑而意气用事的人，因而自信力也极强。初入门的时候，他也自以为是九州第一流的剑客，向伊势守堂而皇之登门请求比试来了的。

那时伊势守见他倒是个有出息的少年，便答应了他的要求，取出套着布袋的竹刀；这是伊势守为免妄杀无辜，别出心裁发明的东西。藏人佐见了竹刀，不服气地说：“先生，这样软绵绵的东西怎能对敌，我是用木刀的哪。”

伊势守笑着说：“不必替别人担心，尽管来吧。”

“那么，放肆了！”

藏人佐举起木刀进攻，但木刀立即被打飞。接着，脸上、腕上、腰上，都挨了竹刀。这才惶恐地服了输。他原是这样一个气焰万丈的少年。

不久，大泷来到武坛。此人年龄在二十三四岁之间，目光炯炯，是身材拔群的伟丈夫。藏人佐在练武艺的人中是身材矮小的，却也毫不畏怯，仰头瞪着大泷。

“我是伊势守的高足丸目藏人佐，师传他出，由我来讨教几手吧。”

“哦哦，门徒虽不够味。伊势守先生既不在家，却也没法。那么借枪一用……”

说着，便从木架上选取一杆练武用的平顶枪，站在武坛中央。他便是后日大泷流枪法的始祖，也是有名的豪者。拿着枪掂了两掂，霎时立定架势。

“好，来吧！小娃儿！”

三

“什，什么?！”

藏人佐愤然，提着木刀向前。他那木刀，又粗又长，足足有三尺七八，拿在矮小的藏人佐手上虽很不相称，但左右抡转，却使得极为灵巧。伊势守的门下，有面目的，少说些也有八十多人，论腕力是无出藏人佐之右的。

藏人佐拟刀正眼。大泷的枪，一直对准藏人佐的胸前。双方都在调整呼吸，暂时间沉身不动。旋即，藏人佐的木刀轻轻地颤动起来了。他使的是积极的刀法，施用压力，先动摇敌人的气魄，再乘虚而进。

但对方的大泷，不愧先前的大言壮语、气魄之强，反有压倒藏人佐之势。藏人佐虽频频颤动着木刀，急欲举刀进击，但枪尖老在眼前晃动，竟使他不能越雷池一步。

大泷最初轻视他是个年轻小伙子，但虽居弟子末席，伊势守门下的英俊岂能轻易制伏？他双手提枪，静等着进击的机会。藏人佐的心中，却慢慢地焦躁起来了。

这个乡巴佬武士！他正想着要给对方拦腰一击的那一瞬间，不知怎的有了破绽。

“啊——”

一声叱咤，大泷的枪尖如电光火石般滑进藏人佐的胸前。他正想腾身后跃，随手挡开枪杆，可惜迟了一步，肩上已自着了一枪。

“输了！”败得干脆。藏人佐抽回木刀，低头叫道。

“哈哈……小娃儿，这可知道厉害了吧？可是你刀法不错，多下些功夫，倒是有成之材。那么请转告伊势守先生，改日拜访。”

大泷市郎右卫门说着，扬长而去。

藏人佐深悔孟浪，知道自己的技艺未熟，但始终想不透那一枪是怎么挨上的。他正在垂头丧气，伊势守带着弟子回来了。藏人佐虽然脾气暴躁，却不会说谎，便把前后经过一五一十禀告了师傅。

弟子们莫不愤然，口口声声地叫道："追上去，给他一刀两断！"

伊势守却静静地制止着他们，带了藏人佐一人进入武坛。武坛的上首设有神座，供奉着鹿取、鹿岛两尊武坛正神。

伊势守先向神座恭恭敬敬磕了头，才回过头来说："藏人佐，坐下来！"

四

武坛的定律是严峻的：师傅外出，绝对禁止与外流比武！平时，无论有了什么差错，师傅虽然从来不说一句责备的话，但今天，藏人佐却抱定被逐师门的决心，在神前端坐着等待责罚。

“师傅，对不起。”

“哦，你这可知道自己的业艺未精了吧？”

“是。”

“把当时比画的情形说一遍看。”

“你可领会了落败的缘由？”

“是，气浮性躁，想勉强进击，我想就是招败的原因。”

“好！藏人佐，记住了。以前你练的刀法只是对我一人，等于是做独角戏。碰到没本领的对手还可侥幸取胜，遇上强手便自陷死地了。藏人佐，拿枪上来！”

伊势守蓦地站起，取了木刀。藏人佐知道师傅有意亲手传授，便欣然取下练武用的平顶枪。

师徒两人到了武坛中央，照例行了礼，分左右而立。伊势守拟刀“正眼”，在调匀着呼吸。霎时，藏人佐找到了师傅的破绽，便大吼一声，鼓足全身的力气，身随枪进，一枪刺去。这一枪他用了十分力量，简直可以刺穿铁壁；但“咔嚓”一声，只是扑了一个空。

“唉唉。”

他踉跄地退后两三步，正想掉转枪头、绰枪再进时，不觉呆在当地。师傅不见了。同时，他听见伊势守在他的背后，朗声叫道：“藏人佐，适才传授给你的，正是新阴流刀法奥妙，细细思索，变化无穷，好自为之！”

说过之后，伊势守便一声不响径自进去了。

“多谢师傅栽培！”

藏人佐慌忙丢下木枪，俯伏地上，目送着师傅进去。但他的心中，还是惘然若失的。自此，他把自己紧闭在斗室中，贯注全神来苦思了好几天，终于想通了。到底是怎么一回事，绝非笔墨所能书尽。勉强的譬解，就是借对方之力为力，浑而为一的一种刀法。所以藏人佐猛力前刺的一枪，伊势守用木刀随手一拂，就在那刀枪接触的一瞬，借着枪势，向前腾身而上。依理来说，枪的速度和伊势守上跃的速度应该相等，同是电光石火令人目眩的速度。

当然，要真正能够运用这一玄妙刀法，还得下功夫去磨炼。藏人佐却练得得心应手，运用自如了。而更重要的是，他因此领悟了兵法之道，是阴阳、虚实、有无的交错，与大自然的妙理浑而为一的大道理。

藏人佐在伊势守门下修业了五年，得了新阴流的真传，被推为新阴流四天王的首座。

五

上泉伊势守在京都立坛授徒，是从永禄元年至五年这五年间，是应当时的将军足利义辉的邀请去的。藏人佐在伊势守门下修业，是从十九岁开始。那时，宫本武藏尚未出世，后来被武藏所杀的将军家武术指导吉冈兄弟，也未崭露头角。时代进入战国，成了群雄割据的局面，但足利将军家在京都仍能保持着权势。

最后那一年，永禄五年三月十日，将军义辉替伊势守饯行，设筵将军府中。宴会之中，在府中的振武殿里举行伊势守高足的分组比试，最后并由伊势守亲自登台，做新阴流的示范表演。其时被指定的对手，便是丸目藏人佐。

这一指定，是至高的荣誉，等于是由伊势守本人指定了他是门下第一人了。事后将军义辉颁发奖状，誉上泉兵法为“古今无比，堪称天下第一”，且称伊势守的刀法为“天下之瑰宝”。这张奖状，一直保藏于丸目家，且记载于藏人佐的传记之中。

这年六七月间，伊势守离开京都，遄返故乡上野国。丸目藏人佐也回球磨，出仕相良家。他在那里的职务，是指导藩下子弟的武艺，兼理肃清间谍。

那时的相良家是肥后的雄藩，有很多各藩的间谍潜入境内，侦伺藩下动态和机密。据藏人佐的传记所载，当时经他斩杀的间谍，共有十七名之多。

这期间，相良与岛津之间屡启战端，藏人佐也曾从军上阵，屡建殊功。但年壮气盛的藏人佐并不以此为满足，抱着以兵法家称雄全国的野心，遂于永禄九年，率领门人木野九郎右卫门、丸目吉卫门等，辞了相良家再度上京去了。

六

前一年的永禄八年，将军义辉为叛将所暗杀，弟义昭继立；自此足利家的势力虽渐走下坡，但京都仍不失为当时文武的中心。各地的兵法家，荟萃于此，冀一举成名者，比比皆是。

藏人佐到了京都，竟树立起“天下第一兵法”的高牌，希望有人前来挑战。恩师伊势守壮其志，专差给他送来新阴流兵法的印可证。但京中群雄，知道他是伊势守门下的首座，竟无一人敢来尝试。他便于第二年又回球磨去了。

回球磨后，他再仕义阳公，想不到于数年之后的永禄十二年，竟招致了意外的大失败。

永禄十一年，岛津为夺回被相良占领去的大口城，两军战于初栗之野，岛津大败。翌十二年，岛津再大举进攻，萨摩勇将岛津家久率兵屯于大口城附近之砥上，伏兵诱敌。其时，藏人佐独排众议，率守卒数百人前袭，遇伏大败，死武士三十人，杂兵二百余。主君义阳公大怒，以藏人佐轻躁误国，谕令“永不召见”。

假如换了一个别人，也许就此意志消沉，或者逃亡，甚或自杀见志。但藏人佐非寻常人物可比，对此折辱不仅坦然置之，且更燃起旺盛的斗志，隐忍自重，静待着雪耻复仇之机。

藏人佐确是乱世的英豪，功名心特重，但生性暴躁，只知勇往直前，因此屡遭失败。以他的个性而论，假如不得师傅伊势守的理解，也许不能臻于大成。伊势守对他的粗暴作风虽感棘手，但从来没有深责，反谓际此战国乱世之时，非有此气魄，不能自成一流的兵法家。

这期间，岛津藩整顿内政，积极备战，实力渐增，与相良之间时有接触，互有胜负。直至天正九年二月十四日水俣城包围战中，相良家被迫订了城下之盟，遂此一蹶不振。

是年冬，相良义阳因岛津义久的威迫，为保留球磨一郡，俾免相良家沦于覆亡，毅然与盟友御船城主甲斐宗运兵戎相见。但在出兵之先，义阳公便决心为保全相良的基业且践昔日对宗运的盟约，为两全其美而杀身成仁了。

自此，苇北、八代、下益城、天草等地，尽为岛津所夺，幸赖老臣犬童赖安、深水宗方等之策划，好不容易保有球磨一郡，得以安然无恙。

丰臣秀吉讨伐岛津之际，亦以处置得宜，得保独立，以迄于今。

七

这几年间，相良家多事之秋，剑豪丸目藏人佐为雪大口城砥上之耻，大小各战虽亦迭建奇勋，但“永不召见”的禁令却仍未因此解除。但藏人佐与其说是战场上的勇将，毋宁说是超绝的兵法家——剑客，在这期间，与恩师伊势守仍不断地文札往来，以炽热之心，在钻研兵法方面下功夫。而且在新阴流中，掺入自己从实战上所获的经验和研究心得，另创了“泰舍流”一派。他的剑术声望本来已经很高，各藩子弟投入他的门下，不远千里前来受业的人便慢慢地多起来了。

日月如逝，他的年龄已逾五十岁。这一代剑豪，似乎在这山国的小藩里终其一生，别无建树了。但庆长三年，当他五十六岁的时候，因偶然的机缘，使他名震京洛，赢得关西日本第一剑客的荣誉。

藏人佐的门下，有一个叫有濑外记的徒弟，心想新阴流的始祖既是上泉伊势守，倒不如从伊势守直传来得简捷，上江户投入了伊势守门下。其时，德川家康已从三河播迁江户，伊势守便是因家康之邀，担任着武艺师范的。

有濑外记习艺数年，回来时给藏人佐带来伊势守的亲笔函。略云：

前年入京，曾将新阴流奥秘悉数相传，以西国传道授艺之事委诸吾弟，谅已洞察……余于最近又参悟另一刀法，亟待相授，适吾弟门下有濑外记就余习艺，略有心得，乃嘱其回国时，辗转相授，幸垂察焉。

对于如海师恩，藏人佐虽是铭诸肺腑，但向曾是自己徒弟的有濑传授刀法，终是耿耿于怀，便决心上京亲炙师训，带着两弟——寿斋和吉兵卫，弟子木野九郎右卫门、神濑军助及小田六右卫门三人，日夜兼程到了江户。但迟了一步，伊势守已于前一月病逝了。悲痛之余，他便去找到师兄——柳生但马守的府邸去了。

但马守这时已继伊势守之后，做了家康的武艺师范，在木挽町的邸宅是够堂皇的，俨然是诸侯的身份了。

藏人佐却不管这些，带着一伙人踏入府邸。

“喂，新左卫门！”

他仍用少年时的称呼嚷着说：“好久不见了。要在你这里耽搁一个时期哩。”

八

伊势守门下的四天王是柳生但马守宗严、穴泽净贤、疋田文五郎、丸目藏人佐。据丸目家所传藏人佐的传记上说，承袭新阴流的正统，继伊势守之后担任德川家武艺师范而声势显赫的，唯有柳生但马守宗严一人而已。其他三人，自然而然便与新阴流分开了：穴泽转为长刀[①]，疋田发明枪术，藏人佐则自创泰舍流。

藏人佐住在柳生家中，见了宗严的剑法，跃跃欲试。

“新左，咱俩比画比画，也可以知道同根所出的两个流派孰优孰劣。”

藏人佐终于提了出来。

“我早晓得你会来这一手。但藏！咱们有什么好比试的？我们同门习艺，现在都是指导人家的身份了。师尊早已给你京都以西，关西师范的印可。而我得的，是京都以东，关东的印可。你是西日本第一，我是东日本第一！这样不是很好了吗？二虎相斗必有一伤，倒不如互保体面，光大流派，才对得起我们的师尊哪。”

---

① 长刀：日本亦称薙刀或眉尖刀，略如中国青龙偃月刀。——译者注

藏人佐听宗严说得入情入理，便也无话可说，自此断了比试的念头。每天，他也到练武场，给弟子们指点刀法了。

一天晚上，师兄弟俩照例对酌时，宗严的脸色显得郁郁寡欢。

“新左，怎么了？像有什么心事哪。”

“不，没有什么大事。今天上殿，南部公要我去试一个兵法家的本领，看情形想破格任用。但上头是不许我与别的流派比武的，试本领不就是等于放对吗？万一失手，有玷家声。不，连上头的面子也无光彩，以此踌躇……”

“新左，你也气馁了？”

“也许是的，但我今日的立场，又不得不慎重。”

“那倒是的。对方是什么人呢？”

“号称东北之鬼，自创独门枪法的大泷市郎右卫门，是第一流的兵法家。”

“什么？大泷！”

正是藏人佐弱冠之时，在京都伊势守的武坛中，师傅外出时交手落败的对头人。藏人佐的胸中，涌上年轻的热血，叫道：“新左，我替你来。不，无论如何让我对他！”

“哦，你……”

“我曾败在他的手中。”

“啊，想起来了！不错，不错。这倒应该让你了。”

宗严也不觉拍膝叫道。

九

为了这场比试，柳生家和南部家的使者往来磋商了好多次，方才决定了日期。到了那天，南部信浓守亲自领着大泷市郎右卫门，到了柳生的武坛。

是时，大泷年五十八九岁，身躯魁梧，目光炯炯，一望便知是功力深湛的伟丈夫。但马守宗严是位至列侯的人物，大泷虽在远远的末席落座，但一点没有畏怯的样子。

信浓守给他引见之后，大泷便郑重其事地报了自己的流派，说道：“辱承宠召，敬请为后学示范一二。”

“知道了。但本坛坛规，须得先与门人交手，未知尊意如何？”

这是武坛一般的惯例，不仅此处如此，可是但马守还是先征求了对方的承诺。

“谨遵台命。”

“那么……”

但马守向列座的高徒，以目示意。那里坐着的，虽有但马守长子宗矩及村山作右卫门、木村助九郎等很多高足，却都屹然不动。只见丸目藏人佐提着木刀，站出来了。仍是那根又粗又长的大木刀。大泷也借得丈余的平顶枪徐徐地进入武坛中央。彼此互施一礼。

“我乃丸目藏人佐藤原长惠是也，仅遵本坛坛规，专诚求教。”

“什么？丸目藏人佐先生。”

大泷一愣。他也非等闲的兵法家，数十年前，在京都伊势守的武坛中比试虽是胜了，但对这一个不寻常的少年，绝未忘怀。不，他也知道丸目是伊势守门下四天王中的出色人物。

“不错，本人忝列本坛教练之一，大泷先生该不致拒人于千里吧？”

“言重了，鄙人是求之不得的。”

大泷黝黑的脸上，霎时抹上一片红润。年轻时代的回忆和新的斗志，像是无端地涌着上来了。藏人佐虽不能列入柳生的门第，现在如或拒绝比试，就显得示弱了。当然，假如能战胜被称为柳生之上的藏人佐，大泷的目的可谓如愿以偿了。

两人一声吆喝，向左右分开，站定架势。大泷的枪，好像一条活生生的游龙，指着藏人佐的胸前。而拟在“正眼”的藏人佐的木刀也像在喷着烈焰的火舌。他们的这一架势，不期而然地与前次同出一辙，但三十余年的岁月中，双刀的精练是惊人的，简直是势如龙虎，令人惊心动魄。

但马守及南部公以下列席的高足们，谁都屏息静观、悄然无声。

十

双方都是经过长时间磨炼过来的第一流大剑客，彼此虽伺机而动，但找不到对方的一丝空隙。然而，生命之流是瞬息不停的，或高或低，或强或弱，或粗或细，长波短波，迭相起伏……这是生命的对立，要是有可乘之懈，唯有从生命的起伏中去寻找。不知谁能先抓住对方的生命之流。

藏人佐"嚓嚓嚓"向前逼进时，大泷便相应后退。大泷前进，则藏人佐后退。不久，两人同时向右移动……好像双方都抓住对方的激流水花，长枪和大刀的尖端上，同时透出一股杀气。

"哎——呀！"

随着大泷的一声大吼，疾如流星似的，枪与刀相击，人与人擦身而过。藏人佐的身法快如飞燕，随着挡过长枪的余势，转到了大泷的背后。

大泷也不弱，旋身后转；但可惜迟了半步——在他旋身之际，藏人佐横挥的木刀不偏不倚已进击大泷的腰眼了。

大泷随着仆倒，半晌挣扎不能起来。但藏人佐的这一击，只用了五成力，幸未受伤。

"输了！足下刀法，非某所及也。"

大泷丢了手中枪，垂头说道。

"啊，好俊！好俊！"南部公看呆了，连连赞叹。接着，他不解地问道："刚才一手，疾如迅雷，真是初见。想该是新阴流极奥秘的绝技？"

藏人佐望着但马守，浮上快意的微笑说："请但马先生解说吧。"

"是的，刚才一手，是奥秘中的奥秘——鸽子翻身的绝艺。当今能够使这一手的，只有藏人佐与本人罢了。宗矩！助九郎！你们要谨记！"

但马守接着便把三十余年前，藏人佐在京都伊势守武坛被大泷击败的一段关节说出。

“大泷先生枪法的犀利，除了使用鸽子翻身刀法，怕是谁也要他不得。”

这使大泷的脸上也不致难堪。他虽为藏人佐所败，仍得南部公重用，这是后话。

藏人佐在柳生的武坛里住了半年，因但马守的斡旋，从将军德川家康得了“丸目藏人佐的兵法，为关西日本第一”的定评。

藏人佐于是向柳生告辞：“那么，就此登关西，绕四国，下九州，去访各流各派剑豪，以弘扬吾道。”

带领着门徒，意气昂扬离开江户。那正是战国末期，英雄豪杰之士如灿烂的繁星般散居各地的一个时代。

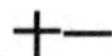

十一

在大阪，天真正传神道流的田熊左卫门以下，他踹破了五个武坛。正当名震京阪一带的时候，得明石的武将酸浆[1]之邀请，与之比试。酸浆果然不是藏人佐的敌手，便许藏人佐以高禄，劝他出仕明石。但藏人佐以自己得罪主君，形同放逐，不愿再仕二君。于是以客师的名义，担任了明石五十石的武艺师范。

这时，主君相良长每公适居大阪，无意中得知这个消息，说：“一个与柳生但马守平分天下的名人，原是相良的家臣，天下诸侯争相招致但以不顾二君而拒绝受命，是今日不易多得的高洁之士。”

此时，长每公还是才交二十岁的青年，听到这个传闻，却也足以自豪。而藏人佐的获罪，乃先世义阳公手上的事，大石砥上之败，长每公还是刚出世的婴儿，怎能知道？只是砥上一战，对相良家的影响太大

---

① 酸浆：姓名不详。据丸目藏人佐所记，乃当时著名的兵法家。

了，虽然新君继立，殿上重臣，谁也不敢提起。所以在长每公而言，丸目之名既是初闻，对丸目的兵法更是茫然的了。”

听了近臣的一番说明，他便黯然说道：“当时的敌国岛津，已成今日的盟友，而对一时的失错便这样酷责，也忒煞无情了。何况是卓绝的兵法家，徒显得国小藩量仄，惹人耻笑。”

于是，立即派人召见了藏人佐。

待藏人佐到行辕参谒时，他更推诚相见，叶露真情：“藏人佐，近前！远自父祖以来，同甘共苦的患难君臣，而竟长年不许觐见，是我的不明，委屈你了。希望你把过去的事付之东流，仍旧归来！”

“是是。”

藏人佐俯伏着不敢抬头。想起二十年来把自己埋没在球磨山僻，无非是为了弥补自己的过失；每有战事，他必挺身而起，立功赎罪。但事不如愿，一直过着迍邅的生活。这次失望之余，请长假前往江户，原是决心不再回来了。然而对故乡，谁不依恋？而且他是性格豪爽的人，既得主公谅解，且以善言抚慰，叫他怎不感激？

他抬起头来，谢了主公的知遇之恩，接受了归藩的面谕。

纤月古城

一

藏人佐带着门徒，一路上向各地的兵法家登门求试，但他的声名已风靡全国，至多只是受场优渥的招待，或者谈论兵法，却没有一个人敢与他交手。

到了备后鞆津，有一个自称小松市助的兵法家曾自动约他比试，待藏人佐应约前往时，却早已闻风而逃，只留下一个徒弟村上助康，后来也归入藏人佐门下了。

在九州交过手的，有长崎的霞某、丰后一个使戟的名人某氏、筑紫矢部的筑紫荣门[①]、肥后御船的荒木勘助、萨州大口的快镜等人，这些都是当时杰出的兵法家、剑客，但无出藏人佐之右者。此外，各藩当然还有许多著名的兵法家，有的不战而服，有的自愿列于门墙，藏人佐的泰舍流于是广播于九州全境，极为流行。促使武藏发心远道叩访藏人佐的，那位长崎深堀人氏木岛藤左卫门，也是这一时期被收在门下的。

这样巡回各地，回到人吉城下，已逾时一年了。递上归藩的禀帖，立蒙召见，面谕改名为“石见”，赐新地一百十七石，授兵法师范。同时，他的三个弟弟寿斋、顿藏、吉兵卫，也各赐禄五十石。这在一个仅二万三千石的小藩，确是破格的优遇了。

岁月不居，藏人佐七十三岁时，将兵法师范让予其弟寿斋及吉兵卫，自号彻斋居士，隐居于城郊三里外的一武村，自此躬耕田陇，不事外务了。

为了专诚拜会这位前辈的老剑客丸目彻斋，宫本武藏现在正循苇北的佐敷川逆流而上，在两峰的峡谷道上，一步一步，朝着仙境一般的球磨盆地前进。

翠绿欲滴的山峡凉风，袭人如醉；武藏在熊本几天来的烦恼，已被吹拂得无影无踪了。

“丸目的双刀流！不晓得是怎样想到的。”

他的心中唯此一事为念，在长崎所见源太郎使用双刀的架势，仿佛仍浮上眼底。过了水源的岭头，山路环绕着奇峰耸立的岩腰，脚下是怀抱着点点岩石的球磨川。武藏不觉驻足下望。这时，一个人像一阵风似的，想从武藏身旁越身而过。

霎时间，武藏拔刀，随手一挥，一个全身黑衣、覆面的汉子，惨叫一声，应手而倒。

---

① 筑紫荣门：初代。后被武藏所杀者为第二代。

二

武藏的第六感闪过一丝邪恶的预感，不由自己的宝刀出鞘，把那人从后肩上劈为两段。

“呀呀，无益的杀生……”

武藏感到一瞬的空虚，目注倒地的怪汉。覆面，黑装束，肋下夹着一个桐木小箱。

“唉唉，这家伙似非善类……”

武藏正在犹豫，后面响起一阵脚步声。跑着前来的一群人，见了武藏和倒在地上的怪汉，吃惊地刹住脚步。这一伙人个个手中拿着锄头或镰刀，似是附近的农民。其中，一个中年武士欢喜不尽地捡起地上木箱，到了武藏跟前，躬身说道：“路过的武爷，谢谢你手刃恶徒。我乃大野村的乡士①四宫重兵卫，铭感不已。”

“那么，这是何人？”

“他是狒狒丸的手下。”

“狒狒丸？”

“是的。过路的客官也许不知底细，狒狒丸是在球磨山里坐山立寨的山贼魁首，不仅球磨，苇北，连日向、萨摩也都深受其害。”

“原来是山贼。”

“而刚才所杀的，是狒狒丸手下爪牙，名叫小猴子藤次，白昼潜入鄙人库房，盗走祖传的香木，是个无恶不作的恶徒。”

“哦，怪不得无端地感到邪气，不觉信手挥刀劈去。”

“看刀法便知好俊的功夫，请问武爷尊姓大名，仙乡何处？”

乡士四宫重兵卫，恭恭敬敬地又施一礼。

“宫本武藏的便是。”

---

① 乡士：退隐归农的武士。

“啊啊，宫本先生！”

重兵卫不觉肃然后退一步，深深地躬身行礼。武藏的威名，连这深山中的乡士都耳闻久矣。

“喂喂，各位，宫本先生是日本第一的剑术大家，快快见礼。”

农民们吓了一跳，齐齐跪下来了。这使武藏慌了手脚，受人落跪，还是破题儿第一遭呢！

“各位，快不要这样，起来，起来！”

好不容易劝他们站了起来。对这位乡士和那些农民的纯朴，武藏深为感动。

临别时，四宫重兵卫却说：“先生该也不怕，但狒狒丸是毒蛇一般的恶汉，伙伴被人捕杀时，他便死缠着不肯罢手，总要伺机报复。而且他的手下强徒又多，连相良家都被搅得一筹莫展。前途务请注意。”

说着，依依不舍而别。

武藏下了球磨川的峡谷，沿急流而上。

球磨川中，有疾濑湍流，有回旋深潭，也有蹲踞在危岩上垂钓的老翁，两岸是蓊郁的原始林，时有成群的猕猿嬉戏其间，冥不畏人。

日脚西沉，人吉城下已是上灯时分了。

三

相良长赖受源赖朝的册封，自远州相良庄进驻球磨，是建久九年间事；距这一年——庆长十七年，已是四百数十年了。而在那以前，矢濑氏亦曾驻人吉城统治四方，历史至为悠久。

相良统治四百余年间，虽有内乱，但未为外敌所入侵，从来没有经过兵火的洗劫，城厢还保持着原来的样子，街道和建筑物都透着古色古香。

纤月城耸立在球磨川的对岸，地踞要害。城系矢濑土马佑所策，相良长赖曾加修建。据传修建时曾在城墙一角掘出蛾眉月形状的巨石，即以之名城，称“眉月城”或“纤月城”。是后，代加修葺，规模更大，竟成全国名城之一，称三奇城。

武藏在城郊九日町的一家旅店中住了下来。

球磨的双套酒和鲶鱼，那时便很出名，酒盅的式样也与别处不同。武藏一边独酌，一边向旅馆的女侍打听当地的情形。

首先他想知道的，就是有关丸目藏人佐彻斋的消息。

“你知不知道，一位叫丸目藏人佐的先生？”

“怎么不知道，是与我同村的。”

“是不是叫一武村？”

“是的，离这里不到三里路。”

“先生的身体还健壮吧？”

“是呀，是呀，那么大的年龄，牙齿和眼睛还同年轻人一样，只是耳朵好像有些聋了。”

“听说剃度皈依了？”

“是的，头发剃了……您是不是认识丸目先生？”

“不，没有见过面，正想前去拜访。”

“您，是不是剑术师？”

“哦，差不多……”

“那么，要见到丸目先生可不容易。”

“是吗？”

“而且丸目先生的耳朵要看他是不是高兴，不愿意听的话，你给他说了一天，还是没有听见，装着聋子。”女侍笑着说。

武藏也笑了。

那夜更深，武藏被响声惊醒，像有什么东西从门缝里塞进来似的。点起油灯一看，一封信落在地上。

足下胆敢手刃本人部下小猿子藤次，此仇必报，引颈以待可也。

狒狒丸书告宫本武藏足下

“哼，好无聊的家伙！”

武藏一笑置之。

四

武藏初到人吉时，便向当地官府作了口头报告，说是作州浪人宫本武藏，兵法修业路经贵地，请准予旅行各处。这一报告，大概给上头知道了吧。第二天早上，家老的相良清兵卫派人来邀请说：“就近请教兵法，恳请随同使者惠临一叙。”

相良清兵卫，就是水俣被围时的勇将，义阳公故后，领导相良家渡过难关的犬童赖安之子。足智多谋，不亚乃父。在关原之战前后，竟能打开难局处置得宜，使相良家居然得以继绝存亡的怪杰。兵法上师事丸目藏人佐，手上成名功夫，也着实了得。

武藏随着使者，过梅花渡，从水手门入城，到了清兵卫的官邸。清兵卫当时五十五岁，面色红润，目光如电，相貌堂堂，仪表非俗。而列席者五六人，莫非神采焕发、目光犀利的武士，分左右而坐。

“宫本武藏参见。”

“啊，武藏先生！辱承惠顾，毋任宠幸。近前，请坐！”

清兵卫虽是和颜悦色，但左右的武士一齐把锐利的眼光凝注在武藏脸上。武藏感到剑气的挑动，但仍是不动声色，悠然来到清兵卫左近藩座。

清兵卫给他引见左右的武士说：“丸目寿斋、丸目吉兵卫、木野九郎右卫门、神赖军助、小田六右卫门，都是本藩藩士，多请见教。”

“各位请了。”

武藏一瞥，尽是早已闻名的丸目藏人佐彻斋的门下高足，响当当的兵法家。

这种场合，话题总得从小次郎的决斗开始。随着清兵卫的发问，武藏把比试的情形轻描淡写地说了一遍。

“武藏先生！”

清兵卫转了话题，问道：“尊驾莅临此地，目的安在？”

“业向官署申报，武藏因兵法修业巡回各国，专诚绕道拜访上国。”

武藏把访问丸目藏人佐一事隐而不言，正是他的用意周到，为虑万一见不到藏人佐时，替自己预留余地罢了。且轻易泄露自己的目的，是违反武藏的兵法的；往往因而招致意外的阻碍。

清兵卫张目问道：“那么武藏先生，是不是想在木藩找人比武？”

武藏幡然警觉，对方竟也如世俗之见，误认他是不择对象要求比武，到处杀戮，专以踹武坛、闯门户为事的莽夫了。怪不得感到列座那敌意的目光和迫人的剑气！

“这个——假如比试，除非请丸目彻斋先生，一较双刀之技。但先生早已归隐，切望能得言辞上的教益也好。”

武藏这才照实说了。

五

“噢，足下善使双刀，薄有所闻。但敝业师亦谙此道，你是怎么知道的呢？”这时，坐在藩士上席的丸目寿斋抬头问道。他的脸上，似有出乎意料的样子。寿斋是藏人佐胞弟，且是高足。年虽六十岁开外，精力充沛，不输给青年武士。

武藏掉头答道：“说来话长，在肥前长崎，曾因不得已的事情，与人拔刀相见，碰到当地兵法家雷电十五郎之子源太郎，使用双刀临敌。事后方知双刀之技，乃外祖父木岛藤左卫门所授。”

“啊，原来如此。”

寿斋点头说：“距今二十多年以前，我们师弟去江户拜会柳生但马守阁下，归途在长崎的深堀耽搁了一段时期。当地的兵法家木岛藤左卫门拜在敝业师门下，记得曾传授了一两手双刀的使法。但正式学起来，须得熟诵口诀，不是短期所记得。真正得到传授的，只有我们几个随侍在侧的弟子罢了。”

武藏这才正容言道：“说来惭愧，武藏初创双刀之法，自以为除我之外无人能比。想不到数十年前，丸目先生早有发明，遂远道而来，专诚求教。敬烦相爷及各位高弟，从中斡旋，俾武藏得会见丸目先生，当面恳求，便感激不尽了。”

清兵卫闻此，眼中漾着亲热的光彩。在座藩士的脸上也渐渐地缓和下来，误会总算冰释了。

清兵卫接口说：“武藏先生，吾人不才，亦忝列兵法家之列，足下用心良苦，自能洞悉。但彻斋老生性怪僻，隐居以来，绝口不谈兵法，便是主公吩咐，也未必首肯。我让门徒带你前去，能否如愿，就得看你的缘分了。可不是吗？各位！”

“正是，正是！”在座的高足们，笑着回道。

“且让我见了面，再当面恳求吧。”

武藏只好这样搭腔。

筵席上来之后，席间有人提起狒狒丸的事。

“在下曾手刃狒狒丸手下，斩于大野村道上……”

接着，武藏便提到旅店里接到狒狒丸寄柬复仇的事。

“武藏先生，这倒棘手了！”

寿斋说着，望了望在座的人们。据他们的谈论，从相良领内的北岳山迤南至九州南部山脉，各地都有狒狒丸的山寨，堪称群山之王。他的手下虽是普通的人，但他自己却是个全身长着白毛、红脸孔、火眼金睛的怪物。

相良藩虽曾多次发兵进讨，但山路险阻，千峰叠嶂，终归失败。而在座的木野、小田两人，便曾吃过狒狒丸的大亏。

“唉唉，真是惭愧，上了大当，但狒狒丸确如传闻那样的怪物，绝非人类。”

藏人佐的高足，相良藩顶尖儿的勇士，提起狒狒丸，对他那奇形和怪力，大有谈虎色变的样子。

六

“啊啊，好景致！”

看到了这美丽的盆地，武藏不禁叫好。周围的山高峻、深奥，处处点缀着油绿的平原。古色盎然的几个村落，环抱在沟塍整然的耕地里，隐约地躲在烟霭中，竟是那么安详。

球磨郡——相良立国迄今四百余年；在那以前，早是熊袭族视为金城汤池的桃源。只要看那些从附近古坟中发掘出来的土器、石器、高贵的铜镜，用黄金和宝石镶镂的首饰，就可以知道这一片土地往昔的繁荣了。

路过的旅客见了人吉附近的小盆地已自吃惊，待从人吉翻过丘陵，进入这上球磨的盆地，方才惊讶于球磨的丰饶。

路也是结实的、古老的，印着悠久的历史的足迹。武藏随着丸目藏人佐彻斋居士的高足木野九郎右卫门、神濑军助、小田六右卫门等，正踏着这条古道，从西村往一武村前去。木野和神濑两人正当壮年，小田是未到三十岁的小伙子。时间是在相良清兵卫官邸聚宴的第二天早晨。

“宫本先生，就是那一家。”

木野手指着炊烟袅袅的一间农家说。那是从岔路拐进去的一间农家，屋前青苗如波，随风起伏。屋左屋右，展开着一片辽广的平原。

木野继续说道：“这里地名切原野，是主公赐予师傅隐居的荒野。这屋前屋后的田地，都是师傅开垦的，周围已辟水田和旱田数百亩，师傅正在计划做更大规模的垦殖呢！”

神濑接口说：“是师傅自愿要了这不毛之地，搬到这里，今年是第五个年头了。水田的水，从后面的山谷里引来，水沟的工程和开垦，都是师傅亲执锄头，指挥工人完成的。”

武藏默默点头，前年，他曾到大和柳生庄去叩访石舟斋。其时石舟斋也绝口不谈兵法，在许多家臣的环侍下，读书吟啸以乐余年。

那时，武藏像是见到了一个登峰造极的兵法家到了最后的阶段——

已不用刀剑，不用言辞，体会得天地的至理，置身于海阔天空的，尘俗世界之外的一个圣人似的。

而现在，这个行将见面的丸目彻斋，则易剑为锄，隐身于陇亩之中。这像是实利的世俗世界，但在武藏的眼中，仍是那么圣洁，予人以清新的感觉。

“啊，师尊！”小田叫道。

一个老翁，在田间的小路上静静地走着。光头，白髯垂胸，穿着条子的布袍。左手拄着竹杖，右手握着镰刀……

在他的背后，耸峙着雄伟的白发岳。一弯新月，正高悬在峰巅。

山雨之卷

剑与土

一

武藏去会石舟斋时，曾抱着必死的决心；现在去求教丸目藏人佐彻斋居士，也抱着如临战场一般的心情。

石舟斋位居列侯，深居简出，自是不易亲近，但彻斋只是一介农夫，且已出现眼前。

可是，要在他家登堂入室，似乎也非易事。在武藏的眼中，彻斋所住的茅屋像是裹着黑铁的砦栅，同时也像全无武装的和平殿堂。

神濑军助打头，武藏殿后，四个人静静地走在展开在旷野中的路上。没有大门的宅院，整洁的庭园中，刚从田地上回来的彻斋背对着来路站在那里。

“师傅！”

军助躬身叫道。

“师傅！您早。”

木野与小田也跟着行了礼。武藏在落后两三丈远的地方，低头肃立着。

彻斋缓缓地回过身来，他的手中仍拿着镰刀和竹杖。

被太阳晒红的赭色脸，白髯垂胸，身高五尺二三寸，除了腰背稍弓之外，看不出他是七十三岁的老翁。他像孩子似的，眯着眼睛说：“啊，你们来了。”

“一早来打扰师傅，真对不起。”

军助首先答话。彻斋虽有三个弟子，但泰舍流的真传，却着落在神濑军助身上。

“大家都好吗？”

“是，主公以下，清兵卫先生，寿斋先生，吉兵卫先生，都各平安。”

“有什么事吗？”

彻斋望着弟子说。

“是。一位修炼武艺巡回各国的兵法家宫本武藏先生，无论如何想拜谒师傅，当面请教双刀流兵法。清兵卫先生吩咐，要弟子们陪同前来。”

军助说着，让开一步，指着路上说：“就是那一位。”

武藏躬身行礼。

彻斋呆望了武藏一眼，用手兜着耳轮说：“你说什么？”

“是一位修炼武艺巡回各国的兵法家……”

军助照样再说了一遍。

“哦哦，你是说一个迷路的武士来了？那么留他吃早饭吧。”

弟子们面面相觑，作声不得。

彻斋又施撒手锏，装聋作哑起来了。

二

彻斋的这一手，门徒们唯有苦笑，武藏却笑不出来。武藏半生之间，不知遭遇过几多强敌，冲破了他们的铁壁。但彻斋的这一手，比任何铜墙铁壁都更结实。

那是无孔的铁耳。闻而不问，像是真个没有听见一样。但那与世俗的装聋作哑又自不同。那是千锤百炼而得的钢铁的意志！这一意志在支配着听觉。不愿意听的，便真个变了聋子，听不见了。武藏在一瞬之间，看穿了这一玄理。

隔着城门，闭门不纳的柳生石舟斋！挡在水边的，那一天的佐佐木小次郎！那些影子，霎时闪过武藏的眼底。

“怎样穿通这个铁耳呢？”

武藏澄心净息，静静地瞪着丸目彻斋。深沉的斗志使他的眼中透露出黄光，直射彻斋。

彻斋莞尔。

霎时，武藏眼中的黄光一敛，回身举步，背着宅院悠然而去。这两位高人之间，曾交换了一次间不容发的虚实之战。但门徒们怎能知道呢?

“呀，宫本先生！”年轻的小田脱口叫道。

神濑和木野，也一心以为武藏忿然而去，慌慌忙忙追了出去。

这时，彻斋突然放声大笑。

“哈哈哈……看样了，他的肚了不饿。哈，哈，哈……”

这笑声，绊住了两人的脚步。

“哪，你们进来吧。好久不见了，请你们呷茶粥[①]。”

彻斋说着，径自进去。门徒们没奈何，也跟着进去。球磨的农家，夏天炉里也不断火，搁着煮茶粥的大锅子。

一家，七十岁的老妻和二十岁前后的次女阿贞，男女仆人，共有四人。彻斋的子息缘悭，长子权内早夭；次子半十郎不成材，品性奸恶，为害社会，彻斋嗾使部下借猎野猪之名诱其至白发岳杀之。那是彻斋五十二三岁时的事。由此可知，彻斋壮年时是极为严厉的。

自从隐居切原野以来，彻斋仍未能完全绝念尘俗。他擅长书法，精于茶道，举凡风流韵事，莫不拿手。

以锹代剑，亲近泥土，可说是彻斋人生修行的最后阶段了。这期间他所得的兵法，也许就是闻而不问的铁耳罢了。当然，这也不是寻常人所能轻易领悟的一个境界哪。

三

早饭后，神濑军助揣着彻斋的脸色，开口说：“师傅，刚才那个叫宫本武藏的兵法家……”

---

① 茶粥：茶煮的粥，日本农家的家常食品。——译者注

“哦，是怎样一个人呢？”

彻斋像是挺高兴的样子。

“是。他是作州的浪人，当代第一流的兵法家。十三岁时，打垮了新当流的名人有马喜兵卫以来，击败了足利将军家的师范吉冈兄弟，今年又刀劈小仓细川家的佐佐木小次郎，是百战百胜、从未落败的剑豪。”

“哦——”

“而且他又以使双刀出名，人称双刀流的始祖。今年在长崎，他碰到以前曾受师傅指点的木岛藤左卫门的近亲，使用我家双刀，便专诚拜谒师傅来了。而我们，也想见识见识他的双刀，恳求师傅答应见他一面。”

“军助！”

彻斋的眼中发出犀利的目光。

“太迂了，军助！为什么向对方示弱？武藏的修行是武藏的事。他是他，我是我。要看他的双刀流，为什么不向他挑战？他的修行，用不着你来陪衬。”

“是是。”

其他两人，也惶惑地低头。

“怯了吗？军助！”

“是，军助不肖，现在赶去追他回来。”

“哦，那也好。但不知你们的眼睛，能不能找到那个汉子。”

“不碍事，想该去得不远。木野，小田，跟着来吧！”

神濑军助领头，三人匆匆忙忙地追了出去。

“冒失鬼，竟没有听见声音。”

彻斋望着他们的背影自语。接着，回头向女儿阿贞说：“把柜子上的布袋拿来！”

阿贞应声拿了来的，是装刀的旧布袋。彻斋抽出来大小两把木刀。好久不用了，仍乌油油地发光。

彻斋是左手癖，长刀拿在左手，右手倒提着小刀，霍地站了起来。他微弓的腰背挺直了，脸色红润，目光炯炯，眼睛像是比平时大了一倍。

老妻八重，怯怯地与女儿面面相觑。

“你，怎么了？”

“爸爸！”

“你没有听见吗？阿贞！”

八重和阿贞倾耳细听。

“啊，真的。那是什么响声啊？”

不知从哪里，微微地传过来刀削木头的声音。

四

御斋出了庭院，两手提刀，凛然向声音的方向走去。与正屋相对处，有栋养马兼堆什物的房子。

武藏躲在那栋屋后，用小刀削着木刀。用的材料像是硬木杠杆。他们听见的声响，正是这个。

“赖汉，给我找到了！”

“啊——”

武藏应声站起，手中擎着刚做成的木刀。他的脸上闪过一阵喜悦，但那只是一瞬，立即转变而成拼命的样子。御斋的双刀拟着中段，杀气腾腾，咄咄逼人。武藏蓦地举刀，腾地上跃，大吼一声，迎头盖下。

他这一刀，并不是发现对方有懈可乘，乃是粉碎对方杀气的豪强的一击。是他诱出铁耳御斋，欣喜之余，转败为胜的凌厉之剑。

“啊，狮子剑！”

御斋边嚷着，抽身后跃。武藏的刀扑了空，但双方的架势，还是平分秋色的。同时，御斋左手的大刀高举，向斜劈下，“咔嚓”一声，与武藏的木刀相碰。武藏觉得手尖一麻，手上的木刀险些脱手，好不容易回手一刀，迎领而下。御斋右手拔刀，左手进攻。武藏闪身躲开，同时大吼一声，从正面又是迎头一击。御斋刀交十字，接住武藏的刀，转瞬抽出右剑，把武藏的剑向左卸去。好险！左剑临近，武藏飞身后跃。与这同时，彻斋叫道："武藏，接刀！"

把右手的小刀，望着武藏掷去。

"噢——"

武藏应声，用左手接刀。

现在是武藏双刀了。但彻斋却回身一转。

"武藏，攻来！"

他边说着，边自顾向前走去。那里是正屋与子屋之间的狭弄，转动双刀确是太仄了，武藏呆了一呆。

"武藏，怯了吗？"

"呀！"

武藏霎时下了决心，将双刀拟于中段，跨进狭弄。

"不动剑！"

彻斋在弄中叫道。

五

彻斋站在狭弄出口，高举木刀，横在头顶，拦在当地。这是泰舍流独门的架势：右劈为"高妙剑"，左挥为"风势剑"。武藏把双刀拟于中段，数着彻斋的呼吸，一步一步，静静地逼向前去。

终于到了弄尾。若在常人，一定在这里刹住步武，先探对方的动静。但武藏却蓦地冲出，猛然挥右刀迎头盖下。这是出乎彻斋意料的攻击。好武藏，是乘势制了对手先机了。

"呀！"

迎着这出其不意的一击，彻斋轻轻地跃退丈许。武藏随即腾身一跳，向前扑去。说时迟，那时快，彻斋飘然翻了一个身。

"呀呀！"

就在这一瞬间，失去了彻斋的踪迹。他像被推下地洞似的感到一阵空虚，好不容易扎住马步。

“真无之剑！剑刀疾捷如飞马，火焰丛中好藏身。”

御斋念念有词，迈步向前。老妻八重和女儿阿贞，瞪着眼茫然地站着。御斋走过她们面前，丢了木刀，取了铁亩，噔噔噔走出宅院，到了野外。

武藏追在后面，比试还没有结束，御斋的剑气仍咄咄逼人。假如武藏住脚不前，有了松懈，御斋的亩便会盖顶而下了。

武藏燃起如虹的斗志，敏捷如豹，数着御斋的呼吸，静伺御斋的步调。但御斋的一步一步结实得有如铜墙铁壁，没有丝毫空隙，无法近身。

御斋略不回头，循着旷野向前走去。武藏澄心净息，数着脚步的拍子，想伺机扑去。但御斋的步调是千变万化的，有时像踏在磐石之上，有时如履薄冰。风来时，乘风而飘，随着松籁的旋律跳动。时而如凌波的仙子，凭虚御风而前。

盛夏的烈阳，晒得躁切的武藏汗如雨下，脸色苍白，只有眼中闪着如焰的光。

这样往返于旷野之间，他们穿村落，过森林，一直西行，到了比“切原野”更辽阔的一个旷野中央。绿草地上露出黝黑的地皮，是刚着手开拓的荒野。在那里，御斋住了步。

“机不可失！”

武藏紧追上去，大吼一声：“御斋看剑！”

六

丸目藏人佐御斋居士，仍背朝武藏，刹住脚步。找到这个机会，武藏吼道：“御斋，看剑！”

他大喝一声，扑向前去。同一瞬间，御斋也一声短喝，把手中铁亩“啪”的一声顿在地上。而随这一顿，武藏的脑门像受了重重一击，反而踉跄向后倒退。他眼前金星乱飞，一阵眩晕。

“金刚王宝剑！一击万法生，百魔自粉碎，何必分尔我，乾坤一握中。”

御斋随口吟诵，若无其事地在处女地上运着铁锸。

武藏好不容易立定脚跟，茫然地望着御斋。烈阳当空，铁锸锄地的声音清脆悦耳，泥块和石子随着铁锸的起落四溅。从御斋的五体发散出来的霸气，已是无影无踪了。站在那里的，只是一个无邪的农夫罢了。

“无敌！”

武藏低语。

“非我所及！”

武藏为那无邪的农夫所感动，觉得自己与御斋之间隔着一段远远的距离。不，不仅御斋，一切农人、工人、商人，孜孜不辍的芸芸众生，好像都是高不可及似的。

金刚王宝剑——那指的不是劳动者敲击的铁锥声，农夫掘土的铁锹声吗？

“唉，河山何处！”

武藏想起自己过去所走的路是多么短促，而前途又是多么辽远！他抬头远眺球磨川对岸盆地尽处起伏的山冈，那前面的苍郁连峰，山峦重叠，展开一片深谷。

“去吧，到那山中去。”

武藏自语。那个深谷，穿过四浦、五木，深入五家庄。这里是九州南部山脉中最深奥的丛山。武藏改变计划，不登日向，决定改道由五家庄而至砥用，再出阿苏。御斋默默地运动着铁锸，汗流满面。

武藏挨近一步，双膝落地。

“老师傅！”

“……”

“老师傅！”

御斋不答。

“多承指示，感激肺腑；对武藏所创双刀法，裨益匪浅。自今而后，武藏自当尽心竭虑，决心遵循老师傅修行之路，加紧上进。告辞了，老师傅！祝您健康……”

武藏站起身，也不顾身上泥巴，昂首望着远山，大踏步而去，旋即隐没于草原之中。

这时，神濑、木野、小田三人，也赶来了。

“师傅，武藏先生呢？”

七

彻斋揩着汗，伸直腰背，猛然回头：“喂，忙什么？”

“是。”

三人悄然垂头。

神濑紧接着说：“回头才知道与武藏比剑的事，急急地赶来了。武藏到哪里去了？我们也无论如何找他比画……”

“哈，哈，哈……”

彻斋朗声高笑。

“太迟了！武藏早已走了。”

“到哪里？”

“问他恁地？你们刚才幸好没有碰到武藏，要不然，我现在要为你们收尸去了。”

“师傅，为了修业，死何足惧！”

“空话！既已死里逃生，不可妄动。不许与武藏交手！”

“是。”

三人惶恐地应道。年轻的小田却说：

“师傅，请把比试的情形说一说。”

彻斋手捋白髯，慨然说道：“哎，好俊的功夫！无比的气魄！他是心术、才智兼优的天才兵法家哪！我假如没有这五年农耕中的磨炼，也许会倒在他的豪刀之下吧。他的年纪还轻，将来一定会成为古今无双的大兵法家。”

“那么，双刀法呢？”

“已近完璧无瑕了。我家的双刀，是一刀的变形。他的双刀是正体，五行生克俱备，自成流派。我真高兴能遇上这样的兵法家。而他，好像也有所得。”

彻斋极口称扬武藏，而且把比试的经过说了一遍。三人默然谛听。

“轰隆……”突然枪声响彻旷野，似乎就在左近不远。

三人愕然。

彻斋翘首望着枪响的方向，说：“是武藏去的那角。”

神濑探身向前，着急地说：

“师傅！这个时候开枪的，除非是狒狒丸一党。而且狒狒丸正在向武藏寻衅呢！”

“噢，你们去看看。”

“是。”

答应了一声，三人便拔腿跑了。

四浦乡

一

“啊，死了！”领头的木野突然站住。

这里是从荒野通多良木大道的森林中。

“是武藏吗？”

后面两人惊叫着赶上前来。

“不，一个奇形怪状的赖汉，狒狒丸的手下。”

一棵合抱的松树下，不像武士也不像农民的中年汉，拿着后膛枪死在地上。一阵血腥。人是从后背后被连肩劈倒的。

“是武藏劈的。”

“哦，好功夫。不是武藏，哪有这样的手段？”

“但不晓得跑到哪里去了。”

“听说武藏不走回头路，也许从汤前翻过奈顶，到日向去了也说不定。”

“要不然，便走五家庄。”

“从这里绕道大畑，再到萨摩也难说。”

“可是，不论走哪条路，山区尽是犭非犭非丸的圈子。倘走五家庄更了不得，听说犭非犭非丸正潜伏在四浦的北岳哪。”

“怎么办呢？要不要再追上去？”

“不，先去报告师傅，再同清兵卫先生商量吧。”

最后，经神濑下了决定，三人便急急地踅回去了。自从屡次进剿失败之后，相良家禁止藩下擅自向犭非犭非丸寻衅，是怕他们对老百姓报复，暗下毒手。不仅此也，犭非犭非丸的背后似乎有椎叶山的奈须一族在那里牵着线子。奈须一族，是威慑九州之脊的，那辽阔的山岳地带的一大豪族。丰臣秀吉进讨岛津之际，也待之以列侯之礼，且由秀吉亲赐铁券丹书保证其境内的安全。

刀劈犭非犭非丸手下的，正是武藏。穿过荒野挨近松林时，武藏眼睛一闪，蓦地仆身倒下。接着“轰隆”一声，枪弹从他的身上掠空而过。假如他没有警觉到药信的气味，也许早已洞胸而死了。枪声过后，武藏霎时从地上一跃而起，疾如流星般追进树林，一声不响从背后劈死正拟拔腿遁走的怪汉。武藏直觉地知道那是犭非犭非丸的手下，倏地回身，与来时一样的速度，没入荒野中去了。

二

在先，武藏一心惦挂着与丸目彻斋的会晤，没有把犭非犭非丸摆在心中。但经过这次狙击的那一瞬间，犭非犭非丸的影子在他的眼前渐大渐明，乃霎时下了击杀犭非犭非丸的决心。

武藏为避犭非犭非丸一伙的眼目，从大路转入高冈。高冈上也是一大草原，他向偶尔碰到的村人问路。

“武师爷！陌生人要从这里到川村可不容易，没有正式路径，只有樵夫和猎户踏成的小径，而且纵纵横横不知有多少岔路，走错了便转不出来。而且又有狐狸作祟……”

不错，一望无际，尽是蓬蓬杂草和茅苇的荒野，其中只有若隐若现一条被人迹踏平的小径，但武藏有穿过这条路的决心，有把握能征服这条路。他像走熟路一般，大踏步向前迈进。他的眼底浮现出手拿铁臿、斧头及锤、镘、铇等器具的大众，无数的群像。

这些群像，就是当彻斋嚷了一声“金刚王宝剑”而将铁臿锄土的一刹那间，呈现在武藏之前的。武藏本来也是群像中的一人，从志于兵法修炼以来，却专心致志于追求强敌以磨炼剑法，不知不觉间对那些劳动者失去关怀，甚至忘记了他们的存在。他那异常的意志力、对人性的叛逆、永无止境的斗争心、超人的苦行，虽使他的心境澄清、高洁，但也因此失去众生心。

彻斋便是针对他的这一空隙，下了针砭的。

“金刚王宝剑”一击万法生，百魔自粉碎——是泰舍流的真谛，是彻斋丢了剑隐为田农时，见了劳动者无邪的样子才领悟而得的。这一剑法的根干便是众生心。骤见之下，好像愚弱陋劣，但在实质上比什么都刚强，正大的众生之心。佛家则说：“众生心即佛。”

武藏虽不曾到达这一境界，但在眼前发现了大众。当他对劳动者的尊敬与爱情油然而起的时候，受了暴徒的狙击。

“可恨的狒狒丸！”

他对那践踏五谷、劫财戕命的凶贼狒狒丸燃起愤怒的火焰。

三

武藏没有迷路，横穿高冈的原野，到了川边河畔。这里沿河展开带状的耕地。但向上游再走一里，到了四浦境内，便又转进峡谷，少有平地了。

峡谷中的气候温煦，五谷丰登，果树累累，河鱼如织，山野上的收获是富饶的。居民们耕种着那狭小的平地，或者开拓山势缓和的坡面为梯田，到处点缀着和平的部落。

武藏毫不费力地到了四浦最初的部落汤取野。武藏是明智的。他料定狒狒丸的手下必定沿着多良木街道，在各要害处设伏等着武藏，但做梦也想不到他会横穿不毛的高冈，自置于死地，去接近狒狒丸的根据地的。

乘虚而入的武藏，仅在川边的农家忝扰了一顿午餐，再一直往前走去。到了这个部落，他才谨慎地先问到了庄司[①]家中。

武藏一声不响踏进院子，庄司一家见了他那庞大的身躯和奇异的打扮，被吓得正想拔腿逃跑。武藏赶快安慰着说："我是修业的武士，是相良家的家老相良清兵卫老爷的要好朋友，想来打听狒狒丸的事，请你把知道的尽量见告。"

经武藏这样一说，老庄司更吓得变了脸色，连连摇手说："那，那，那还得了！今晚上准没命了！"

"可是，这里只有府上一家人，也没有可疑的外人，说说何妨？"

"不不，狒狒丸爷爷的手下虽是常人，狒狒丸爷爷却不是常人，是神通广大的大狒狒哪。"

"什么，你说是狒狒？"

"是得道的白猿，身高六尺以上，全身披着茸茸的白毛，血红的脸，两眼如炬，连话都说不清楚。"

庄司的儿子也说了一番在清兵卫府邸中御斋的弟子们所说的同样的话，但武藏岂肯相信！

"哈哈哈……庄司爷，天下哪里真有妖魔鬼怪之理！"

---

① 庄司：官委的村长。

小庄司却额角上露着青筋，一本正经地争辩着说："怎么，怎么没有？我说的是真话，他不是常人的证据，是每年要吃一个活人哩！"

"哦——"

"而且他要的又是标致的女孩，这四浦每年都得选一个村庄里的姑娘，送给狒狒丸爷爷作上供的牺牲哪！"

"什么？要标致的女孩……"

"那也难怪的哪，武师爷您想，终须吃的，当然是年轻美貌的女孩味美的吧。您不相信，请到前头叫晴山的村庄去看看，听说昨夜庄司的屋顶上插了白羽毛的矢，正闹得天翻地覆呢！"

"什么是白羽毛的矢？"

"是呀，每年一次，狒狒丸爷爷从北岳顶上射出来一支白羽毛的矢，不偏不斜插在他老人家要吃的那家姑娘屋顶，作为标志。"

四

武藏曾见过从异国运来的狒狒毛皮，染成红色，做成猩红披褂。但日本有狒狒，会说人话，会用常人做手下，会吃人肉，是无论如何不能相信的。他是当时不易多得的实证主义者，在他的生活信条"独行道"第十三条有云："在我而言，百无禁忌。"他是彻底的理智人物，心目中没有忌讳，没有回避。

但他的"百无禁忌"，乃就他本身而言，并不干涉别人的想法。这些忌讳和迷信蛰伏人心已久，武藏并不否认人性的这一弱点。而对那奇怪的狒狒丸的真相，愈想象愈令人陷入迷糊，除非一见它的真面目。

武藏急急乎想知道的，是北岳的地势、山寨的构造。而他念念不忘的，就是如何能接近狒狒丸。但这里已是战场了。敬畏狒狒丸如鬼神，深恐因此受累的村民，当然是不敢与他合作的。

武藏听了汤取野小庄司的一番话之后，便说："庄司爷，老实说，我原是想剿灭狒狒丸来的，听你说是那么可怕的妖怪，怎能取胜？干脆回去了吧。”

他装作回人吉的样子，却很快地没入山中。在川边的农家里，他早已准备足够的干粮，便咬着饭团等着夜深，轻轻地朝着晴山部落摸索前去。晴山是北岳山脚的一个部落，居民是北岳山上所祀奉的北岳山王的后裔。

如眉的新月，高悬在峡谷中天。北岳隐在丛山之中。武藏曾从高冈上远望北岳，但殿宇所在的山顶一带，只见黑黝黝的一片树荫。狒狒丸的山寨，大概就靠在殿宇的左近吧。

武藏走在下望川边河的崖壁路上，蹑手蹑脚，循着树荫走向晴山。

到了一个转角，武藏突然停步，凝视着前面一动不动。崖壁边上立着一个人影，是一个年轻小伙子，低声地自语着，像很悲切的样子。下面是急湍回漩的深渊。

“等着！”

好险！武藏一跃而前，抱住了正想投身深渊的那个人影。

“请，请放手！”

“不要作声！”

武藏轻轻一夹，抱着他从山路蹿进了杂木林中。

五

武藏悄悄地把他放在地上。

青年浑身发抖，口中却不住地低唤：“狒狒丸爷爷，饶命……”

“我不是狒狒丸，是过路的武士。”

青年映着微微的星月之光，仰头望着俯视的武藏。那是年二十二三岁，一个朴实的农家子弟。

“噢，不是狒狒丸，突然被夹住了，便一心以为……但你也……”

他见了武藏那奇形巨躯，不觉又筛糠似的颤抖起来。

“放心，我只是普通的常人，不是狒狒丸的手下。而你，是不是晴山的人？”

“是，不错，我是叫源七的农夫之子。”

好不容易，他才心定下来似的。

“为什么要跳渊呢？”

“死，我想寻死！”

“为什么寻死？”

青年垂头不语。

“不要隐瞒，直说了我可以助你一臂之力。”

青年抬起头，露出绝望的眼神。

“但，但，但是武师爷！谁也做不得力，虽然武师爷您也像是很强……”

“为什么呢？”

“对方是可怕的猅猅丸哪！”

“什么，猅猅丸？噢噢……晴山庄司的女儿，听说中了人身供奉的白羽矢。”

青年向四面看了一眼，挨近前来说：“武师爷，就为了这个。可怜照小姐，要让猅猅丸粉身啜血。武师爷，我与照小姐有海誓山盟之约，怎能眼睁睁看着照小姐被抬下山去？倒不如一死了之……”

青年不觉悲从中来，吞声而泣。

武藏注视着青年说：“源七，老实告诉你，我是为剿除猅猅丸来的。”

“啊？”

“我是名叫宫本武藏的浪人，不是自己夸口，是日本屈指可数的兵法家。在人吉，我见过家老相良清兵卫老爷。在苇北的大野村刀劈猅猅丸的手下以来，与猅猅丸结仇为敌。今天也曾被他的手下用枪炮狙击了。猅猅丸知道我的名字，而且怕我。源七，你有没有看见过猅猅丸？”

“是的，那天早上，到北岳附近去刈草，突然看见猅猅丸赶着野猪……同传说的一样，全身披着毛茸茸的白毛，脸上像涂了朱砂一般，眼睛像两个火球。”

“源七！”

武藏的声音突然含着异常的威力，青年被吓了一跳。

“是，是。”

“你抬头仔细比比看，我会比不上狒狒丸强？”

青年顺从地抬头望着武藏。六尺的巨躯，长发垂腰，瞪着一双眼睛。铁青的脸，那奇异的眼光，带着杀气，咄咄逼人。天下的任何兵法家都不敢正视的，那股冷酷如冰的气概。

“啊啊，救命……”

看了一眼，青年不觉高喊一声，低了头不住地发抖。

六

源七以为武藏也是同狒狒丸一样的妖怪。不，比狒狒丸更为可怖。但经武藏温煦地安慰了之后，才知道他真正是一个常人，便鼓起勇气向武藏求助。

“武藏爷爷，您真能扑灭狒狒丸，救救照小姐吗？”

“哦，我一定斩杀狒狒丸，把那女孩儿给救出来。但源七，狒狒丸的周围好像有很多手下，我要不让他们阻挡去接近狒狒丸，需要你的帮助。”

“是，只要您老吩咐。”

“首先，你要找一个狒狒丸一党和村人都警觉不到的地方，让我存身。”

“那不成问题。”

“还有，除你之外，再找两三个年轻力壮的人，可能办到？”

“有的，照小姐的哥哥宗一，昨晚就喊着要去找狒狒丸拼命，全村人好不容易才把他稳了下来。牺牲村的金作，去年未婚妻被狒狒丸所杀，咬牙切齿地痛恨，他也一定肯来！”

“牺牲村是？”

“上流头的村落，离这里只有一二里路，是北岳山山王爷的裔族，自古以来，每年山王爷的祭日，祭品都由这一村负责供奉。所以给狒狒丸的人身供奉，也就着落在他们身上。”

“好，还有呢？”

“初神村的平次、平川的光藏，也一样地痛恨狒狒丸。不，武藏爷爷！说老实话，村里的年轻人，对于老一辈的人，甚至连领主都怕后患向后退缩，谁都觉得牙痒痒地不服气。所以背后谁都在说，只要领主再出兵进剿狒狒丸，到那时大家都肯向前。我把武藏爷爷的话向他们一说……”

“哦，应该这样。但源七，我的事假如让狒狒丸知道就麻烦了，最重要的，不要让老人家知道。”

“是。一起长大的村中青年，彼此都是推心置腹的同伴，绝不误事。”

“好，那么你先给我找一个藏身的地方。”

源七带武藏去的，是村落附近密林中的一个小庙宇。

“武藏爷爷，这里叫荒神庙，平时有妖怪作祟，谁也不敢接近的。”

“哦，荒神庙，很好。”

武藏轻轻地推开庙门。

“荒神爷，忝扰了。”

说着，便在神座前坐了下来。

现在球磨郡还盛传着，当时宫本武藏剿除狒狒丸，是这样用意周到、慎重其事。

人身供奉

一

周围是黑暗的深渊。但在兵法家修炼有素的眼中，微弱的星光下，已够辨物了。笼罩在愁云惨雾下的晴山部落，死一样的沉寂。武藏像洞窟中的猛兽，蜷卧在荒庙中。

在半醒半睡中，武藏想起《书纪》及《古事记》所载日本武尊征伐熊袭的故事。

一位眉目姣好、态度雍容的少女，在崇山峻岭所围绕的球磨盆地的平原上踽踽独行。对面的小高冈上，建筑着一座茅草铺顶的广大宇舍，围着重重的木栅。

宇舍中，熊族的大酋长川上枭师兄弟，在许多部下和妇女的簇拥下，正开着盛大的酒宴。当时这一带的蛮民，分为熊族和袭族两支。熊族居球磨川上游，就是现在的球磨盆地；袭族盘驻在对面的山区——今之鹿儿岛噌唹郡。

“喂，众儿郎！袭国酋长来通知，说是大和朝廷发兵来讨，正在翻山越岭前来，所以我们才重整砦栅，抵挡敌兵。”

说话的，是弟弟枭师。

“啊哈哈……老弟，在此抵挡太迂了！怎能让敌人踏进咱们熊族地界一步？明天且让我出师迎击，在谷口杀他个片甲不留！”

哥哥枭师说着，举手中大杯将酒一饮而尽。这时他的目光所注，是坐在一角微笑着的一个少女，好像很面生，但出色的美丽。他随即招手着她前来。

少女应招而前，在他们兄弟之间坐了下来。弟弟枭师显出惊讶的样子。哥哥却说：“哪，给我篩酒来！想不到咱们领内有你这么标致的女孩。”他把眼睛眯得细细的，挨近过去。

少女倏地推开了他的手，回手一把抓住他的胸口，抽出所藏短剑，一剑把他刺倒在地。那手法之捷，只是瞬间而已。

“啊呀！”

弟弟枭师一跃而退，拔出腰上所悬的蛮刀，迎头盖下。但蛮刀立即被打飞了。

“奸细，出来！”

他边喊着跳出院子。

少女应声而出，挥手一剑，刺中他胸膛。

“报上名来！”弟弟枭师在濒死中高声嚷道。

“我乃大和国天皇的太子，倭男具那王是也！”

弟弟枭师闻此，不觉莞尔而笑。

“啊啊，那么，那么……咱家兄弟，自谓是熊袭两国无与伦比的勇士，故自称枭师。皇子乃打败我们的武勇之士，请自此改称日本武尊！儿郎们，我死后须得好好侍奉日本天皇，不得有违。”

说着，气绝而死。

这是远古时代，发生在武藏现在所经的球磨郡某一地的一个故事。

二

武藏沉浸在神奇的古梦中，沉沉入睡。天亮后，源七给他送来饭团。他舀取岩缝中的流水，饱餐以待。

过午，昨夜所说的，阿照的哥哥宗一、牺牲村的金作、平川的光藏、初神的平次，都陆续到了。这些都是年轻力强，愿意为歼灭狒狒丸不惜出生入死的青年。他们当然也看得出武藏非泛泛武艺家可比，寄以充分的信心。

黄昏时分，源七带了干粮，轻轻地放在武藏面前说：“武藏爷爷！照小姐决定今夜坐山轿被送去北岳了。村里有十三个青年立誓帮我，照您老的吩咐，偷偷地躲在这山神祠附近。”

说着，源七回头叫道：“照小姐！”

同时低声说：“武藏爷爷，我偷偷地把照小姐带来了。请您告诉她情形，让她放心。”

只见一个少女，踏着落叶，发出轻微的沙沙声，怯怯地走近前来。

武藏吃了一惊。那是多么清纯美丽的女孩呀！年龄、面貌都同小仓的悠姬一模一样。

“照小姐，这位就是武藏爷爷，快见礼吧。”

“是，我叫阿照。”阿照抬起头来，把哭肿了的两眼睁得大大的，仰头望着武藏。

“这位武师爷爷能救我一命，真的吗？”阿照的眼中，先是一阵疑惑，但不久便散射出信赖的光辉。

“他一定会的！”阿照一瞥之下，便有了很坚定的信心。

三

那天夜里，一乘轿子从庄司家出来，循着山路上去。

轿子抬到了小庙的前面时，“喂！”突然，一个异样的人物，拦在火把前面。

“啊啊啊……”

村人们一声惨叫，抛了手中火把，丢下轿子，回头向山下没命地跑了。他们的眼前一晃，见“狒狒丸”拦在他们的前面，但事实上，却是乱发白衣——映着火光的武藏。

“嘻嘻嘻，我也像个妖怪吧？”

武藏不禁苦笑。

原初是预定用话吓唬村人夺下轿子的，这样一来，倒什么也用不着了……武藏捡起地上的火把。

“照小姐！”

“哎。”

阿照从轿中跨了出来。梳着高髻，穿着锦绣的白裳，上加披风，是出嫁新娘的华丽打扮。随着杂沓的脚步声，源七领头，宗一、光藏、平次、金作和村里的十几个青年，也围上来了。他们的腰上，各插着镰刀、小斧、劈柴刀等家伙。

谁都没有开口。

“那么按照原定计划，知道了吧！”

武藏把火把递给了源七，接过阿照手中的披风，蒙头一盖，掀开轿帘钻将进去。

两个强壮的青年抬起轿子便走。

“照小姐，在原定的地方待着……”

“知道了。”

阿照被四五个青年拥护着，转进山中去了。

轿子渐上山坡。

“太重了，很累吧？”

“不，抬不动时，有人替换。”

路是陡峭的上坡道，左临深谷，右边是苍郁的密林，狭仄的蓝天上闪着星光，新月如眉。这里是暗淡的山路，火把冒着如墨的黑烟，摇晃着火舌。从晴山到北岳山王庙的殿堂，约有一里半路程。

抬轿的人和跟在轿后的人，谁也没有说话，只有脚步声和喘息声。按规定轿子要抬到殿堂前的院落歇下，但说不定在什么地方会有狒狒丸的部下突然出现。

离开山谷边缘转入旷野，到了旷野尽头，是第一道牌坊。从那里开始，路开始平坦了，伸展着合抱的原始林。

“呀，村里的哥儿们，辛苦了。”

过了第一道牌坊时，蹿出来几个覆面的喽啰。青年们却不搭腔——当然也无话可说。经过第二道和第三道牌坊时，也是如此。过了最后一道牌坊，接着是石磴。那里已是大殿前的院子了。

武藏满以为有许多喽啰会燃着火把在那里等着的，但出乎意料阒无人影，死一样的静寂。只有一股阴森森的氛围逼人。

轿子落了地。武藏从轿蘖的隙缝向外偷窥，见大殿深处的黑暗中，闪动着一点青白色的火光。

四

青年们留下轿子，向来路踅回去了。武藏静坐轿中，一动不动。这里是北岳峰头，狒狒丸的山寨据说就在殿后的山上。但不晓得他将怎样处置这个供奉的牺牲。

虽是夏夜，但薄寒侵人。在阴沉沉的静寂里，武藏宁神调息注视着大殿深处有火光的地方，但一无所见。他感到一阵奇怪的腥臭。

不一会儿，山路上传过来很多人的脚步声，殿后冲上一片红光。

武藏屏息不动。

火把的后面是一个道人，接着有十四五个腰佩大刀、一律黑装束的怪形武士，护着一个锦衣披褂、俨然王侯打扮的人物，边上跟着掌刀的侍童，肃然走入院子。

他们之中没有狒狒丸。武藏却对那披褂的人物产生了很大的兴趣。年约四十岁，发髻梳成王侯的样式，脸色苍白，面目端庄，风度也很高贵。但那对又大又薄的嘴唇，显得残酷如冰。眼中好像喷出胸中所蕴蓄着的火焰似的，炯炯发光。他那胸中的火焰，无端地煽起武藏莫名的斗志。

他们对武藏的轿子一瞥，便在轿子左右排成一列，面对着大殿肃立。

“道人！”

披褂的低唤了一声。道人答应着，离开队列，步上殿前的石磴。

照例参拜神殿之后，道人的口中念念有词。但他口中宣诵的，不是北岳山王的名号，而是奇奇怪怪的神名。而在咒语的结尾朗声宣道：吾人诅咒日本国王，诅咒全世界，今恭奉大王牺牲祭礼，伏乞护佑吾曹，得遂复仇大愿！

武藏也不觉听得全身一震。

上祭的大概就是那位俨然王侯的披褂人物吧。他到底是何许人物呢？复仇大愿又何所指呢？而狒狒丸又究竟在何处呢？

“轰隆，大王！”

披褂人开口一喊，从黑装束的队中跑出来两个矮汉。透过火把的火焰，那两人的脸在火光中映了出来。

武藏又是一震。铁锅似的黑脸，血红的嘴唇，雪白的牙齿。那两人不是日本人，是在长崎见过的黑人。

他们到了大殿前，一个从腰间拔出银笛，凑上如血的嘴唇。另一个拿出形似拨浪鼓的大鼓，敲打起来。

五

笛声悠然而起。

那是从来没有听见过的古怪曲调，连音节都与日本的笛全然不同。笛声像是远处传来的鬼哭之声，带着妖气在黑夜之中振荡着。在笛声的间歇中，响起阴惨惨的鼓声。

武藏原是不知恐怖为何物的硬汉，但也为那不可解的笛声和鼓声所震慑，那声音带着恐怖与不安，摧人肺腑——像是威胁人的灵魂似的。

武藏敛神与那如魔的乐声拮抗着。

“啪嗒……”大殿深处一声响动，接着是践踏地板的声音。

笛声与鼓声突然高扬。

武藏敛气凝神，瞪着大殿。一条异样的形影摇摆而出，在火把光中现出原形。

“呀呀，狒狒丸！”武藏在心中叫道。

那与传闻中的怪物不差分毫，从头顶到手尖，披下来茸茸如银的白毛，身高六尺许，赭色的脸庞，火眼金睛，像是燃着两个火球。

“哦，不错，绝非人类。”

武藏心中暗道。不信怪异的武藏，一直以为所谓狒狒丸，只是有人假扮传说中的怪物来吓唬老百姓的，但现在站在大殿前的，绝不是人类的形态，而是巨大的猴精。

武藏突然想起来，这正是住在南蛮深山中的猩猩，是土人们视其比虎豹更为畏惧、尊为魔神的，力大无穷而残忍的怪兽——武藏不仅见过它的毛皮，在长崎也曾见过这种怪兽的画面。那么，吹笛和敲鼓的两个黑人，一定是指挥野兽的土人。

那奇妙的乐声越来越高。怪兽跳下庭院，龇牙露齿，发出凄厉的吼声，上下挥动着两只巨掌，合着音乐的拍子，边跳着边团团旋动起来。

围在周围的黑装束的一伙人，像是发出祷告，也像是发出咒语，用奇怪的腔调跟着齐声歌唱起来了。

真是不可解的咒语和复仇之歌。这时，武藏并不曾忘记去注视披褂的武士。他的声音近于野兽，两目闪着残酷的凶光，也不亚于猩猩。

音乐突然停止，怪兽也停止了跳跃。武士们的歌声也戛然而止。

同时，披褂的武士便恭恭敬敬地开门了。

“大王哟，请飨狒狒丸所献的祭祀牺牲！”

怪兽移动目光，瞪着眼前的轿子。

武藏这才恍然大悟——

“哦，原来这奇怪的武士便是狒狒丸。而真正的猩猩却被称作什么大王，是他们狂信的活偶像。”

六

狒狒丸和真的狒狒是两回事，世人却因错觉，误认为那是有神通而解人语的怪兽。

却也作怪。武藏紧握刀把，倒抽了一口冷气。像从隙缝间透进来的一道电光——怪兽的眼，直逼武藏，带着出乎意料的、未曾经验过的猛兽的杀气。武藏像泼了冷水似的，不觉凛然一震。

“这畜生！”

武藏也睁眼反瞪过去。当然，那只是透过一线隙缝，不会直射对方的。但猩猩却也全身一震，吼叫起来。它张开巨大的双爪，一步一步向轿子逼近。虽是野兽，但它那敏感的本能似乎感受到武藏的杀气。

到了丈余的距离，怪兽突然停步，亮着眼，像吓唬人似的上下挥动着双爪，但不敢近前。

黑人中的一人，跑近狒狒丸不知说了些什么。

“哦，从来没有的，奇怪！”狒狒丸自语着说。

武藏心想——

“哦，我的斗志和气魄，把猩猩给反拨过去了！”

但武藏现在的立场，须得把对方吸引过来，是应该虚以诱敌的。于是他闭上眼睛，放松全身。霎时，怪兽腾身而前，蓦地撕毁轿顶，伸进右爪。但怪兽却突发惨声，向后跃退。

“唉，作怪！”狒狒丸也紧接着叫道。

武藏疾如闪电，已从轿中一跃而出，手中提着出鞘的大刀，屹立在怪兽之前，刀尖上滴着鲜血。怪兽的肩膀上涌着血潮。它的脸上燃着激怒的火焰，龇牙咧嘴，瞪着血红的两眼，高举着双手，“嗒嗒嗒”连连后退。

“啊，武藏！”

黑装束的一人脱口喊道。

“什么？是武藏。”

狒狒丸用他那如火的目光一瞥武藏，随即咧嘴笑道：“嘻嘻嘻，真有趣！日本第一的兵法家，做了咱们的牺牲！愿望成就的日子近了。喂喂，大王，扑去！”

七

武藏的一刀虽劈中怪兽猩猩的肩膀，但既非要害，刀口也不深。可是出其不意的一击，却也使对方连连后退。武藏正拟乘虚而进，双手紧握大刀，准备向巨大的怪兽胸前扑去。同时，狒狒丸却高声呼喊：“大王，扑去！”

怪兽应声咆哮。身高虽仅六尺余，但肩膀之阔、胸背之厚，足足有武藏的三倍。双爪更是硕长无比。

武藏好不容易煞住脚跟。那不是无懈可击，只是怕被畜生那双巨大无比的双爪给环抱住了。

怪兽踏前一步。武藏被迫后退一步。

又是一步！武藏也被那凶暴的兽性给压倒了似的。事实上，对着这种怪物，假如正面扑去，无论多么登峰造极的高手，也不禁会被那强大无比的力量给压碎了的。

“真蠢！”

武藏转瞬间便警觉到自己从正面与怪兽狠斗的愚蠢。

怪兽蓦地扑向前来了。武藏沉身闪开，腾空而起。

“哎——呀！”

刀随声至，劈倒了一个黑装束的武士。

“呀呀呀……”

经这出其不意的突击，那一伙人便乱了脚步。

“拔刀，上前！”

狒狒丸从掌刀的小僮手上接过武器，高声喊叫。

“噢——”

一伙人齐手大刀出鞘，但同时，又有两人冒血倒地。

“当心！”

“围上去！”

那伙人从左右前后，挥刀包围上去。

武藏的双刀迎前，火花四散。回手反拨，转瞬之间，又倒了两人。

怪兽霎时失去目标，回转身来，见了这意外的混战和血花，惹动凶暴的野性。而且既是野兽，怎能辨别敌我？

只见它抖擞一吼，跳进乱斗群中，攫住了黑装束的一人。

“唏——”

那汉子发出一声凄厉的惨叫，但转眼已被狠狠地掷在地上，打成稀烂。

八

武藏把镇压猩猩的黑人也劈倒了。擦身而过时，他也曾几次刀伤怪兽。

武藏的战略已占尽上风了。敌人慌作一团，有被武藏杀的，有被怪兽扼死的，也有向武藏迎战或向怪兽挥刀的。混乱中，火把不知道在什么时候早已熄灭，只剩下幽微的星光。

“扯风！扯风！向本寨通报！”

狒狒丸逃过武藏的刀口，发出紧急的命令。有两三个人应声奔跑。敌人的斗志已开始崩溃了。

“机不可失！”

武藏把握了这一契机，迅将小刀入鞘，纵身到了疯狂的怪兽背后，双手紧握大刀，望着那畜生的心脏部分，贯注全力一刺而进。

怪兽发出一声摇山震谷的凄厉吼声，但身体仍直立着，只是筛糠似的剧烈震颤。武藏仍手握大刀，被它这一震，弹开了两三丈之外。

武藏就势挺身立定。

怪兽又是一声吼叫，两爪急遽地上下挥动着。它那胸口，血如泉涌。蓦地，它张大两眼，但它的眼中已没有武藏，也没有狒狒丸的一伙人，只是凝望着远处，也许望着那遥远的、丛林密集的家乡吧。武藏与它相对而立，呆呆地忘乎所以。狒狒丸和他的手下喽啰，也茫然站着。那光景是庄严的。旋即，怪兽的上身晃动，眼光霎时收敛，仰身倒下。

武藏跃近，给了最后的一刺。

“狒狒丸！”

“……”

“你们尊为神明的怪兽，已被武藏歼灭了！”

狒狒丸失神地站着不动。

“这次轮到你了！”

武藏擎着大刀，向狒狒丸逼去。就在这时，后山一片火光，染红了半边天。接着是一阵喊声。狒狒丸愕然回顾。

“狒狒丸，火起了！你的本寨已被村众放火烧毁了。”

狒狒丸的脸上闪过一阵悲痛。

武藏却毫不容情地继续说：“狒狒丸，你的野心毁了，你也恶贯满盈了。拔刀，狒狒丸！”

猅猅丸这才开口怒吼着说："好，拼了！"

武藏腾身左跃，白刃掠过猅猅丸的右鬓。

猅猅丸

一

"噢——"

对方的白刃，也掠过武藏的鬓边。千钧一发之际，武藏向后跃退，发出感叹的叫声，把大刀拟于"正眼"。知道对方的武艺非比寻常时，倒惹动武藏兵法修业家的兴趣。

猅猅丸连连进取，刀法之利，疾如电光，在武藏眼前晃来闪去。虽以武藏的精湛功夫，也只够闪身躲避，没有还手回击的机会。

"哦，好古怪的剑路！"

武藏心中沉吟。

但他立即看出对方的破绽来了。野狼袭击强敌时，先在敌人的前后左右旋转跳跃，待对方手忙脚乱，乱了步法时，最后才朝着敌人的喉管扑过去。猅猅丸就是把这一战法运用于剑术上的。他所挥的刀尖，一直没有冲着对方的要害，只是在眼前闪电似的掠空而过。待时机成熟，他一定会从意外的角度，放出必死无疑的一击。

武藏既已如此料定，便不再随着猅猅丸的虚剑旋转，只是拟于"正眼"，像岩壁似的屹立不动。

本寨的火势愈旺，喊声也更激越。未死的黑装束喽啰，只能在一旁拟刀而立，无法插手助阵。

猅猅丸的呼吸渐渐急促，刀法也骤然缓下来了。他好像警觉到自己的刀法已被武藏看穿，不久也拟刀正眼不再动弹了。

胜券在握——武藏已有了十分的自信。就在这一瞬间，猅猅丸裂帛似的一声断喝，把手中所藏的飞刀，望着武藏的面门掷出。

“咔”的一声，飞刀被武藏斫下落地。但在这同时，狒狒丸猝然飘身而窜，像野兽似的，钻进一旁的密林之中去了。

“等着，狒狒丸！”

武藏也飘身追去。

黑装束的一个武士，挥刀从武藏身后扑来。武藏回手一刀，将其劈为两段。

“狒狒丸，有话问你，转来！”

密林中一片漆黑，但听得见脚步的声音。武藏循声追去，他想知道狒狒丸的真相。狒狒丸绝非普通的山贼，自称山上的民族，视国王为仇敌，那奇怪的咒语，尊南蛮的怪兽为大王而献奉人身为牺牲的残虐行为。在这些背后，一定潜藏着出人意料的秘密。

武藏边叫着，边循着踩在落叶上的脚步声，被诱着踏入密林的深处。

二

密林深邃，像永无边际。山寨的火焰和喊声，也寂然无闻了。武藏虽然循着足音拼命追去，但脚步声也渐渐微弱，终于消逝了。

离天亮尚早，这里是伸手不见五指的黑暗的深渊。

武藏在这黑暗中站了好久好久。过去，他曾沿着山路进入深山幽谷，但像这样深邃的原始林，却从未见过。

一阵阵逼人的黑暗中特有的感觉，重重地压人心脾。武藏像是远离了现实的世界，被推进古老的、过去的世界中去了。

一片静寂。但从那静寂深处，传过来噪耳的声音。是细碎的脚步声和絮絮的细语声。

“鸟，兽……不，不仅那些，像有什么东西隐伏在四周。”

武藏静静地倾耳谛听，依然无法辨别。

“也许是我心底的声音？”

武藏的意识渐渐地模糊，但周遭的黑暗却反而渐渐地淡漠，像是恢复了视觉。眼睛和意识，都回复到了原始人的感受。

也不晓得走了多久，武藏愣愣地站住了。他的眼前突然出现一个奇怪的女子，全身赤裸，一丝不挂，头发长长地拖在背上，眼睛像萤火虫似的闪耀着。

那女子见了武藏，笑嘻嘻地向他招手。武藏曾直觉地握住刀把，但看出对方并无恶意，便大胆地向她走去。

“你是谁？”

“……”

女子不搭腔，只是一笑，迈开脚步。武藏跟在她的后面。厚厚的落叶，盖住了地上的绿苔，像是铺着丝绒的地毯。耸立着的大树，一根根笔直的树干，像是异国城门的圆柱。

森林中有鹿，有野猪，野猪逡巡在大树之下，猫头鹰在树上探头下窥。

现实乎？梦幻乎？武藏想起在天草看过的《伊曾保物语》，感到莫名的乐趣。

如梦如幻，跟了一程，只见在前走着的怪女子回头看着武藏，指着前方。

“啊啊！”

武藏见那里耸峙着白塔，不觉惊呼了一声。那是用白石砌成的异国风情的塔。

“奇怪，是谁住在那里？喂，你这女子！”

武藏向怪女子发问，但她早已去得无踪迹了。而另一个高贵而可爱的妇人，从石塔中出来，微笑着向他走过来。

“武藏先生。”她叫道。

“你是什么人？”武藏严词反诘。

“是来迎候您的。”

“是谁？”

“从狒狒丸先生那里。”

“啊，狒狒丸！”

武藏这才回到现实，他早已把狒狒丸忘掉了。

“去吧！你在前带路。”

“那么，请从这边走。”

武藏随着女人，穿过密林。密林尽处，耸着白色的断岩。

岩壁上斜砌着一段石磴，有四五丈长。爬上石磴，是一个大洞窟，洞中燃着灯火。

“这里叫‘丑女之室’，请您进去。”

“哦。”

武藏这才看清了那个女子，年二十二三岁，面色白皙，亭亭玉立，像是雍容高贵的公主。骤看，面貌有点像狒狒丸。

武藏不管狒狒丸安着什么心肠，决心见他一面，搞清他的真相。他跟着那个女子，进入洞窟深处。

三

只要听到“丑女之室”便可知道那是蕴藏着神秘的洞窟了。初进去，有的地方阔，有的地方很窄，完全是天然的洞窟。但不到半里，便是人工修建的房间了。那也不止一间，廊厢相接，一连串的房子向洞中接连进去。

第一个房间里点着灯，但无一人。石壁上，石壁凿成的棚架上，摆饰着好多豪华耀眼的武器。这其中有些是武藏从未见过的奇形怪状的甲胄或刀剑，大概是异国的东西。

沿走廊到了第二个房间。

“哥哥，客人请到了。”

在门口，美女说道。

“请他进来。”

回答的，正是狒狒丸的声音。

美女拉开房门，武藏昂然进去。

俨然王侯的狒狒丸，在灯光下，悠然盘膝坐在熊皮垫褥上。

“狒狒丸，我来了。”

“请请，恭候大驾，难得难得。”

武藏在鹿皮垫上，与狒狒丸对面而坐。美女顾自转身向里面去了。两个人狠狠地交换了一个视线。

狒狒丸先开口说：“武藏，我觉得你的眼中蕴有一种奇异的东西。”

“我的眼中没有奇异。”

“不，你的眼睛，直接威慑人的生命。你是天生的杀人鬼。”

“乱说，乱说！”

“你的眼睛，漠视人世所建立的一切权威。你不信神佛，否定人情。你的心比冰更冷，但不是空虚，在热切地追求着什么东西。武藏，我们握手吧！”

“啊哈，哈哈哈，多事。”武藏给一口回绝了。

“狒狒丸，你的眼中燃着可怕的野心。不，燃烧着邪恶的诅咒。是野兽的眼，是疯狂的眼。我想参透你的真相：为什么诅咒国王？为什么沦为强盗？为什么向怪兽供献人身牺牲？看情形，我也许要你的命！”

“不错。”狒狒丸点头说，“你想知道这些，也是同气相求的命运的作弄。好，我来告诉你吧。”

这时，先前带武藏来的那个美女，端进酒肴。

“武藏，让我先给你介绍这位女孩，她是我的妹妹加那姬，今年二十三岁。”

“哦，那么你的太太呢？”

“无妻。你呢？”

“我也无妻。”

“哈哈哈，我们是光棍同志，先干一杯！”

加那姬含羞地举起酒壶。

四

“武藏，我是曾君临这球磨全领的袭族子孙。”狒狒丸干杯后说。

武藏点头说：“这样说来，是为相良氏所灭的前人吉城主矢濑主马佑的后裔？”

“不是……”

“那么，是木上岩城的城主，平川氏的？”

“不，更早。”

“那就不知道了。家老相良清兵卫也说，那以前的球磨的历史便不清楚了。”

“应该知道的。”

“那就怪了！听说为日本武尊所歼的川上枭师，就是住在这一带……”

“武藏，对了！川上枭师，就是我家祖先。”

“什么，川上枭师？真是笑话。”

武藏茫然。可是狒狒丸却一本正经，眼中闪闪发光。

“是真的。枭师兄弟为大和的皇子所歼，熊族中有一半投降皇子，移住平地，与入侵的大和民族和睦相处。另一半人则奉弟弟枭师的独子为君，蛰居山中。”

“哦，那也许是的。”

“你听着！于是他们拥戴枭师的独子为王，支配着球磨的整个山区，但与大和族之间的战争则仍未停止。不仅战争不断，那些大和族和住在平地的熊族连在一起，要夺取山区。在他们，山区是重要的猎场哪！山上的熊族受此压力，极少数的王族便搭着独木舟下球磨川出海，逃离日本，到了遥远的南洋。而大部分人，则退到深山躲了起来。”

“哦，真怪。后来呢？”

“逃往南洋的王族，世世代代供奉着一只年老的猩猩，尊为奇瓦基大王，年年贡献人身，誓向日本平地上的居民报复。”

“不错，就是那怪兽吧？”

“我们兄妹虽都出生在日本，但家父却是个偕同奇瓦基大王，从南洋找寻同族的‘逃人’回来了的。”

“逃人？”

“候在森林中带你来这里的那个女人，就是逃人之一。”

“呃，那裸体的怪女？”

“是啊。平地的人们，称女的为山女、男的为山男、小孩为山郎，视为左道异端的，正是我们的同族。居住在平地上的那个时候，我们的文化水准是没有输给大和民族的。可是——”

狒狒丸的眼中发出一阵奇异的光。

“武藏，你想！他们为平地上的居民所追逐、所迫害，完全成了野兽。为了逃避平地人的耳目，走人所不走的路径，不敢建造房屋，不用火，不用刀，不穿衣服，不用人语，变成与人的世界背道而驰的野兽了。再也，再也不能恢复人性了。”

说着，说着，狒狒丸不觉悲从中来，簌簌地落泪。

五

听了这太过离奇的故事，武藏不觉茫然。但住在深山之中，被称为山男、山女的裸体人，倒确是有的。不仅九州一地，武藏在旅途中、全国各地的山区中都听过这类传说。

假如狒狒丸的话是真实的，则不肯臣服大和朝廷的，怕不止熊、袭两族而已。而那些蛮族，都因同样的情形躲在深山之中。

可是，川上枭师的被歼，已是遥遥的远昔了。那么久远的时间，在南洋的蛮荒之地，仍有着认日本国王及人民为怨敌而诅咒着的枭师的子孙，该是多么可怕的事呀！

而现在，他们的子孙偷偷地回来，正在筹划着报昔日之仇，真令人不寒而栗。看那狒狒丸的眼中，不仅燃烧着仇恨的火焰，简直如疯如狂，像是附着凶神恶煞的疯子的眼神。而武藏却在狒狒丸的眼底，发现另一隐秘。那就是奸智。

“猅猅丸！”

武藏用他那低沉但有力的声调，开口说道：“你的手下不见得尽是逃人，他们又是什么人呢？”

“怨恨平地人的，不仅我们。那些贱民，被平地人赶上山来的，也有在平地上权力之争失败，逃进深山的豪族，如平家、源氏及其他许许多多覆亡的一族……”

“原来你是想把那些人团结起来，进攻平地，夺取平地的霸权？”

“不错，在我们的大神奇瓦基大王的号召之下团结，杀尽平地的人们，建立起另一乐土。”

“猅猅丸，你那大神却被我杀死了。”

“哈哈……那只是享受牺牲的吾神部下。真的大神是不死之身，住在南洋密林深处。而且武藏，你听好了！参加吾神麾下的神道，在日本也不知凡几，那些在权力之前饮恨而死的神道，都是归向吾神的。你也加入我们一党吧！你的血中，也流着我们山民的血统。武藏！你，你，你也不属于大和的民族！”

“住口！猅猅丸！”

武藏凛然，变了脸色一声大喝。谁敢断言自己的血液中没有渗着熊袭的血？或者倭奴乃至朝鲜人的血统？但借此来煽动叛逆，简直是疯狂，是妄想，是诅咒，是恶魔的诉语！

武藏手按刀把。

“猅猅丸，我要杀死你，用我这破邪宝剑、降魔之剑，非得把你所抱的那种疯狂和妄想，从大地上抹去不可。你的祖先熊袭，现在已活在我们日本人的血中，孜孜地过着人类的正常生活。在我的剑下，惊醒你妄想的迷梦！”

“什么，杀我？看你能否杀得了！”

猅猅丸疯狂地纵声大笑。

这时，端坐在一旁的加那姬，突然放声哭了。

六

她那哭声，激起武藏的哀伤。武藏放开刀把，望着自称熊袭子孙的奇怪的兄妹：紧皱眉心，用锐利的目光瞪着妹妹的狒狒丸；加那姬颤动着的肩头和黑发。

熊袭也是构成日本人血统的一种族。穿着日本人的服装，说着和日本人一样的语言，这两兄妹与日本人是毫无差别的。但初见时，那咄咄迫人的狒狒丸奇异的压力，和加那姬的妖艳，却是日本人所没有的，蕴育着非现实的妖气。但加那姬又为何而哭呢？

“妹子，好不知羞！在敌人面前……”

狒狒丸吊着眉尖，大声叱道。

“哥哥。”

加那姬猛然抬头，悲哀地仰头望着哥哥说：“请你不要再说那些话，不要再说了。”

“你还要这样，跟你说过不许开口。”

“不，哥哥……”

“不许开口！”

“不，我再也耐不下去了。残杀无辜，劫人钱财……一切皆因哥哥那错误的诅咒而起。”

“住口！你要背叛祖先的遗训吗？”

“不是的。爸爸妈妈回日本不是为了复仇，是想与逃人们同做一个日本人；而哥哥你，老远地跑去南洋，带回奇瓦基大王，定下那么可怖的计谋。”

“你！你！”

狒狒丸亮着两眼，暴怒得周身颤抖；但加那姬并不因此屈服。

“现在背离日本人又怎样得了呢？简直是发疯。哥哥，我们也加入日本人的血统吧。”

“你这——”

狒狒丸大喝一声，紧抓起一旁的金饰大刀。但突然，他像咽下胸腔中涌着上来的什么东西似的，痛苦地咬紧牙根。胸前急遽地起伏着，脸上染上朱红。

武藏愕然注视着他的脸。加那姬也默默愣愣地望着。

狒狒丸颓然倾斜，口中涌出来阵阵的鲜血。

“妹——妹——”

狒狒丸抬起染着鲜血的脸。

“你，你，你把给武藏的毒酒，反而给了我，我这哥哥……”

他的脸色苍白如纸，因愤怒和痛苦，丑恶地歪蹙着。

加那姬挨近前去，拼命地叫道：“哥哥！请你宽恕我……丢开诅咒。除此之外，我想不出其他消除世人的祸患，拯救留在南洋的我们一族和留在这里的逃人的方法。不，还有哥哥的心灵……”

狒狒丸痛苦挣扎着，像是凝视着刻刻逼近的死亡的阴影，倾耳于妹妹的诉语。

七

紧握着的金饰大刀，从狒狒丸的手中掉在地上。微笑浮上僵硬的唇角，他的脸上已经没有诅咒，也没有怨恨了。

他好像已经宽恕了妹妹。死的阴影，渐渐地掩上他的面庞。他看了看武藏。

“武藏，把妹妹……”

是嘶哑的声音。他的眼神好像等待回答似的，停滞不动。

武藏却一时答不上来。

“把妹妹！”

“哦，知道了！”

武藏这才点头答应。

狒狒丸的唇边再度浮上微笑，把视线移向妹妹，就那么仰身颓然而倒。

“哥哥！”

加那姬扑上尸身。

同时，武藏一声惊叫。

从加那姬的口中，也涌出一阵血潮。武藏不禁挨近前去，把手放在她背上。

“唉唉，你也喝下毒酒……”

“是的，杀了哥哥，怎能独生？哥哥，请等我一等。”

加那姬把脸贴在哥哥的颊上，但倏地抬身起来，抓住了武藏的手腕。

“武藏先生！你能平安，真使我高兴。”

“谢谢你。”

武藏说不出第二句话来。

“武藏先生！我真不愿死。我喜欢日本人，要做一个日本人。”

“可怜……我了解你的心情。坚强些，活下去，做一个堂堂的日本人！”

“武藏先生，不成了。我快死了，连，连你的脸也模糊了……”她像梦呓似的低语着，“武藏先生，武藏先生！日本人体内流着的血在呼唤。武藏先生！请拥抱我，拥抱我！武藏先生，紧紧地……”

武藏的热血沸腾了。自己的血管中流动着的熊袭的血液，像在向那可怜的少女呼唤着似的。

“加那姬，来吧，做一个日本人……”

武藏紧紧地抱住了她。

加那姬的眼中，泪珠如泉而涌。胸前不住地波动着。但不久——

“日本人……武藏先生，啊啊……”

说着，她的头颓然下垂。

“死了……”

武藏把她轻轻地放在地上，交换地看着已死的兄妹。已经没有可说的话，也没有可做的事。灯火也快熄了。

武藏蓦地站起，出了洞窟。东方已泛鱼白，从远远的连山背后，透出黎明的曙光。武藏深深地吐了一口气，茫然而立。

逆风

一

武藏没有踅回晴山的部落里来。第二天早上，村人们得到村里青年的通知，在北岳山王庙的大殿前，发现了怪兽的尸体和十个黑装束的遗尸。他们这才知道一个叫宫本武藏的兵法家，代替阿照被抬上北岳，歼灭了怪兽。

在武藏的鼓励下，由源七带头的村中青年，在狒狒丸的山寨里放了一把火，会合从牺牲村、初神、平川等地赶了来的青年，袭击了正在火焰中奔投无路的山贼，杀的杀，逃的逃，把山寨踏成一片平地。村中的青年没有一个受伤，奏着凯歌，拥着阿照，意气扬扬地回到村中。

村人谁也不知道怪兽后面还有狒狒丸其人；只是不见大恩人武藏踅回村中，便分头各处找寻，终不得要领而返。

经由村人的报告，人吉城派出检验的官人来了北岳。其中有丸目彻斋的高足，与武藏因缘颇深的神濑军助、木野九郎右卫门及小田六右卫门三人。

“唉，真是好俊的功夫！”

他们见黑装束一党的死尸，尽是一刀致命，对于武藏的手腕不觉齐声赞叹。

可是，当他们见到遍体鳞伤的怪兽，想起当时格斗的惨烈，又复不寒而栗，感叹武藏的神勇而咋舌不已。

他们当然也不知道怪兽的背后还有狒狒丸其人。当场剥下怪兽的毛皮携回人吉，呈与主公长每公，消了公案。相良家所留的文案中，曾有进献德川家康将军罗香一斤及猩猩毛皮一张的记载，想该就是这匹怪兽的皮毛了。

既然不知道猅猅丸的存在，对于他们一伙的阴谋当然更无从获悉。所以大阪城陷之后，起兵叛乱的樵叶山豪族那须与吉等十三人与猅猅丸勾结，便没有人知道了。

所幸首领既死，猅猅丸手下的喽啰分散各地，或回原住的山村，不复为祸村民了。而宫本武藏的神武，则一直传留于北岳神庙附近的村落，至今不衰。

那么，武藏又到哪里去了呢？

四五天后的一个黄昏，一个像巨神一般身躯庞大的武士，气喘吁吁地挣扎着爬上久连子村。毛发茸茸，衣衫破烂，瘦削苍白的脸上，只有双目仍射出锐利的光芒。

他赶走向他狂吠着围拢来的村狗，好不容易到了这部落的大老官绪方家门口。

“有人吗？”

“是谁？”

主人绪方春兵卫刚好出来，亲自开门问道。那是个近七十岁的老人。“我叫宫本武藏，是兵法修行者，从球磨绕道肥后滨町到了贵地，途中得病极为困顿，意拟向府上借宿一宵，请老爷子赐予方便。”

“啊，那真是的……那……那，请进来再说。”

老当家的，很热情地邀他进入屋内。

二

久连子是五家庄五个村中之一，从球磨过来，是第一个村落。据传说，平家覆没当时，平重盛的次子左中将清经，传言在丰前的柳浦落水而死，事实上却潜往丰后的绪方投奔了绪方左马助实国。后娶实国公主，生有一子，因不敢暴露身世，那个孩子便从了母家姓氏，称为绪方一铃清国。

清国共有五子，因镰仓当局追索得紧，乃从丰后潜入八代的白鸟岳之麓，后来兄弟分为五家，姓绪方的二家，姓造座的三家，领有附近山区。这就是五家庄的起源。

另一传说，则谓造座非平家后裔，是菅家的后代，于建长二年从筑前太宰府入五家山，成为一方的地主。

此外尚有各种不同的传说。总之，这川边河上游的水源地一带山岳共分五个村庄，住着五家豪族，族长称大老官，是世袭相承的。

久连子的绪方家，在五家中尤为著名。

庄院的构造雄伟，建筑也够堂皇。客房的上首摆饰着盔甲、弓矢、枪炮等武器。刀架上的大小两刀，也极辉煌。

不知道绪方家由来的武藏，见了这样的排场，颇为惊疑。但他再也顾不得去追索这些了，全身火热，头痛得像快要爆炸似的，眼前一片漆黑。

“啊，武藏先生，发烧得很厉害。快快躺着安静一会儿，不必拘束。”

老当家的亲切而热情，给武藏泡来热茶，一面吩咐女仆赶紧收拾床铺。

“多承厚爱，铭感之至。”

武藏是再也没有力气虚套客气了，躺下身来，不久便沉沉昏睡。

武藏从狒狒丸的洞窟出来之后，整整两天，在密林中东拐西弯，好不容易才摸索到了四浦村的夜狩尾部落。那时，他已感到全身发烧。但武藏生来顽健，从来没有害过大病，平时有些小毛病，也是硬挺过去的。

这次他也满不在乎，反而勉强挣扎着，经过五木村也不停留，一径踏上五家庄的山路。但无论哪一个英雄好汉，对病魔是无法抵抗的。这次发烧，好像不是普通的伤风感冒。

“也许是中了怪兽的毒气？”他想。

但事实不然，是他精神上的打击影响了体质，把风寒闭在体内了。自从追狒狒丸进密林以后目睹种种意外——那奇异的幻觉，狒狒丸奇怪的自白，最后是加那姬之死，那些经历，真是太过诡谲了。

“啊，加那姬要做一个日本人！血在呼唤。归入我的血统……热呀，热呀……”

躺在床上，在绪方一家人的看护下，武藏好几次发出这样的呓语。

三

一口回绝了武藏前所未有的热爱之后，阿通又病倒了，好几天昏昏沉沉，像在梦中一般，彷徨在生死的边缘。

阿松时刻不离左右，妙舜尼也整天坐在她的枕边宣诵着佛号。日遥上人早晚来替她讽诵经典。在昏睡中阿通虽也时时叫着武藏的名字，但清醒的时候，便跟着妙舜尼宣念佛号。这期间虽好几次晕厥过去，使阿松惊惶失措。但阿通却奇迹似的闯过鬼门关，不到十天，那么厉害的高烧，也渐渐消退，已能坐起来啜粥充饥了。

“通小姐，是法华经的功德哪。”妙舜尼说。

阿松也这样想。

阿通自己也这样相信。

武藏假如在此，也一样会首肯的吧？那次他别了阿通，给了日遥上人迎头的一喝，出本妙寺时，曾对座头森都说：“托付病人莫过佛门，日莲卖的妙法膏尤为灵验……”

当时虽是戏言，却有一理。武藏也相信法华经的功德无量。但因他自信力极强，是绝不肯去仰仗佛力的。

阿通的病体渐愈，心也安静下来了。而且她不仅宣诵佛号，也会讽诵经文了。奇怪的是，过去那么斩钉截铁断了念的武藏影子，近来竟常在眼底晃动。

“武藏那么痛悔前非，热情满满地来，我居然一口把他回绝了：是不是应该的呢？罪孽深重的，不止我一人而已，为了逃避一身的罪孽，我不是乖戾人道，失去这千载一时的机会了吗？”

她不禁这样想了起来。

“不不，我已献身佛门，靠着法华经的功德复活的已死之身，绝不能胡思妄想！”

每当那样时候，她虽高宣佛号，借以拂拭心中的杂念，但可怜愈是着急，妄想也愈是抬头。

“那么豪爽的武藏先生，这次一定把我完全忘掉了。也许已有别人……”

她的心中如焚，悠姬那年轻而大方的脸在她的眼前渐渐地扩大。

“悠小姐爱恋着武藏先生，佐渡老爷也爱护着武藏先生，知道武藏先生与我的关系已是断绝，他们两人倒可以名正言顺地结为夫妇了。”

她的心胸像火烧似的疼痛。当她恋慕着武藏，在他后面跟着追踪的时候，虽是数年来不见一面，但从来不曾有过这样的妄想……

四

对我佛的慈悲涌上来的铭感是断难抹煞的，阿通为了祛除妄念：心中拼命地挣扎。可是，可是，恋恋于一旦斩断的情丝，加上对悠姬的嫉妒，反见一天一天地炽烈。

“通小姐，看样子硬朗多了。你现在就像枯木逢春，好不容易嫩芽初绽，但根干已朽，万不可忘却我佛慈悲，还得加倍修行，坚持讽诵法华经，不久便可长成坚强的幼木了。”

一天，日遥上人好像看穿了阿通心中的烦恼，温柔地讽示着说：“而且，武藏先生吃了你那一棒喝，近来一定专心一意，向着兵法修业的路上突飞猛进。您做一个法华经的行者，不要输给武藏先生，也得勤进修行，将来一定有与武藏先生欢晤的一天。”

“唉，上人，哪有这种事……”

阿通被上人说穿心事，不觉赧赧然低垂了头。

“不，真的，到那时彼此可以毫无间隔地把晤。武藏先生也一定在期待着这样的日子哪。通小姐，你要相信和尚所言不谬。”

可是，阿通仍不能理解日遥上人的言外之意，听不懂话中真意。

“哪有的事！到那时什么都成过去了，武藏先生哪里会老等着弃妇，怕早与悠姬……”

阿通反而钻了牛角尖。她为自己的脆弱、无力而哀怨。上人一走，她便涌出一阵悲愤的热泪。

“通小姐，怎么了？”阿松关切地问道。

“不不，没有什么……只是偶然想起武藏先生，也不过是很早很早童年的事。”

阿通勉强申辩。

忠厚的阿松却红着脸接口说：“通小姐，虽是做了法华经的信徒，又怎能忘得了武藏先生呢？上人不也是那么说吗？那次是病中太兴奋了，待病后再去见见武藏先生。”

“松小姐，这些话不说也罢。”

阿通揩拭了涌上来的泪珠。

这时，一个年轻的尼姑，站在化城庵的门口叫道：“通小姐！一个女客要见你和松小姐，但不肯通报姓名，说是见了面便知道。是不是让她进来？”

“哎，女客？”

两人不觉讶异地对望着惊问。

五

来访的女客是谁？——阿通和阿松都想不起来。

“松小姐，是谁呢？”

“不晓得呀，除非见了面。”

“是呀。”

阿通点头。

“对不起，请你让她来这里……”

不久，门口一阵细碎的脚步声，接着是妖艳的女人声音：“谢谢你，就在这里？”

“请您进去。”

阿松开了门——

“啊！”

她不觉低低地惊叫了一声。

“松小姐，你吃了一惊吧？真是久违了！”

佐佐木小次郎的嬖妾，与鸭甚内结伙以武藏为仇的铃姑，很亲热地说着，一脚跨了进来。

做什么来的？阿松着了忙，但又不能赶她回去。哥哥寺尾新太郎曾是小次郎的门徒，阿松本来认识铃姑。现在当着铃姑面前，又不便对阿通说明。终不成知道阿通是武藏的爱人而加害于她吧？万一如此，也不难降服——在功夫上，阿松是满有把握的。

“是铃姨吗？请这边来坐，只是通小姐病体初愈，不能久谈……”

边说着，边带她进了里间。也不等铃姑开口，抢着给阿通介绍着说：“通小姐，这位是佐佐木小次郎的身边人，与小次郎先生同住在一起的铃阿姨。”

这当然是给阿通的警告，阿通也吃了一惊。

铃姑却不管这些，满面春风地说：“是的，刚才寺尾家小姐说的，我是小次郎先生影里的女人。但请放心，那一次的比试是堂堂的决斗，全是命运的安排，我是一点也没有怀恨武藏先生的。”

铃姑装得像很有诚意的样子。不幸的是座头森都虽把鸭甚内的事告诉了阿通和阿松，可惜没有提起铃姑。而铃姑也压根儿不知道洞悉长崎过节的森都已到熊本，而且与她们两人相识。

以武藏为死仇的铃姑之所以出现在熊本，当然是为了探听武藏的行踪，而且她很快地就探知武藏去了相良城下。

那么，她有什么目的来探访阿通呢？远在小仓时，她便听说一个女人热恋着武藏。但那个女人由阿松伴同着追踪武藏来了熊本，现住在本妙寺中，却是昨天才知道。她于是切望着能见一见那个拼着性命热爱着武藏的女人。

她不知道的唯一一件事，就是武藏与阿通在本妙寺最后诀别的一幕。

六

铃姑憎恨武藏的心理绝不单纯。当小次郎还不知变龙变凤在暗中摸索时，她用自己出卖灵肉的金钱供奉他去挥霍，好不容易盼望到了小次郎出仕细川侯，如愿以偿得在小仓同栖，不久行将扶为正室之际，武藏像一朵乌云般突然地出现，把她的幸福连根挖掉了。她以万斛幽怨痛恨着武藏，是理所必然的。

可是，虽有视武藏为不世之仇的鸭甚内与之同谋，但以一个弱女子而欲报杀夫之仇，当时并没有十分的快意，毋宁是沉浸在黯淡的绝望之中。

直至船岛决斗之后，正谣传着武藏畏惧小次郎的门人复仇而遁走时，悠然出现在小仓城中的武藏——从见到武藏的一刹那，才惹起铃姑手刃那如铁的胸板的冲动。

那不仅是目睹小次郎之敌的激动。是他那冷冰冰的态度，任何如水柔情都无法打动的严峻的目光、毫无表情的脸，煽起了铃姑的愤怒。而武藏那庞大的身躯、钢铁般的体魄，也远非小次郎等所能及。铃姑心想——

“这样一个汉子，不妨尽情残杀！即使拼着一生视为仇敌，也绝不后悔！”

她燃起血腥的仇念，感到生的意义。这时开始，她对那个几年来为恋慕武藏而流浪追踪的名叫阿通的女人感到肉麻的兴趣。

这样，自小仓而长崎，随鸭甚内跟踪着武藏，口头上虽说是为夫复仇，但事实上那只是一个口实，像是另有深仇大恨的不世之敌似的，一心只想置之死地，而且不愿假手他人；而在不知不觉中抱着莫名的信心，深信用自己的手——必能手刃武藏。

她与甚内来熊本已有一星期了。甚内的刀伤已痊，只留得一只右手。听说武藏去了人吉，鸭甚内便一路追踪下去，立即离开熊本。铃姑因旅途劳顿，再听说去人吉的路很险峻，便单独留下来了。

昨天，听到阿通住在本妙寺的消息，便乘着兴头贸然来了。说实话，铃姑对阿通竟惹起无端的妒意和敌忾。

“哼，多年来苦恋着武藏的女人，不知道生得怎样标致？不晓得有没有碰到武藏？武藏是否接受了女人的相思？不见得吧，那冷冰冰的武藏！”

她对阿通，竟是对着情敌似的，做了种种的揣测。铃姑不仅不愿武藏死在别人手中，在自己手刃他之前，更不愿他为别的女人所爱。当然，对阿通也是的。

七

铃姑虽安着这样的心肠，但面对着阿通却满面春风，诉说着自己对武藏不存丝毫的芥蒂。另外，她也不放弃对阿通的犀利观察。

——怪不得，这样一个女人，却也够得上去死盯着那冷如铁石的武藏。

在她那弱不禁风的纤丽中，蕴藏着寒梅一样的美丽、芬芳和清高品质。这使铃姑不得不为之心折。

而阿通，却天真地、无邪地把铃姑所说的谎言认了真。她说：“真是的，铃小姐虽那么说，但痛失亲夫的悲痛，我是深为同情的。不论输赢，兵法家所走的路是险峻的，要不然，也难做兵法家之妻了。也真难为你，提得起放得下……”

“可不是吗？现在我唯有皈依菩提，所以这次来熊本，也专为到这本妙寺进香来的。”

“那真难得，我给你引见日遥上人和妙舜师吧。”阿通深深地受了感动。照理，自己与小次郎的侍妾，原是势不两立的仇人，而今竟能如此互诉衷曲，莫非是菩萨的指引？虽说为了悲恋而备尝辛酸，虽说在人海的狂涛中浮沉过来，但阿通身家清白，而所交结的又尽是上流人士，从来没有见过须得提防的虚妄之人。这样的一个阿通，在江湖中打滚长大的铃姑眼中，简直是个小娃娃一样。而阿松所知道的铃姑，也只是个侍候着名誉极高的小次郎的家庭主妇罢了。

但谈话之间，铃姑竟也为阿通的纯情所感动，看了她那弱不禁风的病体，不禁惹起一缕同情。

“唉，可怜！这个样子，纵使缚得住武藏的心，怕也难以白头偕老……”

所以虽然满口谎言，却也有情，半小时后铃姑辞去时，竟也赢得阿通和阿松的完全信赖。

铃姑也对两人起了好感，第二天、第三天都一连往访。虽然嘴巴上说的仍是满口荒唐，心里倒是真情实意的。阿通对她也渐渐地推诚相见，把拒绝武藏的事一五一十都告诉了铃姑。

“唉唉，那也太过那个……”

铃姑把两眼睁得大大的。

“可是，我那时的情绪，除此别无良策。就是今天，想起自身的罪孽和菩萨的慈悲，我仍认为自己没有做错。”

“可是，通小姐，你好刚强，是用菩萨代替了爱情的。武藏先生一定恼了？”

“那当然……可是武藏先生这人，到不得已时是斩钉截铁的脾气，绝不拖泥带水。这时怕是早已把我忘得干干净净了吧。”

铃姑认真地摇头不表赞同，而且以教训的口吻接口说：“不，通小姐！武藏先生也是男人，男人的相思绝不如此干脆，而又是那么热爱着找了来的……”

“不，不会的。”

阿通悲戚地说。眼中满含着幽怨的神色。

“武藏先生是别有心上人的，长冈佐渡老爷的养女悠小姐！”

“哎？”

“实则是细川兴伙殿下的嫡女。”

阿通说了之后，愕然，放低声音赶紧追加着说：“铃小姐，这是秘密的自己话，请不要向外泄露……”

八

“哦，听说是老成的公主，但十六岁正是情窦初开的黄金时期，私恋武藏也非绝不可能。身份虽则悬殊，只要武藏赢了柳生，今后便是名副其实的天下第一兵法家，做了将军家的武艺师范，就是侯王的身份，且是偏袒着武藏的长冈家，这件婚事却也不是绝不可能……”

黄昏后，铃姑踏着本妙寺的石磴回去时，一路上这样自忖自想着。

“兴秋殿下虽因反抗德川做了浪人，但现在正是如日初升的细川家的公主，当然非通小姐所能匹敌。假如为此，通小姐的放弃武藏，却也难怪。唉唉，怎样好呢？”

铃姑也同阿通一样，对悠姬惹起深深的嫉妒。假如没有佐渡撑腰，武藏与小次郎的决斗便难成事实。当时铃姑便已抱怨佐渡，现在却更深刻了。而阿通竟把应守的秘密，对这铃姑泄露了。

铃姑回到米屋町的旅舍，已是上灯时分。开了房门——

“呀，铃小姐，回来好迟！”

正靠在桌上写字的鸭甚内，回头叫道。

“哟，甚内哥，几时回来的？”

“午时过后便回来了，铃小姐早已出去……”

“嘻嘻嘻，这倒不劳关怀，最紧要的是武藏怎样了？”

“在北岳的深山歼灭怪兽，就此失踪了。但放心，绝不会死。做好了一件事，就此一去不回头，是武藏的一向作风。大概是翻过椎叶山到了日向，要不然便是越五家庄直奔阿苏。因留你在此，所以先赶回来了。可是铃小姐，武藏与丸目藏人佐彻斋的比试，好像费了很大的劲呀。”

“不过，仍是武藏胜利吧？”

“不，那也不尽然。我是见了彻斋的高足神濑军助，知道了详细的过节……”

甚内把眼睛投注在刚才所写的那本厚厚的手订本上：

晨，偕武藏至一武村切原野访恩师彻斋的隐居。入门，见恩师适在前院，追而禀报，师装聋不闻。

甚内把从军助所听得到的笔录读到这里，嘻嘻地笑着说道：“铃小姐，这彻斋老是装聋的能手，不愿意听的话，任凭你如何大声也听不见。这时他与军助之间的对话，答非所问，真是妙不可言。而在这时，武藏却不知缘何，突然离开，自顾走掉了。”

“就这样结束了吗？”

“不，这才开始。”

甚内把笔记本子继续读下去，最紧要的地方，军助也是事后听彻斋说的吧，用军助直叙的语气，把当日的过节一口气记录下来。而且在各要点，插入甚内自己的批评。那是一篇很好的比试的记录和批判，当然是甚内的精心之作。

九

“真了不得！”

铃姑感叹着说。

“可不是吗？提起彻斋，因他躲在山国小藩，年轻一代很少有人知道，但是他是比柳生石舟斋更高的出名剑士。可是武藏也真了不得，进退疾徐的精妙没有毫厘之差，乘隙而进的气魄真是前无古人的必胜之诀。”

“甚内哥……”

“唉，等着，听我说嘛。那武藏与彻斋比试之后，功力又增强了好多。当然，这是我的失着，不能赶在他之前去控制住彻斋哪。”

“嘻，那真可惜。功力如果再增强的话……”

“就是。我原是早已有点警觉到武藏兵法的弱点的。他的剑是杀人剑，为兵法而有的兵法，只是为磨炼一己之剑，只是为增强自己一人的兵法。在挑人作战时，没有正邪善恶的界线。在他的眼中没有人性，也没有道义。只是为了一人的修业，而竟残忍地剥夺人命。他的剑欠缺着利人利世的兵法上之根本理法，是所谓杀人剑。”

“哦，真难懂。”

甚内却得意扬扬地接着说：“所以，我一直在想，假如站在热爱人类、恪守道义的慈悲之剑，即真的活人剑之前，虽以武藏之强，势非一败涂地不可。只可惜当世没有那样热爱人群，为正义与人性而奋起的高超的剑士。”

“甚内哥，这样说我也懂了。你是说世上尽是些微不足道的野心家，但能够见到这一点，甚内哥也真够伟大的了。容貌虽不高明，眼睛却够犀利的。”

“嘻嘻嘻……你这算是称赞我是不是？”

甚内拿手帕揩着鼻尖上的汗珠，苦笑着。

“当然，是大大称赏！”

“好了，好了。而彻斋，就是巧妙地攫住了武藏的这一空隙。”

“哦，就是刚才笔记上说的，那个什么金刚王宝剑吗？”

“对了，彻斋向大地上所击的那一锹，一击万法生，百魔自粉碎。这还用得着去看个别的敌人？真所谓阴阳乾坤尽在其中矣！”

“呵呵——”

“所以彻斋一变而为孜孜耕种的农夫，就是暗示他那无心的一击足以粉碎一切，同时也是扶生一切的、万世不坏的活人剑。那时武藏倘或不知死活进击，彻斋的锹子必定粉碎武藏那颗蓬头了。可是好武藏，竟一触而悟，领会了破邪降魔的活人剑——金刚王宝剑的真谛。他之所以发心歼灭为害人民的狒狒丸，即在于此。”

“哦，那就麻烦了。”

铃姑皱着眉头。但甚内却朗声笑道：“哈哈哈……铃小姐，不必担心！这以后才有趣哪。武藏的剑既已染上人性，顾虑世道，便不会像过去那么单纯了。他的剑绕上人情，缠上义理，正是我们的进攻目标。”

“原来如此。甚内哥，我佩服的不仅是武藏与彻斋，对甚内哥的研究心，尤为钦佩，竟那么细心写下武藏比试的情节。”

“唉，只是为了无论如何要打倒武藏的一念哪！”甚内亮着眼，翻动着笔录的本子。

十

手订本的封面上，写着“武藏恶业记”五个大字。内容自武藏十三岁的时候一击而毙鸭甚内旧主有马喜兵卫的过节开始，把尔后数十次的比试情形都详细地记载着。

在长崎被武藏断了左臂，在异人馆中治疗时，甚内偶尔感触，开始了这本记录。恶毒如蛇的甚内，既以武藏为仇，想借他人之手打倒武藏，便得随处细心研究了。但他实地所见武藏的比试，仅是吉冈兄弟的三次决斗，小次郎的船岛厮拼，与高田又兵卫在小城道上闪电一击及长崎的混战罢了。于是他把耳闻的只言片语，也细心地笔录下来。

写出来一看，连自己都出乎意料地竟能通晓各流各派的兵法似的。他不愿歪曲事实，故意贬抑武藏，尽可能用严正的态度，一面批判，一面究明真相。来熊本后，对于高桥街头的阵斗，尤其是对木村又藏的比试，专诚去请教饭田觉兵卫，把当时的实况一一记录下来。

平时对甚内总是冷嘲热讽的铃姑，唯有对这一件事，不禁真心感叹，而且不仅对他那丑恶的面貌，对他的人品都另眼看待了。

“呀，铃小姐，听说你每天匆匆忙忙出去，是上哪儿去了？”甚内把笔记本端端正正放在桌上，瞪着眼说。

“嘻嘻嘻，甚内哥，不必多疑。我碰到阿通了。”

“哎，哪个阿通？”

“哪，武藏的情妇，曾在备后的鞆津养病的那个吹笛女人。”

“哦，那个女人！”

“那个阿通，由寺尾家的女儿陪同，追踪着武藏，住在本妙寺里。”

“哦，原来是这样。但那样的女人，犯不上去寻仇，不要理她。”

“可是，却又不然。当初，我也只是因为好奇，想见面挖苦她几句的。但见了面，方知那个女人也了不得。”

甚内对此，好像不感兴趣似的。

“虽然病得奄奄一息，却给武藏来个硬钉子，把他轰走了。”

“什么？这样狠命赶着来的……”

“参悟女身的罪孽，皈依佛门了……虽是现在也许稍有后悔。”

“这就叫作女人哪！”

“住嘴，甚内哥！我现在却要帮着通小姐的。”

铃姑说着，突然压低了声音：“甚内哥，你对长冈佐渡，做何想法？”

“什么，佐渡？”

甚内耸了一下肩膀。

“你不当他也是仇人之一吗？”

“当然，没有佐渡帮着武藏，细川公也不会答应小次郎先生的决斗了。佐渡的偏袒武藏，令人生恨。但恨有什么用呢？对方是一国的家老，怎能下手？铃小姐，我的想法不同，只是认定一个仇人宫本武藏！”

“那当然，我也只认定武藏一人为唯一目标。但甚内哥，现在却不容你这样了。”

“噢，那又为什么呢？”

“武藏万一做了佐渡的女婿，又将如何呢？”

“女婿？难道那像鬼怪一样的一介浪人？”

“话虽这样说，现在他假如击败柳生，不由他自主，铁定是将军家的武艺师范，而且只要武藏有意——甚内哥，不是你自己说的？”

“哦，那当然。这也是事实。”

“加上佐渡偏爱着武藏，而他的侄女悠姬又私恋着他，这样一来……”

“哦，那悠姬小姐——”

“通小姐在佐渡府中待了那么久，她的话准不会错哪。”

甚内这才相信了。但仍茫然地说：“做了佐渡的女婿，事情便更麻烦了。但我们又有什么办法呢？”

“可是，甚内哥。”

铃姑挨近过去说：“这是不能张扬的。悠姬是佐渡的侄女，全是骗人的谎言。实在是细川的一门，兴秋殿下的公主。”

“兴秋殿下？”

“甚内哥怎的不知道？细川侯忠兴殿下的次子，原是秀忠公的近臣，与现在江户的忠利殿下虽是同胞兄弟，但关原之战反抗德川，被逐出本家，现以浪人身份隐居京都。所以甚内哥，他的女儿假如由本家的家老收留，冒称侄女，德川家竟能置之不闻不问吗？”

“哦，不错。”

甚内交叉着手腕沉思了一会儿之后，瘪着喉咙说道：“铃小姐，人的命运真是奇怪。刚才我不是说过的吗，武藏的剑上沾染上义理人情，我们抓住了这点，就可以把他赶进义理人情的泥沼中去。过去他对于政治是漠不关心的，德川也好，细川也好，都无所谓。但我们只要稍耍手腕，就可以使他成为德川的叛徒，造成他的矛盾。”

甚内注视着铃姑说：“可是铃姑！这个主角却不是我。”

“是我？”

“不，唯有京都所司代板仓胜重手下的密探岸孙六，才能担当得了。”

山灵

一

武藏卧病五家庄久连子村，承大老官绪方家的老当家和他们全家人的细心看护，为他调医服药，但仍一连发了几天的高烧，一直徘徊在死亡的边缘。

这几天，武藏昏迷不醒，时发呓语。老当家的，好几次摇头叹息着说：“唉，这个人一定是经历了很大苦难来的！”

给武藏的心理上最大的打击，是洞窟中猅猅丸兄妹之死，尤其是加那姬之死。那个洞窟是他们兄妹两人的隐蔽所，连猅猅丸手下的喽啰似乎也不知道有这么一个地方，村里的人当然更不会知道，所以一直没有听到发现兄妹尸体的传言。严密地说，他们兄妹是否确已断气，连武藏都不敢遽下断语。

武藏自少对女性特别拘谨，毋宁有着洁癖，虽曾山盟海誓已有婚嫁之约的阿通，也不曾有过拥抱爱抚的事。而他竟在洞窟中拥抱过加那姬，虽不是恋爱，也非情欲，但身中热血沸腾，加那姬的血像是流进了自己的血管中来了似的，他感到心的急遽悸动。

这是未曾有过的体验，使他陷入无可名状的迷乱中，感到浑身战栗。武藏在高烧中，好几次梦见那时的光景——感到全身如焚。他自己好像变成猅猅丸一样的异族，也去追杀平地上的农民。

第五天夜里，武藏在梦魇中，突然脸部的筋肉起了一阵痉挛，哼了一声，呼吸便停止了。

“啊，拿水来！快快！”

老当家的慌忙含了一口水向武藏脸上喷去，一面挖开牙关，灌进冷水。

“武爷，醒醒！”

老当家的挨近耳边一叫，武藏忽然弹开两眼。

“唷，清醒了！”

“挨了一刀被武藏……”

武藏只这么喊了一声，又闭上眼睛，随即陷入昏睡之中。幸好自此热度渐渐降低，到天亮时，才从昏睡中清醒过来。

又过了六七天，热度才完全退清，离了床褥，洗脸梳发之后，正式向老当家的申谢活命之恩。

“哈哈哈，能平安无事，真是莫大的喜事。最初，只是连连说着呓语……”

“真是惭愧之至。”

“不，那是高热之故……曾有一次停了呼吸，倒真的急了。好不容易转过气来，却说是被武藏挨上一刀？”老当家的诧异地眨着眼说。这也难怪，虽是呓语，自称武藏的竟说是“挨了武藏一刀”，好像冒名顶替似的。

二

“这倒记得很清楚。”

武藏翕上眼睛。那时，他觉得自己变成猅猅丸，正挥刀乱杀成群的农民，忽然出现了另外一个自己——武藏，立即把变成猅猅丸的自己杀伤了。

霎时又成一个自己，跌进墨黑的洞中，一直往下沉。突然，什么人一把抱住了说：“唷，清醒了！”

一看，竟是丸目彻斋。

“挨了一刀，被武藏……”

武藏记得那时曾这样回答。之后，便又失去了意识。

现在他不提猅猅丸的名字，只是说：“我自己变成一个恶汉，追杀着成群良民……”

他把梦中的情景说了一个大概。

“噢，那真奇了。从那时起，热度便往下降，呓语也没有了。”

老当家的亮着目光，叹息着说。

“武爷，你是死过一次，重新活转来的。假如你有什么罪孽的话，便一笔勾销了。丸目彻斎是相良闻名的剑圣，就是他救了你的命的。”

武藏也不禁颇受感动。梦虽不足为凭，但他好像确是死里逃生，跳过了死线似的。而且热度一退，身心便一天一天爽快，从心中涌上来前所未有的快乐的希望。

拥抱了加那姬之后的迷乱和战栗，也一扫而光了。现在，他只剩下年轻的、感情的高潮。那是被唤醒了的青春和山民的热血。

过了几天，武藏的健康已完全恢复，对于生命，涌上来前所未有的坚强的信心，而且剑术也好像比以前刚强许多了。

“唷，现在才是真正完成双刀型的时候！”

武藏这样下了决心。幸好老当家的也劝他多静养一段时期，便接受了他的好意，有时闭门独坐，有时涉足深山，凝思澄虑，以至寝食皆忘。

如此一月，武藏终于自创一格，参悟了双刀的奥秘。

“好，去吧！回京去。”

武藏决意下山去了。他决心用这新创的流派来立身，用这一流派来普度世人。他所熟识的京城，在眼底竟映成那么美丽的天地。

“武藏先生，打扰您来了。”

这时，老当家的带进来一个三十六岁，商人似的汉子。

“武藏先生，他叫佐助，也是咱们村里人，整年在外地流动贩卖药材的行商。昨天佐助回来，方知武藏先生是当今誉满全国的著名剑士。”

老当家的说着，连自己也做了剑士似的，精神奕奕，挺着胸脯。

三

五家庄在那时便有许多村民自制熊胆或山里的草药，贩卖到全国各地去。五家庄虽是远离人间的秘境，而竟成为全国知名的地方，便是缘此。佐助就是贩卖药材的行商之一。

这次，他带着煅灰的猴脑，出门整整一年，昨天方才回来。

“宫本先生，虽是初次拜会，但先生的大名一路上真是如雷贯耳，听得太多了。而先生会驾临这个荒村……真是，真是，说给谁也不会相信。”

佐助像很世故，恭恭敬敬叩下头去。

这个村庄会有这样的行商，在武藏也是意料不到的。

“是偶然的机会，搅扰这里很久了。你出门贩药到些什么地方呢？”

“是的，以小仓为中心，筑前、筑后、肥前、丰前等村村落落，都曾走过。”

“噢，小仓？”

“先生，那时我也正在小仓：一刀劈倒佐佐木小次郎那次大决斗的时候。啃，真是名闻全国的哪。”

“我也听到的，武藏先生。”

老当家的也接腔说。

武藏红了脸。提起过去，尤其被当面称赞，使他很窘。

佐助也知道武藏在长崎正觉寺被围攻的事。

“先生去了之后，真是轰动一时，人家盛传说，宫本武藏刀劈二十勇士哪。”

他还是盛赞着武藏的功夫了得。

“可是，小仓一带有没有什么有趣的新闻？”

武藏转换了话题。

佐助一听，拍了一下大腿：“对了，正有一事……”

他挨近一步，接着说道：“有人要我带口信给先生您呢。”

“什么？”

这意外的话，使武藏吃了一惊。

“他知道我要回家，说是宫本武藏先生应该也在肥后的什么地方，也许有机会见到……”

“那又是谁呢？”

“是先生的知交，座头森都法师。”

“噢，是森都！”

“旅途中，我们常住在一个客栈里，这次也在小仓的旅馆同住了十来天。”

“他怎么说呢？”

“说是追踪着先生复仇的三个男女到了小仓，好像有着什么阴谋，好像对付与先生很有关系的某一个人，请先生赶回小仓，越快越好。大概是这个意思。”

“谢谢你。”

武藏一边言谢，一边立即直觉到：某一个人，一定是指悠姬！

四

武藏抬头说：“老爷子，这就不得不告辞了。

老当家还是像古代的武士似的，挺直着身子。

他说：“好像有什么重大的事等着您，勇敢地去吧。”

“是的。”

“你是知道的，山上是这样安谧，平地上却满是战争，您可不要落败哪！”

“是的，绝不……”

“万一输了，再回到山里来。我们祖先便是在平地上打了败仗的武士。据传，我们祖先来这里时，早有土著在这一带住着。现在当然是与我们一族混在一起了。他们自称是山神爷的子孙，专靠狩猎为生。现在村人还是年年祭祀山神，就是为此。猎兽的方法，也是他们教的。而那些土著，说不定也是在平地上打了败仗的。”

“老爷子，你知不知道狒狒丸这个人？”

武藏突然插口说。

“不，不知道。是什么人？”

老当家摇头说。

那么声势浩大的狒狒丸，到底没有把势力伸展到这里来。武藏深为庆幸，这和平的山村，幸好没有为狒狒丸倒行逆施的妄想所骚扰。

“是球磨的山贼，被我在路上杀死了。”

他轻轻地撇过，不谈下去了。

可是，逃入山中的熊袭一族，不晓得与老当家刚才所说的，自称山神子孙的土著，有没有什么渊源？过去远望峰峦，以为只是隔绝尘寰的大自然的，而竟流转着如许悠久而神秘的人生，使武藏不得不深为讶异。

第二天早上，武藏离了久连子。虽曾再三推辞，佐助却坚持要送武藏到下益城的砥用。

已是九月天了——山寒沁人，秋已老了。山谷间的浓雾一开，露出一碧青天。白云朵朵，绕着峰尖静静地浮动。

下到谷口，到了尾根，前面又是险恶的山路。经推原、小原，出了五家庄，当天便到了砥用。

那天夜里，在佐助认识的地主家中度过了一宵，第二天早上别了佐助，武藏仍是独行踽踽，沿着六里的山路，到了滨町。在这里，却使武藏好生踌躇。

向西，是经御船、六嘉、鯰村而至熊本。向东，则经马见原而至阿苏、越小国、杖立，直下中津，是到小仓的近路。

“熊本，有阿通在那里。”

武藏暗想。在那种情形下分开的阿通！当时他早已斩断情丝，一无依恋，用千钧铁扉，把她幽禁在心的深处去了。但望见前途，将临熊本，铁扉似乎也有了缝隙。

“不晓得是否无恙。”

武藏虽曾说过，病人最安全的是寄托佛门，但到底还是放心不下。

五

哀愁，从心的空隙侵蚀着武藏。

病体支离的阿通，浮上他的眼底。阿通投入了菩萨的怀抱，她的脸上仍是痛苦的。阿通的投奔佛门，不是快乐，而是悲恋的结局。她一定仍是悲泣着的，连佛像都愁眉苦险，满怀凄凉，一切都是我的罪过！自责之念，不禁油然而起。

“阿通，还死不得，在悲哀未消之前……而你的悲哀，当然得由我来拂拭……”

武藏虽在心中这样呼唤着，但同时下了决心，不绕道熊本。因为他还没有自信，能从佛祖怀中夺回阿通。

“要使自己更坚强，奋斗到底！”

武藏奋然自励。

“阿通，等着有那么一天！”

武藏的脚步望东跨西。他的战场在东，是小仓！悠姬公主，一定有了突变。

“一定是甚内揭发了悠姬的身份，但这样一来，遭殃的倒是恩人佐渡了。”

武藏揣测着。

“但佐渡手下有很多股肱之臣，尤其是那五个青年。”

武藏的眼底，又浮上来曾与自己有师徒之约的寺尾新太郎等五个青年。

“以佐渡的智略、寺尾的武勇，想该不致服输。”

但他又想起鸭甚内那坚忍的迫力，和自称小次郎之妻的铃姑的可憎眼神。从甚内的身上，发散出蛛网一样黏黏的东西；铃姑的目光，则锐利地穿透武藏的心胸。

而武藏对这两人一直抱着莫名其妙的宽大，不愿杀死他们。但这次他却下了决心：“好，杀死他们！”

除此之外，没有断绝祸根的方法了。

自滨町至马见原，有三里十二町。在客栈中过了一夜，翌晨一早动身，到中坂冈才能望见阿苏火山的烟火。到高森又是黄昏。在宫地、内牧、杖立各泊了一宿，北上阿苏盆地。一路上，他常驻足仰望火山的神火，远眺着外轮山的雄姿。

落店时，也曾浸在温泉中慢慢地排遣。在杖立时，他曾这样想："到了小仓附近，怕不会有工夫入浴了吧？"

这一假想，后来竟成了事实。虽是为了别的原因，但杖立的温泉之后，终武藏的一生，便没有再洗过温泉浴了。

六

出了阿燕，还得走好几天的山路。经过很像球磨的日田盆地，一面欣赏耶马溪的名胜，一面沿着山国川顺流而下。武藏饱吸山中的清新气息，对川水的流转自如兴起无限的感慨。他的心中满怀着自信与战志，而那五方五行双刀流却早已成熟了。

月射寒流澄如镜——武藏兵法中的这一名句，据说就是这次驻足耶马溪的潭边，掠过他的心头的印象，后来凝结而成的。

武藏凛然进平原。但到中津时，他不觉又踌躇起来。

"怎样进小仓呢？"

武藏心想：假如自己的揣测不错，甚内一党真的在计划揭发悠姬的身世，直接受害的是悠姬本人和长冈佐渡。但阴谋的动机是因我而起，他们的目的也在我身上。他们是利用悠姬去贻害佐渡，借以诱我前来，从中击杀。怕是早已张下天罗地网，只等我去自投罗网了。

最好是先见座头森都一面。但从哪条路踏进小仓呢？从大路上堂而皇之前进，未始不是乘其不备的奇袭，但对方既是甚内，这也不见得是万全之策。

武藏在中津住了两夜，踏勘附近的地势，选了一条荒草没胫的小路。

过桥，是沿海岸的大路。向左拐弯，经久保、香春、伊田，前往金田。

距金田不到一里许的一个部落，一个十五六岁的少年，正站在小河的土桥上，写生着远山的风景。虽是粗布衣服，看样子不像普通的农家子弟，大概是隐居的浪人之子吧？

武藏爱画，而且懂得一点，便走近前去从背后悄悄地窥望。画得好俊！不像十五六岁乡下少年的手笔。武藏曾多年住在京阪，与著名的画家也有交游，眼力是相当犀利的。

“画得好！”

少年愕然回头，见了武藏庞然的异相，更睁大了双眼，愣愣地望着。

“哈哈哈，我是路过的兵法家，不是什么坏人。你顾自画吧。”

七

“恕我无礼。”少年像是对自己的小心眼感到难为情，恭恭敬敬地道歉着说。

“不，我才是呢。”武藏也微笑着说。

虽然衣着并不考究，但礼貌周到，是一个率真的少年，武藏便自喜欢了。

“我爱画，不觉前来张望。像是学的雪舟派，是跟师匠学的？”

“不，我没有师匠，只是随便涂抹几笔。我喜欢雪舟，要是正式学画，也想学雪舟派。”

“我也喜欢雪舟。”

“我的画，您看怎样？”少年以为武藏是同好之士，便掀开了画册问道，“这是写山的，但怎么也画不好。”

武藏看着画册回道：“山！确不易画。但你要画的，是无人的荒山呢，还是有人居住、有鸟兽栖息的山？”

“嗨？”少年张眼低唤。

“还有哪！隔绝人寰、峻险、耸峙的孤峰，胸怀辽阔的母山、女儿山、友山、和平的山、斗争的山……”

“我从来没有想得那么多，只是被山势的美丽吸引住了，一心想把它描绘下来。”

“当然，这样你才能感应山灵，把握山灵，配上流泉，配上树木，在一幅画面上，写下美与调和的小宇宙哪。”

“噢，是的，是的！”

少年的双颊染上热情的绯色，再次仰头望着武藏。

武藏朗笑着说：“我是一介武夫，哪里懂画呢？刚才说的，也只是耳听了画家说的，但我也加了些意见……当然，单靠理论是画不好的。”

少年却一本正经地说：“我就是爱听这个画理。你刚才说的画论，是哪一位画家说的？”

“这个吗？那个人就是你所喜欢的雪舟派的名手，叫谷川等伯的画家。”

“噢，等伯先生！我虽没有见过他的画，名字是晓得的。您认识他吗？”

“在京阪一带见过两三次。好俊的人品，画的气魄也了不得，可说是当今雪舟派的领袖。可是老弟，你的笔力，很像等伯先生呢！”

“真的吗？”

少年的眼中闪过一阵光彩。

“你的画，已不是消遣的画了。已蕴有探求美的，专门画家的气派。任它埋没，真太可惜了。”武藏一本正经地说。

密使

一

“我也想跟一个好师匠去下功夫，像等伯先生那么……但我是武士，还得磨炼武艺。”

少年昂然说。

“哦，好志气！你可是细川藩下？”

“不，只是浪人，与母弟三人，住在左近。”

“尊翁呢？”

“死了。”

“那真是……”

“家父是越后的浪人，关原之战，隶属森伊岐守部下，随军上阵，吃了败仗后入大垣城，不久病死。家母带着我和幼弟投奔亲戚来了这里。”

两人不自觉地走动起来。背着夕阳，边走边谈。

“唷，关原！我在那次大战中，也隶属败军的石田部队，可说是死里逃生……正是你现在的年龄。”

武藏高兴地笑着说。当时出征时，当然满想在战场上建立功业图个出身。而归附石田部下，也并非另有什么见解，只是跟着主家罢了。败军之后，接着是主家的覆灭，备尝艰苦。但在一个少年步卒，与其痛恨敌人，倒毋宁是自叹命运而已。在今日武藏的眼中，当然无所谓德川或丰臣，只是想起少年时代的功名心，不禁惹起甜甜的回味。

少年又睁大了眼，望着武藏说：“那么，你也是败军之将哪？”

“对了。可是我不气馁，你看，现在不也是依然昂首阔步，走尽天下的大道吗！哈，哈，哈哈哈。”

“我也不会向命运低头的，要做一个武士，重振家声。这是家母的希望。”

“不做画家？”

“像我的境遇，虽说家母热望，但要出仕谈何容易！只要一边做一个武士，一边学画。”

“那也很好。”武藏点头说。

不知不觉已到了村中。少年忽然停步，指着左首一间颇大的农家说：“我就住在这座大院子里，请进来坐一会儿吧。”

今天总得在金田过夜，而且武藏也很想同这个聪明的少年再谈一回，便说：“也好，只是要你替我找一个住夜的地方。”

“好，这有何难？附近有好多人家收留过路客商的。”

“那倒好。那么咱们也通个姓名吧。我是作州的浪人，宫本武藏。”

“啊，武藏！”

少年吓了一跳。但他仍没有忘记礼貌，随即答道：“我叫矢野三十郎。”

二

那似乎是很富裕的农家，从前院打横穿过正屋旁，后院种着柿子、梅等果树，还有一片很大的菜园。再进去，三四间独立房子像是堆置杂物的木屋改的，当然没有什么大门。

三十郎带着武藏到了那里。

“妈，有客人来了。”

他站在檐下，高声叫道。

门开处，出来一个中年妇人。见了武藏，便隔着门限深深地万福。那妇人，一眼便知是武士的太太，显得坚定而沉着。

“请进。”

“打扰了。”

“妈，这位就是宫本武藏先生！”

“嗨，唷——宫本先生！”

那妇人听见武藏的名字，也吃了一惊。这里是细川家的领下，那次与佐佐木小次郎的决斗，母子俩当然不会不知道的。

“一路上与令郎同道，谈得高兴，便一径造访。”

“难得先生光临……真是简慢得很。请坐，请坐……”

她把座位挪到廊下，搬出茶具，也同三十郎说过的一般身世，告诉了武藏，而且说希望三十郎和弟弟四郎将来能做一个堂堂的武士。

“重振矢野的家声，是我唯一的乐事。”

她红着眼睛说。

“真是的……你的辛苦，将来绝不落空。”

武藏安慰着说。三十郎的母亲，看样子不愿儿子学画，唯一的希望是要他靠着一刀一枪重振家声。武藏心想，以她这样的家世，却也难怪。

“妈，宫本先生准备在金田过夜，要我替他找下宿的地方，您看德兵卫家怎么样？”三十郎突然说。

“可是，德兵卫家昨天便有人投宿了……”

“妈，就请先生住在我们这里好不好？我还有好多事想请教哪。”

“唉，你这孩子，这样地方，不是太简慢了……”

“老伯母，不妨碍的话，我也想住这里打扰您一晚，有许多话要同三十郎兄谈谈。”

“嘻嘻嘻，只要您不嫌简慢……能得宫本先生住在这里，真是蓬荜生辉、矢野家的无上光荣哪。”

这时，“嗒嗒嗒”一阵脚步声。从正屋那边来了一个十二三岁的男孩，肩上扛着木刀。武藏知道这是三十郎的弟弟。

“四郎，快来见礼！这位是宫本武藏先生哪。”

经三十郎一说，四郎眨着圆圆的两眼，抬头望着武藏。

“矢野四郎参见……”

他学着大人的口吻，使三人不觉相对而笑。

三

“大哥！”四郎朝着三十郎说，“师傅要你去一趟。”

“要我？”

“是的，可能因你今天没去练拳。”

“不是的，早已请了假。也许有别的事。”

三十郎掉头向武藏说道：“先生，我到村里去去就来。有一位叫横田梅轩的先生，在村里立着武坛，教授武艺和书写，我在那里充当助手。”

说着便出去了。

武藏进了屋里。虽然没有什么摆饰，但收拾得整齐洁净，显得这一家的母亲确是一位坚强的女人。

母亲下厨去整理晚餐，武藏便与四郎闲聊。四郎不爱读书，只喜剑术，样子也比哥哥三十郎刚毅，常说些武士惯用的敬语，逗得武藏发笑。

他当然也知道武藏的威名，便连连地问些兵法上的话。

“先生初上阵，是几岁的时候？”

“十七岁的时候参加关原之战，是我第一次上阵。但兵法上的决斗，是十三岁那年。”

“嗨，十三岁！就是我今年的岁数，对方呢？”

“叫有马喜兵卫，是新当派的名人，当时三十四五岁了。”

“嗨，三十四五岁？”

“我小时曾被送去播州寄养在一个寺里。就在那一年，那个兵法家在那附近的海边围上竹栅，树了高牌，招人比武——署名天下第一兵法家有马喜兵卫。”

“哦……”

“我练剑回来途经那里，见了那个高牌很气愤，我认为自己的爸爸才配称天下第一的兵法家，便上前用墨汁涂抹高牌，在一旁写上‘明日比武’四字，签上自己的名字。那天晚上喜兵卫送来答应比武的回信。而那张条子却给和尚收到了，可真不得了。”

“有趣极了。”四郎不禁眉飞色舞地插口说。

“和尚把我大骂了一顿，天一亮便带着我到竹栅去，向喜兵卫捣蒜似的叩头讨饶，但喜兵卫却不答应。我不服气，便举起手中的棍子扑上去，口中叫着——喜兵卫来，咱们比画！”

“有趣！有趣！”

“喜兵卫拔出大刀，走了两三回合，我便丢了手中棍子，扑上前去拦腰抱住他，扭腰一掷，趁他尚未起身，捡起地上棍子，照他的头上一击，他便死了，哈哈哈……”

“呀呀，好棒！”

四郎呆呆地亮着两眼。

晚膳上桌时，三十郎也回来了。不知怎的苍白着脸。

四

虽强装着若无其事的样子，但看他连吃饭都索然无味，武藏便警觉到了—— 一定是发生了什么事！

饭后，三十郎与母亲躲在厨房里轻轻地悄声谈话，过了好一会儿工夫……

待母子俩出来时，母亲的脸上显得很着急的样子。

“先生！有一件要事，想同先生商量……”

三十郎紧张地开了口。

“唷，你说吧。”

武藏也俨然回道。

“刚才我被武坛叫去，先生是早已知道的了。到了那里，我被叫进内室，梅轩先生和一个浪人模样的武人正相对而坐，谈论着宫本先生的事。”

“哦。”

“我听他们说，武藏为了某一件事必来小仓。这正是替恩师佐佐木小次郎复仇的千载一时的机会，早有同门的浪人，兵法家二十余人，磨砺以待，伺机而动。”

“哦，话出有因。但三十郎兄，横田梅轩武师是不是佐佐木小次郎的门下？”

“不，不是佐佐木小次郎的门下，他曾受业于筑紫荣门。而那位筑紫荣门先生，据说在长崎死在宫本先生的刀下。这也是他们说的。”

“不错，荣门是我杀的，是他逼着要和我决斗……”

“就是为此，那个客人要梅轩先生也参加袭击宫本先生的一伙。”

“那个客人叫什么名字呢？”

“名字没有说，只说是原先在佐佐木小次郎家做武坛总管的鸭甚内派来的，年三十五六岁，黑黑的脸庞，高高的个子。”

“鸭甚内！我知道的。那么叫了你去，又是为了什么事呢？”

“这是——”三十郎更紧皱着眉说，“梅轩先生心里虽是不愿，但还是加入了他们一党，决定到小仓去。而要我们门人守着街头巷尾。假如见了宫本先生，立即通知小仓。”

“多承您好意见告。”

“先生！”

三十郎用手背揩去涌上来的眼泪。

“背离了师傅梅轩先生，真令我心肠为断，所以同家母商量。”

“宫本先生，”他的母亲接口说，“三十郎的悲痛，我很明白。可是，虽是师傅的吩咐，明知其非而贸然参加，是违反道义的。在藩侯的监视之下正正当当地比武，虽然身败而死，还有什么仇恨可言？而今阴谋报复，也太过卑怯了。”

“谢谢你，武藏铭感之至。”

武藏深深地垂头申谢，再静静地抬起头来。他的脸上闪着光彩，已操必胜之券似的。

“那么，三十郎兄，梅轩先生决定几时动身到小仓去呢？”

五

“是今夜亥刻（十时），与密使一同前去。”

三十郎不再流泪了。

“今夜……”

武藏闪烁着眼，默默地沉思。

偶然的机缘，因与矢野母子邂逅而得敌先机，找到了敌人所布的罗网的线绪。从这一根线上，能够知敌全貌。但，怎样处理呢？

武藏沉思之间，母亲向三十郎瞪了一眼。三十郎会意，便进言说：“宫本先生！事已至此，我们一家永远为先生效力，有用得着我们的地方，只要力之所及，尽请吩咐。”

“谢谢你们，层层厚意，非言语所能表达，唯有铭诸肺腑。他们这次的阴谋，假如单是以我为仇，倒不介意，但事实上……”

武藏把悠姬的事说了一个大概。

“推测甚内一党，因恨我之甚，把阴谋的目标转向对我寄予厚意的长冈佐渡相爷。不，一定如此。”

他把真实的事一说，母子两人的脸上显得更为坚决了。母亲也敦促着说：“宫本先生，尽管吩咐！”

“那么——”武藏望着三十郎说。

“三十郎兄，请你替我辛苦一趟，送一封信到小仓去。”

“是，这有何难！”

“小仓城内鱼町后街，有一家叫福井屋的旅店——是一家起码的小客栈吧。那里住着一位琵琶法师，叫座头森都。你把我的信交给他。”

“知道了，今夜便去……”

“好吧，但要等他们走了之后。”

“而且我与他们不走同一条路，梅轩先生是绕西，经直方而进小仓的；我绕东路，从香春过去。”

“哦，这样才妥。”

母亲插口说：“明天早上，待门人会齐之后，由我上武坛去，替代你转达梅轩先生的话，同时告诉他们你不在家，免得露了破绽。”

“是呀，他们起疑就不好办了。宫本先生！那时家母对门人说——说我听说一个像武藏模样的武士，由中津搭船去小仓，所以立即赶到中津去了。您看可不可以？”

武藏连连摇头说：“三十郎兄，那不成。所谓‘虚中见实’，路径尽管不同，这样一来，等于是把我在这里出现，告诉了敌人一般。”

“倒也是的。”

“这也是应该知道的，兵法之一，谎言是事实的影子，稍微练达的人，抓住了那一点点影子，便不难探出事情的真相。说谎是最不容易的。我想这一件事，倒是请令堂看情形应付吧。”

“是，我知道了。”

这时，一直在旁静听着的四郎，却耸着肩膀说道：“先生！请给我也分派一件工作。”

六

母亲也从旁怂恿着说：“是呀，宫本先生！四郎也把自己当作一个大人了。年纪虽小，不管白天黑夜，小仓或博多，都独来独往，什么也不怕。有什么事，尽管叫他去吧。”

武藏愣愣地望着四郎。

四郎满怀高兴地说：“先生，你明天是不是也到小仓去？”

“哦，也在明天早上天未亮前，走梅轩这条路，赶上小仓附近。”

“先生，请您带我一起去吧。”

“什么，跟我一起？”

“妈，好吧？我一定会给先生派用场的。”

“噢，只要先生不嫌妨碍。和三十郎两人，老待在穷乡僻壤永无出头的日子，不要说小仓，不管京里或大阪，跟先生去还有什么不放心的！”

母亲是下了绝大决心的。

“好，我带他到小仓去吧。”

“先生，我一定去！”

四郎紧握着小小拳头叫道。

当夜三十郎照预定计划，过了亥时离家，动身到小仓去了。四郎因明天绝早便须起身，母亲早早打发他去睡了。

武藏望着替四郎整理行装的母亲，低声说道：“只是偶然的机缘，承府上一家如此见爱，武藏心感无已，容再叩谢。令郎三十郎和四郎兄弟，都是前途有望的少年，对于他俩仕宦一节，伯母未知有何意见？”

母亲端容回答道：“是的，为了重振家声，无论微禄末秩也罢，好歹让他们挣个一官半职，我便死也瞑目……”

“我想看机会把他们兄弟推荐给细川家，未审尊意如何？”

“嗨，细川家！”

母亲不知怎的，踌躇了一下，却说：“宫本先生！关于这点，却得向先生请教，敬请指点迷津。战场上的仇敌，是不是永远的仇敌，须得世代怀恨，永为世仇？”

“那也不能一概而论，须得视其情形。像我，认为把战场之争视为死仇而永远怀恨，终非所宜。”

“宫本先生，孩子的祖父矢野高光，原是丹后田边的城主，为细川家所战败而亡，祖母也在乳娘乡里越后，自尽殉夫。而我却另有缘由搬到细川领内，怕孩子们伤感，一直没有向他们说明底细。”

武藏静静地答道：“忧虑的是，瞒着不告诉年幼的郎君，足见贤明之至。矢野家战场上的恩怨，可说是随着城主的覆亡和祖父母的自尽而消灭了。现在的矢野家是白纸一张，与其唤起孩子们过去的妄想，让他们逗留在永不回来的梦境中，倒不如从今日的现实中重新出发为妥。在这多变的人世间，最有力的便是现实。经过一段时间，即使令郎知道事实，也自然不会动摇了。伯母，请把这件事交给我。待细川家再转过一代，便更方便了。”

武藏想起猅猅丸兄妹，追忆起五家庄的大老官一族，不禁兴起人世沧桑之感。

七

“这个世上，过去我多少还抱着丹后田边城主后裔的妄想，但到今日为止，一笔勾销了吧。”母亲坚决地说。

武藏接着称赞三十郎绘画的天才说：“四郎固然要他以武士立身，但三十郎假如能拜在名家门下学画，将来必能名闻全国。”

母亲也深为所动。

“是……我知道了。过去，我太过拘泥于祖父的家声，一心想他们做武士而重振门户，今后当任凭他们的希望去发展吧。假如三十郎上京拜在画家门下，我可以把贮藏着以备万一的银子统统给了他，随后我带同四郎上京，帮着三十郎用功，靠针凿也混得过去。”

说着，说着，她的眼眶不觉湿了。

“好决心……三十郎做画师或做武士，但凭今后的命运来决定吧。总之，武藏有缘，自当竭尽绵薄。”

这矢野兄弟：哥哥后来称三郎兵卫吉重，弟称四郎吉胜，同仕细川家，各得采邑百五十石。尤其是三郎兵卫吉重，以书名世。此是后话。

而今天，正是三十郎踏进新的人生旅程的第一步。他穿着母亲替他准备的玄服，背负藕粉色包袱，腰插大小两刀，踏进深夜的街道，风姿飒爽地走向小仓。

他走的不是阳关大道，只是一条仄径，迤逦穿过许多部落通向小仓。但三十郎是热门熟径，在疏朗的星光下，冒着水样秋风，到达小仓。望见异国风情的胜山城天主阁时，正当旭日初升，映着阁顶发出灿烂的光芒。

进城到了鱼町后街的福井屋旅馆，是一家幽静的小客栈。

三十郎道了来意，随即出来一个与四郎差不多年龄的男孩，请他进去。

这男孩，就是少年与市。敏感的森都，已警觉到来人是武藏的信使了。

秋风

一

“是武藏先生的来人吧？”

待三十郎坐定，森都便开口了。

“是的，宫本先生昨夜住在金田，耽搁在寒舍。我是叫矢野三十郎的浪人，有缘能为宫本先生效劳，为他送信来的。”

“哈哈，给瞎子送信！”

森都幽默地说，脸上浮着厚意的微笑。

“总之，请您看看。信封要我来念，也是先生吩咐过的。”

三十郎从腰缠里摸出信札，递给森都。

“封面上怎样写的？”

“座头森都，烦转致长冈佐渡相府悠姬小姐亲展。宫本武藏缄。”

“哈，哈，哈，不错。”

“另有几件事要我当面奉告：先生今晚要连夜赶来乌旗①，到渔夫才助家中。才助是家父在世、舍间在大阪时，家中用的小厮，是一个忠厚人。舍弟四郎随先生同来，到时舍弟会来联络。”

三十郎把武藏吩咐的话逐件说了一遍。当然有几件事是很重要的。

森都这才重新见礼，把弟子与市也介绍给三十郎。

“三十郎哥，辛苦你了。我苦于不能与武藏先生取得联络，正自着急。但鸭甚内有着什么阴谋，还不能得悉详情。只是知道他会集浪人，与京都所司代的密探岸孙六频频往返于京都、小仓之间，监视着长冈府邸。由这些迹象，我也同武藏先生一样想法。也许见了悠姬小姐，便能知道真相。但在敌人监视下，怎能接近悠姬小姐呢？大概甚

---

① 乌旗：今之户畑。

内是认识我的。”

森都先是沉着头想了一会儿，但旋即笑着说：“那么三十郎哥，你现在打算怎么样呢？”

“宫本先生所交代的事，就此告一段落。但我这次出门，准备暂时离开家母，可能的话，就此跟着宫本先生上京去。”

“嗯，你是前途无量的武士哪。”森都朝着三十郎说。

“我是预备一边进修武艺，一边学习绘画去的。”

“绘画？”

“宫本先生也直劝我不要丢了学画。”

“真有趣，同武藏先生有深交的，都擅长某一技艺。通小姐的笛，悠姬小姐的画，你也是画。而我，则是琵琶法师。哈哈哈……”

二

于是，三十郎便在森都的客栈里住了下来。入夜，四郎来通知，说武藏暂住在乌旗的渔夫才助家，静待时机成熟，再做打算。

不久，森都不带琵琶，扮作按摩的瞎子，偕同与市出去，直到深夜方才回来。前天整夜未睡的三十郎，已经睡得很熟了。

“三十郎哥！”

“唷，您回来了？”

“不，不要起来……今晚的成绩很好。我觉得东边有苗头，便向相反的不老庵前往。因为庵主富田如安本来相识，听说今夜那里举行茶会。意外地获悉明日过午，长冈佐渡相爷，带同年轻武士在庵里举行露天茶会。届时，悠姬小姐当然也会出席的。三十郎哥，我的琵琶卦是极灵验的哪。”

森都说着，窃窃而笑。

不老庵在城东足立山麓，原是幽邃的胜地，自小仓豪商富田如安布置园林，经营茶室不老庵之后，更成了小仓屈指的名胜了。禅宗巨刹应寿山福聚寺的兴建，却是数十年后，宽文年间的事。

森都的消息是准确的。

第二天过了午刻不久，五个强壮的年轻武士簇拥着三乘轿子进入不老庵。轿中坐的，是长冈佐渡和他的夫人及悠姬三人。在庵前落轿，由庵主富田如安接待，一直导往野餐的地方。年轻武士们，当然也随侍在侧。

苍郁的树间点缀着如火的枫叶，枫树的老干下是一片绿茵，铺着绯色毛毡。

风和日丽，静穆袭人，时而响起白头翁尖锐的啼声。茶会将近尾声时，不知从哪里送过来琵琶的声音。

“唷，琵琶……”

佐渡倾耳听了一会儿，吩咐着说：“像是就在左近，寺尾去看看。”

他不仅为那悦耳的声音所打动，眼中还闪着警戒的光芒。

“是。是不是要他不要弹奏？”

“不，那倒不必。如在附近，看是什么人！”

“是。”

新太郎奉命离座，穿过树林，朝声音的方向蹿去。

富田如安知道弹琵琶的人是森都，但为什么跑来这里，他事先并无所闻，自然不知内情。

可是，如安是胸有城府的人物，直觉地知道“必有缘由”，表面上却装作若无其事的样子。

寺尾新太郎不多一会儿便回来了。

“禀告相爷！是一个流浪的名叫森都的琵琶法师，在本庵后园弹着琵琶，只是爱好风雅，别无可疑之处。”

“唷，座头森都！”

如安乘机搭腔：“是我认识的琵琶法师，原是武士出身，天主教翻跟斗的始祖。”

佐渡点点头。

新太郎继续报告说："座头之外，还有一个十五六岁的少年在左近绘图，是领内金田村的浪人之子。"

"噢，领内的浪人，在那里绘画？"

"是，笔法挺秀，真是难得。"

"新太郎先生，在哪里？"

悠姬插口问道。

"这里进去有一道小瀑布，座头和少年，都在那附近。"

"伯父，我去看看。"

"早些回来，我们在庵里等你。"

武藏去了虽不到半年，悠姬的身材高了许多，已是一个亭亭玉立的少女了。眼神中那些稚气已不复存在，蕴藏着女人深湛的神采。

森都仍继续弹着琵琶——是他得意的《平家物语》……而从铮铮的琴韵后，传来潺潺的水声。绿苔斑斑的断岩上，垂下几缕白线。在它的前面，矢野三十郎展着画册，正在写生瀑布。

悠姬蹑足走近三十郎背后。三十郎则一心运着画笔。

"啊，画得真好！"

悠姬不禁出声赞叹。

"呀！"

三十郎愕然回头。

"我是佐渡相府里的悠姬。尊驾贵姓？"

悠姬的态度高贵，但语气温柔。

"是。我叫矢野三十郎。"

"好像是雪舟派，尊师是哪一位？"

"没有师匠。"

"自己练的？画得真好。"

"您也爱画？"

"是的，在京师时，请光悦先生指点的。"

这时，从树林边传来的琵琶声戛然而止。森都由与市牵引着，走过来了。

三

“我是座头森都。”

森都在悠姬背后就地而坐，低声说。

“啊，琵琶法师吗？”

悠姬口中回答，却没有回过头来。

“三十郎，把它画好吧！我想看看你怎样画右手那块突出的岩石哪。”

“是。”

三十郎仍对着瀑布运着画笔，但心中非常焦急。最初森都打算借弹琵琶吸引茶会中的人，再找机会与悠姬见面的。后来改变主意，叫三十郎带着画具同来，却得了很大方便。

趁此无人，早些把武藏先生的信交给她才好——三十郎运着画笔，心中却这样想着。但画了一会儿，杂念渐消，被引进画境三昧，眼中心中唯有瀑布与岩石了……森都默坐着，没有作声。

“好了！”

三十郎抹上最后一笔，欣然叫道：“哟，真好……”

悠姬热心地望着画面。

“不行，只是照自己的意思涂鸦。”

“九州难道没有出名的画家吗？”

“没有听说。”

“那么还得上京去，太可惜了。”

“是，我也这样想，私淑着等伯先生。”

“等伯先生！真了不起。”

“我没有见过光悦先生的画。”

“到相府来，我给你看。顺便请你看我的画。”

三十郎踌躇着。

森都趁此插口说："公主，森都给您送信来了。"

悠姬静静地回过头来。

"给我的信？"

"是，宫本武藏先生的。"

"什么，武藏先生？"

悠姬注视着森都。

森都从怀中取出武藏的书简。

"请您收下。"

"等等！你怎么认识武藏先生的？"

"长崎以来，我一直为武藏先生效劳，在熊本也见面的。"

"那么，武藏先生现在哪里？"

"就在附近的乌旗。"

"既然如此，为什么不直接到这里来呢？"

虽然家势没落，究系王侯息女，怎能从不明来历的人手中，轻率地接受信札呢？

"这其间别有缘由，请公主看信……"

三十郎也插口说："务请公主收下信札，我也是武藏先生的人哪。"

悠姬看着森都和三十郎，突然走近森都前面。

"谢谢你们，请把信给我吧。"

四

"在这里拆看吧。"

悠姬自语着说。

"最好在这里……"

森都顾虑着周围，低声说。

悠姬一口气读完了信，脸色稍呈苍白，心情像很激动，但眼中却亮着光彩。

“我知道了。”

悠姬收起书信，用感激的眼，望着三人说：“信中也提到你们各位，谢谢你们。”

“是。”三人躬身回道。

“是武藏先生吩咐，有五位青年随时保护着我。但武藏先生说，暂时不要让五人知道。法师，今后你怎样替我与武藏先生取得联络呢？”

“这个，我刚才想起来了。由您的牵引，让三十郎能进出相府。务请设法……”

悠姬立即答道：“他也同我一样画画的，我想伯父一定会答应让他来相府的。”

“多谢公主。”

“三十郎，明早请指着我的名字到相府来，今天我会先同伯父说好的。”

“是，准定前来。”

“有人来了。”

森都低声说。

“那么，请把详情转达武藏先生！”

“是，不劳牵挂……”

悠姬就此离开了。

“公主，相爷等着哪。”

新太郎迎上来说。

“我看那少年绘画啦。”

“画得不错吧？”

“嗨，画得真好……”

悠姬与新太郎并肩消失于树林之间。三人完成了这件大事，如释重负。

“三十郎哥，像是很标致的公主哪。”

森都说着，咧开嘴巴一笑。

三十郎红了脸说："你怎么知道呢？森都法师。"

"怎么不知道呢！像岭上的奇葩，品格清高，散着智慧的芬芳。而且，嘻嘻嘻……"

"法师，为什么发笑？"

"唉，小哥，你不知道，这是一位惹起天下风云的公主，怕是会给武藏先生带来麻烦。"

一阵秋风，吹得枫叶飘零。

"呀，好冷！与市带路。三十郎哥，咱们回去吧！"

五

"阿悠，这一位是中津月光寺的秀月师。"

悠姬一进不老庵的茶室，佐渡便指着一位尼姑给她介绍着说。

"师傅，您好。"

悠姬恭敬地行了礼。

"刚才相爷提起您来……"

尼姑也满面春风地还了礼。

佐渡接着说："秀月师出身京都名门，像你这样年龄出家，到各地修行，现在是屈指可数的大知大觉，道德高超的佛门徒子。很早便想给你介绍了，今天恰在小仓，便请她前来。"

尼姑接口说："悠小姐，我的身世同你很像，小时死了母亲，家父是族中的叛逆，终于身亡家覆……我深感世事无常，便决心皈依菩提，为父母祈求冥福。"

悠姬静静地听着，警觉到了事非寻常，仰头望着佐渡叫道："伯父！"

她的声音很尖，使佐渡为之一愣。

"在师傅面前，不必守着秘密吗？"

"什，什么秘密？"

"有关我的身世。"

"那是，师傅早已知道了。"

"不，我不是说以前的事，是说今天，目前的！"

佐渡显得很尴尬。

"伯父，不是有人揭穿了我的身世，故意给伯父找麻烦的吗？"

佐渡望着悠姬呆了半晌，但下了决心说："阿悠！不错，有人向京都所司代，板仓胜重处密告你是兴秋殿下的息女。为了这一点小事，本来也影响不了德川家和细川家之间的感情。但细川家也有敌人，正在向将军挑拨离间，公事上却不能置之不理。"

"伯父，我知道了。你是劝我皈依佛门？"

"阿悠，我心里悲痛！叫我有何颜面去见兴秋殿下！你要晓得我多么爱你，期待着你的前途……"

佐渡黯然说道："但除了遁身佛门之外，又怎能保得你的安全呢？"

六

悠姬低垂着头，拼命抑制住涌上来的激情。从武藏的信中，知道有人告发自己的身世，预料到德川家的压力迟早会加诸佐渡身上；但佐渡会因此劝自己投身空门为尼，却是出乎意料的。

佐渡继续说着："当然，兴秋殿下是细川族中反抗德川家的人，而佐渡竟偷偷地接养着他的女儿，若以此为细川家心怀二心的证据——万一有人这样检举的话，或许会有非拿你的首级去表明心迹不可的那一天。但幸好上头保证不把这事张扬出去，只是着落在我的身上，妥为处理。这当然是我的无能，但悠姬，你总得体谅我的处境。"

悠姬仍垂头不语。

尼姑却接口说："悠小姐，年纪轻轻的削发为尼，皈依三宝，听起来好像非常悲惨。但其实不然，我们与三宝为伴、朝夕相共……不知不觉中受了我佛的智慧与慈悲，连自己也成了人世的光明，进而普度众生，共登极乐了。”

尼姑宣扬佛道，赞颂着僧尼尊崇而清高的使命。她所说的，是根据多年修行而得的经验，从深湛的信仰中涌着出来，足以打动人心的话。但悠姬却几乎没有听见。

佛！尼！是悠姬从来不曾想过的事。在京时虽曾与知名的禅师或和尚相识，那只是视他们为教养高超、趣味盎然的人物罢了。悠姬的胸中所蕴藏着的，只是坚强地迈向现世的旅程。她的胸中鼓舞着不畏任何苦难的意志力和冒险心。

因此，现在充塞于悠姬心中的，是压迫佐渡的德川的权力。即使是出于温情的方式，但对那权力的反抗心和对甚内一党的愤懑，使她沸腾起满腔的热血。

“悠小姐，你可明白我的话？”

尼姑的话告一段落，反问着说。

“师傅，我不明白。但不明白也无所谓，现在立刻剃度也成。不，伯父要我的首级，要我自杀都无所谓！可是，可是……”

悠姬瞪着佐渡，激动地说道：“伯父，我非得弄个清楚不可。到底是什么人，怎么知道我的身世，有什么目的向官家检举？弄清楚了之后，我绝不犹豫！”

“哦——”

佐渡显得很狼狈。

他是早已预感到不安，曾警觉到一件不寻常的大事回旋于自己的身边。正在这时，从板仓胜重处来了密使，揭发悠姬的底细，劝告他趁事情还未闹大，让她离开细川家，或者送去尼庵削发为尼，避免细川家罹难。佐渡对此晴天霹雳，除了惊愕之外，却未曾想到出于什么人的阴谋摆布。

“好，难怪你怀疑，待我查明告诉你。”

佐渡抬头说。

骚动

一

矢野三十 郎挺着胸脯进了佐渡相府，但初次跨进权贵的府邸，他忐忑不安。

昨天，同悠姬公主虽是约好了的，但不知果能如愿见到否！

出来应门的，是一个年轻武士。

“我叫矢野三十郎，求见府上悠姬小姐，劳烦通报。”

“请您稍候。”

年轻武士意外客气。他进去之后，不久出来一个女侍。

“小姐专候，请随我来！”

她恭敬地在前带路，走过长长的走廊，一直带他到了悠姬的房间。三十郎俯伏参见。

“三十郎，辛苦你了。那，进来！”

昨天还不觉怎样，今天可不然了，不仅身份悬殊，而且悠姬那高贵的风度威慑着三十郎，使他惴惴不安。经悠姬再三温语相邀，三十郎方敢抬起头来，在她的对面坐下。

“这就是光悦先生的字画。”悠姬指着壁上说。

那一幅小轴，画的是“拂水飞燕”，与雪舟派的画截然不同，线条和色调都显得饱满丰厚。画上题着一首和歌①，字也写得遒劲有力。

“三十郎，你看怎样？”

“真好，画品高，敦厚而且稳重……但他的画与我所走的路线，好像完全不同。”

“是的。这是天分独厚，人格高超，地位崇高，而且从平和的生活

① 和歌：日本诗。——译者注

中产生的画。也许与你的见法不同。”

“是的，以我的生活环境，怎能达此画境？我所画的，不论山、川、木、石，都不能离开泥土的气息。”

“这样不是很好了吗？三十郎——”悠姬突然放低声音说，“我现在非得赶快见到武藏先生不可，打算今夜偷偷地前往乌旗，请你先去通知武藏先生一声。”

“是，请您放心！”

“那么今天没事了，明天请你再来一趟……”

三十郎去后，悠姬仍坐在原处，深深地沉入遐思。她自语着说：“伯父的立场，到头来总得屈服于权力之下，是不能帮着我的。不晓得武藏先生是不是也一样……是不是也劝我去做尼姑？”

阿通的影子，突然浮上她的眼底。

阿通在本妙寺修行，早由阿松信中知道了。当时悠姬受了很大的冲动，觉得阿通的遁迹寺庵并不意味着就此放弃武藏，反是更坚强的爱情的表示。她曾自语：“武藏先生也许会败在阿通的爱情之下。”

二

她的胸中感到无端的悸动。悠姬于是烧起离京时父亲所赠的贡香。一缕幽香从青瓷炉中袅袅而上，渐渐地弥漫于圣洁的少女闺房。

“公主！”

门外，是寺尾新太郎的声音。

“请进来！”

肃立在门外的，是“武藏五人团”——新太郎领头，野田、山东、和田、宫胁五个青年武士。

“公主！”

新太郎推门进来正想说话，悠姬却拦住了他的话头，指着上首说：“请等等！刚才焚了香，是家父秘藏的名叫‘波香’的名香，静穆的气氛沁人心脾……”五个青年便也肃容端坐，静下心来。

不久，悠姬回头问道：“你想说什么？”

“是。”新太郎肃然回道，“昨夜，承相爷告知，官家秘密来文，查询公主身世一节……”

“我也是昨天在不老庵里方知此事。伯父的意思，是要我拜在秀月师门下躲避灾难。”

“是，这我也听说过了。可是相爷面谕，要我们赶紧查明如何泄露的秘密。”

悠姬的目光一亮，接口说：“各位！我虽不曾向伯父禀告，但这事的内幕——谁向官家告密，我是知道的。”

“嗨嗨，是什么人呢？”五人耸肩急问。

“这一点迟早总得告诉你们。倒是，对我削发为尼一节，各位以为如何？”

五人默不作声。

“这就难了。各位是细川的家臣……伯父要我去做尼姑，各位怎能反对呢！”悠姬冷冷地说。

新太郎却开口了：“不，虽是相爷的意思，不得公主点头，还是不成。一切得视公主的决心，我们永远看公主的主意行动。”

“反抗伯父的命令也是吗？”

“是！但相爷也不希望公主削发的，只是出于无奈。假如有其他不损害细川的家声，而能保护公主安全的良策，我相信他老人家自必乐从。”

“我知道了！我现在也这样想。但我想与一个人商量，那就是武藏先生。”

“嗨，宫本先生！但先生是——”

“就在左近，但为避敌人耳目，对伯父也守着秘密。我想今天悄悄出府，前往会晤，你们能不能帮衬？”

五人交换了一下视线，点头说道：“是，愿为公主效劳。”

悠姬在长冈府中的人缘极佳，也许她是生来的领袖人才，能够不威而服人。

待佐渡夫妇睡下之后，她得下人的帮助，轻轻地出了后门。

“公主，路上小心……天未亮前，请早早回府。”

送她出来的女侍轻声说。

外面是一片漆黑。悠姬以紫色的头巾覆面，腰插小刀，那样子倒像是年轻的武士。

走不了几步，五条黑影悄然出现，贴近她的前后左右，跟踪着前去。当然就是那“五人团”。

城门口，寺尾等早已打点好了。出了城，路上阒无一人。到了鱼町，横巷内闪出一个人影。

“三十郎恭候。”

“辛苦你了。”

出了京町，常磐桥下有一顶轿子等着。

“请公主上轿。”

新太郎掀开轿帘。在他们的前后簇拥下，轿子沿着博多街道前进。

当时的乌旗，是冷落的渔村。滩边的松林间，疏疏落落点缀着几座茅舍。才助的家，在离开大路老远的松林深处。虽是茅草屋顶，大概生活优裕，屋宇相当宽广。武藏住的，是最里一间。他还是一样的长发垂肩，白绫夹衫，但衣服倒是崭新的。

远处传来阵阵拍岸的涛声。

“先生，怎么恁迟？”

端坐在武藏面前的四郎，装着大人的口气说。

“哦，快来了吧。”

武藏随口答道。

“待我卜上一卦……”

森都说着，取下壁上的琵琶。

他倒竖琵琶，用指尖拨动琴弦，倾耳谛听余韵。这是森都得意的“倒竖琵琶卦”。

“放心，已到附近了。”

他说着，但跟着却侧着脑袋。

“奇怪！”

他自语着说：“离不了多远，有人跟踪，脚步声很清晰。”

“森都！真的？”

武藏皱着眉头。他虽不相信卜卦，但因森都的琵琶卦屡见灵验，却也不敢忽视。

“是的，绝不会错！”

“哦，我也有此感觉。待我去看看。”

武藏手提大刀，站了起来。

三

看武藏将要出门，四郎也跟着站了起来。

“先生，请您带我同去。”

与市慌忙说：“四郎哥，千万不要跟先生前去，见怕了便不想做武士了。”

四郎耸肩说：“我不怕！”

“你还没有见过哪，没有见过先生杀人……”

武藏微笑。

“与市，不必担心，不是去杀人。四郎，一起去吧，我还有事托你。”

“是。”

四郎兴高采烈地跟着武藏出去。

“好吗，知道了吧？”

到了大路，武藏再三吩咐说。

“知道了！”

四郎坚定地答应了后，向小仓那边一直跑过去。走不了多远，从对面传过来一阵脚步声。四郎赶快转过身来，放缓脚步。

噔噔噔……脚步声在黑暗中渐渐迫近。不久，载着悠姬的轿子已近前了。

“什么人？”

领先的三十郎开门呼喝。

“哥哥，是四郎哪。”

他边走着，边低声回道。

“哦——”

“先生吩咐说，后面有不明来历的人跟踪。过去一点，右手有一株露根的大松树，在那里放下公主，轿子和护卫的人照旧一直沿大路下去，天亮前回头来接。只留寺尾新太郎先生，从半路踅回，径来先生处。”

这些话，新太郎也听到了。

“好，知道了。”

新太郎一面回答，一面走着，掀开轿帘详细告知悠姬。

不久，到了目标露根松树下。悠姬轻轻地跳下轿子。

“公主，这边！”

四郎牵了悠姬的手，拉她跑进松林。

“公主，当心不要撞在松树上。”

周围是一片黑暗。从那黑暗中，传过来波涛的声音。悠姬让四郎牵着，循着松林中的小径，一直往前疾走。不久，前途朦胧地出现了白色的东西。

四郎先缓下脚步，终于站住了。

“先生，一切顺利。”

“武藏先生！”

悠姬望着在黑夜中像巨木一般站着的白衣的武藏，迎上前去。

武藏退后一步，深深地躬身说道：“公主，远劳跋涉，惶恐之至。”

“不，有话非当面请教不可……”

“走吧，同到敝宅。”

“太黑了。”

“四郎！”

但四郎早已向住处跑去了。

“我牵着你走吧。”

“谢谢。”

四

森都也回避了。里面的房间，只留下武藏与悠姬两人。悠姬高贵而华丽，在灯光下，倍增光彩。

小仓一别，已逾半载，但两人之间却更显得亲近了。武藏对悠姬的情操和知性，以及高洁的少女之梦，深为感动。而悠姬对武藏，也为他那不为权门所屈，不为因习所囿，抱着剑独来独往的修业精神致以尊敬和憧憬。彼此间的这种感情，在别离中却也渐渐滋长，及至这次事件发生，而强烈地交流了。

虽然双方都没有丝毫男女情爱的不洁之念。他们以为这只是人与人之间的感应。但在那心的深处，互相有着“异性”的意识，却也无可否认。

武藏威仪凛然，向悠姬简单地叙述旅途经历和给她写信的缘由。

“武藏先生！你的想象没有错，就在法师送信来当天，伯父已经明白地告诉我了。”

“那么，固然……”

“从京都所司代的板仓，来文盘查我的底细。”

“竟已到了这一步？”

“来文中诘责伯父收留我，那是当然的事，而且要我削发为尼……”

“什么，当尼姑！是所司代提的吗？”

“是的。”

“相爷呢？”

“你以为如何？”

武藏点头：“我知道了。那么公主自己的意思呢？”

悠姬的眼睛一亮。

“你看我该怎么办？”

武藏抬起头来，用他那黄色锐利的目光注视着悠姬。那目光像利刃似的，使悠姬不觉全身一震。但并不可怖，也没有不快。

“公主，你要我说吗？”

“武藏先生！我想听听你的意见，作为自己的决定。我正站在歧路上哪。”

“哦——”

武藏望着悠姬，默然了半晌。但接着却坚定地说：“公主，照着自己的意志坚强地活下去！不管将军的命令，不问父母的吩咐，你都可以置之不理，没有遁身空门的必要！”

“武藏先生！”

悠姬兴奋地说：“果然不出我所料！”

“你的苦难日子、艰苦的战斗，终于来临了。但公主，绝不能输给他们！”

“武藏先生！”

悠姬的眼中热泪盈眶。

“公主，这次的事因武藏而起，理应效劳，绝不退缩……”

“武藏先生，你肯与我同行？”

“当然哪！”

武藏斩钉截铁地回道。

妖魔

一

同一时候——

鸭甚内正坐在一间家具杂陈的楼上，把那本《宫本武藏恶业记》改了又读，读了又改，窃窃自喜。

这里是流注于小仓、穿城而过的紫川河口，长滨町街尾的杂货店楼上。甚内对这次的作战处理得极为慎重，把岸孙六安置在小仓城内古船场町一间旅店山本屋中作为同志的联络中心，而将其他的人分住在周围的各部落。

他因自己认识很多小仓藩士，当然不敢住在城内，而且深居简出，支使浪人们与岸孙六等取得联系，而以小楼一室作为发号施令之地。

火钵的火已熄了。

秋夜的寒意浸浸地逼人，甚内打一个寒噤，放下笔侧耳静听。他站起来，轻轻地推开后窗。从那里下望，看得见独院的窗口仍透出灯光，映着朦胧的人影。

"哦，还没有睡？"

他困惑地耸了耸断臂的肩膀，眨着两眼。但像是下了决心，蹑脚走下楼梯，皱着眉，踏过吱吱作响的廊下，站在独院之前。

"铃小姐，我能进去吗？"

房中像嘲弄似的回道："啊哟哟，甚内哥，你还醒着？"

"你不是也一样醒着！"

"你是从后窗上看的？既已来了，只好请你进来。"

这里与楼上不同，整理得有条不紊，是很风趣的一间茶室。这家的上代，是京都下来的商人，懂得茶道，才有这么一间独院的茶室。砖砌的炉中燃着熊熊的炭火，铁罐中的沸水"吱吱"地响着。

"呀，好暖和！"

甚内在炉前盘膝而坐朝着铃姑。

"这么晚了，在做什么哪？我在校订武藏的罪孽记。"

铃姑竟出乎意料地悄然说："东想西想……今晚怎么也不能入睡，想起小时候，想起妈来。"

"孝恩可嘉！"

"也想起小次郎先生。"

“你不是一个平常女子，自视不凡，而竟看上小次郎这样的莽汉。”

“可不是嘛！不是我自吹，当时追逐我的人有的是，其中有富豪，有身份极高的武士，而我偏偏跟上那高傲的赖汉……”

“想起小次郎先生，你会没有意思再跟别的男人谈恋爱了吧？”

“你真问得出奇，嘻嘻嘻……”

“问得出奇？”

甚内在自己那像妖怪一般的丑恶的脸上抹了一把。

二

铃姑讥讽地说：“其实，那也是的。我的年纪还轻，又不是明媒正娶的小次郎太太，假如我现在就是看上了你甚内哥，也不足为奇。你的关心，我真感激……”

“不，不是这种意思。并不是我对你有什么……”

甚内慌忙说。

“那当然，我也知道。刚才只是比方说哪，你是小次郎老爷的部下，我是他的情妇，谁也不能爱上谁。我们只是朋友，只是同志。我就是爱上别的男人，也绝不会同你甚内哥有什么……可不是吗？”

“当然，当然……”

鸭甚内没精打采地回道。

对男人，甚内虽能发挥其魔鬼般的压力和雄辩，唯有关于此道，却非铃姑之敌。而且，虽在铃姑不断的训练之下，仍毫无进境。但他那份认真，却也伤透铃姑的脑筋。尽情冷嘲热讽之后，铃姑的心中却抑不住对他惹起怜悯与同情。

“可是甚内哥，未给武藏加上绝命的一刀之前，我铃姑绝无他图！”

“那当然！”

无论任何场合，一提起武藏的名字，甚内便显得异常紧张。

这一点，铃姑未尝不是，现在也许在甚内之上。原是为了安慰甚内的，但不知不觉咬牙切齿地说："可是甚内哥，真气死人！咱们费尽千辛万苦，抛开了爱情和一切，而武藏却依然无恙，倒是阿通、阿悠左右逢源，怎么不气死人！甚内哥，这次可有把握？"

"昨晚不是说过的吗？岸孙六当面晋谒板仓老爷，备细说明。板仓老爷的火急文书，早在三天以前便送达佐渡家了。"

"那封文书中，不晓得是不是尽依岸孙六的主意？"

"孙六是从板仓老爷依为左右手的亲信口中得来的消息，那还会弄错吗？前天，佐渡一家到不老庵举行露天茶会，曾招请了中津的秀月尼姑，大概就为的商量这一件事吧。"

"这样看来，准错不了。唉，那个聪明伶俐的二八少女，一变而成牛山濯濯的尼妮，虽然有点可惜，却是爱上武藏的果报哪。从此武藏手上的两朵鲜花，萎了一朵了。嘻嘻……"

铃姑乐得放声大笑。

"铃小姐，这件事竟值得你那么高兴？"

甚内的眼中，射出锐利的光芒。

"啊呀，不应该高兴吗？"

"太早了，我们的舞台刚才揭幕呢。好戏还在后头哪！"

"那也是的，这以后才是甚内哥大显身手的时候哪。"

铃姑苦笑着说。

三

第二天早上，浪人中的工藤某变了脸色跑到甚内住处。

"工藤，怎么了？"

甚内瞪着两眼问。他现在俨然是一个领袖，与以前的下人风情判若两人了。他那丑恶的脸相，反给他添上几许威严。

"鸭先生，惨了！昨夜深更，从城里出来五六个武士；一看，正是'武藏五人团'。过了大桥，不晓得是什么人，坐上等在那里的轿子，沿博多街道朝南下去。我推想轿中的人，必是悠姬。跟踪下去的，是我与恩田、木仓、濑川四人。过清水到了黑田领内，闯过乌旗，一直往前。”

据工藤的报告，是这样的——

轿子过黑崎又是一二里。四个人若隐若现盯在后面，但素来急躁的恩田却忍不住了。

“不耐烦，索性上去盘查看看！”

“不可造次，对方原是佐佐木小次郎的高足，现在是著名的‘武藏五人团’哪。”

工藤虽曾这样阻止，恩田却不答应。

“有什么了不得，大不了是二十上下的小伙子。总得有一天正式敌对的，倒不如乘此早些解决，也是诱武藏出面的一策。”

“那也是的。好吧，上前！”

于是，四人便扎紧覆面的头巾，加快脚步。那时，天已拂晓。

“等着！”

随着恩田的吼声，轿子和人都站住了。寺尾新太郎等五人，加上少年矢野三十郎，一齐回过身来。

“什么事？”

五人团中的山东，高声喝问。

“盘查轿中究是何人！”

“盘查轿子！凭什么？”

恩田怒眼，拍着刀鞘说：“不服吗？好小子！”

山东咧嘴一笑，其他五人也跟着大笑起来。

“笑什么？看刀！”

恩田乘敌不备，倏地拔刀向山东挥去。

山东哪敢怠慢？举刀一格，回手右挥，把恩田劈为两段。

“当心！”

“上前！”

双方一齐拔刀，各找对手厮拼。但甚内一党，哪里是“五人团”的敌手？不到几回合，只剩下工藤一人了。

说到这里，工藤低头辩说："非我贪生怕死，我就是拼了一命，也只是徒然白死，所以忍辱逃回，特来报信。"

四

工藤去了之后，岸孙六跟着来了。这个在长崎被武藏挖去右眼的密探，自此成了独眼龙。年龄与甚内相若。长长的马面，原带着几分傻气，变成独眼之后，倒反而显得凄厉、结实。

加上铃姑，三人便计议起来。

"唉，轻举妄动的家伙！"

甚内把工藤的话转述了一遍，岸孙六恨恨地说："那么，工藤有没有说，轿中坐的确是悠姬呢？"

"那也模糊之至。说是刀战一开始，轿夫便逃走了，轿子停在路边，一直没有人出来。"

"哦——"

"可是……"

甚内突出下巴说："据我推想，确是悠姬。"

"鸭先生，倘或如此，那可不得了，悠姬必做逃亡的企图了。黑田、锅岛、加藤……丰田恩顾的王侯，有的是。"

"不错，理所当然，但事实并非如此。那时悠姬早已不在轿中了。无论多么聪明的女孩，刀战中也绝不可能静静地坐在轿中不出来的，而且据说最初在场的寺尾新太郎，到后来却找不到了。是半途上，带着悠姬溜走了。"

"哦……也许如此。总之，他们不知道暗中跟踪的方法，一定是有了破绽，被对方警觉了。"

"岸先生，悠小姐是会武藏去了。"

"嗨嗨，武藏？"

“武藏曾在附近露脸。”

“哦，可能是这样。一个贩针的客商昨夜住在客栈里，说是在中津碰到很像武藏的武士，是五六天前的事了。我刚才来，原是想告诉你们这件事的。”

“那么一点不错，武藏一定躲在小仓与黑崎之间的什么地方。”

甚内肯定地说。

“唉唉！”

铃姑恨恨地说：“那么昨夜，武藏与悠姬是见面的了。”

“唏，唏，唏……”

甚内浮上他那得意的、充满着诅咒的笑容，说：“不是这样便与剧情不合了。那，铃小姐，悠姬假如乖乖地做了尼姑，这出戏便做不下去了。佐渡要她去做尼姑，悠姬不愿意，于是偷出相府会晤武藏，而护卫她前往的则是‘五人团’的青年……”

“等一等，甚内哥，武藏在路上该不会知道这里的事，为什么不公然到佐渡家去呢？”

“他们那边也有拿鹅毛扇子的，就是长崎的座头。在这里已经露过两三次脸了。替武藏联络的，就是他。”

“哦，我也见过，但没有警觉到这点。不错，不错！”

孙六亮着独眼说。

甚内兜着下巴：“岸先生，铃小姐！这件事只许我们三人知道，对别人不可泄露。”

“那又为什么？”

孙六不解地问。

“那是为了不让武藏占先。你没有感到吗，武藏凌厉的剑气？他正在等着我们哪！走错了一步，我们便是扑火的灯蛾，自趋死路了。这尚在其次，假如让他抓到一丝线索，凭他那神出鬼没的诡计，咱们好不容易布置好了的天罗地网，便被撕毁了。如果让咱们的人全知道了，倘或不知厉害，轻举妄动来上一手，咱们便全盘垮了。”

孙六点头称许。

“有理，那么听其自然吧。”

“这又不然。由咱们两人，暗中先去打探那厮巢穴。”

“哦，好吧。”

“甚内哥，我呢？”

铃姑不服气地插口说。

“铃小姐，对不起，只好请你暂时担待些，耐一耐性子。你上台时，便是大团圆了。”

“甚内哥，回回如此。这次的大团圆，真靠得住吗？”

“哼，这次准错不了，山人自有妙计，等着瞧吧！”

甚内耸肩而笑，又用手抹了一把鼻子。

甚内与孙六扮成行商，悄然出了客栈，沿博多街道迤南而去。到了清水时，甚内却说：“岸先生，独眼对独臂，惹人注意。咱们分途去吧。”

“好吧。这类事是本人的拿手本行，倒是独行独往来得方便些。”

说定之后，两人便各奔前途。好孙六，只见他一紧脚步，眨眼间便去得无影无踪了。他是准备先赶到黑崎，再往回一路打听下来。

甚内则沿路到村落打听。到了乌旗时，太阳沉西，天已落黑了。

“今天到这里为止，暂先回去吧。”

甚内自语着，正想往回踅时，突然从松林中响起琵琶的声音。

“奇怪……说不定是座头森都？”

甚内静静地倾耳听着，心中无端地感到一阵悸动。

“哦，也许是？”

甚内循声进了松林。声音渐走渐近，见到一栋人家。甚内绕到屋后。

“是了！”

后间窗上映着的人影，一眼便知是奇装的武藏。琵琶的声音正从那里传了出来，武藏悠然自得，好像正在一心听着森都的琵琶。

可是，甚内却悠闲不来，吓出一身冷汗。从窗上的人影透出冷冰冰的杀气，咄咄逼人。窗上的影子一晃——

"啊啊！"

像是武藏的剑气脱窗而出似的，甚内拔腿便跑。他不敢回头，没命前窜。"啪嗒"——同一个人撞了个满怀。

"呀呀，岸，岸，岸先生！"

是孙六站在当路。不愧官家密探，他竟也找到武藏的藏身之处了。

心照不宣

一

平素谨慎的武藏，又为什么让森都在他隐蔽的藏身之处弹奏琵琶呢？

那是晚饭后不久。

"森都，久违了，请奏一曲。"

武藏这样说时，森都倒为之一愣，随即皱眉说："不要紧吗？武藏先生，甚内知道我的琵琶呀。"

武藏微笑着说："正想让甚内也来欣赏。"

"唉？"

"黑崎一闹，甚内一定早已警觉到我躲在这条路上，正在这一带到处摸索吧。趁这机会，同那厮们接触也好。我想制敌先机，主动地邀请他们前来哪。"

"原来如此，那我得多使点劲力呀。"

于是，森都便纵声讽歌，弹奏起得意的名曲《坛浦之战》来了。果然，他的琴声把甚内诱来了。

一曲既终，武藏问道："怎样，有警觉吗？"

森都微笑着说："有，但武藏先生，似乎时机尚早。"

"不，不早，密探岸孙六也到了。这里的街道很窄，容易了断，好戏快开场了。”

“先生，杀人吗？”

与市缩着脖子说。

武藏抚着他的头顶。

“与市，不怕。不在这里杀人。”

“先生，在哪里？”

四郎耸了耸肩膀。

“在哪里便难说了。我只知道这次杀人，得把悠姬公主夹在当中。四郎，你明天到小仓叫三十郎回来，不能再让他一个人住在客栈里，太危险了。”

这时，寺尾新太郎来了。他首先报告悠姬已平安回到相府，继而又说，藩士中也有两三个人与甚内通气。而且在路上，他曾碰到甚内与孙六。

“寺尾！”

武藏突然沉住声音叫道：“你们现在的处境很难，不知做何决心？”

“是，为了悠姬公主，不惜赴汤蹈火……”

“违反相爷之命也……”

“是的！但我们发现了矛盾的两个相爷：一个是所司代压力下强迫公主出家的相爷，另一个是不愿公主削发的相爷。我们都爱护着公主，决心替不愿公主为尼的相爷效劳，守卫公主的安全；纵使一时间受相爷的谴责，我们相信终有被谅解的一天。”

“哦，好志气！”武藏神采奕奕地说。

“武藏也同各位一样，只要推诚相见，相爷自能知道。不，像佐渡先生这样的人物，虽是所司代的授意，绝不会冒失地让公主去出家的。我相信相爷，敌人只是甚内一派。”武藏满自信地说。

二

“铃小姐，找到武藏的巢穴了。乌旗一个叫才助的渔家。”

甚内得意扬扬地说。

“那倒好。”

铃姑的反应很冷淡。甚内把她搁在一边，至今愤愤不平。

“还是那么厉害，看他悠闲地在听森都弹奏着琵琶，但剑光四布，杀气逼人。”

“你是吓破了胆的，大概一见便没命地逃跑了。”

“嘻嘻嘻……说来惭愧。我虽没有与武藏直接交手的意思，但到底还得拼命进修……”

甚内倒并不隐瞒，老实认输。

第二天，甚内过了午刻便出去了。铃姑趁着机会，袖里藏了短铳，也飘然而出。好久不见武藏了，怎能不见上一面？甚内一直是那么大排场，但铃姑不然，只是抱定决心用短铳射击武藏，贯穿他的胸脯。

上灯时分，铃姑绕过松林，蹑手蹑脚到了才助家。

“呀呀！”

铃姑不觉红了脸，住了脚步。武藏在那里！而且赤身裸体——朝着院子的澡缸，背身而立。

“天赐良机，千载一时……”

铃姑点上短铳的药线，踏着暮色，逼近前去。距离丈许，她掩蔽在一株大松干后，瞄准着武藏的背身。血在沸腾！胸在高鸣！武藏已是她的囊中之物了！这阵高兴，把铃姑打进醉醺醺的风暴中。

偶尔，她想见他一面。同时，武藏也像警觉到了，霎时翻身过来。武藏的眼光，疾如流星般射向铃姑的胸前。

“是铃姑吧！”

声音是低沉的。

“哦，武藏！”

“开枪吧！”

但铃姑的手不停地发抖，终于无力地垂下了。

“那么，回去！”

“可恨……”

铃姑踉跄地，消失在暮色之中。但武藏仍屹立不动，全身闪过一阵战栗。

“惭愧！太大意了。”

武藏觉得背上一阵剧痛。

铃姑没有发枪，但武藏像被击中一般，心中感到一阵的沉痛。

“惭愧，终身之羞！”

武藏怃然自语着说。

第二天，武藏不再入浴。不，这天之后，武藏便终身不再入浴了。要不然，只是在湖畔、海滨、河边或溪流中淋水，或者舀些清水擦身。

三

“怎么样，阿悠！下定决心了吗？”

三天后的一个黄昏，佐渡比往日提前从宫中回来，叫悠姬到自己的房中来问道。平时喜怒不形于色的佐渡，这时却也掩不住沉痛的心情。

悠姬还是采取着攻势说：“那么，伯父是否侦得阴谋的真相？”

“那倒知道了。据新太郎等侦察所得，主谋的名叫鸭甚内，是昔日小次郎的用人。另一个是京都所司代的密探岸孙六，都是与武藏为仇的，却把我视为武藏一路。”

这当然是前天晚上，武藏把内幕告诉了寺尾新太郎，要他相机告诉佐渡的。

悠姬却佯作不知地说：“原来是这样的，事非偶然；但假如武藏先生得知此事……”

“当然，绝不罢休！依他的脾气，唯有一刀两断！但这样不能解决问题。事情一闹开去，不仅板仓老爷的好意落了空，一经张扬，便不止佐渡一人的问题了。现在甚内躲在哪里，密探住在何处，都已查明，所以不立即下手，便是为此。我的心里暗自庆幸，好在武藏不在这里。”

"伯父所虑甚是。"

悠姬随口搭腔，但她了然于武藏不到这里而躲避起来的原因，暗自心折。

佐渡脸色显得更抑郁了。

"阿悠，板仓的信中曾给我一个期限，而限期已迫近了。催逼着你，我的心里虽极痛苦，但希望你早下决心。只要你一进寺院，当天便捕杀鸭甚内和密探两人；而且不必假手他人，由我佐渡亲自下手……"

佐渡以沉重的语调，断然说道。

他那表情，他那声调，没有一点虚假。而他的心中，是坚信着悠姬会依他的希望去削发为尼的。这几天的时间，只是让她能有充裕的心理上的准备罢了。

悠姬并非不理解伯父的爱护和今日的尴尬处境，但她向现实搏斗的青春热血，却不满伯父的利己主义；而她那秉承着父亲反抗的血统，更视伯父向权力低头是弱者的表示。

一直垂头静坐着的悠姬于是蓦然抬头说："伯父，我已决心——绝不去做尼姑！"

"唉唉！"

佐渡简直怀疑自己的耳朵了。

"伯父，我拒绝你的劝告。"

"你是说不肯出家！"

"细川兴秋的女儿，绝不向权力屈膝！"

"什么？"

佐渡像是吃了一记闷棍，铁青着脸，凝望着悠姬。

四

悠姬那激动的声势，假如佐渡再开口，也许会用更激愤的话来顶撞。但佐渡只是变了脸色，蓦地站了起来，就此离座而去。

悠姬仍那么坐着，待她正想离开时——

“阿悠，等等！”

随着这严厉的一声，佐渡夫人进来了。夫人是忠兴的女儿，也是悠姬嫡亲的姑母。

夫人贴近悠姬，相对坐下。

“阿悠，你既自称是兴秋殿下的女儿，我是你嫡亲的姑母。现在先听我做姑母的一句话。”

悠姬毫不示怯，默默地仰视着夫人。

“大家都说你是绝顶聪明的孩子，今年也已十六岁了，该不会不懂事理。伯父从你父亲手上接你到这里来，不单是为了伯父与你的父亲之间的私交甚厚，也为了你是细川一脉，是主公的孙女，尤其是自己的内侄。你现在万一拒绝了板仓老爷的安排，你想伯父将会怎样？以伯父的为人，他绝不会杀死主公后裔的你，拿首级去公家销差的。那么，除非自刃……”

夫人忍着悲哀，接着说：“阿悠，希望你能听我这姑母的话，依伯父的意思进入佛门。像前天秀月师傅说的，僧尼是三宝弟子……你一人出家，九族升天。”

悠姬这才开口说：“姑姑，我知道了。累你悬念，真对不起。但请你让我再考虑几天。”

“啊，你明白姑母的心……”

“是，请再缓几天。”

“好哪，好哪……如花年华，也难怪你不能那么快下得了决心，明天再请秀月师傅来给你开导吧。”

“姑姑，我回房去了！”

她逃回自己房间——

“爸爸，我要回你身边！武藏先生，请救救我！”

悠姬坐在小桌前低声啜泣。

一会儿，她便揩干了泪，取出纸笔，给武藏写信。她在信中把今天发生的事说了备细，最后结束说：

义理人情使人身心俱碎，如何挣脱桎梏，幸乞明教。

明天是三十郎前来的日子，正好把信交他带去。

五

惠示敬悉。答令姑母暂假时日为缓兵计，足见高明。第思兹事虽变起非常，然事穷则变，变则通。为今之计，唯有静待其变，出奇以制胜也。

窃维令伯父非等闲者，必知穷通之理，一如武藏所预期，幸毋疑念，信之赖之！胜券可握也。

敌虽已知我匿居之地，若思妄动，是夏虫趋火，实武藏之所深望。

兹嘱寺尾等五人暂疏公注，恐露形迹反为敌使也；伏乞垂督。

武藏的复书中最使悠姬不解的，是要她信赖伯父"一如武藏"一语。但经武藏一提，细思近日佐渡虽与悠姬相对，亦绝口不提出家之事，只是沉思不语，非为无因。

佐渡的兵法（剑术）是武藏之父无二斋所传授，而军事学（兵法）则师事今居江户的北条安房守。安房守的兵法为武藏所授，而武藏的军事学则师事安房守。既有这样的因缘，在军事学上彼此之间一脉相承，到了紧要关头，自可心照不宣。何况佐渡是细川家的柱石，岂能束手无策，任人摆布？

又过了十天左右，夫人低语询问佐渡："相爷，阿悠有无确实回答？"

"不，没有见说。"

"那么，板仓老爷的限期呢？"

"昨天已届。"

“呀呀，这却如何是好？”

“总得有话来吧。”

“难道罢了不成？”

“难说得很。”

夫人变了脸色，愤然说道：“我再去给阿悠严厉地说一说。”

“说也无用。”

“可是？”

“那么聪明的孩子，下了决心，该会表示的了。任她去吧。”

佐渡倒不像当初那么焦急，似乎不以为意的样子。看样子必是另有计较——夫人是深知丈夫的，也就不再提了。

又过了五天。那天晚上，佐渡从宫中回来。不久，忠兴派了使臣，传达了“着即带同悠姬上殿”的上谕。

六

送走使臣之后，佐渡叫夫人和悠姬来说：“上谕着即带同悠姬上殿，赶快准备。”

悠姬不觉一愣。夫人担心地说：“是不是板仓老爷径向爸爸……”

“哦，要不然便是甚内一党的密告……但迟早瞒不过君侯的耳目。”

佐渡说着，望了望悠姬。

接悠姬来小仓原是瞒着忠兴的，佐渡唯有拚着接受主公的斥责。但在忠兴，悠姬是嫡亲的孙女，不知他将采取怎样的态度。

悠姬与祖父忠兴，在关原之战以前见过一面，到现在已整整十年了。佐渡夫人亲自帮着悠姬装扮起来，虽是同在城内不远，还是坐着轿子前往。到宫后，一直被领到内宅的茶室中去。忠兴号三斋，是当时屈指可数的茶道名人。

“近前！”

忠兴对俯伏着的两人说。

“咱们不拘形式地品茗话旧……”

忠兴亲自调茶，各人倒了一杯。

“悠，爷爷的茶调得怎样？”

忠兴这才满怀慈爱地凝视着孙女。

“真好。”

“悠，长得恁大了。”

悠姬也仰头望着祖父。

“还记不记得娘娘？”

他是指格拉西亚夫人。

“是，隐约地……”

“听说你妈也过世了？”

“十一岁的时候……”

“茶道跟谁学的？”

“与书画都师从光悦先生。”

“光悦，是好师傅，同爷爷也是朋友。在小仓怎样，生活过得愉快吧？”

悠姬肃然回道：“是，过得很快乐。”

“哦，那就好。爷爷的治下，伯父、伯母的家里哪！可不是吗？佐渡！”

他把视线移向佐渡，眼中满漾着温情。

“你把收养阿悠的经过，备细诉说一遍。”

“是，使殿下忧虑，佐渡无比惶恐。兴秋殿下是被逐之身，为了世道情谊，当时以侄女的名义收养，却未向殿下禀明，致有今日之变，全是佐渡浅见少虑有以致之。”

佐渡先自谴责，然后把到京都时访晤兴秋、郎舅商量收养悠姬的详情，照实说了一个备细。

忠兴点头道：“父子兄弟俨成敌国，乃战国的常情，不仅我与兴秋之间如此。但一脉相承，血亲的情谊是可贵的。佐渡！你的做法绝无乖错。可是……”

说到这里，忠兴的眼睛一亮，闪动着武将凌厉的光芒。

七

但那凌厉的目光，绝非谴责佐渡，而是凝视现实的眼神。那是——处在这动荡的时代中，带领着一族步上坦途，虽丧失爱妻，虽与友为敌，但绝不背离现实的严厉目光。他的声音，是充满着力量的：“佐渡听真！我不认为你浅见少虑，但事已至此，你却非得重做考虑不可。要知道千里的堤防一朝毁于蚁穴。这次的事，虽微不足道，但在恶意诋毁者，自必小题大做，作为把柄。”

佐渡俯伏着，惶恐地说：“是……但殿下的消息从何而来？”

“是从板仓胜重来的书札，我当即作复——本城查无如此女子，不劳牵挂。佐渡，你看怎样？”

“是，措辞贤明之至。”

佐渡惶恐地回道。

复函的措辞确是贤明。胜重给忠兴的信中，内容与致佐渡者相同，只是辞意更为坚决。假如承认有此事实，等于是公开承认佐渡的过错，反为不妙。可是这样一来，佐渡与悠姬的处断，却不容再犹豫了。

不管悠姬愿与不愿，她是不能再在佐渡的府中逗留下去了。而且既有着令削发为尼的内意，不论忠兴或佐渡，都不能把她送往京都，交还给她的父亲了。再加上胜重从中斡旋，原是一片好意，反而更难处置。

“悠！”

忠兴把目光转向悠姬。

“事情的经过，你该已清楚了。”

“是。”

悠姬点头应道：“不可想窘了。”

“是。”

“好歹是细川的一脉哪。”

忠兴伸手掀开茶具架上的小箱。

“祖孙之情缘尽于此，这给你留作最后的纪念。”

忠兴的手上拿着一串灿烂的水晶念珠。悠姬踌躇着，不敢伸手去接。

“公主，接下……”

佐渡从旁提醒着说。

“谢谢爷爷恩赐。”

水晶的珠子拿在少女红润的掌中，衬托得更为光彩斑斓。

“佐渡，悠儿的事希善为处理，全盘交给你了。”

“是，谨遵谕旨。”

“悠，修大智慧，为一族人祈求冥福！你的娘娘，你的妈妈，和那些死于无辜刃下的族中大众。”

“是，爷爷。”

不久，佐渡与悠姬辞出茶室。忠兴从小窗口望着院子，眼看着默默踏着碎石悄然而去的两个背影。

他对儿子严厉得虽然有些不近人情，但对这个孙女却涌上逾恒的情爱。看着看着，他的眼中润湿了。

八

悠姬连向武藏呼救的力气都丧失了，憔悴地把自己闭在房中，早上也不出来。

佐渡夫人不放心，从门外轻声叫道：“阿悠哟！”

“姑姑，对不起，不要理我……”

只是冷冷地回道。

反之，佐渡却像临阵之前一般，紧张起来。

早饭后，他立即召见寺尾新太郎。

“相爷召唤，有何差遣？”

“哦，一早辛苦你了。立即到武藏处走一趟！”

“唉，您说是宫本先生？”

新太郎佯佯地问。

“哈，哈，哈。你是说武藏浪迹各地，行踪不明吗？”

新太郎一愣，但仍装模作样地回道：“是，是，是的。”

“蠢材！”

佐渡一声大喝。

“武藏躲在本藩领内的乌旗，你道佐渡会不知道吗！新太郎，我乃忝掌小仓一藩政治的家老，手下有捕厅，也有探子，一匹野狗也逃不过我佐渡的眼睛！”

“是，新太郎知罪。”

新太郎惶然俯伏。

“不仅武藏，前小次郎家用人鸭甚内，京都所司代暗探岸孙六，小次郎的情妇铃姑一党的行踪，莫不了然。他们一伙都怀恨着武藏，这次悠姬的事，也是武藏给惹出的灾难。新太郎，你说如何？”

“相爷明见。”

“殿下函复所司代，不承认本藩有悠姬其人。这是殿下的深谋远虑，怕日后佐渡落了不是。事实上还得依所司代的意思，决定让阿悠剃度。最近便送往中津月光寺秀月尼姑处出家。只要平安送往月光寺，公事上便算交代得过去，与本藩无涉了。”

“相爷！悠小姐本人是否首肯？”

新太郎反问。

“不知道。但已接受了殿下的纪念品，水晶念珠。”

“……”

新太郎垂首不语。

佐渡目光锐利地注视着新太郎，压低声音，但沉着有力地说：“新太郎，你去把我的话照直转告武藏！怂恿悠姬不让出家，可谓不自量力之至，我的手中掌有丰前三十九万石的兵马实权，后面还有将军的权势为我后盾！多年的恩谊，今日为止。佐渡不惜与汝一战！看你别来半年，进修上有何成果！新太郎，记得吗？”

“是。”

佐渡的语声虽低，但有着叱咤三军的气魄。新太郎恭敬地躬身而退。

九

“铃小姐，为什么这样郁郁寡欢呢？你的短铳称雄之日，已迫近眉睫了。”

甚内看铃姑消沉，眨着眼问。

“甚内哥，我恨，我恨，我恨死了！前天给武藏……”

“什，什么？”

甚内一愣。

“我照直给你说了吧，甚内哥。前天我偷偷地去窥探武藏，他刚从浴槽里出来，赤身露背朝着我。我心中暗喜，以为是千载难逢的机会。但可惜，假如马上发铳便好。临时我想看他一看，不，我想让他知道是我铃姑杀死他。没有这一耽搁，我早已报了仇了。甚内哥，我怎么不恨？”

“那倒是的，真是可惜。”

“就在我这一踌躇间，武藏突然回过身来。这下糟了，他那可怕的目光直射着我，任你怎么挣扎也没用，全身无力，两手只是发抖，好不容易逃得性命。”

甚内沉吟着说：“所以说哪，铃小姐！我只看到他的影子，便身不由己地拼命跑了。面对面怎么也没用，我只有怂恿别人去斗他，而你也只能用短铳偷袭。”

“偷袭！我才不来呢！”

“嘻嘻，铃小姐，你简直像爱上武藏了哪。”

铃姑铁青着脸，大喝着说：“甚内哥！你说什么？再说一次看！”

她那气焰，简直想同人家拼命似的。这时，岸孙六气势汹汹地从楼梯上跑来了。

“喂，鸭先生，刚收到京都来的火急文书。据说是佐渡没有回信，板仓老爷便下决心直接给忠兴侯去了公文。”

“哦。”

“这样一来，不由得他们不把悠姬送交尼庵了。可是，你看武藏会怎样？”

“到现在武藏还不曾去过佐渡府，看样子也许有伺机劫夺悠姬的意图。咱们唯有埋伏人马向武藏挑战，万一失败，对细川家，对公家（指幕府），都算尽了忠。而武藏，却成为全国通缉的要犯了。嘻嘻嘻……”

正当甚内开怀窃笑时，房东太太从楼梯口探头上来说：“鸭先生，有客哪。”

“谁？”

“家老长冈佐渡相爷的代表原田大学老爷，说是无论如何要拜会您老……”

“唉！”

三人同吃一惊，面面相觑。但不容人有商量的余裕，对方已排开老板娘上楼来了。

“甚内，是我。久违了。”

说话的是马前五百石的老臣原田大学，“嗒嗒嗒”踏着楼梯一径上来了。

“啊呀，是大学老爷。”

甚内慌忙一躬到地，恭身而立。孙六和铃姑也肃然端立……他与甚内是早先认识的，甚内前次离小仓时，他曾为之饯行，原是拥护小次郎的一位官人。

十

“大学老爷，贵体益见茁壮，不胜之喜。前此多承眷爱，甚内铭感，终生难忘。”

“老爷，久违了。那时也像鸭先生同样，多蒙关切，隆情厚谊，心感不已……”

甚内和铃姑，毕恭毕敬地申谢着说。

“呀，铃姑也在一起。而这位是？”

“我是浪人岸孙六，请多多指教。”

孙六自我介绍着说。

原田大学一瞥三人，接着说：“甚内，你那左手怎么了？”

“唉。这，这是……在，在长崎……被武藏废了。而同时，岸先生则伤了右眼。”

甚内红着脸，嗫嚅着答道。

“那么，你们是以武藏为仇的哪？”

“老爷明鉴，我与铃小姐毕竟与其他门人不同。”

“哦，那也难怪。而这位先生呢？”

“他原是小次郎老爷在大阪时的门人。现在是在长崎废了右眼之后，一直以武藏为仇的同志。”

“噢，那就很好。”

大学点头言道：“甚内，这次我是代表长冈佐渡相爷，为武藏之事，想请你助一臂之力而来的。既是同志，便无须回避了。”

“是，咱们之间没有秘密。而相爷的吩咐是……”

甚内歪着脑袋探问。

“唷，你也许觉得突兀……”

原田大学佯装着不知道这三人便是阴谋的主使人，把悠姬的事说了一个大概。

“这正是细川家的一件大事，殿下面谕，即送公主至中津月光寺出家为尼。但据闻武藏意图半路拦击，竟欲要劫公主。而殿下回复板仓老爷，既已截然否认，说是所询兴秋之女本城并无其人，缘此如或派遣大队家臣护送，于理不合。为此一事，足智多谋的佐渡相爷竟也左右为难。今偶闻足下在此，意欲借重。”

大学一口气说到这里，停了一停，接着说道：“他的意思，是想请你约集浪人，护卫公主安抵中津。相爷前此虽曾袒护武藏，现在却敌对了，甚内，尊意如何？能否答应？”

三人互相对看一眼，甚内便拍着胸脯断然说道：“大学老爷，甚内一手承当，绝无乖误！”

“噢，那便放心了。那么，这包银子权充用度。”

大学取出一包白银，摆在甚内面前。

“呀呀，这又何必！”

口中虽如此说，这时甚内却正需要。

“不必客气了。”

“是。那么却之不恭，甚内从命便是。老爷，这次既有细川家为后盾，绝使武藏难逃天理，尽请放心！”

甚内再用只手拍胸承诺。

十一

那天夜里，武藏端坐在匿居的后进房中，沉沉地陷入冥想。

寺尾新太郎来传达佐渡像战书般的一番话，是在午前。武藏对新太郎激昂的陈词，只是静静地听着，不赞一词。

新太郎就此回去了。但到黄昏时，又催马前来，而且说：“先生！相爷不召别人，单要鸭甚内一党护送公主前往中津，已决定派原田大学前去与甚内接洽。”

“知道了。”

武藏只是回答了一声，便不发一语。

但待新太郎不得要领地正想回去时，武藏这才开口说：“新太郎，你给我转语相爷，说是上午的答复……”

武藏一顿，接着说：“记着，你说是——武藏谨遵台谕，自当善为照护公主。至所赐之件，乃武藏所深爱，先此道谢。记得吗？”

“是，知道了。”

“新太郎，你竟忘了相爷的真意，真正的佐渡老爷！”

“呀，先生！”

新太郎的眼前一亮。

“好，去吧！”

“告辞了。”

新太郎便匆匆而去。

入夜后，武藏才澄心净虑，沉入深思之中。佐渡、悠姬、甚内、铃姑、孙六，一个接着一个，登上武藏胸中的舞台。武藏正在慎重地考虑着作战计划。渐渐地，他的双颊上满溢出会心的笑容。

“森都！”

他朝隔室里正在谈话的森都叫道。

“武藏先生，什么事？”

“不，不必过来，请你就在那里奏一曲，要勇武的曲子。今天不是占卜哪。”

“是。”

森都知道武藏心里高兴，便取下琵琶，弹了一曲《一底谷的包围战》。

武藏听着豪放的旋律，更坚定了必胜的信心。

“与公主一同上京！带着三十郎，但走哪一条路好呢……”

正想到这里，阿通的脸突然浮上他的眼前，而且是最后背弃武藏时的容色。

“也许悠姬也会……”

武藏不禁联想起来。

“悠小姐接受了殿下所赠的念珠，她不见得知道佐渡的真意，不知道会不会失望之余已决心为尼？待到最后，是不是也同阿通一样峻拒自己？”

连做梦也不曾想起过的疑惑，忽如一朵黑云，遮蔽在他的眼前。

十二

武藏推想佐渡的本意是这样的：他对武藏那挑战一般严厉的话——话中含着要武藏凭手腕劫取悠姬的谜底。所以要甚内一党去负护卫之责——乃示意既非细川家臣，尽可格杀勿论。不错，不愧佐渡，确是神出鬼没，极尽穷通之妙的好战略。尤其是把护卫之责交给甚内一党，是细川家逃避责任的良策。

缘此，武藏欣然接受了佐渡的挑战，勇气百倍，筹划一下必胜的战术。但现在，突如其来这疑惑的黑影，不觉为之气沮。

人们常驾着双马驰骋于人生旅途上。清醒不迷时，端赖两马能比肩齐足而驱。但一旦到了歧路，两马如或背道而驰，左乎？右乎？御者困惑，见者惊心，而未知孰可。

像武藏这样的人物，竟也难免坠此疑虑。

“佛奴！”武藏不觉冲出这冒渎的一语。不知缘何，当他的热情到达最高潮时，到头来便是与佛对垒。

不，不仅热情的场合如此，当他临到重要的决斗开头，生命的活跃到了最高峰时，神佛便也探头出来。武藏对此极为反感。武藏并非无神论者，在他终身奉行的生活信条的独行道上，对神佛抱着敬而远之、绝不依赖的态度。武藏知道，神佛掌握着影响人类的伟大力量。但他那永远的探求心与自主的精神，使他不仅不依赖神佛，毋宁以之为敌，形成一股激昂的斗志。

“悠姬会不会也像阿通，到头来跪倒在三宝脚下？”

武藏自言自语，心中为之黯然。

事实上，悠姬经不住义理人情的纠缠，险些屈服于权力和因习之前了。

“武藏先生，我们共同阔步！”

虽曾这样向武藏立誓……

“纵有伯父伯母的命令，也绝不违反初志！”

虽曾下了这样坚决的心意……

但人心的坚强是有限度的。一旦斗志受挫，悠姬便不禁想道：“到现在如再拖累武藏先生，会不会陷武藏先生于叛逆、阻滞他的前程呢？”

昨天还认为对权力和因习宣战，向艰险的人生迈进，在武藏，在自己，都是值得歌颂的光荣之路。

而今，心灰意冷的世界，竟在寂照中展开了。

——只要自己削发出家，便能万事平稳……

“唷唷，菩萨！”

佛像在悠姬的眼中突现庄严。心中从来不曾有过的如来法相，低垂着慈爱的慧眼，向她伸出慈悲的手。

十三

但悠姬是争强要胜、长于理性的女子，怎肯轻易地牺牲自己？她对未来的梦想是，过艺术家的生活。绘画或文学虽未决定，但不受任何拘束，以自己的精神去追求美与真，这才是她的理想前程。

悠姬对所师事的光悦和等伯，寄以无限的尊崇。她陶醉于《源氏物语》华丽的文藻；但自己所追求着的美与真，又自不同。那是尚未见于今日的——躲在明日的世界中的什么东西。

所以她的生活虽洁白而崇高，但要她去做尼姑，无条件地侍奉三宝，压根儿就不合于她的本性。悠姬虽几次受挫，几次想求助于佛陀，但终于战栗地挣扎着站起来。

“武藏先生！”

她在心中嘶号着。

武藏的英姿再度浮上眼底。她想起武藏的话，再度反复咏诵武藏前天送来的书札。于是与武藏两人昂然直往求真的大道，灿烂地展现在眼前。

第二天早晨，悠姬好不容易坚定了信念。

“再去求见爷爷，断然予以拒绝，把念珠还了他吧……只要自己不畏缩退后，武藏先生必能颠覆甚内的阴谋，不仅自己，伯父的立场也一定能打开的。”

她这样下了决心。

这时，侍女进来说：“小姐，相爷召唤。”

“就来了。”

她换了衣服，进了佐渡的房间。

佐渡微笑着说：“阿悠，身体好些了吗？昨天连饭都……”

“不，早饭已用过了。”

“那才好。你答应了我们的话，殿下也很高兴，颁下了很多恩赐。动身的日子，已决定在三天后，这次分别，一时间难能见面，今夜拟设宴替你饯行。”

“伯父！”悠姬凛然叫道，“我拒绝前去！”

“什么，拒绝？阿悠，事到如今，怎么好再任性呢？这是殿下的吩咐呀！既食细川家之禄，任何人也不能违背殿下的命令哪！”

“我拒绝前去，请把这个退还给殿下。”

悠姬留下念珠，就此一声不响地退回自己房中。她虽铁青着脸，但并不流泪。她一直到了衣柜前，从抽屉中取出短剑，端坐上首，拔出剑身，静静地凝视着霜锋。

十四

这时，门外传来了轻微的脚步声。

“公主！三十郎参见。”

悠姬愕然，把短剑纳入剑鞘。

“噢，三十郎，进来吧。”

好久不来的少年画家矢野三十郎，推门进来了。

“三十郎，近来怎么没来？”

“是。敌人发现先生的住处，为避危险，我也离开城里的旅店，与先生搬住一处了。而且我那剑术的师傅也加入了甚内一党，就住在这附近，所以不敢轻易出来。”

“那武藏先生呢？”

“有信在这里。”

悠姬从三十郎手中接来武藏的信，急急撕开信封。

尔后详情，已从三十郎得悉备细。闻君侯已有明令，未知公主决心为所动摇否？至切想念。前函曾以穷远变化之理奉陈，今时机将熟，动在眉睫，万事请依相爷指示，以静待武藏之出现，虽至最后一瞬，祈毋轻言绝望。

悠姬看了信，吁了一口气说：“三十郎，请你转达武藏先生，悠姬此心绝不动摇，君侯所赐念珠，业已璧还。但上谕三日后动身，送我前往中津月光寺。以上各节，务请转达！”

“是，谨遵台命。先生所担心的，是这次的事周折太多，不能一一向公主明言，但因此惹公主疑念，以至踌躇难决。公主！千万请你相信先生到底！”

“三十郎，谢谢你！迫不得已时，我还有此呢！”

悠姬说着，望着身边的短剑。

“公主，切莫……”

“只是表示我的决心罢了。”

她的眼中闪着光彩。

“是，我想先生也可放心了。”

三十郎的眼中也闪过一阵光芒。

而佐渡却不顾悠姬决绝的表示，这天早上还是若无其事地吩咐夫人准备晚上的宴会，就此上殿去了。

黄昏，佐渡回府之后，寺尾等五人和平时与悠姬亲近的女子们，共有十二三人齐集在大厅中。悠姬绝口不提早上的事，由佐渡夫人帮着盛装起来，神采奕奕地进了大厅。

佐渡痴痴地望着悠姬。夫人含着眼泪，她当然是不会知道丈夫的真意的。

而出乎意料地，三十郎和森都也由侍女带领着进来了。悠姬为之一愣。

“阿悠，那次在不老庵里听过的琵琶，这位法师，我看你中意，便也请来了。”

佐渡莞尔说。森都的琵琶使那天的夜宴添上一阵的热闹，是当然的了。

十五

悠姬愈美，愈使人感到辜负青春削发为尼的残酷。连那已知道佐渡的心意，而且坚信武藏和自己五人必能夺回悠姬的“五人团”也不禁悄然沉默，不敢开口。这其中，唯有森都时而说些笑话，或者弹些小曲，支撑着热闹的场面。

叫森都和三十郎来，是佐渡的意思。他装作若无其事的样子，闲闲地吩咐新太郎说：“那天在不老庵举行茶会时，不是有一个弹琵琶的法师吗？听说与三十郎认识。阿悠对那琵琶好像很是中意，假如仍在小仓，与三十郎一起邀来。你去找找看吧。”

新太郎当然知道森都与武藏住在一起，便一口承诺下来，到了乌旗。

三十郎那时也已回来了。

武藏听了三十郎的报告和悠姬转达的话，心中的疑云一扫而消。

“哦，这次我战胜佛陀了！”

他回头望着森都笑道。

“哈哈哈，你看！”

森都也笑着说：“先生因阿通那回事得了教训，这次却看错苗头了。”

“倒不！”

武藏摇头说：“倒不是看错苗头。家庭的压力、义理人情的纠缠，是比什么都有力量的。死或屈服，除此无路可通。站在那屈服背后的，就是佛陀。公主一定也曾被迫挣扎到了危险的边缘，但结果她胜利了。森都！那是赖我的一臂之助呀！我的疑惑，才使公主得以摆脱灼肤之痛的呀！”

“不错！”

森都深深地点头首肯。

就在这时，新太郎替佐渡来邀请他们了。

“先生，您看怎样呢？”

森都向武藏问道。

“好，去吧！离动身还有三天，还得通知公主一声——就是那件事？”

“啊啊，不错！”

森都拍着大腿说。于是，森都与三十郎便联袂去叩访佐渡的府邸了。

森都支撑了宴会的场面，大家也直觉到公主出门，非得热闹一下不可，先是新太郎吹笛，接着是佐渡夫人演奏小鼓，佐渡吟诵谣曲，最后由悠姬舞蹈。

森都接着站了起来。

“琵琶杂奏八人技！”

说过之后便离开大厅。不一会儿，从大门那边传过来琵琶的声音。大门口的余韵犹在振荡，琴声突转向后花园而起，再转而至厨房。琵琶的声音四面八方移动，而且此起彼伏，其间时速可谓间不容发，无论怎样的快腿，也非一人绕宅飞跑所能弹奏的。

“唉，真是绝妙神技！”

大家正在感叹，琴声戛然而停，森都悄然回到大厅。

“各位，我到底坐在哪里弹的？能揭穿这一谜底，才是这一技艺的精髓哪！”

“不，搞不清楚。”

人人都摇头赞叹。

森都掉向悠姬说：“公主，我把这一秘诀传授给你，权充森都饯行礼品吧。那么，请借一步说话。”

说着，邀她到了走廊上。

“公主请你切切记住……”

接着是一阵低低的细语。

十六

长冈家像是备办嫁妆一般，虽说此去是遁世出家，行将置身于喜怒哀乐以外的世界，但还是衣服用具，莫不齐备。

阿悠也不再违拗，只是一句话不说，把自己闭在房中。对武藏的信赖已是无懈可击，心中渐渐坚强地武装起来了。

——不知武藏何时出现？

饯别宴那夜，森都在走廊中对悠姬说：“公主，刚才的琵琶声音，你要牢牢记住！那声音便是指引你的。声音共有七虚一实，要朝实的方向前往。辨别的方法是……”

森都于是把那方法传授给了悠姬。

从这一事，悠姬推断武藏将与森都同时出现，把自己从相府中搭救出去。所以到了深夜，便偷偷地检点起来，倾耳等着森都的琵琶声。

但什么也没有，第二天终于是动身去中津的前夕了。

今夜必来！入夜她便把手头的东西收拾起来，悄悄地等待着。

“相爷召唤，在客厅里。”

她听了侍女的传达，走进客厅一看，那里坐着令人叫绝的几个怪物：一个独臂、一个独眼的男人和一个中年的女人，端坐在佐渡之前。

“阿悠，明天护卫你前去的人，先介绍给你认识。鸭甚内、岸孙六两人和名叫铃姑的女子。”

佐渡这样一说，三人便一齐向悠姬俯伏下去。

“参见公主！”

“……”

悠姬一声不响，低头瞪着三人。虽是初见，名字却早有所闻——是武藏之敌！阴谋的首脑！

佐渡为什么竟用这三人呢？难道说，以佐渡那么练达的人物，而竟为三人的阴谋所乘？悠姬的眼中，满漾着疑惑。

“阿悠，此外尚有功夫了得的浪士数十名，送你直达中津。”

“伯父！”

悠姬冷冷地望着佐渡说：“为什么用得着这么多人？悠儿心中疑虑。”

“阿悠，世上尽多不逞之徒，这次也有暴徒准备半路上拦劫，不得不妥为戒备哪。”

悠姬愕然，心想：“武藏的计划，难道早被识破？”

佐渡接着说道：“所以阿悠，你也得先下决心，不论路上发生任何变故，不要慌张，早做打点，以备万一。”

十七

佐渡谜一样的话是促使悠姬早下决心的。之后，他再把目光移向甚内一伙说：“怎样？甚内！你们自信能保得住平安到达吗？”

甚内挺着胸脯说：“万无一失，纵有鬼神出现，也绝不有负重托。小人所邀的四十人，尽是铁铮铮的第一流剑客，而且拼着性命为相爷卖力。”

说过之后，他望了望悠姬。

“哦，那么一切拜托，这里动身的时间是明日酉初。”

“是，在中津口专候。”

“那么，辛苦你们了。”

佐渡凝视着悠姬，听着三人的脚步声渐渐远去。

悠姬脸色苍白，端坐不动。

“阿悠！”

佐渡突然柔声叫道。自不老庵以来，只听到事务的冷冰冰的言语，此时悠姬不禁讶异地抬起头来。

“伯父！”

悠姬突然涌上温暖的情意。

“阿悠，缘分太短了。做梦也想不到会发生这样的变故哪……”

“伯父！”

“原是想让你尽量伸展才能，成为日本第一的女性，嫁一个金龟婿的，而竟……”

“我也无限悲痛，与伯父分别……”

“哦，今后怕很难见面，不要忘了伯父！希望你仍能做日本第一的女性。”

“是。伯父！”

“今后，你走的路是艰险的，但不要气馁！”

“……”

“念珠已送还君侯，却又赐下不少金子。好好地带在身边！”

佐渡从怀中取出一包沉甸甸的纸包，放在悠姬面前。

“伯父，我知道了。伯父，请你宽恕……我，我竟怀恨伯父哪。”

悠姬不觉用双手掩住脸庞。

“不，该恨的，还是恨吧。为求本藩的安全，屈服于德川的权势，逼得佐渡不得不牺牲了你。可怜的弱者！可恨的无情汉！”

佐渡也噙着眼泪说。

这时，甚内、孙六、铃姑三人，正并着肩意气扬扬地走在幽暗的街道上。

“可是铃小姐，你以为悠姬怎样？”

甚内打破沉寂说。

“不愧是王侯的公主，品格高贵，而且生性刚强。难怪武藏中意。武藏这样的人，无论生得多么漂亮，像通小姐那么动辄哭哭啼啼的女子，一定不会喜欢。”

“你倒很中意似的。”

“当然哪，但把她一刀两断，不知武藏做何感想呢？嘻，嘻，嘻……”

铃姑朗笑着说。

十八

甚内慌忙说：“铃小姐，你难道要把悠姬……”

“不可以吗？甚内哥！杀了她，就等于去了武藏双手，废了他双眼，不，也许更为痛心哪！”

“使，使不得！咱们只认定武藏一人，万一咱们对悠姬下手，等于以细川家为敌。将军家、板仓老爷也绝不以为然的。哪，岸先生。”

“哦，现在将军与各国王侯之间的关系，是七分怨毒，三分讨好。就像悠姬这回事，乘机压榨，借上意讨好家老。做得过火，咱们便全盘输了。”

孙六搭腔说。但铃姑冷笑了一声。

“可是甚内哥，你们真以为能击败武藏吗？”

“哦，当然哪，总得有九分把握。”

“哼，不见得吧！固然都是有名气的剑客，但比起武藏，怕还没有一半力量。不三不四的人，无论人数怎么多，还是不三不四的哪。”

“哪——里，万一扳不倒武藏，只要把悠姬护送到了中津，便算是咱们的胜利了。从此，武藏便是细川家的对头，成了全国的缉捕人犯。”

“假如悠姬被武藏劫夺了呢？”

“哼，铃小姐，一切尽在甚内的盘算之内哪。万一如此，咱们虽说不得响话，但武藏从此成了细川的怨敌，等于是反抗将军家的叛徒了。再则，以一介浪人而收养娇生惯养的王侯家公主，武藏吃的苦头有的是，哪里还容得他做剑术的进修？哪，铃小姐！千万不可伤害悠姬！”

甚内滔滔地骋其舌辩。

铃姑显得很失望，叹息着说：“唉唉唉，男人竟是那么没劲，会想得那么不着边际。倒不如与甚内哥分道扬镳，各做各的来得痛快。把倾心武藏的娘们，统统给宰了。”

“铃小姐，不要吓唬人，说什么分道扬镳各奔西东。那，那怎么成！”

甚内这下可着了慌，哀哀地说。

“嘻嘻……”

铃姑浅笑着说：“放心！武藏活着一天，咱们是永不分手的哪。”

不久，三人跨进了中津口附近大隆寺的山门。大殿上的长夜烛仍高高地亮着。自视不凡的一群浪人，团团地坐成一个圈子，气焰万丈地正在高谈阔论着。

三人静静地进去，话声戛然而停。

“各位！”

甚内高喊了一声，向在座的环视了一周。他那神气，俨然是领袖的身份。

狂飙

一

甚内为着明天的大事，先对全场做了一次训示，接着便把自己精心研究而得的对武藏作战的要点，做了战略上的说明。他的话刚告结束，曾是三十郎之师的横田梅轩近前叫道："头领！"

"梅轩先生，有什么事？"

"有一位不世的天才剑士，非得给我们一党推荐不可的。"

"噢，天才？"

"年龄虽仅十八岁，人品功夫，宛如当日少年的佐佐木小次郎先生。刀法之佼，如梅轩者，远非所及。"

说着，他向全座一瞥："说句放肆的话，吾党中人，恐未有出其右者。"

平时孜孜于物色天才剑士的甚内，闻此不觉欣然问道："这真难得。那人现在何处？"

"喂，松山，出来一会儿！"

梅轩朝僧房一喊，随着轻微的脚步声，进来一个令人目眩的美少年：身高五尺四五，虽已成年，仍是总发覆额，身穿紫色轻装，外罩绯红无袖披袿，腰悬三尺六寸长刀；真个是面如满月，唇若涂朱，一表人才。静静地手按长刀，来到甚内面前。

服装相貌，都酷似当年的小次郎。甚内以下，凡认识小次郎的，莫不讶然，齐声赞叹。

"后辈乃肥后国八代'乡士'，前八代城主名和氏之一族，松山主水的便是，谨乞明教。"

这少年朗朗地自报姓氏，躬身而立。

"我便是一党的头领鸭甚内。足下兵法，出何师派？"

"最初随家父学习中条流，然以穷乡僻壤，少有知名兵法家足以为师，遂乃遨游山野，以野兽为敌，以风水为师，潜自进修，却无师派可言。"

"这倒有趣。梶野先生！劳神一试身手！"

"遵命！"

梶野景道是这一党中屈指可数的剑豪，年三十七八岁，自称一刀流剑士。他应声起立，摇摆着六尺以上的巨躯，大声喝道："你那主水，前来领刀！”

“是，务请手下留情。”

两人各取木刀，分左右而立。梶野景道欺他年少，一上手便挥木刀，刀拟“上段”。

“哎——呀！”

一声呼喝，声震屋宇。少年默不作声，脸浮微笑，轻轻地拟刀正眼。可是，漏洞百出：至少在景道的眼中是如此看法。

“看刀，脸庞！”

景道毫不犹豫，踏上一步，挥刀而下。

“主水败矣！”

甚内心想。但只听“咔嚓”一声，刀随声飞——景道的木刀脱手飞上大殿屋顶，碰在承尘上反拨落下。

少年手举木刀，望着慌乱的景道：“请恕放肆！”

声起刀落，迎头盖下。但离头仅一纸之隔，蓦地收刀，卓然而立。

二

“胜负已分！”

甚内对少年利落的刀法惊叹之余，不禁脱口叫道。他虽从来不曾提过刀，但借多年超验，对于剑术的审判，识见至为犀利。

“输，输了！”

景道无奈，低头服输而退。

这时，一个四十岁左右，满面乌斑，自诩独创无敌心流，在枪法上为这一群人中翘楚的，小西的遗臣松野三九郎，离座向前。

“好俊的功夫，三九郎心折之至，本人拟以枪法讨教一二。”

他持枪在手，扬扬得意地说。

“多承错爱，后辈自当讨教。只是手下留情……”

松山主水仍是满面春风，只手提刀，拟于正眼。

"哎——呀！"

"噢！"

双方各自提气一吼，相对着随身旋转。主水的架势仍是漏洞百出，但三九郎已有前车之鉴。在那空隙间感到凌厉的杀气，不敢轻易近身。

三九郎狡巧，只用枪尖在主水眼前左右转动，眼看对方目眩神移时，望着主水胸脯一枪刺去。

"哎——呀！"

枪随声进，疾如电光石火，势足贯穿铁壁。

"呀呀！"

观众不觉惊叫，一齐睁大两眼。明明见那一枪正中胸前，主水竟如一缕轻烟倏忽不见，变成一只白鸟腾空飞翔。

"哦——妖术？"

三九郎茫然四顾，但随即厉声喝道："主水，胆敢使妖术化身白鸟！再受我一枪！"

三九郎凌空一枪，正中白鸟，只见它张着两翅飘然落地。三九郎大声喝道："主水，尚有何说！"

可是转瞬间定睛一看——

"呀呀！"

不觉一声惊叫，木然而立。明明刺中的是白鸟，落地的却是一把白扇。围观的甚内一伙，也各疑信参半，揉着眼睛，张皇四顾。

"三九郎先生，这里，这里！"

这时，主水却在松野三九郎背后肃然端立，高声朗笑。

三

松野三九郎像是着了鬼迷，始终弄不清是怎么一回事。但输是输定了，只好茫然退下。

这以后就没人再敢上前挑战了。

主水也退到甚内面前，坐了下来。

推荐人横田梅轩，这下可得意非凡地说道：“头领，各位，你看如何？”

他环顾着一座说。

“嘿，佩服之至！岸某乃‘伊贺者’流，曾习‘忍术’。书中所载，登峰造极者可通仙术，能变飞禽走兽以护身。但我只知理论，实际施术，却是初见。心中钦佩！”

首先搭腔的是岸孙六，可说是佩服得五体投地了。

甚内当然满意，也感叹得连话都说不出来了。

但一伙之中，也有那些理性主义者，始终疑信参半，不肯相信自己的眼睛，便进而言道：“请教松山先生，刚才的仙术，在理论上如何解说？”

“我不知理论。”

主水断然回道。

“这点，由我来给各位说明吧。”

岸孙六挺身说道：“盖人之所以为人，乃现实中眼所不见的事物，能由想象得之。所以现实中所能见的东西，和想象所创造出来的东西，在我们的心中混淆存在。而在偶然的机会，想象的产物竟自心中脱出，映在我们眼中，往往被误认为真有其物。那样的场合，原来没有的东西居然现形，胆小的人会把树影当作妖怪之类便是。”

岸孙六不愧自称“伊贺者”流，说得头头是道。

“所谓仙术者，就是利用人类的这一心理，引起对方玄妙的错觉，就像刚才我们把白扇误认为白鸟。但这只是一种理论，事实上究非人人都能领悟。各位，这下明白了吧？”

“原来有这许多讲究……”

一伙人点头称善。甚内这才开口说：“主水兄，真了不得。我欢迎你加入我们这一党。各位以为如何？”

当然是无异议通过了。

“那么，从今天开始，你便是我们一伙了。在下忝居头领，你的年纪还轻，就不客气地称名道姓叫你主水。未知尊意如何？”

“是，绝无异议。”

当夜的会谈于是结束，甚内便带着新发掘的宝贝松山主水，与铃姑同回寓所。

到了楼上甚内房中坐定之后，铃姑才对主水说：“主水先生，我真高兴，你竟同小次郎先生年轻的时候生得一模一样。”

“真是的。”

甚内也无尽感慨地说。

但铃姑却担忧地说：“可是主水先生，对头是武藏哪！请你千万不要大意！”

主水的口角浮上无敌的微笑，俨然答道：“我之所以离开八代，目的就是想同那号称天下无双的武藏一决雌雄哪！”

四

那天夜里，武藏所匿居的后进一室直至深夜还亮着灯火。武藏端坐着，与他相对而坐的，是三十郎，以下是四郎、与市，加上寺尾新太郎等五人团的青年武士，都绷紧着脸。

他们也正在对明天的作战郑重其事做最后的部署。

告一段落之后，武藏才恢复平日的温和语调说：“三十郎，跟我一起，带你上京去。没什么问题吧？”

三十郎的眼中闪着希望的光彩。

“先生，我是求之不得哪，先生也知道的，家母的希望就是这样。也许她老人家会觉得寂寞，一个人太冷清了。我一定成为第一流的画家……将来补报养育之恩。”

新太郎插口说：“先生，两三天前，相爷在我们的面前故意高声自语着说，三十郎将来是很有希望的画家，看机会推荐给殿下，让他能在本藩做事。”

武藏点头说：“哦，将来一定有那么一天的。三十郎，到京后要好好地进修。”

之后，他把视线投注在四郎身上。

“四郎，你也许不愿意，但明天早上离开这里，回你妈妈身边去。不久的将来，我再叫三十郎接你上京。”

“先生，一定的哪。”

四郎虽是心里不愿，却也答应了。

“你呢？”

武藏掉向与市说：“明早从旅馆动身，前往下关，在上长府的木村又藏先生家等着，我与森都随后也去那里看你。”

“我不，我要跟师傅一起走。”

与市摇头说。

“但与市，跟森都一起，就非得碰上你最怕的厮杀不可了。”

“我不！”

“与市，听先生的话，这次的厮杀不比熊本那次，要可怕得多哪。”

森都也从旁劝说。

可是与市却任凭怎么说也不肯点头。

“我，不再嚷怕了。我怎能让眼目不方便的师傅，单独到那么危险的地方去呢？我，我一刻也不离开师傅，先生！师傅！请带我一起走吧。”

说着，说着，他便放声哭了。

森都眨着两眼，在他那什么也看不见的眼中，沁着泪珠。

“与市，不要再哭了。带你一起去哪，跟着师傅一起，永远不要离开。”

武藏柔声安慰着说。

五

武藏稳住了与市之后，掉向五个青年武士。

新太郎像立等回话似的，马上开口说："先生，我们这次奉上谕，由相爷委了新的职务。"

"呀——"

武藏微笑着说："寺尾，那职务让我来猜猜看吧。"

"哎？"

"本藩浪人督察，是不？"

五人同吃一惊。

新太郎接口说："先生，怎么知道的？只是名称稍有不同，是本藩浪人巡检，见有可疑人物，应即查问、逮捕、拘送奉行所法办。倘有抵抗者，格杀勿论。配有部卒三十名，听凭调遣。唯该职乃奉幕府之命新近设置，任命状上注得清清楚楚。"

"哦，幕府对浪人的取缔，似乎越来越严厉了。寺尾，我也是浪人哪，格杀勿论，悉听尊便。哈，哈，哈……"

武藏难得这样放声高笑。

"可是先生，你怎么知道此事？终不成与相爷暗中……"

野田插口说。

"野田，不要乱猜。虽说是兵不厌诈，也不会瞒了你们去与相爷见面的哪。可是，只要揣知相爷真意，识得战略，自然会来这一手，倒是当然应有的处置，早在我的预期之中了。你们也应该知道得很清楚，相爷视公主如同己出，热爱逾恒，且寄以莫大期望。今公主被辱，创痛之深，可想而知。因而对阴谋的罪魁祸首深恶痛绝，岂是寻常！"

"先生，我知道了，相爷创痛之深……"

五个青年武士，莫不紧握拳头，咬牙切齿地痛恨。其余的人，也各肃然变色。

部署就绪后，五个青年回了小仓。

待森都退出之后，武藏瞑目独坐了半晌，这才把倚在壁上的大小双刀，细细地检点一番。先是小刀，其次是大刀，一一抽出拭净刀身，拿到灯下，映着灯光检视。那把“伯耆安纲”的宝刀，明晃晃的，纤尘不染，刀锋犀利得像新发于硎的光！那像是光的本体。在那一团白光中，透着灿烂的光芒。

刀身上发散出一种无可名状的香匀。原是为杀敌而打造的，现在只是催人美感。

武藏恍然陶醉于美感之中。但继而，他却凝神注目，自语着说：“它的深奥处，蕴藏的是什么？”

美的，只是外表；美的，只是香匀；那背后深奥处所蕴藏着的，又是什么呢？除了斩获之外，一无所有；这是刀的本性，似在脉脉地起伏跳跃着。没有温情，没有怜悯——在生命最后对垒时，它所发散的那股杀气！

“勿须踌躇，勿须畏惧，勿须迷恋！”

武藏以有力的语气自语着，发出一声深沉的呻吟。

六

武藏之所以呻吟，是他警觉到了自己临决胜时的内心的活动，无异是宝刀的本性。不仅此也，就是平时的心境也与刀的本性合而为一了。

“我视人世间一切生活莫非战斗——是我那宝刀一般的本性，要我如此。”

“凡我所见所闻，无论鸟兽虫虺、神佛众生、爱人挚友：在我视之，莫非战斗。”

“这样可以吗？”

“可以！一切都蕴育于战斗之中。战斗使我净化！战斗使我向上！我于战斗中参悟！真理、至善、幸福、爱情、和平，莫不求之于战斗之中。不，战斗便是创造，战斗能创造一切！”

“战斗的目的何在？唯一的只是胜利！”

武藏这样自问自答着。他从来没有像今天这样痛切地感到自己的心，竟与刀的本性合为一体。

“阿通和悠姬，莫非我的宝刀所产生的女子？阿通放弃了战斗，悠姬愿与我偕进。不知能否如愿。”

武藏仍自语着。虽有虔敬之意，但不凭借神佛；虽有爱恋之心，但不依恃众生；以一切为战斗对象的人，在思想上常独行于岭巅的孤径之上。森都和五人团虽是互相眷顾的朋友，但与我仍隔着一段很长的距离。唯有悠姬一人，也许堪称同道。

阿通也曾是的。阿通虽是热情的同行伴侣，但她的目标与武藏不同。她只是同床异梦的情侣。所以虽曾一度彼此热恋，终于分开了。

“悠小姐，你也许能跟我前进，虽是艰苦，但也是快乐的旅程……”

武藏的心感到一阵温暖。

“悠小姐，谢谢你有战斗的信心。武藏必能救你跳出陷阱！但在此之前，你须得先单独奋战。而那单独作战如未终止，虽至最后一刻，也切莫大意。强敌常是不邀而来的恶客，最后方始出现。”

武藏突然蹙额——他的眼前浮上铃姑的脸。

“奇怪的家伙！”

甚内和铃姑在长崎都曾有手刃的机会，但只是伤了甚内一臂，留了他的一命；铃姑因是女人，抬手让她过去了。武藏对甚内感到稀有的兴趣，让他活着，总得有一天抓住他的真相。

当前次浴罢被偷袭的时候，他警觉到铃姑阴险的迫力，也不在甚内之下。那是刚愎而无知的女人所常见的——不合理的，感情的，不循轨道的，盲目而充满着误谬思想的，勇敢的实行力。武藏虽擅长合理地解剖人心，能看穿敌人的策谋，但要解剖这个女人的心理，却也不易。只是直觉地——

“她会不会对悠姬……”

这样想来，武藏心中为之一震。

把大小双刀细细地检点完毕，武藏便上了床，他是一上床便睡熟的。黎明前，他先是听见马蹄响，接着是脚步声。

“先生，请开门！”

是新太郎的声音。

七

“寺尾吗？”

“先生，对不起，这样早来打扰您。”

“进来吧。”

武藏开了一扇板门。

师徒两人，在幽暗的灯光下相对而坐。

灯芯“嗤”地响了一声，渐渐地亮了。

“说吧！是不是公主那里有了变故？”

“是的。”

新太郎压低声音说：“兴秋殿下在大阪城内自尽，昨夜深更，快马送来给相爷及公主的遗书。”

“噢，自尽了？”

“我从这里回去不久，相爷即刻召见，承告备细，并已面谒公主。”

“唉，父女两人相依为命……悲叹之情可想而知。”

“真是令人鼻酸，不忍卒睹。”

新太郎瘪着喉咙说，武藏也眨着两眼。

两人暂时都不说话。

但不久，武藏扬眉问道：“那么，遗书是？”

“是，相爷和公主都曾见示，首先对于自尽一节——意谓大阪城内，派阀纷争，丑态百出，丰氏再兴无望，心灰意懒之极。从而自叹背叛父兄之愚，杀身以谢……”

“早就听说淀君[①]的偏执，宠臣大野的专横，虽有片桐、木村、真田等忠贞之士，也只是回光返照，点缀暮景而已。兴秋殿下的心境，至堪同情。”

武藏感慨无涯地插口说。

“兴秋殿下也知道公主此次之事，向相爷深致歉意……”

新太郎说到这里，突然住了口，紧握着的两拳，不住颤动。

“寺尾，不必担心，说下去！”

“是。说是照所司代旨意公主出家，以谋一家安泰，聊赎罪衍。”

“哦，给公主的遗书呢？”

“先叙死者的悲运，谓系不孝父母的果报，深望汝早日皈依佛门，为父母祈求冥福。此乃亡父唯一愿望……临终之言，摧人肺腑。”

新太郎悄然低头。武藏也垂目无言。

过不多久，武藏抬起眼睛，静静叫道：“寺尾！”

“是。”

“相爷怎么说？”

“相爷悄悄地对我说，生父既如此说，教佐渡也无计可施——要我这样转达。”

“哦，那么公主呢？”

“紧紧地握着遗书，嘤嘤啜泣，只是时时叫着先生名字……”

“叫我名字？”

武藏交叉着两腕，静静地凝神深思，苍白的脸上渐见红润。

八

悠姬呼唤武藏的名字，使武藏颇有感触。是呼救之声呢？还是决心

① 淀君：浅野长政之女，名茶茶，丰臣秀赖之母，秀吉殁后，辅佐秀赖，喜揽权势。大阪城陷，自杀死。

屈服的求饶之声？武藏澄心倾耳，想窃听悠姬的心声。

悠姬原是下了那么坚定的决心，那么信赖着武藏的，但被突如其来的噩耗，给完全击碎了。父亲的自尽，仅此一点，已够她消受的了。

“为父母祈求冥福！”

父亲的话是多么沉痛哟！

“一定为父母求冥福，决心身入空门……”

读了遗书，悠姬这样叫着，哭倒在地。

这时，佐渡的夫人进来了。

“阿悠！”

她紧抱住悠姬的肩头，流着眼泪说：“一个武士的女儿，平时便非有这样的决心不可哪。”

她更鼓励着说：“早一刻也好，尽早皈依佛门，参礼三宝，便是你对父母的最后的孝思了。”

“是的，姑母。爸爸的遗书上，也是这样说的。明天……”

悠姬说到这里住了口，武藏的影子浮上她的眼前。她自问：“对武藏先生的诺言，是否可以撕毁？”

佐渡夫人去了之后，悠姬拭了泪。父亲的哀恳和对武藏的誓言，在心中对峙着，使她挣扎于两者之间。

虽不愿削发为尼，但父亲临终的哀恳，又怎能轻易拂挥得了呢？

悠姬自己的所求，且曾对武藏承诺的决心，像是渐渐向后退去。愈想父亲临终的遗言，皈佛之愿愈见增强，形成一股强大的力量压盖下来。

“武藏先生，请救救我！”

尽管悠姬的心中嘶声呼救，但坚决的誓言仍在节节后退。

这时，佐渡与夫人又进来了。夫人把随同遗书送了来的白木灵牌供在上首，点上香火。

佐渡眨着眼睛，柔声问道：“阿悠，怎样？明天能去吗？”

“是，奉着爸爸的灵牌，早一刻也好，皈依佛门！”

悠姬终于战输了。

“哦，真是难得……可是阿悠，你要把最后的决定去通知那人一声！”

“是。”

“那么伴着爸爸的魂灵，静静地过一夜，也像在京里一般。”

老夫妇垂头离开。

接着，新太郎接踵而来。

“公主！”

“唷，新太郎……”

悠姬不禁放声大哭。

一见新太郎，对武藏的誓言，力量不由得大增。她无端地想起武藏来了。

“时时叫着先生的名字……”

新太郎向武藏报告的，就是这一场面。

佐渡要她通知最后决定的那人，就是指武藏，但悠姬只是把遗书给新太郎看，却没有把最后的决定告诉新太郎。

九

悠姬受了命运的奇袭，终于屈服于父亲的临终遗言之下。过去从来不曾自动提到“削发为尼”的，现在却对佐渡宣布了这一决心。可是佐渡夫妇一离开，一见新太郎的面，突然想起武藏，想起曾对武藏约定“共同向前迈进”的诺言。这才是她真正的本意，而父亲的遗言只是外来的压力罢了。

她那真正的本意猛然抬头，待新太郎一离开，便更坚强地逼近而来。

“忠于自己的本心，才是真正的人生！父亲的临终之言，仔细想来，也与所司代的意旨和君侯的命令没有丝毫差别，只是外来的压力而已。

所不同者，只是力量更为强大罢了。”

新太郎去了之后，悠姬想着想着，终于做了这样的决定。去削发为尼——父亲的这一哀声，只是屈服于因习之下的，毫无意义的一种信仰而已。

“武藏先生，请你宽恕，我竟这样没用。但现在我又坚强起来了！我再也不败了！永远，永远。武藏先生，我们向前迈进……”

这时，一种不安突然侵袭了悠姬的心。

“武藏先生不久便会从新太郎的口中，得悉父亲的自尽和遗书的内容。那时，他会不会以为我已屈服于父亲的遗言呢？不，伯父一定会把我刚才所说的话，转告新太郎的。”

悠姬的想象中，浮上飘然走在京阪道上的武藏英姿。

“武藏先生，不要独去，带着阿悠同去！”

悠姬很想马上赶往武藏处，但佐渡与夫人都还醒着。佐渡虽把灵牌安置在悠姬房里，但经楼上仍传过来念经的声音。

“唷，写信！”

悠姬急忙磨墨展纸，给武藏写了一封信，备细申诉夜来的心情——虽曾一度屈服，但内心绝不变更，请武藏依诺言务予搭救……

“但叫谁送信去呢？”

刚好五人团的青年都不在府。

“对了，叫国娘去！”

国娘是悠姬的侍婢，是一个忠心的女孩。前次悠姬偷偷离开相府去会武藏时，也曾得她出力帮衬。

悠姬叫国娘到了面前。

“国娘，千万请你辛苦一趟，把这封信交给武藏先生！这样夜深，真难为你了。”

“是，请公主放心。”

国娘满口答应。侍女们知道家中的情形，对悠姬莫不寄以深切的同情。

十

“必得讨封信回来……”

悠姬再三叮咛，详细说明路径，把信交给了她。

国娘偷偷离开后门，乘着朦胧月色，出了城。守城的认得是相府侍女，哪敢为难？出城后沿着城壕——深夜里阒无人影，国娘踏着碎步，毫无提防。却不料从后面扑上来一个覆面恶汉，把她拦腰一抱，用手掩住嘴巴，塞了口布，像捆粽子般捆了一个结实。

这时，又出现了一个覆面的女人，望着国娘的脸。

“嘻嘻嘻，一点不错，是悠姬的侍女。”

说着，她吹出一声口哨，接着便是重重的脚步声，来了一乘轿子。覆面汉把国娘抛进了轿中。

轿子到了太隆寺，一直抬进大殿后的仓房里。在烛光下，男女两个揭下了覆面的黑纱。男的是甚内一党，姓堀的浪人。女的便是铃姑。

铃姑不顾国娘挣扎，伸手从她怀中搜出悠姬致武藏的信札。

“哪，有了。”

她急急拆开封口，瞪着两眼。

“哼，多么恶心！”

铃姑把信撕碎，揉成一团丢在地上。

“怎么办呢？”

浪人面无表情地问道。

“把她丢在这里，明天黄昏再放她回去。告诉寺里伙夫，就说是相爷的吩咐，叫他好好看着。赏钱都已给了。”

“还有没有别的事？”

“哦，走吧。对头领和岸先生都不要提起。”

“知道了。”

“你那女娘，耐心些，明天黄昏放你回去。替悠姬送信，便是你的灾难。”

铃姑给国娘投以一瞥，随着浪人出了仓房。

铃姑想弄清楚武藏与悠姬之间的关系，知道明日便得动身，今夜里总得会有信使联络，便瞒着甚内，带同平时收买的一伙浪人，埋伏在城壕边上，劫持了国娘。

十一

天已亮了。新太郎拘谨地低着头。武藏眯着眼端坐不动。他在倾耳于悠姬呼唤他的心声；自从听到噩耗以来，他一直在揣测着悠姬的心声。

自尽！临死前的哀声……受此打击而哀伤恸哭的悠姬，明明白白地映上他的眼底。为求一族的安泰，为求双亲的冥福，必得出家为尼——这是漠视人性的高压，但在当时却有着不容许批评的无上权威。逆来顺受，才是做儿女的本分。而在悠姬，这更是因噩运而自尽的父亲对她的最后愿望。

“寺尾，你以为如何？公主的决心……”

武藏静静地开口说。

“真是难说得很！她把遗书给我看，也许要我向先生……”

“你是说表示绝望的暗示吗？”

“也许如此——”

“很有可能哪。”

接着，又是重重的沉默。晨钟响了。

家里的人起来了。森都们也好像已经起床，

“先生，怎么办呢？”

“等等！让我再想想。”

“我来把板门推开吧。”

新太郎说着，便站起来去打开板门。

“天气怎么样？”

“是阴天。”

“那么，今晚大概是朦胧月。”

“差不多，想该不会落雨。”

两人洗了脸再回房时，女仆已在火钵中加上炭火，搬来汤罐和茶具。武藏亲手泡茶，沏了一杯给新太郎。多半独居的武藏，不要说泡茶，连炊事也很在行；当然只是一菜一汤，是禅僧式的。

早饭后，森都们也来了。一一见礼之后，武藏就把变故约略说了一遍。

森都阴郁地摇头说：“真是变起非常。”

“能够抵抗得了这重压的，在日本还有何人？公主的折服，却也难怪。”

武藏这样说时，野田、山东、和田、宫胁四人，轻装草鞋，威风凛凛出现在庭前。他们尚不知道变起仓促，还是照原来的约定，做了决斗的准备。新太郎把情形一说，他们都变了脸色，连话都懒得说了。

这时，准备今天动身回金田的四郎，开口问道：“先生，我今天是不是要回去？”

“好的，赶快准备动身。”

“啊，还是要回去！虽说已经绝了念头，我真不愿意回家哪。满以为今早，先生会改变主意，带我上京去的。”

四郎失望地自语着说。

不久，大家送四郎到门口，眼看他踽踽而去。三十郎究竟手足情深，含着泪站了很久很久。

武藏回房时，一直在想：“不错，公主是希望上京去的，虽是无奈绝了念头，本心该不会变动！”

十二

回房后，武藏的表情明朗得多了。他对阴郁地站在廊下的山东等四人说：“你们也赶快上来休息一会儿吧。”

四人脱了草鞋跨上走廊，但脸色还是阴沉沉的，原是准备今夜里一显“浪人巡检”的本领，大杀一场的。新太郎也一样地绷着脸。

可是，武藏到底做何打算呢？

明知悠姬的意志已有动摇——他却回答新太郎说，等等，再想想，但一直下不了决断。

“寺尾先生，有人送信来了。”

隔室的三十郎叫道。

“什么，送信来了？”

新太郎讶异道。

出去回来之后，新太郎紧张地说：“先生，是相爷给我的信。”

新太郎撕开封口朗读道：

悠姬已坚定决心，顺遂亡父之意皈依佛门矣。然事已至此，护卫一节，拟仍交由甚内一党负责，汝等可从旁监视，径往中津，并将悠姬改变主意一节转告前途不逞者，希稍安勿躁，对甚内一党之制裁，缓图可也。

信中大意如此。新太郎和山东等读过来信，都垂头无言。武藏也不作声。

“先生！”

新太郎蓦地抬头，催着武藏早下决心。他说：“既是如此……”

“寺尾！”

武藏不让寺尾说下去，接口说：“我的意思已决定了。你可知道？”

“是。”

“森都，请弹一曲！”

森都调整琵琶，弹了那须与市的《扇靶》中的一段。

曲罢，武藏紧追着问：“森都！吉凶如何？”

森都微笑着答道：“先生，大吉！”

“噢，哈哈哈……”武藏爽朗地高声笑着说，“寺尾！现在让我把意思告诉你们吧。”

寺尾等对武藏心中的决定，仍感到莫测高深。他这样说，五个人不觉肃然谛听。

这时，悠姬正把侍女园娘叫进卧室，低声地商量着。

“是。太迟了，我对夫人说，国姐因有要事回家去了。真是的，为什么还不见回来呢？”

“夜半更深，会不会有什么弄错呢？”悠姬沉着脸说。

她担心着国娘的安全，又不知道那封重要的信是否送到武藏手中，感到极大的不安。

十三

第二天，直到中午仍不见国娘回来，终由园娘设法邀门房的小斯偷偷地上武藏处打听消息。

小厮回来，已是未刻（下午二时）。

“乌旗那里已没有人。武藏、座头、少年与市和寺尾先生的五人团，都离开了。再问那家里的人，说是昨晚不见国姐那样的女人来过。”

听了这个报告，悠姬仅有的一缕希望也断了。

正在这时，佐渡派人要她到茶室去。

进了茶室，佐渡便说：“给伯父煮茶。”

悠姬静下心来，煮好茶送到佐渡面前。

“伯父，火候怎么样？”

“哦，很好。”

佐渡一口呷干，慈爱地望着悠姬。

“阿悠，我真不忍你去做尼姑。幸好武藏出现，得知他也一样地想救你出去，便将计就计连用密谋……但而今竟也徒然。你为父母祈求冥福的孝思，着实可嘉。今早已将你这意思转告武藏，再不会有人从中作梗，你尽可放心前往中津了。”

悠姬默默地听着佐渡的诉说。现在即使想再诉真情，也是无济于事了，命运早有定着了。

但回到自己房里，悠姬的胸中如焚。

“唉，昨晚为什么在伯父面前，下了那样的决心呢？”

一阵强烈的后悔，涌上她的心头。

“不，我不！”

悠姬抱起父亲的灵牌。

“爸爸！你太懦弱了，太懦弱了。早知半路屈服，为什么当初不跟着德川，与爷爷走同一条路呢？唉唉，真太过分了，要我去做尼姑……”

悠姬悔恨交集，泪如泉涌。

“哎，武藏先生！你竟顾自走了？”

泪眼中浮上武藏的英姿。抚剑而立的武藏的眼——那双眼睛又大又亮，像明月悬空。

“武藏先生！我信赖你，到最后一瞬，直至最后死的一瞬！我一定奋战到底。爸爸，请你也坚强起来！”

悠姬紧紧地抱住父亲的灵牌。

届期

一

远远近近，传过来暮钟悠扬的声音。爬在天守阁屋脊上的夕阳悄然而逝，夜幕低垂，不久黑暗便裹住了整个战楼。城内的第宅区，今天像是分外寂静。

悠姬的出家虽始终在秘密进行，但在相府中已是没有人不知道的了。最初，对年轻的悠姬，因上头的压力而无奈出家，莫不深表同情。

尤其是年轻的武士，半开玩笑地说："武藏五人团所为何事？这不正是他们该替佐渡相爷，替悠姬小姐卖力的时候吗？"

但自父侯兴秋自尽，噩耗惊传，悠姬改变了主意，为父母祈求冥福而决心削发为尼的消息一出，同情便一变而成尊敬与赞美了。

"噢，究竟是王侯家的公主，不愧是细川一族的贵胄苗裔！"

随着暮钟的声音，悠姬前往中津的队伍，离开外廓长冈佐渡的府邸。擎着提灯的一个护卫在前领路，后面跟着的是一乘黑漆的女轿，轿后是随身衣箱和木柜。那很像是出嫁的队伍，但只有一个手拿提灯的人殿后。

悠姬当然是安坐在黑漆的轿子里的。她依着佐渡前次的吩咐，做了应变的准备，任何时候只要碰到变故，便能离开轿子脱身而去。父亲的灵牌捧在手中，护身的短剑插在腰带之间。

悠姬坚信武藏必能依预定的计划，从轿子中把她搭救出去。虽曾几次发生动摇，但现在她已是像铁一样坚定了。

佐渡倘或知道悠姬逃出轿子，随同武藏前往京都，他也许会有被出卖了的感觉。而悠姬与武藏，也会受社会的指责，连五人团都免不了声誉之玷。

悠姬知道得很清楚，但是现在什么都不怕了。

前途的苦难，也是摆在眼前的事实，但这是自己选择的自信满满的大道。向这条大道迈进的喜悦，让她十分向往。

"这不是恋爱！"

悠姬在心中自语。在她的心目中，武藏是她憧憬的英雄。两人虽在现实中连在一起，但在她，武藏仍是出现在梦中的剑士。

"守护我的人！领导我的人！而且是永不失败的人！投向他的胸怀——"

悠姬的胸中沸腾。一直向往着的人生梦境，像是受到滋润与温暖，渐渐地成长、茁壮。

二

这一队伍，从墙隙间望出去竟是那么冷落，催人悲怀。谁都知道长冈家不便派人护送，在名义上，细川的领内是没有悠姬其人的。

知道甚内一党等在半路，代替长冈家负护卫之责的，只有君侯忠兴和佐渡亲近的少数人罢了。他们也警觉到武藏会在附近出现。

但城厢里，民间早已宣腾着血腥的谣言。

那是甚内一党的无聊浪人所散布的谣言。

“守卫着悠姬前往中津的甚内一伙——与佐佐木小次郎有渊源的浪人团，将与图谋拦劫悠姬小姐的宫本武藏展开血战。”

这样的消息，竟不胫而走。

悠姬的队伍，在市民们感慨的目光中，静静地走出城门。经绀屋町一段、二段，直下中津口。

甚内一伙四十个浪人，从酉初（下午五时）便全身武装，三三五五潜伏于中津口大门外的石墙上。那是嵌着一块三张席子大小的岩石，当地人管它叫“煎染石”。

甚内悠闲地靠在那块巨石上，断臂的袖子在晓风中摆动着。他的左右，站着副领袖资格的岸孙六和怪少年松山主水。铃姑靠近主水，愣愣地站着。

铃姑的嘴角浮着复杂的微笑。昨夜她拦劫悠姬的侍女国娘夺了书信一节，对甚内仍保持着秘密。所以甚内仍不知道悠姬的父亲兴秋自尽的事，假如知道，他一定会推测武藏已放弃夺取悠姬了。

甚内的计划，是诱出武藏，最好一刀杀死；纵使逃得一命，从此武藏便是反抗德川和细川的叛逆之徒，未始不是妙算。再不然，从最坏处想，假如这边一败涂地，悠姬被夺走，自此武藏也就是全国通缉拿问的要犯了。而且让他抱着悠姬，陷身于爱欲的泥淖中，倒也不错。

“武藏这怪物！要他屈服绝非简单，但我的王牌是用之不竭、取之不尽的。凭着这一生，不论千辛万苦，必置之死地而后已！”

甚内时时刻刻这样鼓励着自己。

但铃姑的想法却与甚内不同。

她虽很想用短铳给武藏的胸前穿上一洞，但现在她知道了以自己的本领绝不济事，便只得退而求其次，想拆散武藏与悠姬，而让他陷入悲恋的深渊中去。

“哼，武藏！现在一定在怀恨着悠姬的变心，独行踽踽，悄然上京去了。啊，真痛快！”

铃姑的心中，这样自语着。

三

“但对方是诡计多端的武藏，却不能大意。”

铃姑的心中掠过一抹的不安。但夺取了悠姬的信，她毕竟是很得意的。

悠姬的轿子出了中津口大门。

“各位！”

甚内一声低沉的号令，一伙人便依着预定的安排，前后左右绕了上去。孙六在轿前领先，甚内、铃姑、主水三人跟在轿后。队伍沿着中津街道，一直迤东下去。

甚内对怪少年松山主水极为中意，认为是小次郎以上的天才剑士，且懂得奇奇怪怪的妖法。这才是最大的王牌，奇袭的武器，看机会也许能让武藏栽一个大跟斗。

入黑前，西方一度苍朗，阳光从云隙间透射出来。但转瞬又涨了云，月已上山，只是朦胧一片幽光。平尾台一带的山脉，黑压压地挡住前途，衬托得秋夜愁云惨怖。

“主水，早上也给你说过，切莫低估了武藏！”

甚内一再提醒主水。这少年虽是气盛如虹，有着火热的斗志，但可惜尚不知武藏的力量。

“是，早已知道了。凭这四十个成名的剑客，看您仍不放心，主水自然知道对方绝非泛泛的兵法家哪。”

虽是柔顺的回答，但话里似隐隐地含着嘲笑的成分。

“一点不错，武藏剑术之妙，真可谓神出鬼没。佐佐木小次郎先生之所以失败，正是轻敌之故。你的妖法对武藏到底能发生多大作用，还很难说，切忌轻躁而出！等会儿，你得守在我的身边，听我的号令，再出面同武藏对垒。”

“是，我知道了。”

但主水的嘴边仍浮着嘲笑。

这少年出生于肥后的僻壤，是八代土著的乡士之子。依系谱倒是藤原的嫡系，名和的后裔。这名和一族，虽是家道一度中落，而辗转出仕于各国诸侯，但后来却做了八代城主，确是名门旧家。自视颇高的主水，目中没有岛津，也没有加藤。在他的眼中，宫本、佐佐木、柳生之流，只是微不足道的兵法家罢了。

“等着看吧！终有一天，我会征服天下的兵法家，至少也得坐镇八代，仍为八代城主以示血统的光荣。”

他是这样野心勃勃的怪少年。后来他的命运转变，食禄于细川家，身仕隐居于八代城的细川忠兴三斋公，怪剑客之名曾一度震惊全国，但不久惨死剑下，壮年而逝，在剑术史上是一个奇奇怪怪的人物。

队伍沿田埂向东，迤逦到了立足山麓。太阳已落西，人家也渐疏落。甚内吹响竹笛，是预先约定的警戒信号。他早就认定，从这里开始便是危险区域了。

但武藏，一如甚内的期待，也如悠姬所深信，要是袭击这一队伍，是绝不会采取寻常的手法的。

武藏，是否出现呢？

四

除非狭路相逢，倘或约定的决斗，必是乘敌之虚而出人意料，才是武藏的一贯战术。这点，甚内比谁都知道得更清楚。

这次的取决，虽不是公然约定，但双方暗中对垒，自是必死的决斗。

“武藏这家伙，不知何时、何地，攫取怎样的地利与天时而出现呢？”

甚内做各种假定，立下应变的防卫策略，而且已有头绪。

武藏一定在天亮之前出现的吧？

武藏大概会选定那种不利于多数人集体作战的地点吧？

武藏一定会出其不意地出现，像旋风一般突击吧？

甚内更相信武藏必一改过去的作风，会单枪匹马而来。幸好此次是奉佐渡的授意，武藏五人团未必敢于公然帮着武藏。至于座头森都，便不足为虑了。

每逢树林或转弯，甚内便吹动竹笛。听到这个警报，一伙人便四面戒备，握紧武器。他们的武器有刀、枪、矛、戈，宛然是一团上战场的野武士。

将近平尾台，到了岔路口。朝左，绕平尾台右麓，经曾根、刈田而出行桥，通往中津的大道；朝右，绕平尾台左麓，经金边岗而出田川的间道。甚内原是打算走中津的大道的。

从此一直到岔路口，幸好两边尽是稻田，没有隐蔽的地方。一行人都放下紧张的心情，松了一口气，有的更高谈阔论起来。

“啊，喝一口再走……”

贪杯的，摘下腰间的酒葫芦，嘴对嘴边走边喝起来。

这时，月亮从厚厚的云翳中露出脸来。

“啊啊！”

打头一人，一声怪叫，刹住脚步。

“怎么了？”

甚内不敢大意，叫着赶上前去。行列已停顿下来。

“头，头领！那，那，那个！”

“哦——”

甚内呻吟。两三丈前，在月光下，有一个武士缓步前行的背影。长发披肩，身高六尺，肩头上斜背着包袱，穿着紧身裤、皮脚缠。大刀的环佩，在夜色中闪耀。

“是武藏！”

甚内嘶哑的声音，不禁脱口而出。

想得那么周到，但武藏却出乎甚内的意料，出现在这种地方。

“怎么了？”

铃姑赶上前来。

“是武藏吗？”

岸孙六也赶到前面来了。

“喏喏，你看！”

甚内兜着下巴说。

山雨

一

“唉唉，武藏！”

孙六和铃姑都咬牙切齿道。铃姑原是一心以为武藏业已上京，早已放弃了劫夺悠姬的念头的，因而更是气愤。

而武藏的出现之堪称奇袭，乃在于现身之后，仍使人摸不清他的意图。

甚内满以为武藏会凭着双刀的绝技，闪电般突然袭击的，所以他的策划，是针对着这点下的功夫。而今武藏竟走在他们之前，像是压根儿不知道后面有这一伙人似的，是那么沉着，那么悠闲。凭着这点，甚内们便已是棋输一着了。

“武藏这家伙，究竟安着什么心呢？”

“必有诡计！”

“当然哪，不过……”

甚内和孙六虽低声商量，始终搞不清武藏的意图。其他四十名浪人也是一样，显得惊惶失措。

甚内警觉到了一伙人的混乱，如果僵持下去，必致斗志全消。可是既未明白武藏的意图，轻举妄动又太危险了。

“喂，为什么待在这里？快走！”

甚内强作镇定，叱喝着拿提灯走在前头的护卫，一面回头对浪人们凛然说道：“各位想该都看到了，武藏已经露脸！这正合咱们的预期。立即进袭或伺机再动，操之在我。咱们已制有先机，进退攻守，请听甚内调排。”

不愧为能言善辩的甚内，说得浪人们个个点头称是。队伍又走动了。

武藏仍在前踏着悠闲的步伐。

不久，到了三岔路口。

“呀呀？”

走在前面的甚内，不觉缓下脚步。

武藏却毫不踌躇地，向右手边，朝着田川一边的间道走去。

“奇怪！”

孙六向甚内低语。

“哦——”

“是不是他以为咱们会走小路？”

“不见得吧？”

“那么怎么办呢，咱们？”

甚内的头脑，又陷入混乱之中了。

“……”

他没有办法当机立断。

“是不是照预定计划，走中津大道？”

“哦——但这时丢下武藏却是不稳，不知道什么时候会遭他的突击哪。”

“那也是的。”

“好，跟下去，死盯着武藏！这才先机在握。”

“可是，鸭先生，另有一策——把全伙分作两起，一队跟踪武藏，另一队护送轿子直往中津。”

孙六提出另一主意。

甚内却摇头说：“这样一来，正中武藏之计。分散了势力，绝对不能战胜。”

适在此时，队伍后面又起了骚动。

“头领，后面又出现一伙可疑的人物！”

有人在大声地呼喊。

二

甚内吃了一惊，跑到队尾一看，离不到三五丈的后方来了一伙奇怪的武士。

甚内一伙，并不知道寺尾等接受了领内浪人巡检的任命。在前，他严密地警戒着武藏的动态，所以知道除五人团之外，没有其他的武士在武藏的地方进出。而五人团，他们认为是佐渡的授命，毋宁是为监视武藏而去的。

因此，对那一伙人虽毫不在意，但甚内自以为是佐渡所派遣的代表，胆子不由一壮。

“岸先生，辛苦您去看看，究竟是什么来路？”

他吩咐孙六说。

孙六仗着脚力快，迎上前去，向领队的躬身问道：“我等乃奉长冈佐渡老爷之命前往中津公干者，未知尊驾等何往？要务在身，不由得不慎重探询。唐突之处，万乞恕罪。”

“我等乃细川藩士，奉上头密令巡检领内浪人者。”

领队的寺尾新太郎接口答道，但孙六并不认识新太郎。

“噢，原来是本藩官人，公干辛苦了。我等虽然是浪人，但系佐爷差遣，千万包涵。”

“刚才一再提起佐渡老爷，但我们却未见相爷有何吩咐，请问有何凭证？”

孙六听新太郎这样一问，不禁愤然回道：“不，佐渡老爷虽没有给我们路引文凭，但尊驾如有疑心，请向轿中一看，便知端的。我们便是护送佐渡老爷侄女悠姬小姐赴中津的，鸭甚内的一伙人。”

“什么？相爷的侄女悠姬小姐？本藩内并无其人！”

“……”

孙六一愣。不错，对外小仓领内原是没有悠姬其人的，孙六当然不会不知道。他期期艾艾地说：“不……是，是我说错了。是中津月光寺的秀月禅尼，托我们护送出家的佛门徒子的，绝非来历不明之徒。”

“噢，秀月尼姑的嘱托！确是如此吗？”

“确是如此。”

“哦，受人之托却大意不得。我们今晚也去中津，暗中帮着给你守护。”

“是，感激之至。”

岸孙六这才放了心，道了扰，回头而去。

“嗨嗨嗨……”

新太郎冷笑着说：“这个家伙，就是叫孙六的所司代密探，也就是向公家检举公主的罪魁。”

三

武藏仍悠闲地走着。

他是非常自信的，确信甚内一伙人会从自己的后面跟踪而来。他知道甚内绝不会发现了对头而能坦然不顾。

“无论走的哪一条路，他们的眼睛是绝不会离开我的。”

武藏结实地踏着步伐。在他，最重要的是悠姬的真正心意。

“悠姬小姐的真意究竟如何呢？历经几天来的苦闷彷徨，她的心意究竟如何？是不是仍朝着真实的大道阔步？”

几次败于义理与人情，但结果终能赢得真实的人生。悠姬的这一心情，深深地打动了武藏的心。

“公主呀！向我们的大道……”

武藏的心中这样祈求着，一步一步走向“战场”。

他又想起新太郎等五人团。

“新太郎！你们是细川的家臣，佐渡相爷的股肱。你们只要依着相爷的吩咐，暗中护卫着悠公主的队伍便成。至于如何行动，得由你们来随机应变了！”

武藏只是往前走，依着自己的信念。

不久，到了一个不知名的部落前，在那部落的口折向山路。那条路穿过平尾台，直通中津街道。

“喂，岸先生，怎么了？”甚内掉头向孙六说。

“奇怪！也许会在平尾台展开战斗，却是不可大意的。”岸孙六回道。

甚内仍不敢放松武藏。

“哦，当然哪，但决战是咱们所求的，跟着去吧！”他断然说。

武藏仍是一步步踏着山路。悠姬的队伍和甚内一伙人，隐隐地跟在后面。

早上一直阴晴不定的天空，正式涨上云翳，周遭渐渐地幽暗下来了。

四

悠姬知道武藏依约来救自己出去，已是毫无疑念了。但想起从获救的那一瞬间开始，便须面对现实，去接受过去仅在梦中才能见到的生活，她不得不鞭策自己，坚定自己的意志。

“半路上发生动摇，是对不起武藏先生的。”

从离开佐渡府邸的那一瞬间，悠姬便这样告诫着自己，鞭策着自己。

做一个艺术家，过真实的一贯生活——早在京都时，便是悠姬梦寐以求的。

而那年春，在佐渡的府邸中初见武藏时，对他那认真修行、不屈于权门、不媚于世俗、勇往独行的严峻人格深为感动。

“我也要像那人一样——”

她不禁心向往焉。

武藏南下后，阿通追踪而来。那时，悠姬曾经轻蔑阿通对武藏所抱的世俗的爱情，但阿通那炽烈的情焰却使未知恋爱的悠姬感到眩目的激动。她虽否定爱情，但对武藏的思慕之情却一天天地加强了。

而正在此时，突发了这次削发出家的事变。悠姬起而应战，最初对佐渡夫妇，继而对祖父忠兴，险些屈服，好不容易再站了起来。

可是，父亲兴秋出乎意料地自尽，噩耗传来，竟使那么坚强的悠姬也惨遭挫折，曾进而向佐渡立誓自愿遁迹空门。在最后的一瞬间，她终于恢复了信念，又因未明武藏的意向，曾一度心乱如麻。

悠姬被轿子摇摆着，重温了一次心路历程。

“呀，好险！太懦弱了。”

她鞭策着自己。

“虽是胜利，真个是千钧一发，胜得好惨！”

“好几天，险些丢失了武藏先生的心！”

“武藏先生，请你宽恕！”

她在心中歉然向武藏求恕。同时，她睁大了尖锐的心眼，检讨以前敌对过来的人们。

佐渡夫妇、祖父、父亲——但真的敌人不是他们本身，是他们的家世至上的思想，是潜伏在他们背后的权力，是纠缠不清的义理和人情。

悠姬好像明明白白地抓住敌人的真面目了。

“武藏先生！阿悠是再也……再也不会迷路了。”

悠姬燃起如火的斗志，连连地立下誓言。但这时，轿子蓦地停住了。

“啊，武藏！”

听见甚内这样叫唤，她不觉紧张起来，万万想不到武藏会这么早便出现了。

“唷，终于来了？”

悠姬赶快包起灵牌揣在怀中，抓紧了防身的匕首。

五

悠姬当然看不到武藏，但轿子外的说话声非常清晰，从他们的口中，可以知道武藏的动态。

“什么时候，打从哪里挥刀而入呢？”

悠姬的心扑扑地跳着。五人团在后面出现，已从周围的谈话中知道了。

“谢天谢地——”悠姬的眼前浮上五人团年轻的脸庞。

路渐险峻了。

云层渐厚，天色渐暗，倾盆的大雨已迫在眼前似的。不久，一队人到了坡上。

“当心！”

浪人们互相告诫着。他们已进入小仓的胜景——平尾台了。

石灰岩的奇形怪石，耸峙在一目千里的草原中，或高耸，或低伏，有的如巨人，有的如奇兽，又如妖魔鬼怪，纵横起伏着。一线荒径，蜿蜒在奇岩怪石之间。

“头领！好险恶的去处哪。”前夜曾与主水决斗的松野三九郎，靠近甚内说。

“哦，不可大意！”甚内点头说。

地势，确是有利于武藏的。

“不，真像是妖魔鬼怪出现的地方哪。”孙六也接口说。

突然，主水却哈哈大笑起来。

“各位，我倒看中了这个地方，这才好做手脚，妖气弥漫，方好施展妖法哪。”

“真是的。”一直沉默着的铃姑，突然插口说：“武藏正是妖怪，同松山先生对垒，真好看煞人。不，甚内哥，岸先生，今天谁都得变成妖怪作战。当然哪，我也是的。”

甚内望了望铃姑，不禁全身一颤。

她同平时的铃姑竟完全改了样，杀气腾腾逼人而来……

甚内凑近她的耳边说：“铃小姐，今天准备来上一手，给他一枪……”

铃姑笑了。

“嗨嗨嗨……甚内哥好眼光。”

“你的样子多凶呀。可是，当心哪，切不可现形让他看见。不错，这里倒好让你掩蔽。铃小姐，好好地干吧！何必让武藏活着呢？”

“那当然哪，嘻嘻……”铃姑低声地笑着说。

她今天的打扮，是手套筒、脚缠、下裳反折、紫色头巾，怀中揣着短铳。

铃姑的身中，发散出咄咄逼人的杀气。但她是否如甚内的推测，在追伺着武藏呢？

她突然变换了话题说：“甚内哥，轿子里的公主，倒很乖哪。”

“哦，她应该已经知道武藏的出现了。原是脾气刚强的小姐，防身的匕首总该有吧。这也难怪，在她，正站在命运的歧路上，与所爱的武藏手携手私奔，要不然便是乖乖削发为尼。”

“让我去看看样子。”

“铃小姐，不要开她的玩笑，闹起别扭来便麻烦了。”

“知道了。只去张望一下哪。”

铃姑边说着边走近轿子。

“公主！”

“……”

悠姬没有回答。

“坐在轿子里很无聊吧？但快了，武藏先生快要杀上来，救你出去哪！你高兴吧？嘿嘿嘿……”

“你是什么人？”

悠姬气忿地反问。

“我是铃姑，昨夜在府上见过面的，佐佐木小次郎的身边人。”

“你该知道，小次郎先生被武藏杀死了。托他之福，我连寡妇都够不上，真个是身如浮萍，一无寄托。你想，我以武藏为仇，该不会错吧？”

“多可怜！”又是悠姬爱理不理的一声回答。

铃姑歪皱着脸笑了起来。

“嘿嘿……公主，对不起，用不着你来怜悯我，其实我倒要反过来可怜你哪，今天便是你那可爱的武藏先生，也像小次郎先生一样向冥土旅行的日子呀。”

“住口，武藏先生绝不输！”

“啃啃啃！好大的信心。无论武藏先生多强，力量到底是有限的。你该已看见，四十个顶尖儿的人物，看他强到哪里去？哪，公主！武藏必死无疑，你也总得削发去做尼姑啦。世间的事情都早已安排了的，靠你的修持，也许杀人鬼武藏得以免堕入地狱。”

“住口！”

“嘿嘿嘿……话得说回来啦。公主，你可知道武藏从前的情妇阿通，也曾想皈依佛门削发为尼的，但对武藏怎么也死不了心，最近拼命养病，待病体复原，仍要追上武藏。这样一来，武藏准是娶她。唉，真可怜，你这公主……”

“……”

松山主水不知什么时候来了，站在铃姑背后，亮着好奇的眼光，盯住悠姬的轿子。

六

铃姑回头见了主水，便挨近去，狠狠地在他的大腿上捏了一把。

“呀，好痛！”

铃姑边笑着，边把脸贴近主水，低声说：“主水先生，休看，当心烂了眼睛！”

“什么东西？”

“不要装痴了，老娘的眼睛是雪亮的哪。”

“没，没有什么。”

“不成，不成，是不是惦记着轿中人？”

“哪，哪，哪里的话……”

“嘿嘿嘿……这也难怪哪。二八年华，正是初绽的蓓蕾，与主水先生真可谓珠联璧合的哪。”

“听说是好标致的人儿？”

“当然漂亮，怎么说也是细川一族的公主哪，岂能拿民家小姐来比？而且茶道、诗词、书画，莫不精通……”

说到这里，铃姑突然目光凌厉地瞪着主水，转口说：“不成，不成！现在把你说火了，那才误了大事。头领和我，现在指望的就仅你一人。武藏虽是那么若无其事地阔步，但什么时候回头杀过来却是谁也没有把握的。哪，快到前面去，给女人迷住了，连妖法都不灵光了哪！”

主水瘪着嘴巴微笑着，丢下铃姑，“嗒嗒嗒”赶向前头去了。在那前方二三丈远的地方，如铃姑所说的，武藏仍悠闲地走着。甚内、孙六和其余的四十多人，谁也不说话，在令人窒息的沉默里，远远地跟在武藏后面。

而在他们后面，新太郎等浪人巡检的一队，也屏息跟踪着。

“头领！”主水向甚内叫道。

“什么事哪？松山。”

“你以为在我们后面的那一伙人，是帮衬我们的呢？还是我们的敌人？”

“我不认为他们是敌人。大概是家老授意，要他们暗中护卫悠姬的吧。但他们是被叫作‘武藏五人团’的，都是武藏的门徒，所以要他们帮着我们去对抗武藏，当然是不可能的。”

“不！”主水老气横秋地摇头说，“头领，他们的职务是浪人巡检哪！佐渡特地指定‘武藏五人团’担任这一职务，令人费解。头领！这正是两面锋刃，可左可右。武藏是浪人，咱们也是浪人！”

“哦，可是，总不至于……”

“不，不仅他们是双锋之剑，怕铃姑也是……”

“哎？”

“铃姑在动公主的主意哪。”

“啊！”

“你应该早有警觉？”

“哦，铃小姐认为悠小姐也是仇人，杀不了武藏时，便对付悠姬……”

甚内呻吟着说：“松山，这样一来便偾事了。你得暗中注意铃小姐的行动。”

“知道了。可是头领！咱们同武藏这样僵持下去，终不是了局。我有一个计策……”主水说着，凑近甚内耳边，“咕噜”了半晌。

七

武藏在起伏的岩石间悠闲地走着，但绝非一无用心。他到底有着怎样的计划呢？

可是，他的心境确是近乎一无牵挂的。对于作战的策划，事前当然早做充足，而且已是胸有成竹，一切都按着预定的计划而动。他已握有必胜的信念。现在是既不踌躇，也无疑惑。他的眼中已无敌人，在苍茫的太空下昂首阔步，独往向前。

靠近台地中央有一块“阎王岩”。那附近便是武藏预定的战场，森都正等在那里。

但武藏到了路径转角处，像是眼前一花，同时，面前的巨岩宛如一个独眼的妖怪，竟伸直腰背站了起来。

“奇怪！”武藏在心中叱咤着说。

可是，独眼妖怪的巨岩并不匿迹，反迎着武藏走过来了。

“哦！”

武藏沉住心胆，向他瞪去。

“武藏先生，这边来！”

他像听见独眼怪在向他这样说着。之后，那怪物便向右首一直走过去了。

“不对！”武藏原想闭了眼一直循山路往前的。但回头一想：“不不。”

他自语着说：“我武藏，竟把岩石看成妖怪？好，去看个究竟，直至岩石仍是岩石！”

武藏从前在球磨山中曾有过类似的经验。这原是由于精神的晕迷，进入奇异的幻境时，人们往往会失去理性，陷入这样的晕迷中去的。

武藏下了决心，跟踪在一直往前的独眼怪的奇岩后面。但突然，又从他的脚下涌上来一个大头鬼。

“奇怪！”武藏不觉自语；虽在晕迷中，但要使岩石仍还原为岩石的，他的理性与意志，还是如同明镜般一尘不染。

“非得彻底看个清楚不可！”

他紧跟在妖怪的后面。是岩石，该不会动哪！

危哉武藏！一阵骤雨，适在此时倾盆而下。

八

“哪，各位！”甚内低声唤道。留下轿夫众人守护悠姬的轿子，其余的浪人一齐散开，遥遥地包围住了正在追踪怪物的武藏。

骤雨像一阵旋风，很快地便过去了。

从后面望见这个光景的五人团，也不觉住了步。

“先生原是说选定阎王岩附近作战场的，难道甚内他们先动了手？”新太郎讶异地说。

“不，是先生自己离开山路踏进草丛中去的。”野口接腔说。

“总之，战斗快开始了。”

“依相爷的命令，照先生的吩咐，就得袖手旁观了。”

“不，先生不是说，要我们随机应变，自下判断吗？”

“不错！”

接着，和田、山东、宫胁三人便纷纷议论起来。这时，新太郎却沉吟起来。他说：“判断！可不那么容易。大丈夫的身价，都在此一决之中！沉下心来，咱们且看战机如何？走吧！”

他低唤一声，便大踏步前往。

散开的浪人，大概俯下了身子，已看不见了。只有武藏那庞大的身躯，在奇岩怪石之间，腰眼以上露出在海浪似的秋草丛中，渐渐地向荒野中突进。武藏眼前的妖怪愈来愈多：独眼怪、大头鬼、白马、傻笑的艳女……

“是石头！是岩块！待你仍还原为岩石为止，我将追究到底，绝不放手！”武藏在心中叫道。

甚内一伙的浪人包围在他四周，刀出鞘，枪露尖，向他蹑手蹑脚逼近过来，但他竟毫无警觉的模样。

又是一阵骤雨，像潺潺掠野而过。

甚内盯在武藏身后，矮着身子，慢慢地挨近过去。

“头领！武藏是不是中了主水的妖法？”松野三九郎压低声音问。

“哦，大概是的。主水说过——那些岩石在武藏眼中，会变成妖怪……”

“真了不得！”

“趁着现在他被法术禁着的机会……”

“好，让我来杀第一刀！”三九郎满自信地说。

追踪在幻影后面而迷进了荒野的武藏！在他的前面，主水疾走如风，跳上耸立的奇岩。

于是，那块奇岩，在武藏的眼中就变成活动的妖怪了。岩石原是不动的，主水贴身上去，才见活动起来。在月光暗淡的荒野中，那些岩石本来就生成奇形怪状，竟使像武藏那么武艺高超的人也为所欺，中了主水的妖法。

但武藏是绝对不信怪异的，他向前突进，想从幻觉中挣脱出来。

“是岩块！是石头！”

荒野

一

武藏反复地叫唤着，最后突然停步，愕然独语着说：“岩块该不会动！石头该不会动！”

接着，他大喝一声：“惭愧！”

他叱咤着自己，同时全神贯注，瞪着丈余前面刚从地上涌出来的一头凶猛的野牛。

“岩石勿动！”

他提丹田之气大喝一声。随这一声大喝，眼前的野牛便戛然静止，变成了仿佛牛的一块怪石。同时，刚在眼前晃动的一群妖怪，都烟消云散般不见踪迹了。

“哈，哈，哈……”

武藏自嘲地大笑起来。

“好没来由！”

接着，他便把眼睛盯在那块如牛的怪石上。

“唷唷，有人！”

主水像青蛙似的，伏在怪石上面，高举的双手好像两只牛角。

“哦，原来是这家伙在作怪。可是手法倒也不错，到底是什么人呢？”

武藏正想向那个怪石头扑去，突然感到身后一阵飒飒的剑气！刹那间，武藏沉下巨躯，一摆腰身，大刀脱鞘，轻轻地向秋草丛中拦腰一划。

同时，一声惨号！松野三九郎从杂草中往上挺立，双手摸个空虚，肩膀上血如泉涌。武藏看都不看，蓦地向怪石冲去。

但主水似乎不知道自己的妖法已破，仍匍匐在岩石上。

“喂！”武藏提声一喊。

主水吃了一惊，抬起上半身子。

“你是什么人？”

“……”

“看你还是个少年，但好俊的手法，武藏也险些着了你的道儿！”

主水愕然震惊！张大两眼，但随即从岩石上跃身而下，长刀斜劈，宛如电光一闪，看准武藏的后脑……

二

“呀！”

武藏抽身后跃，但主水的长刀已掠过他的喉管边缘，其间相去，间不容发。而武藏的豪刀早已追到，迎着长刀砍去。

“咔嚓！”火花四散，主水的长刀“啪”的一声落入草丛中去了。

主水向后跳去，手按小刀刀把。武藏却不追击。

“刚才的刀法与佐佐木小次郎的‘燕子翻身’一模一样，是不是与小次郎具有渊源？”

主水对武藏的问话，绷紧了脸答道：“错了！佐佐木小次郎本人从未见过。哪，来，来，武藏！”

“把刀捡起来！”武藏故意退后两三步，指着地面说。

“不要！落了的刀……”

“蠢货，那是你的失着，刀有何罪？不要让宝刀埋没在荒野里。”

武藏近前，俯身捡起主水的长刀，映着月光说："哦，是'长光'，好俊的名刀！喏——"

武藏把长刀朝主水抛去。

主水凌空接住，随即拟具正眼。

"来吧，武藏！"

"报个名来。"

"肥后，八代的乡士，松山主水。"

"师匠何人？"

"没有。"

"刚才的妖法，也是独创的吗？"

"对了。"

"主水，那种邪法以少用为妙，易招杀身之祸！"

"不劳多管！"

"不，易惹邪念。"

"武藏！不必唠叨，看剑！"

"你为什么恨我？"

"强者谁不为敌！"

"哦，那倒不错。"

"武藏！可勿误解。所谓强者，非单指兵法家而言哪！"

"那么……"

"在我，剑只是一种手段而已，我最瞧不上兵法家的浅见！"

"主水，好好进修业艺！手段即目的呀！"

"废话……来吧！"

武藏只是微笑着，望着这个大胆无敌，而且胸怀野心的怪少年。但武藏并非对这个少年徒然感叹而已，他早已警觉到了后面围成半圆，渐渐挨近过来的白刃圈子。而他们的动态，从主水的五体间反射过来，一一映入武藏的眼底。

主水哪知就里，却拼命向武藏挑战，意在让背后的同伙有偷袭的机会。武藏对此已了如指掌，将计就计，用的是以毒攻毒的战术。

武藏身后的荒草，簌地一动！

说时迟，那时快！武藏的巨躯踢地而起，迅如疾风，大刀一闪，吞噬了主水。

三

随着武藏迎头劈下的一刀，主水的身子像是被击落入地底去了。但武藏却扑了一个空。

“逃得好！”

武藏本来就没有杀死主水的意思，他的目标是别有所在的。

事实上，随着主水的隐身，武藏的巨躯也像被大地吸了进去似的，同时不见了。

这时，追踪在武藏身后的甚内一伙十余人，霎时失去了目标，茫然不知所措。甚内很不高兴。

“搜！”他立即下了命令。

孙六插口说：“鸭先生，不忙！主水自会来告。”

他到底懂得“忍术”，所见与众不同。

果然，主水像是从地底涌着上来似的，突然出现在甚内眼前。

“噢，主水，我们正自担心呢！”

“头领，糟了！妖法只能骗人一时，不会持久，你们迟迟不前，给他识破，险些遭那厮毒手。”

“哦，难为你了。但主水，你看武藏的剑法怎样？”

“当然，与各位大相径庭。”

“同你呢？”

“头领，我不是使剑术的，我的世界比他们更为辽广。”

“哦，所以你的本领比他还差一段吧？主水，心思太多了也没有用，你最出色的还是兵法。主水，好好地磨炼剑吧。可是，武藏到哪里去了？”

“武藏，仍在原本那条路上走着。”

“哦，那么……”

甚内便向浪人下了“仍回原路”的命令。

浪人们踅回原路，果然看见武藏同从前一样，离轿子两三丈前，悠闲地走着。

“这厮真了得，见面胜似闻名。”

浪人们刚才目睹他一刀了断松野三九郎的手法，已自惊得跷舌难下。那一瞬的火候！那手法之快！他们知道自己绝非一对一的敌手。

但对方愈强，自己斗志愈炽——虽明知道是飞蛾扑火，但既已寄身于一剑，死中求活，死而无悔，是当时兵法家的气魄。平时以一派师门自任的这些浪人，不禁煽起如火的战志。

四

武藏伺机脱身突围。此时云脚更低，骤雨来了去，去了又来，一阵紧似一阵。武藏在阵雨中，渐走近目的地阎王岩。这台地的胜景，以此为最，堪称叹为观止。

后年，览胜的游客曾称这一带为“羊群高原”，奇岩怪石点缀其间，确像三五成群的山羊。不仅此也，好几条狭谷蜿蜒曲折其中。据说狭谷中有着不少洞窟。

到了羊群高原，甚内又吹响报警的竹笛。看了附近险恶的形势，他警告一伙人须得提高警觉。

而武藏，却利用他的这一信号；笛声初起的一刹那间，身子一闪，跳进了右首的杂草丛中。

“呀！”

甚内以下，所有的浪人都刹住了脚步。不，像是被钉在地面上一般。武藏就此不见。队伍假如前进，说不定在哪里会遭他出乎意料的袭击。

“头领，怎么办呢？”三九郎死后，接替浪人领班的梶野景道向甚内请示着说。

静静地沉思了半晌，甚内好不容易才下了决心，断然说道：“各位，不必畏惧！刚才以前是我们跟踪武藏，现在是我们被他跟踪，怕什么呢！”

“一点不错！”景道接口说，“既有戒备，怕他怎的！本人愿为前导。”

“我来担任殿后。”梅轩也紧了紧腰刀说。

“头领，让我跟着轿子走吧。”主水寓意深沉地望着甚内道。

一伙人略做部署，把阵容转为守势。

“前进！”甚内断然叫道。

而在这时——

“甚内！”

有人唤他的声音。

“谁？”

“是我！”

从旁边的巨石后面倏地出现的，正是武藏！

“啊！”

为摆脱武藏的跟踪，好不容易调整起来的阵容。想不到武藏的出现竟如此迅疾，是谁也不曾想到的。事实上，这期间却有了可乘之虚，就是从攻势转为守势的那一丝空隙。

“啊呀！”

“啊啊！”

不让人有拔刀的工夫，早有三四个人倒在武藏的剑下了。

五

“散开！散开！”甚内力竭声嘶地高喊。

他们虽整备阵容，但不是战斗队形，排得太整齐了。

但武藏雷霆千钧的气魄，不让他们有疏散的余裕。有五六个人，来不及拔刀，已被杀倒在当地。待梶野景道好不容易拔出大刀，已是第八个人了。他感到武藏的剑指向他的前额，便把剑拟于正眼。但武藏的巨躯却在他的身前一闪而过，跟着又是一声嘶号。

景道望着武藏的背项，大吼一声，猛砍过去。

“咔嚓！”一声令人战栗的声音。是武藏回头，用左手小刀把景道的脑袋从脖子上连根砍断了。

前队已全军覆没。武藏往回跑到轿子旁边。那里也倒着五六个人，轿夫早已不见踪影。

“公主！”武藏向轿中叫道。

“武藏先生！”

轻装打扮的悠姬，从轿子中飘然而出。

“公主！不必管我，快去！”

“是！”

她循着武藏拉开的一边血路，跳进了荒野之中。

但这时——

“悠小姐，等着！”

另一个女人的声音。

武藏挡开迎面砍来的梅轩的大刀，眼瞟着悠姬的去向。

“危险！”

他不觉脱口而叫。铃姑站在杂草丛中，正用短铳瞄准着跳入草丛的悠姬胸前。

悠姬也不觉呆住了。

“铃小姐，住手！”甚内凛然唤道。

刹那间，不分敌我，双方都忘了动手，一齐盯在铃姑与悠姬二人身上。

“铃姑，打我！”武藏唤道。

“武藏！这娘儿竟有这么可爱？”

“武藏听着！现在得让你知道所爱的人被杀的悲哀、痛心、遗憾……”

“铃小姐！打武藏！打武藏！”甚内嚷着，再掉向武藏叫道，“武藏！你的死期到了！”

“哦，铃姑！向我发枪吧！”武藏双刀朝下，两臂垂腰，挺着胸板说。

浪人们见了这突变的光景，慢慢地向武藏背后围上来了。

六

“你那女子，向我开枪吧！”悠姬也挺胸叫道。

“呀呀，你这公主，对这一介浪人的武藏，竟也那么垂爱？唉唉，教我如何是好？”铃姑嘲笑着说。

“铃小姐，快收拾武藏，这是唯一的机会，静下心来好好地瞄准。”

“鸭先生！想不到你也这样偏爱公主。”

“铃姑，甚内说的不错，赶快向我胸前发枪，替小次郎报仇雪恨！”

“不行！”铃姑眼露凶光，嚷道，“让咱们娘们来算清这笔账，公主！”

铃姑瞄着悠姬的胸前，扣下扳机。但在此千钧一发之际，突然铃姑脚下的杂草中伸出双手，抓住了短铳的中段。

子弹已经出膛，但从悠姬的胸前飘了过去。

“公主！快逃！”武藏大嚷。

“快，不要让她逃走！”甚内也紧紧叫嚷。

浪人们向悠姬轰去，但被武藏拦住了。

悠姬拼命前奔。两三个浪人逃过武藏追了下去。

“啊啊！”

悠姬一声惨叫，是脚下钩住藤根，扑倒了。

“抓住了！”

一个浪人跑上前去，正待伸手去抓。但电光一闪，连肩斜劈，倒了下去。

“公主，随我来！”

年轻的声音。一个覆面的武士，扶起悠姬，牵着她的手，一溜烟跑开了。

武藏和浪人，还守在原来的地方拼命。

铃姑咬牙切齿地说道：“是谁出卖了老娘？是谁？快出来！有种的出来！”

——简直像疯了一般。

甚内扳住铃姑的肩头，安慰着说：“铃小姐，静静！悠小姐逃走了，咱们的人连一个武藏都应付不了，看情形巡检浪人的五人团怕也会加入战圈，反刃相向。”

“都是你，从中作梗，横加阻止。”

“可不是嘛，我哪能让你闯下大祸，做了通缉的凶手？不只武藏，还有五人团，正在后面亮着眼睛哪！快快，不能再犹豫了，三十六计走为上策！”

七

甚内半拖半抱，拉着铃姑没入荒野中。风力更劲，冷冰冰的雨水打在两颊上。铃姑渐渐地平静下来了。

从身后传过来剑戟铿锵的雄壮声。

“甚内哥，又告吹了。”

“哦，时机未熟哪。”

“第一流的剑客四十名，统统成了供奉武藏的牺牲。”

“无可奈何，但这怨恨齐归武藏一人。”

“可是，不知主水怎样？”

“那厮倒不劳牵挂，一定早溜开了。看那厮年纪虽轻，真个了得。”

“喂！鸭先生！”后面有人叫唤。

“好像是岸孙六？”

“哦，是孙六，等他吧。到京时，还用到他哪。”

浪人已死了一半，剩下的却也不打算逃走，只是已经没有积极进攻的气魄，远远地围着武藏叫喧。

武藏虽惦挂着悠姬，一时又脱身不得。幸好事先已与悠姬约好，要她去投奔森都。

这时，一直闷声不响袖手旁观的，浪人巡检的五人团——由新太郎领头，径至浪人面前，高声叫道：“各位，胜负已分，各请收刀！你们的头领鸭甚内业已遁逃，如不服输，本人等职责所在，绝不饶恕！知趣的，早早退去！”

同时，他掉向武藏，躬身说道：“先生请便，就此告别……”

武藏点头。

“哦，再下去，杀生无益！”

浪人们经此一喝，顿失斗志。

“今日留汝等一命，快快去吧！”

经新太郎这最后一喝，便一齐抽回兵刃。

“寺尾、山东、野田、和田、官胁！”

武藏一个一个叫着他们的名字。

“别了！为我问候相爷！”

“先生！我们知道。先生与甚内、孙六原是仇敌，今夜之斗，事出无奈，相爷自能见谅。只是元凶在逃，是我们的失策，有亏职守，自当上天落地追缉归案。”

“不必了，迟早逃不过我的刀下。”

“是。”

“悠姬公主的事，请毋挂念——务须转达相爷！”

在力尽声嘶、茫然不知所措的浪人面前，武藏与五人团在依依地惜别。

迷路

一

风力渐劲，阵雨如注。浓云低垂，夜黑如漆。

悠姬被不知何人的蒙面武士牵引着，没命地奔跑。不知过了多久，突然听见琵琶的声音。

“噢，森都！”

悠姬霎时回归意识。那是约定的琵琶声。循着琵琶的声音前往——武藏在信中，从三十郎的传言，再三吩咐过的信号。

“怎么了？”

“唏……”

悠姬倾耳静听。“乓，乒——乓，乒……”琵琶的声音，渐渐高扬。

“呀呀！”

同行的武士，讶异地摇头。

奇怪，那琵琶的声音，东南西北、前后左右，此起彼落，错杂而来。

无论如何，不是一张琵琶的声音，好像有十个、二十个法师坐在岩上弹奏着似的。悠姬口中念念有词，掰着手指计算音数。

“啊，这一边！”

她想向那边跑去，但同行的武士却把她一把拖住了。

“公主，刚才的琵琶是信号吗？”

“啊！”

悠姬愕然低唤。一直以为这个武士是帮着自己的，但仔细想来，除了三十郎、森都、五人团之外，该不再有自己人了。

“你，是谁？”

悠姬回过身来，面对着武士问。

“恐怕说了名字，你也不见得知道。”

“是武藏先生的熟人吗？”

“对了，确是熟人。”

“是友？是敌？”

“这——虽曾与武藏敌对，但握住铃姑的短铳使子弹不能命中，刀劈追踪而来的浪人……对公主，当然是友。”

“那么，与武藏先生也应该是友，跟我一起去会武藏先生吧。”

“这却——”

“一起走吧。”

“不，不去也罢。”

“哦，那么就此告别了。”

“那可做不到？”

“哎，做不到？”

奇怪的武士边说着，突然握住了悠姬的手。

“做什么！”

“公主！”

“无赖！”

悠姬挣脱了怪武士的手。但对方却拿出一块布蒙住悠姬的头脸，把她挟在肋下，一溜烟跑了。

二

悠姬拼命挣扎，想脱出魔掌。但头上蒙着布，不能出声。两手像被铁箍给扣住了，动弹不得，无法抽出匕首。她只有在心中默念着武藏的名字。

怪汉轻轻地挟着悠姬，冒着雨水，在漆黑的荒野中飞奔而前。

“哎，古怪！”

他突然刹步。一度静寂的琵琶声再度起来，把他紧紧地裹住了。刚才倒不觉怎样，这次却使他困窘了。

他不愿自己挟着悠姬让人看见，但琵琶声却从四面八方的岩下传过来，好像被几十个法师包围住了似的。

怪汉停下来静听了一会儿，不觉咯咯高声朗笑起来。

“我以为是什么，原来是弹的琵琶杂奏！”

他自语着，又侧耳听了半晌。

“好，我走的路在此！第三虚声……”

说着，他便朝东边的洼地跑去。当然，从那一个方向，约半里许的岩下，也一样地响着琵琶的声音，但怪汉却认定那是虚声，便一直跑下去了。可是无论怎样跑，琵琶的声音仍同先前一样，随着他前进，逃不出音波的范围。

“哼，好皮赖的法师！看你能跟到哪里去……”

怪汉冒着风雨疾走，好不容易总算摆脱了琵琶的音网。但这时——

“啊呀！”

他惊叫了一声，刹住脚步。挟在他的臂弯下一直在挣扎着的悠姬，突然软绵绵不动了。

怪汉慌忙掀去蒙面的布。悠姬已经停止呼吸了。

“不好！”

怪汉四面张望。那里已是谷底，右手的断岩上，张着一个偌大的洞窟。

“好，先进去再说。”

怪汉把软绵绵的悠姬抱在手中，跑进洞窟。洞中一片漆黑，怪汉的眼睛似乎在黑暗中也能见物，脱下身上的绯色外褂，铺在地上，放下悠姬。幸好是钟乳洞，洞中有水。他用手捧水，滴入悠姬口中，抱起她的上身，点了活穴。

“噢——”

悠姬悠悠醒来。

“公主！对不起。”

“无赖，退下！”

悠姬的声音，凛然在洞窟回响起来。

三

“公主，暂请息怒。我虽是冒犯了您，但丝毫没有非礼之心。且待我点上灯火。”

怪汉从腰上所悬的革囊中，取出火石和蜡烛，点上火光。

“啊！这里是……”

悠姬环顾四周，睁大了眼睛。那是一个庞大的钟乳洞，从岩顶上挂下来的，和从地面上耸着的无数石笋，像是雕刻的圆柱，也像是巨大的蟒蛇。

“荒野中的洞窟，多么壮观！”

怪汉喟叹着环视四周。

悠姬立即回复凛然的态度，回手去探怀中的匕首。

“你是什么人？有什么意图，把我带进这种地方？”

怪汉的眼睛，透过覆面，闪闪发光。

“公主，我是把你从铃姑的短铳下救出来的人。”

“那当然得谢谢你，但你救我一定别有用意。”

“不错，我想见见公主，同公主谈谈。我的名字是松山主水，虽是默默无名的肥后八代乡士之子，但提起先代，我的家世却也不在细川家之下。”

怪汉正是主水，他缓缓地取下了覆面巾。

“公主，请您认识，认识。”

悠姬愣愣地望着这位头发覆额的美少年。她一心以为劫了自己的是粗暴的浪人，万想不到竟是与自己的年龄相若的少年，便不觉得那么恐怖了。

“你，还只是个少年吗？”

“是。”

“是甚内的一伙？”

“是，只是偶尔助他一臂，为的是想见识武藏的兵法……”

“噢，武藏先生的？”

“了不得的功夫，我虽曾与他单独对垒，自非敌手。”

主水半惶恐地、率直地承认，接着目光一闪，道：“但我却战胜武藏了。”

他无敌地、骄矜地说。

“胜了？”

“武藏以性命相搏的一颗明珠，现在不是落入主水的手中了吗？”

“你是说我？”

“公主，一点不错。”

“住口！”

悠姬像叱责臣仆似的，严厉地叱道。

“武藏先生是永不落败的，除非我败在你的手中……”

“固然！”

主水点头，但威武地耸肩说：“那么胜负方才开幕，是我与公主的捉对儿厮杀了。”

悠姬这才冷笑着说：“你这少年，休夸海口！你要赢我，除非杀了我。主水，你敢以我为敌？”

四

森都孤零零地坐在一块平顶岩上拨着琵琶。乐声在风雨飘摇中，或缓或急，飞扬于荒野之间。那是森都得意的绝技；从远处听来，像是上百法师，在四面八方同时弹着琵琶似的。

悠姬原是约定循乐声找到森都，再与武藏聚会的。但她为覆面的少年松山主水所劫持，带到洞窟中去了。

与这同时，为森都的琵琶声所迷，在荒野中彷徨辗转着的，还有甚内、孙六、铃姑三人。

“真要命，森都这厮，不晓得使的什么法术……固然真的只有一处，但冒失碰上便完蛋了，武藏一定等在那里哪。”甚内消沉地说。

“主水若在，必能知道来路。”

自称伊贺者流的孙六，却无法听出苗头。

“唉唉，急死人了！”

铃姑心焦。

“对了！”她点头说，“甚内哥，岸先生！咱们一定被那稚儿出卖了。”

“不会吧？”

甚内虽这么说，心里不无疙瘩。

“我用短铳瞄准着悠姬时，突然叫喊的便是主水。”

“也许是的。”

甚内也想起来了，说铃姑在动悠姬的主意的，正是主水。但甚内却突然高兴起来。

“有趣！”他嘻嘻嘻，笑着叫道。

“甚内哥，什么有趣？”

“从你的短铳下救了悠姬的若是主水，他也许把悠姬拐走了。”

铃姑也点头说：“我曾嗾使了主水。”

“不错，假如这样，咱们同武藏的胜负，就不能说已经确定了。”孙六也接口说。

这时琵琶的声音突然停止。

“好了。”甚内欢呼着说。

可是三人仍是止步难行。琵琶的声音虽停，仍不知森都究竟在何方。

五

荒野间的琵琶声戛然静止，是武藏找来了。

“森都，公主呢？”

森都停了琴拨，皱着眉说：“还不见来呢。”

“哦，琵琶上有无感应？”

“最初有过，我以为确是公主……不久便断了。但现在又好像有了什么人……”

“哦——”

武藏交叉着手，半闭着眼，沉沉地陷入冥想。半晌，他突然张眼说：“森都，公主好像被人拐走了。”

“哎？”

“惭愧！是我的失策。森都！最初的感应，断在哪里？”

“那是，东方……以我推测约里许的荒野尽处。”

“现在的呢？”

“北方，半里许。”

“那大概是甚内一伙。不容再犹豫了。森都，就此作别，下次聚首，在长府的木村又藏家。”

“是，知道了。”

“三十郎，来吧！”

武藏跨着大步，三十郎跟在他的后面。

“武藏先生，祝你成功！”

森都从身后喊道。

“哦，你也不可大意，甚内一伙人仍在左近哪。”

武藏回头答应，旋即没入海涛似的起伏汹涌的秋草丛中去了。

另外，从琵琶声中挣脱了出来的甚内、孙六、铃姑三人，待了一会儿，终于鼓起勇气走动了。

“总之，先找到主水，夺回悠姬。岸先生，这样一来，还得需要人手，能否劳动你的快腿，去找回七八个伙伴？”

甚内兴奋地说。

“好吧，什么地方聚会呢？”

“主水一定是沿着山谷，到山脚的村落中去了。山脚的村落，叫白川村。”

“好的。”

孙六回身走了。

甚内与铃姑，好不容易找到谷口的小路。

“好了，这里下去便是白川村。”

甚内的兴致更高了。

“铃小姐！这次找到悠小姐，千万不要再拿短铳去瞄准了。”

铃姑的回答却模糊得很：“这得看情形，你们不让她逃走，我自然可以饶她。可是，你们假如无能，把她赶进武藏的怀抱，那就对不起了……老实说，德川也罢，细川也罢，我都不怕。”

六

好像异国的王宫一样怪异的钟乳洞中，松山主水和悠姬公主各以不屈的目光，隔着烛光相对而坐。

主水自负系出名门，带着重振家声的野心。在他那美艳的容貌中发散出似坚定又似不逞，奇奇怪怪无法形容的妖氛。

他对悠姬，最初因她是细川一门的公主而感到兴趣。继而，因她是自己独断地认为是剑敌的宫本武藏的爱人，煽起他的某种野心。于是，他静伺着诱拐悠姬的机会。可是，及至接触了她的容姿—— 一种感情，从他那不逞的心底涌了上来，再也无法制止了。

“啊，多美丽的少女哟！”

最初，他只是为她的美貌而惊叹，为她那高贵的，像禁园中的花朵一般的艳丽而讶异。到后来，因为她那不屈的斗志，和她的眼中所流露的那高度的知性和教养，他的虚荣像被销毁了，受到了压迫。

所以当悠姬威武地说：“敢以我为敌吗？”

这样说时，主水竟致穷于应对了。

于是，悠姬便紧追着说：“主水！你战胜武藏先生的方法，便是以我为敌，杀死我。好，你杀吧！”

悠姬对这美丽的少年，以女性微妙的心理，并非漠然无动于衷。而且这少年对自己所抱的某种奢望，她也并非没有警觉。

可是，悠姬对武藏的信赖和友爱，绝不因此而有丝毫的动摇。

主水好不容易才开口回道："公主！我不会杀死公主您！"

"那么把刚才的话收回去吧！赢了武藏先生那句话！"

"是，取消了。"主水慨然答道。

随后他又抬起那不屈不逞的眼，继续说："不过，那只是说没有赢，并不意味着服输。胜负还未开始呢。"

"……"

这次悠姬却不回答，像在揣测主水的心意。

主水紧追着说："公主，再加一句说明——我永远视武藏为敌！却不以公主为敌。"

"住口！"悠姬叫道，"你是我的敌人！"

"公主虽这样想，但我是绝不以公主为敌的。"

"下作！"

悠姬抽出怀中匕首，霍然而起。

剧变

一

这时，洞窟外突然有了脚步声。主水赶快吹熄烛光，挨近悠姬。那绝非不正的企图，只是出于守护悠姬的行动。

悠姬推开他，想开口呼喊，但终于没有出声。同时，洞口闪动着焰焰的红光，七八个奇形怪状的人物，像影子一般出现了。

主水离开悠姬身边，迎着前去，掩护了她。

"是谁？"

走在前头的，白发白髯的老翁，早已看见两人，锐声问道。

主水不答，厉声反问："你们是哪里来的？"

最初，主水和悠姬都以为是甚内一伙，或者是武藏一行。但都不是。走在前头的老人是普通武士打扮，跟在后面的人，穿着各色各样的服装，好像是野武士的集团。而最不相称的，是颈上挂着银制的十字架。

"噢噢，你这两个小年轻人！今晚武士们在这荒野里撒野，躺着好些尸体，你们是不是和他们一伙？"

主水仍不回答，只是继续反问着："你们是天主教徒吗？"

这时，老人后面一个船老大似的汉子接口说："头领，不必问他，照规定闯进此地的人是……"

"来吧！"

主水不待他说下去，倏地拔出长剑。最初一瞬间，他也便预感到不能幸免的杀气，决定强硬到底，用以压倒对方。

"不知死活的家伙！"

背后的彪形大汉正待伸手拔刀时，老人却制止了说："等着！你这美丽的少年和可爱的小姑娘，是不是只为了男女私情偶尔跑了进来？照直说时，看情形可以饶你一死。"

"不是的！"悠姬紧接着说，"我和这少年是仇敌，他把我拐骗来的。"

"什么，拐骗来的？"

"正是！"

"你那少年，是否如此？"

"哦，不必多问！"

主水挥刀向老人砍去。老人向后跃退，避过主水这一刀，同时叫道："不知好歹，杀吧！"

出鞘的白刃，便一齐向主水迫过去了。

二

主水扑了空。但不等他立定架势，一个白刃已乘机而下，直取主水的肩胛。

“啊——”主水好险，扑向岩边。但另外一刀，紧接着又横扫过来了。主水一闪避。同时，他的身形像是钻进了地面，也像是给岩石吞没了似的，霎时不见了。

“奇怪！”

挂着十字架的一伙人，正自惊疑，却从洞口传过来主水凛然的声音。

“公主，今天就此告辞。但胜负刚开始，后会有期。”

“下作！快滚！”悠姬也高声回答。

十字架的一伙，静静地望着悠姬。

尤其是老武士，目光锐利地注视着她说：“对了，就是这一位！”

他以深沉的语调边说着，蹑足走近悠姬之前。

“想该是高贵的名门小姐。我等乃别有缘由，隐名埋姓逃避人世的一伙。咱乃白鬼的便是，愿闻小姐尊姓大名！”

“白鬼？”悠姬反诘。

“正是，不瞒小姐，咱乃海上白鬼，实系海盗。”

“哎，海盗？”

“咱们另有所图，搜集财货，非为私欲私利……敢问小姐尊姓？”

“我是细川兴秋之女。”

“唷，是否细川门中，独树一帜以德川为敌的，忠兴侯嫡子兴秋殿下？”

“我名悠姬。”

“幸承率直见告，正是主的意思……”老武士肃然说道。同时他回头对部下宣言：“各位！这位公主，一定就是主的指示，来领导我们的君主。快前来参拜！”

“是。”

部下一齐落跪，在胸前画了十字。

悠姬凝然不动，只是讶异地偏着头。

老武士见此，便说："公主！详情容再禀白，且先到我们的神殿。"

说着，直向洞窟里面走去。悠姬无奈，跟在他的后面。走了不到二三十步，是一个偌大的池塘。池水青黑，在火把照映下，像是深不见底。

三

池水满溢。两边只是如削的绝壁，倘无舟楫，无法涉渡。

自称白鬼的老武士，这时静静地用手去转动一个巨大的钟乳，立即从地底响起"隆隆"的水声，眼见池水渐渐下降，池的当中露出一架石桥。

"公主，请！"

老武士步下石桥。悠姬仍跟在他的后面，约三五十步，到了二十张榻榻米大小的一间大厅。

屋顶、墙壁、地面，显然是人工凿成的石窟。

到了那里，放下火把，部下们便点上蜡烛。那是异国的银制烛台。

正面有刳石而成的圣坛，坛上左右两排巨烛照得荆棘冠顶的耶稣金像辉煌耀目。

"公主，我们的救世主耶稣，请你礼拜……"

老武士说着，便率领部下，在胸前画了十字，口中祷告，跪地礼拜。

礼拜已毕，老武士乃极口痛骂武家[①]——尤其领主及大名的横暴而愤慨，且为呻吟于暴政下的老百姓鸣不平。

"我们是借耶稣基督之名，在上帝的仁慈和权力之下，不惜牺牲生命的一群。"他向悠姬毅然说道，"我们虽是海盗，但不劫夺穷苦的朋

① 武家：武士政权。

友。我们的目标，是幕府的官艇和南蛮船。所夺得的财宝，全部作为建设新世界的资金，集中在这洞窟里。”

他掉头命令部下：“去把财宝抬来！”

部下领命，从大厅后面抬来好几只沉甸甸的木箱。

“公主，请您过目……”

他说着，一一打开箱盖，每一箱里尽是耀眼的黄金、白银、珠玉！

悠姬见了这些财宝，毫无表情。她不是故装镇定。在她的眼中，这些财富暗然无色，没有丝毫的魅力。

唯一能够打动悠姬之心的，只有艺术所产生的美的世界。但白鬼一伙人，怎能知道悠姬的心境呢！见了动人心魄的珍珠宝玉而无动于衷的悠姬那漠然的态度，在他们的眼中，只是愈见她的高贵，更显得尊严罢了。

四

老武士于是谦恭地躬身言道：“啊，圣洁的处女！您才是我主所示，白百合之精，我等的君主。公主，我们的船正等在那里，让我们随着公主前往神的海岛……”

悠姬渐感不安。

“你这白鬼，我不是那样的女孩。第一，我不信上帝。”

“那是因公主像赤子一般纯洁。到了神的海岛，上帝自会占住公主的心。之后，再迎公主回日本，为新日本的真主。这是神的海岛的预言家，圣多尼加主教所得神的启示。”

老武士端身而立，高举双手，背诵着主教的预言：

白鬼呀，听真！白百合一般高洁，火山一般热烈，不知恐惧的处女，行将出现在你的面前。这位圣洁的处女，才是新的神国日本的真主。你呀，去迎那位圣女，到我这里来吧！

悠姬像被泼了冷水似的，全身一栗。

“白鬼！你说的那个海岛，究竟在何处？”

“在遥远的南方，爪哇国的西方洋面。”

“你说的修真道院是？”

“那在日本，就是尼庵。”

“什么，尼庵？你要我去做天主教的尼姑吗？”

“要做新的神国日本的真主，就非得服从神的启示不可。”

“我不做！”

“什么，不做？”

老武士像疑心自己的耳朵，眨着两眼。之后，他肃然躬身。

“公主！神的旨意！吾人的冀求！务请勉为其难！”

“不成！白鬼，想你们该不知道我为什么会走进这个洞穴里来。我是因德川的压力，逼我皈依佛门，正被送往中津去出家为尼。半路上经人搭救，但被刚才那个少年带进这个洞窟中来了。佛门的尼姑我都不愿去做，怎能做天主的尼姑！”

“什么？德川要公主去做佛门的尼姑！而半路上与我们偶然相遇。这曲折的因缘，岂非主的意志！公主，请千万接受我们的要求。”

“不成！”

“公主，我这样苦苦央求……”

“唉，烦死人！”

老武士的眼睛一亮。

“这样苦苦央求仍不见纳，只好依照我们的规条——凡擅自进入本洞者，须受死的制裁。刚才那个少年，好歹也难逃一命。”

“没奈何，任凭你们处置吧。”悠姬坦然说。

五

这位老武士的风貌原极温雅，与他自称海盗“白鬼”的浑号一点也不相称，现在却目露凶光说：“很好！”

他向倔强的悠姬投以冷酷的一瞥，回头吩咐："拿酒杯侍候！"

部下中便有人站了起来，从嵌在岩壁中的柜架上取下银盆。盆中置有钢钻的杯子和一瓶洋酒，恭恭敬敬送到白鬼面前。

白鬼把银盆放在悠姬面前，打开酒瓶，往杯子里倒了满满一杯血一般的液体。一阵甘美的香匀。

"公主！请坐。"

悠姬静静地坐下。

"这是用葡萄精酿成的南蛮神酒。"

白鬼边说着，边打开悬在腰间的药笼，取出白色的药粉冲入杯中。

"我们的法规，死之酒！"

"呷下这杯就行了吗？"

虽这么说，悠姬的眼中，到底闪过不安的神色。

"是的，请在我数到十为止，选择生或死。"

白鬼肃然端坐，眼睛注视悠姬的脸，冷冷地开始报数了。

"一！"

"二！"

"三！"

悠姬伸手端起酒杯，把杯子静静地凑近嘴边，眼睛凝望着远方。她是在追寻着武藏。两唇轻轻地颤动。

"武藏先生！"

悠姬在心底拼命地呼唤。

武藏曾对悠姬说："直至最后一瞬，绝不放弃希望！"

而现在，那最后的一瞬，已逼近眼前了。

悠姬的眼底，浮上武藏的英姿。

"四！"

"五！"

"六！"

白鬼的声音，在死寂的洞窟中震颤着。

悠姬擎着毒杯，心中仍拼命地嘶号。

“武藏先生！武藏先生！”

“七！”

“八！”

“九！”

可是，武藏没有出现。

“啊，武藏先生！”

悠姬把毒杯凑近唇边。一缕绝望，闪过她的眼底。但下一瞬间，她又燃起一股强烈的热情。

“武藏先生！我相信你！我相信你！”

至死不渝的信赖！至死愈见坚定的信赖！燃着纯爱的、心灵的圣火！

“十！”

悠姬仰着脖子，一口喝下了杯中的毒液。

六

“现在怎么办呢？”逃出洞窟的主水交叉着两臂，伫立于风雨交集下如波涛般汹涌着的荒野中。漆黑的头发湿漉漉地飘动，凄艳得令人悚然。

他的心中，填满了悠姬的影子。现在最迫切的，是如何从那奇怪的十字架的一伙人手中夺回悠姬。

“好在是女人，该不会遭他们的毒手吧？但靠自己一人之力却难……”

他正在这样踌躇时，风声中传过来一伙人的语声。

主水细耳倾听，中间夹杂着甚内嘶哑的声音。

“对了，先借他们的手夺回公主，再做打算……”

主水下了决心，循着语声，分开杂草前往。语声渐近，黑暗中晃动着几条人影，正是甚内一伙。是孙六去找来的吧，还有七八个浪人走在一起。

“主水这厮，已到村里去了吧？”

“不，客地人不知地势，再加上带着悠姬小姐，要逃出这个台地，哪有这般容易？”

“可是，大家警觉些，为找悠姬，武藏一定仍在这一带，没有离开哪！”

“哦，一点不错。”

他们边说着，边走了过去。

“头领！”

主水呼唤着，往他们的面前一站。

“啊，是谁？”

走在前面的甚内刹住脚步，一伙人都随之停了步。

“是我。”

“唷，主水先生。”

铃姑惊呼。

“什么，是主水？”

大家都围了上来。

“悠姬小姐怎样了？”

“是你带她逃走的吧！”

甚内和孙六齐声诘问。

主水慢条斯理地答道：“不错，确是我带她逃的。可是……”

“唉唉，仍旧被武藏夺去了吧？”铃姑叹息着说。

“不！”主水摇头。

“是另外一伙人。同武藏和我们全都无关系的人，天主教的一伙，把悠姬公主夺走了。”

“什么，天主教徒？”

主水说了一个大概，最后逗着甚内说：“头领，您说该怎么办？”

“当然！对方不是武藏，也一样不能让他过去。”甚内断然说。

“各位，请助一臂之力！”

他环顾着浪人们。

复活

一

主水让甚内一伙人在洞窟左近，自己单独潜入。

洞里黑漆漆的，阒无人声。

“奇怪！没有看出他们从这里离开的样子……”

一直往里走，到了那个深不见底的池边，隐隐地漏出微弱的火光。他想朝火光前去，但大池挡住了去路，而他又不会游泳。白鬼等进去时，池水虽曾一度下降，随后即回复原状，石桥又没入水底去了。

“好古怪的洞窟，一定隐藏着什么秘密。”主水极感兴趣地自语。但他目前最重要的事是悠姬，窥探了一会儿，便走出来，向甚内报告。

“头领！那厮们确在洞窟深处，躲在那里密议。”

“公主呢？”

“大概也被带到里面的密室去了。可惜一个大池挡在当路，不能进去。”

“哦……我们怎么办呢？”

“迟早总得出来，为避人耳目，那厮们一定要在入夜之后出洞，咱们守在这里截击吧。”

“好，他们的手下如何？”

“相当了得，不可大意。铃小姐！到紧要关头，还得借重您的短铳哪。”

铃姑冷笑着说：“主水先生，嗾使我们去拼，打算找机会再拐走悠公主顾自逃走的吧。”

“哪，哪，哪有的话！”

“嘻嘻嘻，给我说中了吧？可是，这次倘能成功，算你有本事！你救下悠姬，真想占她身子，倒也有趣。放出本领，正式向武藏挑战，在情场上一决雌雄。嗨嗨嗨……”

甚内皱着眉。

“铃小姐，不要给主水浇油了。哪，主水！你还年轻，给女人分了心，兵法上的修业也就到此为止了。第一，悠小姐是门第极高的王侯公主，背后还跟着武藏。除非你能在兵法上凌驾武藏，要不然做了大名。否则她是不会理睬你的。前次的事，我们一笔勾销，今后不可造次。”

主水心中冷笑，嘴巴上却说：“头领，放心。前次带悠小姐逃走，是眼见我方败北，只是想让武藏碰一鼻子灰。要不然，咱们不是一败涂地了吗？”

“不错，倒也是的。”

“不让铃小姐得手，是不愿她背上杀人凶手的罪名哪。”

“哼，主水先生！真的？像你这样标致的小伙子，居然有这样的分寸？真是如此，却没出息！”铃姑恨恨地说。

在主水，铃姑也是最难缠的对手。

二

“唏！”

主水用手制止。

洞口突然一亮，天主教的一伙，手擎火把出现了。

白发白髯的老武士领头，率领着胸前挂着十字架的奇异队伍。队伍中夹着一乘女用的轿子。

“公主在那乘轿中？”

“准不会错！”甚内和主水低声说。

他们分开杂草，抢先等在荒野的小径两边。那条路下去，可通台地东侧山麓的村庄。

“头领！来了！”

“好！让我先去！”

甚内摇摆着空袖，霎时出现，拦在天主教徒的队伍前。

“什么人？”老武士——白鬼，大声喝问。

“小仓，细川藩下，领内浪人巡检的官人。”甚内随口乱编。

“哎，浪人巡检的官人？”

白鬼怀疑地望着甚内一伙人。

“职责所在，特来检查。”

“检查什么？”

“检查轿中何人！”

“这却不能答应！”

“你敢反抗？”

“倘或蛮不讲理，虽细川藩下官人，也不宽贷。”

“什么？虽细川藩下官人也不……不法之徒！看情形，你们竟是官家严禁的天主教，谋反的不逞之徒！”

“哦，你们听着！咱乃南海之王，白鬼的一队！”

甚内一边的浪人中，听见这话，不禁有人惊呼：“呀，白鬼！”

甚内也吃了一惊。提起“白鬼”，是当时著名的海盗。但事到临头，却不容甚内退后。

“什么？原来是海盗！更难宽饶了。各位，上前！”

甚内边叫着，边向后跃退——他只能在嘴上称雄。

后面的浪人，应声散开，围成半圆形，一齐拔出大刀。主水当然也夹杂在他们之中。

“蛆虫！”

白鬼与对悠姬的态度判若两人，现在俨然是海盗之首了。他兜着下巴说：“儿郎们，上前杀却！”

“啊！”

白鬼的一队，丢了手中火把，一齐白刃出鞘，立定架势。

唯有白鬼一人，悠闲地手捋白髯，挺立在轿子一旁。

“呀！”

“啊！”

双方的距离，步步逼近了……

三

黑暗中。劲风疾雨横扫之下。眼见一人腾地而起，映着火把的余烬，闪过一道银蛇。

火花四溅！接着是二十余人刀碰刀，人撞人，厮打厮缠，搅成一团。墨一般的四周，响起了一片怒号与哀鸣及杂沓的脚步声。

甚内、铃姑、孙六三人，躲在附近的岩下，静静地看着他们厮杀。

主水虽拔刀在手，但没有加入乱斗，离开两三丈远，站在没腰的秋草丛中。

最初双方势均力敌，但时间一久，甚内这边到底尽是成名的剑豪，海盗们渐落下风，接连倒下三人。战圈慢慢地离轿子远了。

可是，为首的白鬼，仍贴近轿子，也不拔刀，像枯木一般兀立不动。

甚内矮着身子，蹑足到了主水身后。

“主水！”

“什么事，头领？”

“你去，去斩白鬼！”

主水踌躇了一下。

“我正在伺机而动哪。”

“看样子，那老头够强，你也许应付不了。”甚内望着白鬼说。

“哪里！看我斩他！”

主水耸着肩。甚内的话，伤了主水的自尊心；虽说老成，到底年纪还轻。

主水手提大刀，正拟一跃而出。但不知道铃姑什么时候来到主水的背后，一把抓住他的袖子。

“主水先生，休去！”

“铃小姐！请放手。”

“不成！年纪轻轻的，犯不上去同那样的老头拼命。”

“铃小姐，放心。绝不会输！”

“叫你不要去！把他交给我。武藏虽打不了，这样的老头，一枪准死。”

但主水还是挣脱铃姑，跳了出去。

“白鬼，领刀！”

“唷，你就是刚才的娃儿。”

“白鬼，还我公主！”

“你这傻小子，公主恨透了你哪。休得妄想！”

“什，什么？拔刀，白鬼！”

说着，主水便挥动长刀，横扫过去，使的是与佐佐木小次郎的“燕子翻身”极其相似的凌厉刀法。

四

横扫过去的长刀，甚内以为白鬼会被拦腰斩为两段，但刀尖临近，只见他纵身一跃，腾空而上。哪知主水的这一刀却是虚的，半路蓦地抽回，待白鬼凌空而下，脚刚点地时，反手再斜劈过去。

“好呀！”

甚内不禁喝彩。一虚一实，好巧妙的二段刀法，这次白鬼准被劈为两段无疑。但在那间不容发之际，“咔嚓”一声，火花四散。

“呀呀！”

主水失声一叫。他的长刀脱手，同时——

“小鬼！”

白鬼一声大喝，他那细长的大刀已往主水的脑门盖下。好主水，早已抽身后退，避了过去。

“好小子！”

白鬼随后追去。主水腿快，早已一溜烟跑了。甚内和铃姑也慑于白鬼的神威，没命地奔跑。

“等着，小鬼！”

追了一阵，大概是放心不下轿子，白鬼只好回来。

主水在杂草中跑了半里许，看看后面没人追来，方才刹住脚步。

而这时——

从人高的秋草中，伸出一只大手，紧紧地扣住了主水的后颈。

“啊，什么人？”

主水拼命挣扎，但那只手像是钢铁铸成的，一动不动，愈抑愈紧。

“主水！”

低沉而锐厉的声音。

“是，是，是谁？放，放，放手！”

“忘了吗？武藏哪。放安静些！”

“啊，武，武藏！”

“同你们作战的是什么人？”

主水自知不敌，只好乖乖地回道：“海盗白鬼。”

“哦，为什么相斗？”

“为了悠姬公主。”

“什么？悠姬公主！拐走了公主的，不是你吗？”

“是的，当初是的，但在洞窟中又被白鬼夺去了。”

“被白鬼，后来呢？”

“白鬼把公主装在轿中，从洞中出来了。为了夺回公主，与甚内的浪人们等在半路，杀将起来。”

“好，说得好！这次饶你一命，从此改邪归正，好自为之！”

武藏推开主水，大踏步朝那乱斗的战场闯去。他的两眼如焚，在黑夜中闪着奇异的黄光。

五

黑暗中，乱斗仍在进展。海盗虽有死伤，但毫不示怯，顽强地抵抗着。

追主水不着踅了回来的白鬼，仍守在轿子边上，静静地注视着战况。他的脸色，冷静沉着，眼见自己人处于劣势，却也丝毫不动声色。

当武藏从杂草中突然出现，在黑暗里一步步逼近过来时，他不觉为之一愣，大声喝问："什么人？"

"我乃宫本武藏。前边可是白鬼？"

距离两丈许面前，武藏停步答道。

"噢，武藏！你这兵法家，也同无赖一伙吗？"

"我只一人。"

"有何贵干？"

"我要的是那乘轿子，给我！"

"武藏，你竟也打算把这位吾神所选的圣女，供为邪教的牺牲吗？"

"什么邪教？"

"佛教！"

"哦，那么你的神呢？"

"耶和华，和他的儿子耶稣基督。"

"天主教吧？"

白鬼虔敬地说："在这荒野中不期邂逅公主，我们奉她为吾神所选的，新的神国日本的真主。现在准备护送她到南方的海岛，接受为君的修行。武藏，放手吧！"

"蠢材！"

武藏大声叱喝，再踏着大步向前迈进，以潮涌一般的气势！五尺，一丈……白鬼挡住来势，也大喝一声，拔刀拟定正眼。他那凌厉的气魄，坚如铁壁，虽以武藏之强，如果不能发现空隙，怕也半步难近。

猛兽袭敌时，必是双方僵立，俟机而动。兵法的比画何尝不是如此？两敌相对，也必各自住步，相机而发。这才是一般的常规。

白鬼当然依常理推断，以为自己拟定架势，足以遏阻武藏的前进。

这正是白鬼的失着。武藏并不如他的预料，仍然瞬息不停，照着原来的步伐，一直迈进。一步、二步、三步！紧紧地逼近过去。

这是出于白鬼意料的。他的脚步稍一浮动，就在这一瞬间，“哎——呀！”

武藏的巨躯腾空，“伯耆安纲”的宝刀雷电似的穿过夜空。

“呜——”

白鬼像陀螺般转动了三两个圈子，肩胛上涌出一阵血潮。

“呜，遗憾！”

一声惨叫，仰身倒下。

六

声音虽然不高，但潜力直震地轴的武藏的叱咤，加上白鬼野兽般的惨叫！使生死搏斗中的甚内一边的浪人和海盗们，同时吃了一惊。双方都不自觉地跳开，掉头看去。

倒下去的白鬼，与提着豪刀仍保持着挥刀姿态的武藏。

“呀呀，头领！”

“是武藏！”

这两声惊叫，是同时发于双方的。

“什么武藏？”

站在前面、船夫装束的海盗，向对方的浪人问。

“是呀，那是恶鬼！强大的劲敌！刚才，咱们也吃了大亏。”

“各位浪人听我一言！咱们亟待报头领之仇，今日的决斗，可否到此为止？”

那海盗这样一说，浪人中便有人搭腔说：“好吧！”

于是一齐收去兵刃。

“哪哪，对那汉子！”

海贼们向武藏冲杀前去。

“你那武藏，为何杀我头领？咱们头领非比寻常海盗，乃侍奉神的尊贵人物。”

武藏回头，静静地答道：“勿怪！这厮野心太大，却是不能让他活着。”

“你这魔鬼！就凭这点杀了他？”

“我要的是这乘轿子。”

“你这顽徒，好不知进退！哈，哈，哈……”那海盗大笑着嚷道。

“儿郎们，上前！”

尽是悯不畏死的莽汉，既不习兵法，也不懂剑术，只凭实战的经验，一鼓作气的自家流。

他们齐声呐喊，向武藏冲去。

武藏轻轻地赶走了蜂拥而上的海盗。他不愿再杀人，一心惦记着去救悠姬：想必她一定被捆绑在轿中了。

可是，海盗们却赶散了又来，赶散了又来，死缠着不肯罢手。这才惹起武藏的杀机。

“哦，饶你不死，倒——”

武藏光火挥刀斩了一人。

他那鬼神之势，一度吓退了莽汉。但退到三五丈地，却又聚拢在一起，像是有卷土重来的模样。

“来吧，夯货！真不知好歹……”武藏吆喝着，向他们直迎上去。

而在这瞬息的犹豫之间……

七

偷偷地、没在草丛中匍匐前来的，是那些被逐于白鬼，一旦逃去的甚内、铃姑、孙六三人和从武藏手中逃得一命的少年剑士松山主水。一见武藏忿于海盗的纠缠，匆匆离开轿子迎着上去时，主水和孙六便一纵而出，跑到轿子前后，把轿杠搁上肩头，急急踏进原来的深草丛中去了。

武藏向海盗追近，偶尔回头，瞥见了被抬进草丛中去的轿子。

他暗叫一声“不好”，立即回头追去，但轿子早已不知去向了。风力更强了。他披散着长发，在湿漉漉的杂草间狂奔。

“公主！哪里去了？答应呀！呼喊吧！”

到后来，他的声音简直已成嘶号，但回答的，只是草间的风啸之声罢了。

武藏却不死心，仍追寻着悠姬，在荒野中无目的地没命奔驰。

这样，惨淡的风雨之夜过去，不久天亮了。风雨已停，天空也清朗了。

主水和孙六抬着轿子，甚内和铃姑跟在轿边，到了荒野尽头的断岩之上。

“现在不要紧了，把轿子放下吧。”甚内在后面叫道。

“哦，要不然，也吃不消了。主水，我放下了！”

孙六对主水说。

主水也已上气不接下气。经过在武藏面前的大冒险，而且不管好歹没命地跑在荒草中，直到现在。

“唷，劳烦你们了。可是，轿子中为什么恁地安静，一直没有声音？想该是嘴巴里塞了东西，手脚都给捆住了。真可怜，马上放你出来了。”

甚内弯下身体，打开轿门。

“公主，悠小姐……唉唉，不对！铃小姐，你来看看，是怎么一回事？”

铃姑探头一看。

“真的，晕过去了。主水先生，请帮我一下。”

“唉，晕过去了？”

主水赶快上前，把屈着腿横躺在轿中的悠姬抱了出来。

悠姬在主水的臂弯里，无力地垂着头。

“啊啊，公主！头领，水，水……”

八

“水吗？我去！”

孙六说着，一溜烟去了。

“唉，看情形，相当严重哪！”

甚内惴惴地望着说。

铃姑到底是女人，手疾眼快，把铺在轿中的绯色南蛮毡抽了出来，铺在地上。

“主水先生，这里来！”

东方已露鱼肚白，淡淡的晨光照在悠姬的脸上。她的脸色如蜡，口眼紧闭，呼吸已完全停止了。

甚内用掌在她的左胸一探，惊叫着说：“不对，虽有些微余温，脉已停了。”

这时，孙六连蹦带跳赶着回来了。

“哪，水来了。”

铃姑分开悠姬牙关，用手巾浸水将水滴入悠姬口中。

“不成，咽不下去了。”

“啊，死了。”甚内怃然说。

其实，当初谁都知道悠姬早已咽了气，只是还抱着一缕希望。

主水茫然，望着悠姬的尸体出神。

铃姑突然扑向悠姬身上。

“多可怜！多可怜！”

边嚷着，边呜呜咽咽哭起来了。

若谓矛盾，没有比这更大的了。曾经那么憎恨着的，甚而想枪杀她以泄愤的人；那时假如没有主水从中作梗，铃姑的枪弹该已贯穿悠姬之胸了。而在其时，她将凯奏胜利，不会因悠姬之死而落下一滴眼泪吧！甚内和孙六，也用悲痛的眼神望着悠姬的尸体。这两人并不憎恨悠姬，只是以她为击败武藏的工具，因而倍加珍护而已。但现在，只有怜悯罢了。

铃姑则像死了亲姐妹一般，贴身痛哭。哭了一会儿，她才霍然站了起来。

“嗨嗨嗨，我这是怎么了的？死了准仇敌，而竟为之流泪……这妮子，死了还以为自己在武藏身边哪。”

铃姑说着，恨恨地笑了起来。然后看着主水说：“主水先生，你才够可怜的，是初恋的女孩子吧……活着的话，偷看一眼也是好的。主水先生，该哭的只有你一人哪。甚内哥、岸先生，我们再也不要哭丧着脸了。”

甚内深深地点头说：“当然哪，已经死了，悲痛也没用。倒是早早逃离荒野，快快上京去。武藏正拼命追在我们后面呢！”

主水却不回答，仰头望着天空。他忽然掉向甚内说：“头领，公主的尸体请给我吧。”

“做什么？”

“我想背她到村里安葬。”主水感慨地说。

正在这时，附近的杂草簌簌地波动起来，一个巨躯的武士，忽然露出身形。

九

“呀！”

四人齐声惊叫，那正是被雨水淋得全身透湿的武藏，突然从深草中冒出来。待他们看见时，已经没有逃避的时间了。

武藏已看见轿子，但还不曾注意到躺在轿边的悠姬的尸体。

“甚内！公主呢？”

武藏的声音锐厉，满含杀气。

甚内像是霎时下定决心。

“公主在这里。”

他懒洋洋地回答，用手指着轿子。

武藏默默地走近前去。

“唷！”

武藏一声低吟，立即弯下巨躯，用手掌去探她的心脏和嘴唇，检视着眼睛和口腔，像医生一般慎重地检查有无伤痕。当然，武藏也认定她已断气了。

“甚内！”武藏铁青着脸，愤然站起，厉声叫道，“到底怎样？照直说！”

追赶着轿子时，武藏惦记着混战时一个海盗无意中所说的话，心中老大不安。所以他认定公主为甚内所杀。

甚内摇头答道：“不知道。抬到这里，打开轿子一看，早已断气了。我们虽曾尽力施救……”

“是被捆绑着的吗？”

“不，屈着双腿横躺在轿中。也许装上轿子之前，早已死了。”

“不错，是白鬼们所为！可是，没有外伤，死得古怪！”

武藏半闭着两眼，静静地沉思。把公主视为神所选择的圣女，拥戴为新神国日本的真主，带她到南洋的海岛去——他想起白鬼所说的话。

“他的野心可见，但人既已死，又何必……”

武藏心中不决，再度去细看，到底死了不曾。除胸口尚有微温外，完全是一具尸体了。

这期间，甚内向自己人眨眼，大家点头会意，铃姑和孙六等三人霎时跳进乱草中，没命地跑了。

武藏只是回头一瞥，仍把视线转回到悠姬身上。

但出乎意料地，主水却单独留下来，从后面叫着说：“宫本先生，我来帮忙吧。”

“主水吗？帮什么忙？”

“把尸体抬到村中去哪。你当然不愿把公主葬在这个荒野里……”

武藏给主水凌厉的一瞥，突然粗暴地大声喝道：“蠢货，要你多管！滚！”

“可是……”

“滚！”

“那么，我去了。”

主水悲戚地拨开乱草，悄然而去。

十

曙光渐明，是一碧晴空，东方闪着宝石般金黄色的光彩。

风也静了，主水早已不知去向。周围宁静得听不见一丝声息。武藏仍兀立不动，眼睛一瞬不转凝视着悠姬的尸体。

“圣女！”

他低低地反复着白鬼所说的这一语。躺在曙光中的悠姬，像刚从枝头摘下来的百合，是那么清奇绝俗，比平时更肃静、更美丽，散发着令人不敢亵渎的尊严。

“她在作战……”

武藏又低声自语。不敢亵渎的尊严——武藏在其中感觉到了她反抗一切丑恶、一切因习、一切权威，甚至连神都不敢去惊动的、凛然的斗志。

“是剑，不是花。”武藏暗想。

但终于，他仰首对天，悲叹之情如潮般接连汹涌。公主是死了。白鬼之所以丢不下尸体，是因她死后仍保有那圣女的尊严。

“公主！您曾奋起而战，现在仍在作战。而我，竟不能自践诺言，我知道你始终相信我的援救，一定呼唤着我的名字，直至死的一瞬。惭愧！惭愧！惭愧！”

武藏连呼惭愧。

自幼不曾流过的痛恨之泪，沿着武藏苍白的两颊，淌着下来了。

晨曦灿烂地照射在悠姬的身上。她那脸庞，发散出高洁的清香。

武藏再度肃然正襟诵道："公主！可敬！可敬！……"

这时，武藏愕然张大了两眼。

他觉得公主的口角像是抽搐了一下。

他把脸贴近去，再静静地凝神注视。

"啊！"

这次，明明白白地看见她的嘴角在颤动了。武藏弯身下去，轻轻地握住公主的手腕。虽极微弱，但确有了脉搏。胸前也开始微微地波动了。

"公主！"

武藏边叫着想去扶她，但倏地又住了手，是怕稍一移动她，她的呼吸便会停止，脉搏也会断了。她的呼吸是那么轻微，脉搏也是若有若无的。

武藏屈一膝跪在地上，虽是满心喜悦，但仍惴惴不安。悠姬蜡一样苍白的两颊，渐渐红润了。呼吸也渐渐顺畅了。但武藏还是像化石似的，屏住呼吸，瞪着悠姬。

十一

"啊，公主！"武藏不禁欢呼。

从死亡中挣扎着出来的悠姬，好不容易睁开了那双澄清的瞳神。她讶异地望着周围，很快地发现蹲在一旁的武藏。

"啊，武藏先生……"

她伸出手，眼中闪着辉煌的光彩。

武藏悄悄地握住她的手。

"公主万幸！你复活过来了！"

"武藏先生！你到底来了。我一直期待！一直坚信着！"

声音虽低，但满含着胜利的喜悦。

武藏也以同样的心情，接口说：“是的，到底给我赶上了，我们胜利了！”

悠姬很快地恢复元气，不久便可以坐起来了。

白鬼既死，已无法查究他给悠姬呷下的所谓毒酒，是不是一种强力的安眠药。

他们两人各把自己的经历简略地诉说了一遍，心中都充满着对未来的勇气与决心。

以前的战斗是激烈的，但今后也许更甚……

谈话告一段落，两人默默地眺望着丰前的平原尽头，周防滩头的波涛在烈日下汹涌——他们的胸中满怀着希望与斗志。

“武藏先生，你沉浸于剑！”悠姬呼了一口气说。

“是的，剑是我的一切。而你只是艺术！”武藏瞪着眼睛说。

“我向文学。”

“哦，文学？”

“以前，我彷徨在绘画与文学之间，现在已下了决心。我的胸中沸腾的思潮，非借文学不能表达。而绘画则让三十郎……”

“是的，我知道，你与三十郎不同之处……三十郎确是画家……”

“那么，三十郎在哪里呢？”

“我让他在山脚下白川村等着。”

“那么武藏先生……”

“去吧，能走动吗？”

“能！”

悠姬毅然站了起来。

黑夜里，平尾台虽只是广漠的无边荒野，到了白天，秋草丛中野花竞放，却是别有风情的。耸立嵯峨的白色奇岩，也像成群的绵羊，竟是那么温柔可爱。

虽是行人践踏而成的荒径，但透过峡谷的树木，能下瞰脚下的白川村。

悠姬以结实的步调，踏着荒径前进。不久，临近山下的洼地时，悠姬停步叫道："呀！主水！"

十二

主水站在当路的岩上，亮着双眼，直视着武藏与悠姬。

悠姬幽幽地说："武藏先生，杀了那厮！"

"什么杀了他？"

武藏一直没有杀死主水的意思，不仅只是因为他年轻，倒是对他无端地产生兴趣。

"是的，请您杀了他！那小子曾私恋我，多么下流！"

悠姬刚才诉说时，没有提到这一事。可是武藏对此并没感到意外，只是对悠姬的洁癖深为感动罢了。仅仅是为了心中恋慕，便视为莫大的污辱。她那纯洁与孤高，是迥异于一般女性的。

武藏虽怀疑她的这份纯洁是否能持之终身而不渝，可是他尊重这白玉无瑕之心，愿意为之护卫。

"好，杀死他！"武藏断然说。

但要追杀这疾如狡鬼的幻术少年，却非容易。

"主水，为惩你邪恶之心，决定杀你！"

武藏人随声起，"嗒嗒嗒"，向主水所站的岩上蹿去。这时，主水早已离开岩石，势如脱兔，冲入秋草丛中去了。

"哎——呀！"

裂帛似的叱喝从武藏口中迸发。他霎时拔出小刀，往草丛中主水身后飞掷过去。

"呀！"

主水惨叫一声，倒了下去。武藏从岩上一跃而下，走上前去。没有血，也许是碰到刀背，但已晕过去了。要不然，便是断了颈骨。武藏拾起小刀，纳入鞘中。

“公主，你该看见。只是无足道的少年，没有给他补上最后一刀。”武藏回来，告诉悠姬说。

默默又走了一段路，武藏突然开口：“公主，前途有很深的泥沼，嫌脏便不能过去。”

“我不会嫌脏的。脏了，可以洗净。”悠姬毅然回道。

武藏微笑着说：“脏了可以洗净，不错，武藏会替你舀水。”

“武藏先生，我坚信着你，永远……”

悠姬的眼中闪动着热切的光芒。

十三

武藏与悠姬到了峡谷时，背后的断崖上起了人声。

“先生！”

“公主！”

回头一看，寺尾新太郎等五人团，正在向他们挥手。

两人也默默地挥手。

“先生，珍重……”

“公主也……”

“有机会再来小仓。”

“上京时定来拜谒！”

青年们口口声声地告别。

他们两人一一颔首致谢。

这时，五个青年背后又出现了一个猎装的武士。

“唷，相爷！”

“伯父！”

武藏与悠姬慌忙躬身施礼。佐渡不愧是智囊，最后终于看穿武藏与悠姬的本意，放不下心，借狩猎为名，微服来了平尾台。

双方都有说不尽的话，但现在只能感慨无涯地遥遥相望。武藏再施一礼，大步走了。

悠姬也不回头，楚楚地跟在武藏身后。

他们的前途，当然是京阪地区。那里有许多知己在等着武藏，也有更多的敌人在窥伺着他。

德川与大阪城，表面上虽保持着平静，冷战却更见白热化了。

桃山文化在那里竞胜争艳，仍甚灿烂。

武藏偕同悠姬与三十郎前往那里。但甚内与铃姑、孙六三人，已早一步进入京阪地区了。

岁月如流

一

“武藏先生，我想给你引见一人。”闲谈间，北条安房守突然微笑着说。时间是宽永十年正月的某一日。

北条安房守，是北条流军学的本家，以战略战术仕于德川家的大名级人物。这里是他家牛込[①]的官邸，面向后园的幽雅一室。

“哎，是什么人呢？”武藏闲闲地问道。

这一年武藏五十岁初度，六尺昂藏依旧如前，较青年时代更结实，给人稳重端庄的感觉。原来苍白的脸色，如今似象牙般光润；长长的丹凤眼，眼尾添上几条疏纹；仍是长发披肩；额角稍秃，前额轩昂，仪态矫然。

坐在他对面的安房守，年逾六十岁，鬓发斑白，赭色的脸庞，虽躯体短小，但雍容华贵，俨然是王侯的风度。

---

① 牛込：今之东京市区名。

“兵法的研究家，《神国武鉴》的作者山川苍龙轩，想足下该已闻名。”安房守答道。

武藏点头。他此次重游江户，已是阔别八年了。这期间，以京都为中心，受附近诸大名的延聘，为他们讲授兵法，这里半年，那里一年，随遇而安。最近，他确曾听说过江户有这么一个兵法家。

“他是一个古怪的兵法家，从来不曾拿过剑，但对于各流各派的兵法，则别具识见。而且从庆长年间以来，走遍全国，凡是知名兵法家，莫不亲往拜会，详加推究。”

安房守做了一番说明之后莞尔道：“武藏先生，这个人对足下尤为备悉无遗。从足下十三岁时在播州打垮了有马喜兵卫直至今日，大小一百数十余战，莫不了如指掌。而那也不仅止乎故事的经纬，真可谓见微知著，检讨胜败的因果，洞察足下兵法的短长。我想足下也许早已面识？”

武藏静静地想了一会儿，但记不起来，倒被惹起兴趣来了。

“想不起这么一个人来，确是古怪的兵法家，倒可见他一面。”武藏回道。

“刚才我让他等在别室里，能够见到您，想必一定很高兴的。”

安房守说着，便回头吩咐侍女：“领客人到这里来！”

不久，一个汉子在廊下俯伏着禀道：“苍龙轩参见。”

“哦，进来吧。”

武藏看见恭恭敬敬跪在下首的那个汉子，不觉一愣。

那汉子仰头望见武藏，也霎时变了脸色。那是年在五十五六岁之间，癞蛤蟆一样丑陋的脸，而且是断了左臂的。

二

“武藏先生，到底是认识的吧？”安房守饶有兴味地笑着说。

武藏的目光一闪，但转瞬间仍浮着微笑说：“不错，是多年的知己。甚内！多年不见了，改了姓名，殿下提起，竟想不到会是你。”

山川苍龙轩，正是改了姓名的鸭甚内。

读者该清楚甚内与武藏之间的恩怨纠葛。

甚内生于末秩的武士之家，少年时丑陋得像被踏扁了的蛤蟆，可是志气凌云，投身新当流的名人有马喜兵卫的门下。喜兵卫在姬路城下，为当时年仅十三岁的武藏所杀，乃转入京都的吉冈武坛。真是无巧不巧，吉冈清十郎、传七郎兄弟及其子又七郎，又在决斗中为武藏所杀，武坛因此垮了。

自此，甚内便视武藏为不世之仇了。但他有自知之明，自己绝非武藏敌手，乃下决心投奔武藏以上的兵法家门下，借以打垮武藏。于是，他做了岩流佐佐木小次郎的武坛总管，想不到小次郎又在小仓的船岛，死在武藏刀下。

甚内对武藏的仇恨更深，遂与小次郎嬖妾，出身烟花的铃姑共谋，跟踪武藏，伺机复仇。曾说动枪法大家高田又兵卫要击武藏于肥前的小城，也曾在长崎会浪人偷袭武藏，都不得逞。在长崎，且被武藏斩了左臂。

但甚内与铃姑仍不死心，又与京都所司代板仓重胜的细作岸孙六共谋，揭发了潜居于长冈佐渡府邸的悠姬公主，实为反抗德川的细川兴秋之女，借以间接打击武藏，并迫悠姬为尼。结果也未成功，让武藏把悠姬带到京都去了。

这样辗转向武藏寻仇，仇虽没有报成，倒把甚内磨炼而成深谙兵法的兵法研究专家了。

武藏当然知道甚内是最危险的敌人，且因他而屡蹈危机。在他的眼光中，发散出蛛丝一样黏滞的，类似恐怖的感觉。尽管如此，武藏却不想杀死他，对他抱着某种兴趣。八年来他销声匿迹，从武藏的眼前隐没了，现在却又意外地在此出现。

甚内经武藏这样一说，渐渐地平静下来，端坐着微笑说：“宫本先生！真是久违了。但我却一天也没有忘记了您老呢。”

三

甚内回答武藏的话，确是堂堂武士的辞令。他的态度风采，也与往昔判若两人了。服装，打扮，都是武士风度，连那丑恶的脸，也似乎另有异样的风格，别具威严。总之，他已是仪表非凡的兵法家了。

“什么，你没有一天忘记了我？”

虽是仍带微笑，但武藏的语调是冷峻的。

甚内立即警觉了。

“武藏先生，请你切勿误会。过去的恩怨早已一笔勾销，我现在对你只有尊敬的份儿了。”

听他这么一说，安房守也赶快接口；他从甚内口中，多少也知道些两人的关系。

“武藏先生，他说的倒是真话，山川就因为与足下为敌，不知不觉中见地日高，竟能成为兵法的通人。他也许不能称为兵法家，却成了得未曾有的兵法学家。这点，苍龙轩是知道得很清楚的。”

武藏一本正经地点头说：“不错，不错，我现在也明白了。可也真不容易，挣到这一地步。”

以后，以安房守为中心，谈了一会儿兵法。及至酒食上来，空气便见融洽了。武藏与甚内兴辞而出，已是入夜之时了。

临别时安房守却说：“武藏先生，有一件重大事情，无论如何要同你商量决定，容再另柬相邀。”

离了安房守的府邸，武藏与甚内默默地走了一段路。武藏突然开口说：“甚内，铃姑怎样了？还同你在一起吗？”

甚内沉着脸，悄然说：“被人杀死了。”

“什么？几时？被谁？”

“五年前，是松山主水杀的。”

“那正是铃姑枪杀悠姬公主逃往江户之后了？”

“正是。”

“哦，松山主水……那斯剑上的功夫不错，但是个危险人物。怀着莫名的野心和狠毒。”

“那斯一直热恋着悠小姐，就因为铃姑杀死悠小姐，才为她报仇。”

松山主水，生于肥后八代的乡士之家，自称前八代的城主名和的后裔。确如武藏所云，他从少年时代便怀着重振家声的野心。剑术是天赋异禀的，且知幻术。十八岁时，风姿翩翩地出现于小仓，宛如当年的佐佐木小次郎，而为甚内所发现，加入要击武藏的一队。

四

怪少年松山主水，以佐佐木小次郎的后继者自任，仿着小次郎的作风，虽已成年，仍是总发覆额，身着紫色轻装，外罩绯红无袖披褂，腰怀三尺六寸的长刀。他抱着偌大的野心，想打垮武藏，一跃而成天下的剑士。

他终究非武藏敌手，却为年方十六岁的少女悠姬公主的美貌所打动，使他如醉如痴，一度在小仓郊外，平尾台的乱斗中拐走悠姬，但终为武藏所夺回，仅以身免。

尔后，主水仍热恋着悠姬，乃与甚内和铃姑分道扬镳，单独去窥伺武藏的行踪。所以铃姑在京都郊外，用得意的短铳杀死一代才女悠姬，转眼间死于主水刀下，这期间的因果，武藏是不难想象的。

可是，铃姑为什么要杀死悠姬呢？因为不能手刃杀夫之仇的武藏，把愤懑转向武藏赌着生命所保护的悠姬，因而嫁祸于她的吧？武藏一心以为如此，却也不怪铃姑，只是深悔自己把悠姬无端地转入兵法修业的旋涡中去，致使她惨罹杀身之祸。

但事实上是否如此呢？

甚内叹了一口气，仰望着武藏，开口说：“宫本先生，也许你自己有些警觉到，铃姑在私恋着你哪。”

“你，你说什么？”

武藏不胜惊讶地看着甚内。甚内的眼睛，像从前一般，又发散出那黏滞的、奇异的光芒。他用低沉的、嘶哑的声音继续说道："铃姑杀悠姬小姐，不是视她为你的替身，而是因为嫉妒；她以为你与悠姬小姐是相爱的情人。"

"休要乱说，甚内！"

"不，不说个清楚，铃姑也未免太可怜了。她热恋着你。真是不可思议的爱。她的心中，把杀你和爱你揉成一团，形成了一股烈焰。而我……"

甚内响着喉头说："我却热爱着铃姑，也嫉妒着你。我之所以憎恨着你，这嫉妒的心情，也许占着很大的力量。"

武藏默默地走着，心的深处像受了电击般震撼着。

他的眼中，浮上十年前悠姬的风姿。

五

偕同悠姬逃离小仓回京之后，武藏在郊外嵯峨附近购了一座小巧玲珑的房子，把悠姬安顿下来，雇用了一个老妈子和侍女。另外，经由光悦、泽庵等知名之士，求得所司代板仓的谅解。悠姬的事原是密探岸孙六所策动，现在父亲兴秋既已自尽，她自己又已离开小仓长冈佐渡的府邸，在所司代是不一定非追究到底不可的。

再加上武藏在幕后为监护人，也只得不了了之了。佐佐木船岛的决斗，早已轰动京城，上自大名公卿，下至贩夫走卒，莫不慑于武藏的剑名。兵法家的地位，他已是磐石之重了。

武藏却也不敢大意，因比试而结的怨敌，不仅甚内、孙六等人，是愈来愈多了。他不敢让悠姬使用原名，诿称是某公卿的遗孤，对外用幼时的乳名，以避人耳目。且从在京的门人中，选武艺特出者专司悠姬的护卫。武藏自己也时常往访，从旁戒备。

悠姬则与知名的文人墨客交往，专心精进于文学。武藏当然不放弃剑术的探讨，应各地大名的邀请，时常离京做茫无定期的旅行。这期间，他曾与著名的剑客做过不知多少次的比试；也曾好几次遭遇铃姑短铳的狙击。所幸悠姬并没有妨碍武藏剑术上的进修，别时相思，见时欢叙，虽是其交如水，却也别饶情趣，反能互相策励。

又两年，大阪的冬、夏两役相继而起，武藏虽曾参加大阪一边出阵，但并未深入。及大阪城陷，仍回复他兵法家超然的地位。不久，悠姬也获得小仓细川家的谅解，时有金钱上的接济，过了好几年优裕平和的岁月。

一天，长冈佐渡到江户向将军府禀见途中，绕道京都来访武藏的寓邸。两人已阔别多年，有着说不完的旧话。最后，佐渡皱着眉说："武藏，你可知道？阿通于去年二月，终于病势加剧，就此不起了。"

"我倒不曾得悉……"

"据阿松来信说，病体曾一度康复，原想离了本妙寺上京来的……"

武藏黯然闭了眼睛。他对阿通并非无情。她是武藏世俗之爱的唯一对象，但不久，终因剑术的修行与男女之爱不能兼得，毅然斩断情丝。而那阿通，今亦已矣。

六

深秘于心底的阿通，又在他的眼中苏生了。

那时，武藏见了皈依佛门的阿通，好像出卖了自己投向佛陀怀抱的卖春女似的，对她的无知、顽固、浅见感到莫名的激怒。随后，他虽是谅解阿通不得不尔的心境，但是为时已迟，两人早已各奔前途了。事已至此，他唯有祈求阿通在佛法的庇佑下，能平平安安过日子。而这样的日子，逝水般过去了。

佐渡又静静开口说："阿通临去时，竟是那么安详……听说比平时更美丽，且微笑着说，见到你武藏先生了……"

武藏吁了一口气，点头说："皈依佛门之后，阿通的心境好像愈见高净了。我虽不信佛，也许背叛佛，但也不否定那高超的存在。往后，阿通一定能攀上高峰，远非我武藏所能及的了。”

佐渡一笑，然后提起悠姬的事。他先听了武藏的报告，说道：“君侯（细川忠兴）决定给公主送个侍女过来。君侯的意思，大概要派一个知道底细的人，来给公主做伴，就是刚才提起的寺尾家的闺女阿松。”

“哎，阿松？”

武藏不觉一愣。他以为阿松因为同情阿通，一直陪伴她到死，必定抱怨自己的薄幸。

但佐渡却不管这些，接着说道：“阿松既知书达礼，又精通武艺，虽是抱定终身不嫁的奇女子，倒是忠心耿耿，伴随公主是再好不过的了。”

这是事实，武藏也提不出反对的理由。

“相信公主一定很满意。”他只好这样回答。

佐渡临去时又郑重地说：“有机会到江户，务必去看幼君（细川忠利）一趟。”

细川忠利自幼为德川人质，至今仍留江户。武藏与小次郎决斗之前和之后，都曾见过一次。他的年龄小武藏二岁，是既聪明又富人情味且勇猛的武将，同时是杰出的政治家——这是武藏对忠利的定评。

他们之间，是所谓意气相投吧，最初一面，便能肝胆相照，极为相契。

七

不久，阿松从小仓来了。对悠姬当然是无微不至，对武藏也别无怏怏的样子，像是把阿通的事给整个儿忘掉了。

悠姬从武藏口中听到阿通的死讯，也毫未动容。在她，阿通的事已是那么远远的过去，没有心的余裕去回顾那些个了。

这样，安闲而生动的岁月，绕着悠姬静静地流逝。到了武藏四十二岁、悠姬二十九岁、阿松三十二岁的那年九月，武藏应尾州家的邀请去了名古屋。一天，收到阿松火急的专笺，要他立即回京。

他急忙赶回一问，原来是悠姬被杀了……下手的是铃姑。

天刚抹黑，悠姬正靠在书房的窗口看书，从外面的一枪，子弹穿过她的前胸。

阿松和武藏派来护卫的两个门人，听到枪声赶了去时——

“杀死悠姬的是铃姑，你们告诉武藏知道吧！嗨嗨嗨……”

听到铃姑疯狂的声音，待阿松和门人追出去时，十来个覆面武士拦在当路，让铃姑逃跑了。

武藏认为自己与悠姬之间，绝非世俗的所谓恋爱。他只是倾倒于悠姬出众的才华，至纯的美和崇高的精神。所以对悠姬的死，与其说是悲痛，不如说像从掌握中被抢走了奇珍异宝一样，感到空虚寂寞。

“在这人世间，再也碰不到这样的女性了。”

这样一想，此后一切的女性，对他似乎都成了无价值的存在。

“在我，这世间已是没有女性的了。”

他甚而如此想。

对铃姑，他始终认为非仅专杀悠姬而来。他只是诘责自己的大意，更后悔像自己这样树敌甚多的兵法家不该与悠姬这样的女性发生联系。

岁月如箭，一忽儿又是十年。他的剑名已有定论，被公认为天下第一的兵法家。独行踽踽的兵法上的修业，武藏并不因此而止。而现在，不独是兵法家的锻炼，已进至借兵法而探求真理的境界。他读书、绘画，兼习雕刻。到了阔别八年的江户，专访安房守，而竟与昔日的仇敌苍龙轩（鸭甚内）邂逅。

八

武藏与甚内并肩，默默地走在夜色苍茫的街头。到今日，他才得知铃姑对自己的恋慕。

固然，这些都已成明日黄花，但在武藏，一向合理地处理一切事务，是在确实的把握中去窥探未知的世界，过去的失算也就特别使他怏怏于怀了。

两人不久到了一座大宅院的墙外。疏星在天，夜色幽冥。武藏吁了一口气。就在这一瞬间，从宅院靠墙的街荫中，射出一道白光，直望武藏的脑门冲来。是剑！有人躲在墙头树下，看着武藏临近，挥刀跃下，猝然偷袭。出其不意的这一剑，虽以武藏之强，似乎也难以躲过。

好武藏！只见他的身体向右微侧，早已拔刀在手。

“哎！”

趁着暴徒扑空前倾之际，从背后一刀划去。这是武藏得意的必杀剑。但对方身手之疾出人意表，竟就势前蹿，没入黑暗中去了。武藏这一刀，只在他的背脊上轻轻划过。

武藏仍提着刀，瞪着前面如墨的夜色。

甚内开口叫道：“武藏先生，多年不见尊驾之剑，更见高妙了。”

他的声音是那么爽朗，像是将刚才那惊险的一幕完全忘掉了。

“可是，杀了空。”

“对方虽然不死，但完全败了。不，不仅那厮，凡在这附近的，眼所不见的恶魔，莫不慑于你的剑气而一齐消逝了。这就是所谓破魔之剑，连我都为之心神一爽。”

武藏的脸上，浮上充满自信的、明朗的微笑。他深深颔首答道：“甚内，说得好。我也因刚才一剑，恍有所悟。我所斩杀的，不仅是那个暴徒。还有妄念！迷惑！”

“我知道，你是杀退了悠姬公主和铃姑的亡灵了。不仅此也，因刚才那一剑，我觉得你的兵法境界又自高了一层，是从有形的世界，迈入无形了。”

武藏再度颔首说：“我也从此彻底了悟。我是以剑为命的人！只有一剑在手，才能提高自己，点醒自己。因此，虽是无情，却也没法。铃姑也罢，悠姬也罢，阿通也罢，也许都有情愫。但仅此而已，我是无情的兵法家哪！”

这样说着，武藏不禁纵声大笑起来。

九

“宫本先生，你可知道刚才向你偷袭的，是什么人吗？”

甚内改变了话题。

武藏踏着大步，边走着说：“不知道。我的敌人太多了，被人偷袭是常有的事。对方既是使我领悟空剑之妙的人物，绝非泛泛之辈，但刀法路数却无法辨认。”

“是吧？想来他不曾与你正面交手，可是与你的渊源极深，就是刚才提起的松山主水哪！”

“啊，主水！怪不得有些邪气。十年前倒时常出现的，竟也待在江户？”

“杀死铃姑之后，他到底不敢见我的面。在江户却颇有名气，说他是不知底细的怪剑客。他又长于舌辩策谋，常在公卿家出入。”

“唉，真可惜！因他喜玩幻术，所以上不了兵法的正路。就像今天，虽是疾如鹰隼，却欠缺必杀的气魄。一开头，逃亡的念头便紧黏着他了。不知舍身之妙的剑士，是永不能修成正道的。”

“正是这样。名气尽大，至今不能自成家数，也不能自立武坛。那厮，只是在人生的后街里出没的人物。”

“是呵，最初在小仓碰到时，他是个自信满满、胸怀大志的纯真少年。对悠姬公主虽火一样地热恋着，但终究要着策略，而不是光明正大的。也许就是玩弄幻术之故，老使人觉得包藏祸心似的。”

甚内点头，但接着说：“宫本先生，却也不可大意。要晓得他的策谋舌辩颇具威力。因他之故，弄得君臣不睦，或者失去地位的兵法家，颇有其人。而且看情形，他仍抱着打倒足下的野心呢。”

武藏没有回答，对主水这样的胚子，大有不屑一顾的样子。

谈话间，已到牛込的街尾。甚内住在神田，武藏则寄寓于麻布寺尾新太郎的家中。临分手时，甚内耸着没有臂膀的一边肩头说：“宫本先生！刚才已经表明，铃姑之死，使我已将过去的恩怨一笔勾销了。但你，还是我的敌人。物色而且养成足以凌驾足下的剑士，是我一生的工作。我的武坛，就是为此而设的。”

“什么，武坛？”

“别开生面的武坛，有机会务请惠临指教。”

“哦，好吧。”

两人便左右分开了。

“唉，十年之间，人事上竟有这么大的变动！”武藏无限感慨地自语着说。

十

主人寺尾新太郎与伊织，在门口等着武藏，同进了客厅。伊织是武藏于他十三岁时收养的螟蛉，现在已是二十一岁的青年了。

“先生，久违重逢，安房守殿下想必非常高兴。”一坐下来，新太郎首先开门说。

在小仓时，他是武藏五人团的领班，那时是潇洒的美少年，现在已交四十岁，比以前肥硕多了。但在武藏面前，他还是当日的青年。

“哦，很是愉快，还是那样谈笑风生，却更老成圆熟，令人钦敬。”

武藏与安房守是多年的知交，论兵法（剑术）安房守以武藏为师，大兵法（军事家）则武藏拜安房守为师。有着这样密切的交情，所以武藏一到江户，第二天便首先去叩安房守的府邸。

武藏接着说：“寺尾，今天在北条府中，碰到意外的人哪。”

“是什么人呢？”

“鸭甚内啦。”

“哎，甚内！那厮又现形了？”

小仓以来，新太郎对甚内的死死纠缠极为怀恨，以为悠姬的惨死也是甚内在幕后策划的阴谋。

“改名换姓住在江户，就是那个兵法研究家的山川苍龙轩。”

“啊，苍龙轩！就是甚内……”

“人的变动真是奇妙万端的。他就是为了打倒我武藏而到处访求兵法家，开始研究，日子一久，竟成了兵法的通人。为人也练达了，现在居然是铮铮的人物。”

“噢，竟有这等事！”

新太郎惊讶不已。

这时，新太郎的夫人送上茶点。长子求马助也跟在母亲后面，在伊织一旁坐了下来。

“先生，您回来了。”年仅九岁的少年，却很有礼貌地向武藏躬身请安说道。相貌堂堂，一脸聪明相，是酷似父亲当年的美少年。

“唷，你睡醒了？”武藏浮着微笑。

他最喜欢孩子，对大人虽不管亲疏，毫不姑息，眼神如电，令人畏惧；但看孩子时，他自己也成了孩子似的，竟是那么温煦和善。

武藏在战斗之中，是以战为命的人。他的对象不限于兵法家。与知己朋友的交谊中也蕴有战斗。山川草木——甚而自然的一切，映在武藏眼中，莫非战斗。阿通和悠姬的爱情，也不逸战斗的范畴。

唯有看孩子时不同，就是孩子们在玩弄着剑棒，或者相撕搏，映在武藏的眼中，都成了天真的情爱……当然，那只是一瞬之间，片刻之后，武藏便掉头不顾了。他在小孩子身上也会发现战斗的幼芽，回复到原来的武装姿态了。

十一

“又碰到另外一个想不到的家伙。”武藏边呷着茶，继续说，“你该也记得吧？松山主水。”

“是，记得的。这厮在江户，怪剑客的名气很大。殿下（忠利）也曾召见了一两次，对他的印象不见得很好。”

“哦，有这等事？”

“可是，八代的老殿下（忠兴）对主水却很中意，藩中还传说着不久将任用的话呢。”

细川忠利于前一年的宽永九年，继加藤忠广之后，做了肥后五十四万石的领主，从小仓迁于熊本。父侯忠兴退休，隐居于八代城内。

武藏皱了一下眉。他不是对任用主水有何不满，反而对忠兴侯的这一举措感到有趣。

忠兴、忠利父子的个性不同，平时意见相左，是武藏所深知的。他深恐因此加深父子之间的鸿沟。

可是，这一事却关系着武藏本身。新太郎明知道，只是没有说破罢了。

武藏旋即轩眉言道：“可是寺尾，铃姑为主水所杀，你可不知道吧？”

“什么，铃姑被杀？”

“铃姑杀了公主之后，便逃到这里，在江户被主水杀死了。”

新太郎又吃了一惊。

“原来恁地！公主那回事，因顾虑幕府不曾报官，但藩下，尤其是武藏五人团的我们，找了铃姑好久。怪不得毫无着落……”

“主水恋着悠姬公主哪。”

“哎，那家伙？”

新太郎忽然变了脸，武藏却坦然不动声色。

“寺尾，从北条府邸出来，到了牛込街尾，主水突然向我偷袭。是从墙头挥刀跳下的……”

“唷，那么？”

新太郎一震，伊织和求马助也随之紧张起来……

“我先是一侧，让过他的来势，拔刀从他的背后扫去。可惜，让他逃跑了。”

武藏先是静静地说明，突然锐厉地叫道：“伊织，看刀！”

他边叫着，边提起大刀。

“是！”

伊织仍坐着，踮起脚。“伯耆安纲”的宝刀随着叫声，如电光一闪，向伊织的顶门飞去。伊织霎时跳开，距大刀间不容发。

但这一瞬间，却起了变异。周围突然沉静，连邻家的犬吠声也戛然而停。伊织过去虽也屡次受养父这样的试验，但今天不同。他的脸色铁青，额上的冷汗涔涔而下。

十二

赫然变色的，不仅伊织一人。新太郎、他的夫人、少年求马助，都苍白着脸，不敢挪动一下，呆在那里。

武藏把抽回的白刃倒竖在膝盖上，瞪眼凝视着前方，完全是心无挂牵的样子。

而这时，朝庭园的走廊上，“啪嗒”一声，落下了什么东西。就是这一声冲破了死寂，大家都吁了一口气。首先跑到走廊去看的，是求马助。

“啊，父亲！是猫，快死了。”

“什么，猫？”

“是的，前天爬柜架上想抓黄莺的野猫，今天，一定又偷着来了。”

武藏已把宝刀纳入鞘中，若无其事地端坐着，伊织仍喘息着。新太郎夫妇到走廊一看，那里真的倒着一只野猫，便叫女侍提了出去，与求马助踅回中房。

现在谁都明白野猫为什么从柜架上摔下来的死因了。

武藏平静地开口说：“我就是这样斩杀主水，被他逃走了。过去，既经看准，剑无虚发，从来没有让敌人逃走的事。虽说能耍幻术，但能躲过我那一剑，主水这厮到底不错。可是甚内却说，主水是完全败了。伊织，你看如何？”

“是，我也以为如此。”伊织勉强回答道。他仍未恢复平静呢。

这是后来才知道的，主水当时虽从武藏剑下逃了出来，但一到寓所，便霎时倒地，好久好久挣不起来。

武藏继续说：“我是杀了别的东西作为主水的替身的。事实上，我的眼中当时并没有主水，我正在与眼看不见的东西相对着哪。我记起二十一年前，在肥后人吉与丸目彻斋翁比画的事。那时，彻斋翁肩着铁锹，心无牵挂地走在野地上。我跟在他的后面，但是无懈可击。到了旷野，彻斋停了步。那时，我发现了破绽，视为机不可失，便拔刀横扫过去。就在那一瞬间，彻斋翁一声短喝，把手中的铁锹“啪”的一声顿在地上。随这一顿，我的脑门像是挨了一击，眼前金花乱飞，向后踉跄倒地。彻斋翁头也不回，口中念道……”

“他念的是——金刚王宝剑！一击万法生，百魔自粉碎，何必分尔我，乾坤一握中！”

“哦——”新太郎沉吟道。

伊织亮着眼睛，挺着胸脯。

新太郎夫人和求马助，也一瞬不转睛，贯注全神倾听。

武藏继续说道：“还有。我再立定架势，又想挥刀而进。彻斋翁仍是背朝着我，一心在运着手中的铁锹。他已不是兵法家，是孜孜于泥土的一个农夫罢了。寺尾！伊织！你们想，一个农夫，你能下得了杀手吗？”

“是，下不了杀手哪。”

两人同时回道。

十三

武藏深深地点头说：“是的，谁也不忍下杀手的。那是超越兵法的无敌的世界。凡是正直的兵法家，不论农夫、工人，只要是一心孜孜于劳作的人，虽一指也不能玷染。彻斋翁在兵法上，已到达这一境地了。明知武藏挥剑伺于后，而能转瞬间使自己没入一尘不染的境地，非锻炼有素，怎能臻此地步？一击万法生的金刚王宝剑，就是从此变化而得的。”

武藏说到这里，闭上眼睛，呼了一口大气，接着说：“这以后，我便以彻斋翁的这一境地作为自己的修行目标。终于，我得到剑技绝妙的称誉，且自信为天下无敌的境界。心境自然而然提高了，只是怎么也打不开最后的铁扉。我这几年来的苦闷，便是为此。深夜里，我曾想到自杀。我的学画、研读汉文和各种书籍，也为的是想借旁的力量，打开这扇铁扉。但结果，仍归失败了。”

武藏说到这里，又闭上眼睛。

大家都愣愣地望着武藏。新太郎是当然的了，连朝夕相处的伊织，也不知道武藏曾有这样的苦闷。虽然每天进修的用劲，是冷眼也看得清楚的……给他这样一提，武藏脸上的皱纹确是更加深了，也许是苦闷的痕迹吧。

过了一会儿，武藏突然睁开眼睛。他静静地又开了口：“可是，我终于打开那铁扉的一线缝，伸进去一只脚。人生是不可捉摸的，给我这一机缘的，刚才也说过，就是松山主水。我没有杀死主水，却剑斩长空。就在那一刹那，我顿时了然于虚空之理，从迷惑中觉醒过来，领悟了一击万法生的金刚王宝剑的奥妙。事出意料，我茫然待在那里的时候，甚内早已看破，叫道是‘破魔之剑’，但我则名之曰空剑。”

“父亲，空者何谓？”伊织追问着说。

“这就很难说了。我还无法解说，而事实上这原是不能言喻的。我曾研读内典，也曾请教过禅僧，理论上虽然知道，结果还是靠剑而得以心领神会。剑！在我，一切都是剑！舍此别图，读书、绘画，莫非迷惑。”

武藏神采奕奕地继续说：“今后，我还是唯有仗着剑以穷极天理，以善处人生。虽说了悟虚空，体会空剑，仅是初步而已。天空是渺茫无际的！人生是深奥莫测的！将有数不清的铁扉，等着我去打开吧。人生的波涛汹涌，迷惑的云翳重重。可是，我挺身前往，所仗者唯剑而已。”

说到这里，两眼闪动着寒月一般冷冷的光芒。

冬寒浸沉，一座寂然。

江户之卷

天外天

一

“唷，武藏！真高兴见到你。”

忠利喜形于色，稍抬身躯说。

“新年，恭贺新禧！殿下益见焕发，庆幸之至！”

到江户的第四天，于拜会北条安房守之后，武藏晋谒了细川忠利。早一天，先由寺尾新太郎去请示，是约好今天前往的。

武藏还是穿着白绫大褂，外加无袖披肩，那一副奇怪的装束，始终如旧。

“哦，你也壮健如前，令人欣慰。哪哪，近前！”

“是，殿下去年加秩转国，进位肥后，一切顺利，请恕武藏踵贺来迟。”

两人相对坐下。

忠利小武藏二岁，年方四十有八，广颡秀目，色润清癯，一望便知是一个明哲果断之士。虽是系出名门，但自幼远离父母，为人质于德川，难免辛酸备尝，然了无抑郁之色。

奕奕射人的目光，一碧澄清，自具君主的威严。但从他那眼底，渗透出深湛的情爱，令人接之温煦如春。事实上，忠利的言行举措，待人处事，与其凌之以威，毋宁是动之以情的。

他的父亲忠兴，正是战国型的君侯，虽是精通茶道的雅人，但生性卞急，脾气刚直，且不能容人，对于忠利的柔弱颇不以为然。

武藏与忠利，性格上虽然一无似处，但无条件地彼此喜爱。武藏觉得与忠利相对，心情便轻松了。一向排除人情的武藏，唯有对忠利，动辄以情，颇为心折。

谈话首先从熊本的事开端。

“听说转国之际，殿下曾驻马城外，第二天方始进城，可有其事？”

“哦，父侯（忠兴）以我胆怯，深为不满。其实我不肯立即进城，并非慑于清正公的威光。要知加藤清正是不世的名将，自领有熊本，所表现的，竟是优秀的政治家风度。今日余庆所及，以我细川家为最。我乃对地下的清正公之灵深表谢意，入国之初，所以不愿遽尔进此清正公所筑的名城，便是为此。”

忠利毫不隐讳地道出了自己的心事。

“好见地！清正公肥后入国之时，也与殿下同一用心，对于当地豪族倍加爱护，而且尽是擢用前君的遗族、遗臣，至今传为佳话。”

“我必竭力为之，继清正公的余绪，使肥后成为人间乐土。武藏！肥后是好地方哪。听说，当年你也曾去过？”

忠利的眼中，闪动着青年一般的理想。

“是。已是二十年前的事了。与佐佐木小次郎决斗之后，从佐贺、长崎、天草绕过去，直至肥后。殿下！肥后确是好地方。地居要冲，适当九州中央，沃野千里，山海饶富，堪称天府之国。”

二

新任命的肥后领主细川忠利，满怀着建设的理想，听了武藏的话，不觉兴奋地说：“噢，武藏！希望你也来肥后……”

说了一半，他却改口言道：“肥后是你旧游之地，待我就国之后，希望能来一游。”

武藏知道忠利欲言又止的，是什么意思。忠利有意延聘武藏为一藩师范，且师事武藏。但以今日武藏的地位，作为诸侯的家臣是太过委屈了。忠利便是缘此踌躇，不敢邀请。武藏对此，自是感激知遇之情。

可是，武藏虽感激忠利的知遇，却无出仕之意。这不是他自高身价，乃因武藏是兵法道上的行脚僧，如闲云野鹤，居无定所，不属于任何人，而以天地为坛场的人物。所以他虽有门人，但无一定武坛，京都的住所，也只是临时寄寓罢了。

“居无定处的流浪汉，几时前来打扰却很难说。”武藏答道。

忠利变换了话题说：“可是武藏，听说你也作画……”

“只是武人借以解闷罢了，哪里称得上作画？流浪各国，接近自然，不觉兴来涂抹几笔。后来见了古今名画，好像与兵法有一脉相通之处，遂偶尔为之。”

“师匠呢？”

“光悦、等伯等名人都是知己，但不会专诚请教。”

“武藏。”忠利意味深长地，微笑着叫道。

“是。”

“老实说，我有一张你的画，画的是达摩祖师。”

“哎，我画的？”

“是呀。原是悠姬家的，不知谁带了回国，由佐渡珍藏着的，我向他要了来。”

武藏听到忠利提起悠姬，不觉心里一沉。

“是的，公主后来虽专攻文学，但对绘画也堪称天才，我对绘画产生兴趣，多半也是受公主的影响。这样一位天才闺秀，竟因武藏一时不周到铸成大错，心中无限悲痛。”

“不要说了，武藏。”忠利轻轻地用手制止着说，“我倒以为悠姬的一生，过得满有价值，现在也不必去提了。你先来看画吧。”

武藏无言以对，对忠利的体贴唯有心感而已。

忠利站起来，打开壁框，拿出一卷画轴。

忠利把上首所悬狩野元信的山水画取下来，换上手上的画轴。

“如何？武藏。”

不错，是墨水画的达摩，没有上款，署名是“新免武藏”四字。

武藏一晃便说：“殿下，这张画请你见赐。”

说着，站了起来。

“等等，武藏。为什么呢？”

“这样拙劣的画，留在这里徒增贵府之羞。这是临摹的中国画家梁楷[①]之作。”

“不错，曾有一个画家也说起过的，说是笔法、画风，都与梁楷无异。他还很是称赞，说是别有风趣呢！”

“不，不成。在今日武藏的眼中，这完全是假货，是赝品。总之，这张画请赐还，容武藏另呈会心之作。”

“哦，那也好。务请勿忘！”

“是。但请假以时日……”武藏取下挂轴，随手一掩，躬身言道，“殿下，那么就此告辞。”

“什么，回去？再多坐一会儿，安房守也快来了。”

“不，想起一事，亟待料理……”

说起回去，武藏是一刻也不犹豫的。进退神速，机不可逸，正是兵法家的信条之一。

武藏不顾忠利的挽留，飘然而去。

不久，安房守来访。虽是低秩，他终究是大名级人物，且忠利又是他的军学门徒，自是恭恭敬敬地以师礼迎之。

“武藏呢？”

“就是哪，看了那张达摩的墨画，像是深有所感，挽留不住，回去了。”

“哈哈……那才是武藏一贯的作风啦。”

“因此，那件事也终于没有机会提起…”

“哦，他不是什么难说话的人，也不会自高身价，只是多年放浪自由惯了，逞是慎重些，静观机会便是。”

安房守的话虽说得很平淡，但他却对武藏抱着兄弟一样的情爱。

“正是如此。”

---

① 梁楷：字白梁，宋人。嘉泰间为画院待诏。赐金带。善画山水、人物、道释、鬼神。传世者皆草草，谓之减笔。——译者注

“可是，老中[①]们的意见如何？”

“最初反对的内藤、青山，业经与两人私交甚笃的小仓藩小笠原忠真殿下从中斡旋，已自点头了。”

两人所谈的，是想推荐武藏为将军家兵法指南一事。这一问题，已经酝酿了十四五年，因有人反对，认为柳生一家已经足够，便一直被搁置下来。但也并非就此打消。

心折于武藏的兵法、为人，有很多诸侯想促成其事。虽是人人希望武藏能为已用，但来头太大了，谁也不敢作非分之想。而又惋惜武藏的学问，所以索性把他推荐给了将军家，无非是爱惜人才的意思。

三

武藏本人，当然做梦也想不到忠利和安房守等人正在发动推荐自己为将军家兵法指南的事。他从细川的府邸回到寺尾家，进了十个榻榻米大的居室，立即找出唐纸[②]。虽是好久没有作画，但墨与画笔，却从京里随身带了出来。

“父亲，殿下可好？”伊织问道。

“哦，很高兴。”武藏一边回答，一边望着画纸出神。

“父亲，我在这里不碍事吗？”

“不要紧。”

“画什么呢？”

“达摩像。”

武藏不愿拂逆任何人，以静寂的心眼，在纸面上描出各色各样的达摩，忽隐忽现，接连不断。

达摩是天竺禅宗和尚，为传心印到了中国，时在南北朝。梁武帝迎

---

① 老中：德川幕府的执政团重臣。

② 唐纸：中国纸。

至金陵，与谈佛理。后渡江往魏，止嵩山少林寺，因不得其人而传，面壁九年而化，为禅宗第一祖。一般画家所取材的，就是这面壁的姿态，而重心则在两眼。面壁九年，目光所注，绝非寻常，画家们虽各凭想象任意揣摩，但所表现的，结果仍逃不出自己的心境。

武藏生来喜画，加上悠姬的影响，又是大家的熏陶，有时偶握画笔以自赏。他拟将艺术的境地与剑的境地打成一片，借以打开兵法道上的窘境。

他的这一努力，终归失败。到后来竟怀疑自己的艺术境界是离开了剑的另一世界，认真说起来，反而妨碍了兵法的修行。但武藏承认艺术的真实性，又不愿单为趣味，仅以绘画为消遣。

而今天在忠利之前，看见自己所作的达摩画像，像触电似的，恍然于过去的错误。

展开唐纸，静静地对纸而坐的武藏，伸左手提起大刀，霎时右手按着刀把，拂鞘而出。

伊织不自觉地肃然端坐。武藏把大刀拿到眼前，目不转睛地望着白刃出神。

过了一会儿，他幽幽地说：“伊织，现在也许可以画得出像样子的东西了。”

“可是，以前所画的……长谷川等伯先生和海北友松先生，不是都极口称赏的……”

“无论他们怎样称赏，以前所画的，都是模仿。只是见了大家名人的画，印在脑中再翻版出来，不是自己独创的风格，算不得创作。伊织！离开剑，我不能作画，也无法参禅。这几天来的自觉，我是深深地体会到了：一切离不了剑，剑！剑！”武藏凝视着眼前的白刃，连声低唤着说。

四

他压低声音，继续说下去：“丢开剑，我是什么都没有了。我所见的，一切都是因剑而开展的天地。我所画的，是借剑而创造的第二天地。我应该以剑为笔！”

武藏轻轻地把大刀纳入鞘中，拿起画笔，开始描绘达摩。二幅、三幅、四幅……直画到快黄昏，终于掷笔自语道：“始终画不好，太难了。”

“父亲，我以为画得都很好哪。”伊织一幅幅看下去，从旁搭腔说。

“不，你不懂。模仿容易，创作则难。我像是被什么拘束住了，如刚才所说的道理，手和心，都硬僵僵地不够灵活。”

说着，他站了起来：“伊织，跟我出去。”

出了寺尾家，武藏踏着大步，伊织默默地跟在后面。从青山绕赤坂半藏门，沿沟左转弯，到了千迁街尾。神田明神后面，一家黑板围墙的大门上挂着——

兵法指南，山川苍龙轩

九个大字的招牌。

大门已旧。出来应门的，是一个年轻武士，领着两人进了里面一间房里落座。好像没有女眷，茶果都由年轻武士送进来。不久，主人苍龙轩——鸭甚内便出来了。

“啊，宫本先生！难得，难得。我在专候大驾哪。”他肃然迎道。

“应邀拜访。此乃鄙人养子，名叫伊织。”武藏也谦恭地答礼。

“唷唷，令郎，是不是出仕本多中务大辅殿下①的……”

“不，那也是养子，名造酒之助。此乃伊织，一直带在身边，正在进修兵法。”

苍龙轩目不转睛地望着伊织。身材虽然不及武藏修伟，但目光如电，结实精干，俨然剑士风度。

① 中务大辅殿下：中务为日本八省——八部尚书之首要，总揽宫中一切事务，大辅为次官；此盖指德川秀忠之近臣本多正信，号称左八郎者。

苍龙轩颔首言道："真好福气。在本多家仕宦的一位，听说是全藩屈指可数的剑士，而这位世兄，也一看便知是能手。"

说着，站了起来："容在下带路，请移步到武坛一观。"

从那武坛里，断断续续传过来吆喝之声。

五

那是约有五十坪大小的练武厅，正面照例供奉着武神香取鹿岛的神座，颇为壮观。神座下高一级的矮苍，是师范的座位。

走在前面的甚内——苍龙轩，一声咳嗽。正在练习中的二十多个门人，立即分为左右，放下袖子，站班侍候。父子两人，跟在苍龙轩之后，从屏立着的人巷直向正面走去。门人们的视线，一齐注在武藏身上。也许早已知道，他们的眼中闪着惊异与尊严的神色。武藏今日的剑名，已是声振全国，凌驾于柳生之上了。

苍龙轩请武藏坐在矮坛中央，自己与伊织则分左右，坐在坛下。

"向各位郑重介绍宫本武藏先生！这边厢坐的，是先生哲嗣，宫本伊织世兄。"

苍龙轩突然开口，门人们便一齐躬身见礼。武藏与伊织，也勤动地回礼。

苍龙轩向门人上座，朝着一个年四十一二岁的壮汉叫道："波多野君，请前！"

那壮汉到了武藏之前深深一礼，抬起头来注目而视。目光锐利，是磨炼有素的兵法家之眼，且不单纯。武藏也注目回视。

苍龙轩紧接着说："宫本先生，鄙人的代理师范波多野二郎左卫门，请多多指教。"

"不，我才理该忝教。"武藏一眼便知是相当的兵法家，谦虚地回道。

波多野不响，苍龙轩继续说："如所洞悉，鄙人从不拿剑，实地指导一节，概由代理师范专责其事，我只是讲解兵法的理论和评定。"

“哦——”

武藏心想，这种指南方法倒是别开生面，煞是有趣。

“那么，请看实在演习……”

苍龙轩以目示意，师范的波多野即进至武厅中央，指点四五个年轻门人，继续练习。

可是，当日尚无竹刀[①]，练习用的全是木刀，不能射击，仅充作教练架势罢了。平时，只是些架势的基本训练，唯有比试时得以自由进击。

所以当时的剑术最重架势，各派各流，长短互见。出色的兵法家，都精心研究架势，竞相创始新型，一旦发明新型的架势，便独创一派，自为该派的开山始祖了。

波多野的架势颇多变化，别具一格。武藏便向苍龙轩询他的流派。

“是丸目主水正所创的一传流。”苍龙轩答道。

丸目主水正早已亡故，是曾以一流兵法家驰名江户的剑士。武藏却不曾见过此人。

苍龙轩接着说：“他的特征在于回刀反击时的变化，但多少有些不自然的地方。”

这样批评之后，却又说：“不过，波多野倒会别出心裁，另有妙诀。等会儿先生自然知道……”

六

波多野二郎左卫门督导门人练习告一段落，山川苍龙轩乃召集门人到了面前，开始他得意的兵法讲解。这厮好幽默，讲题竟是“宫本武藏兵法”，从武藏十三岁的时候打倒有马喜兵卫以来，就其重要的比试，

① 竹刀：以阔约八分、长二尺余之竹片，用牛筋结成刀状，专供练习之用，着肉声响，但不伤人。

纵横论列，趣味盎然。

武藏见他的讲桌上，放着用纸芯装订起来的一册旧本，封面上题着《武藏恶业记》五字。

这就是苍龙轩还是甚内的时候，抱着满腔咒恨所写下的武藏比试的日记。武藏虽不知详情，心中不禁暗笑。

“恶业！不错，也许是吧。”他自语着说。

武藏的父亲新免无二斋，是自成一流的兵法家，但武藏没有从父亲那里得到兵法上的指导。不，无二斋毋宁希望武藏远离兵法。而结果他仍选择了兵法之道，也许是前世的恶业。而那恶业，至今不绝。

苍龙轩讲解告毕，门人们各归原位。

这时，代理师范的波多野走近武藏面前，垂首躬身言道：“先生，务乞指教一二！”

武藏注视波多野的脸，直觉到“这厮怀有深意，对我别有所图……”的预感。过去难以数计的比试或决斗，武藏虽没有抱着私怨，但输了的对方，除本人外，连他们的子女，乃至亲戚知己，对武藏怀恨记仇的颇不乏人。

那些人怨毒的目，像眼所不见的丝网，老是绕在武藏的周围。

武藏在记忆中追寻波多野的影子，但怎么也记不起来。该是与“武藏的恶业”牵涉着的什么人吧？

“好吧。”

武藏立即答应了。以武藏今日的地位，与一个代理师范对垒，可谓绝无仅有。今天，武藏一方面想试观波多野的一传流究竟如何，再则被苍龙轩刚才说的“另有妙诀”一语引起兴趣，才慨然允诺。

“宫本先生！”苍龙轩插口说，“事先声明，波多野，原名明智勇马，与先生别有渊源。”

“渊源……哦，恶业的渊源吧？”

“正是。二十一年前，在九州小仓城下，城主细川忠兴公麾下的兵法家，严流佐佐木小次郎！”

“什么？小次郎的……”

“是的，当时在那位小次郎先生家里的，武坛管事鸭甚内，嬖妾铃姑小姐和寄养弟子明智勇马三人。”

七

苍龙轩如谈论别人的事情一样，仍用讲解的口吻继续说：“却说佐佐木严流在船岛齐志而殁的时候，甚内与铃姑虽然明知力所不及，还是念念不忘打倒怨敌宫本武藏，在九州留下来了。可是明智勇马却毅然离开小仓，登上兵法修业的旅程，下决心磨炼业艺，以期将来能与武藏堂堂皇皇一决雌雄。”

“好，知道了。”武藏断然回答。

他不愿再往下听明智勇马的苦心经历，随即就座而起。

“拿木刀！”他指向伊织说。

伊织向苍龙轩略施一礼，站起来朝架上挑选两把木刀，交给武藏。武藏分执两手随手一挥。右手上的木刀，距手头四五寸处应手斜断。武藏把左手刀交给右手，随向武厅中央迈步前去。

门人改容屏息，鸦雀无声。武藏坐着的时候，虽是威压四座，尚为安稳，但现在便截然不同了。

波多野脸色铁青，抱着必死的决心，从下首缓步而前。武藏倒提木刀，屹立不动，目注波多野渐渐近来。

相距十步许，武藏突然喝道：“呔，波多野！”

波多野愕然停步。

“波多野！”

又是一声大喝。

波多野的脸色骤变，由青涨红。

“波多野！”

再是一声。

声起处，波多野“啪嗒”一声，仰面而倒。门人们始终莫名其妙，如坠五里雾中。当武藏喝叫波多野时，声若雷霆，贯人心胸，有好些个门人闻声瑟瑟发抖。连悠然坐着的苍龙轩，也霎时变了脸色。

“伊织，去点活波多野。”

武藏回顾伊织说。

“是。”

伊织走近晕在地上的波多野，抱起他来，在背上点了活穴。

“哦——”

波多野呻吟着张开两眼，同时，张口呼气，从口中飞出五六根绣花针，跌落地上。

伊织捡起绣花针，送到武藏面前。

武藏已恢复平静的姿态，笑嘻嘻地回头看着苍龙轩。

“苍龙轩，所谓另有妙诀，可是指此？口中含着东西，对敌人怎生回答？窒息晕倒是理所必然，何其愚劣……”

他像怜悯似的，笑着说。

“先，先，先请坐。”

苍龙轩期期艾艾举起双手，额上渗出如腻的汗油。

武藏回到原位坐下。这时，波多野跑向前来，双手着地，恭恭敬敬地说：“惶恐之至。”

是哭一样的声音。

武藏望着他说：“波多野！既已专攻一流，却又坠入邪道，深为可惜。口中含针伺机却敌，是‘忍术’者流的手法，并非兵法正宗，且是近于儿戏的玩意。以你的功夫，该不会不知道的吧……”

“是，惭愧之至。诚然，是从一个搞‘忍术’的人听了来，半开玩笑地试着练习，渐渐熟练，偶尔用在先生身上。”

苍龙轩好不容易安静下来，接口说道：“宫本先生！这一失着，鄙人也有份儿。波多野提起这话儿，我竟毫无异议地赞成了。当然，我绝对相信先生，绝不会为这几根绣花针便失手，只是想看看如何挡去那些飞针时的动作罢了。”

“哈，哈，那倒可惜。不过，如果待在那里挨飞针的突袭，武藏也许早受伤了哪……”

武藏幽默地笑着说。

浪人馆

一

苍龙轩慌忙接着说道：“不不，真是惊佩不已。瞬间看破口中含针的那眼力！乘虚猝然喝叫波多野的那声音！险些连我都晕过去了。先生，请为后学解释其中妙用，不胜感激。”

“那也没什么奥妙，凡是兵法家，首先须得详察对方的模样，诸如眼、口、耳、鼻、脸色和表情。我在波多野的眼中发现其包藏祸心，在他的口中看破含有异物。于是，制其先机，喊他的名字。不是吗？”

他掉头望着波多野问道。

“是……最初听到出乎意料的喝叫声，气为之塞。接着第二声，知已暴露，心里一哆嗦。到最后一喝，便晕过去了。”

“哦哦。”苍龙轩深深地点头，

“各位明白了吗？”

他凝视着门人说：“方才所说的，先生与佐佐木严流对垒时，严流把刀鞘投入波浪，先生跟随着叫道，严流败了！这一吼声和刚才的一喝，两者如出一辙，正是武藏兵法的真髓。”

武藏微笑。苍龙轩好险，差一点儿连自己的性命都赔上了。但他对这一失着，却借着对门人讲解，轻轻地打发过去。他在心里暗道，这厮真惹不得！

这时，波多野突然改容，肃然仰视着武藏道：“先生，另有一事务请明教。”

“那是？”武藏看着波多野，反问说。波多野的脸上，充满着诚意和热情。

“先生，我为邪道所乘，功夫上缺乏自信固是一因，但不仅此也，我对自己的流派——一传流，已觉得被逼到尽头，走不过了。虽然自知有欠缺、有破绽，因而深为不满，却不能发现症结所在，不能打开僵局。我恳求先生帮助的，就是想仰仗大力解决这一困惑。”

武藏对波多野的诚意深为感动，接口说：“是吧，苍龙轩说是有不自然的地方，刚才看了你所演的架势，虽是初见，但也立即觉到了。伊织！拿木刀！”

说着，他便站了起来。

武藏父子，提了木刀进到武厅中央，把刚才波多野门人指点的一传流的架势，不差分毫地重演了一遍。

门人惊叹不已。他们仅看过一次的别流架势，竟能记得如此正确！而他们的惊叹，与其说是对武藏，毋宁说是对伊织而发。

不仅门人，苍龙轩和波多野虽为武藏所压倒，原是没有把伊织放在眼中的，想不到他也与武藏同样，仅见一眼，即能将一传流的架势运用自如，解拆攻势。而刀法、身架，虽与武藏对抗，竟亦不见逊色。年仅二十一岁，已出人头地了。

“伊织，有没有看出不自然的地方？”

“是，敌人溃败时进击的手法，有二三招是虚的。”

“一点不错，好不容易打垮对方，用这样招数进击，怎能致敌死命！那就是，脚步、呼吸、手势，三者不能合一。第五和第六两招，尤为显著。伊织！再来一次……”

武藏父子，把一传流的架势又重演了一次。在门人们的眼中，虽与刚才没有两样，但波多野和苍龙轩却明显地看出其中的奥妙了。

“成了。”

架势既毕，武藏退回，坐下。伊织也回原座，两人都不再说话。

波多野交叉着两腕，闭目沉思。

苍龙轩以期待的目光，望着波多野。

不久——

“唷，知道了。”

波多野突然睁眼叫道。

他的眼睛，明亮得像一个青年。于是两手拄地，垂头言道：“先生，承示教诲，铭感无已。”

“当然，这只是一端罢了。倘能再加钻研，自能完成极好的流派。”武藏很满意地说。

于是回头叫道：“伊织！那么……”

苍龙轩虽是慌忙地挽留，但武藏父子却断然走了。

出了武坛，天已抹黑。

二

默默地走完了一段路，武藏突然开口说：“伊织，有无所得？”

伊织踌躇了一下说：“是，声音的威力！以前父亲亲自指示过比试时的叱喝声——分为初、中、后的三段，当时以为都领悟了的。但今天父亲对波多野所发的叱喝声，却在未动手之前，而竟一样地分为初、中、后三段，而且各有妙用，尤为神化。”

“哦，那就是了。”

武藏极重视声音，平时常告诫门人——声音本身便是力量，作战时分为初、中、后三段，须各尽其妙。初声在进击之前，力足以动摇对方；中声在进击当时，乘势发声，刀随声至；后声在得手之后，乃胜利的信号。今伊织所云声音，盖即指此。

那时的江户不像今日东京，天空仍能居高临下，保持着自然的美与权威。房屋既非摩天大厦，在那矮矮的檐下，闪耀着幽幽的灯火。

武藏仰首阔步。天无纤云，是响晴的夜空。疏星淡月，夜色如水。

入夜未久，擦肩而过的行人莫不惊奇武藏的巨躯异装。六尺昂藏，敖曹拔群，已自惊人了。

可是，武藏却不管这些，一直回到寺尾家，高高兴兴吃过晚饭，便提起笔来，一口气把达摩画成了。

待自己一看，不觉好笑，画得真是不见高明。虽然拙劣，总算是自己的达摩，武藏十分满意。拙劣是技巧不够，只要再下功夫，自然能画得好。

武藏把画好的达摩收拾起来。但他卷了一半，又展开来，想了一会儿，题上“二天”两字。

伊织在旁问道：“二天……父亲，是什么意思？”

武藏笑说：“是画上专用的别号。”

“是不是与双刀有关？”

“哦，你也许会这样想，但与双刀完全无关。绘画的世界，是我所创造的第二的天地哪。”

“……”

伊织歪着头，默不作声。对于一心沉于剑术修业中的青年，这句话是不会理解的。

“可是，也牵强得很，没有什么高深的意义，只是兴之所至，偶然想起罢了。”

这种模棱两可的话，在武藏是不多见的。但他的兴致蛮好，把画收拾起来，便叫了新太郎来，海阔天空，聊了很久很久。

三

那时还是一片田野的巢鸭，森林中一座黑漆门面的大邸宅。庆长年间，那里是老中土井大炊介利胜的别墅，现在屋宇荒废，进进出出的人虽多，尽是浪人风情的人物，非复当年大名的府邸了。

但从大门进去，签押房、书院、内宅，仍是王侯府邸的格式。松山主水就在这座大宅院中。前天偷袭武藏失败，背后挨了一刀，好不容易逃得一命，但自此全身发烧，竟卧病不起。

他知道这高烧是为武藏的剑气所伤。起初，他以十分的信心偷袭武藏，但被他回身一闪轻轻躲过，在武藏的剑技前已抬不起头，而那凌厉的拂鞘一击，恐怖之感直透背脊，而今思之，犹不寒而栗。

“可怕的魔人，武藏！血肉之躯的凡人，是谁也不能打倒他的。”

他已经完全服输了。但在别人面前他却一点不动声色，连偷袭武藏一事，也不向任何人透露。

事实上两三天热度已退，要起来早可起来了，但他不想离开床褥，独自躺进焦躁，想从败北的自卑感中挣扎着出来。

“武士的人生并不限定在剑术上，使自己这样抱着大志的武士，就不必唯剑是赖。真何苦与武藏这样的剑鬼为敌呢。”

主水故意否定武藏的存在。

他反省自己，因同伴的兵法家煽动着他，说是“当今的兵法家中能打倒武藏的除尊驾外别无第二人”，而竟抱着莫须有的自信，贸然涉险的愚劣。

“自己既已被公认为第一流兵法家，与其视武藏为敌，倒不如言归于好。而手刃暗杀了悠小姐的铃姑，不是与武藏言好的最佳礼物吗？”

主水心中曾如此打算。

但回头一想，却又不妥。主水与武藏的宿怨太深了。他毅然离开故乡肥后八代的老家，目的便在立志打倒武藏，争取天下第一兵法家的荣誉。

再则，武藏夺取主水初恋的悠姬公主，而且令主水备受羞辱。他至今仍是独身，也因悠姬公主之故。至于迟迟不能出仕，虽是别有缘由，但因为热恋悠姬而心猿意马，一心想打垮武藏，从而热衷进修兵法，遂此把仕宦一事搁置下来了。

不仅此也，他最恨武藏的眼睛。那足以勾魂慑魄的、尖锐的目光！那透视人心奥秘的、明察秋毫的目光！主水觉得那对眼睛，老在他的身边瞪视着。他甚至认为不打垮武藏，便难能遂其夙愿。

四

主水的寝室有十席榻榻米大小，上首壁上挂着永德的墨龙，枕边竖着山水画的屏风。卧具也是崭新的丝绸被褥。从此，便可窥知主水在这里是受着多么优厚的待遇了。

天已昏黑。

一个侍女静悄悄地推开纸门，隔着屏风问道："主水先生，贵体舒泰些吗？"

"不碍事了。"

"公主说，假如您有兴致，到她房里共进晚餐……"

"哦，岩田先生也在吗？"

"是，还有赤星先生、吉田先生。"

"好吧。"

主水说着，离开被窝。

"洗澡水已热了。"

"马上就去。"

"那么，请即准备。"

女侍一去，主水立即披衣出房。待他回来时，胡髭也刮了，发髻也梳好了，脸色红润，精神焕发。刚才的女侍，从隔室的衣柜中拣出衣裳，让主水穿扮起来。

本来主水讲究衣着，穿扮起来，雍容潇洒，宛如舞台上的武生，是够漂亮的人相。看样子，年仅三十二三岁。

"那么，请吧。"

"哦——"

他让女侍走在前头，沿着长长的走廊，飘然前去。

以前，这里想该是妃姬的寝宫，是宅院最里进最辉煌的一室。主水朝里恭恭敬敬地先施一礼，开口说道："公主，病中屡承枉驾，惶恐之至。"然后抬起头来。

"啊，福人天相，现在想该豁然了？"

甜甜的声音，笑着这样说的。虽然公主，已不是十七八岁的少女，而是近三十岁的女性了。

"是，托公主之福。"

接着，他掉向先已在座的武士们拱手说道："各位，病中多承关切……"

"哪里，哪里！幸好不药而愈，不胜之喜。有要事待商，虽是贵恙初愈不该劳动，还是勉强相邀……先请就座。"

回答的，是坐在上首的岩田富岳，年近五十岁的中年汉。提起这位岩田富岳，虽仅一介浪人，在江户却是大名鼎鼎的怪人物，事实上也就是这个宅院的主人。

不晓得他是怎样把这座大宅院弄到手的，五六年前突然搬了进来，且自称是足利义昭①的孙女由利公主的监护人，与这女性过起豪奢的生活来了。不久，因他乐助浪人，声誉鹊起，便有许多浪人慕名而来。

事实上，他对浪人确甚卖力，或赞助金钱以济其急，或者居间拉拢为仕宦之阶梯。不到几年，俨然是浪人的头领了。

五

却说浪人，确是德川幕府的一大累赘，是最危险的失业者。

那时候的浪人，多半是德川家一手造成的。丰臣家以下，经过关原及大阪城冬夏两役，加上被德川家撒播覆灭的大小王侯遗臣，汇合而成失业浪人的主流。

---

①足利义昭：足利家第五十代，亦即末代将军。初在南部为僧，后还俗，封征夷大将军。

这样一来，他们痛恨幕府，自是理所必然。有的孜孜矻矻地抱着颠覆幕府的梦想；也有穷极无聊、衣食不周，以致强取豪夺、铤而走险的。幕府虽曾颁布取缔浪人的法令，劝告他们解甲归田，同时严令府下驱逐无职浪人。但一纸法令，怎能镇得住这些时代的牺牲者？只见各地的浪人，一批一批向江户蜂拥而来。人数一多，虽是失业者，也形成一股庞大的势力。何况这些失业者非比寻常，多半手下功夫了得，且是悍不畏法的亡命之徒。此尚在其次，还有利用这批浪人为非作歹的；老百姓利用他们强索高利贷已是司空见惯，甚至因浪人的身份特殊，不必负责，有些大名和幕府的高官也利用他们作为政争的资本。

至此，他们已非普通的失业者，而是暴力团了。其中岩田富岳，更是以幕府高官、各国大名和豪富巨贾为主顾，是他们之中最高级的头领。因此，他的势力便非"町奉行"①所能统御，而生活的豪奢，也不亚于各国王侯。

"主水先生，最近有一事须得劳动尊驾……"

以由利公主为首，四个人各自落座，菜肴上来，酒过数巡之后，岩田富岳改容说。

"是，请道其详。"

主水沉着地回道。

"说来话长，事情发端于肥后的相良藩。"

"噢，相良藩？"

主水为之一震，八代是他的出生之地，提起相良，却惹起他的兴趣。

"那相良藩的家老中，有一个名叫相良清兵卫的怪杰，是相良家的三朝元老，而且在德川治下奠定相良藩基础的功臣，声望之隆远凌君侯。藩主以此猜忌，向幕府评定所②申诉，请处置清兵卫。这也是小藩

---

① 町奉行：德川幕府在江户、京都、大阪、骏府四处所设的官署，专司市内行政司法的机构。

② 幕府评定所：即行政裁判所。

君主之常，不在话下。”

“哦哦。”主水颔首。清兵卫的声名远震邻国八代，主水也曾耳闻。

“可是，清兵卫在前曾晋谒家康，幕府里也承认他的功绩，却不能依藩主之意轻易处断。于是藩主一边便展开活动，运动旗本中的权势家，阿部四郎五郎、渡边图书两人，向老中斡旋，以期挽回颓势。”

六

“那些僻地小藩的纠纷，我又怎能知道得这样清楚呢？”岩田富岳继续说道，“四五天前，清兵卫的养子田代半兵卫偷偷来访，要我为他阻止藩主一边的活动。只要事成，不惜工本……于是由赤星先生向老中方面打听，方知这件事的主权操诸老中土井利胜侯的手中。”

“噢，那就好办了。”主水搭腔说。他知道利胜与富岳之间，似乎有着一段孽缘。

“哦——可是这一件事不容乐观。诸大名中，与利胜侯意气相投的，是小仓的小笠原忠真侯。现在阿部四郎五郎却千方百计要打通忠真侯这条路线。”

“哦，这件事牵连甚多，却不简单。而你要我担任的是？”

“这就是了，主水先生！这里面还有一张王牌，就是替忠真侯与阿部拉线的一个策士，是忠真侯的家臣，秩禄虽低，却是君侯最得意的、名叫黑田左膳的人。”

一听这话，主水便断然接口说：“不错，你是要我去解决那个左膳！”

富岳露齿一笑——

“正是如此，直接是除去左膳，斩断忠真侯与阿部之间的路线，间接是给忠真侯一个警告，使他知难而退。怎么样，能答应吗？”

“好，去吧！”主水当即承诺。

他的眼中满漾着兴趣。暗杀是主水的拿手，又是大名的内讧，这种浑水摸鱼的玩意儿，最合主水的脾胃。

“好，总算又进行一步，利胜侯那里，由我自己去说。酒井、松平两位老中，请赤星、吉田两君辛苦一趟。”

“是，遵命。”

两人同时点头。看样子，这两人都是年四十左右难缠的赖汉。

富岳又朝着由利公主说：“当然，到不得已时，还得仰仗公主大力。”

“哎，需要我的时候，自然竭尽所能……”公主嫣然回道。

于是洗盏更杯，酒宴再度开始了。在一阵热闹的杂谈之后，赤星像是突然想了起来似的，望着主水说：“噢，主水先生！尊驾也许还不知道，宫本武藏已经来了江户哪。”

“喔，武藏？”

主水故意像吃了一惊似的，张大了眼睛。

“这是今天在平松侯府中听说的。而且，将军家任命一节，这次也有实现的情势。”

这倒真是初闻。主水霎时变了脸色——

“呵呵，那是……”

七

主水与武藏之间的纠葛，在座的人似乎都很清楚，赤星更夸大其词，把北条安房守、细川忠利、小笠原忠真三人积极向老中活动，想推荐武藏为将军家兵法指南的经纬，说了一个备细。

平时以深谋远虑自诩的主水，听了这个意外的消息，也不觉变了脸色。在主水，武藏当然是不世之仇！忠利偏爱武藏，也是他早有所闻的。而忠利则是主水的乡里——肥后的领主。他为了破坏武藏与细川家的感情，利用忠利父子的意见相左，曾向忠兴中伤武藏，说他与悠姬之间有着男女私情的纠纷。

北条安房守，是主水一直看不顺眼的家伙。小笠原忠真与主水，过去原无任何恩怨可言，如今却也使他涌上莫名的憎恨。但无巧不巧，为了相良清兵卫一事，现在竟也处于敌对的地位了。

“暗杀黑田左膳，包在我的身上。但破坏武藏命官一事，务请诸位同心协力，各助一臂！”主水以险恶的口吻说。

岩田富岳朝赤星和吉田看了一眼，回答说：“一言为定！武藏，我们也是看不顺眼的，居然做起将军家指南，那还了得？但最好是再进一步，置之死地，于尊驾也许更为合意。”

主水不提十天前的失败，若无其事地说：“当然啦，那是最后的目的。但今天的武藏已是兵法家的太上皇，约期比试，也未必接受。”

岩田露齿笑道：“纵然接受，也非上策。以尊驾功夫，未必可操胜算，唯有暗杀！”

赤星也点头说：“不错，就是暗杀，至少也得四五个第一流的剑客……”

吉田摇头说道：“不，休说四五人，十个八个也非万全，动得动用弓矢，或者短铳。”

这时，由利公主插口讶异道：“唉，武藏恁地了得？我倒想见见这个强人哪。”

主水一惊，抬起头来。公主的眼中闪着美丽的光辉。主水心思，糟了，三十岁的女人，情热如火，在这种女人面前谈论武藏，真是危险万分。

他便一变口气，傲然叫道：“哈，哈……吉田兄，何必搬出弓矢、短铳，要是下了决心，只咱一人，未始杀不了武藏。可是，我却犯不上与一个微不足道的兵法家去赌命哪。因此迟迟以期万全之策罢了。”

“啊啊，那是我们说顺了口……”吉田慑于主水的威风，改口说道。

八

主水继续鄙弃地说：“而且武藏年已五十岁，必已老态龙钟。从小不洗澡，不梳发，一个糟老头罢了。”

这些话，无非是针对着由利公主说的，其他的人却毫无所觉，不知道他的用意。

“是啊，是啊！听说是，武藏向来不入浴、不梳发，未知确否？”岩田富岳反问着说。

“怎么不确！我最初与他相遇，他才二十九岁，从那时，他便一直不曾洗澡了。”

“为什么呢？”

吉田讶异地问。

“胆怯哪！听说他正在入浴时，遭一个女人用短铳狙击，从此便不敢洗澡了。”

富田怀疑地说：“不错，可以说是胆怯，也可以说是武士的磨炼。不必用热水，冷水也尽可净身。我年轻时也用冷水，用惯了比热水更好。热水使人慵懒，冷水却能使你的身心一爽。武藏的本意，也许为此。”

赤星也接口说：“数年前，在一个侯王家偶遇泽庵禅师，闲聊中有人提起武藏的这一事。禅师曾说，人类欲达自觉，有两条相反的修行方法——其一是洗尽身心的尘垢；归于清净无垢；另一是不论尘垢污秽，包容人世的一切，以期臻于至上无我的境界。假如武藏志在后者，因而不入浴、不梳发，倒是有趣——他就曾这样说哪！”

“哦，也有一理。”

富岳与吉田，交叉着手腕点头首肯。他们对武藏那超然于浪人们的社会和政治活动之外的态度，虽是极为反感，但对他在兵法上的造诣和地位，则评价甚高。当然，这些话会刺激由利公主，他们也曾想到。

主水佯佯地偷眼去望公主。她的眼中闪动着比以前更热情的光辉，而且兴奋地开口说：“我想见见武藏，必定是一个出色的人物。”

“不错，真值得一见。身高六尺，白衣飘然，长发垂肩，挺胸阔步，据一个偶然在路上碰到的朋友说，剑气凌霄，连野狗见了，都卷着尾巴不敢出声哪。虽是一介浪人，真是好个人品。”

赤星仍是赞不绝口。

主水听得愈加不快。

“这厮们真是麻木不仁！”

虽是内心暗骂，但对这些压根儿没有警觉到由利公主的人，却也无可奈何。主水以他的雄辩极口中伤武藏也不见效果，由利公主对武藏的好奇心是愈来愈炽了。

主水心烦意乱，便先三人辞了公主，回房去了。于是，与侍女阿光相对，借酒浇愁，痛喝起来。

主水私心恋慕着由利公主。因武藏的阻梗，使他对悠姬的初恋终不得遂，且因此手刃了铃姑。但主水既一表人才，剑术高超，又能说善道，当然有许多女人寄以好感，他却一概不顾。他自视不凡，以为自己系出南北朝时代的名门，且曾为八代城主的名和一族，娶妻便非大名级的世家公主莫属——这是他的夙愿。他的热恋悠姬，也因她是细川家的公主呀。

而这时却出现了由利公主。足利家的豪华，虽已是黄粱一梦，但既是前将军的孙女，纵无眼前权势，为了满足主水的虚荣，自是最好的对象。年方二十有九，足使各国王侯垂涎的美貌，且系未婚之身，更具有魅力。隐居八代城的细川忠兴虽曾答应主水随时任命出仕，所以一天挨过一天，就是想娶了由利公主，再行携眷前往，因此延搁下来了。

这个浪人馆中，除主水之外还有很多食客，分住于每个房间，白天里虽是嘈杂喧哗，入夜后却也渐渐地寂静下来了。

“喂，到公主房里去，说是主水求见。请示了立即回来，不要让岩田先生知道。”主水抑止不住热情，吩咐阿光说。

“可是，已经很迟哪……”

“不要紧，快去！”

“是。”

阿光离去，旋即回来说：“我把话一说，公主说专候。”

主水微笑。

“还没睡吗？”

“是。不过被褥已铺好了，而且换了寝衣。”

“噢，我去去就来。你去睡吧。”

“忍术”原是他的拿手，出了房门，静悄悄地像影子一般，没有一点脚步声，沿走廊到了公主寝所。轻轻地拉开门，房里飘过来一阵香气。

他站在屏后说：“公主，主水求见。深夜打扰竟承慨允，至为荣幸。”是“忍术”者特有的低沉声调。

“主水先生吗？请前来。”

九

主水忍着心中的悸动，转过屏风，到了公主面前。

“惶恐之至。”

他躬身言道。

公主下着白绫寝裙，上披绿底绣着白牡丹的寝衣，锦带束腰，纤似弱柳曳风。她本身便艳丽得宛如一朵盛开的牡丹。

主水既是深夜获准入寝所，与公主之间的交情，自非泛泛可比。

“主水先生，有何贵干？”

主水愣愣地抬起头来。

“公主！前次所谈的婚姻一节，今晚务请赐予答复……”

“噢，嘻嘻……”公主嫣然笑说，“你真是，为何恁地性急？”

“实因不日仕宦，已有成议，拟于赴任之前，做一定夺……”

“唉，仕宦！哪里呢？”

“肥后八代城主，细川忠兴侯藩下。”

“禄秩多少？”

“目前三百五十石，言明逐次增加。”

公主的脸色一变，浮上怜悯似的微笑。

“主水先生，你近日变了。过去曾谓志在天下虽败犹荣，而今竟为此微秩，遽尔出仕山国小藩……”

主水心里一愣。他在这位前将军足利家的公主面前，怕是口气太小惹其耻笑，确曾大言不惭，说过这样的豪语的。

但主水岂甘示弱，便若无其事地坦然问道：“嘻嘻，公主幸毋误会，所谓仕宦，只是成就大业的手段罢了。”

公主大为不然地摇头说：“不不，虽是手段，也太过寒酸了。仕宦的话，也得像武藏那样，至少是将军家的指南……”

提起武藏，主水的眉梢一扬。

“什么？除非咱主水咽了这口气，要不然，武藏要做成将军家指南，却休想！”

“啊，这才是哪，主水先生！我不赞成武藏仕宦，希望他只是一个浪人，不要隶属任何一人，做一个堂堂阔步天下的自由人。”

主水霎时变色。

“公主！”

“我也不希望武藏立府开藩，去做大名。主水先生，请你记住！王侯大名在我的眼中，是一点也没有趣味的。”

由利公主断然言道。

十

当时这位由利公主，在大名诸侯之间，是鼎鼎有名的女性。在那乱糟糟的时代，自称世阀后裔的女子时有所闻，但大半是冒名的。对由利公主，幕布府里也曾暗中调查，倒确是足利义昭的孙女无讹。

于是，老中们也曾为此集议讨论，结果认为虽是前将军之后，与德川家之间隔着织田、丰臣两代治世，不是直接的仇敌，且与各国诸侯，也毫无血统和势力关系，便决定置之不问了。

但既是前将军的孙公主，且有江户罕见的美貌，年华正盛，风度、教养、人品都高人一筹，足与诸侯的后姬匹敌。有些好色的诸侯，自然乐与之游了。那个自称养父的岩田富岳，得以出入于老中诸侯之门，也是仗着她的力量为多。

主水暗中热恋着由利公主。也许她比主水棋高一着，使这个满怀着野心与阴谋、才能出众、风姿飘飘的汉子在她的面前无法得逞。但主水是满怀自信的，岂肯轻易罢手？

这一夜，被提起武藏，冷嘲热讽了一场，主水愤懑之余，说："公主！诸侯大名岂在主水眼中？我自然也以不受人左右、无拘无束的浪人生涯为荣，但像武藏那样，不知是何出身，连祖先的姓名都默默无闻的野武士，公主你居然如此倾倒，真是不快之至，打搅了！"

他愤然离座，回了自己房中。

女侍阿光仍在等着。

"酒，拿酒来！"

主水拼命酗酒，对武藏怀恨不已。

"哼，你这阻我恋爱的魔鬼！杀死你！杀死你！及早赶走这厮，方为上策。让这厮做起将军家的兵法指南，真个盘踞在江户城中，那还了得！"

主水已烂醉，脑门里是一片模糊了。

偶尔回头，只见阿光很担心地，仍坐在那里。

主水知道这位年二十二三岁、目如点漆的纯朴少女，对自己私心恋慕着。有时，他觉得她非常可爱，甚至想带她去八代仕宦，平平安安地过日子。

"阿光！"

"是，主水先生！"

"酒，再拿酒……"

借酒浇愁愁更愁，主水的脸上悲痛地歪搐着。

十一

那天夜里，主水与阿光相对，呷得烂醉如泥。

第二天，他直高卧至近午方醒，想起昨夜之事，恍如隔世。

刚一起床，青年武士便奉命来邀请了。

“哦，就来。”

主水答应了后，仍由阿光帮着，端端正正打扮起来。在长廊上擦肩相遇的人，不论侍女浪人，都对主水殷勤地施礼问候，他一一含笑回礼。

聚在那里等着他的，仍是昨夜三人。

公主颔首微笑着，主水却板着面孔。

岩田开口说：“主水先生，请了你来，就为的是昨夜那些话……吉田兄，请你说明吧。”

“是。”

吉田接口说。

“派去监视黑田左膳动态的人，昨夜有了情报。据说后天，二十三日黄昏时分，他将去麻布拜会寺尾新太郎。”

“什么，寺尾新太郎？”主水皱着眉反问。

“是的，细川的家臣。主水先生有所不知，武藏就住在寺尾新太郎家中。”

“哎，武藏住在寺尾家？”

主水虽明明知道，却佯佯地说：“不错，寺尾是武藏的门人，倒也不足为奇。但黑田左膳为何拜会寺尾，却令人不解。”

“就是，我当初也这样想，但一问来由，却是事出有因。武藏有个养子名叫伊织，兵法上颇有造诣。小笠原侯对那伊织甚为欣赏，有意任用。左膳就是为此一事，专诚去会武藏来着。”

“什么，小笠原侯有意于伊织？”

主水的眼中，霎时露出险恶的光芒。他虽平时不动声色，但只要是有关武藏的事，无论怎样细琐，竟也勃然动容。

吉田咧嘴一笑。

“还有一点，左膳也看中伊织，有意招为女婿……而那位千金，又是出名的美人。”

主水吁了一口气，拿眼角一瞟由利公主，激动地叫道：“杀死他，今夜！看情形连伊织也……”

公主这才开口说：“主水先生，还得小心在意。”

主水听来，却是冷冷的，满不是滋味。

“也许会碰到武藏，这次绝不放松。”

显然只是对公主虚张声势罢了。

岩田富岳却一本正经地——

“主水先生，武藏还是暂缓一步，目前专对黑田左膳！听说他的手下也着实了得，千万慎重，不要轻敌！”

他再三叮嘱着说。

伊织

一

早晨，响晴的天，艳丽的阳光把梅花盛放的枝丫映在廊下的纸窗上。

新太郎到藩邸上衙去了。房间里只有武藏与伊织两人。武藏把双手搭在火钵上，瞑目静坐着。伊织坐在一旁，面朝着廊下的窗户，望着矮几上的书本。

武藏偶然张眼，看见伊织的侧面。是一个英爽的青年，他那容态，无论怎么看也不像是个浪人，更似是生活与地位都有所归的藩王麾下的武士。

浪人总得有慵懒的地方。说得好听些是放浪不羁，要不然就是颓唐丧志。但伊织的身上一点也找不到那样的气息。武藏奇怪这么一个孩子，在自己身边长大，怎能养成如此人品？

宽永二年，武藏四十二岁秋，自常陆至出羽，到了正法寺平原的旷野；是方圆十三里的辽阔荒野。日已沉西，不厌夜行的武藏，踏着月色向前慢行。

是荒郊的孤径，往北可抵另一村落，但在中途迷了路。这在敏感的武藏是罕有的。

行行重行行，怎么也望不到目标的峰头。心里正自踌躇，突然从人高的芦苇间透出一线的灯火。

“惭愧，这可好了。”

他望着火光，岔入小路，到了踏平一片荒草所搭的茅屋前。夜已深沉，但屋里的人似仍未睡。

“借光！”

叫了四五声，才见一位少年推开门板，探头出来。一头的乱发，眨着两只大眼睛。是个十二三岁的野孩子。

“过路人走错了路，请借宿一宵。”

那少年摇头说：“没有被褥，不成。”

“只要聊蔽雨露，不必卧具。”

再三商量，少年像很为难的样子，但终于点了头。

“好吧，请你进来。”

带他进入屋内，那里除了土坑所砌的炉火，便空无一物了。

“喂，少年人，父母呢？”

“妈死了，爸也死了，只我一人。”

少年说着，舀了茶来。仔细一看，虽是蓬头垢面，眉目却甚清秀。他像不愿多说话，嘱咐武藏就此早睡，便顾自去了。

武藏向炉边一躺，随即沉沉睡去。也不知过了多久，他被响声惊醒了。

从野风的呼啸中。作怪！传过来霍霍磨刀的声音。

“磨刀，而且是刀剑声？”

武藏一愣。什么人呢？除了少年，该不会有人了。

武藏抽身起来，从门缝往外望。月光下，蹲着的人影，正在磨刀。武藏蓦地推门而出。

“呀！”

刚才的那个少年，提刀站了起来。

“喂，少年人，你在磨刀？”

“是的。”

“这时候磨刀，却是作怪。”

“是吧。”

少年原是低着头的，突然仰望着武藏说：“武爷，你来。”

少年领他进屋，推开另一房门。

“唷，是谁？”

“我爸，昨天死了。我想埋他，一个人扛不动。没奈何，想切作两段搬去。”

“什么，你就为这磨刀？”

武藏凛然注视着少年的脸。当然毫无虚假。但他那神态，一点没有凶恶人犯的残忍之色，有的尽是单纯的认真、毫不畏怯的大胆！

“哦，我来帮你，不必磨刀了。”武藏温柔地说。

于是，照着少年的意思挖了洞，帮着葬了他的父亲。

武藏本来喜欢孩子，尤其是孤儿。而这个少年的大胆和纯真，更使他中意，便带着少年一路旅行。到了京寓，正式向知己和门人宣布，收为螟蛉之子。这个少年，就是今日的伊织。

自此，授以兵法，教以学问，严格地训练他武士的教养。

伊织不是天才的剑士，靠着不断努力的苦练，进境是惊人的。最大的特征，是彻里彻外的大胆。远离常规生活，在荒野中成长的粗犷和大胆，充分地流露在剑端。

但一直到现在，武藏尽不让伊织与别流进行公开的比武。以自己的经验，他不愿这个纯良的青年树敌。所以知道伊织功夫的人甚少，尤其在江户。

只是一次，数年前，在明石侯小笠原忠真面前，伊织轻松地赢了他的得意家臣。自此，好几次邀人向武藏寄望伊织。这个小笠原侯，于去年继细川侯之后，做了小仓城主，现在陛见来到江户。

二

武藏对小笠原侯的切望，迄未允诺，因为他不愿伊织随其离开自己。年纪轻尚在其次，最大的理由是想以伊织为自己的兵法继承人。

兵法继承人——不仅继承技艺而已，更非得继承他的精神不可，武藏兵法的精神，是无牵无量的境地；乃以全日本为舞台，不能为一国一藩所局限。

严流岛决斗前，武藏二十岁前后时，也曾有过仕宦的意思。他像一般的浪人，曾视兵法为出身的阶梯。但以后，武藏便视仕宦为大不韪，虽曾几次有过这话，都一口回绝了。

但现在，他看见对着前桌端坐阅读的伊织，想法却有了改变。

“这孩子已经不是浪人了，已经不是为探求真理遨游于自由天地之中的独立法兵家了。他是出仕君侯，把兵法活用于实利的仕宦型。”

这样想起来，武藏感到一丝的失望。但把伊织培养成这样的人物，还是他自己的功劳。武藏严格的教养，早已把伊织囿于范畴之中去了。他与武藏的幼失怙恃，被遗落在冷酷的社会中，既无亲人，又无师匠，自挣自力闯天下的生涯，是大相径庭的。

武藏对自己的境遇，自己所定的路，没有感到丝毫不满。他对苦难，视若无睹。但那是他自己的事，却不愿让伊织去尝那样的苦难。这是基于父子之爱吧。不过在兵法及其他方面，待他却如秋霜烈日般严峻。

武藏禁止伊织与别流比试以免树敌，也是基于父子的爱情。但尽管如此，经武藏严格的熏陶，伊织功夫上却有着惊人的进境。武藏自己都认为京里和江户，都没有能与伊织匹敌的兵法家。

武藏一直很满意自己教育的成就，得到这样理想的后继人。但他没有自觉到，竟把伊织造就成完全违反自己初意的人物。

奇怪的是，当他发现这样的伊织时，倒并不一味地失望。

“啊，这样一来，伊织倒能幸福地过一辈子了。”

他的内心涌上来莫名的慰藉。

“伊织！”

武藏叫道。

“是。”

伊织把谨直的脸掉向武藏。

“咱们谈谈。”

武藏温和地说。

三

“伊织，小笠原忠真殿下今夜将派黑田左膳先生来此拜会。”

“是为了我的事？”

伊织也知道忠真寄望于伊织的事。

“大概是的，你的意思如何？”

“我的意思并没改变，既是做了兵法家，怎能做官为宰！”

伊织率尔回道。他从武藏所受的教育便是如此。一直以养父的兵法后继人自任的伊织，从来没有顾到自己的个性，只是单纯地这样想，却也难怪。

“哦——”

武藏显得很为难的样子。

伊织敏感地问道：“父亲，怎么了？”

“哦，不……你的想法是正确的。但，那只是就我而言。对你，我却另有打算。时势变了，居无定所的兵法家，已不能立身。自立武坛，或者出仕，做武术指南之类，非此则彼，择一而事则可。但立武坛却不容易……”

伊织正想开口，武藏拿眼睛制止住了，继续说：“而且，纵使能立坛授徒，但武坛从来没有继续两代以上的。伊织！倒不如择主而事，让宫本一姓永远延绵不绝。你看如何？”

伊织垂头不语。

武藏继续道："有剑圣之誉的上泉伊势守，我记得是确有子嗣的，但武坛仅止一代，连子孙的下落都不明了。羽饲意微斋、矶端伴藏等，莫不皆然。荣华不衰的，唯有将军家指南柳生一门而已。兵法之起，原是为的替主公立汗马功劳。幸好你的手下功夫早已有底子，索性出仕为官，把兵法活用于实地上。而且为武藏之子，永传宫本一姓，也不亏你我父子一场。"

"哦！"

伊织吃惊地望着武藏。他从来没有从养父口中，听到这样的话。对别的门人未知如何，对伊织所说的兵法，是探究人生的剑术之道。对于这些理论，伊织到底理解多少姑且勿论，但他把养父的理论作为自己的信条，却是无可置疑的。

而且，武藏的脸上满溢着情爱，也是从来所没有的。伊织想起武藏帮着自己埋葬生身父亲的事——从荒野中找来鲜花伴奉在生父墓前的那温煦慈爱的武藏。

仕宦一节，伊织的心中仍有未甘。他不能突然改变一直抱着的信条。但对武藏那世俗一般的父子温情，不自觉地淌下泪来。

武藏见此，却怜惜地安慰着说："伊织，左膳先生为此而来，却也不是要你立即答复。不必焦急，慢慢地考虑吧。"

四

伊织慌忙揩了眼泪。

"我要说的就是这些。"

武藏掉过脸去。

伊织把视线回向矮桌，武藏也再度沉浸于思索之中。父子的温情，如春日的煦阳紧紧地裹着两人。一会儿，都同时想起了同一件事。

武藏突然开口说："伊织，这次回京，咱们同到姬路去一趟。"

"是，去年中元也不曾到坟前祭扫。"

“那回是到名古屋去了哪。今年是三周年，也该做场法事。”

他们谈的是造酒之助，武藏的另一螟蛉。

武藏收养伊织的前五年，应姬路城主本多中务大辅之邀的归途，骑马到了尾崎街道。

前路，一个十四五岁的马夫，牵着马辔缓缓而行。武藏加鞭，想赶上前头过去。这时，一眼瞥见那个马夫，不禁心里一动。

看那样子，五官端正，不像是个马夫。而最引起武藏注意的，是他那目光中所含的孤独之感。那眼神，不是甘于屈服孤独的怯怯的目光，而是威武奋斗的倔强的目光。伊织也是如此。武藏最喜欢这样的目光。

武藏放松缰绳，与那马夫挨排儿边说边走。果然不错，这马夫是个孤儿。

“给我做儿子，做武士去好吗？”

这样一说，那马夫便——

“那真好，立即带我去吧。”

一口答应下来了。

于是，同到那个孩子寄寓的人家一说，主人欣然答道：“他是租住在我家的浪人之子，原是毫不相干的。你能带他去，真是求之不得……”

便这样带他回了京寓。固然不出所料，虽有些粗暴，倒是个直性子的纯朴少年。只是兵法的天分不高，与伊织不同，并没有以他为自己兵法传人的意思，一开头便想把他训练做个武官。

可是，到了二十岁前后，却也练得一身功夫，是无论到哪儿都无逊色的青年武士了。

于是武藏向本多侯推荐，也姓了宫本，做了本多家臣。就在翌年，武藏收养了伊织，造酒之助有时回来，很疼惜伊织，像是亲兄弟一般。

既经武藏一手培养的人才，精神自然无可疵议，上自君侯，一藩中的人缘极佳。想不到某一年，因偶然的口角，与同藩武士拔刀厮杀。对方是个酒鬼，那天也是酗酒之后生事。调查的结果，造酒之助并无乖错。但对方是名门之后，为顾全旧臣的面子，便给造酒之助赐了长假。

事实上，只是让事情冷落一下，君侯的意思是隔了一个时期，仍旧招他回任复职。

五

造酒之助立即把这一事向武藏报告，一面自悔粗暴，对本多侯的慈爱感激涕零，就此去了江户。

一年之后，本多侯病逝。

这时武藏在京寓，对伊织说道："造酒之助该快要来了。"

果然，不到几天，造酒之助从江户赶来。

武藏平时的伙食，原是简单得如同禅僧一般的，这天却置备酒肴，把来访的客人都挡了驾，一心欢待起造酒之助来了。

席间只有父子三人。这一天，武藏却也破例痛饮，而且亲自执壶给造酒之助斟酒。

"造酒之助，呷吧！不必拘束。"

平时在养父面前战战兢兢的造酒之助，今天却也一连呷了好多酒，对于本多侯的死，仅是最初一提，后来便尽是漫谈旧事罢了。

伊织坐在一旁，讶异地望着养父融融的神态，对受着这样接待的造酒之助感到羡慕。对伊织，武藏是严若冰霜的。

那夜，父子三人联床夜话，武藏与造酒之助直至上床之后，还谈了很久很久。

第二天，造酒之助来到武藏面前，双手拄地叩头辞别。

"父亲，那么我去了。"

"哦……"

武藏目不转睛地注视着造酒之助的脸。

"哥哥，到姬路去吗？"

"是的，伊织，我到姬路去。"

"几时回来呢？"

“这次也许久些。回来咱们交两手，我怕已非你的敌手了吧？哈，哈……好自为之，父亲的后继者看在你的身上哪。”

武藏一直送他到门外。

造酒之助到了转角时，又回过身来深深地施了一礼。

回到屋里，武藏又回复了平时那冷峻的、默默的严父形象。这天之后，像是期待着什么似的，足不出户，整天守在家中。

到了第三天，本多家来了急使。

“宫本造酒之助先生，于昨天子时（夜十二时），在君侯墓前堂堂切腹以殉。”

听了这一噩耗，伊织愕然变色。武藏却好像早知其事似的，神色自若，毫不动容。

事后，他对伊织说：“我早料到造酒之助会走这条路，却又不能劝阻。虽是可惜，在他的一生，倒是满有意义，而且也唯有如此。”

岁月易得，转眼间已是三个年头，武藏正因伊织而兴起父子间的温情，不禁想起这个薄命的养子，为之黯然。

六

主水黄昏出门之前，又到了由利公主房里。岩田富岳也在那里，一本正经地像在商量着什么事情。大概是为了相良清兵卫的事，要公主去向老中疏过。这两三天来，公主对于这件事似是不感兴趣的样子，岩田便是为此来下说辞的吧。

“那么，我这就去了。”

主水一说，公主却开口了：“我也跟着你去。”

“公主，那太冒险了……”

岩田虽赶紧阻止，她却断然说：“不，我还未看过厮杀场面，也想见识见识主水先生的本领。一起去吧。”

说着，便叫来侍女，帮着打扮起来。

主水苦笑。他心中暗想：“想该以为武藏也会出现，才去的吧。”

岩田虽是紧皱着眉，还是吩咐侍女说：“叫他们准备轿子……再通知高木、山中、交藤，要他们准备，伴送公主出门。”

不久，浪人馆中出来一乘女轿，主水和三个浪人紧随轿后。从巢鸭到麻布，是有相当一程路的。

照现在的时间来说，是晚上九时后，轿子到了六本木的空地前面。

“喂，这里成了。”

主水指挥轿子停下。

“公主，请先下轿。”

由利公主从轿子里出来了。她用紫色的头巾覆住了头面，仅露出一对眼睛。

“动手的地方，在前面两三丈处寺院墙外，时间当然不能确定，想该不会太久。请在这树下等等。各位拜托了。”

主水说着，便一溜烟没入黑暗中去了。

公主向护卫的浪人问道：“诸位，有没有看见过主水先生杀人？”

“是的，有两次……”

高木笑道，他是二十四五岁的青年。

“决斗？还是偷袭？”

“是，是暗杀。两次都是……”

“怎么样？”

“是，再干净利落也没有了。手脚的迅速，简直无法看清，一声叱喝，对方随声倒地。总之，是当代罕见的能手。”

“你们有没有见过宫本武藏？”

“见过的，好几次，我是生长在京里的哪。”

这次回答的是山中，也是同年辈的青年。

“同主水先生比起来，怎么样？”

“不，那就不能同日而语了。武藏不是常人，一般的兵法家一见他的面，便斗志全丧了。”

“哦——”

由利公主像是微颤了一下。

七

事前，新太郎已先知道，寺尾家早已准备酒席等着了。到了约定时刻，黑田左膳让衙役挑着礼物，坐着轿子来了。而且不是一人，带着女儿浪娘同来。

武藏父子迎出大门。一直在只有男人的独身群中长大的伊织，见了年轻姑娘，有点不大自然。浪娘一见伊织，红着脸低下头去，好像事先父亲已经有过什么话了。

没座见礼之后，左膳把带着女儿同来的理由声明说：“闹着一定要拜见名震当代的宫本先生，故而……是的，膝下仅此一女。平时宠爱坏了哪。哈哈……”

接着，他便紧说着自己的女儿。也难怪他说得嘴响，确是容貌绝色、仪态万方，使伊织目眩神摇，抬不起头来。

左膳年四十五六岁，额阔体舒，堂堂仪表，且长于辞令。闲谈之间，他闲闲地提出伊织仕宦一节，兼及女儿的婚事，说得天衣无缝。

武藏默然首肯。

伊织也似乎恍然而悟。

最后，武藏开口说：“黑田先生，为小儿伊织屡承君侯垂爱，知遇之情，武藏铭感无已。然武藏乃一介兵法家，为足下所深知，且无武坛，身如寄萍。今宫本一姓继嗣有人，已是万幸，怎容矫情固辞？伊织仕宦一节，悉听尊裁。”

于是他掉向伊织，毅然说道：“伊织，你就恭敬从命吧。”

“是。”

伊织肃然俯身回道：“既是父亲严命……”

早上听了武藏的话，伊织对仕宦已下定决心。由此一事，也可知伊织的心中极有分寸，后年飞黄腾达，做到小笠原家的家老，自非偶然。

左膳当即欢喜地说："那么容再择吉，由殿下专使来迎。"

说着他便站了起来。

"今宵就此告辞了。"

这时，武藏不知为何，突然说道："伊织，你奉送黑田先生回府去吧。"

"不不，那怎么敢当……"

左膳虽是摇手辞谢，武藏却示意伊织准备去了。武藏从新太郎口中知道左膳的谋士风度。谋士树敌必多，而且，他在左膳的脸上感到剑气的影子。

八

伊织装束好等在轿边。

黑田左膳一见——

"啊啊，惶恐，惶恐……"

笑嘻嘻地显得分外高兴。于是他让浪娘上了轿子。

"伊织世兄，咱俩边谈边走吧。"

说着，向衙役挥手。

两乘轿子走在前头，伊织与左膳并肩，跟着轿后缓缓前去。

伊织心情微感兴奋。藩士的生活——在伊织是完全陌生的新世界。而现在，浪娘的美貌，老在他的心中闪动。守护着她的轿子，使他感到无端的兴奋。左膳虽是时时向他说话，他只是有意无意地"是是"搭腔罢了。

走了三五十步，伊织忽然记起武藏那"伊织，你奉送黑田先生回府去吧"的一句话。平时，父亲是极少叫他送人回去的。是不是这父女身上有什么危机?

偷眼去看左膳，但他的脸上毫无荫翳。事实上，岩田富岳一伙正在阴谋暗算，左膳本人做梦也是想不到的。他没有忘记相良清兵卫一事，但他不知道替旗本的阿部五郎向主公小笠原忠真侯拉拢，竟有生命之危。

伊织回头一想——也许是为了已有仕宦的诺言，父亲是礼貌上叫他相送？

可是，可是，走了一程，武藏吩咐的话，终使他疑讶不决。到后来，伊织还是下了判断——对了！父亲绝不会拘泥于这些礼貌的。

夜已深沉，大街小巷已不见一个人影。

伊织不觉手按刀把，悄声问道："黑田先生，近来江户是否不甚安稳？"

左膳却不在意地回道："固然，近年虽有各地浪人拥了进来，强借硬取时有所闻，公家衙役遭到暗杀的也有三四起，但比起十年前，江户还算安定的了。将军家已传世第三代，据我看德川的治世是日益巩固了。"

左膳对时局的看法，是极为正确的。

话分两头，武藏这时正与寺尾新太郎相对——

"寺尾，我出去走走……"

说着，站了起来。

对这突然的一语，新太郎吃了一惊。

"先生，到哪里？夜已深了……"

"我仍是放不下左膳先生。虽有伊织伴送，终不放心。"

"是不是有什么警觉？"

"哦，不是跟你说过的吗？相良家那件事，左膳先生也有份儿，暗地里不寻常。"

"喔？"

新太郎愕然。

"去去就来。"

武藏飘然而去。

九

在智证院僧寺之前——

“小儿也在盼望着足下早日出仕，今年十六岁，天分如何姑置勿论，却喜兵法。将来务请严于指教。”

“是……”

伊织正想回答，突然住口，手按刀把。他感到背后的剑气。又走了两三步。

“啊！”

伊织倏地回身，“咔嚓”——火花起处，两把白刀在黑暗中碰在一起，并立即又分开了。

对方是个覆面汉，一跃后退。他偷偷地挨近过来，从背后向左膳挥来的一刀，却被伊织回身拔刀挡住了。

伊织兀立不动。

“黑田先生，你护着小姐！”

低声说话，向覆面汉咄咄逼近前去。

左膳疑惑地叫道：“来人听真！我乃小笠原家臣黑田左膳，不要认错了人！”

覆面汉却不答话，紧握钢刀，立定架势；足见事出有因，绝非误袭的了。

“请先送小姐！”

伊织催着说。

左膳让惊疑不定的浪娘走出轿子，自己提刀站在一边。浪娘虽变了脸色，但手上凛然擎着护身的匕首。

覆面的汉子，当然是松山主水。

主水吁了一口热气。想不到伊织恁地了得，完全出乎他的意表。他以为既是武藏嫡传，多少比常人略胜一筹，但绝非天才。天才是不可多得的，他相信自己与武藏才是天才剑士。

所以他一直认为自己的本领，不会杀不了伊织。而最得意的“长蛇出鞘”，却被轻轻地挡住了；既出意表，且是一大打击。

时间一长，便违反暗杀的目的。一刀见血，来去如风，使对方无可捉摸，至死不知谁人所为——岩田富岳看上主水的，就是这一点本领。而且今天由利公主亲来观战，正好一显利落的手腕的。

主水向后跃退丈余，倏地刹住，转而滑步向前。

伊织目光一亮，是出击前一瞬的架势。就在他由静而动的那一瞬间，主水又霎时后跃。伊织不觉被诱，蹴地扑去。

“哎——呀！”

伊织的豪刀，以电光石火之势向主水脑门砍去。但主水的后跃意在诱敌，算得无一丝空隙。只见他向左闪身，让过伊织来刀，乘势斜步而进。

“啊！”

一声大喝，是他得意的“泰山压顶”。

十

这一击，是主水自称“一字剑”的撒手锏。

正在注目观战的左膳，暗吃一惊，不觉捱前了一步。浪娘也愕然惊叫。

可是同一瞬间，又是“咔嚓”一声，火花四溅。一刀扑空的伊织，疾如鹰隼，扭转前倾的身形，迎刀挡开了主水的一字剑。

主水手心一麻，险些脱手落刀，就此向后一跃丈余。伊织哪肯放松？一紧手中刀随后扑去。

仅一发之差，主水向右躲过，但已无还刀之力。伊织精悍迅捷，咄咄紧逼着，怎肯就此罢手？

“这厮！”

主水心中焦躁。他当然不是怕挨伊织的刀。要逃，有的是机会，但今天却不容他这样一溜了事。可是，又被这青年缠住手脚，无法施展。

近年来他做的尽是暗杀勾当，久不与敌人正面厮杀。这一缺点现在完全暴露出来了。

主水也已知道了。

他刹住脚步。

这时，伊织又挥刀迎头盖下。主水却不闪躲，举刀挡在锷上。两锷相交，缠在一起。伊织的额上，汗如珠缀。主水的脸庞隐在覆面之下，虽看不见，想该也是如此……

可是，谁也不肯退后。这样一来，功夫的高下，也看刀刃分开时的那一瞬间了。

而这时，左膳却从后面朗声问道："来者何人？报上名来！"

同时，许多人的脚步声，向伊织四面逼近前来了。

伊织一惊，主水也像心中一震。两人同时抽刀，分左右跳开。伊织连连后跃，退后十来步，环顾四周。只见也是覆面的武士，有十四五个，各自白刃出鞘，远远地绕成一圈。黑田父女，当然也在这包围圈中。

其中一人，用下巴向主水一兜。主水点头，走近前去。他悄声叫道："岩田先生！"

"哦，放心不下，便出来了。"

"唷，惶恐之至……"

"公主呢？"

整个脸庞裹在头巾中的由利公主，静悄悄地从背后转身出来。她说："主水先生，那青年是谁？"

"武藏的养子。伊织……公主，休问！"富岳焦躁地回道。

他掉向主水："足下去杀黑田，伊织咱来对付！"

十一

主水心里不快，虽是怪他多事，嘴巴上却冷冷地回道："也好。"

主水朝伊织一瞥，大踏步向黑田走去。

伊织眼快，一见主水背影，正想纵身追去，却被岩田富岳拦住了。他那架势极为沉着，平时虽一点不露声色，看样子功夫也许在主水之上。

“你叫伊织吗？”

富岳的口吻极为轻蔑。

“……”

伊织不答，只是向岩田迫近。

“喔喔……是出羽正法寺平原的孤儿哪！”

伊织心想，这厮多嘴，不禁忿然。但他仍紧闭着口，武藏平时的教诲，深铭于他的心中。日本人在战场上对垒，两军出阵，先有所谓口头战，为实战之序曲：如互道姓名，如自诩功绩，或者毒骂对方，以煽动敌人的情绪。这在近代兵法（指剑术）上，也被利用为个人厮杀的技术。佐佐木小次郎最擅此道，严流岛决斗之时，便曾发挥其如虹雄辩痛骂武藏。但武藏置若罔闻，反使佐佐木小次郎心焦。到后来仅用一句力足以贯穿铁扉的骂语，使小次郎顿失理智。严格地说，那时武藏的胜利，可说便是取决于此。

幸好武藏平时曾对伊织谆谆告诫，碰到敌人运用口头战术时，绝对不可回答！绝对不可动心！

“我知道哪，你那生身之父……”富岳继续说。

这时突然传过来锐厉的喝叫声，是左膳与主水的吼声。

伊织向那边跑去！

但他的脚却像是被钉在地面上，挪动不得。对方宣称知道自己的父亲，而伊织对于生身之父，除了是个农夫之外，便一无所知了。

“伊织，让我告诉你！”

“……”

“谅你不会知道。田冈喜八郎别有隐衷，就是对妻子也不会暴露身份的哪。”

“哦哦……”

伊织的手，微微颤动。

“伊织，收了剑！跟着我来。”

“你是什么人？”

伊织终于开了口。

“跟着我去，自然知道。”

这时，一声惊叫。

伊织瞟眼一看，左膳的鬓角上溅染着鲜血，虽在夜色中也甚分明……

十二

伊织同时看见浪娘，手握匕首，凛然站在父亲背后。在他们父女前拟刀而立的，当然就是主水。四边围绕着富岳一伙的浪人。在那圈子中，衙役和轿夫都蹲在地上哆嗦着。

“喂，伊织！”

富岳仍紧追着叫道。

“混账东西！”

伊织大喝一声，霎时向右跳开，站在左膳身边，腾地而起，直向主水砍去。主水虽架开来刀，但刀势凌厉，刀尖掠过主水的鬓角，连带覆面划开一线血痕。

“呜，呜——啊！”

主水迸出野兽一般的吼叫；从少至今，刀剑对垒受伤，还是生平第一次，而对手又不是赢不了的敌人。

霎时间，主水腾空一跃，望着伊织肩臂，横劈过去。

伊织闪身躲过，退后一步，拖刀横砍，逼走主水。

乘这一瞬犹豫，伊织冲着左膳说道：“黑田先生，身后喽啰，请自注意！”

“哦，这厮交给你了。”

左膳的声音意外的着实。

主水自思还可厮拼，鬓角的伤，只是刀尖划破表皮而已，无足为虑。

这期间，有四五个伙伴冲了上来，与主水并肩而立，拔刀拟向伊织。

“退下，咱一人足够。”

主水斥退来人。

这时，岩田富岳却从后面嚷道：“主水，你去斩迄黑田！”

“哦——”

主水沉吟。

“早早了却，不能再挨下去了。”

“好吧！”

主水掉向左膳。但伊织却拦在他的面前，挥刀砍去。主水迎刀挡住了。这时，一个人打横里向伊织冲来。伊织微侧，让过浪人，乘他踉跄前俯，助势一刀。

“呜——”

浪人低沉地一声惨呼，扑地而倒。一种异样的感触！这是伊织第一次手刃敌人。

伊织全身一震。

对面前的敌人，他已不分彼此。他先向主水扑去，回手挥刀，劈倒了左右两人。

十三

这样一来，浪人们再不能让主水一人去挡，跟着便一拥而上。

已是混战的局面了。

主水的目标，当然仍在伊织。但场面一乱，自己人反而碍了手脚，不能放手挥刀。

“倒不如先除黑田！”

主水心想。但黑田也意外棘手，随着伊织旋动，不易下手。

局势一转，反而有利于人少的一边。尤其是伊织，越战越勇，纵横捭阖，早已伤了七八人。

浪娘仍握着匕首守在轿边，目光随着父亲和伊织转动着。

突然有人在背后叫道："小姑娘……"

浪娘愕然，回头一看，轿后站着一个不露头脸、裹着头巾，只留着一双眼睛的女人。

"好险，这边来吧……"那女人悄声说。

"那厮们不久冲着你来哪。要逃，趁这时，两个人总是胆壮些！他们的事用不着担心，你自己要紧！我是有身份的人，救你出去。"

浪娘踌躇，不错，倘有一个人冲着自己过来，也就没法应付得了。到了这个时候，女人会觉得男人无端的可怖，唯有同是女性，才是自己人似的。

浪娘不禁心焦起来，便——

"唉。"

答应着，再望一眼父亲和伊织，急忙忙转到轿后去了。

那女人向四周一看，知道没有人注意这边了，便——

"哪，趁这时……"

牵了浪娘的手，低着头，匆匆而去。

伊织又杀死一人，向左近一看，左膳正被两三个人包围着。

"黑田先生，我来了！"

他跑上前去，与左膳挨肩立定。左膳的肩上早先挨了主水一刀，虽非重伤，却显得呼吸急促。伊织心想，非得让他舒口气不可。

于是他暂停活动，眼观四方，静静地站着。明知这非上策，同时给人以喘息的余裕。但左膳，实在太疲了。

十四

果然，浪人们迅即重整阵容，绕成一个半圆。一时间回复原来的沉寂。只有喘息声和伤者的呻吟，使人毛骨悚然。

一瞬的死寂之后，岩田富岳猝然前进一步，叫着："伊织！"

“好不啰唆！你这混账东西。”

伊织不让富岳说下去，随声一跃而上。伊织的刀尖望着富岳的脑门而下。富岳虽闪身躲过，却“嗒嗒”摇晃了几步，好不容易才扎住身子。

乘这空隙，主水疾如黑豹般再向左膳扑进。

左膳虽是迎住来刀，却已无还击之力，而又脱身不得，踉踉跄跄倒了下去。

主水双手一紧，举刀过顶。

伊织正待挺身而进，袭击主水以搭救左膳。蓄势待发的这一瞬间，两人都心中一凛，呆立在当地了。倒在地上的左膳后面，白衣的巨躯，在薄暗之中，宛如塑像般巍然耸立着。

“啊，父亲！”

伊织叫道。

“唷，武藏！”

主水迅速地向后跃退。

“武藏！”

浪人们也口口声声呼唤着，退后两三步。只有富岳仍站立着不动，轮着眼瞪住武藏。

“伊织，去扶黑田先生起来。”武藏静静地开口说。

伊织跑近前去，抱起左膳。

武藏一瞥黑田肩上的伤，抬头瞪着浪人们。他们又后退一步。

武藏瞟眼一望富岳，便转过眼光，注定在主水身上。两肩的筋肉向上一耸，跨步而前。

这时，富岳突然扬手叫道：“撤退！”

浪人们扛了受伤的同伴，连滚带跑地没命奔去。只有富岳与主水，悠然跟在一伙人后面缓缓地走去。

武藏、伊织、左膳，望着他们的背影。但三人都没有注意到，一个裹着头巾的女人，躲在寺院的门墙后，注目望着武藏。

武藏掉向伊织问道：“浪娘小姐呢？”

“啊，在轿子一旁……”

伊织一边回答，一边掉转头来。当然，那里已没有浪娘的踪迹。

“呀！”

伊织和左膳，齐向轿子奔去。

“刚才还在这里的……”

“是啊。不过，衙役们也走开了，也许躲在左近。”

伊织随即高声叫道：“黑田小姐！”

他边叫着，边向附近没命地找寻。

旋涡

一

“也许跟着衙役们先回去了。”

抱着一缕的希望，武藏与伊织也跟着左膳，同到了小笠原侯的府中左膳的住宅，但在半路上碰到闻警赶来的左膳的儿子和衙役。

当然，浪娘仍未回家。

左膳也顾不得自己受伤，忧心如焚。

虽明知是突击的覆面汉所为，但苦于不知对方的来路。以睿智自鸣的左膳，竟会想不起怨尤的症结何在。

武藏提醒着说：“黑田先生，足下一无警觉，令人不解。有无牵涉他人争端之事？请细细一想。”

“哦……若谓争端，除非肥后人吉相良家君臣之争，因旗本阿部四郎五郎先生之嘱，曾为之向殿下斡旋一节。”

接着，左膳便把相良城主与家臣清兵卫之间的纠葛，说了一个大概。

武藏一听，拍膝言道：“哦，这就是了。一定是清兵卫做的手脚。”

“可是，又为何对我……”

“不，这却不然。暗杀了足下，自能惹起波澜，从中取事。”

“不错。”

左膳点头首肯。

武藏接着说：“当然，今夜出面的浪人，我已略有所知。”

他是想起主水也在场，才这样说的。

伊织本是低着头听他们的交谈的，武藏这样一说，他不觉一愣。他的脑里一直盘旋着那个宣称知道自己生身之父的奇怪人物。过去，伊织以为自己的父亲只是个普通的农夫，名叫新兵卫。身为养父的武藏，当然不会知道得比这更清楚，现在假如把此事告诉了他，或许能明白怪人物的真面目，借以追寻浪娘的行踪。

可是对养父的武藏，伊织觉得不便说这些话，便保持着缄默。而且他想，养父既说“略有所知”，怪人物的真面目，不久该能明白。

“总之，我们分头去找吧。”

这样决定之后，武藏与伊织辞出左膳邸宅时，天已大亮了。

走了一程。

“怎么样，伊织？临实战时的心情。”

武藏突然开口问道。

“是，没有什么……也同练习时一样，颇能充分活跃。”

“哦，当然，非这样不可。本来，练习与实战并没有两样。”

停了一会儿，武藏吩咐说：“伊织，我要去苍龙轩处，你先回去休息吧。”

二

六本木混战之后，由利公主绕至距那里不远的芝园桥畔土井利胜侯的府邸。

刚值利胜侯与同是老中的内藤忠重、青山幸成两人在院内聚宴。听了近侍的通报——

“唷，由利公主……”

利胜侯与二侯相视一笑，转向近侍宣道：“请她来此。”

不久，由利公主出现，在门口向在座的人笑着说：“真巧，各位都在……”

“哦，由利公主。好了，都是熟人，近前来坐。”

“谢谢您。”

她向前就侍女临时替她安排的位置上坐下来，向内藤、青山两侯也见了礼。她同这两人不仅相熟，是在酒席上常见面的旧知。

“先敬您一杯。”

青山侯首先举起酒杯。

酒过数巡，利胜侯问道：“公主深夜见访，有何见教？”

“有一位小姑娘，想暂寄府上。”

“什么小姑娘？”

“今晚前往麻布，归途上在六本木附近适逢覆面汉多人围住两个武士厮杀。一乘轿子停在路旁，轿边站着一个少女，想系武士同伴。我见对方人多，必有所图，不忍少女受害，偷偷地救她出来，带来了这里。”

“哦，六本木……却是何人？”

利胜侯皱着眉说：“覆面一边，当然无法知道。至于武士一边，却是从那小姑娘口中获悉……想殿下也许认识。”

“是谁呢？”

“小笠原信浓守殿下家臣，黑田左膳。”

“啊，名字倒有所闻，是忠真得意的家臣哪。”

三侯互望了一眼。

“小姑娘是他的女儿，年约十八九岁，好个俊俏人品……”

“唔唔，那么另外一个呢？”

“宫本武藏的养子，叫伊织的青年。”

“什么，武藏的养子？”

利胜侯觉得诧异。青山侯代公主回道："听说武藏有两个养子，其中一人仕于姬路的本多家，前年中务大辅仙逝时殉死。另一个尚带在身边，正随养父进修兵法。"

"噢——"

利胜侯点头，接着问道："后来胜负如何呢？"

三

"是哪，我先让侍从带走那个少女，单独留下来从头到尾看得一清二楚。"

这一时代，战国的余风未泯，再则因为对武藏的好奇，谁也想知道伊织的本领，自然产生兴趣。三个君侯不觉耸耳倾听，急急乎欲知究竟。

由利公主好个口才，她继续说："伊织真个是猛如幼狮，与十多人为敌毫不示怯，顷刻间伤了四人，砍翻了三个。但黑田却鬓角与肩头各挨一刀，颇为危殆。正在这时，出现了一个如耸巨人，穿着白绫大褂，无袖披肩，总发垂肩的武士。"

"哦，是武藏吧！"

三侯同时低声叫道。

"正是，我也后来才知道便是武藏。"

"后来呢？"

"厮杀就此结束。覆面汉被武藏一瞪，立即逃跑了。"

"哦，是吧。"

"当世能与武藏对垒的兵法家，怕不会有吧？"

"不，武藏不必拔剑，他本身便是剑哪。"

三侯都极口称赞武藏的兵法。

利胜侯突又掉向公主问："由利公主，那些覆面的武士，你该也知道一二吧？"

公主不做正面回答，却意味深长地露齿一笑，反问说："请问殿下。这里有一位为主公粉身碎骨，赌着身家性命，在艰危的局势中打定一藩基础的老臣。在一藩中位尊望重是理所必然，但幼君却忌其声望之隆，欲陷之于罪。请问殿下，又将如何？"

公主于暗中指着相良清兵卫的事而说的。

"唔——"

利胜侯颔首沉吟。

公主接着说道："这样一来，必有人同情老臣的遭遇，挺身而起的吧？而那些浪人，正是抑强扶弱，任侠好义，虽是运用暗杀手段也在所不惜的强梁。假如真有这样的事情发生，上渎各位老中耳际，应做如何裁夺，却是颇费踌躇的。由利窃以为忧啊！"

公主满面含笑，交替望着三侯。这是冠冕堂皇的一种威胁。

当然，眼前三位君侯，都与相良一案有所牵连。可是，为此一事，若有浪人——尤其是岩田富岳一伙参与其间，甚至企图暗杀黑田，确是不能大意、率而论断的了。浪人的对策，正是老中的一大课题哪。

四

"哈，哈，哈……"

利胜侯突然朗声笑道："啊，由利公主，知道了，知道了。承你送得好礼品。假如真有那样的重臣，咱们老中自当尽其全力，斡旋于君臣之间，务使他们化干戈为玉帛，言归于好。但希望那些侠义的浪人们，也不要轻动刀剑。而且浪人之中，至今怀恨德川心图叛逆，或者倾心耶教阴谋不逞者，颇不乏人。对于那些不法之徒，也希望侠义的浪人善为处之。"

"是极，是极！"

青山、内藤两侯也连连称是。

利胜侯却稍为改容，一本正经地说："还有，那些诸侯同僚之中，也难免有不满咱们老中，想阴谋陷害的，倘有所闻，务请告知。这是特别拜托由利公主帮忙的哪。”

“是，那当然……”

于是，利胜侯又用轻松的口吻问道：“可是公主，你送来的礼品——那位小姑娘，寄存我处又将如何？”

“请吩咐府邸上下暂守秘密，不要泄露消息。”

“唔，这有何难？可是，小笠原的黑田想必心焦，且牵涉着武藏，倒不如明天送她回去，卖一个大大的交情，你看如何？”

公主的双眸发出美丽的光彩。她说：“我对武藏很感兴趣，想看看武藏对此一事将采取如何行动。”

“啊啊，由利公主有意武藏？”

“这倒有趣得紧。”

“可是，对方是不喜女色的武藏，公主却得大大地加油哪！”

三位君侯随声附和，朗声大笑。

但公主并不申辩，却说：“我认为武藏是出类拔萃的好汉。”

“哈哈……”

三侯不觉又纵声而笑。

“听说将军家不日任命武藏为官，未知是否确有其事？”

“哦，细川、北条、小笠原三侯的推举，老中也各同意，差不多已成定局了。”

青山侯答道。

“那么，武藏本身是否同意？”

“哎，这就不得而知了。就过去武藏的言行而言，未必有仕进之意，倘或君上亲口嘱咐，虽于武藏也不便固辞吧？”

“啊，可惜！”

公主突然说。

“哎，什么可惜？”

“要武藏称臣为宰，怎不可惜……那个人是让他能保持今日的立场才好。”

“不，就是任命，也与柳生相捋，位同王侯。”

“不成，就是王侯也……王侯，还不是同稻草人一样……”

“呀呀，言重了！哈，哈……”

三侯不禁放声大笑起来。由利公主的这种放肆不羁的作风，是最使大名们心折的。

五

“怎样，蛇有蛇类，主水的居处，你有无所知？”

武藏到了山川苍龙轩的武坛，把昨夜的事说了一个大概，跟着问道。

“杀了铃姑之后，一直避不见面，有的也只是耳闻罢了。可是，等着……”

苍龙轩沉思了一会儿，猛然抬头说：“像主水这样的人，绝不会住在正经地方。这一年来，有名的幕府官人，在路上被暗杀的共有三人，而且都是一刀见功，好俊的刀法。我认为那是主水所为，也许……”

稍后，他亮着眼睛说：“说不定待在岩田富岳家中。”

“都是什么人？”

“是近来江户出名的人物，一个浪人却占住着偌大的邸宅，拥着前将军足利家的孙女，出入于老中、大名府邸，在政治的后台出没的古怪家伙。听说家中时常养着二三十个浪人。”

“哦，地点呢？”

“巢鸭。”

“好吧。”

武藏一点头，就此离开武坛，直回寺尾家去了。

新太郎上衙去了。伊织显得郁郁不乐。

“伊织，不必难过。”

武藏安慰说。

"唉，都因我的一时大意……"

他以为使左膳受伤，使浪娘被拐，都出于自己的一时大意。但他的闷闷不乐，不单为此，也因为那个意味深沉地宣称知道自己生身父母的奇异武士。

——现在就是知道父母的家世也无补于事，管他怎的！

虽是这么自譬，却有一事放心不下。听说自己曾有一个姐姐，一直生死不明。所谓听说，是父母生前，他记得两老间有一两次提起过这样的话。伊织心想，那个奇怪的武士，也许知道这个姐姐的下落。当然，他只是在心里这样暗想，并没有特去追问的意思。

"自己是武士之子。"

能知道这一点，伊织便很满足了。

武藏柔和地说："不，不是你的大意，你已经尽力了，这是无可奈何的。"

他接着又说："伊织，那批浪人的来路倒弄清楚了。浪娘小姐大概被拐到他们的巢穴里去了。地点是巢鸭，待抹黑后闯去试试看吧。"

伊织的心中，感到莫名的兴奋。

六

前天夜里，土井家用轿子送由利公主回来，已是午夜了。浪人馆里还是乱成一片。过去，他们干过不知几次的暗杀或袭击，这次竟出了这么多的伤亡，是未曾有的大失败。

由利公主却不理那些受伤的呻吟者，也不见岩田富岳的面，一径回到自己的寝室。可是第二天醒来，她却高高兴兴化起妆来，叫来富岳。

富岳苦着脸说："公主！昨晚后来到哪里去了？"

"嘻，嘻……"

公主笑说："岩田，你不会晓得吗？还不是你自己求着我去的……"

“我求你的，那是？”

“为相良家向老中游说。”

“哦。”

“你们败得够惨，我看不过去，给你们填补去了。带着黑田的女儿，上某一当权的老中府邸，把话说妥了。”

“什么，带着那女孩？哦，不错，不错！”富岳兴奋地说。

“嘻嘻嘻，岩田！你以为如何？”

“唉，惭愧。我们竟把那女孩给忘了。她现在呢？”

“岩田，不必问了……相良的事，已经照着你的意思说妥了，你可向那个清兵卫派来的人要钱，将来老中有什么话出来，还可以捞他一笔哪。”

“这个自然，我早有打算了。”

“可是岩田，我看你对伊织说了很多话。”

“那个嘛，那只是为了扰那厮的情绪，信口开河罢了。”

富岳扬扬得意地、心中暗笑着说。

但公主却满不高兴地——

“那太罪过了……对孤儿说他的父母，真太罪过了。我也放不下父母，到底我的父母是谁？”

岩田一愣，肃然回道：“公主！不是好几次跟你说过的吗，系谱上写得明明白白，公主之母乃前将军足利义昭的息女玉姬公主，关白藤原昭实公的次子昭光殿下，便是公主的父亲了。”

“兄弟姊妹都没有吗？”

“是的，都没有。双亲早逝，自幼由我这岩田一手抚育成人。”

“好了，不必说了……”

公主摇头，接着突然问道：“主水呢？”

“为了昨夜的失败闷闷不乐，一早便在房里喝酒了。”

“伤势呢？”

“没有什么，但会留下疤痕吧？得意的鬓角上，留下一道记号哪！”

七

由利公主偕同富岳巡视了受伤的人们，最后到了主水房里。

“怎样了，主水先生？”

公主站在门口问道。

头上裹着绷带的主水，已醉眼蒙眬了。

“唷，公主，多承枉顾。喂，阿光！为公主设座。岩田先生也请进来。”

阿光红着脸，慌忙端正座位。公主悠然就座，富岳也苦着脸坐了下来。

“先敬公主一杯。”

公主不客气地递过酒杯。

“怎样，昨晚我的手下功夫？哈，哈，哈……”

公主大方地接过酒杯，说：“我真想不到那么了得，宛如新生的狮子，令人羡慕。”

“公，公主！你，你，你说的是伊织吧？”

“哦，真是好青年！当然，与伊织对垒的你，也是好俊的功夫。”

主水瞪眼望着公主说：“公主！说真话，是我的失着。暗杀黑田失败的责任，我主水绝不推诿。岩田先生也请记住！”

这时，一阵沉重的脚步声，蹿近而后进来五六个浪人。

“唷，公主也在此……岩田先生，我们下了坚决的决心，来向您老请示来着。”

带头的青年开口说。

“什么事哪？”

富岳掉头问道：

“咱们要找武藏复仇。”

“哦——”

“死伤了这么多同道，怎能一声不响？这是富岳一门的耻辱。断不能让他们父子平安无事！松山先生，谅必同感？”

“哦，当然哪！”主水呻吟着说，“我誓杀他们父子！”

“好吧！”富岳却沉痛地说，“可是，一二十个人怕无济于事，须得会集三十个——不，四十个，五十个，一百人……而且都要顶尖儿的人物……”

刚才的青年接口说：“这有何难？只要岩田先生一声号令。”

“哦，要做的话，我当然领头！但等着，还有比这更重要的，就是非得先阻止将军家任命一节。”

富岳说着，掉向由利公主：

“这件事，非请公主尽力不可。”

一直微笑着听他们慷慨陈词的公主，这才开口说：“已在下功夫了。但还得听武藏自己的意向。照我推测，今晚上武藏会到这里来吧？”

“唉唉！”

一座愕然。

八

又是垂暮时分。武藏与伊织正转向巢鸭的街口。

“喂喂，武藏先生！”

有人用低沉的声音，把他俩唤住了。

武藏回头一看：“啊啊！”

他不觉惊呼了起来。身材矮短，但体格结实的一个琵琶老法师，静静地走过来了。

“不是森都吗？”

“唷，到底没有看错，果然是武藏先生。真是想煞我了。”

“哦，已经三年了吧……”

“是的，差不多了……伊织哥也在一起，该已长大成人了……”

“啊，森都伯伯！”

伊织也亲热地叫道。

武藏与座头森都最后分袂，是在长崎。

森都是琵琶法师，有时也充按摩的瞎子，事实上是奉家康密命监视耶稣教徒的密探。但他与武藏却很相投，交为任命之外的好友。武藏离开九州回到京寓，森都也常匆匆来访，又像一阵风似的飘忽而去。武藏与政治舞台暗中相通，也多半因森都而来。他是一个瞎子，但感觉的灵敏连武藏都甚为倾倒。

森都今天也敏感地歪着头说：“武藏先生，许多话都留在以后慢慢再谈。看样子，你好像有什么急事……”

“哦，一点不错。但我看你也是一样……”

武藏接口说。

“是的，嗨嗨……也许咱们都看上了同一个洞窟哪。”

“也难说，你的感触还是那么灵敏。咱们再多谈一会儿吧。”

武藏带森都到了树荫下。

“哪，那里有石头，咱们坐着谈吧。”

“是。在长崎火见岭初见面时，我们也是这样坐着谈话的哪。”

“哦。可是森都，我现在正要去探访一个名叫岩田富岳的浪人，你也是吗？”

“武藏先生，这就是了。不过我不去正面探访，只是暗中打听，到底有何作用，像岩田那般作风。”

“昨夜，一个相识的武士，不知道被什么人拐走了女儿，我认定岩田最可疑。”

森都接口问道：“噢，昨夜六本木有人厮杀，听说留下三具浪人的死尸，是不是与此有关？”

“正是这话。”

武藏便把夜来的情形说了一个大概。森都一听，突然把背上的琵琶解了下来。

“森都，又是拿手的琵琶占卜吗？”

“是的，好久不为武藏先生倒竖琵琶了。”

森都把琵琶倒竖在膝盖上，侧耳倾听，用指头在琴弦上猛然一拨。

九

琵琶的声音，像是悠然离弦而去，没入黑暗中去了。森都闭目凝神，倾听静听……这就是直至明治末年，仍流行于肥后一带的琵琶卦，据说乡人掘井时，常借以预卜是否有水。

森都的琵琶卦是极其灵验的。他旋即抬头说道：“武藏先生，据我的占卜，你所找的那人虽不在岩田富岳的浪人馆中，但大有关系。还有一点虽不待占卜的，就是松山主水也住在那里……”

“对了，你也是认识主水的。”

“唉，认识的哪。在小仓时还是十七八岁的少年，现在却是一表人才了。当然哪，二十年的岁月，小孩也是大人了。还有矢野兄弟，现在不知怎样？”

武藏无限感慨地答道：“哥哥三十郎在京都跟长谷川等伯学画，我把他推举给细川家，现在称三郎兵卫吉重。已经十年不见了，听说绘画很有成就，是长谷川一门的高足，在京里颇有名气。弟弟四郎，也因此出仕细川家，听说很是忠勤。可是，你那弟子与市呢？”

“难为您还记得，那孩子你也知道的，不愿做武士，后来在长崎一家当铺里做伙计，现在却自立门户，做了老板，小孩都有了，生活倒很安定。”

“那倒好。鸭甚内改称山川苍龙轩，做起武坛的坛主来了。”

“这个我也知道。铃姑为主水所杀，密探岸孙六也在前年病死了。”

森都故意不提起悠姬。

武藏微笑着。

“森都，这样说来，没有变动的，只有我和你两人了……”

“哦，可以这样说吧。你走的是笔直的官塘大道，我走的是弯弯曲曲的冷巷。”

“森都！”武藏改变了语调说，“照你的卦象来说，主水把她弄到别处去了倒很可能，总之，今夜准备去见他，请告诉我浪人馆的情形。”

“我这次是受了某一方面的嘱托，要去打听那个浪人馆的。馆主岩田富岳是大有问题的浪人，拥戴着一个女性，自称是足利义昭的孙女，五年前突然来了江户，据说以前他们是住在出羽国的一个穷乡里的。而那个女性又是一个了不起的奇女子，玩弄老中诸侯于股掌之中，好个辛辣的手腕。在这两人的号令下，可以出动五六百浪人大概是没有问题的吧！当然，松山主水也是两人牵线下的傀儡之一哪！”

“哦，这就是了……森都！那么暂先分手，我住在寺尾新太郎家，我们再见吧。”武藏边说着，催着伊织，大踏步走了。

十

武藏与平时一样悠闲地走着。伊织微低着头，跟在后面。听森都说——岩田富岳曾住在自己的家乡出羽，使他感到一阵不安的冲击。

“噢，就是那里。”武藏驻足，低声说。

森林中的一座大宅院——从屋中透出灯火。

“伊织！”

“是。”

“他们一定怀恨我们，也许正在设计报复。我不愿让你被人怀恨，所以答应了小笠原家的仕宦，想不到反因此使你碰上了这样遭遇。不过也好，让你经历了对敌的场面，将来为主君效力，也有用处。”

“我知道，但我一点儿也不怕。”

“对方也许拔刀厮杀，也许不会。要不然会惹起意想不到的事态。你的心中如何看待？”

伊织想了想，回道：“我已决心去面对最恶劣的场面。”

“你说的最恶劣的场面是？”

“就是说拔刀杀来，恃着人多，出其不意地，在我们不利的场所……”

“哦，而且毫不畏惧地闯进去。这正是勇者的存心。这样便成了。但还有更高的心境。超脱一切的自由无碍的境地。非如此，猝遇意外的事态，便不易应付了。伊织！也许今夜会有机会让你领悟这些，所以带了你来，就是为此。”

父子两人边谈着，缓缓地，一步一步地走近浪人馆去。浪人馆里，因早上由利公主所说“武藏今天晚上也许会来”的一句话，突然紧张起来。公主说过之后，便不再开口了。其实，她也只是凭着想象，以为武藏这样的兵法家，必能看穿昨夜偷袭黑田的是岩田富岳一伙罢了。至于富岳，虽一心策划对武藏的报复，却不曾想到武藏今夜居然会来。

现在他为备万一，派人四面八方去召集有功夫的浪人去了。

十一

指挥的，当然是岩田富岳，而主水充任副将，由利公主仍保持着缄默。

全部会集了二十多人，但武藏是否会来仍是一大疑问。再则，伊织是否同来？而最大的疑问，则是如何出现？无论任何决斗场合，武藏的进退出没均极尽奥妙，总是出人意表，乘敌之虚的。

关于这点，众人议论纷纭，莫衷一是。最后，还是富岳下了论断，姑认武藏、伊织突然来袭，严加戒备，万事听由富岳的指挥。

天已抹黑。

浪人们严阵以待。

“呀，来了！两人。”

守在门外的一队，早已发现了武藏与伊织，赶到后面报告说。

今天由利公主并不在座，后进的大厅上，坐着富岳以下，主水、赤星、吉田等干将。

“哦，好了！今天绝不让他……”

主水提刀在手，正想站起来，富岳却制止着说：“松山先生，少安勿躁。他既向大门走来，自必求见本人，厮杀且待在后。”

“不错，理该如此。”赤星和吉田也搭腔说。

主水虽是心中不服，也只好仍旧坐下。

过不了几分钟，一个年轻浪人慌慌张张跑进来说：“刚才，武藏与伊织站在大门口，求见本馆馆主由利公主。”

“唉唉，求见公主？”

一座不觉愕然相顾。

向公主求见，确是出乎意料。

“哦，又是耍的老手法。”

富岳显然又被乘虚而入，但他立即下了决心，对那通报的青年说：“好，让他到这里来！”

“是。”

青年退出之后，主水紧接着说：“岩田先生，你真让武藏与公主见面吗？”

“哪里？由咱们代替公主来见他哪。”

“哦，那倒可以。不过我却不愿与那厮相见，让我到别室去待机吧。”

主水说着，离座而去。

接着，走廊上响起沉重的脚步声，室内三人，把刀放在座旁，端坐以待。

这时，传过来公主的声音。

“噢，武藏先生！我就是你要见的由利。哪，请到这边来。”

“啊，承你迎见，惶恐之至。”

回答的，是武藏沉着的声音。

十二

富岳们在咬牙切齿地痛恨，竟被武藏乘虚而进，制了先机。

主水也悄然回来了。“哦，又被那斯……”主水沉吟着说。

这浪人馆的空虚点，确在由利公主身上。她不是故意出卖大家。而且为说动老中，还非得公主出力不可。只是公主那不可捉摸的思想与感情的动向，却成了浪人馆的漏洞。

“为什么武藏竟会警觉到这点呢？”

这是众人百思不解的。但在武藏，这当然是考虑之中的攻击目标之一……只是在第三者，除了奥妙之外便无法解释了。

公主与武藏及伊织相对而坐。

“伊织先生，昨夜好俊的功夫，佩服之至。”公主开口说。

伊织仰头望着公主。

武藏微笑。

“我少时住在出羽，听说伊织先生也生在出羽国？”

武藏闲闲地回道：“正是，伊织生在出羽国的正法寺村。”

“噢，正法寺村，是在旷野中的一个村庄，我听说过的。”

“那么公主是？”

“我是没有见过生身父母的不幸女孩，被一个姓岩田的浪人养育长大。但我微微记得，曾有一个弟弟。”

伊织抬起眼来，一瞬不转睛地凝视着公主。

武藏却淡淡地接口说：“这样说起来，听说伊织也有一个生死未卜、行踪不明的同胞姐姐……不，我自己也有一个少时分别的姐姐，要见面虽能见到，但十三岁那年离家之后，一心专注在兵法上，终于没有探访的机会，姐姐便去世了。但我却一点没有后悔。”

公主直视着武藏问道：“武藏先生，你真的不后悔吗？”

“是的。我选了任着自己的意志，离开父母、兄弟、骨肉亲情的道路。假如有想会面的心思，在我便是邪道了。我不为任何东西所牵制，不受任何拘束，不因离别而悲，独自一人闯着过来。”

公主吁了一口气。

武藏静静地继续说：“我希望伊织所走的路也是如此。不久，他便连我也离开，独自到小笠原家出仕去了。以后，他将开辟自己的大道，只是继嗣宫本的姓氏罢了。”

说到这里，他突然转为严厉的声调道：“伊织！天地间唯我独在，自我创始！”

十三

“是。”

伊织以激动的声音回答着，仰头望着武藏。

由利公主对武藏说：“天地间唯我独在，自我创始！真是这样的吧。可是所行的路，人人不同。”

“正是如此……伊织出仕之后，自然娶妻成家，创立门户。”

“噢，迎亲娶妻！而他的新娘，黑田左膳先生的女儿浪娘小姐，不是珠联璧合的吗？”

“我也这样想。”

“武藏先生，你自己呢？”

“依然故我。”

“太太呢？”

“万万不可！”

“仕宦呢？”

“绝非所宜！”

公主的眼中闪着美丽的光芒。

“好抱负！武藏先生和伊织先生都是的。我也是的，天地间唯我独在。但我所走的路是虚幻的。权势和显达，都不能打动我的心。我对那些蔑视，对那些加以愚弄，借以聊慰我心。而且借着阴谋或叛逆，打发走一天一天的忧虑；不过只是从旁观望，以之为乐吧。”

武藏微微皱眉说：“你那心境我很了解。不仅公主你，凡是浪人，多少都有这样的心情。但那是不幸的。公主，你还年轻，不可以舍弃人生。”

公主用讥刺的口吻说：“喔喔，你是说为了仕宦，叫我去同人家结婚吗？”

“对了，既是女性……”

“我不愿意！”公主亮着眼睛，断然说，“我不愿做男人的玩物或工具。我要保持独身，以男人们为玩具。”

武藏显得很困惑，不知不觉竟牵涉到他最为难的问题上去了。

公主也觉得自己说得太过火了，红着脸转口说：“武藏先生请勿见怪。我虽是这样想，但我的心中所求的唯一的真实，便是爱情。”

“哦哦……”武藏的脸更显困惑。公主却不管这些个，继续说道，“我也是女人，只有这个是我唯一的真实！”

对此，武藏倒颇有感触。不论阿通、悠姬、铃姑，若谓真实，最后所留的，也唯有爱情似的。但武藏无法以应，因他所走的，是与爱情背道而驰的、冷峭的冰冻道路。

伊织在他那毫无隔阂的、明朗的星眸中满漾着厚意，倾听着公主的谈话。也许他与武藏不同，与公主的心情起着共鸣。

武藏突然率直地说：“那样也很好吧。”

说着，对伊织瞥了一眼，同时——

“公主，今天就此告辞……”

他倏然站了起来。突然使得伊织为之茫然。

十四

由利公主却毫不惊奇，倒是一个箭步抢在武藏之先站在门边说：“武藏先生，我来送您。”

说着，她用力拉开推门。

同时，幽暗的走廊中骤时起了一阵杂乱的脚步声。

手上提着白刃的七八个浪人，在房门间流泻出来的灯影下辟易后退。大概是偷偷地蹑足前来，想出其不意杀进由利公主的房中的吧，但已被武藏与由利公主识破，早一瞬前制了先机。

“岩田！”公主大声地嚷道。

廊下寂然，没有回答。

“那么，武藏先生！请吧……”

她领先走去，武藏与伊织跟在后面。浪人们一步步往后倒退，终于跳入园中。但一直照原来的姿势倒退，没有背过身来。

公主、武藏、伊织三人，当然视若无睹，静静地沿着长廊走去。在大门口向公主草草告别之后，武藏父子便跨了出去。

公主一回到房间，富岳、吉田、赤星和主水，便接踵而来。

富岳苦着脸说：“公主！为何回护武藏？”

他是声色俱厉的。

公主也严厉地注视着富岳。

“什么，你说是回护？”

“是呀，我们原应杀死武藏的。”

“哟，你们可是把这件事托了我？我记得你们要求我的，只是相良清兵卫的事。那不是早给你说妥了？你们的目的，岂不在此？”

“哦。但为了他们父子，我们死伤了不少弟兄……”

“嗨嗨嗨……”公主朗声笑道，“岩田，那不是你们自己找的？既做事业，就免不了牺牲……遭遇牺牲便后悔不迭，不如不做。如此居心，怎能成事？倒不如放弃了你的野心吧！”

富岳无话可回，只是闷声不响。其实他想，确是如此。惊动武藏这样的人物，可谓有百害而无一利。武藏是耸在当路的奇岩，避道而过，方见贤明。

可是，富岳恨透了武藏。平时倒不怎样，一旦有事，对他的愤懑更陡增了。即如这次的事，武藏未出现前，进行得非常顺利，原是冷静地、处之泰然的。

主水目光闪闪地，从公主脸上，再向在座的人们一扫，开口说：“但请记得！在我，武藏是多年宿敌，在打倒武藏的前提下，就是大事也成了小事。务请谅解！”

富岳也点头说：“不错，利害之外，武士争的是意气，所谓争气不争财。”

十五

“嗨嗨嗨……”由利公主又复纵声朗笑。

“好魄力！不管对方是鬼神也好，是武藏也好，既以之为敌，自当勇往迎战，我绝不阻止。但我的事，也不容许你们插手！喜欢武藏也好，憎恶武藏也好，是我的自由！你们要杀武藏，现在不是尽可追上前去吗？不过照我来看，方才好在有我，你们才能从武藏的魔剑下逃得一命吧？”

说到这里，她却掉向主水，指着他说：“主水先生！我也认定你能以武藏为宿敌去向他挑战，其志可嘉。你既敢以武藏这样的兵法家为敌，当然是有此力量。但我所担心的是，不知道武藏肯不肯要你这样的对手？”

主水咬牙切齿地痛恨。

“什么，不要我为敌对手？好，不管肯与不肯，我杀给你看！”

“千万，我当拭目以待。”

公主说着，又把目光掉向富岳。

“岩田！我自有办法对付武藏。你还有什么话要对我说的……不然，请你们都给我出去吧！”

“岩田先生，松山先生！那么……”

一看情势不对，吉田首先一说，四周男人便如斗败的公鸡，悄然退出由利公主的房间去了。

这时，武藏与伊织正默默地踏着夜路回去。伊织突然开口问道：

“父亲！”

“什么事，伊织？”

“就是浪娘小姐的事，怎样呢？”

“诚如森都所说，不在浪人馆里。”

“在哪里呢？”

“由利公主把她藏在什么地方去了。明天自会回来吧。那个公主，是了不起的一个女性哪……”

“……”

“伊织！你有何得？”

“是。海阔天空……心中的阴霾像是一扫而空了。”

“哦，世事多变，意想不到的事竟接踵而起。今天有关公主身世的话，真是出我预期……我也颇有所得哪！”

“是。”

默默地又走了一程，武藏突然开口说：“伊织！将来也许有需要你去守护由利公主的一天哪。”

“哎！那是？”

“我在公主的脸上感到剑气，那个浪人馆里，待着主水这个危险人物。而且整个浪人馆，弥漫着重重的妖氛。森都也正注视着那里，将来会有怎样的事情发生，很难预料。”

伊织挺着胸，吁了一口大气。

因缘际会

一

翌日，小仓城主小笠原忠真侯专使径造武藏的寓居，送来邀请武藏偕同伊织当晚聚餐的请柬。

武藏当然欣然接受了。他暗中期待着在赴宴以前，由利公主会把浪娘送了回来。他把这件事，也通知了黑田家。

可是直至临动身时，公主方面竟毫无音信。武藏虽是坦然不形于色，伊织却放心不下。

“父亲，公主真会把浪娘小姐送回来吗？”

“哦，我是相信公主的。”

“可是父亲，公主纵有这个意思，周围的富岳或主水怎肯答应？”

“以公主的能耐，绝不致见不及此。我所担心的，倒是她送来时出于如何方式。依公主的作风，该不会用轿子就这么地送回来。哦，到底用何方式？却费猜疑。”

武藏似乎很感兴趣，但脸上的表情却认真得如同比试前一样严肃。

他终于等不住，只得带着伊织出了赤尾家。

“我们不在家时，公主会不会派人来联络？”

伊织仍不放心。

武藏摇头道：“不碍事。”

到了小笠原家，依王侯的礼节，把父子俩迎进内厅。一看，那里已有前客：是老中土井利胜、内藤忠重、青山幸成三侯。

“我是武藏，这是养子伊织。”

行过见面礼之后，酒肴便上来了。

“武藏，今夜大家不论身份，不拘礼节，痛痛快快地呷一杯。伊织也是的。忠利殿下和安房守也快来了。”主人先自轻松地说。

“噢，细川侯也……”

“哦，有件喜事，今晚算是预祝的酒宴。”

忠真侯微笑着，与其他三人意味深长地互望了一眼。

武藏心中纳闷，但又不好问得。

忠真侯掉向伊织说：“伊织，等会儿还有话跟你谈，现在先谢你搭救了左膳。独斗群雄，毫不示怯，真是了得。”

伊织肃然躬身。他一点没有以为自己有什么了不得的地方，尤其是浪娘的行踪尚未明白的现在……

"所以伊织，微具薄礼致意。"

"是，殿下！但伊织万不敢领赏……"

"伊织，不必推辞，是我的一片诚意哪！"

忠真侯向旁立的侍女示意。那侍女肃身退去。不久，一个年轻的女孩，在十来个宫女的簇拥下，容颜微俯，进而就于末座……

"呀呀！"

武藏与伊织一愣，随之眼中显出安笃喜悦之色。

"伊织，我重新给你介绍。这是左膳闺女，名浪娘，虽是粗笨……"

忠真侯像很满意地微笑着说。

忠真侯把满面的笑容掉向武藏，继续说道："怎样，武藏！我来做媒，许配伊织，能否娶她为媳？"

武藏静静地接口说："我想伊织是绝无异议的。"

伊织红了脸，低下头去。

浪娘显得局促不安。

"啊，这真是大喜，武藏干杯。"

"啊，伊织！"

其他两位侯爷，也满面喜悦，向武藏父子举起酒杯。

"浪娘，酌酒！"

听忠真侯的吩咐，浪娘红着脸举壶酌酒。

"可是武藏……"忠真侯浮着谜一样的微笑说，"你还得谢谢土井侯哪！"

"哎？"

武藏讶异地把脸掉向土井利胜。

利胜侯闪着诡秘的眼神。

"哦，是你家那位新娘子，一直留在本藩府邸哪！"

这使武藏更感外意。

"哈，哈……"利胜侯边笑着说，"武藏，世事多变，这才有趣。你要是道谢，不该对我，却是另有其人。待我让你们见面。”

武藏作声不得，另有其人，显然指的是由利公主。武藏虽对她颇具好感，但不愿见面。那是一个难惹的人物。

利胜侯不管这些，向正在酌酒的浪娘耳语。浪娘点头，离座而去，不久领着由利公主回来了。

公主在门口出现时，一座为之寂然。她那么美丽，而且仪态万方。

“哟，由利公主！这边厢请坐。”

忠真侯终于开了口。

公主今天特别娇怯，像是含羞脉脉的样子。她先向主人忠真侯道谢，再向三侯一一见礼，最后才掉向武藏与伊织说：“武藏先生，我对浪娘小姐这样处理，尚合尊意否？”说着，娴淑地一笑。

“哎，钦佩之至。就此道谢。”武藏严肃地，躬身回道。

这时，利胜侯突然插口说：“呀呀，却又作怪？你们两人好像早已认识。”

“唷，殿下……”公主掉向利胜侯，“哪有的事！我与武藏先生是初见面的哪。”

二

武藏从来没有说过谎话，他的生活率直得没有丝毫遮瞒的必要。所以对于由利公主隐瞒了自己与她曾在浪人馆晤面的事，微感不豫。

但他又像是恍然于女人微妙的心理。

这时，传报细川忠利侯与北条安房守驾到。不久，两人也加入了宴席。奇怪的是由利公主与这两位侯王也像是旧识，都热络地一一见礼。

忠真侯把伊织与浪娘的婚约向两人说了一遍，最后却说：“这样一来，伊织是我的家臣黑田左膳的女婿，自然而然，伊织也是我家的人了。”

“哎。那真是……”

忠利侯显然有惋惜之意。他也有意于伊织，一直认为是武藏兵法的继承人，所以不曾提过。但这只是一瞬间，他随即向伊织与浪娘，举杯言道："那真是可喜可贺！"

接着，他望着安房守，改容说："那么，今天的意旨，请足下说明吧。"

"好，我来说明。"

安房守正襟而坐，望着一座，最后把视线注在武藏身上，显得很严肃的样子。

席间悄无声息。

"武藏先生！这件事迄未向足下提起，非有别意，只是把多年的悬案做一定着罢了。"

武藏莫明底蕴，却也肃然端坐起来："未悉何事？"

"非别，便是任命足下为将军家指南一事。"

"什么，要我？"

"将军家指南本来已有柳生一门，但把将军家的兵法限制在柳生一家，绝非上策。战斗必有敌手，两相竞争，才有进步。所以今晚在座的各位王侯，将足下推荐于将军家，与柳生同格，以兵法指南任用，昨天主上已直接向我面谕允诺了。"

"……"

武藏噤口不语，两手置膝，寂然不动。

"武藏先生，我们希望你能够接受。你看如何？"

一座寂然，上自五位侯爷，下至侍女，都注视着武藏，等着他的回答。由利公主低头垂目，无动于衷的样子。伊织的眼中，闪耀着激情。

三

武藏的心中早有决定，但鉴于各位王侯的热情，到底难于启齿，遽然回答。

忠利侯和安房守，都深知武藏过去一直无意仕进，但这次不同，非一国大名可比，对方是掌握天下军政大权的将军。且一旦任命，当然分疆裂土，位至王侯。所以他们以为任凭武藏是严格的兵法修业家，对此自当别论。他们更认为，这不仅为了个人的荣华显达，以武藏这样在兵法上已臻出神入化之境的人物，倘能就此全国师范的地位，就武藏本身而言，就国家和兵法本身而论，都是顺理成章之事。

所以，他们心想，这次武藏该会允诺，再不然，也非强其点头应诺不可。

可是，武藏仍噤口不语。而他那如耸的巨躯，发散出毅然的孤高的气魄……

忠利侯旋即参悟了武藏的心境，深悔自己们的猛浪。但事已至此，又不能就此罢休。他想，现在假如被武藏一口回绝，便万事休矣。

于是，他望了望安房守说："武藏，我们并不要你当场答复。就是将军家，既结君臣之谊，也得双方同意。主上不日召见，到那时当回复便成。"

安房守大概也察觉到了，便也点头说："是报，是极！那才是正路，今天只是转达内意罢了。"

"正该如此。但终是一件大喜事，武藏，不要客气，放怀多喝几杯。"小笠原忠真侯也搭腔说。

其他两侯虽未必清楚，也帮衬着说："总之，一个兵法家而位进侯位，是前代未闻的殊荣，真是一大喜事。"

土井侯这样一说，青山侯也跟着言道："可是武藏，一旦进位大名，却不容你独身了哪。"

"哦哦……当然，当然！"诸侯齐附和着说。

武藏这才放下紧张的心情。如能对将军家直接答复，既能顾全诸侯颜面，又可不背自己意志。

"哪，由利公主，今夜是专为武藏父子的喜宴，要请你帮着劝进，多呷几杯。"

忠真侯涎着脸说。他像是已警觉到公主的属意武藏似的。

公主闻言起立，径向武藏前坐下。

四

“武藏先生，请干杯。”由利公主执壶言道。

“谢谢！”

武藏受了满满一杯，他虽不好酒，有时候却是斗酒不辞的。

“伊织先生也请……”

“是。”

伊织慌忙举杯。

今天晚上，他们父子两人间所发生的意外太多了，使他有点心慌。他正在试着镇定自己的心神。

这是由于公主目注伊织，眼中满溢着亲姐姐一般的热情。

“伊织先生大喜，浪娘小姐确是大家闺范。不知你预定什么时候动身南下呢？”

“这个……”

伊织偷眼望着养父。

武藏低声回道：“大概这四五天内，我和伊织都要离开江户吧。先回京寓，再定期南下九州。”

“唷，这样紧迫？”

但她立即领悟了。

公主坚信武藏会拒绝将军家的任命。既已拒不奉命，当然势难久居江户。

公主原想乘机会把富岳和主水们想找武藏决斗的事告诉他的，但回头一想，这样一来等于出卖同伙，而且对武藏也反为失礼，便忍住了。

武藏也尽可能温存低语：“此后怕不会再有与公主见面的时候，伊织当然自作别论，我大概是不会再来江户了——请你注意周围，能平安无事。”

“是……不过，说不定我也会到九州去……”

“哎，那是？”

“一直想到长崎去看看哪。”

到此，武藏已无法继续说下去了。

“哦——那也好。”

他答应了一声，便不再作声了。

这时，土井侯已是醉态可掬了。

“喂，由利公主！也给咱们来上一杯吧。”

过去，由利公主虽是常出席这样的宴席，但像今晚这样亲自执壶劝酒，是从来所没有的。

“哎……”

公主答应着，轻盈地离开武藏父子。这样轻盈、温柔的态度，也是过去不曾有的。

五

第二天，座头森都来访武藏，武藏让伊织退避别室，仅他两人相对坐下。

“武藏先生，那天夜里怎样？”

“哦，给你的琵琶卦算准了，我要找的人确不在那里。”

“可是，结果还是平安回来了，不是吗？我的卦象是这样出现的。”

“一点不错。”

“同那个什么由利公主，可有见面？”

“哦，不仅公主，同岩田富岳和主水都碰见了。”

“不是很有意思的女性吗？”

“哦，与一般女性不同。你那一边可有所得？”

森都压低声音说："武藏先生，我是受松平伊豆守[①]之托，去查究由利公主和岩田富岳的身世，兼探在那里进出的浪人的。"

武藏也悄然说："是不是与耶稣教有关？"

"当然，而且让浪人的势力增大，在幕府也是伤脑筋的。"

"不错。"

"我曾到富岳住过的出羽国去过。"

"我也去过两次，为了伊织的事……你有没有打听到什么头绪？"

"一点也没有足以否定由利公主非足利将军孙女的证据。我看这当中必有什么蹊跷。我还听说公主有一个同胞兄弟。但知道这件事的，怕只有岩田富岳一人吧。"

武藏点头。

"伊织似乎也有一个姐姐。我曾探知伊织的父亲名叫田原久光，也有说是田冈八喜郎的，总之是足利家臣。而且，据我看来，那人也非伊织的生身之父。"

森都抬头说："噢，这可有些眉目了。我到村里的寺院去查过富岳追荐道场的旧账，有田原久光的神位。那人就是富岳的哥哥。"

"哦，这个我也知道。但仅此而已，这以上的事，纵使富岳知道，也只是口说无凭。现在足以为证的唯有系谱，而系谱上，只有公主，却没有弟弟的名字。"

"可不是吗？"

"森都！"武藏的声音虽是低沉，但他仍以坚定的语气说，"所以，公主与伊织之间纵有血统联系，也不可能说得明白了。再则，即使能够，对他们又有何益？他们所走的路子不同，我不愿做无益的追究，徒使两人迷乱。他们最初见面，互相感到血亲般的关切，有这一线自然的感情联系，便尽够了。"

---

①松平伊豆守：名正永，字信纲，事德川家光，有殊功。

“不错。”森都深为首肯地说，“我对伊豆守也索性不提，这对伊豆守也未必有何用处。”

接着他又说：“可是……”

却又不说下去。

六

武藏目不转睛地望着森都说：“还有别的什么问题吗？”

“伊豆守殿下实在不高兴那些浪人的作风，对于其他老中的利用富岳以毒攻毒的政策，尤为不满。因为这样一来，越发把富岳捧高了。”

“那倒是的。”

“当然，富岳不是什么了不得的人才，想该不致妄图叛乱。但长此以往，将来难免有第二、第三个富岳出现，保不定没有难缠的人物。据我推测，伊豆守大有斩草除根之意。”

“哦哦。”

武藏默默点头。

武藏尚未见过伊豆守，但早就听说他是将军家光的宠臣，才智出众，人品逸群。

森都继续说：“伊豆守殿下要我去洗刷公主的身世，就是想找她的纰漏以便下手。这还得顾虑其他老中，虽并不简单，但迟早总得发动。到那时，公主当然也……”

“是吧，这才是政道之常哪。”

森都却满诚挚地说：“我看公主倒是正派的，能救她便好。”

武藏率直地接口说：“据我看，公主也正想脱离富岳一伙。”

“那是再好也没有的了。”

“可是这就危险了。主水的凶刃不会放松，富岳也是不肯轻易放过的哪。”

“就是这个，就是这个……”森都眨着眼睑，连连说道。

武藏吁了一口气。

“森都，可惜我又无能为力，除非富岳一伙向我挑战。否则，我走我的路，公主同我只是萍水相逢，擦肩而过，旋即分开了。伊织也一样，倘在江户还好相助，但不久就得离开。”

“武藏先生，在你却也没奈何，永远是那么匆匆一晤，便得离别……唉唉！”

森都叹息。

接着，他又一本正经地问道：“可是武藏先生，听说将军家有任命之意？”

武藏低声地笑说：“哈哈哈，森都！那只是传闻罢了。在这三四天内，我便打算离开江户，回京去了。”

“呀，原来如此。我也心想，到这个时候武藏先生竟会……好生纳闷哪。”

“森都，能这样说的只有你哪！目前你大概不会离开江户吧？公主还得请你暗中看顾点吧！”武藏诚恳地说。

七

自从提起仕宦的话以来，伊织的心中充满着新的希望。尤其自与武藏去拜会由利公主之后，心境更为开朗。

首先所得的，是应变时的心术。最初，他预想着最恶的场合，抱着必死的决心。那时武藏却说：“那固然不错，但有时却碰上更高的境地。为什么呢？人生往往会遭遇到预想不到的事态。”

而且他亲身体验了这一经历。由利公主有亲弟，自己有胞姐。岩田富岳知道自己双亲的姓氏。也许由利公主便是自己的胞姐。那时，他万想不到公主会提起自己的身世的。此一事，使伊织知道不一定预想最恶的场合，能抱必死的决心，便算得是勇者的了。

伊织也曾怀疑由利公主，也许就是自己时刻怀念的姐姐，心里不由得发生动摇。而武藏竟泰然吟道："天地间唯我独在，自我创始！"

伊织闻此棒喝，从迷梦中豁然开朗，着着实实地把握住自己了。于是，他便对由利公主，姐姐也罢，不是姐姐也罢，能视为一般的人，而纯朴地相对了。

伊织对由利公主，仍抱着血亲的热意，可是他再也不想去知道真实的关系了。

森都去了之后，伊织奉武藏之命去探视黑田左膳。左膳原未受什么重伤，早已起床，与浪娘竭诚欢迎伊织的来访。黑田的夫人已故，家中尚有长子正光，是十六岁的少年。现在一家人，连厮仆们都把武藏视为娇客，倒是使他颇为局促不安。

好不容易，挨到傍晚才辞了回去。

到了六本木智证院门前，寺内跑出来一个年轻的武士——

"伊织先生！"

追上去把他叫住了。

"……"

伊织默然回顾。

"这里有封书信……"

青年武士把信送到伊织面前。

"那是？"

"是。岩田富岳先生的。"

"不要！"

伊织不屑一瞥地，顾自走了。

"伊织先生，请你一定过目，信上据说有关足下的重大事情。"

"……"

"伊织先生！务必……"

青年武士纠缠着不肯离开。

伊织的额角浮上青筋。

"混账！"

他大声一喝，扭腰避开。同时，疾如迅雷的拂鞘一击！青年武士手上的信封，离手指仅一线之隔，被斩成两段，飘落地上。

“呀呀！”青年武士茫然望着伊织的背影渐渐地远去。

八

翌日，忠利侯着新太郎来通知武藏，将军家光已决定于二月初一召见武藏。

浪人馆的岩田富岳也从土井侯处听到了这一决定。富岳因那天以来由利公主缄口不提武藏的事，只得亲自去叩访老中的府邸，继续反对武藏任命的活动。但为时已晚，连与富岳有特别关系的土井侯都说：“大势所趋，已无能为力。我也是赞成任用武藏的哪！”

土井侯虽在小笠原家夜宴之际，知道武藏不一定愿意出仕，但他相信倘是将军面谕，必能慨然承诺。

前一夜富岳虽紧瞒着同伙拟向伊织合拢，但也失败了。他原想偷偷与伊织晤谈，告诉他是由利公主的嫡亲弟弟，同是足利家贵胄的苗裔，从而拉为己用的。

但伊织对此，毫不关心。

“好，现在只有转向公主身上动脑筋了！”

他下了决心。近日来他与公主颇有龃龉，告诉她这一新事实，也许能弥补彼此间的裂痕。碰巧由利公主居中斡旋，能与武藏言归于好，倒是于己有利。他甚至这样异想天开起来。

富岳从土井家回来，就此去叩公主的房间。

“公主，武藏任命终成事实，将军家已决定二月初一召见了。”

“唔……”

公主的反应极为冷淡。

“可是公主，富岳有一事不得不奉告。”

“啊，什么事呢？”

“就是公主有一个嫡亲的弟弟。”

公主讽刺地说：“我不是没有兄弟的吗？”

“这个……富岳实在另有苦衷，所以过去一直不曾向您告知……”

公主断然拦住了他的话。

“不必啰唆，我不愿听。纵使我有弟弟，既不在一起长大，则无异陌路。现在你就是告诉了我，我也不感兴趣。”

“可是，嫡亲姐弟又作别论，此乃人情之常。”

“哼，那么又为何一直瞒着我呢？”

“这，这，这个，却有种种原因。”

“好了，好了，我不愿再听下去了。纵使那个弟弟像伊织那么有望的青年也好……”

“唉唉！”

富岳不觉大吃一惊。

“岩田！我以为你也是个了不起的人物，但武藏先生出现以来，贬了品级了。”公主说着，哑然而笑。

九

主水的心情愈见恶劣，只要一提起武藏的名字，便瞪眼裂眥地痛恨，大言不惭地吼道：“我誓必手刃此獠！”

他每天沉浸在酒精之中。明知道愈是焦躁，由利公主会愈是远离自己，而他对公主的情焰也愈炽。再则，他对由利公主的恋情也完全变了质了。

——迎公主为妻，携眷前往八代城到任。

这一梦想，已经毫无踪迹了。现在有的，只是憎恨与情欲交织而成的地狱之恋了。

今天也是一早，他连富岳回来都不知道，对着阿光酗起酒来。突然，他脸浮薄笑，手按刀把，眼中闪着疯狂的凶焰。

“阿光！”

“唉。”

“我杀了你吧。”

“唉，请吧！”

阿光用满溢热情的目光，仰头望着主水。阿光知道主水对由利公主的热恋，但还是一样地爱他，她甚至视主水的痛苦为自己的痛苦。她倒是真心地以死在主水的刀下为乐。

“哈，哈，哈，你这傻子，我怎能舍得杀你？要杀的是另一女人，同武、武、武藏一起……”

“主水先生，算了吧！带我同到九州，也像现在一样，我会永远服侍您的。”阿光含泪说。

“哦，迟早总得到九州去，但现在却不能，男儿的意气，岂能罢休？哼，武藏那厮！”

正在这时，岩田富岳用力推门进来了。他刚在由利公主处碰了钉子，脸色很难看。

“松山先生好乐！”

说着，他一屁股坐了下来。

“哟，岩田先生！请恕放肆……”

“松山先生，咱们的时机成熟了！”

“您说的是？”

“武藏那厮，将军家已决定二月初一召见，任命已成定局。”

“什么，二月初一？只有三天了……计将安出？”

“首先是召集人手，当然都要选一流一派的剑客。足下想必也有知音？”

“当然，三四个，特出的人才。”

“请即联络。”

“知道了！但时间与场所呢？”

“那就非慎重研究不可了。对方是在厮杀中成长的武藏哪，怎能大意？明天早上，赤星和吉田，还有足下，咱们好好地商量吧。”

说着，他举起桌上的酒杯，一饮而尽。

江户城

一

战国末期，所谓兵法专门的名人辈出，各创宗流，自称始祖。

饭篠长威斋创“天真正传神道派”，传弟子诸冈一羽、塚原土佐守，再传而至根岸兔角、岩间小熊、塚原卜传等，皆第一流剑士。

创始“新阴流”的，是上泉伊势守。其门徒神后伊豆守、疋田文五郎、柳生但马守宗严、丸目藏人佐、穴泽净贤、羽饲意心斋、矶端伴藏等，亦各立门户，独创流派。

伊藤一刀斋，源出“中条流”，自创“一刀流”，为始祖。门徒有神子上典膳、小野善鬼等，而曾败于佐佐木小次郎，自称“小野派”的小野次郎右卫门，为神子上典膳之苗裔。佐佐木小次郎所师事的钟卷自斋，则为伊藤一刀之师。

此外，知名或不知名的流派不可胜数，亦各有始祖，但最有实力者，当以上述三派为主干。于是迭相敷衍，灿烂一时，故自丰臣以迄德川初期，堪称日本武道之黄金时代。

但兵法界亦有其荣枯盛衰，时至德川第三代将军，称霸兵法界而执牛耳者，厥为裔出上泉伊势守新阴流的柳生一家。其所以臻此，固由于宗严、宗矩、宗冬等代有名人继统；而自宗矩始，出任德川将军家之兵法指南，实最与有力焉。

任命武藏一节，事前德川家光将军当然先与但马守宗矩及其子飞驒守商谈，以做最后决定，但马守比武藏年长五六岁，飞驒守当年则仅三十岁前后。

但马守与武藏的年辈相若，深知武藏的实力，且自知独霸兵法界，对于自己的流派和家门均非上策，故毅然同意，且说："这不仅对将军家，就是兵法界，也是莫大的庆幸。务请罗致武藏！"

但血气方刚的飞骅守，当时虽没有说什么，内心极为不快，甚至对门下弟子流露："难道柳生一门，将军家仍有未足吗？"

弟子中也有很多人附和着他，而对这一次的人事措施啧有烦言。而所谓弟子，其中有旗本，也有大名，背地里议论纷纷，物议沸然。

及至事已定局，家光乃召见飞骅守，告以备细。且说："飞骅守，自此两家同心协力，以谋兵法的隆盛吧！"

飞骅守躬身回答："是，谨遵钧谕。可是武藏乃京西人士，未知手下功夫究竟如何，应否先事一试？"

坐在左近的松平伊豆守一听，带着责难的口吻，插嘴问道："飞骅！你难道要同武藏较量？"

二

飞骅守眉尖微挑，望着伊豆守说："只要主上准诺……"

家光立即接口回道："那可不必！是吗？伊豆？"

"是，我也这样想。"

伊豆回答后，转眼望着飞骅守说："飞骅，谨言！"

"是。"

飞骅守惶恐地俯伏。

飞骅守的功夫虽不亚乃父但马守，但绝非武藏敌手，是众所公认的事实。家光与伊豆守岂有不知的？为顾全飞骅守的颜面，所以要他谨慎，不可称快一时。

这一点，将军家对他的父亲但马守宗矩、祖父但马守宗严，平时也一律禁止他们对外比试，为的就是保持柳生家的权威。过去曾有过，也是肥后相良的藩士，与宗严同门的丸目藏人佐一事。

当时藏人佐听到宗严凌驾同门，充任将军家指南，做了名副其实的天下第一兵法家，便宣称：“好，我去与宗严一决，以争取天下第一的名号。”

就此从人吉专程来了江户。

藏人佐原是烈性汉子，得师尊允诺，获得真传且在宗严之前。据传宗严以策略揎排其他同门兄弟，赢得将军家的高位之后，他同门师兄弟的态度极为冷淡。这样的消息传到了藏人佐的耳中，当然更使他怒不可遏。

到了江户，藏人佐先以书面堂而皇之向宗严申明比武，接着便去叩访他的武坛。原来宗严的为人，度量既大，且极智巧。他一见藏人佐，便执师弟之礼，貌既恭谨，辞更卑谦，要请他留在武坛中，指导门徒的武艺。

可是，藏人佐怎肯就此罢休?

宗严无奈，只得向将军秀忠禀明原委。但藏人佐是宗严的同门师兄，就是将军家也不能妄施压力。再加之，这一事又在大名间传开了，更难施为。经苦思熟虑之后，秀忠乃召两人进江户城，当面谕知宗严为京都以西的日本第一，而藏人佐为京都以东的日本第一，好不容易才得藏人佐点头，支使他离开江户。

所以，这次家光也告诫飞驒守，阻止他向武藏比试，以保持柳生家的声誉。

话虽这么说，其实家光本人未尝不想一睹武藏的实力，究竟是怎样了得。

于是他便对伊豆守说：“伊豆，飞驒的比试且作别论，但是否用什么有趣的方法，来一试武藏的兵法和为人？”

伊豆守也满怀兴趣地点头回道：“俟商定良策，容再禀复。”

三

那天晚上，伊豆守把悄然来官邸探访的森都叫到内书房，令侍卫人众一概回避了，促膝密谈。

“怎么样？有无不轨的举动？”

“是的，正在拼命罗致有本领的浪人哪！”

“哦，必定是有什么图谋吧？”

“奇怪，好像是专为了阻止将军家对武藏的任命。”

“什么，对付武藏？……哦，是了！必定是因为六本木的厮斗，心里怀恨武藏。”

“正是为此。”

“是吧……那么，公主呢？”

“这又作怪，好像与富岳之间闹了别扭。”

“有这等事？”

“为的是，公主偏袒武藏。”

“哎，什么？偏袒武藏！”

伊豆守至感兴趣地张大了眼睛。

“就为了这个原因吧，浪人馆里的空气像是很尴尬的样子。”

“噢，那么要救她，正是时候了。”

“确是如此。看样子，她很有舍彼就此的倾向。但这样一来，怕会为富岳一伙所杀害。”

“哦，很有可能。”伊豆守皱眉说。

伊豆守对由利公主也颇有好感，只是与其他的大名不同，是惋惜她的才干，不愿她跟着富岳被一网打尽，以致玉石俱焚。而且他很想把公主利用于更大的方向。

“森都，你看有没有什么方法救她？”

森都想了一会儿，说：“那只有……设法使她及早离开江户了。”

“哦，对了！”伊豆守点头说，“森都，明天你能不能带她到我这里来一趟？”

森都踌躇了一下，却说：“是。我还没有同公主见过面，可是待我去邀邀看吧。”

这样回答之后，又把话题拉回来，反问说：“可是殿下，他们对武藏的图谋，你以为就此听其自然？”

伊豆守笑道：“森都，你所得的情报，倒是这点最有用处。想那厮们的作风，一定罗致浪人，想袭击武藏无疑。这样一来，我刚好可以吩咐町奉行当场逮捕，即此‘聚众滋事’一端，便是犯法了。所以，这方面的详情，再去查明来告！”

“是。好主意！”

森都走了之后，伊豆守便派侍卫去召宣江户町奉行，要他漏夜来府。

四

第二天，森都在浪人馆附近的杂木林中正等得心烦，一个年轻的武士踏着落叶来了。

“修平吗？”

“是的，森都先生。”

“公主如何？”

“整天关在房里，什么人也不见。”

“主水呢？”

“连酒也少喝，看他很焦急的样子。”

“一共会集了多少浪人呢？”

“已来有二十五六个，全部参加的，大概有五十人以上吧。”

“你是否随身带有纸和墨斗[①]？”

① 墨斗：有柄的墨壶。柄中空，装笔，日本古代阵中所用者。——译者注

"是。"

青年武士拿出纸、笔。

"照我说的写下——有关武藏先生之事奉告，本日垂暮拟请惠临巢鸭上一晤。在下乃武藏先生二十年来之知交，幸毋见疑。座头森都。"

"写好了。"

"好，那么把它偷偷地交给公主。"

"遵命。"

"明天也在这里……去查明袭击武藏的时间和地点。"

"是。"

青年武士静悄悄地离开树林，若无其事地回到浪人馆去了。他虽为富岳所相信，住在浪人馆中，但事实上是森都的密探。

公主在浪人馆里，确如青年武士向森都所报告，把自己紧闭在房间里，但她的心情并没有什么不愉快。她的脸色红润，眼中漾着美丽的光芒。而且像抱着什么高洁的冀望，情绪镇定，一丝不乱。

突然，窗上"咔嚓"一声响。公主抬头一看，窗缝里夹着一封信。她讶异地拆了开来：

有关武藏先生之事……座头森都

公主一愣，但接着却提高声音，像对什么人说话似的，自言自语道："我知道了，准时坐轿子经过巢鸭桥。"

到了约定的时刻，公主吩咐准备轿子。临动身时，富岳追了出来问道："公主，到哪里去呢？"

"到土井侯府，入夜回来。"她冷冷地回道。

"村山，请你陪侍公主前去。"富岳向站在一旁的青年武士说。

那个青年武士，就是森都称为修平的密探。

修平默然，但到底跟在轿后去了。不久到了桥边，只见桥上站着一个琵琶法师。

公主叫住轿子，像是素来熟识似的，望着叫道：“唷，那边厢不是森都吗？”

五

“唷，说话的不是由利公主吗？”

“是哪，森都！”

公主一面搭腔，一面跨下轿子，走近前去。

森都压低声音说：“请叫轿夫径往松平伊豆守侯府……我随后便来。”

接着说了几句不相干的话。

“那么森都，得空到我那里来谈谈吧。”公主故意提高声音，边说着边走回轿子。

松平侯府大概早已得到森都的通知，郑重地迎进公主，引她到了内进一室。宫女送来茶点。不久，森都也叫来轿子，赶着来了。

“公主，冒昧之处，千万不要见怪。”

森都这样一道歉，公主盯着他的脸上问道：“森都，你到底是什么来路，与武藏先生有何关系？”

“是，在下于二十一年前，武藏先生与佐佐木小次郎船岛决斗当时相识，承他不弃结为知音，这回也见过两次了。”

“那么同伊豆守殿下呢？”

“不瞒公主您，我现在是伊豆守殿下的密探，替他打听那些对将军家图谋不轨的人物。”

公主的脸上闪过一丝悸动。

正在这时，伊豆守进来了。虽是那么高傲的公主，对伊豆守却也不敢放肆，端端整整地见了礼。

“唷，公主，难得承你枉顾。”

“是这个森都相邀，我也不知就里，莫名其妙地跟着来了。不知武藏先生是否在此。”

“不，武藏不曾来，是我想同公主见面，冒用了他的名字。”

“可是殿下的意思……”

公主的眼中，显得满不高兴。

“对不起，对不起。可是也与武藏有关。千万勿怪。”

伊豆守率直地道歉之后，改容言道：“实不相瞒，伊豆守别有恳托，拟请公主俯允。”

“有事托我？”

“是的，拟请公主暂离江户，前往长崎。”

“哎，往长崎？”

“长崎是天主教的巢穴、走私的基地，意欲借重公主才智，探其真相……”

公主低着头，默然沉思。这一件事，土井侯也曾提过，而且自己在江户住腻了，心里很想到长崎看看。

但这样公然要她去担负密探的任务，却又非得慎重地考虑不可。

不仅此也，更使由利公主踌躇不决的，是岩田富岳近来正接受了长崎商人的委托，要她向老中疏通，放宽对天主教的弹压政策和外国船的进口禁令。

“怎么样，公主？密探的任务不必提，我实在不希望您跟富岳那些浪人混在一起哪。”

公主猛然抬头，断然回道：“老实说，像密探这一类近于阴谋的玩意，我实不感兴趣。这方面殿下如不相强，能听我自由，我可以马上就去长崎。”

“哦，这样很好。”

伊豆守很高兴地点头，但接着怀疑地问：“可是，能否有把握平安离开浪人馆？”

“是的，岩田不会让我离开吧。但我自己既已有此决心……”

公主的眼中，漾着坚决的意志。

“哦，那当然。不过，千万不要大意，听说还有一个叫松山主水的人，是古怪的兵法家哪。”

伊豆守说了后，掉向森都说道：“森都，你做公主的心腹，从旁协助！而且随伴公主同下长崎去吧。”

“殿下明鉴，只要公主不嫌，森都自当效劳！”

“公主，森都乃武藏多年知己，信赖勿疑！”伊豆守再向由利公主说。

不必伊豆守吩咐，自从一见森都，公主便寄以好感了。

“是，森都先生，一切拜托……”

森都面浮微笑说：“遵命。最需注意的，是富岳与主水二人，切不可稍漏口风，让他们知道。”

“是哪，这点可请放心。”

“动身的日子，决定在武藏先生谒见将军那天！最好是断黑之前。”

“啊，那天！”公主欣然叫道。

她推想武藏拒绝了命官，可能也在当天离开江户。

伊豆守也赞许着说：“森都，好见地！可是公主，你可知道富岳一伙为阻止武藏的任命，有何图谋呢？”

“是。我知道他们聚集多人，意在拦击武藏先生。”

“你曾把这一事，告诉武藏吗？”

“不。”公主摇头说，“向武藏先生，多嘴反而失礼。”

“哦哦！”

“这在武藏先生，我想只是家常便饭，不值一笑。”

“正是，正是！”森都掩口说。他的脸上浮上快意的笑容。

六

武藏谒见将军家光的前夕。

一直到现在，武藏对寺尾新太郎和伊织两人，都不曾提起是否接受任命。不，他压根儿连谒见的事也讳莫如深，只是一心绘画，过得很愉快。

新太郎夫人正在赶做武藏的新衣，从夹衫连同上下礼服，外褂上临时染上武藏常用的花纹。

但这些礼服却非武藏要她做的。过去，不论任何场合——就是正式去谒见各国的诸侯，武藏也从来没有穿过礼服，只是同平时一样，白绫袍子外加无袖披褂，是他那独特的装扮。

这一点新太郎当然知道得很清楚，但这一次不同，对方是全国大权在握的将军，而且是公式的召见。他正在心中踌躇之际，忠利侯也想到这点，叫了新太郎去问道："谒见时不知武藏穿什么衣服？"

"啊，这？"新太郎无法回答。

"当然哪，问你也没用。"他笑说，"可是，假如听凭武藏，依他的作风，一定是便服登殿无疑。总之，非得事先替他打点不可。"

新太郎听忠利侯的吩咐，口头上虽是答应"谨遵钧谕"，脸上显然有踌躇之色。

忠利侯立即察觉，接口说道："对武藏，只说是我送的。"

"啊，说是殿下送的……"

新太郎这才欣然躬身而退。他想起一国的君侯，对无臣属关系的一个兵法家，竟连服装都想得如此周到，那关切之情，使新太郎也为之感动得眼中热辣辣的。

回家后，新太郎便与他的夫人商量，着手赶做起来，在谒见的前夜，都端整好了。

这时，有人叫门。新太郎夫人出去一看，是一个不认识的青年武士，手中拿着信，说道："请交宫本武藏先生。"

新太郎夫人却不接信，去通报武藏。

武藏正在作画。

"信吗？"

他掉向伊织说："伊织，你去取来。"

伊织到门口接来书信，送交武藏，他一看是岩田富岳的反封信，显然是一封决斗的挑战书。

武藏且不拆封，坦然说："伊织，你去对来人说，知道了。"

"父亲，不要先看看时间与地点吗？"

"不必。"

伊织便依着养父的吩咐去回报来人。

七

那天晚餐，新太郎夫人为武藏设宴预祝，一家人团聚在客厅中。

武藏显得很高兴的样子。

但新太郎以下，连小孩子都不敢提起明天谒见的事。不仅武藏的心意难测，平时武藏的言行便有着不容第三者置喙的凛然的气概。

武藏自己当然也没有开口。他只是时时望着孩子们；最中他意的，是九岁的长男求马助。

武藏眯细两眼说："求马！怎样，你可喜欢兵法？"

"喜欢，将来也像先生一样强！"

"喔，要拼命下功夫啊。"

"是。"少年的眼中亮着光彩。

"明天分别了，希望大家珍重。"武藏突然满含情意地望着众人说。

"哎，明天？"

新太郎诧异地仰头望着恩师。夫人、求马助、伊织，也觉惊异。

"我打算谒见将军之后，就此离开江户。伊织虽决定出仕，还得随我先回京都一趟。"

"先生，那么任命一节？"

新太郎忍不住开口问道。

武藏微笑。

"新太郎，你以为如何？静下心来看我……"

新太郎目不转睛地望着恩师。

“丢开名利，绝不妥协，心如利剑，专对兵法！”

武藏吟道。

伊织也凝视着武藏。一瞬间，是水一样的静寂。

“是。”

新太郎俯伏回道。

“怎样？”

“我已懂了。”

“伊织呢？”

“是。我也……”

伊织睁大眼睛回道。

武藏深深点头，坚定地说：“所以，明天就是作战！明天的江户城，在我是前未曾有的激战之场。是我的兵法对将军的权威和诸侯的人情的决战。我不知道将军和诸侯将以怎样的手法对付我。胜负之数，未可预卜。”

“我相信先生必胜！”

新太郎接口说。

“喔。”

武藏浮上快意的笑容。

这样，预祝的宴聚一变而成饯别，而且又是庆祝武藏出阵前的夜宴了。

宴聚散后，只剩下父子两人时，伊织问道：“父亲，富岳来的战书，不必拆看吗？”

“不必。听凭他们的意思吧。”

“由利公主不晓得怎么样？”

“伊织！不必空想，有缘自能相见。”

武藏开导着说。

八

当天早上——二月初一，吃了寺尾家为武藏煮的红豆饭[①]，新太郎夫人便把新缝的礼服送来。

“先生，这是殿下赠送的。”

武藏一震，严肃地问道：“什么，忠利侯所赠？”

“是，作为庆祝的礼物……”

“噢——”

武藏正襟端坐，接了过来，眼中闪着感激之色。无论什么人送他多么贵重的东西也无动于衷的武藏，唯有忠利侯所赠会使他无端地受到感动。

武藏把手上的衣服放下来，注视着新太郎说：“待后，你向殿下转达，说是所赐之件，武藏遵命收下，当永为传家之宝，以示不忘恩宠。哪，新太郎！”

于是，他从自己的行李中，取出新做的白绫夹袍，绯色无袖披褂。

他歉然说：“新太郎，不要介意。这就是我的唯一服饰。昨晚也曾说过，江户城在我就是战场，虽是殿下美意，却也不能变更。”

“是，我一定把恩师之言，转达殿下。”新太郎只能如此回答。

武藏用自己的服装打扮好了。

“伊织，准备起来，等着我回来。”

“是。”

“先生，该是动身的时刻了。”

“哦。”

武藏静静地望了大家一眼，霎时站了起来，忠利侯替他准备好的轿子和跟班的武士，已等在门口。武藏不再回顾，径至大门口坐上轿子。

---

① 红豆饭：日本人有喜庆时必煮红豆饭以示庆祝。——译者注

武藏说今天的江户城是战场，绝非夸大，也不是比喻。在武藏，人生的时时刻刻本来就是战斗，而今天的江户城比打垮佐佐木严流的船岛，比战败吉冈一门的武场，实有过之而无不及。

他的气概凌霄，心似天马行空。而且坐在轿子中摇晃着，如兵法所云，乘隙杀进江户城去。

江户城里，大小诸侯都急着想见将军召见武藏的场面，一早登殿，聚在候见室中议论纷纷了。

“总之，了不得！只是一个兵法家，一跃进位大名，真是亘古未有的盛事。”

“可是，武藏对老中还是保留着态度，没有做是或否正面的答复呀。”

“哦，该是如此。将军未曾亲口说话，应该不能确切答复哪。这正是武藏老成之处。”

“可是，今天好看煞人的，是面试武藏的本领，据闻伊豆守殿下和柳生一门，为此曾考虑再三，别出心裁啦。”

“哦，那真是有趣得紧。”

这些侯爷，各凭自己的揣度，谈论风生，好不热闹。

九

伊豆守为中心，柳生飞驒守及其他有功夫的旗本集议，商量面试武藏本领的方法。而最后决定的，却是最平凡——但也是最严厉的一种方式。

武藏上殿后，先被领到候见室，送上茶点，休息了一会儿，再由近侍带路，经过长长的走廊，进入内殿。走廊两边，挨排着诸侯和内官的签押房。

“啊啊，竟是通常便服，无礼之至！”

从两边厢的签押房中传出来这样的细语。德川幕府已到第三代，一切制度格式、规模粗定、武人的礼服，也已有定规。凡上殿谒见，都得穿上所谓“上下”，盖上衣下裾，染成一色，外加两肩向左右耸出的外褂，黑色，左右染上两个圆形章纹，为各家独特的标识。而武藏竟穿着白绫长袍，绯色的无袖披褂，可谓旁若无人之一了。

但他那筋骨隆隆的六尺巨躯，漆黑的垂背总发，同他身上的白袍红褂极为相称。真个是威风凛凛，杀气腾腾，使偷看的人和对面擦肩而过的，连大气都不敢喘，张大两眼望着他的背影。

引见在黑书院的大厅。正面的屏门大开，公式引见的人，须在那屏门的门限外止步，先由近侍高声唱名，然后躬身施礼，跨过门限进入厅堂。这引见礼节，不仅将军家如此，就是各国的侯王也不例外。

领路的近侍，依例屏在门外停步，正待扬声唱名，武藏却早已抢前一步，一脚跨过门限了。

接着，是一声裂帛似的吼声。躲在屏门后的两个武士，用平头枪从左右望着当中的武藏，疾转而出。可是迟了一步，那两支枪仅掠过武藏背身。而两个枪杖手却因去势太猛，刹步不住，“嗒嗒嗒”踉跄前冲，枪尖各中了对方的心窝。

“哎——”

左右两人，霎时仰面而倒。武藏头也不回，若无其事地正面扑地跪下。

正面端坐着德川三代将军家光，大老、老中等高官及大国王侯，分左右雁齿骈列。他们不禁齐声赞叹，对武藏的乘机制先之妙莫不钦服。

使枪的两人，都是宝藏院[①]秘传的铮铮人物。他们也以为武藏至屏门外必先一停，犹豫间竟想不到武藏会抢先而进。仅此一瞬之差，被他

① 宝藏院：宝藏院胤荣，俗姓中御门氏，号识善坊法师，在奈良出家。自幼酷嗜武术，寝食偕忘，刀法枪术各穷秘奥。枪法尤为驰名，为宝藏院枪法之祖，传至五代。

轻轻地闯过去了。

“作州浪人，宫本武藏政名，参见千岁！”武藏俯伏于地，自唱姓名。

“抬起头来！”家光亲口言道。

“是。”武藏抬头。

诸侯看了武藏这异样的风采，又是一惊。但鉴于适才的神乎其技，谁也没有流露出责难之色。细川忠利侯初见这个情形，心里纳闷，为之暗捏着一把冷汗，及见将军以下各位列侯未有责怪，方为之释然。

十

“武藏，近前！”

家光上身微俯，再度宣呼。

德川三代将军，不愧有明君之誉，聪明豁达，不怒自威，令人不敢仰视。

这样场合，引见者应先谦退，等待第三次宣召，方敢施礼前去。但武藏却蓦地站起，两眼盯住在家光脸上，迈步而前，那咄咄逼人的态度，与兵法比画时的神态并无二致。

家光耸肩，张眼。四道目光，与真刀胜负时一般，光芒交错。坐在家光左近的老中，自伊豆守以下莫不愕然变色，不知不觉各自手按刀把。偌大的广厅中，静悄悄的，连呼吸之声都听不到了。而武藏虽是移动着那庞大的身躯，宛如脚步悬空，一无声响。

武藏到了距家光丈余之处，才静静地俯伏。家光的额上渗着汗油，直待武藏俯伏，方始放心下来。诸侯们的紧张心情也随之放松了。

家光恢复了平时的态度，用亲切的口吻说道：“武藏，你的剑名久已耳闻，今日见面胜似耳闻，确是伟丈夫，家光至为愉悦。”

“是。辱承宠召，得仰尊颜，武藏引为不世的荣耀。”

“哪，平身……”

武藏抬头。

家光继续说：“武藏，听说你自十三岁那年，与一个兵法家有马喜兵卫比画获胜迄今，从未败绩，可是事实？”

“是，自此与著名兵法家对垒凡六十余次，尚幸从未失手。”武藏坦然回道。

“噢，真是无比的兵法家！但武藏，除了比试，练习的时候，却是如何？”

“启禀君上，武藏从来不曾与人做胜负上的练习。”

“什么，没有做过练习？”

“是。对门人只是指点架势罢了。我自己从小没有从过师傅，所以练习的对手，也非人类。”

“然则，以何物为对手呢？”

“天地万物莫非我师，莫非进修兵法的对手。以此，那些不知凡几的别流比试，也莫非进修的一途。”

“哦哦——”

家光深深地首肯。

武藏紧接着说：“更明白地说，我的修业道上没有尝试，也没有练习，一切都是战斗。不管对方是顽石或是人类，倘而失败，有死而已。”

家光不胜感慨地注视着武藏。

十一

“那么武藏，你说天地万象莫非敌人，父母也是？”

家光的语锋极为犀利。

“是的，我自幼失母，对于母亲已无印象。但与父亲倒是战斗过来的。是因先严不愿我学习兵法，遇事阻挠。我第一个战斗的对象，就是父亲的这一意志。”

家光接口说："可是武藏，父亲不愿意你做兵法家，莫非爱你之故？"

"正是。我要成兵法家，便非以父亲的爱情为敌，与之战斗不可。当然，我爱父亲，也希望父爱。但我却是与父子之爱奋战过来的。"

"喔，人世间都是敌人了？"

"是的，溺于义理人情，便无严格的兵法修行。"

"不错……听说你至今未娶，女人也是敌人吗？"

"是敌人！私情增长，修业之心就迟钝了。"

"可是武藏，相夫教子，不是妻子的事吗？"

"话虽如此，我走的路是险恶的，到头来只容一人独行。"

"你也有几个知音，那些朋友，也是敌人吗？"

"朋友之情，超过了限度也是修行的仇敌，非得排除不可。"

"神佛如何？"

家光稍感心焦，紧追着问道。

"是，与神佛决胜负，才是我的最后愿望。"

"什么，神佛也？"

家光激动地扫视着武藏说："这样说来，你是把我也视为敌人的吧？"

武藏叩头说："惶恐之至，正是如此。"

"理由是……"家光耸肩说。

武藏抛头回道："是。是修行的敌人……"

"什么，修行的敌人？武藏，我要任命你做兵法指南，希望你的兵法弘扬天下。何以说是修行之敌？"

"惶恐之至，我的修行不是兵法的弘扬，是借剑去探索深潜于人心奥底的、天地之间的法理。无论亲情、恋情、人情、义理，乃至将军的权威，凡阻我此心者，都毫不顾惜地斩断前进。"

武藏说着，用他那散放着黄光的凌厉眼神，一瞬不转睛地注视在家光脸上。

十二

家光霎时间变了脸色。

“唷，武藏！你是把人与人之间的义理人情、夫妇之爱、君臣之谊，视为敌人而一概否定了？”

“惶恐，在我个人确是如此……可是，却是不易克敌制胜。”

家光直视着武藏，用将军的权威与自信……

“武藏，世人说你是不知人命尊贵的剑鬼？”

“明鉴。”

“武藏，有人说你是心如槁木死灰、不知人情的非人？”

“明鉴。”

“武藏，也有人说你是傲岸不逊、不知进退的不逞之徒？”

“君上明鉴。”

“可是武藏，我深惜你的兵法，所以要你务必……”

“是。武藏薄德，辱承宠眷，惶恐之极。”

“武藏，你要知道情谊！情谊！”

“是。”

武藏又俯伏下去。

家光虽是满怀愤怒与憎恨，但武藏给他的感觉，既非叛逆，也非不逊，只是一心追求真实的、虔诚的孤独姿态。而那姿态，不得不使家光的心也赤裸裸地暴露无遗了。

家光霎时想起自己充满着虚伪的生活。高踞在将军的地位上，就不得不欺骗着自己送过每天的日子。

家光的眼中漾着另一光辉。

“武藏，另有一事相探。”

“是。恭聆谕示。”

“兵法云何？”

武藏用意味深沉的目光注视着家光回道 ：“武藏自十三岁有志兵法，

至三十七岁时好不容易领悟而得的兵法奥秘，今天尽以传授予君上了。”

“什么，传授奥秘于我？”

“是，确已传授了。”

“君上，此乃不胜之喜。”松平伊豆守从旁插口言道。

“怎样，各位以为如何？”家光环顾列席的诸侯说。

“是。”

无论是否真的理会得，诸侯一齐叩下头来。

十三

武藏所谓已传授予将军家光的兵法奥秘，究何所指呢？那当然不是说的玩刀耍棒的剑法。他所说的——大概是指家光与武藏交谈之间，渐渐触及人心深处的，生命与生命的对立吧。而那生命的本身，就拥有利剑，且紧紧地被裹在甲胄之中。所以首先便得解除那些甲胄，非使生命的实体暴露不可。而兵法上所谓“使敌人的生命裸露”，也就是自己的生命裸露。能懂得个中奥妙，便是兵法极致。

左右列座的诸侯，不管懂与不懂，为那严肃、爽快的气氛所冲击，赫然低头。在这瞬息的寂静中，武藏随口吟道：“寒流映明月，碧潭沉宝镜！”

“哦——”家光也跟着吟诵着说，“武藏，我当终生不忘是言！兵法如许严厉，如是深奥，我竟蒙然无知。”

他感慨无涯地转向忠利侯说：“越中①！承你引见武藏，就此致谢。”

忠利侯满心喜悦地回道：“是，顺利引见，忠利与有荣焉。”

这样一来，命官一节，遂消灭于无形了。公式的引见就此结束，接

① 越中：以细川封邑在越中，故云。

着是另席设宴。家光正面而坐，忠利侯、安房守、小笠原忠真侯等，有关系的老中都列席侍宴。

家光对武藏举杯言道："武藏，希望你在江户多住些时日。"

"是……虽是不胜依恋，今天便得动身了。"

"什么，今天？"

"是。在江户已近一个月了。"

"噢——"

家光瞥了忠利侯一眼说："听越中说，你还擅长绘画，希能为作一幅。"

"是……这却好生为难。"

"武藏，君上所望，幸毋推辞。"忠利侯也帮着说道。

"原是随意涂鸦，岂敢敝帚自珍？容奉一幅，以助茶余酒后消遣。"武藏笑着答应了。

不久，宫女送上来纸张笔墨。武藏先画一丛乱茅作为前景；茅华尖锐，宛似刀剑。接着，他一口气画成一轮红日，正冉冉地从水平线上升。画笔未必高明。

"君上见笑。"

武藏说着，望着家光一笑。

扑火飞蛾

一

岩田富岳的战书，武藏始终原封未动，信中指定的决斗之地，是芝山附近的常教寺原野，时日是二月初一断黑之前。

富岳一心以为武藏会接受他的挑战，做梦也想不到原封不动地被搁在一旁。他所会齐的浪人共有六十八人，聚在一起容易惹人注意，先分散各处，约定抹黑时在常教寺野集合。这一切部署，早一夜便已齐备了。

住在浪人馆里的二十多人，是其中的佼佼者。

“各位，今天晚上请大家纵心地乐一乐。”

富岳俨然首领的身份，环顾着一座说。各人的面前，摆放着佳肴美酒，还有艳丽的女子执壶侍宴。

这班浪人哪里还有顾忌？酒醉饭饱之余，便大言豪语，各诩本领，听起来像是连武藏都经不起他们一击似的。

主水当然也在座。

他今夜适异平时，默不作声，喝着闷酒。

主水心里好像有所期待，时时向后院望去，是记挂着由利公主吧？

渐渐地，一座都醉醺醺地，席次也乱了。有的拉着女子纠缠，有的争论得差一点就动干戈，也有捶胸顿足、慷慨悲歌的。

主水眼露狂焰。

他霎时站起，沿着走廊朝后院由利公主的房间走去。这时，阿光从背后低声叫住了他。

“主水先生！”

“什，什么？”

“不要了吧。”

“不要什么？”

“不是吗，明天是重要的日子。而且你不是说过，不再喝酒，对那人也就此一刀两断……”

阿光说着，双手捶着主水的胸前，像哀求似的……

“唉，腻死人了！”

主水推开了她，仍向后院而去。阿光呆呆地站着，望着渐远的背影。

主水用力推开门扉。

“公主！”他一声呼唤，拱手而立。

正在焚香端坐着的公主，静静地回过头来。

“唔，主水？”

过去她都是称“主水先生”的……

“公主，有事恳求……”

“什么事？”

“是。近日举止失常，屡次冒渎公主，至为汗颜。”主水躬身肃立，仰视着公主说。

二

“这是什么话，主水？”

声调虽是温和，但公主的目光是冷峻的。

主水挣扎着说道：“公主……请听我一言。自从武藏在江户出现以来，我便顿失常态。实不相瞒，我曾单独偷袭武藏；那次卧病，便是中了武藏的剑气。”

“噢。”

公主不觉倾耳。

“是的，可怖的武藏之剑……但不知哪来的因缘，公主自见武藏以后，对我却日见疏远了……”

“喔喔，主水！你是说我曾对你有过什么诺言？”

“不，公主！这只是我自己迷了心窍，无端地恨透武藏、怨你公主，陷于自暴自弃。”

公主凛然说：“主水，住口！我只是爱惜你的才智，所以另眼相看。你把它当作恋慕，擅作非分之想，令人齿冷。”

主水垂头说：“是。是我一时糊涂。但时至今日，主水已无法离开公主，务请公主见怜，接受我这点痴情……”

“闭嘴！我讨厌你。快出去！”

主水抬头，他的两眼如焚。

“公主！求求你。要是公主吩咐，我可以帮着武藏。”

“主水，慎言！”

“不，我能斩杀岩田富岳！”

“哎，你这人？”

“是。只要公主吩咐，虽是富岳，我也能一刀杀死，绝不踌躇！”

主水正断然这样说时，门扉霎时而开，富岳领头，闯进来四五个浪人。

富岳迎头一声大喝：“混账东西！”

进而按住主水。

“做什么？”主水瞪住富岳嚷道。

富岳喝了不少酒，两眼闪光。

“哼，你，你要出卖老子？”

“是呀，只要公主一声吩咐，随时取你性命。我知道哪！你以公主为饵……”

“这，这，这厮，好不知羞！”

富岳一把抓住了主水后领，其他的人便一跃上前，扭住他的手腕。

主水在此情形下，还是极口叫道：“公主！……务请一言！”

但公主不理，冷冷地掉头。

“来呀！”

浪人们扭作一团，把主水拖出房门。

三

因暗恋由利公主而失却理智的主水，曾一度想索性杀死公主，斩断情丝，带着阿光前往八代赴任。但苦思熟虑的结果，最后下了决心，投身于公主之前哀诉苦求，以冀得遂目的。这在自尊心极高的主水，真可谓背水之阵了。

他被一伙人痛骂着扭住两腕，竟连反抗都忘了，一心嚷着公主的名字。及至出了走廊，才愕然惊醒过来。

“唔，这厮们！”

主水突然挣脱手腕，翻身过来。

在这班浪人中，主水的功夫当然是出类拔萃的。不仅此也，凡浪人馆中人，谁不知道主水是毒辣的杀人鬼。他们吃了一惊，连连后退。

主水手按腰刀，轮起疯狂的目光。

富岳仍留在公主房中不曾出来。

正在危急中，干将级的吉田适时赶到。

“等等，等等！”

他分开众人。

主水瞪着吉田。

“吉田，你也赶来送死吗？”

“不，主水先生，我还不晓得是怎么一回事哪！明天是重要的日子，暂请息怒。”吉田说着，掉向浪人问道，“各位，到底是怎么一回事？”

“是。富岳先生的意思……”

“什么，岩田先生？”

吉田摇头说：“这可不懂了。今天晚上岩田先生心里急躁，想是一时误会。主水先生，请看在下薄面……喏喏。各位！来向主水先生道歉。”

浪人们当然不愿与主水这样的人结下怨仇，落得借此下台。

“不不，我们自己岂敢多事？松山先生请勿见怪……”

众人口口声声道了不是。

主水今天也鼓不起斗志，是被悲恋挫了锐气吧？

“哦，好吧，看在吉田先生面上，饶了你们这一次。以后可得小心，我主水是翻脸不认人的，谁也不买账啦！”

主水说着，径向自己房中去了。

“啊，阿光！”

主水看见垂头而坐的阿光叫道。

阿光不语，也不转头。

“阿光……”

他无力地倒在阿光面前。

四

“主水先生！”

阿光轻轻地去抚主水的肩头。

可是主水却闭着眼，紧闭嘴巴，像石块似的屹然不动。

“主水先生……”过了一会儿，阿光再度叫道，“到那肥后的八代去吧。不论哪里，我永远跟着你……”

阿光的眼中，泪如泉涌。

主水蓦然抬头，握住阿光的手。

“阿光！不错，我要南下九州了。但请你原谅，我得单身前去。”

“唉唉……”

阿光张大两眼。

“可是阿光，请你放心，我已醒了，从噩梦中醒过来了。哈，哈，哈……”

主水的笑声像哭一般难听。

阿光仍茫然望着主水。

“像我主水这般人，竟是如此乱了心性，我真无法自解。不，现在可怜了，是因为武藏出现！武藏是伟大的。武藏是不动的大树。我竟以那大树为敌，做了撼石柱的蜻蜓。不，我所撼的，只是那株大树的影子罢了。”说着说着，主水的脸渐渐开朗。

“阿光，以武藏的影子为敌，不知自愧、不自量力的，不仅我主水一人。岩田富岳也是的。咱们自吹自擂，跌倒爬起，爬起跌倒，哭了又笑，笑了又哭，但真正的武藏，却一步步扎稳着自己的根基。武藏那厮，真够伟大！但阿光，我不输给武藏。我的年纪还轻，政治上的才能，我是远凌武藏之上的。我不仅是一个兵法家，我有的是大志，有着美丽的远景。”

阿光也不知不觉被引起兴趣，亮着眼睛。

“阿光！”

主水握紧阿光的手。

“我在由利公主前出丑。公主对我失望是当然的哪。但那丑态，不是我的本来面目，今天以后，我要回复原来的主水，再从头向公主进攻！我不相信，以我主水而不能征服一女子，断无此理！”

阿光的脸上，再度浮上悲哀的阴影。

主水却不理会这些，继续说：“阿光，最重要的，我须得重建自己。为此，我急需摆脱这伙人，非得离开江户不可。而且独自一人，静静地去想。阿光，谢谢你！一直承你看顾。侍任官后，当考虑迎你前去……”

“哎。”

阿光幽然回答，别过脸去。

五

主水被拖出之后，由利公主房里只剩下公主与富岳两人，相对坐下。

“公主，我很不满。”

富岳睨着公主，开口说。

“什么，不满？对我……”

公主的目光也很锐利。

“当然哪，极为不满！”

也许是喝醉了，他的话说得很不客气。平时是维恭维谨，自居臣属的……

“有什么不满？”

“一切都是，自从武藏在江户出现以来，公主完全变了。”

公主的脸上，浮上嘲讪的微笑。

“哎，也许我是变了。但这只是我个人的心事，与我们共同的工作毫无影响。你要我替你做的，不是功德圆满了？”

“哦，那固然不错，但你对我的态度冷淡，使我不满，也使我不安。

公主，请你从今天这个时候开始，与武藏一刀两断。”

富岳激昂地说。

“嘿，嘿，嘿……岩田，为什么要从今天这个时候开始呢？”

“公主，我虽不曾明言，你该从行动上略有所知，武藏的性命只能活到明天了。”

公主佯装不懂的样子。

“啊，我不晓得。为什么呢？”

“我给武藏送去决斗书了。”

“噢，有胆量！可是，输赢尚未可预卜吧？”

“哈，哈，哈……这次，任凭武藏恁地了得，休想逃得性命。所以说，从今天这个时候开始，你要断了念头。我不愿杀了武藏而让公主怀恨。我不仅以你为主家的公主，也把你当作自己女儿一般抚养长大的哪，真不愿见你为此悲伤。”

公主易容说：“岩田！你把我作为阴谋的工具，现在也没有什么好说的了。你把我抚育成人，我也绝不忘记。现在我以主公的身份告诉你……”

“什么，主，主公的身份？”

“富岳，好好地听着！以前也曾说过，自从武藏先生在江户出现以来，变了的倒是你自己。武藏先生不会把你这种人看作敌人，也不会视为同道。你却空自着急，把心底的话都逼出来了。岩田，我劝你死了这条心吧！那还不是灯蛾扑火？”

富岳高声朗笑着说：“你，你这是什么话！我一定要杀死武藏，绝不放手！杀死武藏，才能抬高我浪人的身份，也正是达成目的的第一步！”

六

第二天，富岳一伙正会齐人马进行最后部署时，情报来了。

——武藏拒绝了将军的邀请，不愿出仕。但将军对武藏的言语、行动极为钦佩，现正在设宴款待中。

听到这一情报——

“什么，不愿仕进？”

富岳以下，都疑心自己的耳朵似的，面面相觑。这些人嘴巴上虽说得响亮，自诏浪迹天涯，但事实上只是没人用他，乐得嘴硬罢了。真正以浪人生涯为荣的，实则寥若晨星，能有几人？所以一听武藏拒绝了将军亲授的侯王地位，不仅出乎意料，简直视为奇迹。

他们视武藏为敌的最大理由，本来是对他的命官的反感。现在既知武藏无意仕进，便是失去大半的目的，莫不爽然自失了。

但在岩田富岳，却不如此单纯。

首先是伊织的因缘。他当然早已知道伊织做了武藏的养子，原想活用这一因缘，借伊织居中斡旋，进而利用武藏，收为已用。

而那伊织，竟以敌人的姿态突然出现，顿使富岳手足无措。富岳虽是仍向伊织下说辞，想把他挖过来，无奈伊织拒之于千里之外，使得富岳黔驴技穷。

不久，由利公主又倾心于武藏。公主是富岳手中的第一张王牌，是遂其野心万不可少的法宝。这样一来，使他更为寒心了。

最后，富岳意欲公开由利公主与伊织之间的姐弟关系，借以扭转局势，从中取利。而又为由利公主一口回绝了。

在这种种不可告人的苦闷中，他渐渐心焦，而感情也随之激动起来了。以前，他曾告诫主水不可鲁莽，现在他自己竟也居然以杀死武藏为达成野心的第一阶段了。

“各位，这两件事却是不容混淆，不管武藏仕进与否，我们打倒武藏的目的不能有丝毫的动摇。我们既已送去战书，就得贯彻到底。”

富岳把他那阴险的目光向浪人群中一扫，再压低声音说：“而且各位，要知道武藏便是咱们祭旗的牺牲。为了大事得成，祭旗的牺牲来头愈大，咱们的威力也愈增。”

“哦，不错。”

浪人们这才重新振奋起来。

"松山先生，拜托了。"富岳特向主水说。

七

富岳虽是低声软语，但主水不做正面回答，却说："岩田先生，这时应该请公主出来说句激励的话，方是正理。"

话中带骨，但其他的人则无法听懂。

"啊，公主……"

众人的眼光一亮。

凡在浪人馆进出的人，对公主都是倾倒的。

富岳苦着脸道："不，事已至此，非妇人所应出面。时间已到，各位请吧。"

说着，先自站身起来。

这一伙人早已扎束停当，便三三五五随着富岳出了浪人馆。

这样一来，倒让主水有充裕的时间整理行装，让阿光送着出来，也没人警觉了。

阿光送他到了巢鸭桥下。

"那么阿光，好好保重身体，待我仕进之后……"

"……"

阿光不相信主水的话，不期望有重逢的一天。主水过桥之后，虽曾回头望了她一眼，就此加紧脚步走了。

待浪人们动身以后，由利公主叫了轿子。脱去外衣，里面已是行装打扮了。跟在轿子后面的，就是那个名叫村山修平的年轻武士。

却说富岳一伙的首脑人物，盘踞在芝山增上寺前一间叫"京屋"的茶馆楼上。

"武藏偕同伊织，长行的装束，刚才已离寺尾新太郎家了。"

一个青年急忙忙前来报信。这次为了袭击武藏，可说是江户浪人的总动员，人手既多，情报网自然健全。但他们一心都在武藏身上，对自己已在町奉行严密的监视之下反而毫不知情。以常教寺野为中心，布着江户建府以来最大规模的兜捕阵网，是他们连做梦也不曾想到的，町奉行堀三左卫门亲自出马，担任总指挥，坐镇在芝山门的小院中，把那一带围得水泄不通。

松平伊豆守也微服简从亲身前来；他于武藏退出江户城，随即辞殿赶来了。

"怎样，三左！不会有漏洞吧？"

"是……万无一失，绝无遗漏。只是……"三左卫门侧首回道。

"只是什么？"

"离开寺尾家以后，武藏走的方向不对，好像不是朝着这约定了的常教寺野前来，而是直往品川方面……"

"什么，朝品川方面？这却作怪！"伊豆守不觉诧异起来。

八

有"智慧伊豆"之誉的松平伊豆守，歪着脑袋静静地想了一会儿，突然拍膝嚷道："唷，三左！是了！是了！"

"是什么？"

"是武藏不曾接受岩田富岳的挑战哪！"

"这又奇了！身为兵法家，而竟不应别人的挑战？"

"不，刚在殿上听人说起，近年来武藏对于挑战……不，比试的邀约，往往避不接纳，悄悄地逃跑。因此有人说武藏老矣，也有人骂他怯懦。不错，这次武藏就是要的这一手法哪。"

町奉行堀三左卫门皱眉说："什么，武藏竟是这样一个无聊的武士？"

伊豆守却明朗地笑着说："可是，这确不然。今天的武藏，已是炉火纯青的天下第一兵法家了，倘而仍一一接受无名小卒的兵法家的挑战，不是太过儿戏了吗？若以此而谓武藏懦怯，只是未熟者的偏见。假如知礼的，就应亲诣武藏求教，方是正理。而且与兵法家竞胜争长，武藏已不感兴趣。真想比画，则不拘时地，随时随地挥刀来吧！这就是今日的武藏哪。”

“不错。”

堀三左卫门这才恍然大悟。

“何况，岩田富岳只是无赖的浪人，武藏怎肯理睬！不，三左！这是伊豆的失算，而竟见不及此……哈，哈，哈……”

伊豆守捧腹大笑。

堀三左卫门也搔着头皮说：“是的。正实如此……确实一直没有想到。可是殿下，怎么办呢？对方既未聚众滋事，又不便无端下手……”

“哦，等等！三左，富岳们不久也会知道武藏走品川一路，一定追着前去。赶上武藏的地点，大概会在品川尾地藏王堂附近吧。”

“那么……”

“三左，咱们先绕至地藏王堂附近，布下阵网。”

“是，遵命。”

三左卫门当即下令采取行动。

“殿下，您呢？”

“唔，我也去，我想再见一见武藏。”

伊豆守在门口跨上马背。这时，北条安房守也骑着马，带着四五个也像兵法家的武士，赶来了。

“噢，伊豆守殿下！”

“安房殿下，何往？”

“啊，听说武藏以众为敌，在此比画，所以赶来了。”

“哈哈，足下竟也与我一般，做了光眼的瞎子……”

伊豆守说着，又笑了起来。

九

京屋里岩田富岳处，也有了类似的情报。

“什么，走品川？唔唔，武藏这厮竟想乘机逃走。好，追上去！无论逃往哪里，追上杀却！”

富岳的号令，瞬息间便传达到了躲在各处的浪人。

“什么，逃了？哼，到底是官方武士，逃得好快！”

浪人们口口声声嚷着，急忙向品川追下去了。

武藏不会想象不到这边狼狈的情形的，但他却若无其事地，穿着长行的旅装，悠闲地向前走去。但选定傍晚离开江户，是武藏独特的作派；一般行旅都在早上动身。

可是，伊织却有点不大放心的样子。

“父亲，岩田富岳那伙人，这个时候一定是乱成一团糟了。”

“唔，是吧。”

“一定在骂父亲懦夫哪。”

“唔，会这样骂吧。”

“前年在纪州时，有个叫青木的约会比武，父亲也一声不响顾自走了。”

“唔。”

“后来那厮却扬言说，‘武藏怕我，逃跑了’。”

“这次也会这样说吧。”

“真是气人。”

“伊织，不要放在心上。我的心里是满高兴的。我赢得一次从来未有的，一大回合哪。伊织，这次来江户，在我是一大转机。今年刚才五十岁，从此又步入另一新人生了。”

“是。”

“在这里碰到许多有趣的人。鸭甚内，也是个了不起的人物。一传流的波多野，将来定能自创宗流。还有主水的剑，也是好久不见了。那厮真是可惜……”

武藏沉浸在回想中。这时，他是心平气和、肯定一切的。

“由利公主不知怎样。虽是女性，却是一个响当当的人物。伊织，让我们为她祝福吧。那些不能再见到的人，也许不能使我们再想起他们……”

“是。”伊织虽是无限感慨地回答，但望着前方说，“父亲！前途有可疑的人影。”

“……”

武藏也目不转睛地向前凝视着。

有六七个武士，全身扎束，站在地藏王堂阶前。

“唔，是富岳一伙吧。”武藏坦然说。

“对方好像也在注视着我们的行动哪。”

“哦。伊织，上了仕途之后，你就很少有这样厮杀的机会了。今天尽量地试试自己的身手吧！”

“是……”

“也使双刀试试如何。”

“是……”

父子两人虽是若无其事地前行，当然随时紧握着必胜的契机。

十

同一时刻，由利公主与森都两人，正在距品川地藏王堂半里许的三树松附近，一前一后走着。

“公主，今晚也许吃力些，要赶上川崎落店哪！今夜里能赶到川崎，万一富岳派人追来，也不怕了。”

“哎，到长崎老远的路程，现在就嚷吃力，那还了得……可是森都，这个时候，芝山常教寺野不知怎样哪？”

“你是说武藏先生同伊织吗？就是搬上一二百人，也绝伤不了他们一根毫毛。倒是，在町奉行的罗网中的，浪人们的狼狈样子，却是有趣得很。富岳、主水、吉田等尽是一流剑客，官厅的捕役也不敢大意吧。”

由利公主黯然接口说："是哪……武藏先生是当然的了，就是伊织先生的手下功夫，我也亲眼见过的，倒没有什么不放心。可是富岳也罢，主水也罢，到底是一起生活过来的，终是惦记……"

森都点头说："那也是吧，这就是所谓人情……但既已让伊豆守殿下看上了，始终是逃不了的网中之鱼。从那罗网中能救出公主，却是我最欣慰的事。"

公主默然了一会儿，却说："森都，你为什么这样关心我呢？"

"这个……还不是公主自己的品德感人？"

"就是为此？"

森都悄然说："这个吗？也为了你能理解武藏先生吧。二十年前我初见武藏先生时，便对他极为倾倒。此后凡是对武藏寄以好感的人，不论是谁，我必善意相待。"

"我真的理解武藏先生吗？"由利公主怀疑地自语着说。

森都随后接口道："武藏先生确是不容易被理解的一个人……但我以为公主你，比谁都清楚武藏先生。"

"真的？"

"我这样相信哪！公主能断然放得下武藏先生，便是一个很大的明证。"

"哎，放得下？"

"是的。假如现在还是稍有留恋，赶快立即丢开。武藏先生是独行踽踽的人！他是四面树敌的人！思念武藏先生的人，会陷于不幸。"

"哎，森都！"

公主正没奈何地这样呼唤时，森都愕然停步，静静地倾耳细听。

"奇了！附近有剑气……"

"哎，剑气？"

公主回头一看，吃惊地叫道："啊，森都！那边在厮杀……"

万里一空

一

“看得见吗？”

森都问道。

“唉，虽未动手，但有七八个武士……”

公主看见了遥遥后方的人影闪动，直觉地这样下了判断。

“哦——”

“说不定武藏先生也？”

“公主，不要管，咱们走吧！”

森都说着，提起拐杖。大家都知道森都是完全的瞎子，但感觉却灵敏得惊人，所以后来竟有人传说森都是假瞎子。瞎子而能同光眼人一般行动，已足惊人，倘而光眼人能一生装着瞎子而不露破绽，更不容易。

“走吧。”

公主也加紧了脚步。

这时站在地藏王堂前的七八个人影，确是岩田富岳一伙的浪人。他们一眼望着武藏和伊织，便向左右挥手为号，躲在路边的同伙，随即一拥而出。

“各位。阵容！”

富岳简短地一吼——想该是以前有过的经验，立即四人一排，每排各隔丈许，向后接连得老远老远。

富岳单独居前，等着武藏而来。这时他突然想起主水不见，便问：“松山先生呢？”

“真的？”

大家都面面相觑。

“松山先生！”

富岳高声呼唤，但没有回答。

“哼，原来这厮！”

富岳虽霎时警觉，却已没有让他有愤慨的余裕了；武藏与伊织，已一步一步走近前来。富岳高耸两肩，瞪着渐渐迫近的两人，兀然不动。

右首松林尽处，是品川的海滨，左首是一片田地。沿路上除了这间地藏王堂，没有人家了。

武藏在前，伊织随后，两人都若无其事地朝富岳走过来。武藏那悠闲的步武，是旁若无人的。

“武藏！”

岩田富岳急躁地叫道。

“叫我吗？”

武藏像出乎意料似的，停下脚步。

“武藏，你这懦夫！为什么不到约定的地点常教寺野去？”

“噢，你就是叫岩田富岳的那个浪人吗？”

“正是富岳，快快回答！”

武藏淡淡地笑说：“抱歉得很，你的信确是收到了，但忘了拆看。”

二

富岳因屈辱而全身震颤。

“唔，什么，忘了？”

他边说着，边向横一跃；是在后的伊织向前跨步，与武藏并肩了。

还有什么好问的！富岳虽明知无话可说，但心中急躁，无端地总想说他几句。

就在他向横跃退时，捧腹笑道：“哈，哈，哈……忘了？亏你说得嘴响，只是懦夫的口实！”

“那样也好。”

武藏坦然回答。

“要不然，便是为了要泄我众人之气的老手法。”

“哦，那样也好。”

富岳终于忍不住大声喝道：“一齐上前！”

“啊！”

最前排的四人，霎时拔出大刀。但因武藏与伊织抢前了一步，四人便一边拔剑，同时向后倒退。

武藏与伊织仍空着双手，未去触及刀把。钢铁般的压力，重重地紧逼过去，使四人绰刀在手，毫无施展余地。

又是一步，二步！武藏与伊织毫不踌躇地，并足前进。四人连连倒退，撞在第二排的四人身上。

“呀！”

第二排的四人，原想分开前排的人上前的，但他们也一样地连连后退，变成了八人一团，乱糟糟地碰在第三排人身上。

而武藏与伊织，还是用原来的步武，步步逼紧。

“喂，为什么退后？上前上前！”

富岳自己虽也连连后退，但边退边嚷着，仍是没有一人敢上前。

富岳所布的这一阵势，是四人一排，分批杀进，以一部分人用轮战法使敌方疲于奔命，另一部分则绕过敌后，从前后左右进攻，使对方顾此失彼的一种战法。

但前队既不能进击，阵形先自溃散，接着第五、第六两排也陷入混乱，闹成一堆了。

加上，远在后方的几排，因不知前方情况，反向前推进，也溃不成形，只是乱挤乱喊，一发而不可收拾了。

武藏一看，时机已熟，便停下脚步，低声言道：“伊织，拔刀！”

“是。”

伊织抢前一步，双刀出鞘，身随刀进，转入闹成一团的敌人群中。

“啊啊！”

“哎！”

惨号悲鸣之声，即随着爆发了。

三

集结羸弱，也能形成一股强大的力量：就是以量胜质的原理。组织的力量，就是根据这一原理而来，且被公认为不可动摇的真理。

可是事实上，虽是严密的组织，钢铁一般的团结，也不能说是绝对的保障。铁锤一挥，岩石为碎；多数人往往败于少数，甚至一人之手。

品川地藏王堂前的决斗，武藏正是以大铁锤的威力，一击而摧毁了富岳精心组织起来的阵势。他们的阵形，显然是全盘溃散了。

这样一来，人数众多反成不利，虽尽是成名的剑客，却也不能随心所欲发挥威力，完全成了乌合之众，争先恐后跳入左右稻田中去了。富岳的叱咤，又有何用！

这期间，武藏仍是空着双手，悠闲地一步步前进。

“父亲，就此罢休。”

“哦——”

瞬息间手刃了六七个浪人，伊织不再追杀，手提大刀，跟在武藏后面。

“哇啊，哇啊！”

这时，爆发出阵阵的喊声。町奉行堀三左卫门所率领的官方捕快，从四面八方的稻田中拥出来了。

浪人们像蒙在鼓里，不知道怎么一回事，正在茫然呆立之间，已被二三百名捕快，团团围在核心。

“那壁厢所站的浪人们听着！尔等行动可疑，着即逮捕。快快放下武器，随同本衙解府听审！”堀三左卫门严重地宣道。

“什么，行动可疑？”岩田富岳前跨一步，开口问道，“是否明知岩田富岳？”

“当然哪！”

“是明知奉阁老诸侯的密谕，为将军家效劳的岩田？”

“然也。是阁老协议的命令！”

“确是不错吗？”

“不必啰唆！”

富岳的脸上顿时杀气腾腾，与刚才对武藏时像换了一个人似的，恶狠狠地瞪着两眼。

“唔，看来是与武藏勾结的阴谋，本人自问清白，不劳牵挂，请即回头！”

“有话向法曹去说！”

“什么，法曹？谁耐烦！就此了断……”

富岳霎时拔出大刀。

“各位，上前！”

“噢噢！”

浪人们原已拔刀在手，霎时四散立定架势。这情形与对武藏时又自不同，个个人精神百倍、斗志凌霄。

四

“父亲，又发生怪事了。”伊织一面拭刀入鞘，一面说道。

武藏驻足回头一瞥，随说：“走吧，伊织！与咱们无关。”

“是。”

他们刚一走动，后面的喊杀之声骤起，接着是乱糟糟一片嘈杂。

“哼，浪人们正在拼命哪。”武藏并不回顾，自语着说。

伊织回头一望道：“看样子捕快们反落下风了。”

“是吧，尽是出色的兵法家啦。”

“父亲，请勿见责。岩田富岳既为奉行所嫌疑，未知由利公主怎样？”

“哦，公主是聪明人，还有森都跟着，不会波及。而且，这倒是公主摆脱那些人的好机会哪。不必担心！”

伊织这才放下心事。

乱斗好像愈演愈烈，过路的行人，都远远地驻足观望。但武藏不停，顾自走去。

“伊织，刚才如何？”

“是。有父亲的靠山在后，真是如入无人之境，一无阻挠。可是，在父亲面前，敌人为什么那样无力呢？真是奇怪！”

“伊织，静下心来想想，便不难领悟了。有时，寡能胜众！记着，运用如不得法，人数众多反受限制。结集了百人，只有百人的力量。但个人的力量是无限的，扩而大之，足以充塞天地之间。懂了吗，伊织？”

伊织歪着脑袋说：“像是，似懂非懂……”

“好了，好了，将来自能领悟。”

呐喊的声音渐远。后面响起一阵马蹄的声音，渐来渐近。

一骑，二骑，三骑，四骑……骑马的武士到了武藏与伊织身后，戛然收缰，翻身落马。

“武藏！”

“武藏先生！”

武藏回头一看，冲口叫道：“呀，各位……”

武藏与伊织退立道旁，躬身施礼。那些武士，便是松平伊豆守领头，跟着是北条安房守、苍龙轩和波多野二郎左卫门四人。

“武藏，听说浪人们对你拦路截击，所以赶了来的。”伊豆守微笑着说。

“我也偶尔风闻，便驰马前来。”安房守接口说。

苍龙轩像是不胜依依地说：“原想再劳驾惠临敝寓一叙的……适才

听说富岳一伙袭击先生，乃偕同波多野兄匆匆赶来了。”

五

“可是武藏！”伊豆守用猜谜似的口吻问道，“请问你躲开了富岳指定的决斗场所，真意为何？是兵法上的虚实，或者另有缘由？町奉行一边，也曾为此险些错了哪。”

武藏惶恐地回道：“殿下！这不是兵法上的虚实，完全是武藏个人的任性罢了。”

“那么，为的是不愿与富岳这伙人周旋吧？天下无双的武藏，而竟与一介无赖的浪人为敌，也太过笑话了。武藏，实不相瞒，我也曾这样推测的哪。”

伊豆守说着，浮上快意的微笑。

武藏更是诚惶诚恐地回道：“不，殿下！我自己也只是一介浪人，怎敢因对方是浪人，便存轻视之心。”

“哦哦——”

伊豆守不解地偏着脑袋。

武藏继续说：“即使对方是第一流的名兵法家，我如不感兴趣，还是不顾而去。这完全是出于武藏一人的任性罢了。”

“哦，武藏！这样有时会受世人的詈骂吧！”

“明鉴。但詈骂也甘于接受。”

伊豆守还想开口发问，安房守却制止了他，接口问道：“武藏先生，你最近心境的进展，使安房守深有所感。你谦虚着说是因为任性，但那正是置身于自由无碍的世界的心境。是吗，武藏先生？”

武藏悄悄地，像自语似的回道：“惶恐之至。武藏近日才能收回了心的自由似的。距真谛固然尚远，但向那万里一空的境地，一心在求精进而已。”

“什么，万里一空？”伊豆守沉吟着说。

安房守也随口唱和，却接着说：“不错。那么，一个敌人和千个敌人相同，而常教寺野和品川地藏堂前也初无二致。江户和京都没有不同，而且，将军也罢，浪人也罢，乞丐也罢，都无差别。”

这时，伊豆守恍然而悟，拍膝叫道：“刚才你逼退浪人们的那个气魄，也是基于万里一空的境地而来的兵法吧？”

武藏毅然答道：“殿下，正是如此。但我既非禅宗和尚，不能领会一切，了悟一切。我只是踏着四大皆空而进，自己却仍臻于真‘空’。我所负的业障太重，觉得宇宙与人生仍是谜一般深不可测。那么殿下！各位珍重……”

武藏深施一礼，大踏步地回头走了。

六

“宫本先生！”苍龙轩依依不舍地叫道。

他知道这位巨人，是不会再有重来江户的一天了。现在苍龙轩所暗中策划的，是全国第一流兵法家的大会赛，近日正在调派匹对的人物。——这一计策，居然被他促成，便是翌年——宽永十一年在江户城举行的御前比武。他绝对不期望武藏出场，却在武藏身边发现了伊织，而且选定柳生新阴流的骏足荒木又右卫门为其匹对。

“宫本先生！”波多野抢前几步说，“承先生指点，填补了一传流的缺陷，因此决定改称一转流了。”

武藏再次回过头来，向众人深深一礼。他对波多野特别致以祝福的目礼。

喊杀之声早已寂然，富岳以下的浪人，想已一一就缚。夜色渐浓，深深地裹住了海天、田野和路面。武藏与伊织，没入那如雾的夜色中去了。

七

这样，武藏离了江户。由利公主与森都也走了。但那天最早离开江户的，却是松山主水。他离开浪人馆，到门前的京屋转了一转，就此直趋品川，急急地别了江户。

他的脚步轻快。摆脱浪人馆的生活，像是从泥淖中拔身出来一般，感到满身清爽。

“浪费掉了徒然的岁月！”

他在心中反复自语着。七八年来，他承认自己一无进步，反见堕落。功夫疏懒了，兵法上走入岔路。

“是生活的错误！”

他这样下了结论。

当然，他并没有就此放弃对武藏的竞争心。也没有斩断对由利公主的痴情。更没有丧失坚强的自信。他承认自己败于武藏，他承认与由利公主的情爱已是破裂，但他绝不承认一切就此终止。

“等着看吧，武藏！”

“由利公主哟！总有一天，我会教你投入我的怀抱！”

他昂然阔步，高声呼喊！他的心中燃着对明日的希望。他想从心中，把昨夜以前充满着侮辱的生活一拭而净。

可是，浪人馆中的生活，是否尽是侮辱呢？他在昨天之中，有没有遗忘了什么宝贵的东西呢？他为什么没有想起阿光呢？

主水这个人原来就有一个缺点，时常把最重要的东西遗忘丧失，乃至失之交臂。

总之，他比武藏，比由利公主都先离开江户，却是不幸中之大幸。假如在半路碰上武藏或由利公主，也许又要发生意外的事端了。

“一切留待九州再说……”

主水心想着，一直向西赶去。

京寓

一

武藏与伊织连夜攒程，赶过川崎的宿头，所以不曾与由利公主和森都在路上碰面，就此一路下去，到了京都北野神社附近的寓邸。

他的寓舍中没有女佣，只交给两三个门人经管门户。他的主意是大厦千间，夜眠七尺，所以家具既极简陋，所谓武坛，也只是正屋旁增建的一个二十席榻榻米的地板间罢了。这在武藏，真是名实相符的寓邸，不是久居的家宅。兴之所之，一出门便是三月四月不归，像一个云游的行脚僧。因此虽立门户，却非正式的武坛之主。

武藏平日未明即起，先用冷水漱口，再挥舞木刀至汗出为止。然后洗脸，用冷水拭身，入室静坐。禅宗和尚有坐禅一道，但武藏不是学的他们，静时不忌杂念。他只是调节身心，使自己进入斗争的姿态，静静地面对敌人。而武藏所面对的敌人，也不是固定的，只是存在于云烟远处的什么东西。

敌人虽不现形，却千变万化，想从武藏的眼中遁形。有时化为飞禽虫虺，有时变成各种人像……

可是，武藏现在已参透万里一空之理，他的心眼能在空中自由飞翔。他的心眼能不误方向，用剑尖指住敌人的真像。

这样静坐半小时，武藏的胸中自能涌起自信与斗志。

“好了！”

于是，他便出室与伊织共进早膳。他的一日三餐，也简朴得如同禅僧的，当然哪，真正的斗争不在静思之中，而在日常的生活里。早餐后，门人来了。武藏不使用竹刀，给门人只指点架势。午前指点伊织与门人练习。有客来便让他们等着。接见来客，须在午后。

来客多半是进修兵法的剑士，有仕途的武士，也有普通的浪人。

武藏亲身体验过浪人兵法家物质上的匮乏。据他的传记上说，他的卧室中经常准备着装有金钱的小袋，吊在壁上，碰到穷困的浪人兵法家来访，便举以相赠。

武藏当然并不会富裕，但他的生活朴素，是他把门人所送的东西、大名诸侯所赠的馈遗积储以飨同好之士罢了。

他当然也有外出的时候，但很少叩访兵法家之门。回京后第一天去访问的，是京峰本阿弥光悦的画室。

二

武藏被领进茶室。

光悦已八十二岁。春寒料峭，他的头上仍戴着头巾。脸色红润丰腴，虽称不上矍铄，却也安详骀荡，俨然有长者之风。那时，他仍是工艺美术界的前辈，潜有势力。

武藏去时，已有两个先客：一个是认识的大阪商人，另一个是河内刀冶匠永国。

光悦亲自给武藏沏茶，道了久违。永国也是跟武藏习艺的门人，两人间自有一番话旧。

“怎么样，武藏先生，最近江户有没有什么新的画师出现？”

见面的话告一段落，光悦问道。

“不，一向没有听人说起。不过将军脚下，诸侯会集的地方，街道也很宽敞，不久也许会有号称江户派的绘画出现吧。但京都的传统，想该不会因此衰退哪。”

“是吧，文化不是一朝一夕的事。看起来是崭新的文化，骨子里还是离不了传统的精神。可是，足下近来也有作画吗？”

武藏接口说：“正想下功夫来画几幅试试看哪。不仅有绘画，还有雕刻和金石，也想一试……”

光悦点头说：“这样便好，足下本有画才。这不单就技巧而言，足下的兵法，与我们画师探究美的态度有相似之处。不，严格地说，更为认真。”

武藏倾耳谛听，不住点头。

光悦眯细眼缝说：“足下原是兵法一途的，能把一切活现在兵法上。在绘画或雕刻中，也能表现足下的心境。无论如何请你画画看，画成时的快乐，是无法形容的哪。而且绝不会妨碍你的兵法修行的。”

“诸承教益，惶恐之至。”

武藏叩头致谢，随即辞了出来。

刚出门，永国追了出来说：“先生，今天我是受人之托，去请光悦先生鉴定刀剑去的，回头本来想去府上拜谒，还不知道先生已去过江户呢。”

光悦原是刀剑的鉴定专家。

“哦，因为偶尔想起来，便去了。近日，业务如何？”

“先生，我把给您老的佩刀打好了，是多年来一直悬在心里的一个愿望……”

永国欣然指着肋下的木盒说：“鉴定的刀，我把它寄存在光悦先生处了。这就是我为先生铸的……”

“噢，那倒想先睹为快哪。”武藏加紧脚步说。

永国，三十二三岁，黑脸庞，是目光锐利的长身汉子。

三

“呀！”

由利公主低喊一声，立住了。

“怎么了，公主？”

森都不安地问道。

“武藏先生！”

他们两人走得慢，今天才到京。顺便瞻仰京里风光，正在清水寺的途中。公主在人群中偶然见了武藏与永国的背影，不觉惊呼起来。

“什么，武藏先生？”森都也驻足惊问，但立即改口说，“公主，请勿呼唤。昨夜在宿头卜了一卦，似乎武藏先生也快到九州去了。武藏先生本来与九州有缘，再加伊织哥又不日出仕小仓。公主，倒不如到了长崎，安定下来再慢慢地与武藏先生和伊织哥见面吧。”

“唉……”由利公主悄然点头。

在由利公主和武藏背后的人丛中，把脸藏在军笠下，盯着他们看的一个武士，正是松山主水。他比武藏早一步抵京。京里是他的旧游之地，住着许多熟人，便逗留下来了。

主水并不知道富岳一伙当天被町奉行一网打尽，但知道富岳与公主之间的破裂。

“这样看来，公主也溜出浪人馆了。”

他心想。但与森都搅在一起，使他不满。

“唔，是武藏那厮差拨森都拐走了公主的吧。”

这样一想，好不容易安静下来的情绪，又激动了起来。看两人，没有跟着武藏的样子，可是他还是牢牢地盯在两人后面，直至傍晚，看他们两人进旅舍。主水这才觉察自己的多疑而不禁苦笑，便即回头踅回旅馆去了。

武藏做梦也想不到自己被由利和主水发现，偕永国回到寓邸，立即取出永国所铸的长刀。

“哦，永国！好家伙。”武藏翻来覆去看了半晌，沉吟着说。

“先生，是否合意？”

“浮在刀面上的杀气，已经沉底了。在有些人，初看或许像把钝刀，我却中意了。永国，今天起我用它作为佩刀。”

“是，谢谢先生！”

永国激动地说。

“永国，你的努力没有白费哪！”

“是。但那时假如没有碰见先生……”

“哦，已经有几年了吗？”

“正是造酒之助先生辞世之后。先生，已经三年了。”

“是吧。”

武藏感慨地闭上眼睛。

四

那年，武藏为了造酒之助的丧事去了姬路，归途在大阪耽搁了两三天。一天深夜，去探访朋友经过淀川沿河边上，迎面碰到一人；不是武士，却腰插长刀。武藏无端地感到杀气，便潜身隐蔽的地方，看他过去。那汉子过去大概二三十步，见对面来了一个商人模样的人，便手按刀把，眼看擦肩走过时，霎时拂鞘挥去。但在间不容发之际，被武藏抓住了手腕。

“做，做什么？”

那汉子掉转身躯，向武藏扑来。

商人吓得一溜烟跑了。

武藏松手问道：“是路劫吗？”

“不是。”

“那么试刀？”

“要你多管！”

那个汉子又挥刀向武藏砍来。刀尖也颇凌厉，但在武藏前，简直视同儿戏。他也不闪躲，一伸手抓住对方的手腕。大刀随着落地，是连刀柄仍是白身未髹的新刀。

武藏看那汉子慌忙俯身去捡，便抢先捡它起来，映着夜色一看，竟是新出硎的。武藏伸手把对方腰间的刀鞘也一起夺了过来。

“这把刀我拿走了。你想要回，可到京都找宫本武藏。”

“哎，武藏？”

那汉子吃了一惊，仰头望着武藏。正待开口，武藏却不理睬，顾自走了。

武藏回京寓的第三天，门人通报说："一个商人打扮的人，无论如何要见先生。"

"叫什么名字。"

"说是见了面，当面奉告。"

"好吧，带他到这里来。"

不久，一个年约三十岁、黑脸庞、目光炯炯的长身汉子，一进来便跪在榻榻米上，伏地不起。

武藏睨视着问道："尊驾何人？"

"先，先生！"

那汉子抬起头来嗫嚅着说："是在淀川河岸上见过先生的……"

"噢，你就是那个冶匠？"

"是。想该先生见了刀铭早已知道，在下是住在河内国四条畷的，名叫永国的乡下刀匠。"

"不，我还不曾看你那刀铭。但永国不是最近出名的一个冶刀匠吗？为什么鬼迷心窍，无辜杀人？"

"在下只是想试试新出硎的刀锋如何……"

"哼，你既是冶刀匠，对于自己所铸的刀，不试锋竟无把握？"

武藏瞪着他问。

五

永国被武藏一瞪，不觉又双手着地，俯伏下去。他的两手不住地哆嗦。

"先生！"永国定了定神，这才开口说，"那天晚上，在下回去想了一夜。虽是为了要试验自己全神贯注铸成的刀剑，但无辜戕害人命，我知道罪孽深重，就是死在先生刀下，也是孽由自作。承先生不杀，只是没收了那把刀，意在点醒在下……"

永国的额上渗着汗油。

“先生刚才的指示，身为刀匠，而竟不知道自己所铸的刀剑锋利与否，深愧艺技未精。先生此语，在下自当深铭肺腑。”

武藏伸手从刀架上取下白鞘的一刀。

“喏，永国！仔细去看你自己所铸的刀是否锋利？再拿我的佩刀来比较，看是如何？”

武藏把白鞘递给了永国，再把自己的爱刀“伯耆安纲”拔了出来也放在他的面前。

永国肃容端坐，先拔出自己所制的刀，静息凝视了一会儿，再把视线转向“安纲”。

武藏沉静地说：“永国，‘安纲’是已有定评的名刀，你休急躁，静下心来看看。”

永国对两把刀交替看着，突然眼睛一亮，说：“先生，在锋利上，我敢说我的刀也不在宝刀‘安纲’之下。”

武藏一边收刀入鞘，却说：“还有呢，永国？”

“是……但永国的艺技未精，仍只是钝刀罢了。”

“好，那么从此再下功夫，待你有了得意作品时，再让武藏作为佩刀。”

“是。”

永国是烈性汉子，剑术上也颇有功夫。冶刀师而竟杀人试锋，就是他那烈性使然。但那烈性，却中了武藏之意。

自此永国常出入武藏的寓邸，接受武藏的教诲，剑术上做了武藏的门人。他所铸的刀，进步甚速，渐渐地为武藏所赏识。但制做出可以进献武藏为佩刀的刀，却不容易；武藏所佩的是名刀“安纲”哪！而在三年后的今天，好不容易才偿此夙愿。

武藏这天显得很高兴，特别叫了酒肴款待永国，且说：“永国，回去再替我铸两把，是打算奉赠小仓的小笠原侯和肥后的细川侯的。”

“是。限期到几时为止？”

“哦，今年年底。”武藏答道。

他这时偶然想起，决定自己也随同伊织到九州去一趟。

六

武藏后来也常去叩光悦之门。光悦家中有窑灶，而他的住宅四边，住着漆工、画师、塑造匠和金石工，有很多优秀的工艺家，形成一个艺术新村。

武藏能以轻快的心情，而且快乐地向那些工艺家请教基本的技艺。他把艺术的境界看得很高，但没有把自己视为专家，只是想向他们学习些自己所想制作的有关那些作品的必要技术罢了。

他是佩刀的武士，对刀锷特别喜爱。他想亲手制作，乃下功夫去学习这方面的技术。武藏不是佛教徒，他仅为了兵法的立场而酷爱不动明王的塑像；改向塑佛匠学习这一方面的技术。他也时常作画，除达摩之外，喜画翎毛。鸟中，他画斗鸡、画鹃（伯劳），也画水鸟。斗鸡是战斗的鸟，伯劳亦然，水鸟则是啄食活饵的鸟。

在武藏，人生便是战斗，而且是仗剑的战场。当他掉头向自然界物色画题时，便成鹃、成水鸟、成斗鸡，是当然之理。当他处理这样画题时，不会像过去那样，因作画而与兵法发生矛盾感到困惑。画境、兵法、人生，完全一致，成为三位一体了。

这一年，九月间造酒之助三周年的忌辰，他去过姬路一趟，便没有出门了。十月间，对江户参觐的小笠原忠真侯来说，明年参觐期满归藩时，即刻正式任命伊织，而在最后写道：

希望足下亦能随伴伊织前来一叙积愫。

同时，细川忠利侯也有了同样邀柬，使武藏大为心动。就在这时，夜半常觉心窝疼痛，不能安眠。武藏自己并不为意，伊织却不放心，常问："父亲，近来脸色不佳，是否有什么不豫？"

"唉，近日半夜常闹心疼，但这一点小毛病，怎会影响脸色呢？"

过去，武藏连伤风咳嗽都不曾有过，但心痛渐剧，连口味都倒了。过不了几天，突然腹泻，全身乏力，虽是那么刚强的武藏，也敌不过病魔，躺下来了。心痛也不敌夜半，愈见厉害了。

叫村医来看，说是肠胃病，并不严重。但武藏仍是日见衰弱，食欲是当然没有了。伊织心焦，为了每天的饮食，煞费苦心。可是伊织对病也没有经验，只是看着养父食欲不振、身体衰弱，干着急而已。

一天，武藏说："伊织，暂时不要吃东西，也许好些。"

自此，每天只喝汤水和药，过不了几天心痛倒渐渐痊愈，食欲也有了。大概就是今日所谓胃溃疡或十二指肠溃疡吧。

七

到了年底，病体完全恢复。几个月的病床生活，虽给武藏带来痛苦，却也让他有了自我检讨的机会。结论当然还是他那信条"万事皆无后悔"，倒也成为生活上的一个转机。

武藏决定离京，便告诉伊织与他同去小仓的事。

武藏在京只是临时住所，所以他从来没有把京都作为自己的久居之地。但事实上，京都一直是他的生活根据地。他现在决定把这根据地抛弃了。

小笠原忠真侯于开年二月归国，武藏便决定于三月间离京。他把这个决定通知了知交和门人，并亲自到光悦处辞行。

"什么，房舍也不要吗？"光悦依依不舍地说。

"本来是临时的寓邸，没有什么家具。而且看什么时候高兴，还会飘然回来的。"

"足下原是随遇而安的脾气，倒也无所谓，只是我已如此高龄，真有点舍不得你就此离开哪！"

光悦眨着眼睛说。

两人是几十年来的老友，这期间每逢武藏有生死的决斗时，光悦也不知担待了多少心事。

“幸好师匠身体壮健，今后随时仍可见面。”

武藏对这份深厚的友情，也深为感动。

“但愿如此。到了九州，千万不要丢开画笔，我等着要见到你能画出独步古今的作品哪！足下尽可不必拘于技法末节，也像兵法一般，不需师匠。金工、雕刻也一样。”

“承教。”

“矢野吉重在肥后，已是大有成就的画师了，堪为足下良友。”

光悦边说着，边从文具盒中取出一挺墨，郑重地用纸包好，递给武藏。

“到偏僻地方最难到手的是好墨，这是特别托人采购来的唐墨，作为光悦的饯别之礼，请足下笑纳。”

当然不必推辞，武藏便高高兴兴接了过来。

辞了光悦回来，冶刀匠永国正在等着。他是送去年武藏定做的两把大刀来了。当然，他早已接到武藏南下九州的通知了。

“噢，看样子已经好了。”武藏一坐下来便说。

“是的，总算没有误事，请先生一看。”

武藏仔细地看了好一会儿。

“哦，好极了。”

武藏很满意地收了起来。

八

这时永国却双手拄在榻榻米上，敛容言道：“先生，永国有不情之请。拟请先生准予随同前往九州。”

“什么，同去九州？”武藏出乎意料地问道。

“是的，我舍不得远离先生。”

“这却奇了。我过去不是一直都在远地旅行吗？”

“是。可是这次的情形不同，是搬住九州，我觉得先生是不会再回京都来了。”

“唔——”

武藏深深地沉思。这次对他前往九州，有这样感觉的不仅永国一人，光悦如此，别的人也都这样想。武藏原没有久住小仓之意，看高兴仍回京都。但静下来，京里对他确是已无所留恋，也不感兴趣了。

武藏掉向永国说：“不错，我也许不再回京，但也未必久住小仓，还得去肥后，去长崎。永国，待我决定在长崎住下时，再邀你前去吧。”

“那么先生是答应了？”

“哦，到那时一定叫你，放心等着。”

“谢谢先生。”

永国满怀高兴地走了。

临动身之前，天天有门人故旧前来送别，或者设宴饯行。旧知中有兵法家、僧侣、商人，也有文人墨客。

在这扰扰中，森都突然来访。

“是从江户的归途。原以为不必再去江户了，因伊豆守殿下的召唤……”

及至听到武藏要去小仓，便说：“武藏先生，这才有趣，我的卦象中早就出现了。”

接着，森都便把前次他们离开江户以后的情形，做了一次简短的说明。

岩田富岳以下，浪人馆的干将，多半被捕入狱。但浪人还是一样跋扈。

苍龙轩的计划将实现，定于本年内会集全国兵法家，举行御前比试。

波多野自创了武坛。

最后，他又诉说去年与武藏相前后，陪着由利公主，离江户前往长崎的经过情形。他说：“公主像是完全换了一个人，连伊豆守殿下送的津贴也辞退了。专借教授茶道和插花，过着幽静的生活。”

“亏得能平安脱离了浪人馆。森都，还得谢你了。”武藏高兴地说。

森都微笑着说道：“为什么谢我……”

“公主不是伊织的未婚妻——浪娘的救命恩人吗？”武藏淡淡地回道。

宿缘

一

武藏偕同伊织，踏上一别二十年的小仓。与佐佐木小次郎的船岛决斗，是武藏一生中最大的转折点。今日旧地重游，自是感慨良深。

当日的小仓，城主细川家已迁国肥后。继其后者为小笠原家，也与武藏渊源甚深。

到了小仓，武藏父子立即晋谒忠真侯。伊织正式拜命，食禄三百石，并赐城内邸宅。于是娶黑田家浪娘为妻，组织新家庭。武藏当然也在他们家中暂住下来。

办了伊织的喜事之后，忠真侯特为武藏举行一次大规模的欢迎盛宴，邀集了百数十名的宾客。

到小仓后，武藏仅见过忠真侯及其左右的重臣与黑田家的亲戚。在这次宴席上，忠真侯无限欣愉地把他向家臣们介绍着说：“我与武藏一直深交，因此伊织做了本藩的人，武藏目前也留在小仓，你们在兵法上可以尽量请教。武藏，希望你能宽心多住些时候。”

家臣们一一到武藏面前通报姓名，举杯敬酒。

这其中，有一个较武藏年轻四五岁的壮年武士。

“宫本先生！”

施礼之后，他微微笑着。

“唷，高田先生！”

那武士便是高田又兵卫。又兵卫仕于小笠原家已有八年，武藏当然早已知道，与忠真侯谈话间，也曾屡次提起又兵卫的名字。所以这次来小仓，能与又兵卫见面，也是武藏引以为乐的一件事。

武藏与又兵卫是宿命的敌对。二十三年前武藏打垮佐佐木小次郎前往长崎途中，在肥后的小城街道刀劈又兵卫的枪尖之后，又兵卫便以击败武藏为目标去磨炼枪术。

第二次交手，是九年前在纪州和歌山偶然相遇，且在城中纪州侯面前比画。那时，又兵卫虽抱着必胜的信心和气概，但用枪挺了半个时辰以上，终于无隙可乘，只好罢手。

“武藏先生，真是一日千秋，专望足下惠临。”

虽是敌对，却是互相敬爱的敌人。

“我也以能与足下见面，引为无上的快乐。养子伊织年事尚轻，以后务乞多多指教。”

“说哪里话来，伊织世兄的功夫，早由殿下处得悉备细。少年老成前程无可限度，将来自为本藩柱石。”

两人正自谈得投机，忠真侯一径前来，在两人之间坐了下来。

“武藏，先敬你一杯。”

忠真侯给武藏倒了满满一大杯。

二

“谢殿下。”

那是足容三合的大杯，武藏仰头一口而干，把杯子交还忠真侯。

“那么又兵卫，你也来一杯。”

“是。”

也是仰着脖子，一口气喝干了。

“再来一杯。”

“是。”

又兵卫接连干了三杯。武藏虽不嗜酒，看时候也斗酒不辞。又兵卫则是有名的酒豪。

“高田先生，好酒量！”

武藏笑着称赞。

又兵卫却说："只有这个，该不会输给武藏先生吧。"

然后，爽然一笑。

忠真侯满心欢喜。他知道两人在兵法上是对头，每逢必战，对于今天的见面，很有点放心不下。

"你们两位想，我该是多么满意——枪术上天下第一的又兵卫归了本藩，而剑术上天下无敌的武藏，又是本藩家臣之父。小仓城足以自豪！武藏，不要客气，倘能久居于此，便是本藩之幸。"

但他们两人却不肯就此罢休的，待忠真侯离座之后，又兵卫冲着武藏说道："宫本先生，在和歌山向先生请求的事，在下迄今未忘。"

"我何尝忘记，正在等着有这么一天哪。"

他们说的，是在纪州侯面前交手时的约定。当时又兵卫抛了手中的枪，向武藏请求"有机会再请赐教一次"，而武藏也慨然答应了的。

但两人都没有提起在宴会中立即交手，他们同意留待最近有机会，先得殿下的准许——便是这样约定了。

高田又兵卫字宗伯，是宝藏院流胤荣嫡传，纪州家家臣中村市右卫门的弟子，枪法在继承胤荣门户的胤舜之上，且是大坪流马术名手。

小笠原家于任命当时，曾专使通知其师中村市右卫门。其时，市右卫门即问："贵藩任命又兵卫，是用他的马术还是枪法？"

使者回道："又兵卫先生的马术虽是古今的名人，但君上所命，专在枪法。"

"不亏我教他一场。"市右卫门这才喜形于色地说道。

三

数日后，武藏与又兵卫联袂晋见忠真侯。

"殿下，又兵卫同时商得宫本先生，有所请求。"

又兵卫先开口说。

“什么事呢？”

忠真侯讶异地问道。

“又兵卫与宫本先生的比武，伏乞准如所请……”

“什么，比武？”

武藏接口说：“请君侯听武藏一言。早年我们在和歌山见面，因有约在先，便在纪州侯之前比武。那时我们又约定，下次有机会再度交手一次。”

又兵卫接着说：“和歌山那次是又兵卫败了，以后又苦下功夫，想再请宫本先生的教示。”

忠真侯稍露踌躇之色。他也曾听到前次比试的事，但现在踌躇，是不愿有任何一方受伤。

可是，既双方当面请求，又不得不答应，不，对于已圆熟的名人间的比试，假如太过拘束，反显得看低了双方的价值。而就他的地位来说，这一比试真是不可多得的盛事，为了兵法，为了鼓舞藩下的士气，都是难逢的良机。于是忠真侯乃断然言道：“好吧，我同意了。名人间的比试，我也是先睹为快哪。”

接着，就得商定比试的时日与场所。

又兵卫性急，提议说：“今天，就此借府巷院中，在殿下面前……”

武藏截断他的话说：“请等等，我想决定明日巳刻（上午十时），在城内跑马厅中。”

“什么，在跑马厅中？”忠真侯感到诧异。

又兵卫却说：“宫本先生，您的意思是不是骑马比试？”

武藏坦然说：“正是这个意思。记得二十二年前，在肥前小城街道，足下跃马绰枪，那电光般迅捷的一刺，枪法之妙，至今未忘。且一旦战起，为将者的兵法，本来是马上功夫。武藏不佞，亦当骑马相对。当然用的真刀真枪。”

“哦，宫本先生到底所见不凡，咱们决定马上相对。”

待知道武藏的真意，又兵卫极为感叹。但要知道这不是坐在榻榻米上瞪眼相对的事，而是非见输赢不止的生死搏斗哪！

四

忠真侯霎时变了脸色。当然，他并无遗憾，也不是对武藏有何成见，更非对武藏有什么不满。但提议的武藏，和慨然答应的又兵卫，都有着秋霜似的激昂情绪。这两个站在兵法最高峰的名人，倾其所有的秘传和精神，加上年轻的热情，意欲为武道而赌着一切的死斗。

忠真侯虽为两人的气魄感动，但绝非畏怯。不，他自己都被惹起武将的气魄。

“好，双方如无异议，明日巳刻，在城内跑马厅内比试，就此为定。”

他这样吩咐了后，赠武藏取名“皋月”的黑斑名马，给又兵卫也赐了名叫“明石”的棕色骏马。

府上的管事立即奉谕着手准备去了。这一场比武，虽禁止市井平民参观，但谕知本藩藩士得以尽量观摩。全藩中因为这一消息而沸腾起来了。

二十二年前，武藏曾与当时的小仓城主细川忠兴家臣佐佐木小次郎决战，竦动了天下视听，现在他又在小仓，与小笠原家的家臣高田又兵卫作殊死战。人们推想起来，把这种因缘结在一起，认定这次两虎相斗，必有一死。

至于孰败孰胜，更是议论纷纷、所见不同了。谁都知道武藏是百战百胜、从未落败的剑士。他们也知道实战的经历以武藏为优，而前次的比画也是武藏占先。

但若谓马术，则均认为又兵卫远在武藏之上。当时的武士，固然都考究骑马，不能遂说武藏不精马术，无奈又兵卫却是名闻全国的大坪流马术的大家。

“可是，马上比武不是宫本先生提出的吗？对马术倘无把握，怎肯自动提出？”

“不错，既有天下第一兵法家之誉的宫本先生，在马术上想该已达名人之域了。”

“不，若说马术，总得首推高田先生啦。纵使宫本先生的技术已达名人之境，还得看平日的练习。在京里，谁也没有看见宫本先生骑马的吧？可是高田先生一直到今天，每天早上总是驰骋一周，从无间断。”

人们一聚首，便为此喋喋不休。

那天，武藏先到侯府的马厩里检视所赐的黑斑名马。回来后也不向儿媳浪娘提起，直至伊织下衙回家才说：“伊织，明天可以痛痛快快地一显身手了。”

他高高兴兴的，病后苍白的脸上，今天也分外光耀，像年轻了十岁似的。

五

“父亲，刚才殿下吩咐，要我早些回家帮着父亲准备，已告诉我明天的事了。”

“哦，坐骑已由殿下见赠取名‘皋月’的黑斑马，刚才到厩里看过，好骏的脚力，非常合意。比试过后，马就是你的了，还得盖造马房呢！你也不能老是走路上衙哪！”

伊织微笑说：“是。好久不骑马了，马上去叫人来盖马房。马鞍是从京里带来的，不知道是否可用？”

“那已够了。”

“那么，服装呢？”

“也是从京里带来的，不戴头盔，单穿铁甲。”

“铁甲？”

伊织一听，眼睛张得大大的。这不仅武藏过去不曾有过，兵法的比试而穿盔甲，更是空前的了。马上比试，也是耳目一新的。

武藏肯定地对伊织说道：“兵法逐渐离开实战，愈有独辟蹊径的趋势。所以如此，是有其充分理由的。可是，偶仿实战的情况，也很不错。这次既是马上比画，穿上铁甲，增加实战的气氛也好。世界虽是渐臻太平，却也不能就此松懈。到时候，你得多多注意比试时进退的火候。”

“是。”

伊织对这次的胜负，好像毫不为意，心情显得很轻松。他相信父亲，坚信父亲必胜。不，每逢这样场合，他都能追随着父亲的心境，超脱生死的界限。

这当然是由于武藏的熏陶。且伊织生来的烈性和大胆，也有很大的影响。他也像武藏一般沉默寡言，年纪虽轻，却沉得住气，临大事而不慌。

伊织当然对武藏的骑术也知道得很清楚。武藏的骑术不属于任何派别，但跨上马背，绝不输给专门的骑术家。也与剑术一样，武藏没有从师学过骑术。七八岁，他便跨上没有鞍缰的裸马，在村道上任意驰骋，但真正得到骑马的奥秘，是十五岁的时候。

武藏于十三岁时，在播州姬路，剑斩当时有名的兵法家，新当流的有马喜兵卫之后，有志于武艺修行而流浪各国。那一年，到了江州的琵琶湖畔，在路上碰到一个马夫，结伴同行。那是一个身躯并不高大、十三四岁的少年。两人谈得投机，方知道少年原来是这一带有名的骑手，在一年一度举行的八幡神社赛会的赛马中，去年荣获优胜的少年骑士。

那天晚上，武藏便住在这少年家中。但到了半夜，被一阵喊杀的声音惊醒了。

六

少年武藏——当时名叫弁之助，踢开被褥站了起来。待他手提钢刀，循声来到庭院，可惜已迟了一步。少年骑手（名与一）躺在地上，几个彪形武士正拟骑马逃去。

“等着！”武藏一喊。

他们回头看是一个少年，便不理睬，纵马而去。

与一的父母也出来了，把晕倒在地上的与一抬进屋里。不久，少年虽转过气来，右腕却被折断了。

问起缘由，原来是这样的——

偷袭与一的那群野武士，是江州数一数二的马贩头子，鬼仓武平所雇的无赖汉。

八幡神社的马赛，鬼仓让自己的儿子出马，年年得胜，去年却为一个无名的农夫之子与一所败。而与一的坐骑，又是与鬼仓素来不睦的新田村的长者五左卫门家所养。

鬼仓怀恨在心，再过一个月便是今年赛马的日子，他虽多方恐吓，要与一不再出场，却不为其所接受。这才雇来野武士突袭与一，折了他的右手。

第二天早上，武藏动身前去看视与一时，与一却说：“我真不甘心！弁之助哥，昨天一路谈来，才知道你也是骑马好手，能不能请你代我出场？”

“没有别的骑手了吗？”

“没有了。不，即使有这样的人，惧怕鬼仓，也不敢去骑五左卫门爷爷家的马的。”

“喔——”

武藏涌起斗志。他只是跨在裸马上乱骑瞎跑，从来没有参加过赛马。但他有自信，还有一个月的时间，尽够练习的了。不仅此也，要做一个兵法家，也可借此机会练习骑术。

“好，我替你去吧。”

武藏就此答应了下来。于是与一的父亲领他偷偷地到了邻村五左卫门家说明原委。五左卫门也是个不肯认输的硬汉。

“噢，那就拜托你了。今天起便住在我家，先得把马溜熟了。”

他满口答应。

那坐骑是夺自鬼仓手中，从牧场抢购了来的棕色的骏马。自此武藏差不多热心地与那匹马寝食与共，猛烈地练习起来。武藏的练法自与常人不同，不只是纵缰驰骋，且运用兵法上的天才智慧，心领神会，别出心裁。

七

八幡神社赛马的日子终于到了。那天，武藏躲过了鬼仓一伙人的挑战，轻松地独得优胜。从此，他一有机会就骑马骋骑，到了年轻时代，已自体会得骑术的精妙了。

这正是武藏的修行法，不仅剑术，就是绘画或工艺，都是靠自己努力，多下功夫，以致无师自通。

伊织的骑术也得自武藏传授，所以对方虽是骑术大家的高田又兵卫，他也毫不为意。

翌晨，跑马厅中武藏的帐幔在东，又兵卫居西，中央面南的是忠真侯的座位。周围已站满了本家藩士，在等着比试开始。不久，忠真侯率领重臣，在中央椅上落座。接着，报告巳刻已到的战鼓，咚咚咚催着双方出阵了。

“啊！”

观场的藩士，不觉一齐张大了眼睛。从东西两边的帷幔中出来的武藏与又兵卫，都是全身披甲，飞身上马。武藏穿的是黑丝衬底的铠甲，腰插大刀；又兵卫是黄白相间的甲底，手绰双刃十字枪。两人一催坐骑，静静地进至忠真侯之前，并肩立马，各施一礼。

“双方辛苦了。为弘扬兵法，幸各展秘奥，尽量施为。此乃武艺揣摩，胜负之事限于当场，不许怀恨记仇，希各凛遵！”

忠真侯庄严地宣示后，两人同声回道：“谨领钧谕。”

说完掉转马头，向左右分开。先是放辔缓步。慢慢地由缓而疾，旋即一紧丝缰，两骑马绕场驰骋，待机而动了。

绕场散匝，又兵卫突如疾风骤雨，跃马前躯，斜袭武藏。武藏双脚一紧，擦身避过。

但转瞬之间，武藏立即兜转马头，紧蹑又兵卫马后追去。又兵卫似是成竹在胸，让过武藏，双腿一紧，旋马驰开。如此这般，双方虽未露兵刃，但两匹马倏近倏远，若即还离，沙尘滚滚，烟雾迷茫。坐下马惹得性起，也自磨牙露齿，各不相让。

忠真侯以下两边厢观战的藩士，各自捏了一把汗，两眼直跟着场战中马旋转。突然间，众人一齐紧张地屏住了气息。一旦分开，各走东西的两匹马霎时掉转马首，从正面又渐渐挨近了。两马翘首疾走。踢得黄尘弥天，势如离弦之矢。

又兵卫手中长枪迎风呼啸。武藏也已拔刀在手。

八

十丈，五丈，一丈……险险正面相接的那一瞬间——

“哎呀！”

又兵卫手上的十字枪，疾如紫电穿云，猛刺武藏的胸板。间不容发之际，武藏的大刀斜挥过去，霎时间火星乱飞，长枪向空滑去。两马相交，势如流星……就在这一刹那——

“噢！”

一声其锐无比的呼啸声出自武藏的肺腑，同时大刀凌空，向又兵卫迎头盖下。

这时，围观的人都以为又兵卫必被斩于马下。但他却伏鞍躲过武藏的凌厉一刀，跃马向前，抬起身躯。可是，额上的头巾却被斩断，飘然落地了。

“伊织！”

忠真侯向坐在一旁的伊织叫道。

“是。”

“传令着即停手！”

“是。”

忠真侯并非事先便做此打算，是目睹刚才的剧烈情况，直觉到如再继续下去，必有一死，故此传令停战。

“殿下，马！”

“用我坐骑！”

座位幕后，系着忠真侯的爱马初霜。伊织翻身按鞍，一系缰绳，冲出帷幕。

这时，一旦交错而驰的武藏和又兵卫，又拨转马头，迎面冲杀过来了。

伊织双膝一紧马腹——

“上谕！着即停手！”

他边嚷着，边向两骑中间纵马而去。

但他的嚷声，被两边厢围观的嘈杂声给盖过了。

这期间，武藏与又兵卫的间隔急速缩短。两人之间，已迫近十余丈了。又兵卫再度绰枪在手，武藏也举刀过顶。这一次，怕会有一方受伤落马……

啊啊，只剩下不到一丈的短距离了！刀与枪，宛如两条凌空的游龙！

这一瞬间，围观的人群顿时被吓得鸦雀无声——是伊织向疾冲面前的两马中间，跃马进去了。

九

“上谕着即停手。”

伊织的绝叫，在杂沓的蹄声中，冲进观众的耳鼓。初霜被夹峙在直立的皋月与明石之间。

但围观的人们都看得非常清楚：马上的伊织，用左手抓住又兵卫的长枪，旋展右手大刀挡开了武藏的大刀……

但这是一瞬之间，又兵卫疾即抽枪，武藏也收了大刀，两人同时在马上欠身回道："谨遵钧谕！"

"恕罪！"

伊织一扭身躯，拨转马首，回到忠真侯面前复命去了。

"遵谕传令，双方业已停战。"

他沉着地躬身禀道。

"辛苦了。"

忠真侯的眼中满漾着惊叹之色。

一边，武藏与又兵卫骤马各回幔帷，换上常时服色，进至忠真侯座下。两人都面不改色，一点没有生死搏斗过来的神情。

"唷，两人都是好俊的功夫！想必双方手底各已了然，故着伊织传令停战，幸勿介意。"

忠真侯满心欢喜，边说着边站了起来。

"有话，咱们到书房再谈。"

外书房里，忠真侯正面设座，武藏与又兵卫比肩坐于一旁，伊织坐在两人后面，其他家臣分侍左右。

"武藏，又兵卫！今日比武，依我看是平分秋色、各无输赢的哪！"

"殿下明鉴，正是如此。"

武藏叩头回道。

但又兵卫却紧接着说："不，殿下！是又兵卫输了。头巾被砍落地，便足为证。能够保得一命，是宫本先生手下留情。又兵卫自二十六岁时，与武藏先生前后三次，始终不能取胜。今日方知先生确是天下无双的兵法家，非常人所能及。又兵卫不胜之喜。"

"噢，原来如此。武藏，是吗？"

武藏静静地回道："殿下，侥幸留得一命的却是武藏。"

"怎的？"又兵卫诧异不解。

“足下不愧骑术名人，马上一枪，妙绝天下，鬼神莫测，况在武藏……”武藏望着又兵卫说。

十

又兵卫仰头看着武藏：“可是先生不是轻轻地躲过了我那一枪？”

“不，高田先生！”

武藏盯着又兵卫说：“这一点，真是深为可惜。”

“我是指你所用的枪。假如不用十字枪，改用直枪，鄙人怎能挡得？”

“噢——”

宝藏院的枪，原是一字笔直的枪尖，又兵卫偶尔一次看到破扫帚，便自出心裁，发明了十字枪尖。

武藏仍以谦逊的态度，继续说：“二十二年前，足下在小仓城街道上向我骤马刺来的一枪，鄙人当时若不知道足下用十字枪尖，怕也不易招架。我的掉转身躯去斫枪尖，足下若非用的十字枪尖便难以奏功。但身形不动而用刀去挡，十字枪尖易于防御。一切武器，各视使用场合而功不同。我的兵法也是一样，即如我的双刀流，有些场合，运用起来反比不上单刀方便。利于双刀的，是一人而敌多人，尤其是被围困的时候。”

“哦，这样说来，先生便把我的使用十字枪尖，放在考虑之中了？”又兵卫反问着说。

“当然。在小仓城街道上，我虽是背朝足下，但已认定足下使的必是十字枪尖，所以跳得远些，直至最后界线……再远，距离拉长了，便来不及挥刀。今天也一样，计算好横伸的枪尖长度，望着那个枪尖挥刀挡住。足下大概只估计着用中心的枪尖，向我的胸板刺来的吧？今天的比试，假如我有占先的地方，就是这一点点空隙了。”

“惶恐之至。”又兵卫肃然叩下头去，脸上充满着感激和喜悦。

忠真侯也拍膝叫道：“噢，想不到兵法竟有如许奥妙。”

小笠原家乃是将门世家，不乏精于兵法的老臣，没有一个不心折武藏的见地之高。

忠真侯更爽朗地掉向伊织叫道："伊织，近前！"

"是。"

"近前来坐。"

"是。"

伊织从两人背后进至君侯之前。

十一

忠真侯的声调中，满含着对伊织的钟爱和信赖。

"伊织！你今天也了不起哪！"

"是。"

"哪，武藏，又兵卫！你们以为如何？"

又兵卫以赞叹的目光望着伊织说："真了不起，好个气魄！单就他能在宫本先生和又兵卫的兵刃铁石之间催马而入，岂是寻常？这不是仅凭手上功夫便能臻此。那判断，那沉着，绝非常人所能为；倘无主命之下水火不辞的丈夫气概，怎能做到？"

"哦，我也这样想。武藏，想你当无异议？"

忠真侯更是满心欢喜。

武藏回道："多承谬奖，不胜惶恐。今天伊织所为，虽是我这为父的，也非预期所及。"

兵法上的力量，当然武藏也认为伊织已堪称当代第一流，但像又兵卫所说，他那份沉着、那份判断，却也出乎武藏的意料。武藏对伊织最嘉许的，是高喊"上谕着即停手"时，那坚毅的态度。其时，他的心目中唯有君命，眼中既无父亲，也无前辈。这才是恪守君臣之义的武士哪！

武藏看了一眼伊织，心想——自己的眼睛到底没有错，与其要他承继兵法做个无禄的浪人，倒以仕进为宜。

看这情形，做大名的家臣，他必能伸展大志，鹏程万里了。

“各位以为如何？”

忠真侯再环顾在席的重臣问道。

黑田左膳看娇婿得此荣宠，喜在心里，自是不便开口。

上席的家臣回道：“殿下明鉴。对宫本、高田两先生和伊织世兄兵法上的神乎其技，同僚莫不叹为观止。”

忠真侯于是肃容端坐，开口宣道：“伊织，你以出仕未久，一直不曾分派得职司，现在委派你为本藩大番头。时势虽日臻太平，但怠于武备，必为各国诸侯所轻视，尔后望你能成藩军基干，发扬本藩威武。”

“哎哎？”

伊织愕然望着武藏。大番头便是藩军首长，极重要的地位，今以新进后辈而膺此大任，怎不使他迷惘？未知应否接受任命，却费踌躇。

十二

以处事神速果断著称的武藏，对这破格的拔擢，竟也——

“哟，这是……”

嗫嚅着无法即时回答。

重臣们亦各面面相觑。不错，以伊织本日所表现，不仅兵法出色，就人物论，也是出类拔萃的。但以新进之士，遽膺大番头重任是否得宜，却又不无疑虑的了。现居大番头之列者共有六人，都是四十岁、五十岁的壮年。可是，刚才回答君侯盛赞伊织之后，却又不能出尔反尔提出异议。

忠真侯却不管这些，紧追着问：“伊织！该无异议吧？”

“是是。”

伊织只是叩头不答。

这时，高田又兵卫以半向着家臣们的口吻说：

"噢，不愧是我藩贤君，怎的不赏识伊织世兄的真价？大番头固然是举足轻重的要职，却也不能单视年龄论断。伊织世兄得宫本先生兵法秘传固不必论，就是军学（军事学）想来也有充分传授。谅各位亦必知悉，宫本先生与甲州流军学宗师北条安房守殿下有鱼水之交，并互为师徒——兵法上宫本先生为师，军学上安房守殿下为师，岂是寻常？伊织世兄既集兵法、军学于一身，且思虑判断亦有过人之处，卓然丈夫气概，虽在弱年，担任大番头之职，窃谓毫无愧色。"

忠真侯俨然环顾着群臣说："又兵卫，亏你说得明白。九州自古以武勇著称，且多大藩。余入小仓凡二年，见得世情并不安稳，急欲励精藩军以备万一，进为九州北端之屏藩。此次任命弱年的伊织为大番头，意即在此。各位谅无异议？"

臣僚至此方知君侯真意，便一齐俯伏称贺。忠真侯再将目光掉向伊织道："伊织！我任命你为大番头的本意如此，非为奖赏，盖寄汝重任，俾使本藩有磐石之安也。"

武藏低声向伊织说："拜受了吧。"

"是，主上既对微不足道的弱年后进寄以如许期望，伊织受命之日，自当竭驽钝以报知遇之恩，且负殿下寄望之重。"

伊织俯伏禀明，接受了新命。

幽居

一

武藏住在伊织的新家庭中，有时自己上城，有时应忠真侯之召前往，自由自在，一时间也不想出门。

细川家除了寺尾等五人团外，另有几个在京拜在门下的弟子，也曾来小仓问候武藏。他曾托那些来访的门徒向忠利侯致意，并献上永国所铸的大刀。

四月，伊织应将军之召，为参加五月初在江户城举行的御前比武去了江户，至五月底方才回来。伊织的对手是荒木又右卫门，双方未有胜负。又右卫门是柳生十兵卫的高足，当时江户最出名的青年剑士。

“真是惭愧，未能取胜。”伊织回来向武藏这样谦答地一说。

“不，这样最好！”武藏反而称许着说，“输了固非所愿，胜了反而不好。”

伊织愣愣地问道：“父亲，真的如此？”

“哦，那样最好。本来兵法的比试，逼到最后便难解难分，就是同样功候，也非有胜负不可。其实，有些场合，看对方情形，不一定要战到最后，更没有一定要分胜负的必要。不，反以没有胜负为是，只要彼此知道火候，已尽够了。”

“是。经父亲一说，倒安心了。这次的比试原是期以必胜的。最初，我取的是‘二刀中段’，又右卫门‘正眼’，先是估计力量，互伺瑕隙，架势便渐渐变了。这期间，我发现了柳生流的极意，觉得是了不起的功夫。就在这时……”

“哦哦。”

武藏不觉用力搭腔。

“对方的又右卫门向后疾退，双手着地，说是输了。同时，我也引身后跃，口叫输了。这些完全是预期外的，出于自然的动作。”

武藏点头说：“双方都很漂亮。到了这一地步，胜负之争已是多余的了。我自幼至今，以天下的兵法家为对手，差不多都是生死拼搏的比画，但也曾有过一次这样的事，是我四十岁前后，当时我正无目的地到处旅行，到了尾张名古屋的城下街，正值黄昏，路上很少行人。这时迎面来了一个武士，也与我上下年纪，从身段、眼神上，我看出来那不是寻常人物。”

二

武藏略一停顿，用更有力的语气继续说道："当然，只是闲闲地走着的，但没有一点可乘之隙。而最使我动心的，是他那充沛的泼辣生气。我感到这才是真正活人的感觉，深为倾慕。我突然想起，此人必是柳生兵库！"

武藏像沉浸在愉快的回忆之中，一口气说下去。

柳生兵库是柳生石舟斋之孙，功夫上胜似叔父但马守宗矩。当时，他担任着尾州家的武艺指南。武藏正盼望着有机会能与他交上一手。

及至那个武士到了眼前，武藏恭敬地叩头问道："请恕唐突，足下谅系柳生兵库先生？"

那武士闻言微笑答道："然也，足下该是宫本武藏先生？"

"我正是武藏。意欲登门拜谒，面请教益。"

"不，鄙人也甚望能与足下交手，真是巧遇啦！"

这样交谈之后，两人都不禁朗声大笑。照理，两人都有意一试身手，今既相遇，该是当场动手的了。

可是不然，兵库带着武藏回家，盛筵款待，却绝口不提比试。武藏也一样，从未开口。后来虽有许多揣测之辞，但事实上武藏留居兵库家那段相当长的时间内，两人始终没有交过手。

武藏把数年前那段旧事说到这里，结束说："伊织，以前我虽是目睹生死，战必毙敌，但也曾有过这样快意的比试。懂了吗？这也是比试！就在那刚见面的一瞬间，彼此都已摸清了对方的手底；正是干脆利落的比试哪！"

"是。真是快意之至。"伊织亮着眼睛说。

武藏加重语气接着说："伊织，现在你该知道视比试的对手为何，比试的情形也有所不同。我被逼得常与势不两立的对手决战，因而夺取了许多人的生命；也因此常为仇敌所跟踪。这在我是无可奈何的，悔也无益。这就是佛家所谓的因缘或业吧。而这因缘或业，将随我终生。我是为着与人赌命而生的，我是不得善终的。”

武藏黯然，脸上闪过悲痛的阴影，但只是一瞬而已。

三

“可是。伊织！”武藏慨然继续说，“你与我不同。第一，时代不同；第二，性格不同；第三，身份不同。刚才也曾提过，比试的方法跟着时代变动。我开始修业的时代，虽说是丰臣秀吉公的治世，但仍有战国的余风，兵法修业亦即实战，比试时别无裁判，只是生死相搏的决斗罢了。而且堪称一流一派开山始祖的兵法家，多半是不愿仕进的无禄浪人，因而视兵法为第一义，自是理所当然。他们为了兵法的修业，是虽死无悔的。”

“父亲，我就是以这样的决心进修过来的呀。”伊织怯怯地插口说。

“哦，不错，你就是这样修业的，是想继我之后，做无禄的兵法家哪！但现在，你就非改变不可了。为了修业，或者为了比试而轻舍生命，便是对主上不忠。你的兵法，现在除防身之外，更要以之事奉主公。可不是吗？”

“是。”

“而且不仅你一人如此，是兵法修行本身，有了这样的转变。现在的修行，须得珍惜生命。即使与别流比试，也不可以逼至尽头，要在中途决定胜败。因此出现裁判，考虑决定胜败的规则。练习或比试时，已有人使用竹刀了，不久该有‘胴’[①]或‘笼子’[②]等出现的吧。”

“父亲！”伊织若有所思地问道，“今日的兵法，确如父亲刚才所说，但这一趋势，是不是兵法的堕落呢？”

武藏摇头说：“不，这才合于时代的兵法修行法，是合时的比试。尤

---

① 胴：练习剑术时护胸腹的皮甲。

② 笼子：剑术护手至肘的臂套。

其是你，功夫已臻上乘，且见过实战的场面。赌着生命的比试，务须避免。绝不可逸出对荒木又右卫门比试的那个界限。幸好你与我不同，能得人和，有统率的力量和分寸。以后切切记得，一切以尽职奉公为第一！”

伊织倾耳谛听，赫然俯伏。

“是。父亲教训，自当铭诸肺腑。”

武藏仍继续说：“哪，伊织！就是失手，也不可以杀人！不可以答应会留下仇怨的比试。动刀动枪，只是为了尽忠职守！伊织，一定会有这样的一天。想颠覆德川天下的，不仅岩田富岳那班浪人而已，天主教徒的动向也不可置之度外。”

他斩钉截铁，加重语气说。

四

伊织与荒木又右卫门的比试不分胜负，忠真侯当然是知道的了，就是其他家臣藩士，称赞者纵或有之，但谁也没有因此瞧不起伊织。

可是不久，伊织得忠真面谕，要他前往长崎公干。是忠真侯得了老中的通知，要他去探访长崎天主教徒的动向。这是一个难题，若非手上功夫了得且长于才智而兼具新知识的人，不足为功。忠真侯想，除非伊织，没有第二人了。

幕府于年内颁下第二道天主教禁令，且禁止外国人的来航。但天主教是九州大多数的大名曾皈依虔信的宗教，一纸法令，怎能禁绝？于是，采取严刑峻法，且以武力为后盾。可是这样一来，竟如火上添油，把热烈的天主教徒赶入地下去了。那些潜入地下的天主教徒渗入贫困的农民阶层，燃起目所不见的反抗烈焰。以长崎为中心，蔓延各地，顿使地方上呈现不稳的空气。

幸好小笠原入驻小仓为日尚浅，藩下还没有发现天主教徒。民间的教徒，因前任细川家禁令严，却也不曾出现过成问题的不法之徒。因此，便向小笠原家下了这样的密令。

伊织这次出差是秘密的任务，是不带一个随从的单身旅行，领得相当数额的费用，偷偷地准备好了。

武藏一直没有开口，临动身那天早上，却提醒着说："伊织，看情形你最好先去见森都为是。"

"是的，我也这样想。"

"也会碰到由利公主吧？"

"是的，有机会的话。"

"你总算扎下根基了。听说公主的生活也很安定。这次见面，倒可以安心地谈谈。"

"是。"

"老实说，我不愿公主住在长崎。公主自己绝不会有这种意思，但弄得不好，会有被卷进旋涡的危险。虽是冷静的性格，但她的胸中燃着烈焰。火能引火哪！伊织，能不能试试看，劝她到肥后的熊本住上一个时期？"

伊织不即答复，想了一会儿才点头说："父亲的意思我知道了。我也以为住在长崎不妥，待见面后，拿这个话劝劝看吧。"

五

"父亲，还有什么？"

伊织重又问道。

"哦，长崎还有一个与我有师徒之约的人，是打倒佐佐木小次郎后我到了长崎，那时曾向我偷袭的雷电十五郎之子，名叫源太郎的青年武士。现在该有四十岁上下了吧？也许是天主教徒，问森都便可知道。在世的话，去看看他。"

"是。"

"另一个人也问森都可以打听到，就是'一向宗'正觉寺的住持道智坊。还有我替他报了杀父之仇的与市，也可见他一面。"

“知道了。”

“当然，这些都是私事。最要紧的，自然是密命查访的天主教徒动静。可是，对小笠原家只有一件很重要的事，在外国人的眼中，长崎是日本的柜窗，虽是禁止外船进口，但九州的诸侯似乎都在长崎置有秘密联络处。本藩进驻九州为日无多，好像还没有这类机构。这方面也得打听打听。”

“是，理会得。”

伊织爽朗地回道。养父很少提到政治上的话，但偶尔开口，往往切中时弊。这点伊织知道，别的人却不知道，以为他只是仅懂兵法的赳赳武夫。

武藏对于别人的不谅解并无不满，但既活在这社会上，对于政治和世态，怎能漠不关心？只是他所着眼的，是世相波涛的底层，靠政治便无济于事。因此，武藏是从来不把政治当作一回事的。

伊织到了长崎，住在荣町的旅馆中。第二天早上，到郊外三本松的草庵去叩访森都。

“噢，伊织哥！真是难得。”森都高兴得颤声言道，“近日觉得会碰到的，果然不错。”

他仍是那么敏感。

“父亲要我问您好。”

“想该很壮健吧。”

“去年在京里病了一场，脸色虽未复原，没有什么了。”

“那就好了……那么到这里来，有什么事呢？”

伊织压低声音说：“殿下的密令，要我来打听天主教的动态，请多多帮忙。”

“噢，不愧忠真侯，派伊织哥前来，真是好有眼光。森都力之所及，自当竭尽绵薄。”

“务乞相助……还有一件私事，父亲吩咐我去看由利公主，想该也平安吧？”

“那真是，不知公主会多么高兴呢！”

六

石板斜坡中途，有一家雅致的板垣人家，门口悬着“教授茶道”的小木牌。这是由利公主的住宅。与在江户浪人馆时那俨然大名公主的生活比起来，完全改了样，过着家中只雇用着一个小女孩的简朴日子。

当然，除了森都之外，再没有人称她公主，大家都叫她师傅了。但容姿的美丽和风度的雍容则依旧如昔，在这里也是出名的。自从悬牌授徒，已经一年有余，生活也安定下来了。来学习的不仅是女子，也有很多男性。其中大半是商家小开，也有九州各藩派遣了来的，公开的或秘密的武士、浪人。

“啊，幸好来了这里……”

在这里，由利感到从阴谋、暴力和贪欲的泥淖中得以脱逃的喜悦。她想，碰到武藏方可达此。未遇武藏之前，公主置身在那样的生活中，从来没有想到过洁身自拔。武藏的精神，燃起了沉睡在公主心底的处女的爱情之火，在真实中觉醒过来了。爱的真挚之情，给了她洁癖与勇气。

公主于是逃离了江户。她所谓的“幸好”，只是指此而言，并不意味着衷心满足于今日的生活。公主恋慕武藏，除非此心得遂，是不能获得真满足的。

“武藏先生，我虽是真心爱你，无奈你乃拒绝爱情、独步世道的呀。唉唉……”

公主的心中这样向武藏呼唤着，苦闷着。她的理性和教养，不容她不顾对方的心情而一味追求；也不能如悠姬公主，以求道之心代着爱情，寄身于艺术之中；更不可能有如铃姑那样变态的激情。到结局，公主只有下了决心，把这真挚的恋爱深藏心中，静静过此一生。但谈何容易？公主的年纪尚轻，才能出众，且有着充沛活跃的生命力。

深秘心中的爱情之火仍在燃烧，那燃烧的火焰，会不会波及其他的地方去呢?

上午，许多女孩子前来学习，在未开始之前或练习之后，她们会聚在一起闲聊。偶尔，她们会压低声音，变了脸色，偷偷地谈论天主教徒被处决的事。

听到这些话，由利公主的热血无端地沸腾起来了。

七

德川幕府的天主教禁令始自家康，到了二代将军秀忠手上更为严厉，三代将军家光则彻底实行且临之以严刑峻法。织田、丰臣的天主教全盛时代，许多大名自己都入了教，尤其在九州，大部分的大名都是教徒。及至秀忠、家光两代严令禁压，他们只得迎合幕府的意旨，也实行禁令了。

未转国肥后之前，小仓城主细川忠兴侯的夫人便是著名的虔诚信徒，洗礼后称格拉西雅夫人。忠兴侯自己虽非教友，但也偏袒教徒，予以保护。可是，到后来他却也不得不服从德川的禁令。

在小川领内，也有不少信徒被逮捕、被投狱，罪重的则被解往长崎殉教而死。藩士中也有信徒，最著名的当推贺山隼人一族。隼人是细川家食禄七千石的重臣，但不肯接受忠兴侯的劝告放弃信仰，被撤职、被幽禁，终于穿着修道服升天了。其养子玄也，也是虔诚的信徒，被追放降为贫农，但仍坚持着虔诚的信仰生活。

据《日本天主教史》上的记载：

这位出身名门而生活优裕的武士，竟毅然舍弃财产与地位，与赤贫者为伍，自甘降身为农夫，为每天的口粮而汗流浃背，此情此景，至为动人……

结果，仍是全家被捕，禁于小仓牢狱，细川家转国肥后时，同被逮解熊本。而于武藏来小仓的第二年，宽永十二年十二月，一族十五人，同在花冈山的禅定院中被处决了。

于是，以日本天主教发源地的长崎为中心，附近各地对信徒的迫害、弹压是如火如荼的。

一旦被捕，刑法的残酷无以复加，活焚之刑已是司空见惯。不问男女老幼，或者刀断手指足趾，或者绳穿掌心，或者于严寒中投入海中，或推坠温泉岳沸池之中，种种酷刑，不一而足。

至于搜求信徒的方法，也是竭尽心思、用尽了所有手段，结果乃有所谓“踏绘”① 的发明。

门徒这种谈话，进入公主的耳中，使她不禁愤慨地想：“虽云邪教，然而刑罚也太过残酷了。”

她的胸中，涌起一股义愤。

八

由利公主没有信仰天主教的意思，对它毋宁抱着漠不关心的态度。在江户时，长崎的贸易商虽曾为了缓和对天主教的弹压和对外贸易的禁令，委托岩田富岳向老中活动，公主对此却并不感兴趣。

来长崎时，松平伊豆守虽曾要求她打听走私和天主教的秘密，她也一口回绝了。可是，这并非由于同情天主教。到长崎后辞退伊豆守的津贴，靠着教授茶道自立生活，也只是为了摆脱政治的旋涡，意欲抱着对武藏的幻想，能过安静自适的生活罢了。

可是现在，直接听到弹压天主教的惨无人道的各种刑罚，离开宗教的信仰，煽起她维护人道的义愤。

---

① 踏绘：画耶稣或圣母玛利亚像平铺地上，命路人一一踏画像而过，稍露踌躇之色者，即视为教徒，立予拘捕。

一夜，森都来访。森都是曾得家康手谕的天主教暗探，过去所检举的大都与他有关，却没有人知道他的真面目。那是因他不参与检举，仅供给情报，而且直接向江户幕府报告，不为外人所知，所以由利公主也仅知他是幕府的密探，却不晓得专为对付天主教的情报中心。

因此，公主不客气地问道："森都先生，你知不知道天主教的残杀事件？"

她现在是连说话也平民化了。

"是的，是的，听说过。"

森都佯佯地回道。

"你不以为太过分了吗……倒钉十字架哪，活焚哪……"

"不错……可是公主，照伊豆守殿下的话，幕府也并非乐于科以极刑，只要肯转宗，立即赦免；而且，幕府希望他们的便在此哪……"

"那么，那些被处重刑的，都是不肯转宗的了？"

"是的，不管水里火里，屹然不动。他们唱天主的圣名，视死如归，且甘之如饴。天主教的力量是可怕的。"

九

过不了几天，偶尔上街时，见大街两旁拥着围观的人群。公主从围观的人们背后向前一看，吃了一惊，竟是游街的罪人。三个男人，两个女人，双手被反绑着坐在马背上，被衙役簇拥着慢慢走过来。

"天主教徒哪！"

"继屋町藤木屋的一家人啦！"

"终于给抓了。"

群众你一言我一句地在窃窃私语。公主听到这话，分开人群挤到前面。杂货店藤助的女儿幸娘，是公主茶道的弟子。

"唷，幸小姐！"

公主不觉低唤。骑在第三匹马上的，只是一个未成年的女孩。

藤木屋的女儿幸娘，今年十七岁，白得出奇的瓜子脸蛋，不大开口，怯怯的一个少女。快有一个月不来学习了，想不到因系教徒被捕，是出于公主意料的。也许街上已经传开了，弟子们的闲谈中也必提起。但难得上街的公主，当然听不到外面的消息，而连弟子们的闲谈也听漏了。

一阵荫翳袭上公主的心中。走在最前的藤木屋老板和他的妻女，都是上流的人品。但此时两人现出被剥夺了自由的人所特有的、空洞的眼神，无力地低垂着毫无血色的脸庞。

公主想闭目不再去看，但她的眼睛盯住在幸娘的身上——散乱的头发，苍白的脸，充血的眼，口角上挂着一条血痕。

目睹这弟子太过凄惨的样子，公主的本性蓦地抬头了。摆在眼前的现实，比森都的理论更能打动公主的感情。

幸娘到眼前时，公主进前一步，叫道："幸小姐！"

由利公主既已下了决心，便是什么也不怕的。

幸娘赫然回过头来，她的脸上瞬间泛上血色。

"啊，师傅！"

"幸小姐，吃了苦吧……可是……要坚强些……"

"唉。"

幸娘的眼中闪动着一缕的生气。

"喂喂，不许说话！"

两三个衙役挥动棍子赶过来呼喝。

公主理都不理，顾自说道："幸小姐，再见了。"

幸娘也回头答礼。

"喂，还不住口！"

"让她讲一两句话，干你恁地？又不逃走！"

公主瞪着衙役说。

"哦……你这厮也是教徒吧？"衙役恶狠狠地吼道，"报，报上名来！"

"我是由利公主，好好记住！"

“哎？”

“因老中松平伊豆守的请托来了本地……”

这一点点噱头，在公主简直是家常便饭。

“转告奉行神尾先生，就说我由利致意！”

她说着，一瞥呆在当地的衙役，顾自挤入人群中去了。

十

公主回家后便后悔了。

“唉，多么无聊！”

她仍希望自己能维持着安静的自适生活。

入夜后来了生客。开门的女孩问那人的姓名，生客却说：“见了面，当面奉告。”

她把来客领进客厅，对方是二十二岁的青年武士，见了由利公主，双手着地，跪在榻榻米上恭恭敬敬地言道：“在下霞驹之助，替幸娘小姐专诚拜谢。”

公主诧异地问道：“那么，你呢？”

“是。在下与幸小姐之间有上辈订下的婚约。幸小姐于黄昏时在浦上的刑场被处决了，得您的一语鼓励，含笑归天去了。”

“唉唉，真是……”

一度压下的胸中的怒火，又被引燃着了。

“刚才听您自称由利公主，因老中松平伊豆守之托来了此地，心中至为疑念，可否见告实情？”

青年武士显得非常认真。

“抬出伊豆守的名字，只是吓唬衙役罢了。报的名字倒是真的，我叫足利由利。”

“足利，是不是前将军家的？”

“是，将军义昭的孙女。”

“噢——”

仰视着公主的青年武士，眼中漾着尊敬与感激之情。

“怪不得，我也以为绝非寻常人物。公主，该不是德川的家臣吧？”

“当然，怎么会是德川家臣呢？”

“公主！”

青年武士两手着地，声音虽是低沉，但满有力地叫道：“公主！我有请求，请您给我力量。”

“什么，给你力量？”

“是。我想对检举藤木屋一家的那人和虐待他们的衙役复仇。”

由利公主的目光犀利地一闪。

“你也是天主教徒吗？”

“不是的，我不是天主教徒，但我心有未甘。”

青年武士簌簌地掉下愤慨的眼泪。

由利公主默然了半晌，凝视着青年武士，但旋即微笑着说道：“驹之助先生，我是一个女人，又有什么力量呢？”

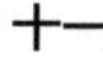

十一

驹之助却满自信地说：“不，我说的不是那个。我只是一个浪人之子，家父多病，家母自幼见背，我要的只是精神上的力量。希望有一个能鼓励自己的人，像姐姐、主君一般……”

驹之助看起来比他实际的年龄更为年轻，更为孱弱。也许是他的身体不很健康。公主一见面，便喜欢了他。他的要替未婚妻幸娘复仇，使她感动，对他那盼望自己鼓励的心情更为同情。但无论如何，她鼓不起勇气怂恿他们，那等于把少年趋入毁灭之路。

公主温和地说：“驹之助先生，你的心情我极谅解。但我想幸娘小姐是不会希望你为她复仇的，因为一个女人，无论在任何情形之下，唯一的祈求便是爱人的幸福哪……何况，幸娘小姐是柔顺的女性，是因圣母玛利亚的招引而死……”

“是。幸小姐是不希望复仇的吧？幸小姐是我生命的全部，而竟被强夺去了。除非复仇，我是活不下去的了。”

“驹之助先生，你还年轻，你非得胸中紧抱住了幸娘小姐的影子，勇敢地活下去不可。你那足以毁灭自身的事，我不敢赞成。”

驹之助仍沉着头说：“公主，我从来没有荣华显达的奢望。不，希望又有什么用呢！一个穷浪人的儿子，做得出什么事业？我原是打算迎娶幸小姐为妻，丢了武士身份去做生意的。公主，不情的请求，真不对起。我想，牵累公主也不好……就此告辞了。”

驹之助悄然站了起来。

哀伤之感涌上公主的心胸。

“驹之助先生！”公主叫住他说，“我虽不愿帮着你毁灭自己去复仇，但以更广泛的意义，自愿为你后盾。而且，我愿照顾你。”

“哎？”

驹之助眨着两眼，重新坐下来。

“公主，谢谢您！我绝不拖累你的。”

他红着眼眶说。

驹之助匆匆离去，公主吁了一口气。她想：“须得十分拿稳主意，否则便会转入是非的旋涡。”

这时，又有了叫门的声音。

十二

来客是奉行所的小职员，送来长崎奉行神尾内记元胜致由利公主的亲笔函。

前任奉行榊原左卫门阁下屡称阃范，仰止善问。弟以政务冗烦，未得专谒崇阶，面聆教益；负咎良深。谨詹明晚酉刻，薄具菲酌，洁樽候教，敬乞惠临，毋任感祷。

公主读了来信，心想：哼，来了。必是白天对衙役说的话，换来了这一邀柬。

公主初来长崎时的奉行是曾我又左卫门，当时因伊豆守函嘱随时照料公主，曾在官邸中设宴招待公主与森都。不久，又左卫门调回江户，榊原左卫门继任，也曾在官邸中郑重宴请公主。现任奉行神尾，于今年正月间继榊原之后调来长崎。

公主到门口对来人口头上答复说："辛苦你了。请转告贵上，明日酉刻准时前来……"

翌日，公主盛装后坐着轿子，直趋立山的奉行官邸。她那雍容华贵的风度，俨然仍是王侯家的公主派头。司阍的人恭恭敬敬迎她到了内客厅。森都先已在座。不久，奉行神尾内记也进来了。

"公主，内记参见。"

神尾折节卑辞见了礼。他是旗本不是大名。他想，既是伊豆守有吩咐，礼到准不会错。

"神尾先生，不必多礼。"

公主微笑着，落落大方地回道。

"听说公主在市井间挂牌教授茶道，鄙意拟请收起招牌，容在下另觅宽大宅院，迎请公主居住。"

"不，不必了。今非昔比，我只是市井间默默无闻的一个弱女子罢了。"

"说哪里话来？伊豆守常提起公主的才情智略，极为钦佩。如所洞悉，在此物情骚然之际，务请公主多赐协助。"

"言重了。嘻嘻嘻……我又能做些什么呢？"

公主虽是这样轻松地应付着，神尾却加重语气说："公主！官方为了取缔天主教，为了处决信徒，已是焦头烂额的了。关于这一事，想请教公主的高见。"

看神尾那态度，公主也便认真地反问："你的意思是？"

“容内记奉告。”

神尾挺起胸板说。

十三

当然，奉行神尾已成竹在胸。

“接连而来的天主教徒的检举、拷问、极刑，我们也知道太过残酷了。但在国策的命令下，我国领内既有天主教徒潜伏，就非得穷根究底一一检举不可。我们的目的在于消灭天主教。现在请示公主高见的，就是有何良策，不用刑法而能根除天主教徒的方法。”

“那除非佛法无边。”

公主立即回道。

“不错，天主教初来时，佛教的各宗派都曾以必死的努力与神父辩论教理，公主想该也知道。及至德川治世，在这长崎也曾特别保护佛教，相继兴建寺院，延请第一流名僧为住持，以谋佛教的兴隆。”

“森都先生以为如何？”

公主因森都是僧侣出身，特为问道。

“过去没有跟公主提起过，我本来也是天主教信徒。不，在长崎且是天主教徒的首魁，担任着名叫三寿院的天主教寺院的院主。一天，一向宗的和尚道智坊突然来了我那寺院里，同我辩论了三天两夜的教理。”

“哎，森都！这连我都是初闻哪！”

神尾插口说。

“辩论永无止境，到了第三天深夜，一直睁大眼睛滔滔而论的道智坊突然发出一声‘森都，是我不好’。说着，便双手合掌，“南无阿弥陀佛”“南无阿弥陀佛”……静静地宣起佛号来了。霎时，满室光明，我的眼睛一花，不觉滚在榻榻米上。及至挣扎起来向前一看，明明白白看见了如来法相！从这一瞬间开始，我丢开天主教，变成佛教徒了。”

神尾惊叫道：“森都，人家说的天主教翻跟斗的始祖，原来说的就是你？”

“正是，从此出了名，人家管着天主教转宗为翻跟斗了。唉，这一句话，早是三十年前的往事了。”

一直静静地倾听着的由利公主，神采焕发地开口说：“森都，说得很好。那位道智坊，才是真正体会我佛慈悲的大和尚哪！神尾先生！你们官家的公人，也用这样慈悲心肠去对付天主教徒怎样？”

“我们未尝不想如此，但身为法律守护人的我们，又怎能做到呢？可是公主，你却能够。”

神尾凝视着公主说道。

十四

“我能够？”

公主反问。

“是的。我们以刑法对付天主教徒——拷问和极刑，莫非惩罚。佛教则以佛法。公主您，用您的智慧开导民心，抱着大慈大悲的心肠……”

奉行神尾，一句句坚定地说。

公主心中自语——这厮可恶！但她的心中，却也被引起兴味来了。

“喔喔喔，我会有那样的智略？”

“有的，这点连伊豆守殿下也深信不疑。不，不仅智略，您那高尚的品格，加上美丽的容貌……”

“你怎么可以这样说？”

公主拦住他的话，默然沉思了半晌。潜在心中的社会的意欲，蓦地抬头了。使天主教转宗免于残虐酷刑的良策，她自问尚可为力似的。

于是她回答说：“神尾先生，你的意思我知道了，容我考虑后再做决定……”

酒菜上来之后，神尾提起武藏的事。

“宫本先生现在小仓，最近有没有信息？”

看他的口气，好像深知公主与武藏之间很亲密的样子。

“怎么会给我来信呢？”

公主冷冷地回答道。

神尾却继续问道：“不晓得宫本先生对天主教做何想法？”

森都插口说：“武藏先生不是佛教徒，也不是天主教徒。看情形有时且以佛陀为敌，当然也以耶稣的上帝为敌。二十年前，我知道也在这长崎，武藏先生曾与天主教武士团和反对的浪人双方为敌，厮杀过一场。”

“噢，有这等事来？”

神尾不觉兴奋地说。

“武藏先生在小仓打垮佐佐木小次郎之后来了长崎，我在火见岭与他偶然相遇，当然还不知道他的姓名，但从他全身发出来的无比压力，我便直觉到他必非等闲的武士。”

公主虽已知道这回事，但还是很感兴趣地倾听着。

“可是，佐佐木小次郎手下的一伙人，那时已集合了长崎的剑客和浪人，埋伏在山下等着袭击武藏先生了。而当时旅居在长崎的，筑后矢部人氏筑紫荣门，也加入了他们一伙。荣门是九州屈指可数的剑豪……”森都滔滔而述。

十五

森都所说，那次偷袭武藏的发动人，是小次郎家用人鸭甚内（后来的山川苍龙轩）。他所邀集的浪人中最出色的，便是那位筑后矢部的剑客——筑紫荣门。

武藏因森都的琵琶卦而预感剑气迫身，从间道进入长崎。结果让荣门碰上了。他从身后挥刀砍来，幸好武藏已自警觉，早一瞬拂鞘一挥，反斩荣门于路上。

小次郎的情妇铃姑为杀死武藏，跟西班牙船的船长学习短铳，煽动帮着西班牙的天主教武士去击武藏。

于是，浪人团便和天主教武士团会齐偷袭武藏于正觉寺，终为武藏以雷霆千钧之势所击溃，死伤数十人。

森都把前事说了一个备细，下结论说："……所以，在武藏先生是无所谓佛教或天主教的，有的只是手上的宝刀！他想用刀剑去探索三千世界的秘密。当时，正觉寺的道智和尚曾说——武藏先生，杀吧！杀，杀，杀！看看还有什么未知的世界！"

宴罢，神尾用轿子送公主回家。

就此，继续宁静自适的生活呢，还是奋起去拯救天主教徒呢？由利公主的心中不由得起了很大的波澜。在迷惘中，生来才略过人的由利公主，不禁在心中涌上来种种拯救天主教徒的良策，而热情地随之沸腾了。

又过了四五天的一个晚上，霞驹之助带着两个年轻武士叩访公主的寓邸。

"公主，这是我的同志雷电源之助和泉次郎两兄。"

"噢，难得你们枉顾，上来多坐一会儿吧。"

两人都是十七八岁的青年，早从驹之助口中听到公主的一切了。

"公主！源之助君的双亲和妹妹、次郎君的表妹，都被衙役杀了。"

驹之助咬牙切齿地说。

十六

"我是寺泽藩的浪人，和泉吉兵卫的次子。"次郎自我介绍着说。

"我的父亲名叫雷电源太郎，是年轻时与宫本武藏先生曾有师徒之契的兵法家，在乡里设有武坛。"源之助也接着介绍了自己。

"哎，武藏先生的？"

"是的，二十年前武藏先生来长崎时，家父曾随浪人们去袭击宫本先生。那时，家父使的双刀流被先生看中了，就为这点因缘结了师徒之约。"

“那么尊大人年轻时，便是天主教徒了？”

“是，家父和家母都是热心的信徒，所以虽被处决，只好认命。但妹妹只是十二岁的一个少女，而竟也遭毒手。我因到平户的亲戚家去了，才能逃得性命……”源之助含泪说。

“我的表妹也只有十五岁。”次郎紧握着拳头。

“真可怜……”公主吁了一声，接着问道，“你们两位也是信仰天主教的吧？”

“不，我不是信徒。我对信教鼓不起兴趣，次郎也是的。”源之助回道。

公主点头，然后用意味深湛的目光望着他们说：“那么，是不是准备去杀衙役以泄愤？你们的心境我很谅解，但我以为没有多大意义。父母是天主教徒而被处死，被遗弃下来的孤儿一定很多，而且不断增加。我想守护那些孤儿。你们三位，能不能为我这工作出力帮忙呢？”

三个青年面面相觑，答不出话来。

“把个人的复仇扩而大之，替大众服务，为了那些可怜的孩子们……”

公主这样接着一说，驹之助亮着眼回道：“公主！我们原就下了决心，无论公主吩咐什么事情，我们都不推辞。守护可怜的孩子——多么伟大的工作！无论如何也让我们尽一份力量！”

“谢谢你们。那么隔四五天，请再来一趟。”

三个青年走了之后，由利公主吁了一口气。深印在心中的武藏的影子，像不坏金刚似的散出万丈光芒。

她知道为求宁静而卜居的市井寓邸生活，看情形是不得不结束了。

“武藏先生，我也起而奋斗了！”她轻轻地在心中自语着说。